FEMMES SUR FOND BLANC

Né en 1975, Jean-Noël Orengo partage sa vie entre Paris et Bangkok. Son premier roman, *La Fleur du Capital*, a été récompensé par le prix de Flore et le prix Sade en 2015, et le dernier en date, « *Vous êtes l'amour malheureux du Führer* », est déjà traduit dans une douzaine de langues.

Paru au Livre de Poche :

LA FLEUR DU CAPITAL

LES JUNGLES ROUGES

L'OPIUM DU CIEL

JEAN-NOËL ORENGO

Femmes sur fond blanc

ROMAN

GRASSET

ISBN : 978-2-253-24841-5 – 1re publication LGF

À Marcel Barang,
à qui voudra bien et aux autres

Femmes sur fond blanc est une fiction.

Quoique. Elle raconte la vie d'un peintre français nommé Paul Gauguin, de son arrivée à Bangkok en 1991 jusqu'à aujourd'hui. Tout y est vrai – lieux, événements, mœurs, personnages, sensations, philosophies – sauf ceci : le Paul Gauguin que nous connaissons n'est pas né le 7 juin 1848 mais le 7 juin 1968. Et actuellement, il vit toujours en Thaïlande.

Quand on choisit l'uchronie, un jeu survient, le jeu des correspondances entre l'Histoire et son alternative. Que faire du Gauguin des manuels ? Sa naissance à Paris ; son enfance au Pérou ; Flora Tristan, sa grand-mère féministe et révolutionnaire ; ses voyages ; son mariage avec une Danoise bien blanche ; son métier de boursicoteur ; Pont-Aven, Arles, Van Gogh ; la syphilis ; sa haine de l'Occident moderne ; son premier séjour dans le Pacifique Sud ; sa rencontre avec Teha Amana, treize ans ; ses autres maîtresses polynésiennes ; son retour à Paris et sa relation avec Annah la Javanaise ; et puis Tahiti à nouveau et sa mort à Hiva Oa en 1903. Comment allais-je traduire cette vie dans la nôtre ? Certains éléments ont été transposés, transformés voire trahis ; la plupart ont été ignorés.

Ce qui est pieusement conservé en revanche, c'est sa réputation ancienne et actuelle.

Peintre autodidacte et novateur autrefois ; « artiste pédophile colonialiste blanc » selon la presse contemporaine, du *New York Times* à *Jeune Afrique*.

Car le vrai Gauguin a subi, plus d'un siècle après sa disparition, une polémique stupéfiante : homme français d'âge mûr, il a peint des femmes jeunes et polynésiennes. Un Blanc peignant d'autres couleurs que la sienne.

Comment raconter une histoire pareille qui est celle de l'art tout court ?

Sur mon clavier, j'ai la touche cancel – effacer. J'ai aussi l'alphabet, la ponctuation et les chiffres. Effacer ou écrire, c'est la question du siècle.

J'ai choisi d'écrire cette histoire que j'aime. Je l'ai située en Asie du Sud-Est plutôt qu'en Polynésie. Mon Gauguin quitte donc les beaux-arts d'Occident pour la nuit thaïlandaise. À l'heure des satellites, l'ailleurs n'est plus spatial mais temporel. Et de ce point de vue, que nous soyons de Paris, Doha, Lagos, Shanghai ou Séoul, la nuit thaïlandaise est plus éloignée de nous que ne l'étaient les îles Marquises pour un Européen du XIXe siècle.

Les tableaux qui suivent peuvent ainsi être lus comme le roman de Paul Gauguin et de ses proches – une armée de prostituées d'Asie du Sud-Est –, à travers les nuits de Bangkok, de la révolution sexuelle où il naît, à la cancel culture et au-delà.

Crucifixion

Encre sur papier,
Nanterre, janvier 2020

1

Paul vivait de ses goûts et ses goûts le crucifiaient désormais comme un autre avant lui sur le Golgotha. C'était grotesque et prétentieux de dire ça mais Tina Van Gogh ne trouvait pas de meilleure image ce soir-là pour évoquer son ami installé à Bangkok depuis presque trente ans et peignant de façon obsessionnelle des femmes nues les jambes écartées sur leur sexe, ou bien saisies dans des situations liées à la toilette, la masturbation, le sommeil, le travail, la lecture, la contemplation, l'usage d'une guitare, d'un violon, d'un gode, et parfois vêtues de sarongs, de robes, de peignoirs où s'affichaient une infinité de motifs inlassablement répétés avec passion. Certaines étaient très jeunes. L'une d'elles surtout. En fait, elles étaient toute une bande. Tina se souvenait parfaitement des circonstances de leur rencontre un soir de juin 1991. Une journaliste l'avait récemment interrogée au téléphone là-dessus à cause de la polémique tardive touchant le travail de Paul, et elle avait eu tout le loisir de repenser à cette période.

La première chose qui lui revint, ce fut la ville elle-même.

Bangkok.

Krung Thep. Krung Thep Mahanakhon Amon, etc. *Cité des anges* (ou des dieux, Tina ne savait plus, les traductions variaient selon qu'on les piochait en français ou en anglais, dans des livres ou sur le net), *grande cité des divinités*, *résidence du Bouddha d'émeraude*, etc. « Le nom le plus long pour la ville la plus belle », s'était exclamé Paul dès la sortie du Boeing 707 d'Air France à Don Muang Airport. Il n'y avait pas encore les mandibules télescopiques vous baladant d'un air conditionné à un autre, des cabines aux aérogares. On descendait par la passerelle directement sur la piste, et tout de suite après la porte ovale glissant contre le fuselage, entre deux rangées d'hôtesses heureuses car elles allaient passer une semaine à faire la fête et baiser dans un hôtel avec piscine pour se remettre de leur vol long-courrier, on pénétrait dans un climat nouveau, plein de sudations édéniques, la transpiration qu'Adam et Ève avaient dû ressentir au paradis.

C'était ça Bangkok. Immédiatement. Immense et vulvaire. Sonore, puante et fruitée. Chaude, trop chaude, humide et moite. L'air y suintait d'une magnifique touffeur épaisse, d'un voluptueux volume d'eau évaporé. C'est toujours le cas. Un sauna sans mur où le corps s'ouvre puis se confond aux ambiances urbaines posées sur d'anciennes jungles et campagnes depuis longtemps polluées. Du dessous, on sent qu'elles poussent, poussent partout leurs arbres sans fin, de grandes frondaisons exubérantes et vertes, aux palmes géantes étoilées crevant les trottoirs et fendant les murs. Enlacement végétal des pierres et des bétons. La ville est une invitée précaire dans ces mondes tropicaux célestes et lacustres. Paul est tombé amoureux dès les premières bouffées de chaleur siamoise. Il n'attendait rien d'autre en fait. Ni coutumes spéciales, ni folklore, ni bondieuseries bouddhistes, ni processions à l'aube d'hommes silencieux aux crânes rasés, pieds nus et toges orangées devant lesquels les gens attendent, des femmes surtout, avec leurs offrandes de nourriture. Juste une saison subtile où vieillir lentement dans des paysages défiant l'art, une durée musicale de la météo et des formes. Où l'on passe méticuleusement du soleil à la pluie des moussons, de vingt à quarante degrés. Où, si la température dégringole à dix, c'est un événement qui tient les conversations en haleine plusieurs nuits. C'est d'ailleurs vers une heure, deux heures, cinq heures du matin, en décembre, que surviennent de telles chutes. Mais c'est rare dans les plaines thaïlandaises. Pour trouver ça, il faut grimper au nord, dans les montagnes autour de Chiang Maï, un genre d'avant-garde modeste de l'Himalaya et sa ritournelle de sommets les plus hauts de la planète, stationnant un peu plus loin, vers la Chine et l'Inde. Alors là oui, le froid règne en pagaille, mêlé à la végétation inextricable des latitudes brûlantes et aqueuses, un drôle de contraste.

Mais en 1991, expliquait Tina, la région nordiste, rivée à la Birmanie et au Laos, n'était toujours pas claire, et formait dans les imaginaires et les cartes d'état-major un Triangle d'or. Les champs de pavot s'étendaient majestueusement sur les flancs de colline et servaient de base à la production d'opium et d'héroïne. On ne pouvait pas s'y rendre sans l'autorisation de différents chefs locaux appartenant à des groupes ennemis. Les canards anglophones de Thaïlande, le *Bangkok Post*, le *Bangkok World* ou *The Nation*, dénouaient parfois dans des récits fleuris, bourrés d'hyperboles et de litotes, le nœud légendaire étranglant cette partie du royaume de Thaïlande, où s'imbriquaient l'épopée d'une armée de la Chine nationaliste en déroute devant la victoire communiste de 1949, des peuples montagnards et forestiers révoltés contre le pouvoir birman – les Shans, les Hmongs –, et un état-major thaï en commerce avec eux. Une figure fantomatique dominait ces articles comparables aux lacs du Siam, quand la surface ornée de plantes masque habilement les pythons et les varans dessous, une figure dotée de surnoms parfaits pour les contes mafieux de la presse et du cinéma, le « Seigneur de la mort », le « Roi de l'opium » : le général rebelle Khun Sa. Un collectionneur de Paul, plus tard. Tina conservait quelque part, dans un de ses albums servant de matière à ses œuvres, des coupures de presse françaises, anglaises et thaïes, où l'on parlait de sa reddition aux Birmans négociée en 1996, et de sa mort dans sa villa de Rangoon en 2007. On distinguait, dans un reportage à propos de son incinération, aux illustrations colorées montrant ses richesses et son bûcher, deux grandes compositions de Paul sur l'un des murs de la maison. Les toiles, accrochées au châssis par les côtés latéraux et le haut, tombaient jusqu'au sol en plis et drapés, selon sa manière. Elles commençaient comme des tableaux et finissaient comme des robes de mariée avec leur traîne. On les croyait trempées autant que peintes, couvertes d'une matière aqueuse, pleine de transparences plus ou moins nettes. Elles représentaient des filles dans un gogo de Bangkok, tantôt assises et environnées de bouteilles et de verres, tantôt sur scène, exécutant mille positions autour des tiges chromées de lap dance. Combien, parmi elles, avaient eu pour pères les soldats perdus de Khun Sa ? Elles aimaient séduire en inquiétant le client par leurs histoires, tout en prodiguant les caresses les plus douces. Paul les peignait racontant leurs passes, leurs villages, leurs temples, leurs familles à charge, en lisière de jungles peuplées d'esprits où même le Bouddha ne pouvait rien. Toute la ville, toute la Nature, toutes les femmes réunies par le pinceau de Paul et disséquées dans un rêve encyclopédique bizarre, érudit et sexuel, où les références muséales et livresques s'éclairaient aux néons de Krung Thep. Il y a une rue là-bas, précisait Tina, la numéro 33 sur Sukhumvit, elle s'appelle soï Dead Artists, et on y trouve des clubs comme le Renoir, le Monet, le Goya, le Dalí parmi une centaine d'autres, et les hôtesses y sont plus chères qu'ailleurs. Le Triangle d'or des trafiquants de drogue, le pubis triangulaire des Ladybars de Sukhumvit et du Khlong Toeï, de 1991 à maintenant.

En évoquant tous ces détails, elle tentait de communiquer le premier regard de Paul sur la Thaïlande en juin 1991, comme si elle-même s'y rendait pour la première fois. Or elle connaissait déjà les lieux. Son premier voyage remontait à 1967. Ils avaient vingt-cinq ans d'écart et c'est elle qui l'avait initié aux arcanes des soïs de la capitale du Siam, elle qui lui avait appris que ça signifiait ruelle en thaï. Elle avait dit à la journaliste : « La première fois s'apparente à une révélation. Vous devez me croire. Toutes ces impressions nouvelles dans votre corps, et ce premier regard. Il dure un, deux ou trois ans maximum, et après, on cherche à le reproduire. Il revient toujours, mais de plus en plus rarement, avec une intensité variable. Parfois, on se dit qu'il est intact. Et parfois, on a peur que ce ne soit plus qu'un souvenir. Par-ci, par-là, des étincelles. Des taches paradisiaques polychromes, et puis dedans, un visage, une foule de visages inchangés par-delà les modes, les teintures de cheveux, les laques, les tissus… Du moins si vous avez la vocation. Peut-être s'agit-il seulement de vocation. Muriel Cerf l'avait. Je l'avais. Et Paul l'avait aussi. Observer Paul à ce moment-là, c'était une façon de retrouver mes yeux de 1967-1970. Dans mon genre de travail, l'innocence devant l'inconnu, et la mémoire de cette innocence, c'est essentiel. Même si c'est très différent pour un homme, artiste ou pas. Pour un homme, et je vous parle d'un homme étranger, quelle que soit son étrangeté, l'étrangeté d'être un Arabe, ou un Européen, ou un Asiatique du Nord, la Thaïlande, c'est quitte ou double. Toutes ces femmes… Vous comprenez ? »

La journaliste avait gentiment arrêté Tina dans ses divagations en lui disant que c'était très intéressant, mais qu'elle attendait autre chose. Elle voulait simplement connaître l'histoire de la pute adolescente que Paul Gauguin s'était tapée à l'époque paraît-il, et qu'il avait utilisée dans plusieurs de ses œuvres, le plus souvent des peintures.

2

Après cette conversation téléphonique un peu froide, Tina Van Gogh accepta de la recevoir chez elle. Son atelier se trouvait à Nanterre, dans un îlot pavillonnaire sans âge, coincé entre l'avenue Georges-Clemenceau et la cité Pablo-Picasso, avec ses tours atroces aux fenêtres rondes et au béton grimé de nuages. En 1990, après une décennie d'expositions à succès, elle avait acheté comptant un garage automobile et ses dépendances, pour en faire son lieu de vie et de création. Ça n'avait pas été un coup de foudre mais un mariage de raison, à cause du prix du mètre carré, de sa situation proche de Paris, et elle ne regrettait pas son choix. Elle possédait maintenant un potager, un puits, un poulailler aménagés derrière, et elle pourrait s'offrir le luxe de survivre un peu en cas d'effondrement global, que certains emmerdeurs prédisaient à longueur de journaux et de reportages, se faisant pas mal de fric avec ça. Tina entretenait cette mentalité de radiographe colérique, détectant l'éternelle escroquerie bourgeoise derrière les bons sentiments et le militantisme des bonnes causes. Greta Thunberg en une de *Paris Match* sur les genoux de sa jolie maman actrice. Le confort matériel + le confort intellectuel. Bien choisir ses idées comme ses meubles. Le business de l'Apocalypse paraissait rentable et Tina s'assoupissait devant l'ennui des actualités sur les réseaux et les chaînes pour se réveiller uniquement sur le papier, la toile ou l'écran de ses productions étranges.

Comme Paul, c'était une artiste, avec tous les préjugés attachés à ce métier aujourd'hui, une « privilégiée », une « bobo », une globe-trotteuse « mondialisée » par ses vernissages, etc. Elle avait eu son heure de gloire, pas au niveau des Américains bien sûr, ni même des Allemands ou des Chinois, mais peu de Français pouvaient y prétendre, et encore moins une femme, et elle figurait dans les dictionnaires d'histoire de l'art, souvent au rayon art féministe, ce qu'elle jugeait maintenant complètement con et réducteur pour un être humain, mais elle n'y pouvait rien. Elle avait développé une espèce d'autofiction plastique pleine d'humour, de sous-entendus et de « poésie » comme on dit vulgairement, où elle se mettait en scène par le dessin, le texte et la vidéo dans des actions du genre : « Tina nettoie les caleçons de son mec », « Tina range ta maison et s'excuse d'avoir un sac à main bordélique », « Tina te prépare un bon repas en talons et jarretelles », ou encore « Tina te suce et t'apporte le petit déjeuner le matin, tout en prenant soin de te demander si tu as passé une bonne nuit », « Tina te trouve idiot et c'est dommage pour toi »...

Deux séries l'avaient installée pour toujours dans les petits papiers de celles et ceux qui font, défont et refont ce milieu. La première s'appelait « Tina s'excuse ». « Tina s'excuse d'avoir ses règles et d'être de mauvaise humeur » ; « Tina s'excuse de grossir du ventre et pas suffisamment des seins et des fesses » ; « Tina s'excuse de sa pissaladière trop salée » ; « Tina s'excuse d'être fatiguée » ; « Tina s'excuse d'avoir raison »...

L'autre, c'était « Tina fait l'amour ». « Tina fait l'amour avec un vieux » ; « Tina fait l'amour avec ton fils » ; « Tina fait l'amour avec une femme devant toi » ; « Tina fait l'amour avec Dieu le Père et enfante l'Univers ». Ce n'était pas une star warholisée mais une valeur sûre, plus intellectuelle que pop, et des musées la conservaient, des collectionneurs la couvaient, des écoles l'invitaient.

Il y a trois ans, une étudiante de Yale, où Tina officiait pour un workshop d'un semestre, s'était plainte sur son profil Facebook, relayée par d'autres profils, relayés par des sites, relayés par les pages culture de la presse internationale, d'une suite d'acryliques grand format intitulées « Tina te dit NON mais pense OUI très fort ! » et « Tina fantasme ». « Tina fantasme de punir le petit garçon qui est en toi ». « Tina fantasme sur le délinquant sexuel le plus beau du Minnesota ». L'étudiante s'étonnait de l'insouciance de Tina concernant un sujet impliquant l'empathie pour les victimes et la dénonciation claire des coupables. Toute ambiguïté ne profitait qu'au crime. Et si l'art était ambigu, alors il fallait l'abolir. Un malentendu, rétorqua d'abord Yale, toute confuse. Rien de plus. Tout rentrerait vite dans l'ordre. L'artiste et la direction de l'université se fendraient d'un communiqué de presse s'excusant auprès des élèves s'étant soudain sentis en insécurité devant les œuvres et la personnalité de leur professeure invitée, ils expliqueraient qu'il s'agissait du contraire, une dénonciation de la culture du viol. On attendit. Une semaine environ après le début de la micro-affaire, Tina Van Gogh mit en ligne trois dessins : « Tina envoie les jeunes garces comme toi se faire foutre par des bites alcoolisées », « Tina fantasme d'éduquer à coups de rasoir la belle militante aux yeux de collabo », et « Tina serait ta mère, elle te foutrait sur le trottoir (et ne paierait plus tes études hors de prix à Yale) ». Yale avait écourté brutalement son workshop, rédigé seule une bordée d'excuses tous azimuts, déplorant l'irresponsabilité de l'artiste et songeant à la poursuivre en justice. Une seule voix s'était levée pour la défendre : une philosophe nommée Camille Paglia, qui d'ailleurs, détestait qu'on la définisse comme femme, et Tina fut émue. Elle avait lu et apprécié ses ouvrages traitant d'art et de poésie, et elle citait souvent *Sexual Personae*, l'un de ses chefs-d'œuvre, notamment l'incipit : « Au commencement était la Nature… Nous ne pouvons pas espérer comprendre le sexe et le genre tant que nous n'aurons pas clarifié notre attitude face à la Nature. Le sexe appartient à la Nature. Le sexe est la part naturelle dans l'homme. » Ça lui rappelait les nuits dans la jungle avec Paul en compagnie d'un guide heureux de leur terreur, les deux farangs assistant horrifiés à la lutte à mort des êtres vivant la nuit, à savoir chasser, être chassé, manger, se cacher pour ne pas être mangé, copuler, enfanter, tuer, ramper, voler, creuser, polliniser, paresser, embellir son milieu de ses couleurs, ses formes, sa prédation alimentaire et sexuelle, et de toute la panoplie de ses instincts sacrés. Mais Camille Paglia faisait elle-même l'objet d'une pétition réclamant sa destitution de prof à Philadelphie pour une histoire identique. Son soutien la desservit presque. Et il traînait maintenant autour de Tina Van Gogh une réputation de femme réactionnaire vieillissant mal. D'autant que son amitié de jeunesse pour Paul Gauguin était notoire, et cultivée par elle, avec lyrisme et violence.

3

La journaliste vivait à Paris. Elle suivit les indications de Tina au téléphone : prendre le RER A jusqu'à La Défense-Grande Arche ; dans le hall déshumanisé de la gare routière typique des années 1980, prendre le bus 258 ; descendre au rond-point des Bergères ; marcher parmi des maisons un peu chiffes et les barres d'habitation quasi militaires de la cité Pablo-Picasso, dont la grisaille modulaire et les antennes paraboliques rappelaient des camouflages et des radars ; et finir par sonner au portail rouillé donnant sur une cour intérieure pavée depuis Mathusalem. Tina vint tranquillement lui ouvrir. Sa rousseur légendaire, pleine d'ondulations épaisses jusqu'aux reins, était maintenant blanche-sorcière, et son chandail aux épaules évoquait le fanion perdu de la route des hippies. Des couplets s'imprimaient dans l'atmosphère, venus d'on ne sait quelle fenêtre, une voix live déclamant :

Range ton drapeau babtou
Tu parles au négro raptou
Ta France m'appartient
Ton pays c'est plus rien

ou bien

Miss, j't'aime voilée pas fardée
Parole : mon respect t's'ra pas volé
Habille-toi clean
Et tu s'ras mon héroïne

Tina l'accueillit en souriant. « C'est François, dit-elle, un jeune Blanc du quartier qui s'essaie au rap, comme Pierre Sarkozy, le fils de l'ex-président. » La journaliste aussi souriait, mais de façon plus distante. Elle devait avoir dans les trente ans. Une pâleur de cire nimbait son corps longiligne et fin. On aurait dit un cierge. Elle travaillait pour plusieurs magazines culturels. Son article porterait sur Paul Gauguin, mais pas seulement. Disons la persistance d'une iconographie coloniale à base de sexualisation des modèles « noires ». Noir, pour la journaliste, signifiait tout ce qui échappait au Blanc. Et donc la Jaune, la Brune, la Dorée, la Cuivrée, la Mate, ces tonalités des filles de Paul sur ses toiles, appartenaient aux malédictions résurgentes du Noir vu par un Blanc.

Tina grimaça comme pendant une indigestion, ça commençait mal. Elle lui proposa du thé, du vin nature, des jus de fruits achetés au Biocoop Nanterre. Elle avait beau pester contre la propagande verte, où des citadins arrogants viennent emmerder la paysannerie et ses paysages de lignes et de bandes vernies aux pesticides les jours de labour, et bouffis de blé, de colza ou de maïs les jours de récolte, elle avoua qu'elle s'y mettait aussi et ne s'en portait pas plus mal, son crâne n'explosait plus de douleur après une beuverie, et son ventre ressemblait moins à une sculpture faussement gonflée à l'hélium pour épater Versailles. La journaliste attendit, hochant la tête, comprenant combien ce serait difficile avec cette Tina Van Gogh. Elle inspecta le salon tropicalisé, ses verrières, son allure d'orangerie super-coloniale meublée de ficus divers, de rhododendrons complaisants, de rotins et de tissus indiens. Elle choisit du thé. Puis elle fit ses premières demandes sur Paul et la fille. Comme au téléphone, Tina s'embarqua immédiatement dans un de ses récits emboîtés constitués de longues phrases sinueuses que ses proches connaissaient bien. La journaliste devait sans cesse la ramener au cœur de son enquête : la pute adolescente représentée par Paul, l'iconographie postcoloniale du tourisme sexuel et forcené de son art. Elle prévint cependant qu'elle ne voulait préjuger de rien. De fait, Gauguin restait un inconnu. Sa fiche Wikipédia, tirée de la notice biographique d'une exposition récente, demeurait trop succincte.

Né le 7 juin 1968 à Paris. Vivant et travaillant à Bangkok depuis 1995. Auparavant : participation aux mouvements artistiques du début des années 1990. Vidéos ; performances ; quelques dessins figuratifs ; des sculptures néominimalistes. Apparitions fugitives dans la nébuleuse électronique. Des expositions collectives à l'Hôpital éphémère, à la galerie du jour, à Beaubourg. Et une exposition personnelle chez Urbi et Orbi, la galerie de Gilles Dusein. Après, disparition des gazettes traitant d'art contemporain. Puis, réapparition à la galerie Laurence V. en 2019, et polémique.

Entre-temps, on avait su, par Tina notamment, qu'installé en Thaïlande, il revisitait l'art figuratif par la peinture, le dessin et la vidéo : scènes de genre et d'Histoire, natures mortes, fêtes galantes, paysages. Il ne possédait pas le tabou des médiums qui sévissait encore au début des années 1990, ce préjugé à l'égard du tableau peint ou du dessin. Mais il ne rejetait pas du tout les inventions contemporaines. Simplement, la volonté révolutionnaire en art ne l'impressionnait plus. Le progrès, l'avant et l'après n'avaient plus aucun sens pour lui. Il avait dit à Tina : « Je quitte l'histoire de l'art pour l'Extrême-Orient. » Une formule que Tina trouvait stupide. Il confectionnait méticuleusement, selon de vieilles recettes et des trouvailles, le portrait toujours recommencé des femmes thaïlandaises et d'un peu partout en Asie du Sud-Est. Exclusivement de là-bas, d'une région allant de l'Inde à la Polynésie. La plupart se prostituaient et Paul les appelait des *Belles de bar*. D'habitude, on dit fille de bar ou Ladybar ou plus simplement tapin, putain, hooker. Lui, c'était Belle de bar. Cette expression horripilait la journaliste. Elle y voyait un glamour déplacé masquant leur activité sordide auprès de gros dégueulasses comme Gauguin. Il avait également confectionné une *Table des matières* écrite sur un rouleau de PQ. Il paraît qu'en Thaïlande, dans les restaurants de rue, sur fond d'affolement chromatique joyeux – tous ces néons, tous ces corps trempés de transpiration et de nuit –, on se sert de la même matière pour s'essuyer la bouche et les fesses. Sur ce rouleau, il notait l'urine, la cyprine, les menstrues, le sang, la salive, la merde, le placenta, les cuticules, le sebum, les croûtes, et il en fabriquait des liants, des pigments après séchage et broyage. Il en émaillait aussi sa correspondance avec les rares relations parisiennes qu'il lui restait. Ces gens de Paris, ça les dégoûtait et ça les faisait rire. On lui colla d'abord l'étiquette de ringard, puis on l'oublia.

En 2002, une critique d'art parvint à le rencontrer à Bangkok, et à visiter son atelier. Elle en fit une étude assez fouillée plus proche du récit que de l'analyse, où elle déambulait dans la ville avec lui le temps d'une nuit à Sukhumvit, commençant par ce qu'elle appelait les « venelles arabo-putassières autour du Grace Hotel », puis au NEP, le Nana Entertainment Plaza, et à Washington Square, avant de finir au Thermae Club. Elle mentionna la bâtisse sur pilotis parfaitement thaïe et modeste où il travaillait et vivait, non loin du fleuve et d'une voie de chemin de fer à peine visible depuis la végétation et les rangées denses de bâtiments, et où on lisait à l'entrée en néons latins : MAISON DU JOUIR. Quelques photos montraient la dimension sculpturale des châssis saillant du mur, et les toiles inhabituellement longues tendues et cloutées dessus, mais laissées libres en bas, tombant et créant un drapé majestueux et poussiéreux au sol, une forme mi-théâtrale mi-fresque qui lui appartenait, agaçaient ou plaisaient tout de suite. Elle décrivit les modèles, les poses, le traitement des couleurs de la peau, et des lumières sur les peaux, et elle donna des noms et des âges. La critique parlait aussi de la recherche obstinée de Paul avec et contre différentes traditions d'Europe et d'Asie, et qu'il ne voulait pas « repeindre à l'ancienne mais peindre à nouveau ». C'était son slogan. L'ensemble parut dans une revue de luxe italienne, et auprès de ses anciens amis, ça ne fit qu'aggraver son cas. Il était devenu au mieux une marotte d'antiquaire, au pire un sale con. Pour les autres, qui ne le connaissaient pas, ça ressemblait à un canular ou à une nouvelle de Borges concernant un artiste imaginaire, au caractère simple et brutal, honnête et naïf, un ermite monstrueux n'accédant aux raffinements qu'à travers l'étude picturale minutieuse des femmes de la nuit thaïlandaise.

Pendant longtemps, on ne vit donc plus rien de Paul Gauguin. Plus jamais de show en solo ou de participation collective, sauf dans les ventes aux enchères d'œuvres de l'époque Gilles Dusein. Seulement de rares témoignages, débouchant sur des ouï-dire, débouchant sur des rumeurs. Une poignée de collectionneurs, d'abord japonais, Européens en exil, Chinois de Hong Kong et de Singapour, plus tard Émiratis et Chinois de Chine populaire, assuraient un train de vie dont on apprenait maintenant le contenu très spécial. Tout partait chez les tapins du Siam, et l'achat de terres pour elles, et d'instruments de musique afin qu'elles posent avec et improvisent dessus les mélodies malades de son imaginaire.

Cependant, une jeune galeriste parisienne, Laurence V., qui aimait les artistes en partie oubliés, se rendit en Thaïlande, trouva Gauguin, et lui proposa une exposition personnelle. C'était inespéré pour Paul, car la vérité, c'est que le fric manquait cruellement. Tous ces mystérieux collectionneurs indo-asiatiques qu'on lui prêtait n'étaient en fait que trois, et deux étaient morts. Paul vivait au bout du rouleau en quelque sorte, racontant contre un repas de rue toutes sortes d'histoires où les actualités thaïlandaises se mêlaient aux amours dans les bars. Les affirmations orgueilleuses de l'art, celle par exemple de Robert Filliou, un type de l'avant-garde, déclarant que « l'art est ce qui rend la vie plus intéressante que l'art », il l'avait vécue et même archi-vécue. Et il préférait désormais celle-ci, plus honnête : « L'argent est ce qui rend l'art plus intéressant que l'argent. » Une leçon donnée par les Belles de bar, dit-il à Laurence V., très fier de son effet. « L'argent est ce qui rend l'art possible, c'est sûr, répondit-elle, c'est pas nouveau. » Elle le trouvait touchant et assez naïf, comme quelqu'un qui, devant une porte ouverte, s'imagine l'avoir défoncée. Trop de solitude au Siam à discuter avec lui-même, multipliant les interlocuteurs imaginaires dans des dialogues de plus en plus incompréhensibles. Mais elle aimait farouchement ses œuvres. Ces anecdotes, la journaliste les avait recueillies lors de sa rencontre avec Laurence V., qui d'ailleurs lui semblait tout aussi désagréable et toxique que Tina Van Gogh.

Et c'est donc en 2019, lorsque apparut dans cette exposition chez Laurence V., parmi des films et des objets, une suite de tableaux à sa façon, intimistes et spectaculaires, montrant une fille dénudée reproduite à l'échelle 1, qu'un intérêt soudain se manifesta, suivi par une polémique. Les cartels, entés de photos, décrivaient une gamine évidente, dégondée de l'enfance par la pose, l'allure, le maquillage. Gauguin la titrait le plus souvent ainsi : *Tippawan, Thermae Club, Bangkok, 1991.*

4

Depuis, Paul Gauguin servait d'exemple lorsqu'on parlait de « tourisme sexuel », de « clichés racialistes », de « racisme structurel », de « privilège blanc », de « domination patriarcale », de « male gaze », de « culture du viol », etc. Les tentatives d'étudier son œuvre autrement mouraient étouffées dès le berceau, comme ces nouveau-nés oubliant de respirer lorsqu'ils dorment. Sur son téléphone – un sublime iPhone grand format où elle pouvait confortablement rédiger ses tweets, et où les images débordaient de l'écran comme l'eau d'une baignoire pendant un suicide –, la journaliste montra un affichage rue Saint-Guillaume, juste en face de Sciences Po, à base de grandes feuilles blanches où s'inscrivait en lettres capitales, noires et grasses :

PAUL GAUGUIN

PÉDOPHILE NÉOCOLONIALISTE

BLANC

On en trouvait de similaires un peu partout dans la capitale, surtout dans les beaux quartiers. Tina se pencha froidement sur l'iPhone. Il était vraiment très large, et la main de la journaliste où il reposait ressemblait à ces études classiques que toutes les académies de dessin proposent, quand les doigts s'échelonnent parfaitement distincts les uns des autres, légèrement pliés, légèrement écartés dans un mouvement d'éloquence.

— Je les connais déjà, dit-elle. Depuis l'année dernière, on ne s'est pas privé de me les mettre sous le nez, comme vous…

Tina se renfonça dans la coque maternelle d'un fauteuil d'osier compliqué qu'elle avait en plus bourré de coussins fleuris et bestiaux – scènes de chasse, grands lys et massifs de roses. Elle demeura silencieuse, la bouche collée à une tasse de café, le regard aux objets, aux reflets, aux nappes de lumière glissante, aux ombres et aux zones indécises, là où naissent les nuances, les glacis, les estompes. Le sfumato, etc. Elle rigolait de cette persistance de la peinture en elle. Disons de la *peinture-peinture* ou de la peinture *peinte* comme on l'écrivait parfois lourdement. C'est dingue comme désormais l'art s'exprimait avec difficulté. Les discours constituaient de jolies nébuleuses semblables aux produits financiers obtenus par des équations incompréhensibles aux banquiers eux-mêmes. De toute façon, elle avait des problèmes d'audition. Elle n'entendait plus aussi bien qu'avant. Et elle avait mal au dos. Elle souffrait toujours d'une partie de son corps, sans être vraiment malade. Plus grave, ses yeux la tourmentaient. Elle venait d'avoir soixante-dix ans. Quelque chose d'inconnu jusqu'alors avait fait son apparition dans tout son être. Elle ignorait comment nommer ce phénomène. Elle ne voulait pas l'appeler vieillesse. Pas tout de suite. Elle l'appelait d'un magma de mots, d'un brouillon de sens, d'un croquis de phrase opaque parce qu'elle demeurait une artiste contemporaine, et que dans ce genre de famille, on manie très haut des phrases opaques avec une passion froide. Un jour, un jeune type pédant, fier de son diplôme des Beaux-Arts de Paris, lui avait expliqué qu'une exposition en galerie n'est pas une exposition en galerie ; c'est un « dispositif de monstration normée ». Alors le vieillissement pour Tina ne fut plus le vieillissement mais une « indifférence progressive par la chair même ». Voilà. C'est-à-dire qu'elle éprouvait cette indifférence par les nerfs et non par l'esprit, comme c'est habituellement le cas. Ce n'était pas un trait de caractère égoïste ou misanthrope, mais une caractéristique physique sans colère ni frustration, et générant à rebours une grande compassion pour les illusions des gens plus jeunes ou plus résistants qui continuaient leur agitation. Par exemple, des connaissances de son âge, des femmes ayant exercé d'importantes fonctions dans les médias et les institutions, et qui fantasmaient des retraites studieuses où elles écriraient enfin leur livre – elles fantasmaient toutes ce livre que leur carrière prestigieuse avait suspendu –, retombaient au contraire dans les mêmes conneries, inquiètes de ne plus participer activement à la marche du monde et ses actualités. Elles ne révélaient finalement qu'un seul talent, jugeait Tina, celui de prendre le train en marche des pouvoirs et des modes. Alors elles intriguaient et rejoignaient des émissions de télévision en tant que chroniqueuses, et peu importait qu'elles n'y fussent plus que des personnages secondaires prenant la place des plus jeunes. Tina souriait avec indifférence en retrouvant à l'écran ces vieilles gueules amicales, où leurs traits déjà squelettiques à cause du temps et des régimes de gamines renforçaient la vanité de leurs paroles convenues sur les flux migratoires, le capitalisme, le néoféminisme, l'écologie. Tina éprouvait l'indifférence comme on respire. Ça venait des pores de sa peau, de l'intérieur de son ventre, des papilles et des muscles, et non de la réflexion. Il n'y avait que lorsqu'elle travaillait quotidiennement à ses œuvres qu'elle retrouvait une énergie intacte. Elle dessinait, peignait, écrivait au pinceau, photographiait, découpait, collait quotidiennement, et elle observait la ville, les tours de La Défense au loin, les jeunes agglutinés sur leurs scooters telles les masses en mouvement des batailles équestres du Quattrocento représentées sur les murs des palais en Italie, et elle observait la Nature quand elle s'échappait de Nanterre, allant ici et là en France, ne quittant plus beaucoup la France. La simplicité brutale des cycles de la Nature la calmait, quand faune, flore et art semblent correspondre par des rythmes élémentaires et monotones. Ratage, réussite, déchirure, gommage, poussière, renaissance, photosynthèse, décomposition, prédation, transformation… elle se laissait désormais porter par un mouvement général où elle flottait de plus en plus insensible au reste. Peut-être parce qu'elle avait réussi, elle ne se souciait plus de réussite ou de carrière. C'était facile pour elle. Tant de peintres échouaient, qu'elle avait connus jadis, fréquentés amicalement, presque fraternellement. Mais son succès peu à peu l'avait séparée d'eux, et elle éprouvait une certaine honte à leur égard, une gêne parce qu'ils n'arrivaient même pas à obtenir un succès d'estime, et qu'ils en voulaient à toute la terre et demeuraient bornés à l'incompréhension de leur échec, arc-boutés sur leurs convictions de losers au lieu de se remettre en cause et d'avancer toujours plus, de se briser pour se reconstruire, de se transformer pour survivre et gravir la chaîne alimentaire de l'art. Elle avait su comment s'y prendre, comment fréquenter certaines personnes et leur parler, comment être humble la plupart du temps et hautaine et intransigeante à des moments cruciaux, comment mouler sa personnalité picturale dans les attentes d'une époque.

Et puis il y avait eu Paul. Avec lui, ce fut encore autre chose. Il aurait pu être son fils, mais pas seulement par l'âge. Elle le redoutait autant qu'elle l'aimait sans limite d'émotions et de sentiments. Elle l'aimait et elle le jalousait, et parfois, elle le haïssait sournoisement, parce que c'est inévitable entre artistes. Extérieurement on se fait la bise dans l'effusion. Intérieurement, on se souhaite la mort. En 2020, elle demeurait toujours stupéfaite qu'il ait pu tenir jusqu'ici, peindre et vivre de sa peinture en dehors des circuits habituels du commerce de l'art, et en vivre sans efforts mondains envers les collectionneurs et les institutions muséales. C'est le genre de privilège qu'on accorde aux morts, pas aux vivants. Elle jalousait ses aptitudes formelles, sa capacité à créer une forme inédite de tableau. On pouvait critiquer cette forme, on ne pouvait pas lui contester l'originalité vitale, l'évidence organique de ses toiles. Une poussée, une croissance, une espèce nouvelle. Une véritable créature picturale vivante. Dessus, dedans se battaient ses tentatives de peinture, et là, pendant un bref instant, Tina n'était plus jalouse de Paul. Elle vérifiait ses défauts de peintre autodidacte, ses modèles gâchées par un manque cruel d'éducation graphique. Puis à nouveau elle était jalouse, ses défauts appartenaient à une inspiration plus honnête que la sienne, et plus puissante, et peut-être était-elle divine. Mais c'était passager. Elle aimait Paul comme une partie d'elle-même, celle de l'Asie du Sud-Est, celle du malaise inexplicable avec son lieu d'origine et qui vous pousse ailleurs. Elle était en quelque sorte la mère de son départ, elle avait enfanté la Thaïlande en lui. Paul représentait la vie alternative de Tina, ce qu'elle-même aurait pu devenir au début de la décennie 1970, quand elle se heurtait à la misogynie du monde de l'art et que l'Asie du Sud-Est s'apparentait à un gigantesque ashram festif.

Elle avait rencontré Paul en 1986, après un cours donné à Paris I dans les locaux de Saint-Charles. Il y fréquentait l'atelier de Michel Journiac sans être inscrit à la fac. L'école et lui s'entendaient mal depuis longtemps. Une cassure au début du lycée alors qu'avant, il était le premier. Il traînait dans le milieu de l'art qui le regardait comme un plouc dangereux, un raffiné barbare, à cause de son érudition mélangée à une démarche et une tronche de racaille. Elle se souvint d'une visite chez ses parents à Noisy-le-Grand où ils habitaient. Cette femme mûre sophistiquée les avait gênés. C'étaient des gens méfiants, peu accueillants, très renfermés. La mère aimait Paul, semble-t-il, mais d'abord et surtout son mari. Tout convergeait vers cet homme d'une beauté d'un autre temps, celui d'avant les minauderies de la pop culture où tant de garçons ressemblent à des pétasses. Elle paraissait écrasée sensuellement par lui, c'était presque obscène de les voir tous les deux, lui avec son marcel à toute heure, et elle en décolleté tournant autour avec ses plats. Le père traitait Paul de pédé lorsqu'il dessinait. Tu es un pédé mon fils, l'art, c'est un métier de tantouze ! Et certes, comme les pédés, Paul avait le crâne rasé de un à trois millimètres à la mode électro de l'époque. Ni grand ni mince, minéral avec des épaules larges et des pectoraux puissants, velu du torse et du dos, il possédait la beauté des laids, une extrême délicatesse de mains et de bouche malgré des propos soudainement intolérables. Il ne sortait qu'avec des femmes d'Asie, d'Amérique latine et d'Afrique. Des femmes de couleur comme on disait à l'époque. Les seules Blanches avec qui l'amour semblait possible devaient avoir au moins vingt ans de plus que lui. Ne l'excitaient franchement que les contrastes, sans quoi il se montrait un saint dévoué à l'abstinence. Peau noire sur peau blanche, peau vieille sur peau jeune. Sa beauté de laid touchait autant qu'elle repoussait. Tina ne coucha pas avec lui, elle ne tenta rien et lui non plus. Ils se méfiaient mutuellement des amitiés homme-femme, qu'ils jugeaient contre-nature, ou du moins hypocrites. Il n'y a pas d'amitié entre un homme et une femme, il n'y a que l'envie ou la peur du sexe entre eux, le goût et le dégoût du sexe et du corps d'autrui. Le Oui et le Non et rien au milieu, pas de zone grise, pas de tiédeur. Ou alors, ce n'est plus un homme, ce n'est plus une femme, leur amitié en fait deux êtres angéliques discutant de sujets plus ou moins abstraits. Un homme et une femme devraient toujours tenter n'importe quoi pour coucher ensemble. Dépasser les dégoûts, abolir la distance d'Adam et Dieu dans la Sixtine. Paul avait des goûts si précis en matière de fille – matière fille, matière première et tropicale des filles nées en équilibre sur l'équateur – qu'il était un ange avec toutes les autres, plus inoffensif qu'un homosexuel. Le génie de l'hétérosexualité, c'est l'altérité radicale. Cette fascination pour un corps différent du sien. C'est son seul génie. Ça, Tina en était persuadée depuis son dépucelage et surtout ses coucheries lesbiennes. Mais elle ne coucha pas avec Paul.

Elle éduqua son apparence. Elle l'emmena au salon d'épilation et dans des friperies de messieurs un peu folles ou mafieux. L'élégance 1920-1950. Paul lui montra ses premiers travaux, qu'elle apprécia d'abord et défendit avec habileté. Une série trop scolaire nommée *Inversion*, où le cartel était grand comme un tableau et le tableau petit comme un cartel. Des *Christ*, variations géométriques employant quatre panneaux de bois massifs monochromes, deux carrés côte à côte en haut, deux rectangles côte à côte en bas, dont l'intervalle les séparant créait une croix virtuelle. Parfois, il réalisait cette croix, qu'il plaçait en équilibre entre les panneaux, comme si elle en venait, prélevée de leur masse, la pointe reposant au mur, le pied au sol. Elle lui présenta des gens. Elle lui présenta Gilles Dusein, qui dansait au cabaret L'Alcazar et se passionnait de photographies. Lorsque Paul réalisa *Stigmates*, une série de clichés médicaux montrant des plaies ouvertes et des opérations et qu'il accrochait près des angles et des lézardes des murs, Gilles Dusein organisa la première exposition personnelle de Gauguin. Elle lui présenta la romancière Muriel Cerf et les artistes Francesco Clemente, Alighiero Boetti et Ashley Bickerton. Ce dernier s'était installé à Bali et les autres travaillaient de près ou de loin avec l'Inde. Peut-être qu'elle avait fait les présentations parce que Paul vivait alors avec Thuy, une Vietnamienne étudiant la philosophie, et qu'il prétendait lesbienne parce qu'elle adorait ramener des filles dans leur lit et qu'il osait s'en plaindre, ce qui paraissait légèrement ridicule à son auditoire. Tina connaissait bien l'Asie, surtout dans sa partie sud, et elle offrit à Paul ses premiers billets pour là-bas. Elle lui racontait son passé sur la route de Katmandou et de l'Indonésie, dont les îles s'éparpillent à l'infini du Pacifique. Ça demeurait pour elle une période bénie et elle décrivait abondamment l'Afghanistan et l'Inde, Goa et Uluwatu Beach à Bali, avec ses surfeurs locaux se louant aux Australiennes. Et puis ses aventures au Khlong Toeï de Bangkok, dans des lieux démolis depuis longtemps comme le Sea Man Mission, le Venus Room, et surtout le Mosquito Bar… Elle lui racontait le Mosquito Bar en 1968, situé au premier étage d'un bâtiment avachi au carrefour de Kasemrat Road, un endroit pour de pauvres mecs donnant un sens à leur salaire en compagnie d'une bande de filles d'Issan âgées de treize ou quatorze ans. C'est la première fois qu'il entendait parler de l'Issan et des temples khmers de Pimaï et du Prasat Phnom Rung, et de toutes sortes de noms imprononçables jusqu'à ce qu'on finisse par savoir les prononcer. Quand il l'écoutait décrire cette Asie comme une œuvre d'art en trois ou quatre dimensions, il était doux, merveilleux, plein de questions, et il revenait avec des livres, toujours plus de livres sur ces pays, et il lui proposait de suivre ensemble des cours aux Langues orientales ou bien de visiter assidûment le musée Guimet et le musée Cernuschi et toutes sortes de lieux de cet acabit.

Mais ce garçon avait un grave défaut : l'orgueil. Ça, elle pouvait en témoigner. Pour les chrétiens, l'orgueil est ce péché où l'on s'attribue les pouvoirs de Dieu, la création notamment. Orgueil démentiel de Paul lorsqu'il parlait d'art et vouait la concurrence aux gémonies. Une pente où apparaissait son caractère simple et brutal jusqu'à la rage, rançon d'une origine sociale misérable et bornée, songeait Tina. Au fond, il n'était pas différent de son père. Il adorait s'emporter contre ses semblables du milieu de l'art et des universités. L'évolution des mœurs et des idées en Europe et aux USA le rendait malade. Par exemple, l'Ouest intellectuel et artistique vantant l'Est communiste et le Sud décolonisé, tout en jouissant de tous les privilèges du système qu'ils critiquaient – cette liberté de parler, de réfléchir, de se vêtir, d'habiter dans de beaux logements vastes –, rendait le caractère simple et brutal de Paul fou de rage. La vision des membres de cette bourgeoisie intellectuelle, voyageant avec les passeports des démocraties qu'ils conchiaient, pour assister à des séminaires anticapitalistes et des manifestations anticapitalistes et donner des conférences anticapitalistes payées par les impôts des sociétés qu'ils conchiaient, rendait le caractère simple et brutal de Paul fou de rage. Penser à gauche tout en vivant à droite rendait le caractère simple et brutal de Paul fou de rage. Traiter de fasciste quiconque ne pensait pas comme soi rendait le caractère simple et brutal de Paul fou de rage. Dans ces cas-là, le cerveau de Paul ressemblait à un disque rayé mais arrêté sur un magnifique morceau : la rage froide, chantée par le caractère simple et brutal d'un enfant venant du néant social, n'ayant pas fait d'études, et voulant se sortir des pièges d'un destin tout tracé, souvent par des gens matériellement et intellectuellement riches, expliquant à lui, Paul Gauguin, d'où il venait, qui il était et où il irait.

5

Tina l'avait persiflé avec les autres vers 1995-2000, les rares fois où on évoquait son souvenir dans tel vernissage commémorant les années Gilles Dusein. Lorsqu'elle transmettait les nouvelles reçues directement de lui, son ironie le trahissait mieux qu'une attaque frontale. Elle possédait encore la rousseur immense de ses cheveux ondulés jusqu'aux reins, et elle impressionnait par sa taille, sa bouche large et rougie à l'extrême. Année après année, elle grossissait des seins, des fesses, des hanches, des cuisses, du ventre qu'elle torturait de guêpières pour l'effacer, se construire une taille, exalter sa poitrine, et son épiderme se tendait, retardant les rides, masquant la cellulite, sauf dans quelques positions, notamment l'assise, où la graisse formait des îlots délicats et onctueux, et pour certains hommes, certains jeunes hommes ayant le goût animal des femmes, elle incarnait un sortilège tactile et gustatif, un festin de chair. Cinquante ans, cinquante-cinq ans, des expositions individuelles, des expositions collectives, de l'argent, des kilos, des régimes, à nouveau des kilos, des chefs-d'œuvre, beaucoup de chefs-d'œuvre, de l'argent, quelques amours, des échecs, soixante ans, soixante-cinq ans, et soudain l'indifférence tel un amant inattendu, l'indifférence prenant son ventre, ses tripes, sa vulve, ses stimuli.

Alors, qu'en avait-elle à foutre de la journaliste, de Paul Gauguin et des putes thaïlandaises ? Qu'est-ce que ça disait de leur peinture et de leur dessin ? Elle aurait bien voulu parler de leur peinture à la journaliste, et de leur dessin, et des vidéos qu'il fabriquait de ces filles. Mais à quoi bon ? Il aurait fallu réclamer du temps comme une Ladybar réclame de l'argent. Pourquoi s'expliquer ? Expliquer les gens est vulgaire. Seul les décrire est noble. Si c'était son truc à Paul, de foutre en toile un maximum de tapins tropicaux post-pubères, en quoi ça posait problème ? Treize ans, soixante ans, qu'en avait-elle à foutre ? Une chatte est une chatte, de gouttière ou persane, et l'existence sera toujours un concours de beauté ou de laideur. Tina subissait la polémique de son jeune ami à cause de l'âge et de la couleur de peau d'une gosse écartant les cuisses depuis l'année 1991 – on est en juin à Bangkok, elle salue pour toujours le monde avec son sexe ouvert dans une chambre du Khlong Toeï, son sexe est rose-brun, jaune-écarlate, purulent-pudique, elle sourit cruellement, elle crache des pépins, elle crache au sol et aux murs des cuticules de durian, elle se promène avec irritation et crânerie dans la pièce déshéritée une serviette nouée en paréo, il y a un ventilateur au plafond, c'est la saison des pluies et les températures augmentent, multipliées par la ville infernale et ses trafics, et certains soirs la mousson s'aventure pendant des heures, c'est une eau tiède abondante, caressante ou brutale comme une passion amoureuse, et Tina entend les filles du Khlong Toeï, elle les entend très bien ces gamines qui lui faisaient peur parce qu'elles paraissaient très vieilles, et qu'elles cherchaient querelle pour rien, et s'adoucissaient pour cent bahts ou gratuitement, leur personnalité contrastait avec leurs traits au repos quand elles ne bougeaient plus telles des cires majestueuses d'enfants-soldats de la fête et de l'amour, elles étaient toute une bande de Thaïes aux origines khmères ou laos dans ces bars de Bangkok version 1990, l'apogée de Sukhumvit entre soï Zero et soï Cowboy, l'apogée du Nana Hotel et du Nana Plaza, les dernières heures du Thermae Club et de Washington Square, mais ça, on l'ignorait encore.

Tina dit à la journaliste :

— Vous savez, il en a dessiné beaucoup durant les trois mois de notre séjour de 1991. Vous me parlez de cette Tip mais il y en avait beaucoup d'autres. Je me souviens de Song, la meilleure copine de cette Tip. Et puis Dussani. Des ados centenaires… Ne vous fâchez pas ! Le plus dur, c'était la première fois, quand on vendait leur virginité à des Chinois. Je ne sais pas pourquoi c'étaient exclusivement des Chinois. Mais c'était ainsi à l'époque. Tout ça doit avoir disparu. On attendait qu'elles aient leurs menstrues. On leur accordait quelques mois. Puis elles passaient d'enfant à femme d'un seul coup. Et si elles avaient la force, elles passaient de pauvres à moins pauvres d'un seul coup. Et soudain, elles avaient un pouvoir sur leur famille. Elles n'étaient rien et elles devenaient tout. Elles étaient comme riches. C'est la vérité. L'argent est la seule vérité. L'écriture est née pour comptabiliser le bétail et les récoltes, inscrire les échanges et les valeurs du bétail et des récoltes. Pierre Reverdy affirme : « Il n'y a pas d'amour, il n'y a que des preuves d'amour. » Alors Tina vous dit que l'argent favorise grandement les preuves d'amour. L'argent gagné puis donné aux siens est une grande preuve d'amour. Les flemmards n'aiment qu'eux-mêmes. Les beaux parleurs sont les seuls vrais salauds, les seules vraies putains. Les bosseurs sont les seuls qui aident ceux qu'ils prétendent aimer, ceux qui n'ont pas la force. Des hommes travaillent dur dehors pour leur foyer, des hommes formidables et violents à cause du dehors et qui pourvoient au confort de leur foyer, et leurs femmes travaillent dur dehors, des femmes formidables et violentes à cause du dehors, des trottoirs, des bars, des discothèques, et qui gagne le plus à la fin, qui aide le plus ? Le maçon se tuant sur un chantier ou la pute se louant intelligemment aux salopards friqués ? Qui aide le mieux l'enfant et le parent ? Et qui donne le plus au Temple et se voit béni de son don ? Il n'y avait que Bouddha, leur famille et le Prathet Thaï – le pays thaï –, pour Song, Dussani, Tip et d'autres. Et puis le théâtre dans les villages, le théâtre dansé, chanté, les maquillages des scènes du Ramakien, les marionnettes, la confection des costumes pour les cérémonies et les fêtes. C'est vrai que beaucoup étaient bien jeunes. Vous vous souvenez de votre corps d'adolescente ? À quoi rêviez-vous ? Et vous fantasmiez sur quoi ?

— Et ça ne vous fait toujours rien de savoir qu'elles étaient mineures ? Des enfants ! Ça ne vous fait rien d'en parler de cette façon ?

— Que ça me fasse ou non quelque chose, ça ne les aide pas, madame. Ça ne les aurait pas aidées. Si vous voulez sincèrement les aider, payez-les la somme qu'elles désirent. Cessez de parler, donnez des preuves. Vous voulez que ça s'arrête ? Enquêtez pour savoir combien elles gagnent et mettez-vous d'accord avec elles pour les augmenter de… 10 % par exemple. En échange de quoi elles arrêtent ce métier. Vous n'exigez rien d'elles sauf qu'elles arrêtent. Et vous les payez 10 % de plus que leurs gains maximum sur un mois. J'ignore combien arrêteraient vraiment… combien continueraient à gagner encore plus de fric avec les michetons. Et je peux vous dire que…

La journaliste écoutait Tina éluder par ses fioritures la question principale de Paul Gauguin jouissant de son emprise sur sa muse qu'il traitait comme une femme, alors que franchement… Elle s'époumonait dans des anecdotes touristiques, un dédale tropicalisé pour séduire, irriter ou égarer l'importun. Mais elle ne lui en voulait pas. On cache toujours un Minotaure dans un labyrinthe. Ça devait être impossible d'assumer un truc pareil. Avait-elle seulement conscience de ce qu'avait pu devenir cette gosse ? Au moins, elle avait appris qu'il y en avait eu beaucoup d'autres.

Ces filles capturées par des pinceaux, des couteaux, des chiffons, des crayons, révélaient ceci : l'homme blanc hétérosexuel Paul Gauguin. Derrière les femmes de couleur de ses tableaux, constatait la journaliste, il y a la peau coupable de l'artiste.

Il les peignait parce qu'il les baisait. Il les baisait parce qu'il les payait. Il les payait parce qu'elles se prostituaient. Elles se prostituaient parce qu'elles étaient pauvres. Elles étaient pauvres en Extrême-Orient parce qu'il était riche en Occident, quand bien même était-il né chez les pauvres blancs, les petits Blancs des villes, les white trash.

Fin de l'histoire.

Elle haussa les épaules. À quoi bon enquêter sur la vie de Gauguin ? Les preuves, elle les possédait déjà : les toiles où cette Tippawan nue écartait ses jambes, ou cambrait ses fesses, ou découvrait sa langue de manière allusive, ou traitait son sexe comme une bouche faisant des grimaces. On ne représente pas une jeune fille ainsi. Avec ces artistes depuis des siècles, les œuvres d'art ressemblaient à des circonstances atténuantes plaidées par des pervers lors de procès où ils apparaissaient enfin comme les démons qu'ils étaient à chaque mot, chaque touche de peinture, chaque plan cinématographique. Qu'aurait pu ajouter de plus une Tina Van Gogh, soixante-dix ans, séparée de la journaliste par quatre décennies et des poussières, un gouffre plus vaste que les années-lumière ?

La journaliste étouffait. Elle devait partir. Elle ne se voyait pas mener une énième conversation avec une personne comme Tina. Elle en avait déjà tellement eu. Ces gens-là ne comprendront jamais. Ils en avaient bien profité de tout ça, les océans et les îles, les corps et les aliments, usant des paysages et des gens, des animaux et des fruits. Nommant ça liberté. Laissant derrière eux une planète complètement dévastée. Cette artiste pouvait continuer son ballet vaniteux de jouisseuse, elle n'existerait bientôt plus. C'est vrai qu'elle serait « effacée » comme on dit. La journaliste ne croyait pas à l'existence de la « cancel culture », car c'était un terme employé par l'extrême droite pour disqualifier les luttes en train de changer la société. Mais elle admit qu'elle oublierait dans la fureur et la joie cette rencontre inutile et malsaine avec Tina

Van Gogh. Elle la remercia et s'éclipsa poliment. Elle retrouva Nanterre, plein des couplets du gamin jouant au rappeur old school :

Du trafic à la mort y a qu'un pas
Le biz me kiffe et fait d'moi un roi
Go fast, je suis calife à Marbella
Ta prison c'est ma M'Zilon de Dawa
Mais ma mère pleure, j'suis maudit
Ton fils a trop niqué du teshmi
J'ai perdu en gagnant, c'est ma vie
Même Allah ne peut plus me zévi

Et puis, se désagrégeant dans le gris-bleu d'Île-de-France :

T'es une Miss ou t'es une Sim ?
Tu copies la Blanche avec tes « ismes »
Féminisme, écologisme…

6

Les jours suivants, Tina repensa souvent à Paul vivant de ses goûts, c'est-à-dire ses amours. Elle retrouva en elle leur premier séjour au Siam errant tel un enfant perdu dans sa mémoire, et elle se laissa guider par lui, et les dates redevinrent des volumes, avec les endroits, les déplacements, les sensations et les êtres. Elle retrouva Bangkok et le Chao Phraya, le beau fleuve boueux descendant du nord pour sinuer dans la ville, imitant le serpent sacré, le Naga, dont les écailles étaient les vagues et les jacinthes dérivant à sa surface. Elle retrouva les heures passées à visiter docilement le Musée national, ébahie par un Ganesh, le dieu éléphant posé sur une couronne de crânes, et des linteaux khmers tombés de temples-villes, et les trônes et les bateaux royaux de la dynastie régnante des Chakri. « Paris, c'est le baroque gris, disait Paul, mais ici, c'est le baroque tout court. C'est l'artisanat exalté. » Les panneaux de bois ciselés, les tissus brodés, trempés de rouge profond, les dorures, les ornements, les fresques et les rouleaux dévidant la profusion de scènes sentimentales et guerrières surchargées d'armures, d'étoffes, d'arbres, de nuages et de vagues ourlées.

Puis à nouveau le grand vide.

L'indifférence.

Le mal de dos. Les yeux qui piquent et se ferment après une minute de lecture. La vieillesse. Admettre enfin la vieillesse et sa fatigue.

Son téléphone ne sonnait plus aussi souvent qu'avant. En fait, il ne sonnait quasiment plus, sauf quand des êtres qu'elle jugeait nauséabonds cherchaient à la connaître, comme cette journaliste. Depuis son histoire malheureuse à Yale, on évitait de l'exposer dans les foires et les célébrations muséales. Parfois, on l'exposait quand même à contrecœur. C'était marrant, parce qu'il n'y avait plus qu'*Art Press* pour l'encenser, alors qu'avant, *Art Press* se plaisait à la juger trop institutionnelle.

Le vieillissement. L'ensevelissement. L'envicillissement. Un processus quasi vestimentaire et graphique sur la physiologie. Une main habille, dessine et peint sur un cœur éternellement jeune des organes de plus en plus déficients, des veines de plus en plus saillantes, un épiderme de plus en plus ridé, abîmé, déformé.

« Il est interdit d'être vieux ! » Elle se souvint brusquement de cette injonction de Paul. Il n'en était pas l'auteur, mais il la prononçait comme tel. Il l'avait lue dans un bouquin sur le judaïsme hassidique et Rabi Nahman de Bratslav, dont il s'entichait alors. « Il est interdit d'être vieux ! » affirmait Rabi Nahman à travers la voix de Paul Gauguin. Tina fit encore un effort vers son jeune ami en Thaïlande. Elle alla dans ses archives, retrouva d'abord des coupures de presse créant la polémique Gauguin. 21 septembre 2019, le magazine *Jeune Afrique* titrant « La pédophilie est moins grave sous les tropiques ». 18 novembre 2019, le *New York Times* se demandant : « Is it time Gauguin got cancelled ? »

Ça n'avait franchement aucun intérêt pour elle. Ça ne racontait rien des histoires de Gauguin avec les femmes en Asie du Sud-Est. C'était du journalisme de la pire espèce et de la littérature pour centre-ville, du judiciaire petit-bourgeois, un truc sec où les heures se résumaient à des dates et des événements, et où l'on gribouillait l'être humain. Ça ne disait rien des corps en Asie du Sud-Est. L'espace d'un corps humide ; les multiples espaces où il prend place plus ou moins bien : une soï, un bar, une table, un jardin, une pelouse, un lit, un bain, une garde-robe, un miroir. L'espace des rencontres avec d'autres corps. Et les durées de ces corps et des choses : le sommeil et la veille, les crépuscules, les trajets, les gestes ; et bien sûr l'espace et le temps de l'amour, des actes d'amour.

Actes des apôtres, actes d'amour. Les Actes d'amour dans le nouveau testament tropical de Paul.

Elle fouilla, retrouva toutes sortes de documents envoyés par Gauguin, les étalant au sol pour disposer d'une vision panoptique : des extraits d'un carnet autobiographique en guise de correspondance ; une multitude de croquis de femmes d'Asie du Sud-Est renvoyant à des peintures ; des croquis de vulves ; des croquis de nervures amoncelées dans la vulve irradiant un corps de femme sans frontières, cosmos et viande ; des croquis de paysages ; des bambochades où il montrait les ruelles de Bangkok, Pattaya, Phnom Penh, Vientiane, Angeles City, Manille, Seminyak, Ubud, Surabaya, etc. ; des pochades de tableaux où défilaient comme des mythologies les actualités du royaume de Thaïlande année après année, divinités, festivités, coups d'État, inondations, foules en liesse, massacres ; des scènes de copulation ; des scènes titrées justement *Les Actes d'amour.* Cette expression-là lui appartenait.

Une sacrée masse, songea-t-elle en touillant les papelards du pied. Ses pieds, spécialement ses orteils, elle ne les soignait plus comme avant. Depuis combien de temps n'avait-elle pas baisé ? Ce n'était pas une question particulièrement tragique. Elle avait accueilli avec soulagement la fin du désir. Toute son énergie passait désormais dans la création. Donc son ventre vivait toujours. Elle remarquait chez certaines personnes de son âge qui partageaient le même goût du masculin, des muscles et des verges de l'homme, un appétit renouvelé pour eux malgré le temps. Elles s'entretenaient à base de chirurgie, d'exercices, de piquouses d'hormones et de régimes. Elle s'en était moquée. Maintenant, elle s'en étonnait, légèrement rêveuse. Avec la toilette, la gymnastique d'une femme constituait un sujet infini de peinture, et il était presque inexploré encore. Abdos-fessiers, sudation, cambrure, gainage devant un type contemplatif. Un jeune type contemplatif. Un homme jeune, ventre plat, peau douce, beau de ses enthousiasmes à l'égard d'une musique, d'une plage, d'un cul, d'une silhouette, des lèvres, des cuisses d'une femme mûre, un jeune homme gourmand, sans aigreur, sans critiques revanchardes permanentes contre X ou Y choses.

Elle eut soudain froid et désira du feu. Un bon feu dont on fait les chaleurs pendant les hivers d'Occident, les hivers de carte postale du Grand Nord légendaire qui font rêver les filles du Sud en quête d'exotisme boréal, les Alpes, les stations de ski prestigieuses, les cristaux de glace, le bleu pur du givre. Hélas, son stère était épuisé, elle avait oublié d'en commander. Mais il y avait ces fragments de la vie de Paul pour lui tenir chaud. Dans l'un d'eux, elle lut *Agni* : le feu. Il lui envoyait jadis des lexiques de mots sanskrits, pâlis, persans, chinois, khmers, birmans ou thaïs. Presque machinalement, elle prit une liasse de papiers de Paul qu'elle disposa dans le poêle kitsch avec son ancienneté rustique. *Agni* : le feu destructeur et purificateur. Ce brasier sentirait la peinture, la féminité, la prostitution, la virilité, les poils, le cash, le sexe, le graphite + une variété agréable d'autres trucs. Qu'est-ce qu'elle en avait à foutre des productions de son ami, son rival, son fils ? Elle lui rendait hommage en fait. Il aimait les crémations. Il aimait celles de l'Inde et de l'Antiquité pratiquées à l'air libre, et non celles actuelles où le corps brûle dans des fours crématoires inspirés d'Auschwitz et de l'Enfer. Dire que l'Église version Vatican II autorisait un tel simulacre de funérailles ! « L'Église pédophile sataniste version Vatican II », vomissait Paul dans un de ses derniers mails où il vantait à rebours l'Église ultra-latine, ultra-croisade, ultra-médiévale. Chez lui, la politique était soumise à l'art qu'elle produisait et rien n'équivalait l'art des religions et des monarchies. En France, plus loin que 1789, il trouvait ça franchement dégueulasse et bourgeois. Il donnait aussi des nouvelles de Bangkok, d'une pneumonie venue de Chine, de bateaux de croisière errant sur les mers du Sud avec leur cargaison de malades. Il s'attardait aussi sur son portefeuille en berne. Sa vieille copine Tina pourrait-elle effectuer un virement pour l'aider ? Elle alluma une page, l'esquisse d'une femme mûre avec son nickname, Ladda Von Patpong ; puis d'autres pages sur ses parents et son enfance ; et puis des pages sur Tip, Song, Dussani. Les pages se recroquevillaient en poings et se tordaient dans toutes sortes de positions lyriques parfois obscènes, et parfois si dramatiques qu'elles ressemblaient aux divas sortant du chœur pour entamer un solo. Comme les nuages, les vagues, les oreillers, les ombres ou les vulves, les pages enflammées peuvent être interprétées de toutes les manières possibles. Tina veillerait cette nuit devant les pages de Paul, les pages chaudes tombées du ciel thaïlandais pour illuminer son insomnie à Nanterre.

PARIS – BANGKOK

D'où venons-nous ?

Installation (1)

2019

7

Il y a un peu plus d'un an, quand Laurence V. est venue dans mon atelier – cette Maison du Jouir que j'ai patiemment bâtie depuis 1995 –, elle a commencé à choisir les œuvres susceptibles d'être exposées à l'automne. Certaines productions sont assez directement autobiographiques, on y voit mes parents, Noisy-le-Grand où nous vivions, tout un passé personnel certes, mais guère différent de celui d'un enfant né à Paris et grandissant dans l'est de la capitale, avec pour rêve un ailleurs inconnu où il serait quelqu'un.

D'autres en revanche s'apparentent à des tableaux d'Histoire, quoique beaucoup soient en fait assez intimistes, et traitent de la Thaïlande, ses coups d'État, ses paysages urbains et rizicoles, ses mers, ses îles, ses lagons. On y découvre les personnages des nuits de Bangkok – surtout les Belles de bar, quelques flics et militaires, des étrangers amoureux du Siam, etc. saisis dans tous ces lieux de plaisir et de lumière qui amusent et scandalisent la presse occidentale.

On se demandait si l'une des salles de sa galerie ne pouvait pas être conçue comme une alternance de la petite histoire d'un peintre français avec la grande Histoire du royaume de Siam. Et puis, cette succession binaire pouvait justifier les dates disparates, le passage de Paris à Bangkok, de Bangkok à Paris, de Paris à Bangkok indéfiniment, comme ce mouvement de balancier des vieilles horloges avec son tic-tac, tic-tac, tic-tac…

Père animal

Noisy-le-Grand, années 1980
(peint à Bangkok en 2006)

8

Mon père me traitait de pédé quand je dessinais et mon institutrice de sauvage quand je me battais. Je dessinais souvent, je me battais rarement, j'étais donc la plupart du temps un pédé. En termes plus neutres, mon père me trouvait trop civilisé – ou trop doux – pour ce monde, et mon institutrice trop violent – ou trop barbare – pour lui. Les deux me jugeaient trop sensible. Mais je l'ai dit : je me battais rarement, et j'avais peur, très peur, je vivais dans la peur à Noisy-le-Grand, je savais quand je devais bifurquer pour éviter les abords d'un hall d'immeuble, et je savais quand je pouvais me détendre et marcher en maître-chien sûr de lui devant mon propre hall d'immeuble, dans ce quartier des Arcades où nous vivions vers 1980.

La ville nouvelle de Noisy, les gosses la nommaient Moisy-le-Grand. Les plus âgés d'entre nous régnaient sur le centre commercial, les esplanades, les entrées de gymnases, bahuts, résidences et tours, tandis que les plus petits croyaient habiter une planète totalement bétonnée où la nature survivait ici dans une jardinière, là dans un lac artificiel. Pour ma part, je soupçonnais l'existence à l'horizon d'un désert de béton sous un faux soleil d'or, un lieu où tu jactes tout seul marchant à l'infini sur des plaques grises et sombres brûlant tes Nike, et subissant l'autorité d'un ciel jaune urinaire plus que bleu. Il n'y avait rien de poétique dans cette image conçue par un prépubère, mais une angoisse visuelle très forte. Quand tu vieillis jusqu'à quinze ans et que tu végètes dans le lyrisme venteux de ton toit d'immeuble en pensant que c'est le rooftop bar ultime de tes vacances scolaires, tu sais que tu as eu raison d'imaginer ça, et que c'est un mirage objectif. De là-haut, tu vois survivre les arbres, et le béton tu le vois vivre partout, il bourgeonne à l'allure d'un printemps industriel. Vacances semi-scolaires d'ailleurs, combien parmi nous ne parvenaient pas à sortir du lit, réfugiés dans une cure de sommeil pour enfin se sentir moins peureux de l'école, moins peureux de l'avenir et du quartier ? Il y avait encore l'étrange boue vert et gris des chantiers, les détritus constants, la puanteur d'été, les amphithéâtres et les demi-lunes de Ricardo Bofill, les noms d'artistes et d'auteurs baptisant chaque îlot de cité, l'univers des parkings et des souterrains sous les dalles, les néons blanchâtres, et surtout le RER A. La gare du RER A, c'était le summum du spleen violent pour un môme, quand il éprouvait l'attente bizarre du RER menant au Forum des Halles, aux Champs-Élysées ou à La Défense. À l'époque, il n'y avait pas de téléphone portable pour zapper l'environnement. Quand tu croisais un regard, tu n'avais pas le choix.

9

Les enfants et les adolescents des Arcades vivaient dans la peur, même quand eux-mêmes faisaient peur aux autres. Nous avions peur, continuellement ou presque, nous étions forts en groupe, très forts quand nous formions un groupe, et rendus à la solitude, nous avions peur, et nous étions rusés, rusés comme disons les renards ou les hyènes, elles rampent, elles évitent les autres meutes, elles attendent la proie, elles retournent aux abris en douce. Moi, je redoutais particulièrement les émotions des bastons, la peur illimitée, la ruée en masse sur l'isolé à terre, et à nouveau la peur, la fuite, le plaisir, la jouissance d'y aller, la peur des conséquences, le proviseur, la police, le juge pour enfants. Sans doute ma mémoire me trahit, sans doute à l'époque devais-je accepter sans réfléchir ce qui arrivait, sans doute devais-je penser avec ma peau et mes nerfs, et pas du tout avec mon cerveau ou ce qui s'appelle l'intelligence, avec tout ce qu'on associe à elle et d'abord la domination de soi-même et donc de la peur. Cette maîtrise quasi filmique de ses attitudes, comme si une caméra céleste au-dessus de nous veillait à nous diriger dans la bonne lumière, le bon cadrage, etc. La peur traverse toute la société, elle irrigue tous les âges de ses membres, et la société elle-même est un vernis magnifique et superficiel pour faire croire que la peur n'est pas l'essentiel. Et parfois elle y arrive. On vit dans une fiction où la peur s'efface. L'argent le permet, les riches écrivent leur vie avec ce fric qui éloigne un instant la peur. Mais c'est provisoire et aucune loi n'a su dompter la peur, et c'est la raison pour laquelle il faut faire attention quand on légifère habillé d'un costume ostentatoire et la bouche pleine de jolie philosophie ostentatoire, et ne pas donner l'impression que le coupable est aussi une victime et la victime également un coupable, ça va contre l'instinct, contre la vérité animale de l'homme. Sinon la peur s'aventure dans les masses, la peur transforme les masses en énergie furieuse assassinant les coupables parce que c'est une question d'honneur et de peur injuriée par une justice abstraite. Or la justice doit être figurative. Sinon elle est hypocrite et fait des juges des personnages de Sade.

Là, c'est mon père en moi qui parle. S'adressant à moi, jamais il n'employait Paul, toujours il usait de l'appartenance, du lien d'amour filial dans la syntaxe. Il disait « Mon fils ». Il disait : « Mon fils, ce sont tous des bouffons. Législateurs, intellectuels, artistes, politiciens, vernis social, tous iniques, des niqueurs de nous. Élites financières, élites intellectuelles, c'est pareil. Ils nous donnent des leçons. Ils nous fessent à coups de statistiques. Et tu veux devenir pédé comme eux ? Tu ne vois pas qu'ils nous haïssent ? Plus on est honnête, bosseur, père, mère et patriote, plus ils nous rigolent au visage. Tranquilles et cyniques. Nous serons leurs bêtes sauvages parce qu'ils nous ont traités comme des bêtes sauvages. » Avant sa mort, son discours de rage puissante demeurait intact et plus développé encore par la vieillesse et quelques lectures – ainsi agissent les forces ultimes des troupes dans une bataille perdue – et sur WhatsApp, il eut ces mots dernièrement : « Mon fils, j'ai découvert un vers magnifique d'un poème afghan, écoute ça : *La mansuétude envers le loup est une cruauté envers l'agneau.* Je ne crois pas qu'aucun de tes poètes merdeux soit capable d'écrire un vers aussi classe. »

10

Mon père défendait un seul droit, celui de l'autodéfense illimitée, celui de la peine de mort contre les « coupables de crimes irréparables », une peine capitale qu'il nommait le « meurtre humaniste ». Pour un homme ayant arrêté l'école à quinze ans, il possédait l'invention verbale et le chaos syntaxique recherchés par de nombreux poètes modernes. Il usait en expert de ce qu'en musique on appelle le « flow », spécialement devant les actualités télévisuelles, où sa langue exterminait méthodiquement tout ce qu'elle commentait, les mots, les phrases rongeant et acidifiant et brûlant leurs sujets d'étude. J'ai gardé jusqu'à maintenant, avec terreur et passion, l'expression « meurtre humaniste ». Elle erre dans ma tête, mon cœur, mes pulsions comme un animal particulièrement sauvage et moral. On dirait une expression de la Bible ou du Coran.

Donc mon père défendait l'autodéfense illimitée. Un jour, vers mes six ans, je rentrai chez moi en pleurant car des garçons plus grands m'avaient humilié. Mon père me souleva et me plaqua au mur, écrasant son poing contre le mur à un souffle de ma tronche, faisant un trou vulvaire dans la cloison, n'éprouvant aucune douleur et m'expliquant avec ses yeux fous et sa voix patiente et dure, très méticuleuse, que je ne devais plus jamais pleurer sous peine de m'en prendre une, et que je n'avais plus à m'inquiéter parce que désormais, j'allais savoir ceci : « Tu auras mal, mais tu vas faire mal. » Et il me protégerait face aux juges si jamais on m'attrapait pour le mal rendu au centuple.

C'était l'apprentissage de l'autodéfense illimitée, le droit et le plaisir d'exercer la violence contre ceux ou celles ayant eu le malheur de s'en prendre à vous et à votre famille, à votre Dieu et à votre liberté ; au Maroc on sait ça ; en Algérie, en Corse, en Italie, en Espagne, en Serbie, en Croatie on sait ça ; les Méditerranéens ont l'autodéfense illimitée dans le sang. Le droit de tirer sur le cambrioleur ; le droit de castrer lentement le violeur, et avec ce qui lui reste de vie, de lui faire bouffer sa queue jusqu'à ce qu'il la digère et la chie, qu'elle devienne une merde ; le droit de crever les yeux de son adversaire en lui enfonçant les pouces dans les orbites ; le droit de décapiter le nihiliste ; le droit d'utiliser n'importe quel ustensile pour pratiquer des mutilations sur son adversaire ; le droit et le devoir de se taire devant l'injure, pour passer immédiatement au contact direct, silencieux, violent, avec son adversaire.

La plupart des gens se jaugent et s'injurient, et mon père y voyait une faiblesse à exploiter en se taisant, et en adoptant un profil bas, et en s'approchant tel un félin plein de ruse, et, une fois suffisamment près, en le frappant sans limite.

Le problème, bien sûr, ce sont les lois qui se retournent contre vous. La peur des lois, mon père l'avait, l'une des rares qu'il eût jamais, et je l'ai eue aussi, la peur d'être emprisonné pour m'être infiniment défendu d'un adversaire agressif en lui foutant à l'improviste un coup de pompes italiennes aux semelles ferrées dans les couilles, le faisant ainsi plier sur lui-même, hurler comme un tableau de Francis Bacon, avant de profiter de son cri pour saisir des deux mains ses mâchoires inférieure et supérieure et les écarter de toutes mes forces jusqu'à les déboîter, les déchirer, enfoncer mes doigts de peintre dans sa gorge abondamment ouverte pour en ramener une brassée sanguinolente de cordes vocales.

Ainsi vivait notre maison sous l'autorité lyrique et meurtrière de la parole de mon père. Parole picturale, pleine de tableaux de sang et de chair. Il pensait tout haut qu'un régime adoptant le système de l'autodéfense illimitée se régulerait mieux de lui-même. Il respectait les États où les voleurs subissent l'amputation du membre créateur, la main. Il venait des bas-fonds de l'esprit et de la société fréquentés par le Christ, Mahomet, les prophètes qui trouvent chez les putains, les maquerelles, les chômeurs traînant violemment sur les quais leur recherche d'emploi, les artistes ratés, les besogneux des crimes d'honneur, les meurtriers de masse, les troupes de choc de leur Appel et de leurs Évangiles. Mon père détestait les États-Unis mais il respectait leur amendement sur le droit de porter des armes. Quelle honte d'être condamné pour avoir torturé un violeur quelconque. Il m'ordonnait de protéger toujours ma mère. J'aurais aussi aimé protéger une sœur, mais elle n'est jamais venue. Bien sûr, il s'agissait de leçons données par un mâle adulte à un enfant mâle, et donc de la volonté d'être un bon père. Il y eut aussi les stages en forêt pour apprendre la maîtrise du feu avec rien, la maîtrise du filtrage de l'eau avec rien, la maîtrise des pièges avec rien pour capturer l'animal dont la viande nourrit cette viande que nous sommes nous-mêmes, lui le père et moi le fils. Mon père était un excellent père, et moi un fils inattendu. Je tenais beaucoup trop de ma mère, une femme dont la douceur extérieure masquait une violence intérieure inouïe. L'art permet à ces gens de survivre à leur fureur mentale, intestinale et sexuelle. Je dessinais, je lisais beaucoup, or mon père avait tôt remarqué ces aptitudes chez les pédés, les efféminés. C'était leur droit, il ne leur reprochait rien, mais que son fils rejoigne cette meute lui semblait terrible, un sortilège dégueulasse, et il avait peur à son tour, peur du fils pédé.

Mon père était un homme puissant, trapu, pas très velu, mais suffisamment sur le torse pour paraître bestial, et il vivait dépoitraillé avec passion et une chaîne et une croix en or sur ses pectoraux, comme les Méditerranéens de la Riviera, les natifs des villages de pêcheurs artisanaux des environs de Nice dont il venait.

Plus tard, on se fit la guerre, lui et moi. À cette époque, j'usais de l'art contre lui, toutes ces jolies choses de l'art, je les amenais chez lui, dans son territoire. J'étais pédé dans son foyer, même si dehors il me voyait avec des filles, presque exclusivement des filles d'Asie ou d'Afrique. Puis je me mis à fréquenter les artistes et les intellectuels et je compris que ce père animal était bien plus dans le secret vital et asocial de l'art que toutes ces belles gens du progrès facile et véhément, toute cette bourgeoisie cherchant le confort intellectuel en plus du confort matériel dans les domaines du genre, du climat, des couleurs de la peau, etc.

Alors j'usais de mon père contre eux. Mon père animal, sa langue, je la perfectionnais, je l'élargissais, je la faisais mienne contre eux. Je la transposais. Je voulais peindre comme mon père s'exprimait. Je voulais peindre comme mon père animal se déplaçait et s'immobilisait avec ses pupilles à l'intérieur desquelles brillait un feu comme je n'en ai jamais vu, un feu blanc et d'un blanc comme je n'en ai jamais trouvé dans aucun pigment, aucune matière, aucune palette, un blanc génocidaire pour les hommes autant qu'un blanc d'amour fou pour sa famille. Et j'avais beau grandir et le dépasser, il ne rapetissait jamais, il demeurait là, silencieux et soudain agressif, provocateur, ses pupilles démentes à jamais aux aguets dans les replis de sa masse musculaire. Plus je grandissais et plus j'aimais mon père. Il tenait du sanglier, du renard, du tigre blanc, du panzer royal et du grand singe. Gosse, il me mimait l'orang-outan, me montrant l'Indonésie où vit l'orang-outan, agitant ses bras dans tout l'appartement, émettant les sons de sa jungle intérieure où régnait la violence verbale la plus absolue, et il m'expliquait que nous venions de lui, du grand singe libre – et j'ai su vers vingt ans qu'*orang* signifiait humain, et *outan* signifiait forêt, et que ces gens des forêts sont nos frères et sœurs simiesques à Bornéo et en Papouasie, des humains des bois, et c'est pour ça qu'il arrive qu'on couche avec, que le sexe rose d'une femelle forestière épilée dans son bordel, on s'y niche tremblotant de passion. La langue de mon père, obscène, perverse, pleine d'inventions, pleine de pièges, pleine de douceur feinte, pleine d'assauts et de préméditations meurtrières, j'y suis toujours, j'y campe, j'y cherche des cours d'eau, des cours d'assises divines, des cours de contes de fées, j'y cherche les clairières et les épaisseurs végétales, j'y cherche la chasse. « Pédé » dans la maison de mon père, « totalitaire » ou « facho » chez les littéraires et les cultureux, j'avais trouvé ma symétrie, mon nombre d'or, mon début d'humanité animale dans un territoire sans fin. J'ignorais alors qu'explorer ce territoire me mènerait jusqu'en Asie du Sud-Est, jusqu'à Bangkok et ses histoires de femmes dans les bars, et que ça m'adoucirait à jamais, comme un mort au paradis.

Ladda,
Bangkok, 1957

Portrait, 2001

11

Ladda franchit la ligne séparant l'ombre de la lumière et elle quitta la rue étouffante où sommeillaient des samlors pour entrer au Café de Paris Night Club. Aucun éclat tapageur n'indiquait la fête à l'intérieur, à peine une enseigne imitant l'Amérique la nuit. Petits néons timides dévorés par le noir majestueux des tropiques. Si un premier coup de pinceau doit être posé quelque part dans mon histoire pleine d'histoires transversales, pareilles aux fils des toiles passant les uns sous les autres et où les peintures subsistent et noircissent, autant que ce soit dans ce lieu et avec cette femme, sur Surawong Road à Bangkok vers 1957, bien avant mon arrivée en Thaïlande. *Le Docteur Jivago* vient de paraître très loin d'ici en Europe, un roman où un type écrit des poèmes ayant pour thème une dénommée Lara, le schéma classique de l'art depuis des siècles, une femme-muse inspirant un homme-créateur, et il y a aussi un autre bouquin, *Lolita*, son concurrent, construit sur le même principe. Mais de Ladda, qui fut une héroïne bien réelle et nullement inventée, il demeure seulement le bouche-à-oreille de survivants grabataires et quelques chroniques fascinées dans des journaux locaux conservés à la Bibliothèque du Congrès de Washington ou aux archives de l'université Chulalongkorn. Pourtant, il paraît qu'elle battait sur leur propre terrain de papier les Lara, Lolita, Nadja, et toutes les Nana de la terre imaginées par des admirateurs ambigus. Ladda Von Patpong. Le titre a surgi plus tard, juste avant l'oubli, offert par un teuton amoureux et concurrent dans le business de Ladda, et qu'on retrouva égorgé dans un canal.

12

Elle a entre quatorze et vingt ans à l'époque, personne ne sait sauf elle l'âge exact de ses hanches, de son buste, de son visage, de son allure ou de son ambition quand elle marche dans la capitale, d'une lenteur d'aristocrate et de paysanne, les épaules légèrement rejetées en arrière, typique de cette partie du monde, allant de l'Inde à l'Indonésie.

Elle apparaît mineure et millénaire en même temps, car évidemment, être thaïe et bouddhiste la rend perméable aux réincarnations, c'est comme ça et incompréhensible, il faut être née là-bas pour l'admettre humblement, et donc tout le monde ment ici sur cette question de l'âge. Sa carte d'identité ment car elle a fait réécrire sa vie par un faussaire en arrivant de sa campagne, et elle ment aux hommes pour se rajeunir, et les hommes mentent et la vieillissent quand les flics surgissent dans leur piaule, usant du mot « Sir » et de menottes rouillées pour les ficeler jusqu'au sang contre rançon, jetant un clin d'œil discret vers leur petite sœur de race aux prunelles de vieille sorcière éduquée aux sorts nuptiaux, et les flics se mettent à mentir également lorsqu'ils libèrent le gars en arguant l'absence de preuves, ou bien au contraire lorsqu'ils constatent son suicide par éventration, castration, avec leur élégance, leur dignité légendaire, les plus beaux flics du monde, ceux de la Royal Thai Police.

Elle l'ignore et elle s'en fout, mais aux yeux des étrangers qui commencent à débarquer ici et là, elle incarne un phénomène inédit, même si à Saigon, Shanghai, Hong Kong, Manille, des esquisses ont surgi, déjà bouleversantes et royales, à mettre un humain à genoux devant la tragédie de leur existence, où elles ont quand même réussi à fabriquer une grâce, une force, une chefferie familiale. Les noms achoppent pour les dire, pas mieux que les vagues écrasées sur les falaises dans les images faciles des cartes postales. Prostituée, putain, taxi-girl, tapin, hooker, péripatéticienne, courtisane, demi-mondaine, hôtesse, entertainer star, agency model, sideline… ça tourne autour, ça ne touche pas la cible, ça blesse un peu, ça fait rire, c'est loupé. Ici, on les appelle « femmes vendant services », et une infinité d'expressions permet de les clasher ou de les vanter par l'injure et la métaphore souvent liée aux maisons de thé. À celles-ci, on accroche encore une lanterne verte pour signifier à quel type de commerce s'attendre.

13

Surawong Road date du siècle précédent et c'est l'une des premières de Bangkok construites de façon européenne ou presque, assez chinoise quand même, immeubles à deux étages, commerces surchargés donnant sur la rue, grilles ferreuses à trame de losange ou de peigne telles des paupières de chatte aux cils figés par le sommeil, et derrière, courettes, terrasses, venelles, labyrinthes. Tout est délavé, décrépi, écaillé, noirci depuis longtemps, c'est minéral plus qu'architectural, où le concepteur est autant l'homme que la mousson, l'humidité. Un hôtel surplombe légèrement tout ça non loin du fleuve, le Trocadéro, il est en béton à balustres grossières, mal moulé, prétentieux. C'est un peu francophile encore, à cause de l'élégance associée à Paris, la Côte d'Azur, la Normandie, la Suisse romande, les stations de ski, la neige exotique. L'aristocratie siamoise connaît la France par cœur, on parle sa langue dans les meilleures familles, même la plus haute, celle dont le nom doit être tu sous peine de crime de lèse-majesté, mais c'est un détail de plus. Marcher, vendre, vivre sont des ornements comme les autres par ici. Tout est inversé, le personnage principal est le décor, et les gens sont décoratifs, mais ça n'en fait pas des êtres subalternes, au contraire, ils en sont embellis.

14

Depuis deux ans à Bangkok, Ladda est connue, mais pas une célébrité non plus. Il y en a d'autres, quelques centaines, pas plus de mille ou alors *mille e tre* – mille trois –, le nombre de Don Giovanni, c'est sympa l'opéra, surtout déployé entre équateur et tropique du Cancer, mille et quelques à fréquenter les « farangs » exclusivement, les étrangers blancs, leur métier. Ladda se lève tard, bosse en majorité la nuit, sauf quand elle guide dans le méandre des beaux paysages le client chercheur de visions déformantes, où la jungle est plus que la jungle, la plage plus que la plage, une mystique géographique fadasse et qui rapporte.

« School of life » et « Street University » sont des noms exotiques et nouveaux, choisis par les filles les plus converties à l'américanisme, lorsqu'elles évaluent leur niveau d'éducation devant ces belles personnes masculines d'outre-Siam, souvent diplômées de la Sorbonne, d'Oxford, d'Harvard, car en 1957, le *Farang Khi Nok*, l'ouvrier ou le tiers prolo-white-trash-blanc, le cockney londonien alcoolisé tatoué torse nu, le Franco-Algérien à sacoche et casquette, ça n'existe pas dans les soïs, il faut du fric ou de l'aventure plein les poches pour y traîner. Ladda évite ces termes au maximum. Elle diffère sur ce point complètement d'une de ses amies, qui d'ailleurs s'est laissé affubler d'un titre anglais clinquant, The White Leopard, à cause d'un tatouage tapageur dans le dos pas traditionnel du tout, le contraire d'un *Saak Yaan*, et qui lui vaut le mépris auprès de ses sœurs thaïes. Mais cette copine s'en fout, elle ne jure plus que par le *Saharat Amerika*, où elle veut aller. Le Siam n'a jamais été pour elle qu'une longue série d'humiliations où sa peau trop noire de plouc des rizières, son nez trop évasé, sa pauvreté trop évidente de femme mauvaise dans son existence précédente, la condamnaient pour toujours à la condescendance des siens. Elle plaît aux

Blancs. Elle aime les Blancs. Elle gagne avec eux de l'argent. Elle frime. Pour Ladda, qui la couve avec compassion parce qu'elles possèdent la même origine, la même douleur, le même job, elle incarne une avant-garde malfaisante trop influencée par les courants étrangers. Elle cherche à la ramener dans le droit fil de la « Thaïness », la fierté nationale charnelle d'être d'ici et pas d'au-delà les frontières, tous ces endroits séduisants, fantomatiques, mais sans racines pour elle, sans noblesse.

Parfois, sa copine pleure et Ladda la caresse et la berce en chantant une mélopée en lao déchirante sur un amour perdu dans un village du nord-est ou du centre, quand les garçons trahissent et volent gratuitement le plaisir, et les types dans les clubs regardent ces deux figures nouées, brunes et or, et ils tombent follement amoureux de leur détresse tout en souhaitant qu'elles fassent l'amour devant eux avant de les rejoindre pour des noces précaires. Ce qu'elles font sans problème contre beaucoup de cash.

Ladda et les siennes ont de multiples quartiers où officier. Il y a Gaysorn Street par exemple, où le prestigieux Sani Chateau les accueille, et Silom Road en face de Surawong, avec le club 99. Une centaine d'adresses environ, un peu plus, destinées aux Européens et aux Américains. Il y a aussi les musulmans arabes et persans – *Khèè* –, les Japonais – *Gnipoun* –, très généreux et fous dangereux, les Chinois de partout sauf de Chine – *Tsèk* –, enfants des diasporas, très riches ceux là.

Le Café de Paris est le point de chute privilégié par Ladda. C'est un restaurant, un bar, une discothèque, un bordel, ce que l'on veut, car ça ouvre à dix-neuf heures, ça ferme à deux heures du matin, souvent ça ne ferme même pas, et les corps s'y louent contre des dollars et des bahts tout en festoyant pour rien, pour tout, le panache et la tristesse. Lambris, ventilateurs, stores vénitiens, lustres, cuir – on se croirait dans une de ces riches maisons à l'orée de la jungle, aux pièces emboîtées, on s'attend à découvrir la terrasse au bout donnant sur la forêt moite aux palmes envahissantes, mais soudain, c'est le dancing et des spots rouge tenture, une ambiance plus dure. Pas de proxénètes ici, les filles et quelques travelos et garçons agissent en freelance, l'élite et le caniveau de leur profession. Corps féminins et thaïs, parfois masculins et thaïs, se proposant à des corps souvent étrangers, mais pas seulement. Il y a aussi une clientèle thaïlandaise pur-sang, des gens plus ou moins haut placés, qui possèdent leurs propres endroits pour ça, bien plus luxueux avec des individus bien plus magnifiques à l'intérieur, dévoués à leurs désirs. Mais voilà, observer les mœurs des non-thaïs est aussi un plaisir thaï, et ils viennent ici se marrer, orchestrer des affaires avec ces gens s'imaginant tenir au moins une partie des clefs ouvrant le pays alors qu'ils ne possèdent qu'une liasse de dollars ou de bahts entre leurs mains blanches de volaille, et plus pour très longtemps.

15

Ladda traverse la première salle sombre et lambrissée, elle vient vers lui, l'Américain, comme elle fait toujours, lente, noble et le sourire crasseux, pornographique, un parmi les milliers de sourires à sa disposition, et qui transforme chaque fois sa figure en rôle, l'amante, la boss, la complice, la soumise, la dominatrice, la mère, la fille, la sœur, l'intellectuelle, la sensorielle, la joueuse, la dangereuse, tout ce qu'on veut et qu'elle veut, qu'elle est et qu'elle n'est pas. Il faudrait reproduire toutes ses variations d'attitude, une série dont le sujet ne serait plus une cathédrale ou un lac de nénuphars à différents instants de lumière, mais un visage, un visage de femme thaïe à chaque instant de son sourire et de sa colère, de sa bouderie et de sa tristesse, de ses demandes et de ses refus – et est-ce chaque fois une profession, ou un art si l'on est romantique, ou bien la sincérité du moment ?

L'Américain s'appelle Anthony. C'est princier, trouve-t-elle. Plus long que la plupart des noms farangs, mais moins que ceux de son pays. Rien n'égale de toutes les manières l'étendue nominale des villes et des êtres thaïs, où l'on peut ajouter les syllabes, année après année, modifier son blaze en fonction du déroulement de la vie. On favorise ainsi la bonne fortune, on accumule des mots protecteurs, louangeurs comme premiers signes extérieurs de richesse. Anthony, la trentaine, conserve quelques stigmates de la « guerre contre les Japonais » comme Ladda la désigne. Il était très jeune alors, sous-officier sur l'USS *Bunker Hill*, un porte-avions d'escadre. Des avions ennemis se sont jetés sur ses infrastructures et un incendie l'a ravagé, tuant et mutilant des camarades, et lui laissant une tache torturée dans le dos, une brûlure. Il se souvient surtout des os des kamikazes qu'on cherchait dans les tôles froissées pour les collectionner, tout un marché noir. Il travaille maintenant pour l'ambassade. Rien de très original. Depuis le démantèlement de l'Indochine en 1954, on s'inquiète de l'expansion des communistes en Asie du Sud-Est. Il est chargé du programme de conseillers militaires censés former à la guérilla. La vérité, c'est que ses compatriotes n'y connaissent pas grand-chose. Anthony a eu l'idée de faire appel aux Français. Ils ont l'expertise, et en Algérie, ça marche pas mal semble-t-il. Mais tout ça est anecdotique au fond. L'important est ailleurs. Les heures moites ont élargi sa vie loin de la grande Histoire misérable. Il en est même très loin désormais. Il appelle cette région l'Amour.

C'est un gars aux épaules larges, avec une jolie bidoche et les cheveux ras, et secrètement, il a emménagé sur la planète Amour. Cette ville et ce pays en génèrent à profusion. Alors il passe ses nuits dans Bangkok et sa toile de soïs à perte de vue, où n'émergent le plus souvent que les splendides toitures or et blanc des temples, et des bouddhas debout, assis, couchés, gigantesques postures ciselées des pieds à la tête devant qui on se sent un enfant. Quelques hauts buildings récents s'incrustent quand même. Une cité horizontale, infinie, débouchant sur des campagnes, avec une profusion de canaux embouteillés de fleurs et de victuailles, et surtout de femmes, tous les types de femmes possible travaillant dur et souriant pour rien. Il a rencontré Ladda il y a six mois. Et ce soir, il la regarde exactement pareil, ébloui, sans chercher à voiler son sentiment de passion pour cette femme.

C'est idiot, mais elle est unique. Enfin, elle est comme les autres. Mêmes cheveux noirs démesurément longs encore raidis et lustrés par les coiffeurs. La lumière tinte abusivement dans les rais. Même peau de miel – c'est ainsi qu'il la goûte et la voit. Même stature altière. Est-ce l'effet d'une alimentation, d'un climat humide et chaud, des danses pratiquées avec fanatisme depuis l'enfance, les mouvements sans fin du *Khon* ou du Seung Issan ? Elle déteste son propre nez. Lui l'adore. Une courbe parfaitement concave, rimant avec sa cambrure, et ses narines puissantes, pleines de respiration et donc de vie. « I want farang nose », lui dit-elle. Un nez droit comme lui. Sur son visage, il y a encore, bien sûr, les pommettes hautes, les yeux effilés, l'harmonie.

Un stéréotype, vraiment ?

Depuis que son cœur est à Ladda, ses réflexions vont au Siam, son histoire et ses arts, sa statuaire. Ici, à Surawong Road et Silom, il y a des dizaines de magasins d'antiquités où reposent des milliers de têtes et de fragments tirés du sol et des murs des temples vers Sukhothaï, Ayutthaya, Lopburi, Chiang Maï, ou bien vers l'est, les ruines de l'Empire khmer, et il passe plusieurs après-midi par semaine à les visiter. Son but n'est pas d'être un spécialiste ou un esthète. Il est simplement stupéfait. Ces figures qui semblent tenter de n'en être qu'une seule, la manifestation d'une beauté suprême, sont en fait bourrées de nuances, et à la fin, elles diffèrent toutes au point qu'il faut chacune les connaître pour ici apprécier un détail et là une généralité, sans quoi on rate l'essentiel. On rate non pas quelque chose – un objet d'art –, mais un être d'art.

Peut-être même rate-t-on sa vie. C'est exactement ce qui se passe dans les nuits de Bangkok. Une quête sans fin où, au matin, la contemplation d'une fille sur l'oreiller est plus savante et riche qu'un chef-d'œuvre au musée. Et il la voit partout. Ladda, période Dvaravati ; Ladda, période Lanna ; Ladda, période Sukhothaï ; Ladda, période Patpong. Est-il seulement possible d'envisager que ce soit vrai ? Qu'elle ait existé sous une autre forme, mais avec certains traits similaires et ce caractère simple et sophistiqué, au XVe siècle par exemple, c'est-à-dire plus exactement au XXe siècle pour elle, le calendrier bouddhiste débutant plus tôt, en -543 avant Jésus-Christ, et qu'elle revienne, et revienne jusqu'à maintenant, s'asseyant dans ce fauteuil club du Café de Paris Night Club, le saluant d'un waï majestueux ? Il secoue la tête, se dit qu'il devient gaga, une passoire, une éponge… Il se met à croire sincèrement au panthéon d'ici. Elle lui demande ce qu'il a et il dit qu'il est heureux, seulement heureux, et elle sourit modestement, et regarde la salle.

16

Il y a du monde, beaucoup de Ladybars, car une nouvelle attraction fait le buzz en ville. C'est un peu pour ça qu'elle est venue, pour Anthony certes, mais aussi le gossip. Jan, le propriétaire, a élevé une petite scène et placé un gigantesque éventail mécanique dessus. Des filles couvertes de plumes dansent et l'éventail les effeuille lentement jusqu'à ce qu'elles soient nues, après quoi, elles continuent de danser à tour de rôle par groupe de trois ou quatre, et le spectacle ne s'arrête jamais. Les clients dépensent une fortune pour passer la nuit avec elles après un tel show. Ce n'est ni du cabaret, ni du strip-tease vraiment, un peu des deux. Il dit avoir vu presque la même chose lors d'un récent voyage à Las Vegas. On appelle ce spectacle du gogo dancing. Et c'est bien mieux payé. Les clients sont ravis et les filles parlent des tarifs qu'on peut tirer avec ces conneries. Jan est hollandais. Jan Leenders. Il a beau être le patron, c'est un personnage secondaire. Le vrai boss est un colonel de la police thaïe, son associé. Ladda soupire et devient taciturne. Les punters posent rarement des problèmes. Les ennuis viennent de ces flics voulant se faire sucer gratuitement et qui vous arrêtent, vous battent, vous violent. Certains sont parfois très gentlemen. Les pires. Des Ladybars s'entichent. C'est un engrenage fatal. Les besoins d'argent de Ladda sont précis et sans fin : nourrir les siens, s'affranchir des flics en graissant les super-chefs, et bâtir sa liberté, c'est-à-dire un empire.

17

Elle demande à Anthony de partir. An-Tou-Niiii. Elle a une façon irrésistible de chanter ce type quand elle l'appelle. Les tons et les durées de sa langue, elle les applique à lui et ça le fait chavirer, il a l'impression d'être un héros et un bonbon, quelque chose d'extra quoi qu'il en soit.

Il n'est pas comme ces crétins de farangs se moquant de la façon dont les Ladybars parlent anglais. Quand ils se racontent leurs affaires de cul, ils reconstituent des conversations avec les filles de bar du genre, « *You go me* elle m'a dit. Tu vas moi. – Je vais quoi ? – Je vais toi. Tu vas nous, etc. Oh putain… mais elles sont pas possibles sérieux, c'est à mourir de rire ! ».

Et eux, savent-ils seulement quelques phrases de thaï ? Sont-ils seulement capables de prononcer correctement les cinq tonalités majeures, avec leurs descentes et leurs montées subtiles, ou de distinguer ces voyelles qui, à l'écrit, tournent autour des consonnes, évoquant une espèce de gravitation, de cosmos linguistique ? Et le privilège qu'elles leur accordent, de s'intéresser à eux, d'*aller à eux* ?

C'est simple, plus Anthony fréquente Ladda et ses sœurs, plus il déteste les siens. Il les trouve moches et hypocrites. Leur démocratie arrogante le dégoûterait presque. Faut pas exagérer, il travaille encore pour les États-Unis d'Amérique ! Simplement, il s'isole de plus en plus. On le dit méprisant. Lui se redécouvre humain très humain grâce aux mains, au sexe, au corps et à l'esprit de Ladda. Ses congénères le traitent de fou mais Ladda le traite bien. Quand elle le suce et qu'il est prêt, elle se retire et le supplie à genoux de la nourrir en cambrant ses fesses au maximum, et avec ses lèvres épaisses et sa langue, sa chevelure, son regard, elle crée alors un tableau hors d'atteinte pour le commun des artistes. Anthony comprend que le bonheur réel, l'attachement à vie, tient à ce genre de faits précis et létaux.

18

Ils quittent le Café de Paris, prennent un des samlors, une décision absurde car ils vont juste à côté, un mince fragment de Bangkok révèle sa moiteur, son pourri, sa splendeur où des chiens galeux copulent, où des rez-de-chaussée sous ampoules et lampes à huile déploient des tablées de jeux, où des cinémas en plein air surgissent dans l'embrasure de deux bâtiments. Terrains vagues sous influence d'épopées filmées, le Ramakien par exemple, avec des princesses, des dieux, des rapts, des guerres… L'amour.

Ils empruntent une rue appartenant à Udom Patpongpanich. Ladda le connaît bien. Sa famille sino-thaïe installée là est propriétaire de cette terre entre Surawong et Silom, et leur fils souhaiterait la bonifier en multipliant les commerces liés au divertissement et au tourisme. Ils filent et ils arrivent devant Chez Suzanne. C'est un restaurant français. Anthony apprécie la France. C'est un Américain traditionnel, un expatrié façon Henry Miller, ou Francis Scott Fitzgerald, ou Ernest Hemingway, ou Ezra Pound et Gertrude Stein, il y en a tellement eu à vouloir se barrer de la plus grande démocratie au monde, ça doit signifier quelque chose à force. Il leur ressemble, mais Anthony ne pense pas à eux, et encore moins Ladda. Pour elle, ce sont des inconnus sauf Hemingway, une vedette farang. Ils vont simplement bouffer chez Suzanne Belleuvre sur Dejo Road. Elle les accueille à la française, cette désinvolture qui choque ou qui séduit, pareille à un test où l'on juge votre aisance, votre souplesse à manier l'insolence parmi de belles conventions et vice-versa. Mais il ne faut pas dépasser certaines limites, ou alors, il faut accepter d'en payer le prix – le prix des mots, le prix du sang – car par ici, on se prend vite une balle au hasard d'une phrase irrespectueuse. Ce n'est pas un crime. C'est une réponse noble à une caricature de trop. Le chef de Suzanne cuisine aussi des plats thaïs, car elle a l'habitude de recevoir ces hommes blancs accompagnés d'une princesse du Siam ne supportant que sa cuisine nationale.

19

Trois heures du matin. Rien ne ferme. Ils pourraient aller danser sur Rajdamnoen Avenue, après Victory Monument, où s'égrainent des dizaines de dancings, ou bien à l'opposé près du fleuve, vers l'Oriental Hotel, sur New Road. Ils préfèrent rentrer. Ladda trouve Anthony très thaï dans sa manière d'entreprendre. Depuis leurs retrouvailles au Café de Paris, ils se séduisent longuement pour la millième fois selon un rituel immuable, une routine efficace, les regards, les gestes, les frôlements toute la soirée où ils ne se touchent pas et pourtant, c'est plus fort, les conversations banales, les sous-entendus indétectables aux oreilles indiscrètes parce qu'ils se réfèrent à des heures connues seulement d'eux. Et tout à la fin, les actes d'amour.

Récemment, il lui a parlé de mariage. Pas une demande. Ce qu'elle en pense. Là, il est très farang. Elle a beaucoup réfléchi à cette question. Se marier, pour une femme comme elle, c'est mentir. Elle veut réussir plus honnêtement. Elle a une idée en tête. À Don Muang Airport, où elle a raccompagné un nombre respectable de punters chialant sur leurs expériences thaïlandaises noctambules, elle a constaté l'arrivée de gens toujours plus nombreux. C'est une manne sans fin, le vivier qu'une survivante du piquage de riz comme elle, dans cette ferme familiale hypothéquée pour toujours si elle n'agit pas, peut transformer en fortune sans passer par la case housewife. Aussi veut-elle d'abord ouvrir son bar, et puis des salons de massage. Ce seront des lieux exceptionnels. Anthony fournira les fonds et il ne réclamera rien, pas même une association – pour qu'il se taise, elle lui met son bel index, ongle long naturel verni, sur l'horizontale de ses lèvres fines, et cela crée un instant une croix. Voilà, elle est franche. C'est pour ça qu'aux yeux d'Anthony, elle est *différente*. C'est un autre de ces termes qu'on commence à entendre dans la bouche des gars aux chemises trempées par la touffeur des soïs. Ma *différente*.

Et il accepte ! Ce sera pour dans un an maximum. C'est quand même de l'argent. Mais elle a confiance, c'est un homme bien et dévasté, un homme légèrement perdu dans un Siam de rêve, et c'est si facile pour elle d'être sa boussole, et de guider son fric vers les lumières d'un club portant discrètement le nom mauve ou bleu de Ladda. En attendant, il l'entretiendra et il acceptera qu'elle aille parfois avec d'autres. Simplement, il sera le Number One. Et c'est vrai. Pour Ladda, Anthony est vraiment celui avec qui elle aurait pu être une épouse motivée, offrant son ventre pour son plaisir et sa descendance. Qui sait si cela ne surviendra pas un jour ? Elle lui donne de l'espoir quand il devient taciturne, avec ses yeux tournés vers l'intérieur de sa solitude d'étranger.

Elle le sait. Dans ce destin qu'elle se fabrique à mesure, ce bar à son nom signera ses vrais débuts.

Père animal
Mère humaine

Noisy-le-Grand, années 1980
(peint à Bangkok en 2013)

20

Ma mère caressait mon dos pour m'endormir le soir, et elle m'observait lorsque je dessinais, et elle me jugeait doux. Quand mon institutrice tentait de l'alerter sur mon caractère solitaire et violent, un cocktail ne présageant rien de bon, elle se contentait de pencher vers moi sa trentaine rehaussée de talons d'où ses cheveux ondulés cascadaient en désordre, et elle me ramenait chez nous. Et bien sûr, en dépit des pronostics débiles de l'institutrice débile et fière de l'être, il ne m'arriva rien de mauvais pour la simple raison que j'avais une famille unie, que mon père animal possédait un travail lucratif dans le domaine de la sécurité où il agissait habilement, et que nous formions une patrie farouche à l'égard du reste du monde, et spécialement de l'État français, la République française et son modèle social laïque antichrétien. Dieu et la liberté nous caractérisaient naturellement, nous n'avions pas besoin de les revendiquer. Dieu et la liberté vivaient en nous et nous nous sentions forts même si en réalité, nous étions faibles, de plus en plus isolés dans un univers dirigé par des rats distribuant la peste, l'impôt et les leçons de morale sociale.

Ma mère me ramenait de l'école quand nous vivions à Paris, mais quand nous sommes partis à Noisy-le-Grand vers mes huit ans, je rentrais seul et la peur me tint désormais compagnie.

Ma mère en revanche ne ressentait aucune peur. Elle ne ressentait que la violence du temps et des décisions prises où elle se trouvait enfermée sans travail à la maison. Non qu'elle en fût malheureuse. Être une femme au foyer entourée d'hommes signifiait pour elle être la reine de ces êtres mystérieux, délicieux, inquiétants que sont les hommes. Son royaume serait notre appartement, et peut-être un jour notre maison. Elle avait une tare terrible : elle était lucide. Cette lucidité n'était qu'une substance corrosive parce que ce qu'elle lui révélait du monde alentour la bouffait de l'intérieur vers l'extérieur, peu à peu. Je suis peintre, je sais voir, et je peux vous dire que la lucidité de ma mère provenait non seulement de son cerveau, mais de tout son corps. Elle provenait du soulèvement de ses seins, d'un frémissement dans ses narines, de sa façon de sourire et de sa façon de tendre le doigt pour menacer le fils, de sa façon de ne plus lui parler, de lui tourner le dos comme si elle allait l'abandonner, elle provenait de sa chevelure rousse aux boucles épaisses comme des boucles d'oreille de gitane. Certaines femmes sont lucides de leurs seins quand elles les cerclent de baleines, de leurs pieds quand elles les chaussent de talons et les vernissent, de leurs jambes quand elles les dénudent par des jupes aux cuisses, etc. Il ne s'agit pas vraiment de séduire, sauf chez les naïves. Il s'agit d'affirmer un pouvoir. Dans cette conquête d'un pouvoir, les Ladybars peuvent être très lucides jusqu'à en mourir.

Ma mère extra-lucide savait parfaitement que dans une société correctement bâtie, elle aurait dû être payée pour être mère au foyer parce qu'elle était le socle sans quoi cette société s'effondrerait. La société moderne défigurait la femme en prétendant la libérer de l'académisme du foyer. Elle aurait dû être payée pour son métier de mère plus encore que l'institutrice et ses idées à la con sur les gosses et leurs aptitudes, car elle enseignait les rapports filiaux, la propreté, la politesse, l'écriture, la lecture et le calcul élémentaire, et elle m'enseignait les rudiments du dessin.

Elle enseignait surtout ce qui ne s'enseignera jamais dans aucune école, aucun manuel, échappant aux discours, aux mots, peut-être même aux symboles et aux rituels par quoi on cherche d'ordinaire à signifier ce qu'on ne peut pas dire. Et pourtant, on aimerait décrire cette ambiance de l'anatomie maternelle, ses odeurs comme des empires dans toutes les pièces ; au moins tourner autour et peu importe la maladresse descriptive, c'est pareil à l'apprentissage de la marche, l'expression de tels sentiments est identique aux premiers pas, aux premiers traits sur un papier pour affirmer un visage ou un nu.

« Elle enseignait des rapports, des liens, des contacts, des regards, elle révélait au jour le jour par ces gestes des fils invisibles, comme un tissu, comme un de ces batiks tulis de Java brodés de motifs si précis qu'ils nous hypnotisent, quelque chose d'inséparable de la beauté, du respect, de l'amour, de l'intuition, de la prière, du chant, de la préservation, du bon sens, du don de soi aussi, de la fusion avec l'autre. Une science non quantifiable, non fonctionnelle, sans quoi pourtant rien ne fonctionne. La toile d'araignée, certainement. Une araignée sentimentale, non prédatrice, sauf parfois, quand la colère, le désir interdit rendaient le cocon trop collant, trop effrayant. La mère, le fils, deux corps, une seule chair dans un espace clos, privé. La métaphore arachnéenne. Le tissu social peint avec son ventre, ses tripes. Car sans l'araignée maternelle émotive, les constitutions ne valent rien, le code civil non plus, et les écoles valent moins que rien. Mieux vaut la reine que le code civil.

Ainsi s'activait une mère comme la mienne, trop belle pour la vie contemporaine. Monarque du dedans, de cette liberté intérieure qu'elle protégeait de toute sa monarchie maternelle, et où la société, ses lois, ses républiques ne rentraient jamais. Ça je m'en souviens. Ma mère fermait la porte à la société, les bruits de ses talons assourdissaient les lois. Du moins à mon échelle de fils encore enfant.

Car les humiliations du dehors, elle les subissait. « Pourquoi ne travaillez-vous pas ? » était la question posée par beaucoup de gens, pas mal de femmes, implicitement ou explicitement. Et les magazines féminins besognaient au service de la mort des mères.

Depuis la révolution régicide en France, ça n'arrête pas. 1789, date capitale de la chienlit bourgeoise, jusqu'à maintenant. Un beau tableau d'Histoire synchronique, du passé au présent, de la gauche vers la droite. XIXe siècle : on réduit le foyer à une prison infantilisante et stupide où la mère analphabète recoud les chaussettes des cons régicides et positivistes. Terminées les correspondances sociales sacrées où familles Tartampion et Bourbon se répondent contre la mort et l'oubli. Sublimation et transcendance aux chiottes, puisqu'elles n'existent pas. Sauf que le commerce l'emporte sur la politique et ses pyramides – les pyramides, c'est la paix, on ne les bâtit qu'en de telles périodes. Donc, guerres pour domination des matières premières. Qui va diriger l'acier, le pétrole, l'atome ? On irakise depuis belle lurette, bien avant Saddam. La Luftwaffe conventrisait les villes, la démocratie moderne irakise les pays lointains de Washington et de Londres. Mères aux usines, doigtant du canon et de la douille 1914, 1916, 1940, puis tête aux chiffres et aux salaires de merde dans la société post-tertiaire. Travailleuses enfin, consommatrices. Se libérer par l'achat. C'est pas un crime non plus. Mais surtout pas de mère. Quelle horreur les gosses, les maris ! – dixit le mensuel *Madame* et l'hebdo *Madmoi-je-moi-je*. Accessoires de mode au mieux, avec le sac et le chiot. Ça chie et ça pue ! En rentrant du travail et de l'école. Moins avant, voire pas du tout. Avant l'école, quand c'est tout enfant, tout innocent. L'école et le travail activent des cellules ordurières couleurs terre de Sienne naturelle, jaune de Mars, ocre de ru, etc., sur les cols de chemise, les culottes, les aisselles, les paroles, les pensées. La puanteur, ses chromies : belles à l'œil, moches au nez. La mère est antirépublicaine, anti-libre-échangiste, elle est économe. Normal, on ne la paie pas. Même si on la salariait, elle serait fichue d'économiser. On lui donnerait combien, huit cents euros ? Mille cinq cents ? Elle sert à rien. Elle fait honte. Elle dégoûte. C'est une conne. Le mieux du vice, c'est l'invention de la mère seule, écartelée travail-gamin-vagin-qui-a-faim, genre l'homme de Vinci dans un cercle. Personnellement, je préfère la danse du Shiva Nataraja dans son cercle de feu.

Voilà, fin de l'esquisse à gros traits du tableau d'Histoire. Comme on habitait dans le 93, je voudrais gueuler par-delà les années, jusqu'en 1984 : Montjoie ! Seine-Saint-Denis ! Ce serait anachronique, incompréhensible. Faut tenir compte de son époque si on veut manger, boire, dormir, se vêtir un minimum. La mère n'est plus là pour tenir le toit d'un seul de ses ongles où flotte une écaille de vernis rouge, une lubie, une coquetterie que son fils enregistre et collectionne dans son musée très personnel. Quoi qu'on se dise et qu'on se mente à longueur d'émission et de sociologie, la mère contemporaine, on l'humilie, on la culpabilise de l'être. Dessin d'horreur, eau-forte cruelle de la femme au foyer environnée d'ennemis de tous les sexes, de toutes les classes, et qui la caricature.

La frustration illimitée de ma mère provenait de l'extérieur, via les télévisions, les radios et les journaux, quand on y dépréciait les femmes au foyer comme elle, en traitant ce modèle de réactionnaire.

Sa situation devenait indicible. Peu à peu son cerveau se structurait comme un camp de concentration occulte où elle se défendait des agressions gratuites de la part d'autres femmes, et des agressions gratuites de mon père, et de la froideur progressive de son fils, et de toutes les déceptions professionnelles et personnelles accumulées au fil du temps.

C'est en cela qu'elle est humaine là où mon père n'est qu'animal. Le camp de concentration, c'est l'homme, c'est l'humain. L'animal ne fait pas ça. Ma mère m'a offert ce camp intérieur invivable où il m'arrive de retomber, j'ai beau le détruire il se reconstruit, il est très profond, très diffus dans le delta de mes nerfs, et je revois ces baraquements fantômes émerger d'une boue divine dont fut tirée la création quand la voix de ma mère surgit de mon enfance, avec des modulations de frustration sublime.

Elle me racontait souvent son passé de modèle à Zurich en 1957, le séjour fantastique d'une mannequin lumpenprolétarienne typique des gamines urbaines de quinze ans maximum et servant de physionomie parfaite pour des couturiers pédérastes qui jalousaient sa féminité accrochant les mâles qu'ils convoitaient, et ils lui ordonnaient de ramener de jeunes garçons. Je n'ai jamais su si ma mère créait de toutes pièces ou embellissait son passé de princesse à Zurich visitant les soirs de bal les demeures patriciennes reflétées dans les eaux très européennes du lac, avec ses vagues érudites où les architectures pleines d'ornements s'inscrivaient brouillées pour qu'on y rêve mieux. Le dernier chapitre de la culture européenne, chrétienne, juive, grecque, romaine, expérimentale, festive, alpestre, méditerranéenne, ma mère m'en offrit la première vision figurative quand elle me dévoilait sa beauté d'adolescente à Zurich. Vers vingt ans, elle devint modiste complète – composition des croquis, appréciation tactile des tissus, modelage, coupe, couture, etc. Mais on ne la prenait pas au sérieux, on détruisait sa confiance, on lui volait ses trouvailles, et mon père l'attendait à la sortie de chaque rendez-vous, ne supportant pas les pédés qu'elle fréquentait, qui peut-être n'étaient pas tous des pédés.

Je dessinais, je tenais beaucoup trop de ma mère. Je dessinais la beauté manucurée de ma mère dans ses mules et ses déshabillés le matin quand elle se levait parfumée de la transpiration du sommeil. Je dessinais aussi sa beauté violemment triste et sa beauté violemment domestique et d'une tendresse de chair enivrée du regard d'un fils. Ça m'est arrivé. J'ai connu des contacts mystiques avec elle.

Quand je dessinais sa beauté, ma mère me traitait d'artiste, et elle envoyait mon institutrice se faire foutre lorsque cette pauvre conne affirmait que quelque chose n'allait pas du tout avec mon entourage féminin plus âgé, car je dessinais de manière délicate et répétitive des triangles extrêmement complexes remplis de lignes brisées, de lignes courbées, de lignes dont on fait les dentelles et les crevasses spongieuses, et il n'y avait guère de doute sur la signification de ce triangle. De plus, sa pointe en bas évoquait Satan à mon institutrice.

Un jour, enfant, j'ai peut-être pensé que ma mère me trompait avec cet animal qu'était mon père, et que j'en étais le fruit, et qu'en détruisant ce fruit je me vengerais de cet adultère honteux. Peut-être, mais je ne m'en souviens pas. L'autodestruction est un genre artistique comme l'autobiographie ou l'autofiction ou l'autoportrait. Hélas, on ne traite que l'autodestruction dans les hôpitaux, alors qu'on devrait traiter avec la même rigueur l'autobiographie et surtout l'autofiction par des médicaments et des électrochocs. Quoi qu'il en soit, vers l'adolescence, je cessai de dessiner ma mère comme je cessai de dessiner n'importe qui. Je cessai tout simplement de dessiner les femmes blanches. Ma mère ne pouvait être que la seule et ultime femme blanche que je dessinais, sans quoi j'aurais eu l'impression de la tromper avec une autre. Je sais que cela peut paraître perturbant mais c'est la stricte réalité maquillée en fiction. Je me mis donc à dessiner les filles du quartier, qui en majorité venaient d'Afrique du Nord et d'Afrique subsaharienne. Il y avait aussi les filles d'un foyer de réfugiées boat people, des Cambodgiennes, des Vietnamiennes, quelques Laotiennes. Ce furent mes premières émotions de pays qui n'étaient plus des noms sur les cartes des classes, mais des filles avec moi, devant moi, autour de moi, des pays sous forme de filles accentuant différemment les mêmes mots français que moi et les rendant sexy et pareils aux chewing-gums échangés lors d'un flirt ; des filles d'une multitude de couleurs défiant mon crayon ; des filles traitant de pédés les beaux garçons qui ne les embrassaient pas ; des filles me traitant de sale pédé si je cherchais à les embrasser alors qu'elles ne voulaient pas ; des filles qu'on traitait elles-mêmes de pédés parce qu'autrefois certaines avaient été des garçons. Mais ça, je l'ai su plus tard en Thaïlande, dans les boystowns du Royaume et leurs histoires remontant très loin dans les mythes.

Funérailles blanches, 1965

Toile peinte en 1986

21

Il était une fois un garçon beau comme une statue sensible et virile conservée pour toujours dans un cœur muséal ; sauf qu'elle n'était pas grecque mais thaïe ; et qu'avec sa chevelure gominée noire, sa musculature parfaite, sa peau imberbe et cuivrée, elle incarnait le portrait craché de ces stars de Hong Kong dont raffolent les Européennes ; mais avec quelque chose de plus : la thai touch. Elle était vivante cette statue ; elle était flic, elle habitait Bangkok dans les années 1960 et elle s'appelait Thanee Chanasongkhram. C'est un nom difficile à dire, je suis désolé, il eût mieux valu qu'il s'agisse d'un Pierre Dupont ou d'un Johnny Walker. Lui, c'était donc Thanee, et ça se prononce « Tany ». C'est finalement très simple. Je n'étais pas né à l'époque, je dessine d'après la mémoire orale de son neveu, mon ami Jaran Chanasongkhram, le célèbre présentateur comique dont l'humour agressif fait le bonheur de Channel 5. Si j'expose cette histoire vraie et à peine transformée, c'est qu'elle me semble hautement significative du Royaume. Le fond de la toile, ce sont les généraux, les coups d'État et la guerre sans fin que se livrent la police et l'armée pour le contrôle de la nuit, de la drogue, des matières précieuses et des industries du pays. Ils appartiennent eux-mêmes à deux camps : les monarchistes et les républicains modernistes aux pulsions totalitaires, comme sont souvent les républicains modernistes. Une majorité de soldats sont monarchistes, une majorité de policiers sont républicains. Et les frontières poreuses, avec des traîtres partout. Ça crée une ambiance nocturne que ressentent les étrangers, même ceux d'aujourd'hui, lorsqu'ils sirotent leur cocktail la casquette retournée, les pieds chaussés de tongs et le pantacourt effondré sur leur caleçon.

Disons pour simplifier qu'au moment des faits, l'année 1965, les monarchistes ont gagné, les républicains ont perdu, et le peuple oscille entre les deux, cherchant à s'en sortir par toutes sortes de commerces vaguement, très vaguement lucratifs. Tany est policier, tendance républicaine. Il est donc un perdant. Mais il vit toujours. Et c'est déjà pas si mal lorsque tant de ses amis du même bord ont été assassinés.

22

L'homme blanc posait nu sur la banquette arrière et la ligne séparant sa vie de sa mort formait une grosse tache de sang. Une couleur rouge-brun sur une statue plâtreuse. Elle naissait de sa nuque, se répandait sur le cuir et le corps. Il y avait un trou dedans, juste avant la chevelure à la coupe militaire. Une exécution, pensa immédiatement Tany. Il connaissait bien ce farang.

Ce farang…

Il se reprocha tout de suite sa formule anonyme et froide. Il aurait dû s'approcher lentement de lui au contraire, plein d'égards et de chagrin, et prononcer son nom : Darrell. Darrell Berrigan. Plus qu'un ami. Un mentor. Le fondateur du *Bangkok World*, l'un des plus prestigieux quotidiens de langue anglaise du Royaume. Et un agent de la CIA. Darrell avait plusieurs vies, qu'il maniait comme un jeu de cartes. Tany et lui fréquentaient les mêmes bars. Le Narcisse, le Boy to Boy. Dix autres, la plupart dans des soïs minuscules derrière Surawong Road. Mais ils n'avaient pas les mêmes goûts en matière de garçons et ils ne couchèrent jamais ensemble. Encore que Darrell aurait bien voulu au début. Quoi qu'il en soit, ils étaient amis, et autrefois, ils avaient été alliés. Il y a une éternité, moins d'une décennie, juste avant le coup d'État les ayant humiliés, surtout Tany. Tany se rappelait les soirées merveilleuses dans les villas de Dusit et de Phaya Thaï, sous le regard bienveillant de leur patron, le général de la police et ministre de l'Intérieur Phao Sriyamond. C'est lui qui les avait présentés, vers 1955. Pour ses opposants, Phao était un psychopathe tortionnaire pratiquant la terreur et l'extorsion de fonds dans le domaine de l'or, de l'opium, de la prostitution et de la moindre affaire dès qu'elle se montrait juteuse, mais pour eux, il s'agissait presque d'un père. Du moins pour Tany Chanasongkhram. Pour Darrell, c'était différent bien sûr, parce qu'il était américain, et sans être sur un pied d'égalité, lui et Phao avaient mutuellement besoin l'un de l'autre, contre les communistes notamment. Tany était alors un magnifique officier tout juste sorti de l'académie et promis à un excellent avenir auprès de ses aînés. Sa famille sino-thaïe avait des membres dans tous les partis politiques de sorte qu'elle puisse demeurer gagnante, quoi qu'il arrive. Lors du renversement de Phao, Tany n'avait dû sa survie qu'au fait que les Chanasongkhram appartinssent en grande partie à ceux d'en face, les militaires et leur maître, le général Sarit Thanarat. Lors de la guerre entre les flics et l'armée, cette dernière les avait littéralement explosés… Phao dépérissait désormais en exil… Darrell, bien qu'il l'eût ouvertement soutenu, continuait tranquillement à diriger le *Bangkok World*… Et Tany avait vu sa carrière s'arrêter net dans un poste subalterne.

23

Il était une heure du matin et Tany nota la date du 3 octobre 1965 sur son calepin, une forme d'hommage à Darrell et son calendrier chrétien. Plus tard, en dictant son rapport à un jeune beau gosse des rizières débiteur à vie de Tany qui l'avait pris sous son aile en l'aidant à devenir flic, avec solde, logement presque gratuit et droit légal de tirer sur les gens (un plaisir non négligeable quand on constatait le nombre de connards se multipliant dans les soïs et les universités), il emploierait le temps bouddhiste, l'année

2508 en tête de feuille, et il détaillerait les premiers éléments de l'enquête, notamment ceux ayant trait à l'anatomie du défunt – taille, poids, etc. Mais pour cela, il fallait attendre le médecin légiste.

Il faisait anormalement froid ce soir-là, bien que ce fût encore la mousson, avec un ciel clair et une lune à partager un bon repas en terrasse tout en frissonnant, l'occasion de porter de belles vestes comme au pays de Darrell, dans ces films d'Hollywood montrant l'automne et l'hiver.

Tany enregistrait désormais les faits avec appréhension, loin de sa tristesse initiale, et il les numérotait mentalement tandis qu'une ambulance clignotait dans le noir.

1 : La voiture, une Volkswagen Sedan, se trouvait garée à trente mètres du logement de Darrell, sur soï Leucha, dans le quartier de Phaya Thaï.

2 : Le commissariat où officiait Tany était celui du district 14, alias justement Phaya Thaï. L'affaire leur incombait donc de droit.

3 : On l'avait rétrogradé ici huit ans plus tôt, à la chute de Phao, en tant que capitaine, une cage dorée mais une cage quand même, où il n'évoluerait sans doute jamais plus, avec au-dessus de lui un petit homme tout maigre aux yeux pochés, à la santé d'acier, toujours calme et posé, un Sino-Thaï de date récente, une humiliation pour Tany, un Sino-Thaï d'origine si ancienne qu'il pouvait prétendre être un Thaï pur-sang.

4 : C'est cet énergumène qui l'avait appelé pour lui confier d'une voix neutre et basse ce cas d'« un farang plombé par-derrière… ». Tany avait parfaitement

décrypté les sous-entendus orduriers, voire menaçants de l'expression « plombé par-derrière ».

5 : On connaissait ses liens avec Darrell Berrigan à cause de leur passé politique en commun, de leurs mœurs en commun, et de toutes ces adresses et idées partagées dans l'utopie et l'alcool.

6 : Si un tel meurtre survenait précisément dans le district même où lui, Tany, travaillait, cela ne pouvait signifier que deux choses : A et B.

Tout d'abord, A : selon la manière dont il concluait l'enquête, il aurait droit à une seconde chance dans la nouvelle Thaïlande, parce qu'on lui offrait la possibilité de prouver son allégeance en désignant le bon coupable – quel serait le bon coupable, il l'ignorait pour l'instant.

Ou bien B. B, c'était que dans le Royaume, la vengeance se déguste froide. On laisse dépérir l'ennemi vaincu en lui souriant avec compassion et en lui offrant un poste inférieur où survivre tout en « perdant la face », comme on dit ici, et c'est la pire des humiliations. Mais un jour, l'ange exterminateur déboule à l'improviste et il vous taille en pièces. Berrigan, aussi puissant qu'il ait pu être, gisait dans l'avilissement de sa bagnole, son pantalon et son slip odieusement baissés sur ses genoux. Tany n'osait même pas penser à ce qu'on lui ferait subir, et combien ses recherches pourraient être une longue agonie où il finirait – pourquoi pas – coupable d'assassinat. Il trouverait lui-même les preuves de sa culpabilité, il n'y pourrait rien et devrait continuer jusqu'au bout son chemin de croix, comme Jésus (Darrell lui exposait jadis les différents épisodes fascinants de cette

Bible si exotique et barbare pour lui, de confession bouddhiste, avec une prédilection pour le Christ et sa Passion, la scène du jardin des Oliviers, quand il a peur que ses propres disciples le trahissent...).

Bon, c'était peu probable pour Tany, sauf si vraiment, il s'y prenait mal. Et il opta pour l'option A...

Des journalistes arrivaient. Peut-être constituaient-ils une des clefs pour le salut de Tany. Il n'y en avait que deux pour l'instant, un du *Thaï Rath*, le principal quotidien du pays, un autre du *Bangkok Post*. Il ne fit aucune déclaration officielle, mais il dit les choses d'une certaine manière, et le lendemain, le 4 octobre, on pouvait lire sobrement dans le *Post* que Berrigan, éditeur en chef du prestigieux *Bangkok World*, avait été assassiné d'une balle dans la nuque, et que sa Rolex et son portefeuille manquaient. Dans le *Thaï Rath* en revanche, des détails plus sordides apparurent, où l'on décrivait ironiquement sa nudité, ses sous-vêtements, et ses mains attachées dans le dos.

24

Les jours suivants ne firent que creuser l'écart entre les deux versions. Dans les canards anglophones, on penchait pour un crime à caractère politique. Chez les Thaïs, on privilégiait le caractère sexuel. Évidemment, c'était plus sensationnel. Des peintures sur bois datant du XVIIe siècle, quand les Français envoyèrent leurs ambassades au royaume d'Ayutthaya, refirent surface dans les pages satiriques, où l'on remarquait des organes génitaux disproportionnés, d'énormes sexes d'hommes blancs à visage de démon et aux goûts sexuels proches de la folie. On apprenait surtout que Darrell Berrigan aimait « servir de femme aux jeunes hommes des bouges de la capitale », les bowlings des multiples ruelles autour du Victory Monument, les bars de soï Lakkaphet – un mot évoquant le travestissement, la joie, les cris aigus, les caprices de diva, un truc intraduisible en fait.

25

Le soir du meurtre et les autres soirs, pendant une semaine, au rythme des unes et des articles, Tany se rendit dans différents endroits de la nuit bangkokoise, au Two Vikings Bar, au Star Night Club, au Mitsui, et surtout au Playboy. Tout le monde le connaissait, tout le monde le redoutait. Les néophytes timides et honteux de se vendre recherchaient instinctivement sa protection, il était beau, riche, mûr et bien plus thaï qu'eux, la peau plus blanche, sa musculature disait sa bonne santé, ses entraînements constants à la boxe – sur ce point, lui et les gosses des rizières se ressemblaient, sauf qu'ils avaient la peau sombre.

Tany repéra le gamin tout de suite. Le plus faible d'une bande traînant souvent au Playboy. Ils adoraient se prendre pour des « Sharks » parce qu'ils avaient vu et revu quatre ans plus tôt *West Side Story* avec son gang latino, et ils entretenaient leur coiffure de façon obsessionnelle, passant un temps fou dans les chiottes à se peigner tout en vérifiant leurs couilles dans leur jean d'une main de duel au revolver, et ils portaient des blousons absurdes à cause de la chaleur, et ils suintaient les fleurs séchées qu'ils planquaient dans leurs poches en guise de parfum. Minets, voyous, passifs au pieu, typiquement le genre que Darrell appréciait. Ils feraient d'excellents coupables si on orientait l'affaire du côté des mœurs. Après tout, il fallait commencer quelque part, et une hypothèse C avait fait son apparition dans sa caboche. Il était extrêmement probable qu'on ait flingué Darrell pour des motivations politiques en utilisant ses goûts contre lui, en payant un jeune tapin-tueur. Voilà peut-être ce que « ceux d'en haut » voulaient que Tany « découvre ». Et que ce soit un coup des communistes. Les rouges détestaient l'univers homosexuel de soï Lakkaphet et des ruelles semblables, toutes ces cours et arrière-cours près de temples comme Wat Makok ou Wat Khaek. La drague y sévissait, impliquant des moines et des moinillons en quête d'aventures, là où fric et désirs s'excitent mutuellement. Tous ces quartiers atteints par le « vice capitaliste » de l'homosexualité, Sapphanphut, Khlong Prapa, une géographie urbaine parallèle détournée vers l'ultralibéralisme des garçons entre eux, les communistes rêvaient de les nettoyer. Darrell détestait les communistes et les combattait ouvertement dans ses éditos, sans parler de ses activités secrètes. Sans doute la politique et le sexe ne formaient-ils qu'un seul mobile crapulo-marxiste-léniniste-enculé. Accoudé au bar du Playboy, il se souvint de Darrell – les flashs de leurs heures ensemble l'assaillaient violemment maintenant, l'enrageant à vide, car il ignorait comment venger la mort de son ami et mentor sans crever lui-même –, quand il lui expliquait que « dans l'Occident contemporain, l'important, c'est la politique et l'art, donc seulement la mémoire et le musée, tandis qu'ici, c'est la monarchie, Bouddha et le sexe, donc c'est d'abord la vie qui compte. C'est la vie, rien que la vie partout grouillante de ton pays ».

Darrell adorait ces discussions de comptoirs célestes, quand la beauté des corps alentour attise les idées. C'était ça aussi pour lui, l'homosexualité. Darrell, se souvenait Tany, considérait « l'art comme une simple région du royaume du sexe et non l'inverse, et qu'on devrait dire peintre, poète, musicien, sculpteur, comme on dit homosexuel, hétérosexuel, bisexuel, zoophile, etc. Être homosexuel était un métier d'art et être peintre était une inclination sexuelle. Tany, dans ton pays on baise en artiste, et aux États-Unis, les meilleurs artistes agissent en énergumènes érotomanes, comme Jackson Pollock par exemple. C'est pourquoi les voir en action dans les reportages de magazine, starifiés dans de grands ateliers blancs, leurs mains et leurs pieds pleins de pigments, virevoltant complaisamment au-dessus de leur toile, possède un caractère libidineux évoquant le stupre, la fête, l'argent, un mode de vie typique du bloc Ouest et que la CIA soutient, mon cher ami ».

Darrell affirmait ça entre deux sets d'éphèbes au Brando's, ou chez Khun Leather. Tany appréciait terriblement l'esprit de Darrell, il enseignait toujours de belles choses sur l'Italie, sur ce pays d'adoption qu'était pour lui la Thaïlande, sur ses dix mille variétés de riz, sur la somptuosité d'une croisière sur le Chao Phraya dans un longtail des merveilles qu'un batelier de trente ans abîmé de soleil guide, encadré par ses deux jeunes fils bien trop juvéniles pour ce job, et nés pour apprendre d'un homme plus âgé le sens ésotérique et aristocratique de certaines pulsions amoureuses… Darrell… un être exquis… un gros oiseau exotique à lunettes… un sage…

Donc C : Tany arrête une petite frappe X, alias un militant communiste infiltré dans les nuits de Krung Thep pour espionner, voire tuer les ennemis corrupteurs du peuple, et « ceux d'en haut » l'absoudront.

Mais manifestement, ça ne pouvait pas être ce gosse adopté par les Sharks. Trop délicat, trop mince, des hanches souples de femelle, avec des fesses dures de sportif. Tany le matait en collectionneur. Il lui paya un verre, l'emmena dans une piaule à deux cents mètres, le baisa et, son souffle sur la nuque, lui expliqua qu'à partir de maintenant, il serait sa chose, une chose qu'il protégerait aussi longtemps qu'il l'informerait sur les Sharks. Il n'espérait franchement rien, à la rigueur fabriquer de toutes pièces un assassin légitime parmi ses potes, mais ce fut presque le bingo. Le gamin lui apprit que leur chef, un dénommé Chayan, possédait un 38 Smith & Wesson – la balle dans la nuque de Darrell provenait d'un 38 Smith & Wesson. Et la nuit du 2 au 3 octobre, ils avaient rencontré un farang à l'entrée du Playboy, et Chayan était monté dans son véhicule, une Volkswagen Sedan – le gamin adorait les voitures et rêvait de devenir mécanicien, il reconnaissait facilement tous les modèles roulant dans le Royaume, il était donc certain de la marque. Il n'avait plus revu Chayan depuis ce soir-là. C'était tellement beau que Tany crut à un piège.

26

Il y avait l'enquête nocturne et l'enquête diurne. Pendant celle-ci, Tany interrogeait les fils adoptifs de Darrell : Vichaï, vingt-neuf ans, directeur de la publicité au *Bangkok World*, et Ari, trente ans, diplômé en sciences politiques, revenant de Hawaï où il enseignait le thaï à des « volontaires pour la paix » – une métaphore délicate pour des instructeurs antiguérilla en partance vers le nord et la frontière laotienne. Les tests de paraffine ne révélèrent aucune trace de poudre sur leurs mains, et le testament révéla qu'Ari héritait les biens personnels de son père tandis que Vichaï récupérait tout ce qui concernait le journal. Tous deux accusaient les communistes et demandaient vengeance.

27

Le 9 octobre, jour de la crémation de Darrell – une messe chrétienne suivie d'un bûcher bouddhiste –, le *Thaï Rath* fit sa une sur les tendances du fondateur et directeur du *Bangkok World* à se travestir en femme à la façon des *Katoï* – mais en moins réussi, le farang était trop massif et viril pour être crédible –, et à chercher des maris chez les jeunes gens, notamment deux adolescents créchant habituellement au monastère du Wat Dawadeung. À partir de cet instant, la presse anglophone fit également référence à sa vie privée au lieu de son histoire politico-journalistique dans le Royaume.

Tany voyait avec soulagement s'éloigner le mobile politique, qui signifiait l'hypothèse B pour lui, la liquidation finale d'une épopée sanglante et glorieuse, celle des troupes de Phao. C'est donc du côté des mœurs, et seulement là, qu'on attendait qu'il trouve.

Le 11 octobre, il vint dans le bureau de son chef, l'avorton semi-thaï, et lui exposa ses résultats, lui parlant de Chayan Muksamphan, vingt-neuf ans, prostitué occasionnel, voleur et originaire de Samut Songkhram.

Le 13 octobre, après une filature minutieuse, des flics arrivèrent de toutes les directions à la gare de Samut Songkhram, et ils mirent un sac sur la tête de Chayan avant qu'il puisse saisir son flingue. Plus tard, le garçon au visage tuméfié avoua le meurtre du farang, expliquant se défendre d'une agression sexuelle. Il n'avait sur lui ni la Rolex ni le portefeuille, et personne ne fit mention de ses opinions politiques, à peine si la presse anglophone insista sur quelques contradictions ici et là dans les confessions publiques de Chayan.

Bernard Trink, un des chroniqueurs du *Bangkok World* et qui s'occupait des nuits de Bangkok, fit un bref papier d'éloges sur son patron, concluant à propos de sa mort et de toute cette histoire par un acronyme elliptique : TIT, qui signifiait *This Is Thailand.*

Le 8 décembre, le général de la police Monchaï Pankongcheun déclara l'enquête close, et félicita le personnel du commissariat du district 14 pour son efficacité diligente.

Le 9 décembre, Tany alla dîner chez un de ses oncles, colonel dans l'armée blindée. Il n'avait pas reçu de ses nouvelles depuis plus de huit ans. Il savait qu'il avait activement participé à la destruction de Phao, mais aussi à l'épargner lui, son neveu tellement soucieux de sa personne extérieure. L'oncle fêta chaleureusement Tany pour son succès dans l'affaire du farang, et il comprit que sa croix était finie, on le *ressuscitait*. La femme de son oncle l'aimait beaucoup, elle se montrait heureuse de le revoir, mais aussi étrangement inquiète, comme si elle cherchait à lui dire quelque chose. Certainement l'émotion. Et il se rappela une dernière fois de Darrell dans son bureau du *World*, lui expliquant l'usage pictural et théologique complexe des saintes femmes où, selon les évangiles, Marie Madeleine et d'autres se rendirent au tombeau du Christ et, le découvrant vide, reçurent l'annonce de son retour sur terre… Tany trouvait l'épisode absurde et beau. C'était si beau de croire en la résurrection divine, qu'il interprétait comme une notion différente, optimiste et niaise de la réincarnation…

28

Après le dîner, Tany se rendit du côté du Wat Khaek sur Silom. Une trentaine de gars au moins marchaient, se regardaient, stagnaient, certains moins assurés que d'autres. C'était la Thaïlande, le pays des hommes libres seulement la nuit. Le jour appartenait à la politique, qui elle-même appartenait aux spécialistes. C'était la Thaïlande, une nation de castes où les politiciens devaient s'occuper de politique, les artistes d'art, les médecins de médecine, les charpentiers de charpente. Les problèmes survenaient quand on commençait à foutre son nez dans le job des autres en critiquant leur boulot, quand les flics se mêlaient de l'armée, l'armée des artistes et les étudiants de constitution alors qu'ils n'y connaissaient rien et que ce domaine appartenait à de vieux hommes sages.

C'était la Thaïlande et dans les allées autour du monastère, les choix se multipliaient pour Tany, une ivresse le prenait, un vertige de ce qu'il allait faire ou pas, de quel désir il serait l'écho et l'outil. Il ne s'était plus senti aussi bien depuis l'époque de Phao…

Il entendit dans son dos un déclic caractéristique, celui d'une queue de détente – ou bien rêvait-il ? –, et il n'eut pas le temps de se retourner.

C'était la Thaïlande et Tany ne sut jamais lequel de ces beaux garçons lui tira une balle dans la nuque.

Père animal
Mère humaine
Enfant monstre

Europe, années 1990
(peint à Bangkok en 2015)

29

La conséquence d'un père animal et d'une mère humaine, c'est naturellement un enfant monstre. Minotaure et avatars.

30

On jouait au volley sur une plage de l'extrême-sud français. Il n'y avait que des mecs, tous plus ou moins potes. J'avais seize ans, j'étais le plus jeune. Une fille inconnue s'est pointée pour jouer avec nous. Je crois qu'elle nous a parlé en anglais, je n'en suis plus sûr. J'espère, parce que je n'aimerais pas avoir oublié son français venu d'ailleurs, accentué depuis sa langue natale. Elle était danoise. Ce que je n'ai pas oublié, c'est sa voix. Grave. Profonde. Chaude. Une féminité de baryton royal tenant certes de la musique, mais surtout du sexe d'où cette musique tirait sa richesse. Une voix forte, émotive, pleine de passé. J'échoue à décrire sa voix comme je l'entends toujours, trente-sept ans plus tard. Elle portait un string de bain et elle était seins nus. Beaucoup de femmes étaient seins nus à cette époque. C'était avant la méfiance envers le soleil et sa lumière cancéreuse, avant la méfiance envers le regard des hommes sur les femmes et avant cette victoire du regard des femmes vêtues sur les femmes dévêtues.

Elle s'appelait Aya. Elle était danoise d'origine coréenne. Elle m'a dit être orpheline et venir de Corée du Sud. Elle avait dix-sept ans et elle passait d'une famille d'accueil à une autre depuis ses douze ans, m'expliquant des problèmes de comportement qui m'étonnaient, car elle possédait une politesse hors pair et une diction hors pair. Mais j'avais seize ans, j'étais idiot et incapable de comprendre que c'étaient précisément ses talents qui effrayaient ses tuteurs dont, en retour, elle supportait mal l'autorité.

Excellente élève et ça se sentait, elle parlait danois, anglais, allemand, quelques rudiments d'italien et de russe, et bien qu'elle fût pour la première fois en France, elle se débrouillait déjà pas mal. Je me rappelle d'une certaine perfection. Bien sûr de sa peau. Là encore, j'échouerais à décrire sa peau qui n'était ni du bronze ni du noir ni de l'or ni du cuivre ni du jaune cadmium, mais tout ça en même temps plus d'infinies nuances de couleurs n'ayant pas encore de nom dans aucune langue. Et il faudrait ajouter les variations selon les endroits de cette peau, le subtil dégradé des teintes du cou aux aisselles, des aisselles aux seins, des seins au ventre, et sur le ventre les gammes assombries du nombril, et la puissance chromatique de ses fesses selon qu'on les écarte et les referme et les presse et les masse, testant leur fermeté, leur mollesse, leur rondeur. Et puis les variations sur cette peau selon l'éclairage du jour et de la météo, des lampes et des rayons naturels.

Bref, je devais être ébloui sans doute, je m'en souviens sans m'en souvenir, je conserve seulement – outre la peau et la voix – une impression, un flottement, une personnalité traversant la mienne pour l'inspirer. Je me souviens d'une série de traits de visage : des pommettes puissamment rondes, une bouche épaisse et large, une chevelure noire raide au carré, une silhouette à la fois menue et forte, souple et forte quand elle sautait seins nus smasher la balle au-dessus du filet avant de retomber sur un de ses pieds fins qui, je me le rappelle, portait une gourmette à la cheville. Comme toutes les filles de cette période, elle était trop canon pour moi et inaccessible, mais je vais avouer un truc : pour la première fois, et d'une manière que je sais maintenant magique et karmique, j'ai su comment m'y prendre avec elle, alors qu'avant je demeurais farouche, en retrait, incapable d'agir selon le bon tempo devant les filles. J'ai assumé ma laideur, je me suis montré super à l'aise et tranquille et prévenant sans chichi avec ma gueule asymétrique et mon corps de mec trapu hérité de mon père où déjà des poils cuirassaient mon torse d'une certaine douceur de fourrure virile. J'ai fait deux-trois tours de passe-passe fluides lorsque je me suis foutu en poirier montant et descendant avant de glisser au sol pour exécuter un windmill, cette figure iconique du hip-hop où tu tournes sur toi-même, mains en appui, jambes en tourbillon. C'était une figure de mon cru que j'appelais la *Gauguin*, l'enchaînement poirier/windmill. Ça existait déjà mais c'est pas grave, mentir c'est séduire. Sans me vanter, j'ai assuré nickel avec la Miss Univers de mon été 84. De fait, elle fut la première en tout, le flirt, la baise, les conversations. Elle l'est restée longtemps. Après trois semaines avec elle et sans la revoir jamais – sauf sur le papier, les mots du papier à lettres où l'on s'écrivait et où je la dessinais –, je n'ai plus pendant trois ans ni couché, ni embrassé, ni caressé aucune femme. Je suis retourné à ma condition solitaire, mais cette fois, c'était cool. Ce qu'Aya m'avait révélé pour toujours, c'était un espace. L'espace d'Aya, l'espace d'une femme. Potentiellement, l'espace de toutes les autres femmes. On insiste trop sur la dimension temporelle chez les êtres, la jeunesse, le vieillissement, etc. Or l'identité spatiale d'une femme est décisive. Étendue, allongée, endormie, debout à son miroir, marchant rapidement ou bien aux chiottes cambrée pour pisser la culotte aux chevilles. L'espace quotidiennement travaillé d'une femme, comme l'artiste à son œuvre, ne vieillit qu'aux dernières extrémités, quand la maladie et l'âge s'y mettent et l'immobilisent. Mais là encore, dans sa position de gisante, les lignes de ses rides rejoignent celles de ses draps, formant l'idéogramme d'un destin commun à toutes. Si cet espace vieillit avant, c'est par négligence, abandon des codes du théâtre féminin. L'espace d'Aya débutait par son corps brut bien sûr, comme une toile brute, mais il se poursuivait dans les soins apportés à ce corps, aux exigences des tenues, des sports, des maquillages, des peintures faciales. Et bien sûr, il s'enrichissait des lieux où son corps prenait place et qu'il annexait par les figurations et les défigurations qu'il provoquait. Une femme assise, son cul s'écrase sur une chaise et ainsi peut-on distinguer sa défiguration ; il se strie en ridules fines si la fille est mince ou maigre, en ridules plus extrêmes si elle est grosse, si elle est obèse, si elle est Rubens comme on disait jadis. C'est la peau qui se plie et la graisse qui s'exprime. La mine de plomb, le pinceau, la bouche, la queue parlent la même langue, tentent la même chose. À l'avant-garde de cet art, il y avait eu les réfugiées cambodgiennes de mes dix ans qui terminaient premières de la classe en quelques mois. Et puis Aya. Comme les journées du côté de Nice se déroulaient sur un mode caniculaire, je peux facilement me convaincre que je vivais déjà l'amour exclusivement sur la fréquence tropicale. Une ceinture terrestre. Une ceinture tropicale dont aucun couturier ne parviendra jamais à obtenir la forme, le cuir et les odeurs. Trois semaines avec Aya valaient une existence entière. C'était vraiment cool.

31

Tout fut-il si cool que ça ? J'ai passé un bac gestion, le premier de ma famille à passer un bac. Le bac des ratés, affirmaient les profs des conseils d'orientation des cursus généraux, mais alors pourquoi inventer de tels diplômes si c'est pour traiter les gosses de ratés ? Les profs traitaient de ratés les CAP, les BEP, tous les bacs pro, les bacs B, les bacs littéraires. De sérieux, il n'y avait que le C, puis le D. Mais je m'en foutais. Je ne dessinais plus, n'ayant pas encore les couilles d'en faire un destin. Après ce bac maudit, j'ai eu du bol. J'ai bossé pour un golden boy. Une chance inouïe, ce monsieur rencontré lors d'un stage et qui collectionnait l'art contemporain. Il m'emmenait à la Bourse et chez les galeristes. Je lui servais de secrétaire et j'ai appris des arcanes où les chiffres mentent et les petits investisseurs perdent leurs économies, et j'ai vraiment gagné du fric. En parallèle, je traînais en lisière des facs comme une bouteille à la mer plus consciente que les autres et qui cherche à se rendre plus loin qu'une maîtrise et un doctorat, dans des contrées savantes sans finalités précises. Vivoter passionnément des heures dans les bibliothèques et les cours de langues orientales ou d'antiquités diverses révélant la civilisation Nok en Afrique de l'Ouest et les Olmèques en Amérique centrale m'émerveillait.

Sensualité des œuvres, érudition des corps étrangers sans quoi le savoir et ses idées ne sont rien, pas même des os. Le problème, c'est que toutes ces facs sont polluées de l'intérieur par les idéologies. C'est leur mercure, leur méthane, leur plastique, c'est leur dioxyde de carbone, et elles recrachent toutes ces merdes dans l'océan de l'esprit en recherche. Je lisais tout. Putain qu'est-ce que j'ai lu ! En quatre ans, j'ai rattrapé facilement trois millénaires de pensées, de poèmes, de vulgarisation en physique quantique, en biologie, etc. Humanités, arts, sciences politiques et humaines, sciences dures, théologies tous azimuts, langues mortes, j'ai lu avec passion, j'ai méprisé avec grâce la déconstruction, la french theory, en compagnie de jeunes gens faisant cercle dans des cafés pour s'enticher de philosophes comme Leo Strauss et Allan Bloom, ou bien de grands théoriciens de la logique mathématique et de la philosophie analytique tels Kurt Gödel et les membres du cercle de Vienne, et Ludwig Wittgenstein, et Alexandre Grothendieck. C'était très intello tout ça. Ça m'a plu, puis ça m'est passé. De toute façon, ni l'enfance ni l'adolescence ni la jeunesse des études ne m'ont séduit, au contraire, et je les ai tuées successivement. J'ai assassiné le gosse que j'étais, puis l'ado, puis l'étudiant. J'ai atteint l'innocence à l'âge mûr.

Je retiens peu de chose de ces périodes, sinon que j'ai repris le dessin vers mes dix-huit ans. Le premier avatar de moi-même que j'accepte fut le mec retrouvant ses crayons pour se rendre aux cours de nu et de nature morte de la Ville de Paris et à ceux de la Grande Chaumière. Il s'agissait de préparer le concours des Beaux-Arts où je fus recalé. Je me rappelle quelques membres du jury, notamment Vincent Bioulès – une tête de con qui m'a fracassé –, Jean-Michel Alberola – un gars coincé du cul et du dessin et pas trop méchant –, et d'un poète oublié, Marcelin Pleynet, le plus sympa, un mec du groupe Tel Quel, et qui semblait se demander ce qu'il foutait dans cette galère de cons. Je ne me rappelle aucune femme en revanche. Ou alors elles la bouclaient. À cette époque, les hommes régnaient sur les Beaux-Arts, c'est un fait, ça n'a rien de féministe de le dire et je ne suis pas du tout féministe, et les artistes mâles nous regardaient comme de la merde, ils n'aidaient quasiment personne sauf celles qu'ils pouvaient niquer, ils se revendiquaient d'une avant-garde radicale dont nous ne serions que les éternels épigones, ils voulaient baiser nos copines, piller notre inspiration, se croire transgressifs d'agir ainsi, et ils surjouaient la virilité intellectuelle, les phrases cinglantes – c'est marrant de se remémorer tous ces crétins pathétiques vivant comme des graffitis de chiottes. Et moi, devant eux, d'un côté j'aimais d'autant plus mon père animal vantant la médecine par balles, et d'un autre côté, mon côté pédé, je pensais à Pavese quand il écrit : « Pourquoi les femmes en général ont-elles de meilleures manières que les hommes ? Parce qu'elles doivent tout attendre de leur effet formel, alors que les hommes agissent ou pensent. Il faut devenir plus femme. » La femme formaliste, inventant chaque matin, chaque soir, une figure d'exception par ses tenues, ses maquillages, ses fantaisies. La femme native, la transsexuelle, l'avant-gardiste des heures de l'aube, quand tout coule sur ses joues, et que le fard ressemble à des pleurs bizarres. Moi aussi je voulais l'effet formel dans mon art. La forme inédite, organique. Bon, en même temps, le mec, il s'est suicidé comme Virginia Woolf, Sylvia Plath, Unica Zürn, Nelly Arcan, Kathy Acker, Elfriede Jelinek… Ah non, Kathy Acker est morte d'un cancer à Tijuana, la ville du cartel, et Elfriede Jelinek a reçu le prix Nobel.

À partir de 1987, je fréquentais surtout l'atelier de Michel Journiac à la Sorbonne, dont les locaux se trouvaient dans le XVe arrondissement de Paris, rue Saint-Charles. L'université a toujours eu mauvaise réputation face aux grandes écoles, et l'art ne dérogeait pas à la règle. On snobait donc la jeunesse de Saint-Charles, qu'on jugeait composée de ratés, d'indécis et de médiocres. Michel Journiac, un des êtres les plus généreux jamais rencontrés de ma vie, avait été l'un des initiateurs de ce qu'on nommait vers 1970 l'art corporel. Ses membres usaient du corps, qui servait de base à toutes sortes d'expérimentations parfois difficilement supportables pour le public, et qui intéressaient et rebutaient pour cette raison. Je m'entichai d'art corporel, comme je m'entichai d'installations vidéo et sonores, de certificats, c'est-à-dire assez souvent de feuilles volantes quadrillées très précieuses, fragiles comme un fragment, où étaient notées, dans une délicate police courrier, les instructions matérielles de l'œuvre à réaliser, non plus par l'artiste lui-même, mais par le collectionneur, le musée, n'importe qui en fait. Il y avait là pour moi une liberté assez grisante, où l'artiste, délesté du poids sédentaire de son atelier, se retrouvait dans la position de l'écrivain nomade, à qui suffisaient un ordinateur et des carnets. J'avais dix-huit ans, vingt ans, j'apprenais sur le tas, sans méthode, aspirant tout ce qui se passait dans les galeries, les livres, les magazines, les soirées, les films. L'art me parut tout de suite un tour d'esprit, comme on dit un tour de magie. C'est un *truc* qui fait qu'une œuvre est dans le coup et une autre ringarde. C'est magique, et bien souvent ça paraît cynique. Ainsi pensais-je à dix-huit ans, vingt ans, allant de passion en passion, comme celle qui me prit pour les partitions musicales et textuelles d'un groupe international nommé Fluxus. Un des Fluxus proposait de tracer au sol une ligne et de poursuivre indéfiniment cette ligne à travers les objets, les obstacles, les intermittences urbaines ou campagnardes. Il écrivait que serrer la main des visiteurs lors d'une expo constituait les œuvres de cette expo. Je trouvais ça formidable. Toutes ces choses appartenaient au royaume de la performance. La danse, la musique, le théâtre, la peinture, la sculpture, le texte se mêlaient plus ou moins brutalement dans la performance. Le poème était la somme de ces médiums. Et la mémoire orale y jouait un rôle décisif. Il ne restait de tant d'événements que des photos parfois mauvaises, les dessins préparatoires, les notes sur des feuilles arrachées d'un cahier d'enfant ou tracées sur des nappes festives tachées de vin, comme autant de preuves que vivre et créer allaient ensemble, totalement indissociables. Et bien sûr, il en restait ce qu'en disaient les témoins, et leurs récits remontaient à vingt ou trente ans plus tôt. On me parlait par exemple de Robert Wilson et de son *Ka Mountain and guardenia terrace*, un spectacle ayant eu lieu en Iran avant la chute du Shah, et qui durait sans interruption huit jours et sept nuits. On me parlait d'une Américaine, Carolee Schneemann, qui enfouissait du papier cul imprimé de texte dans son vagin et le sortait pour le lire à mesure, son corps peint à la boue. C'est l'une des raisons pour lesquelles les femmes de la nuit de Bangkok, qui s'enfonçaient dans le sexe différents objets, m'ont subjugué comme des artistes performeuses honnêtes et radicales, sans souci de réussir autre chose que l'argent du soir. Le royaume de la performance réactivait cette mémoire orale vieille comme l'espèce humaine, avec ses déformations, ses ouï-dire, ses tendances à embellir ou réduire la chose vue et entendue. Écrire l'histoire orale de l'art depuis cent cinquante ans serait un merveilleux poème documentaire. Et moi-même désormais, je peux me lancer dans la narration des performances auxquelles j'assistais dans ma jeunesse. C'était du beau bizarre, et ça l'est toujours. À travers l'art, les gestes ordinaires ou extraordinaires retournent à l'univers des rituels et des cultes parfois douteux, dangereux. Ce sont des sacrifices. Tout devient possible et grotesque. Tout est happening. Vandaliser une sculpture célèbre. Bomber « Kill lies all » sur *Guernica* comme fit Tony Shafrazi. Chier dans une boîte et fabriquer une machine à produire de la merde. Embrasser avec du rouge à lèvres un tableau de Cy Twombly comme fit Rindy Sam. Poser sa main sur une poitrine inconnue. Peut-être est-ce mon manque d'éducation et mon mauvais goût mais je suis honnêtement persuadé que peloter les fesses, les seins, les sexes de personnes inconnues dans la rue ou dans un ascenseur ou un parking peut, dans certaines situations, participer de l'art selon le XXe siècle, et même de l'art tout court. Ça n'existait pas avant, ça n'existe déjà plus au XXIe siècle. Ça gratte, ça parle, et j'y peux rien, moi, gamin de Noisy-le-Grand amateur de sensations religieuses, si l'art a fait de la transgression et de l'idiotie deux de ses vertus. Une séance de sculpture vivante, on pétrit de l'argile humaine rendue animale par la chasse. Je me demande ce qu'encourrait aujourd'hui un ou une artiste foutant des mains au cul dans le métro en déclarant que c'est une œuvre d'art. Si la démarche est honnête, réalisée avec tout le tragi-comique dérisoire d'une ambition artistique, je crois qu'il faudrait l'accepter si on accepte l'histoire de l'art. De toutes les manières, une main au cul et à l'entrecuisse exécutée aujourd'hui dans l'espace public par un ou une artiste portant, par exemple, un masque de Mona Lisa et hurlant « Elle a des moustaches ! L H O O Q ! » serait considérée comme l'acte d'une déséquilibrée malsaine, au mieux on la ferait taire, on la foutrait en justice, on lui réclamerait des excuses publiques sur les réseaux de l'ultralibéralisme, au pire on la mènerait à la rééducation, aux asiles, peut-être aux électrochocs, à la trépanation, aux mutilations de ses mains baladeuses, voyageuses de corps en corps.

De l'atelier de Michel Journiac, je retiens des rencontres, spécialement avec des femmes plus âgées que moi. La plus importante fut Tina Van Gogh et je n'ai pas besoin de la présenter. Elle reste une star indiscutable en dépit de ses démêlés avec la bourgeoisie progressiste des universités hors de prix où des gosses de riches expliquent être des victimes. Elle fit une conférence et elle nous donna le secret de ses intitulés à base de « Tina fait ci », « Tina fait ça » : « En 1972, je séjournais en Thaïlande avec la romancière Muriel Cerf qui en fit plus tard un livre, *L'Antivoyage*, que je vous recommande. Je me rendais souvent au bord du fleuve Chao Phraya, dans un quartier nommé le Khlong Toeï, où abondaient les bars de marins. Le plus étonnant était le Mosquito Bar. Les filles du Mosquito Bar avaient une façon étrange de s'exprimer. Elles parlaient d'elles-mêmes à la troisième personne ou plus exactement par leur prénom. Il y avait Noy et elle me disait "Noy pense que tu es généreuse de lui offrir un billet de retour pour son village et Noy te remercie". On me la traduisait, je maîtrisais très mal le thaï. J'ai eu comme une illumination. J'ai tout de suite saisi les possibilités d'une telle formulation... Alors j'ai réalisé une première série : *Tina voyage et elle trouve ça bizarre.* »

L'amitié avec elle ne fut pas gratuite. Là aussi, j'y vois le karma, les actes et leur conséquence dont la somme jamais close est un destin en cours. L'acte de dessiner, puis de fréquenter l'atelier Journiac, puis d'y rencontrer Tina, puis de lui parler avec certains mots et pas d'autres, de lui plaire car je cherchais à lui plaire, la flattant sans flagornerie et dessinant et photographiant de telle sorte qu'elle y voie une filiation intéressante pour elle, tous ces éléments et d'autres bout à bout firent qu'elle me paya mon premier séjour ici, chez moi, en Asie du Sud Est. Ce fut quasi indolore pour elle en ce sens que je ne lui coûtais guère plus en trois mois qu'un assistant smicard en deux ans.

Elle était tellement riche. Elle m'aida aussi en me présentant un galeriste merveilleux, Gilles Dusein. Difficile d'avoir un autre galeriste après Gilles Dusein. Il est mort du sida. Nan Goldin en a réalisé un cliché célèbre où il gît tel un Christ dans un linceul d'hôpital. Certains dimanches, de retour dans la maison de mon père, je pouvais enfin détailler mes relations diurnes et nocturnes avec des pédés. De vrais pédés magnifiques et portant l'injure comme une particule de noblesse. Pédés musclés, pédés querelleurs des salles de sport, pédés harceleurs, le regard se branlant sur ton entrejambe. Ils m'emmenaient dans leurs bars et au Boy, un club où sans eux je n'aurais pas pu entrer. On allait à BPM Records ou chez Waves rue Keller, et ils m'initiaient à la vraie musique électronique. Et avec eux je découvrais la foule des filles stupéfiantes, qui n'étaient pas du tout des pédés, quoiqu'on les confondît à eux, simplement des filles plus grandes que les autres et pissant debout à mes côtés dans les urinoirs des chiottes muséales du Boy. Pédé signifiait alors l'utopie de l'amour et l'aristocratie d'une vie impossible, presque inhumaine, car elle devait être exclusivement une anthologie d'instants de grâce extrême. Or, cette vision n'appartient au fond qu'à quelques personnalités homos ou hétéros ayant une araignée au plafond, une angoisse esthétique, un éden entre les yeux. Il n'empêche : c'était encore ça être pédé. C'était avant les nouveaux homos militants à la con et tortillant du cul pour défendre leurs bonnes manières idéologiques de petites bourgeoises effarouchées.

32

Finalement, j'ai quand même retenu pas mal de choses de ces périodes d'avant la Thaïlande. Je pourrais parler de mon amitié avec Muriel Cerf, mais là, ce soir de janvier à Krung Thep, j'ai surtout envie de retenir un truc tiré du judaïsme et c'est le hidouch. Dans un texte saturé de commentaires, le *hidouch* est la trouvaille inédite, l'interprétation jamais énoncée. Ce texte, c'est le Talmud, mais pour un goy de mon genre ou un juif étouffant dans sa yeshiva et préférant courir la planète, ce texte est le monde et ses paysages, la Création et ses Créatures.

Mon Talmud à moi s'étend de l'Inde aux îles du Pacifique, avec des chapitres apocryphes en Colombie, en République dominicaine, au Mexique, en Amazonie, à Cuba.

Au nord, il y a le désert de Gobi et ses civilisations ensablées.

Au sud, eh bien il y a le Sud, la ceinture tropicale. C'est le Sud parfait et qui exhale la chaleur, l'humidité du vagin terrestre. Mon hébreu, ses lettres sont les femmes de ces régions ou qui fréquentent ces régions, spécialement celles œuvrant dans les bars, les salons de massage, les bouts de trottoir, les discothèques, les centres commerciaux, les sorties de collège, les sorties d'université, les sorties de bureau, les restaurants, les comptoirs célestes, les marchés flottants, les plages, les piscines, les eaux les plus diverses. Elles y œuvrent, elles s'exposent, elles sont disponibles, elles ont du pognon, elles coûtent du pognon, mais leur contemplation active dépasse leur prix. Ce sont des sexogrammes. Aux idéogrammes de l'Asie, à l'hébreu de toujours, s'ajoute la langue des sexogrammes des femmes tropicales. Mon hidouch est public quand je montre les peintures et les vidéos de ces femmes. Mais à l'écrasante majorité, mon hidouch est privé. Mon hidouch se déroule dans les chambres d'Asie du Sud-Est et il est monstrueux. Minotaure et avatars. Bangkok, mon labyrinthe, etc.

Portrait d'un nom

Bangkok, 1998

33

La légende dit la vérité quand elle affirme qu'un soir de 1970, un Windsor haut perché dans l'organigramme de la famille royale d'Angleterre, un authentique prétendant au trône et qui marchait anonymement – du moins l'espérait-il – dans une soï de Bangkok, fut abordé par une fille et séduit par elle au-delà de la normale. Ils discutèrent un moment et il la ramena dans sa piaule louée sous une fausse identité. Elle était mineure, plus pour très longtemps mais légalement elle l'était toujours, et des coups survinrent à la porte. C'étaient deux types de l'ambassade et un Thaï de la police qui souhaitaient s'assurer que tout allait bien. Ils prièrent sans ménagement la fille de déguerpir, ce qui mit Lord X en fureur. Les nobles au Royaume-Uni sont « Lord » quand ce sont des hommes et « Lady » quand ce sont des femmes. Lord Mountbatten, Lady Diana, etc. Lord X demanda comment ils osaient s'adresser à sa princesse de cette façon, et l'un d'eux, un des Anglais, pas le Thaï qui demeurait silencieux, ne put s'empêcher de répondre avec une légère insolence que ce n'était qu'une « fille de bar ». She's just a bargirl.

Ce à quoi Lord X dit lentement, d'un ton où s'entendait toute la supériorité de sa caste divine et tout le mépris pour ce sous-fifre de naissance inférieure, que c'était au contraire une « Lady ».

She's a LADYBAR !

Ainsi naissent les noms.

UNE NUIT PLUS LONGUE QUE LA VIE

Que sommes-nous ?

Installation (2)

2019

34

Laurence V. dégustait un *Pla Nam Prick* – un de ces poissons des fleuves cuisinés aux piments –, et elle sirotait un *Nam Manao Sweet* – jus de citron à la glace pilée agrémenté de sucre de canne –, et elle m'expliquait comment elle voyait les choses pour la deuxième salle de sa galerie, la plus vaste. Ce serait trop bête de respecter un ordre chronologique ou même thématique. Ce serait trahir ce qu'elle avait vu dans l'atelier. Elle voulait retrouver un ordre plus secret, plus intimiste, absolument non linéaire, qui était celui des œuvres elles-mêmes. Souvent, elles concernaient des événements très antérieurs à leur réalisation. Elles portaient parfois deux dates : celle où elles avaient été vécues ; et celle où elles avaient été peintes, dessinées, montées en film. Et puis cet accrochage serait plus réaliste. Le temps fonctionne ainsi. Notre présent est fait de ce qui nous arrive autant que de souvenirs et d'anticipation. C'est un flux qui n'est pas régi par un début, un milieu, une fin, une intrigue. C'est un flux, parcouru de multiples courants. « Vos œuvres, me disait Laurence V., se basent exclusivement sur des rencontres. Vous êtes incapable d'inventer quoi que ce soit. Ou du moins vous faut-il partir d'une personne réelle pour que la fiction s'emballe. Vous êtes la somme de vos rencontres. Sans elles, votre imagination n'existerait même pas. Vous avez besoin d'être subjugué par quelqu'un ou quelque chose. Des corps, des paysages. Alors seulement, vous commencez d'exister en tant qu'observateur. Et voilà ce qu'il faut tenter de montrer au public. »

Maison du Jouir (1)

Bangkok, mars 2020

35

Il y a cinq ans, j'ai construit sur mon bout de terrain une espèce de tour de guet voluptueuse. Elle évoque une créature féminine et militaire, *Le Pont de la rivière Kwaï* et la mante religieuse des poètes. Parfois, au crépuscule du soir, je m'y endors, je m'y réveille devant Bangkok. Il s'agit d'un sala de bambous et de teck. Un sala est un élégant pavillon sans murs qu'on trouve en Thaïlande au bord d'un chemin de campagne, en lisière d'un fleuve ou d'une mer, dans un parc ou dans un wat. C'est une halte. Il est fait de bois et son toit pentu est supporté par quatre piliers. Si l'obsession vous guide, vous l'ornementez de légendes et de croyances ; vous sculptez Ganesh, Hanuman, Bouddha, Lord Shivah ; vous représentez le Christ et les Apsaras, les danseuses sacrées aux seins nus et au ventre rond ; vous incrustez toutes sortes de femmes de nacre, certaines sont fantastiques, d'autres très humaines, elles ont des vulves natives, ou bien des vulves inventées par la chirurgie contemporaine, et quelques-unes ont des pénis rehaussant la soumission de leur cul. Le sala sert à la contemplation, la conversation, et il favorise les rêves. En général, il ne dépasse du sol que de quelques dizaines de centimètres. Le mien culmine à plus de vingt mètres et il surplombe les maisons alentour. Alors, installé là tel un oiseau ordinaire ou un roi, on devine aux lueurs de l'horizon l'infinie skyline de Bangkok.

36

Au début, les voisins se sont émus et scandalisés de mon initiative. « Ce chien de farang » est une rengaine régulière me concernant, bien qu'ils me connaissent depuis 1995, date de mon arrivée ici, soï Amon, Yan Nawa District, Bangkok. Mais j'aime mes voisins qui m'aiment et me haïssent avec fureur. Je les ai invités à la fin des travaux, ils ont gravi l'escalier à paliers, ils sont arrivés sur le plateau, ils se sont figés. Bien sûr, ils ont voulu le même. Khun Nataya et ses filles, qui tiennent près d'ici une cantine minuscule envahie de lampions et de musique Morlam, ont voulu le même. Khun Somsip et Khun Apichap ont désiré le même, etc.

C'était inévitable. Mon sala suspendu offre des impressions exceptionnelles.

Le jour, tu donnes sur une canopée insoupçonnable du bas, on dirait une mer de palmes et de lianes, de fils électriques et d'emballages divers. Tu distingues des piscines suspendues, des jardins suspendus, des filles suspendues dans un exercice de voltige étrange appelée gymnastique, des terrasses vides sauf de plantes invasives comme du lierre et qui font des cascades d'un balcon à l'autre. Et peu à peu, tu pénètres dans la douceur chaotique de la cité des anges. Tu aperçois les autoroutes aériennes et les échangeurs quasi mystiques à force de multiplier leurs cercles de béton dans les cieux pollués. Tu entends les rumeurs de circulation et les voix. Souvent, ce sont celles des femmes. Milliers, millions de paroles féminines. Tu entends la langue thaïlandaise, et quand, à force de vivre ici, ton oreille d'étranger s'affine avec les décennies, tu distingues les dialectes du nord, du sud et de l'est, le lao, le malais, le khmer. Et chaque endroit, chaque instant paraît posséder son patois car les accents et les tons diffèrent selon les circonstances. Amour, cuisine, bain, couture, toilette, devoirs infléchissent la langue vers des zones qu'aucun dictionnaire ne capture, la liberté des mots moulés, modifiés dans ces milliers de bouches femelles devant lesquelles le mâle se tait. Le mâle étranger venu de Paris, Lagos ou Séoul, écoute et apprend le merveilleux sonore de Krung Thep.

Et puis survient la nuit. Soï Amon et ses allées se révèlent une île noire dans un océan de lumières. Il y a le halo des tours de Silom et de Sukhumvit au loin, et celles toutes proches de Naradhiwas Road et de partout. Il y a les immeubles grande hauteur et leurs rooftops magiques invisibles d'ici mais qu'on connaît, on pourrait prendre une moto-taxi et s'y rendre. Brise légère dans mes vêtements quand je m'allonge sur l'une des deux paillasses se faisant face de mon sala. Pareilles à celles des fumeries d'opium dans les gravures. Clichés que je collectionne et où je pose mon cul. Toile de coutil sur méridienne chiadée pour corps quinquagénaire masculin trapu, barbu, fourbu, endolori par le temps, l'amour – ou disons le sexe, l'excès sentimental du sexe où tu prends tout de l'anatomie de l'autre, tous ses orifices, toute sa peau, ses pensées, ses organes, ses fluides, ses MST, ses émotions, ses histoires. Tout, absolument tout. L'empathie impérialiste. C'est-à-dire que tu t'intéresses anormalement à l'autre. Le sexe est un terme sali par la révolution sexuelle. L'Asie n'a que faire de ces conneries. Solitude surpeuplée des mégapoles d'Asie.

37

Là, depuis mon sala, je ressens le lagon surchauffé qu'est Bangkok. Plongée urbaine, flottement, fonte, dissolution : mes cellules rejoignent les particules fines de la mégapole. Mon corps est plus que mon corps, et c'est ce que la peinture a toujours voulu montrer, quelles que soient ses métamorphoses – quattrocento, cubisme, art corporel –, cette anatomie invisible suggérée par la figure. Bangkok est phosphorescente, ses soïs labyrinthiques dégoulinent de couleurs irrésistibles, c'est du corail et nous y sommes des créatures aquatiques. Des créatures de tous les règnes possibles de la Nature et de l'art. Créatures marines, végétales, animales, minérales. Créatures scripturales, picturales, musicales, architecturales, etc. Nous produisons une abondance de sueur, de matières et d'huiles. Nous sommes vernis. Bangkok restaure l'humaine bizarrerie, celle de l'Antiquité, celle des amours mythologiques. Je suis amoureux des hommes gros vivant avec des femmes minces, jeunes et jolies, amoureux des physionomies opposées créant des harmonies tout à la fois anciennes et modernes qu'aucune pub n'assumera jamais, aucun goût ne réduira jamais dans un snobisme, aucun procès n'enfermera jamais dans une affaire de mœurs. Il y a trop de graisse et trop d'anorexie, trop de sida et trop de Bouddha, trop de sentiments et trop de cash, et surtout trop de sensations humaines très humaines. On n'est jamais trop humain, Herr Nietzsche. On ne l'est qu'insuffisamment partout, sauf dans les cités-bordels d'Asie, et peut-être quelquefois en Afrique, en Amérique latine.

Je dors et je ne dors pas, je rêve et je ne rêve pas, je peins et je peins vraiment, à chaque instant. Même quand je ne peins plus, je peins toujours et j'y retourne. La nuit dans mon sala, les dates se chevauchent, c'est surnaturel, le passé, le présent, les êtres. Et quand l'inspiration est sèche, je sors dans la nuit de Bangkok, je ramène une femme. Elles sont partout par ici, plus nombreuses que les mecs à toute heure dans les marchés, les ruelles, les commerces. Ça change tout cette présence. A-t-on jamais suffisamment remarqué comme c'est horrible ailleurs ?

Paris, Marrakech, Mumbaï, New York, etc. Partout les femmes disparaissent peu à peu à mesure que la nuit avance, elles pressent instinctivement le pas. Ou bien elles festoient comme si elles se suicidaient, elles festoient salement, on dirait un truc SM dégueulasse et neuneu. À la fin, il ne reste quasiment plus que des hommes tristes d'être entre hommes sur des pistes de danse maladives. Alors on se hait, on se provoque, on se bat faute de baiser, on se souhaite la médecine par balles. La grande tuerie. En Occident et dans l'Orient musulman et même en Amérique latine et en Afrique, on se souhaite la médecine par balles, car il y a trop d'hommes dehors et pas assez de femmes. Je suis ton médecin mec, ma pilule est une cartouche de même format. Prescription : une seule prise dans la gorge, mais tu n'avales pas, tu pointes vers le ciboulot et hop !, tu vas mieux. Suicide collectif sans ordonnance. En principe tu vas mieux, les études sont incapables de franchir la zone post mortem, mais on espère y parvenir demain ou après-demain, dixit les docteurs transhumanistes. La médecine par balles. Ma médecine pour les hommes. La grande majorité. Pour certains garçons, c'est différent. Parfois, des garçons deviennent des femmes dignes des stars du vieil Hollywood de l'âge d'or. Et parfois, des hommes cherchent dans ces garçons chrysalides des femmes impossibles et interdites de séjour dans la nuit masculine ordinaire. Les mœurs s'assouplissent dans les sphincters noueux d'une physionomie dorsale particulièrement cambrée par le désir. Les queues s'estompent et disparaissent cachées par leur propriétaire qui ne veut plus être qu'un trou, et le plus soumis possible à leur amant hétéro. Alors, comme en linguistique où il y a ce que les profs appellent le *signifiant* et le *signifié* – dans ma jeunesse, on jactait ce lexique jusque dans les quotidiens populaires –, il y aurait en amour le *pénétrant* et le *pénétré*. Je n'ai jamais su être les deux, je ne suis qu'un pénétrant et je vais à n'importe qui pourvu que, visage plongé dans l'oreiller, une femme de n'importe quel sexe se révèle dans sa demande et son besoin d'être prise.

En Thaïlande où je vis, la féminité abonde, on dirait qu'elle rattrape toutes ces latitudes où elle est enfermée, apeurée du dehors. En Thaïlande et en Asie du Sud-Est teintée de bouddhisme, de confucianisme et de divinités indiennes, les femmes ne semblent avoir peur de rien, elles se baladent en boucle dans tous les sillons du disque urbain, et pareil dans les campagnes, elles te sourient et tu n'as pas envie de gâcher ce sourire par une balourdise. Tu te mets sur ton 31. Tu essaies. Tu tentes le type bien. Quelques-uns du moins, les autres sont si cassés qu'ils n'y parviennent plus, ils se contentent d'agir en bête féroce et plaintive jamais contente, et on devrait les achever, agir en Rembrandt performeur, tu attaches le gars dans un abattoir, tu lui ouvres les tripes, tu t'enrages de ses pigments rubescents visqueux, tu titres l'ensemble : *Le Bœuf écorché*.

Donc, si l'inspiration s'assèche, je sors, je rencontre une femme, on boit tranquillement, on se fait un ou deux billards, on se met d'accord sur son salaire de femme passant du temps avec un client mâle ou femelle, je ne négocie jamais le prix, je dis oui ou je dis non, je dis oui, je la ramène, elle monte au sala, elle adore, elle se détend, elle mue, elle se détend, elle se comporte en diamant dans son écrin quand elle se prélasse dans un fauteuil jambes aux accoudoirs, buste offert et tête renversée, baiser n'est plus la question, payer non plus, on discute, on redescend à l'atelier, elle se dénude, elle se lâche, on baise d'autant mieux, je la dessine, elle pose, elle prend d'elle-même des positions multiples, je suis ses mouvements, elle s'amuse, elle s'enfonce dans sa propre féminité, elle s'explore, elle s'enivre de sa souplesse et de ses formes, elle observe comme je l'observe, et une nouvelle histoire commence.

Tippawan (1)

Bangkok, juin 1991

38

Il y a toujours une première femme lors du premier séjour ici. Celle qui sera ta première clef sans quoi un pays est une abstraction décevante, un monochrome de bouffon intello-bourlingueur. Voyager sans baiser, c'est pareil à du mariage blanc, c'est du pigment d'escroc. Cette femme n'est pas la plus belle ni la plus spectaculaire et c'est ce qui la rend imparable. Tu sais que tu ne passeras pas ta vie avec. Tu sais aussi qu'elle n'est pas un coup d'un soir. Tu ne sais pas grand-chose d'autre. Tu ignores ce qui t'arrive et ce qu'elle est vraiment. Elle ne correspond à rien de ce que tu as connu auparavant. Ni à Saint-Tropez, ni au bois de Boulogne, ni à New York, ni à Miami Beach, ni à Cuba, ni au Brésil, ni dans la cour du lycée, ni sur un site porno, ni à ce que tu as aimé à travers tant d'humiliations et de plaisirs. Jusqu'à ce qu'elle te regarde, tu as été impressionné, c'est-à-dire angoissé par ses sœurs et cette mégapole où elles évoluent, Krung Thep. Tu te sens puceau malgré tes certitudes blasées de petit merdeux de la pop culture universelle où abondent les caïds efféminés ou virils, et qui, sans le vouloir, ont forgé tes premières émotions amoureuses et sexuelles. Elle, c'est définitivement autre chose, même si elle manie à la perfection les codes du hip-hop-RnB-électro house-machin chose.

Elle, c'est ton point d'interrogation. Ton premier, ta première Ladybar. Elle t'offre un corps qui est un signe et c'est le point d'interrogation. D'ailleurs, si elle s'assoit, elle ressemble de profil à un point d'interrogation retourné. Le point c'est la tête, et puis vient la longue descente de la ligne dorsale très cambrée jusqu'aux fesses parfaitement rondes. Pourquoi pas. C'est une hypothèse, sans plus. Un schéma. Une vision. Une typographie. Un battement de cœur dans une lettre noire, brune et dorée. Posséder la lettre et l'esprit. Parler cette langue et l'écrire. Tippawan. Elle a plusieurs personnalités sans doute, plusieurs lumières intérieures comme les boules à facettes des usines à danse où elle bosse en robe ras des seins et du cul. Son bleu de chauffe. Ou bien non. Ou bien oui. Elle est plus que ça. Mais alors qui ? Elle t'inspire des millions de questions et aucune réponse ne l'épuise. C'est agréable de se questionner tout le temps sur un être humain. Justement, tu as un embryon de réponse. Elle, ce qui la distingue de toutes ses sœurs thaïes plus spectaculaires et plus belles avec leurs yeux ivres d'ennui et d'exigences au service de leurs minceurs et rondeurs belliqueuses, c'est qu'elle t'a regardé humainement comme jamais. Tu les aimeras aussi les autres, les inhumaines étranges avec le cœur sur la main, les starlettes de rizière électro, les fantomatiques légères de la plage, elles seront d'innombrables points d'interrogation à toute heure de ta vie sud-asiatique, mais là c'est trop tôt, tu es trop fragile et il n'y a plus qu'elle.

Ce n'est pas un coup de foudre. C'est tellement humain que ça ne vient ni du ciel ni d'un volcan mais simplement de vous deux. Toi, tu n'es pas son premier en revanche. Tu lui laisseras peu de souvenirs ou aucun alors qu'elle t'en laissera des tonnes qui ricocheront à chaque rencontre nouvelle, et elle aura posé la première pierre de ton palais de glace, plus exactement le premier miroir où tu te délectes de ses formes multipliées dans les perspectives sans fin de ton interprétation d'elle. Après, tu l'oublieras comme elle t'a oublié, mais moins vite qu'elle.

On est quelque part sur Sukhumvit, une gigantesque artère inclinée du nord-ouest vers le sud-est, une diagonale allant jusqu'au Cambodge dans ce qui n'est ni le centre ni la périphérie de Bangkok, car Bangkok ne fonctionne pas comme ça. En 1991, la « Sukhum » comme on l'abrège, est encore un long ruban d'asphalte au ciel dégagé, une autoroute bucolique polluée, aucun skytrain n'y crée l'illusion actuelle d'habiter une bande dessinée cybertropicale. Tu la vois elle, sans plus, il y en a tellement. En fait, très vite tu ne vois plus qu'elle. On dirait qu'elle te parle déjà dans ce coin de la boîte où elle est de sortie avec une bande de copines. Ses pommettes, ses yeux effilés, ce sourire en esquisse et qui dépasse le franc sourire, qui est un sourire tactique ou stratégique contenant les bons et les mauvais sourires. Elle semble te dire : ne crains rien, n'aie plus peur, tu ne fais rien de mal et je ne te ferai aucun mal. Je vais t'apprendre une langue étrangère dont tu ne reviendras jamais.

Ou bien est-ce moi tout seul, quand je repense à elle, qui apprivoise ce qui était cru, de la viande crue, la fille écorchée vive et heureuse tout à la fois, mystérieusement.

39

Elle s'appelait Tippawan Suksanette, et je crains de mal dessiner en latin les sonorités thaïes de son nom.

Don Muang Airport

Bangkok, juin 1991

40

Très tôt le matin même, le 9 juin, deux jours après mon anniversaire, je suis arrivé à Don Muang Airport comme un convive au milieu d'une fête inouïe.

C'est toujours l'impression qu'offre la Thaïlande à ses hôtes, et le phénomène s'est amplifié, toujours plus amplifié, infiniment. Don Muang Airport ne sentait ni le voyage, ni le tourisme, ni les affaires, ni la géopolitique, ni l'import-export. Don Muang Airport sentait l'amour et la fête. Chaque être humain possède en lui l'amour et la fête plus ou moins développés, plus ou moins réalisés, quels que soient son âge, son physique, son sexe, sa culture, sa couleur de peau, n'importe quoi. Et la Thaïlande avait eu le génie d'en faire sa marque de fabrique au-delà de l'imagination. C'est bien plus qu'une industrie. C'est la vie même confondue à l'échange primitif et à l'art. La fête, l'amour : pas le samedi soir ni la partouze. Mais la Thaïlande à jamais dans la mémoire de ses visiteurs comme l'incarnation ultime de cet amour et de cette fête. Aujourd'hui encore, je vais à Suvarnabhumi, le nouvel aéroport, observer les êtres provenant de partout de ce globe, toute la diversité des visages terrestres – ossature, épiderme, mode – se perdre dans les étages tubulaires. Certains savent où il faut aller, ils se ruent vers leur plaisir, d'autres le savent aussi mais savourent leur retour, et il y a les néophytes paumés, inquiets, subjugués. Ils ont lu un peu partout, préparant leur séjour, l'excitation étrange d'être ici dans l'ailleurs, et les dangers, les arnaques, les prostitués, les illusions d'un paradis fabriqué. Ils ont lu et vu l'*Amazing Thailand* sur YouTube et les bouquins. Mais c'est une chose de le lire au coin d'un roman ou de se bourrer l'œil de vidéos, et c'en est une autre de l'éprouver par le corps entier à la sortie d'un avion. Alors, tel un boomerang, l'âme que tu as niée si souvent te revient en pleine gueule. Tu éprouves un frémissement, l'électricité tropicale du Siam irrigue tes circuits. Tu ne visites plus un pays, tu es visité par lui et il t'illumine.

41

Tina me guide à travers les portes coulissantes jusqu'à l'immigration, le visa de trente jours renouvelable. J'ai conservé copie de mes anciens passeports. C'est la seule littérature de voyage intéressante. Taille, couleur des yeux, des cheveux, âge, sexe, date de naissance, date d'émission et de péremption du document, et puis, page après page, les visas. Rectangulaires, circulaires, triangulaires. Dates d'entrée sur le territoire puis de sortie. On dirait un portrait peint par l'artiste-flic. La galerie des visas hiéroglyphiques. On collectionne les timbres, les livres, les œuvres, n'importe quoi, et moi je collectionne les passeports du monde entier autant qu'il est possible, certaines administrations négligent de reprendre les anciens, j'en ai une boîte à chaussures remplie, je touille dedans, j'ouvre et c'est l'histoire intime de dizaines de nationalités quand elles s'en vont loin de chez elles, l'Histoire des enfants prodigues et leur musée.

On se retrouve dehors, c'est une période de mousson torrentielle intermittente, une fournaise mouillée, on passe de nuages noirs à des ciels d'une bleusaille sans pareille, limpide et légèrement piscine. Le béton est partout et il est fissuré, la Nature soulève l'architecture et confond ses plantes et ses insectes aux façades et aux rues pour n'offrir qu'un seul organisme tropical suintant une espèce d'huile, une chimie de jungle et d'industrie ensemble. Des taxis nous hèlent mais Tina préfère les bus surpeuplés, sans air conditionné, alors on attend fatigués le gros véhicule plein de crachats brunâtres. Elle me dit que cette fatigue spécifique est similaire au jeûne, on accède uniquement par elle à des perceptions inédites. Je flotte, je sue, je n'étouffe pas, je respire l'épaisseur liquide de l'air, mes poumons font l'expérience aquatique du Siam.

42

Il faut que j'insère un flic quelque part dans ce paysage de la première heure en Thaïlande, parce qu'il était là ce putain de flic. Il y en avait plein mais lui m'a spécialement marqué. Il demeure toujours intact et prisonnier à jamais de cette scène quand je ferme les yeux et que le Bangkok de 2020 s'efface devant le Bangkok de 1991, une version de plus en plus surexposée, rongée d'une lumière nucléaire pareille aux vieux films VHS de ces années primitives d'avant le numérique et Internet.

Donc on poireaute avec des Thaïs pour ce foutu bus quand le flic apparaît. Il manie sa matraque et elle tourbillonne dans sa main comme une psychose. Il porte un casque descendu jusqu'aux yeux et ça les rend plus dingues encore. Il danse des mouvements martiaux de défilé militaire, il titube son rituel de flic en rigolant et en adressant la parole à des gars que je ne vois pas. Est-ce que ce comportement est courant par ici ? Est-il né du fin fond de l'alcool, de la drogue, de l'impunité policière du Royaume, de leur cocktail ? Est-il l'avatar de mon père animal ? Le bus est là, on fout les bagages dans la soute, on monte et ça démarre. J'observe le flic, c'est plus fort que moi, et il me semble qu'un instant, il m'aperçoit, me fixe également de son intensité violente, son visage ressemble au papier froissé, ses traits sont ceux de la pointe sèche sur le cuivre, quelque chose ou quelqu'un a incisé sur cet être bien plus que le temps et ses accidents, et juste avant que le bus ne s'échappe, il me sourit d'une manière difficilement traduisible, que je crois fraternelle, bouleversante alors. Plus tard, j'ai su qu'il était certainement la proie de la méthamphétamine fumée, quand le cacheton fond dans l'aluminium sous l'effet d'un briquet dessous, et qu'avec un simple stylo Bic vidé de son chargeur, tu aspires le gaz bleuté s'échappant délicatement pour consumer tes neurones – incandescence, excitation puis cendre. La police de Bangkok contrôlait le trafic de stupéfiants et il arrivait que quelques tarés perdent les pédales en public, déconnant leur fumette et flinguant des innocents sous l'emprise d'un lyrisme irrépressible, le lyrisme des armes à feu et de l'uniforme et des pilules multicolores. Ça n'a pas changé, ça n'a fait que se perfectionner avec le numérique, les caméras de surveillance, le *Ya Ba*, les Belles de bar toujours plus nombreuses – et moi vieillissant dans tout ça, témoin par le dessin, la peinture et le film.

Pasadena Hotel

Bangkok, juin 1991

43

Deux heures ou trois heures ou plus dans le trafic, je ne sais plus, ce fut long et surchargé d'autoroutes en pleine ville, parcourues à la vitesse du chat guettant le rat, une vitesse délicieusement réduite où de chaque côté s'ouvraient des labyrinthes de soïs (ruelles, venelles, rues : en thaï, soï désigne toutes sortes de veines urbaines moyennes et minuscules) remplies de foules antiques et ultracontemporaines. La douceur, le labeur, les êtres, les animaux, les statues : je suis assailli de physionomies jusqu'à l'hôtel Pasadena, Sukhumvit soï 13. Tina s'y rendait durant sa jeunesse sur les routes de l'Asie à la fin des années 1960. Elle me raconte l'histoire du lieu et de son propriétaire, « John » Ua Saelim, un Sino-Thaï dont la famille a des branches à Hong Kong, Macao, Singapour, Los Angeles, New York… Elle prétend qu'il a été son amant, elle m'a montré des photos jaunies de 1968-1970, où ils sont tout un groupe, essentiellement des Thaïs avec des femmes blanches, dans des restaurants, des bords de mer. Pendant la guerre du Vietnam, la Thaïlande servait de base pour les B52 et Tina m'explique un truc appelé le Rest & Recreation Program, un système de permission all inclusive conçu pour le repos et le divertissement du soldat. Peut-être que tout a commencé à cette période, précise-t-elle.

« Tout » signifie les bars, les filles, la réputation spéciale de la Thaïlande. Il fallait toujours plus d'hôtels bon marché conçus pareil – piscines, air conditionné, billards, téléviseurs dans le lobby, accompagnatrices – pour satisfaire les GI. Ils déambulaient plus au nord sur New Petchaburi Road, tels des gosses téléguidés par des poupées de chair. Les Sino-Thaïs s'étaient emparés du marché. Elle me dit : « Les Chinois sont partout en Asie du Sud-Est, ils sont commerçants, artisans, certains sont très lettrés, d'autres très bornés… ils adorent le jeu et les plus riches peuvent être mécènes… Ils ressemblent aux juifs d'Europe avant leur extermination. Et comme eux, ils subissent souvent des pogroms là où ils sont… Indonésie, Cambodge… C'est une diaspora, une Mittelasia comme il y a eu la Mitteleuropa. C'est vraiment ça, une Mittelasia… Tu vas rencontrer John, un "Mittelasiatique" typique. Ses parents l'ont surnommé ainsi car ils étaient fans de Kennedy. Il a étudié à Columbia et à la Sorbonne. Il est anglophone, francophone, il connaît l'art… Il collectionne, paraît-il. Un de ses "oncles", c'est Stanley Ho, le patron des casinos de Macao. Et en 1972, je me suis laissé dire qu'un de ses cousins trafiquait l'opium à la frontière birmane. John est élégant, tu vas voir… un homme très beau… » Elle me parle aussi d'un Américain qu'elle me présentera, Allan, qui fut un acteur clef du Rest & Recreation Program.

Au check-in, debout derrière son bureau, une adolescente nous fait remplir le formulaire. Elle a des traits si réguliers, une peau d'argile rouge-brun si luisante, qu'on la croirait sortie d'un temple indo-bouddhiste autant que du ventre de sa mère. C'est une de ces figurines à la jeunesse millénaire que je croiserai si souvent plus tard, qui me frapperont comme un déjà-vu avant que j'en comprenne la raison : les Cambodgiennes réfugiées de Noisy.

Le Pasadena est bâti autour d'une vaste piscine, c'est un patio comme à Molitor ou un riad de Marrakech, et les coursives se succèdent pendant cinq étages. Les portes ouvrent sur des chambres sobres et vieilles. Les abat-jour sentent le tabac et le sperme. Depuis un quart de siècle, foutre et cyprine grêlent la moquette que de très jeunes ou très vieilles femmes de ménage frottent avec application en s'échangeant des blagues ou bien dans un silence d'une tristesse de karma pourri. Le hall est ouvert sur la soï et sur la piscine, sol et piliers imitent ou sont en marbre, et de confortables méridiennes et trônes en osier constituent des îlots de paresse. Le hall est un univers en soi, conçu pour lui-même, on s'y sent bien, y attendre et n'y rien faire est irrésistible, et j'en connaîtrai beaucoup des comme lui, dans toute l'Asie du Sud-Est.

Il est question de se rejoindre avec Tina pour déjeuner, parcourir les environs, mais après ma douche, je m'écroule dans un état proche de l'évanouissement, et je ne me réveille qu'à dix-sept heures.

Tina me fait appeler depuis le lobby. « Viens, dit-elle, des amis nous attendent. On va tranquillement dîner. Après, on ira danser dans un club. »

Thermae Club

Bangkok, juin 1991

44

Le club, c'est le Thermae, celui d'avant 1996, date de sa démolition, et qui a laissé à vif la mémoire de ses habitués. On s'exagère le passé. Il y a eu beaucoup beaucoup beaucoup mieux depuis. Beaucoup beaucoup comme les cercles concentriques d'une peinture dynamique, une spirale ascensionnelle. C'est une constante fiable de la Thaïlande : toujours plus de bars, toujours plus de filles, toujours plus de garçons, toujours plus de trans, toujours plus de fêtes, toujours plus de néons, toujours plus de tout. On pense atteindre une limite et le lendemain, c'est comme l'année suivante, la décennie d'après : on est déjà loin. Mais il y a quand même des adresses disparues. Et le Thermae en est une, bien qu'un avatar du même nom, dirigé par la même famille à base de flics, officie désormais sous le Rouamchit Plaza Hotel, vers soï 15, entre Nana et Asoke Station. C'est fréquenté maintenant par des Japonais et des Coréens, parfois des Chinois.

En 1991, le vrai Thermae se situe à quelques dizaines de mètres de là, au coin de la soï 13, et on y accède par les chiottes. Sur Sukhumvit, une grande enseigne rouge et bleu cumule trois langues, c'est Babel, il y a des idéogrammes de Chine ou du Japon – mon œil est encore inculte pour les différencier, il est juste atteint par la profusion des signes –, et des lettres latines et thaïes pour préciser qu'on trouve également un salon de massage, un bain turc et un barbier. De fausses colonnades renforcent l'impression de carton-pâte d'un décor aussi étrange qu'un opéra viennois joué en pleine forêt primaire, violon et guêpier à queue d'amour, percussion et reptile, et c'est logique au fond, complémentaire, c'est l'avatar d'un couple mixte.

À minuit, on ne peut plus entrer par-devant, nous précise un guide grassouillet, amène, snob et demi-chauve. Tina et lui se connaissent depuis 1967. Ce sont des oldtimers et je suis un newcomer. Ils échangent des souvenirs de ces périodes, de gens vivants ou morts, d'un dénommé T.G. Edwards « Cowboy », d'un type appelé Udom Patpongpanich, le fondateur de Patpong, et qu'il faudra m'y emmener aussi, même si en ce moment, explique le bonhomme de gras, cheveux gras, aisselles grasses, etc., « Sukhumvit, c'est plus étonnant que Patpong ». Il est journaliste mondain, chroniqueur nocturne, chroniqueur de livres, de gastronomie, de spectacles divers pour le *Bangkok Post*. Il a interviewé toutes les stars internationales de passage à Krung Thep. Il transpire abondamment, porte une vêture négligée de chemise unie à manches courtes d'employé de banque. Unique coquetterie de taille : une énorme chaîne tombe du cou jusqu'au torse et soutient une médaille de chouette antique. Il s'appelle Bernard Trink. Il dit : c'est toujours mieux par-derrière, si on est honnête. So better from behind. Quelle que soit la situation, par-derrière, c'est splendide. Il n'y a rien de graveleux dans sa remarque. C'est le ton mi-froid mi-plouc d'un Anglo-Saxon typique ayant lu Thackeray et les pires tabloïds, et cherchant l'union de Westminster et de Whitechapel. Sauf qu'en plus, il est américain, il a pas mal voyagé en Asie avant de se fixer en Thaïlande au mitan des années 1960. Et Bangkok a élargi au-delà du possible son champ d'études de mœurs. C'est un authentique oldtimer, et j'en rencontrerai beaucoup au fil des ans, et j'en suis devenu un moi-même.

On pénètre dans un goulet entre deux façades verre et béton de Sukhumvit, on émerge dans une cour ceinturée d'immeubles grande hauteur, peut-être des bureaux, et il y a des bagnoles garées un peu partout, une carriole de street food, et des filles commandent tranquillement des plats où de minuscules crabes gris sont saisis à la main dans des sacs d'eau, projetés vivants dans un broc et fracassés avec des épices et de la papaye. Je vois tout, j'entends tout, je ne comprends rien, j'enregistre, je suis une bobine 35 millimètres illimitée, ou un disque dur abyssal au service d'une ville et de ses créatures. Et en plus des images et des sons, je hume, mes narines éclatent, je voudrais peindre ce qu'elles respirent, réaliser une installation olfactive où serait distillé l'air d'une mégapole d'Asie du Sud-Est, et puis le condenser en pigments, le broyer à l'huile, et que le tableau sente le sujet même qu'il cherche à révéler. Qu'il sente la danseuse au travail, ses fluides intérieurs, cyprine, sang, pisse, parfum, savon, lubrifiant, sudation, desquamation. Au moins, je sais désormais que si les odeurs ont une Sixtine quelque part, c'est à Bangkok.

À droite, c'est la fameuse entrée par-derrière. Quelques cuisinières et une dame-pipi nous accueillent, on a l'impression d'arriver dans une famille dont elles sont les grands-mères, c'est vraiment l'effet qu'elles donnent, ça nous met bizarrement à l'aise, on pensait se rendre dans un claque à tapins et on arrive dans une soirée familiale bruyante et matriarcale, strictement matriarcale. Série de pièces contiguës et rongées d'humidité, trois pissotières « mixtes », me précise Trink, un distributeur de condoms, et enfin les marches vers une salle pas très grande, et où suis-je alors, qu'est-ce que c'est ?

La foule du Thermae, c'est le contraste à fond. Tailles et poids, traits grossiers ou fins, artifices et naturel, maquillages et peaux imberbes, laideur, beauté, tongs industrielles et mocassins sur mesure, tout est accepté, tous les styles, aucun physionomiste à l'entrée pour gâcher la masse des gens et les matières qu'ils charrient. Il n'y a même pas la fouille habituelle pour confisquer les armes. C'est un flux constant qui entre et qui sort jusqu'au matin. Là aussi, ce flux constant, c'est le premier de son genre que je vois, prélude à dix mille dans dix mille futurs clubs, et il est si riche que je sais ne plus pouvoir m'en lasser. J'ai compris tout de suite ce qui allait se passer : une fois de retour en France dans un lieu de nuit pareil, j'aurais en parallèle dans ma tronche les secondes, les minutes et les heures manquées ici à Bangkok. Le syndrôme du dédoublement géographique. La superposition des continents. La psychose eurasienne. Bernard Trink m'explique en hurlant : les hommes viennent pour l'ambiance et le sexe, et les demi-mondaines viennent pour le fric. Il dit « demi-mondaines » à propos des femmes de la nuit thaïlandaise. Moi, je perçois surtout l'intensité incroyable des êtres. Ils y viennent pour être vivants. Fric, sexe, amour, c'est juste le coup d'envoi d'un phénomène sans pareil. Ailleurs, c'est mort. La vie ne palpite plus qu'à Sukhumvit, qui n'est elle-même qu'un amas de veinules dans un organisme immense, un corps géographique qui serait la ceinture tropicale. Là, tout se concentre au Thermae parce que j'y suis, d'une densité de trou noir, et nous tombons, notre cerveau s'étire, nous disparaissons dans l'horizon noctambule thaï, nous disparaissons dans le trou sombre d'une femme thaïe, ses fronces, son anneau élastique, ses entrailles lumineuses noir et rouge. Déjà, je ne me parle plus qu'ainsi, sexe et connaissance, figures et abstractions se font métaphores l'une de l'autre. Et le Thermae s'offre comme un bar, une boîte, un dépotoir, une cale de tanker, une salle de théâtre, un cabaret, un opéra de quat'bahts, un salon, une paillote, une crypte, une chapelle, avec toute cette obscurité dont les cierges sont des cigarettes plantées dans des bouches fabriquées pour chuchoter, crier, injurier, sucer, avaler, monnayer, prier.

Je ne sais plus à quel moment je la vois ; je sais juste que je me sens bien ; mon angoisse disparaît totalement quand nos regards se croisent.

Tippawan (2)

Bangkok, juin 1991

45

Menue, cambrée, short court en jean, seins moulés proéminents, chevelure luisante raide noire au couteau, pas du tout ostentatoire, et cependant plus que mode, plus que mannequin, agile, à l'aise, cool, la finesse aquatique des gestes : c'est ça de loin sa figure. On dirait qu'elle a pompé un cliché de princesse des rizières qu'on trouve dans les brochures du Royaume à propos de fêtes traditionnelles, et qu'elle l'a revêtu d'une panoplie de bikeuse caniculaire, avec pour lames de rasoir ces cheveux noirs longs jusqu'au cul. Je m'approche. La musique est moche et parfois bouleversante, de plus en plus à mesure que je fonds littéralement dans l'ambiance. Je m'aperçois que je n'ai jamais rien aimé jusqu'ici… ou bien non, c'est faux… c'est au contraire que jusqu'ici, rien n'a su étancher ma soif d'amour. Soif énorme d'aimer les êtres, les choses, les instants, et les liens sans nombre qu'ils tissent entre eux. Mais là enfin, ça survient dans cette belle toile, cette toile libre de Bangkok enchâssée nulle part, comportant tous les fils possibles, le métier à tisser du Siam. Je veux rencontrer la Terre. Je n'ai voulu que ça toute mon existence. J'ai vingt-trois ans et je veux rencontrer toutes les Terriennes. Du moins les Terriennes sud-asiatiques. Du moins les Sud-Asiatiques de Thaïlande. Du moins les Thaïlandaises de Bangkok. Et de la chevelure aux orteils, savoir ce qu'elles ont dans le ventre et dans la tête. Et pourquoi elles saignent, et pourquoi elles rient, et pourquoi elles gueulent, et pourquoi elles se taisent, et de quoi elles jouissent et ne jouissent pas, et de quoi elles ont faim et peur. Je veux les écouter, les regarder. C'est ce que j'apprends depuis ce matin à Don Muang Airport en les observant, car les femmes de Thaïlande m'apparaissent posséder la même demande que moi, la même envie de se faire connaître. Elles ne me recalent pas. C'est moi et mes semblables, et même Bernard Trink et son fiel de blasé, qui baissons les yeux quand elles nous matent. Maintenant je comprends. Toutes ces bibliothèques et ces musées, j'y étudiais férocement parce que dehors, les modèles glissaient, indisponibles à ma quête. Ma soif énorme d'amour, il n'y avait que les œuvres et leurs personnages pour y répondre. D'un seul coup au Siam, les œuvres retrouvent leur source d'inspiration. Elles retrouvent les corps dont elles sont l'interprétation plus ou moins réussie. Ce soir, les œuvres sont les créatures du Thermae. Et je l'ai toujours su confusément. Désormais, je le sais précisément. Ça s'est incarné. L'incarnation dans des figures. C'est mon année zéro. À partir de cette nuit du 9-10 juin 1991, je ne peux plus perdre de temps à vivre d'un côté tandis que je peins de l'autre. Je ne peux plus me tromper en dissociant les deux. Les figures seront le trait d'union de ma peinture et de mon existence.

46

Elle acquiesce sans un mot quand je lui dis hello. Elle ne me salue pas en retour. Elle se contente de sourire bizarrement et me fixe en silence tout en dansant lentement. Quand elle ferme les yeux cependant, c'est pour mieux les rouvrir sur moi. Puis, après ce qui me semble une durée démente de regard et de sourire – et je désire tellement montrer ce sourire qui est plus qu'un sourire, l'ironie de l'ange ou je ne sais quoi d'impossible à énoncer sans paraître absurde –, elle fait un coquillage de sa main, elle m'agrippe un morceau de bras rond et dur comme si c'était le biceps de ses rêves, elle m'attire, et dans l'oreille elle me dit très doucement, étirant les voyelles : « Hello… Sawasdee Khaaa… » En dépit de la sono qui n'était pas si forte alors, tellement moins que maintenant au Level, à l'Insanity, au Climax ou au Crystal, c'est un long murmure enroué qu'elle m'offre de sa voix étouffée.

47

La suite est plus confuse, c'est la masse des gens du Thermae, des mouvements, des flashs de filles partout, certaines reposent contre un mur, certaines ont le menton posé sur l'épaule de leur mec et matent derrière leur dos des hommes, toute la diversité des hommes. Les Blancs et leurs yeux bleus, verts, gris, noirs, marron ou noisette, et tous ces éclats dedans, on dirait des pierres précieuses incrustées dans leur orbite, et leurs chevelures pareilles, trempées dans de l'or ou de l'argent ou dans une encre d'une noirceur comparable à celle répandue ici, sans oublier la gamme infinie des nuances contenues dans les cheveux châtains. Quelle chance, quel karma, quels salauds, semblent-elles se dire. Tip me ramène à elle dès que je m'absorbe ailleurs. Il y a la cérémonie des boissons partagées, ces bouches collées au goulot d'une Singha commune, ou bien ces pailles à cocktail qu'on s'échange pour flirter, pour montrer qu'il n'y a aucune répulsion entre nous, au contraire, on ne se connaît pas mais on veut goûter la salive de la miss qui avale la nôtre en retour. Avant, j'ai dû boire sans compter mais l'alcool ne me saoule jamais, je vais bien jusqu'au moment où je suis malade, je ne perds jamais le contrôle, je hais quand les gens titubent et bafouillent injurieusement avec n'importe qui, j'aimerais les soigner par balles directement tout de suite, et donc au Thermae, j'évolue dans une ivresse légère, et c'est l'air du Siam qui d'abord me grise.

Je me rappelle qu'elle me pelote. Elle jauge la viande, la flatte, le biceps je l'ai dit, et les deltoïdes, elle touche les pectoraux, elle mime une descente chaloupée en utilisant la musique pour tester les cuisses, les reins, les fesses, les hanches, les lombaires, les fibres, la fermeté, la force élastique des muscles masculins et leurs promesses. Je ne peux pas m'empêcher de me dire : je suis un objet. Comme j'ai le cerveau bouffi de visions et de lecture, je me dis que je suis un urinoir duchampien, à Paris je suis laid, on me chie dessus à la moindre occasion, ici je suis beau, on me fout sur un piédestal, je vis l'appréciation tactile vantée par Bernard Berenson dans ses écrits sur les peintres florentins, et l'esthète c'est la femme. L'érudite, c'est la freelance, elle a connu tous les mecs, les a classés, en a tiré du pognon, insuffisamment toujours, et elle finira la santé ruinée sans aucun doute, dépressive et déformée par les passes, mais après des illuminations laissant Rimbaud gaga. Tout ce fatras de poésie et d'art d'Europe se précipite et réagit dans l'éprouvette de mon crâne. Je déteste ça. Je me promets de vider dans les chiottes de la cité des anges tous ces beaux-arts d'Occident. Je dis à Tip : I want go pee, elle m'indique la direction, m'accompagne. Une trans urine dans l'un des trois urinoirs d'où remonte l'odeur sucrée pourrie des égouts du Siam, moins insupportable que celle du RER de mon enfance. On se sourit comme deux vieux amants, elle dit un truc en thaï à Tip qui répond d'une voix rauque, ses mots semblent venir de sinus infectés autant que des dictionnaires, ils sont mouillés, fiévreux, ils passeraient pour vulgaires, ils ne sont que savants puisque j'en ignore le sens, puisque je suis devant ces deux femmes dont l'une a une énorme queue, plus petit que l'enfant devant le tableau noir où se révèle à mesure l'alphabet. Elles sont les pommes du jardin d'Éden, les bouffer c'est apprendre. Et comme c'est l'Éden, tout est miraculeux, ces pommes parlent thaï et lao, elles ont des seins et des culs d'enfer, l'arbre du savoir fête Noël toutes les nuits, ce n'est pas un voyage par ici, c'est un avant-goût d'un paradis bien réel, puisque le rêve est réel, il advient dans le sommeil, la nuit, le corps endormi. Et plus que nulle autre ville sur cette planète, Bangkok semble rêver les étrangers qu'elle accueille, elle vous piège ainsi, chaque fois qu'un Boeing ou un Airbus vous enfante sur le Tarmac de Don Muang ou Suvarnabhumi. Clignotement, nitescence des enseignes et des Belles de bar, pisse paradisiaque, pipes infernales, même les terrains vagues remplis d'ordures ont une valeur précieuse, et il n'y a pas de purgatoire, pas de zones médiocres.

Quand je me rebraguette, Tip s'approche, et durant un bref instant, elle me masse l'entrejambe, me fixe, et demande avec un sérieux bizarre : Are you feel better now ?

48

Tina m'avait parlé de l'interrogatoire simple que nous tendent les filles dans les bars comme des pièges à loup. Toujours le même pour toutes les filles, sauf les plus dures, les plus engagées dans l'urgence du business et qui te proposent directement une pipe et une levrette à l'étage. Il y a la demande du nom – What's u name ? – et puis d'où l'on vient, ce que l'on est ou ce que l'on fait, et où on va. On part ensemble ? – *Pai Douï ?* – clôture souvent l'échange si elle le sent bien. Et avant, ça s'éternise parfois, il y a les ladydrinks qu'elles touchent à peine des lèvres, une esquisse rouge imprimée sur le rebord des verres, les parties sans fin de billard et de Puissance 4, les échanges stéréotypés puis complices sur des broutilles, l'ennui à deux, silencieux, la chaleur si moite qui nous réunit comme deux embryons jumeaux dans le ventre d'une mère noctambule. Ces questions pauvres des bars, essentielles et pauvres où se rassemble toute l'information nécessaire d'un être, ces questions revécues fille après fille après fille, j'en ai fait mon credo. Elles me guident, je n'ai besoin que d'elles.

D'où venons-nous ?

Que sommes-nous ?

Où allons-nous ?

Et j'ai multiplié les réponses par chaque rencontre.

49

Allongé devant les étoiles artificielles de Bangkok depuis mon sala, j'aime réfléchir à ces filles phénoménales par des images et non des mots. Ce sont d'authentiques phénomènes. Elles donnent à penser. Elles méritent, si ce n'est pas trop cuistre de le dire, une phénoménologie spécialement dédiée, consacrée à leurs signes fous. Une phénoménologie graphique, sans complexes ni concepts. Rien que des traits, des ombres, des pleins, des vides, tout un pataquès pictural, un ramdam mégalographique, une bouillie colorée, un brouillon, un imbroglio de lignes épaisses et fines, un ratage savant comme un visage de Ladybar sidaïque hyperfardée dans sa lutte contre l'os saillant sous la peau maigrie, contre le Kaposi et les infections cutanées diverses, tachistes, organiques, dripping d'horreur et d'amour.

Penser me vient des lieux. Ma Maison du Jouir et mon sala génèrent rêveries, inspiration coïtale et picturale, et une philosophie atmosphérique, nuageuse, ventilée ou immobile, traduisant ma contemplation active de Bangkok et, au-delà, de l'Asie du Sud-Est élargie aux îles du Pacifique Sud. Le Logos est toujours enfanté du Topos, les gens prennent pied dans un paysage et hop !, le cerveau jouit. Socrate et Platon ne sont rien sans la mer Méditerranée, les plages grecques de l'Attique et des îles blanches. Joseph de Maistre n'est rien sans la Neva le soir à Saint-Pétersbourg, Rousseau n'est pas grand-chose sans les sous-bois romantiques, les chemins, les quatre saisons romantiques de l'Europe. Et sans aucun doute Husserl, Marx, Arendt, Weil, Benjamin, Merleau-Ponty ont conçu leurs philosophies dans les cafés, ça sent la pelisse mouillée leurs écrits, la dure féerie des villes industrielles. Les modernes ont tous philosophé aux comptoirs des bars de Berlin, Vienne, Paris, tout le monde y allait, il y faisait plus chaud que chez soi. Ne jamais gâcher la fête tropicale pourrait être ma philosophie, surtout devant l'étendue flottante et sans fin de Bangkok, un cerf-volant dans un hammam naturel, une bouée dans une eau bouillonnante où pullulent les créatures les plus picturales qui soient.

Penser me vient surtout des nerfs, je philosophe par le dessin et la peinture, car j'aime bien la philosophie, j'ai raté un truc avec elle, j'en ai beaucoup lu, j'aurais pu l'étudier sincèrement, aller au diplôme, tordre mon esprit pour correspondre aux attentes des professeurs, mais j'ai échoué.

Je dérive et je me dis : l'art, c'est ce qui reste quand on a tout raté. Je dessine alors une femme nue d'Issan qui n'est pas ratée. On rate son mariage, on rate sa carrière, on rate sa vocation, on rate n'importe quoi, mais la nudité de la femme brune, noire, cuivre et or, de la femme aux couleurs premières, minières, ce type de femme sur le papier ne sera pas raté. Cette réussite de guingois, c'est l'instant philosophique parfait. Ce n'est pas un symbole ou un concept. C'est un être humain, une existence. C'est une figure. Philosopher à coups de figures humaines, animales, minérales, végétales.

Ce soir de juin 1991, cette philosophie personnifiée vient à moi, elle me dit s'appeler Tip – u can call me Tip… just like that… Tip – et elle poursuit par « Where u come from ? What are u doing ? Where u go ? ». Ce à quoi je réponds que je viens de Paris, que je suis en voyage en Thaïlande, que c'est la première fois, et que je souhaite rester avec elle si elle veut.

Tip, Song, Yada, Sida

Bangkok, juin 1991

50

Je crois que Tina et Trink sont venus dire bye-bye. Ça doit être ça puisqu'ils n'apparaissent plus dans ma mémoire de ce soir-là. Ils ont disparu avec l'arrivée de Tip. Je ne désire déjà plus passer du temps qu'avec ce genre de filles. Les amitiés, aussi sincères soient-elles, s'effacent devant les amours, aussi fictifs soient-ils. C'est une question de temps, on n'a qu'une vie, et elle est faite pour coucher avec d'autres vies. À vingt-trois ans, je pense comme ça. Tip me présente ses copines. Il y a Song, Yada, et puis une autre, c'est Lady Sida. Je demande à Tip si c'est une blague. Elle ne saisit pas ce que je cherche à lui expliquer, on se fait des signes, le sien consistant à me mettre un de ses beaux doigts sur les lèvres pour taire mes questions sans importance. Puis je finis par comprendre : des Français apprennent des noms pourris aux filles, assurant qu'il s'agit de compliments. Salope = very beautiful ; Pute = mother of god same same Marie ; Javale = good mother ; Cul = golden heart, etc. Ils inventent n'importe quoi pour se marrer. Internet n'existe pas, les dictionnaires sont loin, les filles s'en foutent et les gars s'amusent et les prient de répéter « My name is Salope, my name is Pute ». Ça les fait bander. Certains mots sont plus faciles à retenir, et parfois leur sonorité plaît aux oreilles thaïes. « Sida » plaît à celle qui était « Swan » auparavant, un premier blaze adopté après qu'un Anglais lui avait fait écouter *Le Lac des cygnes*, racontant le destin des danseuses, la beauté d'un ballet dans une salle d'opéra en Europe, pleine de grâce minérale et textile, le pourpre des rideaux, le marbre des marches, le champagne à l'entracte, etc. L'exotisme pour « Swan » alias « Sida ». Elle le prononce avec son accentuation à elle, ses durées sur les voyelles et les consonnes, ses tonalités montantes et descendantes et neutres, et dans sa bouche peinte en rouge, le S tombe sur le I, le D remonte vers le A qui s'étend très loin : Sidaaa. Quand à son tour Tip comprend ce que je m'échine à lui révéler, que Sida c'est HIV ou AIDS dans ma langue, elle se rue hilare vers les autres, parle en thaï dans des éclats de rire aigus et stridents, et toutes se foutent en chœur de Lady Sida. Puis elles se tournent vers moi et maudissent les Français. Elles sont sérieuses, elles rigolent et leurs visages jouent au démon théâtral tordant la bouche contre l'esprit maléfique que je suis. Je me marre aussi, un peu hébété, j'éprouve mille trucs au milieu du Thermae où l'on ne discute plus Tip et moi, où l'on danse chacun dans son trip. Envie de chialer, de buter le gars faisant dire à une gosse qu'elle est « Putain », envie de ne rien toucher à ce que je trouve à profusion dans les soïs et leurs habitantes short court et talons hauts. Ces langues qu'on trahit comme les amants se trahissent. Deux êtres, deux langues et un type qui bande bien dur lorsqu'une fille décline innocemment comme à l'école son identité et qu'elle s'appelle Salope. La fumée de clope a envahi le Thermae, les anatomies convulsives se floutent. Paréidolie, anamorphose. Et je me dis : elle, cette Swan, elle a réellement hérité d'une boue et elle en a réellement fait de l'or. Je ne vois pas de meilleure explication. Cette crasse du mec français, elle l'a sublimée. Pas besoin de laboratoire, d'alambics et de bouquins codés. L'alchimie est simple comme l'injure transformée en mystérieuse beauté linguistique. Pédé fonctionne pareil, Pédale et Nègre et Putain. Et c'est vrai que dans sa voix, Sidaaa rappelle Sita ou une quelconque divinité indienne.

51

Le Thermae ferme bientôt, me signale Tip. Dans des coins, des filles dépoitraillées bombent leurs seins, assises sur des socles flasques ou musclés louchant dessus et qui sont les gars où elles posent leur cul. Volumes et couleurs cuivrées sombres et sablonneuses de leurs seins, galerie mammaire sur fond skaï, tétons encore plus sombres ou bien roses quand ils sortent – lunaires, demi-lunaires ou simples croissants à sucer, aspirer. Ils durcissent, se rétractent, pointent ou fondent entre les spots, les bouches, les salives. Ils varient, ce serait long de les peindre. Ils valent mieux que les Sainte-Victoire et les cathédrales impressionnistes, ils enseignent plus de trucs sur la lumière et la matière. En général, ils sont affranchis aux maternités successives, avec du lait pouvant guérir les gueules de bois, espère leur clientèle soudain superstitieuse, qui croit aux nectars salvateurs prodigués par les petites déesses noctambules.

On sort, Tip et les siennes, moi protégé par elles, couvé, en laisse de leurs pas. Il est sept heures du matin, elles ont faim, elles miment la gourmandise. Dehors, c'est un soleil indécis, sans circonférence précise, étouffé par la chaleur de Bangkok. Le soleil des moussons urbaines et polluées. Elles m'entraînent dans un gigantesque hangar à bouffe qu'elles prédisent fort loin et pour lequel il faut un tuk-tuk. Alors on s'entasse dans l'un d'eux. En fait, l'endroit n'est qu'à quelques soïs de là, sur la 7, et le chauffeur m'embrouille quand il nous dépose et réclame une fortune. Song, Yada et Sida se taisent mais Tip se met d'accord avec lui et je m'en sors bête et plumé, mais moins que si j'avais été seul. Elles ne voulaient pas m'entuber en me faisant prendre un tuk-tuk. Mais il est hors de question qu'elles marchent, « I am not a monkey-slut », susurre Tip dans une sorte de satisfaction narquoise, je capte mal son image et je les trouve feignasses d'un coup, et pour la première fois, je compte le fric dans ma tête.

Toits de tôles ondulées rouillées, poutrelles d'acier, sol cimenté, stands de nourriture sur une centaine de mètres, collés, saturés d'écuelles en aluminium, sérielles, rectangulaires, où s'exposent les viandes de mer, de terre et d'air, les légumes, les sauces, les currys vert, rouge, jaune, orange aux multiples veinules de teintes complémentaires et huileuses, marbrant les surfaces. Au-dessus planent les visages, les voix et les doigts fins ou potelés, commandant et servant cette nourriture. Les foules semblent affamées en permanence, heureuses de leur gourmandise. Nous mangeons, buvons, tous mes sens, mes stimuli, mes nerfs, sont à vif et ouverts, pareils aux parapluies des radars guettant le monde stellaire, j'écoute avidement leurs conversations, je touche les surfaces, ma bouche s'épice et brûle, mes narines se bouchent et se débouchent sous l'effet des piments, et j'observe comme elles dévorent, leurs mains de princesses pleines de pilons de poulet – *Kaï* – et de poisson – *Pla* – qui s'égouttent et graissent leurs phalanges et leurs lèvres. Il est dix heures du matin, aucune mélancolie d'après fête, aucune tristesse comme si souvent les aubes à Paris, au contraire, une espèce de bonheur lancinant me tient légèrement éveillé, une lucidité réduite à l'observation, l'enregistrement des traits, des courbes, des expressions, une sorte d'optimisme aussi devant cette ville et le spectacle de ces quatre filles, leur allure de signes à déchiffrer, leur allure de copines depuis toujours quand elles me tendent la nourriture, et l'avenir c'est elles, le quotidien avec elles. Je veux qu'elles viennent toutes dans ma chambre, elles rigolent, plaisantent de mon projet, il me coûtera trop cher et je ne pourrai pas toutes les baiser, je présume de mes forces, et avant que j'émette une protestation sur ce malentendu, elles retournent à leur conversation entre elles, et soudain elles sont sérieuses. Je suis absent et je suis présent puisque je suis un des objets de leurs paroles, moi, mes bahts, mon endurance, ma jeunesse. Enfin je présume, je ne comprends rien, j'essaie pourtant, cet effort à deviner ce qui se dit m'absorbe comme un plaisir, distinguer les mots dans cette pâte sonore, c'est l'école où chacun est le maître et l'élève selon les instants, le grand tableau noir des soïs quand on est loin de son pays natal. Yada, Song et Sida se lèvent, me font un waï en disant *Sawasdee Kha* et je reste avec Tip. Splendeur du waï mains jointes au menton, et des trois s'éloignant, pleine chevelure noire au cul, dans un battement lent des jambes appuyant sur les talons pour maintenir l'équilibre. Je les mate autant que je peux, autant que Tip l'accepte, jusqu'à ce qu'elles disparaissent dans la foule, se floutent et se confondent à d'autres, comme si c'étaient des navires à l'horizon emportant une cargaison précieuse. Attraper l'œil, c'est leur métier. Les hommes, les femmes les regardent abusivement. Ainsi faudrait-il salarier toute personne faisant l'effort continuel de séduire la rue, séduire la vie par ses heures de toilette artificielle.

Tippawan (3)

Bangkok, juin 1991

52

Nous prenons un motosaï, plus rapide, moins cher, Tip en sandwich entre le conducteur et moi. Nous arrivons au Pasadena, elle est stressée, je ne comprends pas. Le hall est frais, des ventilateurs disposés en quinconce au sol et au plafond créent une brise constante et douce. L'adolescente millénaire du lobby sourit à Tip et m'ignore, même quand elle dit Sir c'est à peine si c'est à moi qu'elle s'adresse. À la façon dont elle regarde l'ID card de Tip, j'éprouve une gêne. C'est mon premier rituel de ce genre, c'est affreux et c'est beau. Toute fille doit laisser sa carte d'identité à l'accueil. Il s'agit d'assurer la sécurité du client, il y a eu des crimes, des vols, des drogues dans les verres, et des morts. Là, il se passe autre chose. Elle s'adresse à Tip, une sujétion s'établit entre elles, insidieuse, Tip change de voix, plus défensive et déférente. À la fin, pleine d'outrance, Tip se retourne et m'explique : I can't go with you here ! Puis elle me fait signe de la suivre dehors. Hotel not good ! dit-elle. Stupid hotel ! Elle est furieuse en anglais et en thaï, c'est très fort, voyelles qui s'emballent, dont j'ignore tout sauf cette musique soudain rapide, rauque, aiguë, inquiétante, des malédictions et des courroux. Je ne comprends rien du refus, j'imagine que le Pasadena ne permet pas de ramener quelqu'un de cette manière, et comme je me propose de parler à la réceptionniste, Tip m'arrête : Forget ! Puis, pareille à une scène de drame : Do you want me or not ? Je suis un néophyte, je reste passif et subjugué de sa persistance folle à me vouloir – car n'est-ce pas de cela qu'il s'agit ? Elle me veut comme personne avant elle. Alors comment peut-elle croire que moi, je ne la veuille pas en retour ? Je dis oui comme un pèlerin à une apparition et elle m'emmène là où elle sait qu'on nous accueillera sans problème. Stupid ! Stupid ! souffle-t-elle sur le chemin. C'est une colère si constante, si pure et réclamant vengeance, que moi-même qui me croyais colérique, je prends peur et cherche à la calmer. Depuis, les violences éruptives d'Asie du Sud-Est, où une machette sort au détour d'un simple regard ou d'une simple phrase, m'ont adouci à jamais, et ont fait de moi un pacifiste. À nouveau nous empruntons un motosaï. Le trajet est long à travers les artères embouteillées, nous arrivons dans l'une d'elles saturée d'idéogrammes, les enseignes sales et verticales affouillent la perspective, nous bifurquons une fois puis une autre dans des soïs étroites, bétonnées jusqu'au ciel.

On s'arrête, je paie de moins en moins cher à mesure que Tip m'adopte, on se rend dans un seven-eleven acheter boissons et friandises qu'elle convoite, on ajoute durian et ananas que propose une carriole de street food. On gravit un escalier comme creusé dans un bâtiment noir de peu d'étages aux fenêtres couvertes de moucharabiehs ferrugineux. Puis c'est un couloir débouchant sur une terrasse, une cour en dessous, un puits, du linge tendu partout, des fils, une installation de toiles de couleur, des bassines. Deux enfants paraissent, me pointent du doigt en rigolant, et j'entends Farang ! Farang !, et ils s'évanouissent par une porte. Un homme gros et assis, crâne rasé, barre un nouveau couloir. Fifty bahts for the room, me précise Tip. Je tends cent bahts et l'homme fait dire à Tip que nous pouvons rester trois nuits pour ce prix. Say yes, dit-elle.

Chambre

Bangkok, juin 1991

53

J'ai aimé toutes mes chambres d'Asie, mais celles de ce genre, je les ai particulièrement prisées, recherchées. Elles existent toujours, mais elles se raréfient, on les fait disparaître ou on les exile toujours plus loin dans la mégapole, on les cache, on invoque la santé, l'hygiène, la lutte contre la misère, etc. Or elles disposaient d'un chiotte, d'un tuyau pour se doucher, une minuscule savonnette et un jeu de serviettes usées reposaient sur un grand lit au matelas trop fin. Derrière les cloisons, on entendait des cris de gosses joyeux, des disputes, des radios chuintantes, des mouvements de meubles et de vaisselle, des dialogues hurlés, des toux, des raclements de gorge et de sinus qu'on vide, d'innombrables crachats, la vie, et des récipients de faïence attendaient au pied de chaque porte vaguement cadenassée. Des fenêtres barrées donnaient directement sur un mur, ou bien elles collaient à des palmes géantes, ou bien elles n'existaient pas, rien que du plâtre et des peintures qui pèlent. La lumière n'existait que livide, minérale, et l'air se respirait doublement moite, et il y avait encore ces impressions jaunes et cireuses aux pupilles, moulues d'on ne sait quelle baignoire absente. Aucun ventilateur, une ampoule, une chaise et c'était tout. Au loin, toujours ces radios, ces chansons, des morceaux intemporels évoquant une Shanghai plus tropicale que la vraie. Et Tip, dans ce lieu sans avenir, m'apparaissait incroyablement belle.

Tippawan (4)

Bangkok, juin 1991

54

Bien plus qu'au Thermae, bien plus que jamais, c'est une révélation sa beauté entre ces murs. Elle s'occupe de tout, déballer la nourriture, transformer le lit en table, elle y met du papier-cul pour recueillir pelures et déchets de notre pique-nique. J'ignore comment me comporter, c'est une ignorance, une inculture, je me lance dans des remarques sur tout et rien, je lui dis : on mange tout le temps ici, ce à quoi elle agit comme pour mon « hello » dans la boîte : elle sourit, se tait, puis au bout d'un moment confirme que oui, on mange tout le temps, c'est un plaisir. Ça doit être une technique.

J'ai avec moi un cahier de poche à spirale, un crayon à mine de plomb que je sors et laisse désœuvrés parmi les PQ. Tip jette à peine un coup d'œil dessus. Visage aux yeux noirs, aux pommettes rondes, bouche épaisse large océanique, pacifique, ourlée, nez cambré – de profil avec son front ça donne un S inversé –, narines puissantes pleines de vie respirée, traits symétriques, expressions statuaires et cinématographiques, perfection du détail et de l'ensemble, columelles délicates, et la peau bien sûr, et la chevelure, le noir, le lisse, le caramel, le réglisse, le bronze, le cuivre, l'or, et quoi d'autre qui montre sans vraiment montrer ? Je sais que si je la dessine maintenant, je la dessinerai mal, et je constate les dégâts : j'ai insuffisamment dessiné jusqu'ici, ou j'ai dessiné trop conceptuellement, trop chaotiquement, sans humilité, de sorte que Tip m'échapperait sur le papier. Malgré tout, je sens qu'aucune peinture ne lui préexiste, aucune cuisine d'atelier ne me permettrait de la tenir dans ma toile. Donc, savoir ou non le dessin ne change rien. Autant s'y mettre. Elle est un défi.

55

Je l'écoute à défaut de la voir comme je voudrais. Elle débute doucement un récit que j'ai depuis entendu des milliers de fois. Elle vient d'un village du nord-est, en Issan. Elle appelle l'endroit le bâne, et c'est autant la maison que ce village. Au centre il y a le wat, le temple où elle aime prier, agenouillée tôt le matin pour offrir avec sa mère une maigre nourriture aux moines. La ferme est hypothéquée. La mémoire familiale parle de gens de Bangkok ayant saisi les terres par des sortilèges issus de grands cahiers chiffrés. Elle a fréquenté l'école jusqu'à dix ans. Après quoi elle a travaillé brièvement dans les rizières, puis les marchés de nuit. Elle est la plus grande des six enfants survivants. Trois sont morts. Il y a un an qu'elle travaille à Krung Thep. Elle ne se plaint pas. Elle gagne de l'argent. Elle aide les siens. Elle paiera les études à ses sœurs. Pour elle, c'est trop tard. Je ne lui ai pas demandé son âge. Elle est jeune comme moi, peut-être un peu plus que moi, mais à ce moment-là, je ne m'en préoccupe pas. Je l'interroge sur des paysages et des noms. Je veux savoir ce que signifie Tip, et Yada, et Song. Elle hausse les épaules, la bouche fraîchie et graissée par un pot de glace vanille. Je recommence ma question : Song is not really thai ? Is it a nickname ? Elle dit : Not only. Puis elle prend mon crayon, mon calepin et elle réfléchit un instant penchée sur la feuille vierge. Elle est d'un coup très studieuse, et cette fois, on dirait une gamine jouant à l'école où elle ne va plus. Elle note des lettres thaïes puis latines. Comment sait-elle écrire l'anglais ? A man teach me, répond-elle, mais ce n'est pas ce qu'elle désire m'apprendre. Elle me tend la page, pointe du doigt chaque signe comme une mère à son petit, et prononce une formule que je trouve magique : Chu Len. Elle le prononce Tchou Lène. Play with name. Jouer avec le nom.

56

Elle, c'est fort simple, c'est Tip, ça signifie pourboire en anglais, précise-t-elle sans ironie. Mais ton vrai nom, quel est-il ? À nouveau elle écrit en thaï sur mon cahier, et elle me dit : Tippawan Suksanette. Je saurai plus tard qu'il s'agit d'une version courte, que son identité ressemble à une phrase proustienne, qu'en plus Tip la modifie en fonction de ses espoirs et de ses déceptions. Ici, on se donne un surnom pour se réinventer dans un rôle, comme partout, mais aussi se protéger, appeler le beau sort sur soi, le beau destin. C'est un jeu avec le nom. Et moi, quel jeu ai-je à m'offrir et à lui offrir avec mon nom ? Je lui écris le mien dans le cahier, à côté du sien : Paul Gauguin. Les pierres tombales des vieux couples ne fonctionnent pas autrement.

57

Elle s'éclipse pudiquement pour prendre une douche. Je dois me tourner, dit-elle. Au sol s'inscrivent le short, le tee-shirt, les escarpins. Elle revient enroulée dans une serviette, les cheveux trempés. Elle me demande d'y aller à mon tour. Tout est nouveau, la pudeur et l'obscénité, le mobilier, la chaleur, cette pièce dédiée aux eaux les plus diverses, les pures et les croupies, les féminines et les masculines, le tuyau d'arrosage, des cafards morts dans les coins, des chewing-gums dans le trou d'évacuation percé à même l'angle d'un mur, elle qui m'attend, l'ambiance, la douceur anxieuse, l'effroi et la vie. Quand je reviens, elle est simplement assise tranquillement. Elle ne bouge d'abord pas, guette les yeux au sol mon approche, puis elle comprend que j'en suis incapable, que l'initiative m'échappe de toute part, que je tremble presque. Alors, consciencieusement, elle me fait venir, défait la serviette nouée à ma taille, me prend dans sa bouche, c'est mécanique, je l'arrête. You don't like ? demande-t-elle. Je me place près d'elle, soudain elle se fige quand j'essaie la tendresse, d'une rigidité de clou, d'une fixité de montagne infranchissable par la caresse et encore plus le baiser. Je veux l'embrasser. Toucher sa peau, c'est vouloir l'embrasser partout. Être méticuleux comme un fou cannibale. L'installer dans les plis d'hypnose des draps, l'observer, la manger, l'étudier dans ses réactions alors, m'adapter, continuer, puis la prendre. Cette fille – ces filles, car je pressens déjà leur poursuite dans la multitude de la nuit thaïlandaise – m'inspire une faim graduelle, une faim illimitée où elle finira dévorée jusqu'aux os, jusqu'à ce squelette qu'on trouve dans les salles de médecine et de beaux-arts. Je ne sais plus à quel moment, après quelle discussion nouvelle, on s'embrasse. Je ne sais plus à quel moment, par quelle souplesse de sa part, elle s'adapte à l'inadapté que je suis des noces précaires. Ce n'est pas qu'elle ne veut pas, c'est qu'elle ne sait pas faire en dépit de ses amants étrangers. Elle ne comprend pas ces langues tournant l'une autour de l'autre. C'est l'explication qu'elle m'offre avant de fermer les yeux quand elle accepte enfin de suivre mon baiser.

58

Plus tard, elle est à l'aise, elle change de personnalité aussi naturellement qu'elle s'habille, se déshabille, se peint et nettoie ses couleurs de fête pour retrouver, non pas l'original d'elle-même, mais la toile vierge, brute, qu'elle repeindra demain d'une autre manière.

D'ailleurs, quand elle se dénude, elle s'ennude. Elle se vêt de chair comme de vêtement. Dans sa garde-robe, sa peau est un tissu parmi d'autres soie, lin, coton, crasserie synthétique. Toutes les Ladybars s'ennudent quand elles se foutent à poil.

Elle secoue ses cheveux mouillés, les répand sur ses épaules, me regarde, elle n'est plus que sourire, formes et surfaces lisses à devenir fada et chien. Puis elle écarte crânement la serviette, s'allonge, écarte ses jambes, pose une main sur son sexe, le masse et m'observe regardant son sexe.

Kin, dit-elle. Mange.

59

De ce genre-là, j'ai beaucoup d'esquisses, dont celle-ci, vécue dans cet intérieur chinois de Bangkok :

Chaise
Chaise anonyme en bois chaud
Chaise chaude dans une pièce ventilée
Chaise seule dans une pièce caniculaire blanche
Femme cuivrée entrant dans la pièce
Femme cuivrée entrant nue dans la pièce blanche
Femme cuivrée s'asseyant sur la chaise
Femme assise écartant les jambes sur la chaise
Femme cuivrée découvrant sa fente et ses lèvres roses
Lignes des lèvres poussant et se répandant partout
Lierre pubien, arabesque vaginale humide
envahissant la pièce
All over des lignes pubiennes dans la pièce blanche
Anfractuosités, grottes, galeries
Et sa voix :
Mong, dit-elle – Regarde

C'est une simple esquisse de mes débuts avec elle, de ma peinture d'elle, parce qu'il n'y a déjà plus alors pour moi de relation plus puissante que celle picturale avec un être. Ni amant, ni mari, ni ami, mais peintre je l'espère. Et si je dois être un jour amant, mari ou ami, c'est en allié du peintre, au service de ce peintre. Le mot peintre ne me fait plus d'effets malsains, ne me fait plus ricaner, me moquer, m'agiter, m'énerver comme un possédé du démon devant la Croix ou le Croissant.

Des mois plus tard, quand j'en parle à Tina et à ceux de Paris, ils se foutent ouvertement de ma gueule ou me méprisent par le silence avec un regard sévère, et la conséquence immédiate est une solitude accrue, et les miens qui s'éloignent dans le malentendu et l'incompréhension. Ma seule chaleur humaine proviendra donc désormais des Ladybars. Je n'aurai plus à donner dans une toile ou un film que ce que je prendrai d'elles dans le réel, c'est-à-dire d'abord leur corps ; et à partir de lui, de cette présence, redonner tout le reste d'elles – et j'hésite à nommer ce reste l'esprit, la personnalité, l'âme, un lexique où l'on cherche confusément à être plus qu'une viande nerveuse devant un miroir. L'argent, il m'en faudra pour leur esprit, leur âme, leur personnalité, leur anatomie.

Leurs culs bougent comme des aventures dans les soïs, et il faut de l'argent pour les aborder. De l'argent pour ce qu'elles demandent et pour tout ce qu'elles ne demandent pas, mais qu'on voudrait apporter. Une maison. Une mutuelle de santé que proposent les hôpitaux privés. Qu'elles puissent se soigner sans crever dans les dettes, sans rester à la porte des médecins, car c'est cher de guérir. Et les fantaisies. Le shopping. La dolce vita. Le spa. La bagnole féline et japonaise, la moto, la Tigresse de Honda, la Lionne de Suzuki. Trouver l'argent pour Tippawan, et puis les autres, les siennes, qu'elle appelle grande ou petite sœur en raison de l'âge ou d'une hiérarchie plus subtile qui m'échappe. Elle n'exige pas d'être l'unique et la seule, mais que je la paie. Triste chaleur, tropiques froides peut-être, je l'ignore en 1991, je suis exalté tout en conservant cette peur qui me suit depuis

Noisy-le-Grand, cette angoisse aux dimensions de l'univers que Tip divertit mais n'apaise pas, et j'aurai besoin chaque nuit de nouvelles Tip pour retrouver l'effet originel.

60

Je doute cependant, je sais ce que je loupe, qui est le grand amour définitif qu'on a tous envie de connaître, où l'on se sent unique pour l'autre, en sécurité avec lui. Est-ce que peindre me déshumanise ? Du moins peindre me désocialise. Fréquenter seulement les nuits d'Asie du Sud-Est me désocialise du reste du monde, de n'importe laquelle de ses sociétés. C'est ce que vivent tous mes semblables en Thaïlande, et je parle des hommes étrangers. La peinture n'y est pour rien, mais cette région et ses sensations lui vont bien, et elle correspond parfaitement à cette population innombrable de la prostitution tropicale. Entre les bras et les fesses de Tip, dans sa bouche quand son sexe s'appuie et se frotte sur la mienne, c'est une étendue asociale très libre, très exigeante, avec ses règles propres édictées porte fermée aux lois du dehors. C'est l'imaginaire que l'on se donne mutuellement l'un à l'autre, elle thaïe et moi français, dont on sort illuminé, déçu, furieux, heureux, et moi plein de tableaux et d'œuvres diverses.

61

Encore un peu avant cette esquisse de la chaise et d'elle dessus, je la dessine sur mon petit calepin, c'est un croquis maigrelet d'où sa tête apparaît trop réduite, le support n'est pas bon, et j'éprouve un besoin de la posséder à l'échelle 1. Je voudrais la mesurer de fond en comble, multiplier les distances folles d'un orteil à un genou, d'un téton à son nombril, etc. Tracer toutes les lignes possibles, qui sont de grandes bandes plus que des lignes, des ombres. Et d'une pose à l'autre, mesurer chaque modification qu'apporte chaque mouvement. C'est un délire anthropométrique qui me submerge et je me justifie de Dürer, je me souviens qu'il reste de lui quantité de mesures de sa femme, d'une recherche de la divine proportion à travers l'exploration métrique de son épouse. Moi, j'ai Tip à portée de mes mains et de mes mètres ruban que je tiens de ma mère, qu'il me faudra reprendre à Noisy. J'ai Tippawan et les siennes ensemble, ou seule à seule successivement et longuement, pour m'offrir la divine proportion contemporaine. Je ressens si fortement ce travail que je m'arrête stupéfait devant l'ampleur de la tâche. Car je veux peindre à nouveau et non repeindre à l'ancienne, et j'en ai la révélation dans cette chambre avec elle.

62

Je regarde Tippawan, encore aujourd'hui je la regarde, je l'ai peinte et ce sont donc de pures surfaces.

On peut encroûter la toile, l'épaissir, la diluer, la gratter, on ne peint que des êtres, des choses et des paysages à des instants de leur surface. Leur profondeur est interdite, inaccessible aux traits, aux aplats, aux empâtements ou aux glacis. Et c'est curieux, car on conserve ces peintures qui ne sont que les surfaces des corps de ces gens, pas même l'intérieur de ces corps, et la mémoire se construit là-dessus, à partir de cette pellicule très fine censée aller jusqu'à ce qui serait l'âme de l'être montré.

La mémoire est définitivement superficielle. La profondeur, c'est l'imagination, l'interprétation d'une surface superficielle nommée pompeusement peinture. Idem pour les pages des romans. Les chiottes où la putain pose en pissant, quand on y assiste en direct dans un gogo bar, ça possède plus de « profondeur ». Et ce n'est pas du tout sordide. Golden shower sur mes lèvres, mes yeux, mon visage, profondeur de l'urine de la femme quand elle entre par ma bouche, mes narines dans mon corps intérieur. Je crois que le sperme dans leur ventre et leur gorge quand elles aiment leur donne les mêmes sensations.

63

Le lendemain de cette première nuit, elle fume de profil une américaine et le paquet tache de rouge les draps. Un genou relevé supporte sa main droite dans le vide, avec ses veines, ses phalanges, ses ongles un peu longs, ses doigts légèrement écartés, tendus, le pouce en bas, la longue courbe jusqu'à l'index en haut, et la descente à nouveau de l'autre côté vers l'auriculaire, une pose très classique. Sa main gauche s'occupe de mener la clope à ses lèvres. Les cendres tombent sur le carrelage. Sur ce carrelage, elle aime souvent écraser ses orteils. Plus rien de doux n'existe en elle depuis son réveil. C'est une étrangère, une autre Tip. Elle vieillit quand elle tire une bouffée. Elle rajeunit légèrement quand elle ne fume plus, tourne la tête vers la fenêtre, songeuse, pensant ou ne pensant pas, s'ennuyant – s'absentant vers où ? Son bâne ? Son expression peut signifier n'importe quoi. Le truc qui m'accroche, ce sont ses mains. Des mains de femme donnant sur un corps de jeune femme ou de jeune fille et, au-dessus, un visage d'adolescente.

Je crois que je lui pose la question de l'âge à ce moment-là. Je me souviens lui dire le mien. Je viens d'avoir vingt-trois ans. You are young, fait-elle indifférente. Quand je la questionne à nouveau, elle me montre et m'explique son ID card. Elle a dix-huit ans. Alors je repense à la scène du Pasadena Hotel. J'ignore pourquoi son âge m'obsède soudain. Je la requestionne, lui repasse le film de la veille, lui demande pourquoi nous avons dû venir ici. Fuck you, dit-elle avec un sourire d'une violence déformant tous ses traits, et elle fait une moue de rot. Puis elle m'engueule. I need money now. I need to go. Je ne lâche pas, je lui sors mon fric mais il faut qu'elle soit sincère. Soon fourteen, me lance-t-elle dans un même sourire violent, maybe fifteen or eighteen, what the problem ? No problem, stop to be always worry ! I need money now to send papa-mama.

64

Plus tard, très vite, je comprends, ou crois comprendre, parce qu'aujourd'hui encore je suis un étudiant de ces filles-là, qu'elle m'offre depuis le début un disque rayé, un disque immense aux sillons bourrés de rayures. Il y a du poison, de l'ennui, des enchantements dans ces sillons, et je mesure mal les conséquences de son écoute. Ce disque, c'est celui des intermittences d'humeur d'une pure Ladybar lorsqu'on partage sa vie vingt-quatre heures sur vingt-quatre. Et elle n'est bonne qu'à ça. Samuel Beckett, l'écrivain du néant, avec des phrases aussi courtes qu'un fœtus avorté, déclarait n'être bon qu'à ça. Et Tip et les siennes ne sont bonnes qu'à ça, ce disque rayé, mais il n'y a aucun néant chez ces filles. Elles me parlent du karma, de leur présence ici-bas qui n'est qu'une parmi un nombre interminable d'autres présences anciennes et futures, et elles travaillent à renaître de mieux en mieux, perfectionnées jusqu'au Nirvana où elles seront d'autant plus libres qu'elles seront désincarnées, dénudées de leur corps même. Elles ont des amitiés inséparables et soudain belliqueuses. Demeurer avec Tip, c'est fréquenter Yada, Song, Sida et cent comme elles, cent mille et un million, c'est disparaître aux yeux de ses propres amis et des siens. De fait, je n'ai pas beaucoup vu Tina jusqu'à notre départ. Ces intermittences d'humeur maintiennent Tip des heures à sa toilette dont elle n'est satisfaite qu'après mille exercices, mille réticences, comme une peinture inachevée qu'on doit reprendre ou dont on se sépare à regret – et Tip se sépare difficilement de ses miroirs. Elle y revient sans cesse. Elle s'y maquille, s'efface, recommence, elle veut de plus en plus de vêtements où tous les rôles y passeraient, où elle s'aime à se réinventer. Elle n'est pas jalouse des autres femmes tant qu'elle y distingue une source d'inspiration pour elle-même, elle sait qu'elle peut les battre sur leur propre terrain de femme assoiffée de féminité. Je suis heureux de la regarder, simplement heureux d'être son témoin.

65

Bientôt quatorze ans, quinze ans, dix-huit ans, seize ans... Comment savoir ? Impossible de la dater sérieusement. Aucun carbone 14 pour m'innocenter. Elle est jeune c'est sûr. Moi aussi. Au moins, j'ai la chance de ne pas avoir la quarantaine-cinquantaine des vieux dégueulasses du concours des Beaux-Arts de Paris. Dans tous les cas, ce n'est pas une gosse. Une voyou, on appelait ça des voyelles à Noisy, jadis. Ai-je eu peur ? Ai-je tenu des propos malins et provocateurs dans ma tête, bien à l'abri de ma tête dans les replis cervicaux de ma liberté intérieure, afin de faire chier l'humanité responsable et soucieuse de la bonne santé des bonnes mœurs ? Rien de tout cela.

Tippawan, franchement... Les gens adorent imaginer ton malheur bien au chaud chez eux mais ils ne te connaissent pas, et c'est même pour eux une façon de ne pas te connaître. Tu étais un dictionnaire alors... tu m'apprenais tout, les mots, la pudeur, l'obscénité. Où était passée ta jeunesse dans tes devoirs de fille devant nourrir les siens coûte que coûte ? L'expression « cœur brisé » t'allait comme une robe tombant du ciel ou un ange déchu glissant sur tes bras levés aux lumières de Bangkok pour atteindre tes chevilles éclaboussées de moussons crasseuses. J'ai appris à décrypter ta gaîté particulière, j'ose dire ta gaîté symphonique, ta gaîté pleine de tous les instruments du grand orchestre du corps et de ses émotions, dans les milliers de tes semblables que j'ai patiemment fréquentées depuis ta disparition. J'ai des arrêts sur image où entre deux sourires, vos visages sont d'un désespoir à figer de honte le pire tortionnaire, c'est-à-dire Dieu, si jamais il existe, Dieu qui a créé cette vie aussi pourrie. Cependant, je ne veux pas blasphémer en me souvenant de toi dans les rires, les larmes et l'extrême jouissance que tu m'inspires encore. Je n'embellis rien quand j'affirme tout ça, je ne mets aucun lyrisme supplémentaire au lyrisme de tes membres qui rendaient nos promenades étrangement lentes et balancées. Ta lenteur autoritaire. Je ne sublime rien pour la seule raison que je t'ai connue réellement et quotidiennement durant trois mois dans une ville incomparable. Trois mois ici, c'est comme l'éternité au paradis. Je suis un réaliste borné à ton existence irréelle et terrible pour l'écrasante majorité de l'humanité. Toi, tu la vivais différemment. Tu étais un cœur brisé en mille morceaux, et ces morceaux, tu les travaillais comme des verres arrondis et précieux pour que plus jamais tu n'en sois blessée, mais au contraire vêtue. Des bijoux. Tu ne te laissais pas faire par ce cœur brisé en mille morceaux dont tu faisais mille cœurs de verre susceptibles de battre pour mille raisons ; tu ne voulais plus jamais dépendre d'un seul cœur ; désormais, si on saccageait l'un d'eux, neuf cent quatre-vingt-dix-neuf autres le vengeraient ; tu les polissais, tu soufflais dessus quand tu tirais de tes membres ce qui semblait le plus extrême plaisir physique, un genre d'oubli et d'affirmation forcenée de la vie à travers tes seins, ta vulve et tous les détails de ton anatomie convulsive. Nul passé ne devait vaincre ton présent. Tu livrais bataille chaque seconde de chaque jour contre ta naissance, ton dépucelage payé cash et volé en même temps, ton destin tout tracé par d'autres que toi, et tu annexais leurs crayons, leurs pinceaux, leurs palettes, et tu remportais la victoire haut la main. Certaines remportent la victoire. Tu étais une victorieuse. Tu regardais les vaincues avec une compassion méfiante et même une certaine cruauté quand tu te sentais faible. Ce miroir déformé de toi-même dans leur défaite. Tu priais Bouddha. Tu priais le roi. Tu croyais à la Thaïlande comme à une nation supérieure. Tu protégeais ta famille, ta mission sur cette planète à peine sauvée par Bouddha, le roi et la Thaïlande. Tippawan, tes couleurs, ton nationalisme, ta peau, la palette de ta peau cachant le même sang que le mien. Étais-tu O+ ou O- ou AB+ ou quoi d'autre encore ? Je ne te l'ai jamais demandé. Y aura-t-il dans l'avenir des races sanguines plutôt que des races de peaux et trouveront-elles comme nous le moyen de s'exterminer pareillement et de se réduire en esclavage pareillement pour le grand plaisir des historiens et des romanciers racontant des horreurs ? O+ déclenchant des pogroms contre les AB+ ou vice-versa. Ne serait-ce pas une super fresque à réaliser où des Noirs, des Blancs, des Jaunes, des Rouges, des Marrons et des Bleus O+ chargeraient contre des noirs, des blancs, des jaunes, des rouges, des marrons et des bleus AB+ en infériorité numérique et bientôt déportés dans des camps de concentration ? C'était le genre de divagations que je pouvais tenir devant toi, et tu rigolais ou bien tu t'en foutais ou bien tu apportais ton propre grain de sel. Alors ton âge, putain, il n'existait jamais dans ces moments-là… Où sont les registres de naissance au bâne, qu'on vérifie ta vieillesse de rôdeuse ? Visage d'adolescente, corps de jeune femme, mains et pieds manucurés depuis des siècles, les ongles et les veines des courtisanes mûres de Colette, avec leur cour de jeunes fétichistes affamés.

Et ton cœur en portefeuille. Ton cœur déformé en coffre-fort. C'est ça, le nerf de tout. Les bahts, les dollars, les bahts. Musique financière. DO – LAR – MI – FA – SOL – LA – SI – D'OR ! Tu vois, il suffit qu'en 2020 je t'évoque depuis mon sala pour que tu resurgisses dans les décibels chaloupés de tes membres. Tu es devenue un océan intérieur parmi d'autres océans intérieurs dont je convoque les embruns, les tempêtes, les rouleaux, le calme plat des baignades idylliques selon mes besoins, mes humeurs, mes colères, mes joies.

Je me rappelle surtout ne pas lier cette fille à un âge quelconque. C'est impossible alors. Ça n'a aucun sens. Son âge réel ment sur sa personnalité. Elle est trop à l'aise dans cette ville, d'une souplesse trop élastique pour être réellement jeune. À vrai dire, à cette époque, ça n'a même aucune importance. Les filles du collège à Noisy me donnaient volontiers leur amitié, leurs confidences, leurs colères et désespoirs, mais elles réservaient le reste à leur mec de vingt-cinq, trente ans les attendant à la sortie dans leur Golf GTI de coiffeur-surfeur. Et maintenant c'était mon tour, mon rôle. Sauf qu'en place des sorties de collèges, c'étaient les sorties de bars et de clubs. Et elles gagnaient du fric, alors que les autres se faisaient sauter pour rien, et en sortaient humiliées d'autant.

66

Je lui donne l'argent et je la suis. J'ai même du mal à la suivre, elle dirige mes pas, se faufile aisément quand moi je trébuche, elle a une foulée lente et cependant très sûre, la tête, le cou, les épaules sont droites, puis c'est cambré jusqu'aux fesses, et derrière elle, je ne loupe rien de cette cadence et de cette stature, c'est à moi de m'adapter sans cesse à sa démarche et ses désirs. Je suis son micheton – mais non, je suis son farang et elle voudrait se montrer généreuse, je le sens. Notre nuit s'étire vers les autres nuits, n'en formant qu'une seule. Durant trois mois, le soleil n'est plus qu'un spot parmi d'autres. Elle déambule le plus souvent devant moi. Elle est mon avant-garde. Parfois, elle m'échappe mais ne disparaît jamais, comme dans les films d'horreur où une enfant au bout d'un couloir vous invite à la suivre, à vous rendre plus loin, toujours plus loin avec elle en direction du danger.

Un Américain à Bangkok

Patpong, août 1991

67

Savez-vous comment on nomme une putain dans ce Royaume ? me demande Bernard Trink. Tina et moi l'avons retrouvé au Pasadena, on a pris un taxi à travers la fournaise extatique et lumineuse des avenues bourrées de chantiers divers, et nous sommes maintenant à l'entrée de soï Patpong 1 depuis Silom Road. À gauche, bookstore, drugstore, escalier menant au Queen's Castle. Souvent, les gogos les plus radicaux sont à l'étage, c'est là que les filles ont des tubes en plastique enfoncés dans le sexe dont elles tirent les lames de rasoir, et parfois elles se blessent et pissent un sang presque noir sur la surface des podiums. Alors elles boitent jusqu'aux chiottes sans portes où elles s'encastrent dans le format vertical, rectangulaire, d'un tableau de femmes penchées l'une envers l'autre pour se soigner, les gestes se figent sur des visages expressionnistes, maquillés, où le mauve, l'or, le bleu des paupières coulent sur les joues blush. J'ai envie de pleurer, de vomir, de peindre, je veux emmener ces filles loin de leur métier dans une toile où elles seront payées, sauvées, protégées du réel par l'huile ou l'acrylique, bien à l'abri dans mes pigments nouveaux et anciens. Je veux crever avec elles dans les heures et les matières étranges des gogos, menstrues, dettes, sexe et joie. J'ai vingt-trois ans et je ne sais plus d'où je viens, qui je suis, sauf celui qui, ce soir, visite chaque nom de Patpong.

Donc à gauche, après le Queen's Castle, il y a le Peppermint Lounge & Disco où j'irai tant de fois écouter la techno, le Blue Jeans, le Limelight, le Napoleon, le Derby King, le Supergirl, le Rose, le Lipstick, le Firecat, le Bunny, le Pussy Galore et le Pussy Alive, le Play Girls, le Baby Gogo, le Sun Downer, et puis le King's Castle, et le Full of Love, etc. À droite, de haut en bas, des étages au rez-de-chaussée, le Penthouse A Gogo, le Merry Queen, le Pink Lady, le Butterfly et encore un bookstore, et puis un filmstore, culture et cul ensemble, et il y a le Funny Girl, le Pussy Collection, etc. Ces listes interminables, ces stations de mes sorties nocturnes, ces adresses, ces néons, ces lieux, leurs changements de propriétaires, de décors, les femmes dedans et dehors, je les ai poursuivies, je les poursuis toujours, c'est le Graal, mon Graal. Là, c'est le début de cette quête recommencée chaque soir. Parfois, nous ne faisons qu'un arrêt devant la façade, la terrasse, les velours, Trink raconte les enseignes, les origines, les propriétaires et les transformations depuis 1960, et surtout les danseuses. Celle qu'on appelait Ladda Von Patpong parce qu'elle possédait un empire de la nuit à base de salons de massage, de restaurants et de bars, mais qui est surtout désormais propriétaire d'un club de golf sur la route côtière en direction de Pattaya, que ne fréquentent que les HiSo, les généraux et les gens d'affaires de la haute société thaïe accompagnés de leurs expats toutous qui investissent le pognon des multinationales dans des usines à la main-d'œuvre experte et bon marché, adolescentes et adolescents fabriquant des circuits imprimés ou des composantes diverses d'objets nouveaux, et devant leur paie de merde, s'ils sont gratifiés de beauté, ils finiront dans les nuits tarifées du Royaume. En une passe, tu fais deux semaines d'usine, affirme Trink. Et puis il parle de Mama Noï, la mère maquerelle du Check Inn 99 sur Sukhumvit, et qui fut la maîtresse de quelques célébrités comme Bob Hope ou Marlon Brando, et surtout David Bowie lors de sa tournée de 1983 en Thaïlande. Il avait vingt-huit ans et elle quarante-trois et il ne pouvait plus s'en passer. Et puis Ginger Kane, et Mukda, et mille autres, dix mille et cent mille depuis les années 1960, quand tout a débuté. Il les vante toujours dans ses colonnes du *Bangkok Post*, comme il les vantait jadis dans le *Bangkok World*, lorsqu'elles travaillaient sur New Petchaburi Road durant la guerre du Vietnam, au Copacabana ou au New Heaven par exemple, dont la scène accueillait jusqu'à deux cents d'entre elles, et on les retrouvait aussi sur Patpong, au Madrid ou au Grand Prix lounge club de Rick Menard. Il avait importé le gogo dancing de Las Vegas, paraît-il, mais ça n'avait plus d'importance, tout le monde considérait désormais que le lapdance avait été fabriqué en Thaïlande, rien ne l'égalait, on allait du sordide au sublime selon les shows, selon que les danseuses jouent du rasoir ou de la balle de ping-pong avec leur sexe, ou selon qu'elles donnent à une musique sa chorégraphie définitive. Et ça continue ce soir, j'y assiste, et bien entendu, le sordide et le sublime se ressemblent comme des jumelles incestueuses. Danseuses oubliées, mariées ou mortes, ou retournées chez elles, là-bas, un village de l'extrême-nord montagneux criblé de champs de pavot, ou du sud profond musulman à la frontière malaise, ou de l'est collé au Laos et au Cambodge communistes, dans les villes-berges du Mékong, avec leurs quais et leurs promenades si douces qu'elles sont dangereuses comme une caresse payante. Et bien sûr, un de ces villages de l'Issan pluvieux et caniculaires, ou du centre magnétique du Royaume, quand les rivières se rejoignent pour former le Chao Phraya entre Lopburi, Sukhothaï, Phitsanulok, Phitchit, Nakhon Sawan. Tous ces noms de villes et de paysages encore inconnus de moi, les bars en sont les portes d'entrée plus sûrement que les bus et les trains les desservant. Leurs habitantes nous y attendent. Il n'y a plus de red lights. Toute une nation rougeoie de sa nuit. Tout est rubescent, la ville, le pays, le continent. Rien que Bangkok, c'est la peinture à l'état sauvage, ou disons archaïque, couleurs primaires dévoyées dans l'électricité, l'état pur de la toile libre. Et je veux être le peintre de cette toile.

68

Plus tard, nous sommes assis tous les trois au Queen's Castle, la scène est au centre et percée de tiges chromées, on dirait le fragment d'une forêt de bambous pétrifiés entre les troncs desquels apparaissent les danseuses assombries ou révélées fugacement par les stroboscopes multicolores, et elles exécutent mille tableaux de souplesse aux limites de la déformation. Sur mon cahier, je dessine des centaines de bâtonnets verticaux tels ceux des murs où les prisonniers notent les jours, et par-dessus, j'essaie grossièrement de reproduire les positions des jambes, des cambrures, des bras, des mains, des accroches, des glissements. Je tiens du neuf dans la figuration, je n'ai aucun souvenir de tableaux conservant ces postures, qui d'ailleurs n'existent que depuis peu, sinon quelques prémices chez Degas ou Lautrec, mais surtout Degas et sa trapéziste. Une djette en bikini, casque aux oreilles, corps ondulant et visage où flottent sourire et lents battements de cils, passe des morceaux planants de différentes époques.

69

— Paul, savez-vous comment on nomme une putain dans ce Royaume ?

— Non.

— On ne la nomme pas, du moins pas comme ça. Et le terme prostitution n'existe pas.

— Alors c'est très hypocrite.

— Ne soyez pas idiot Paul, ne rendez pas les choses sales parce que vous venez d'une civilisation sale. Avez-vous lu la *Commedia* de Dante ?

— Oui.

— Très bien. Alors savez-vous par quelle porte Dante et Virgile sortent des cercles de l'enfer ?

— Pas vraiment.

— Vous êtes un vantard, Paul, vous n'avez rien lu du tout, sinon vous vous en souviendriez ! Ils émergent du trou du cul de Satan, un anus extrêmement poilu et nauséabond d'après les tercets d'« Inferno ». L'inverse total de celui de la jolie *demi-mondaine* imberbe se trémoussant devant vous dont on peut admirer les fronces lisses et la circonférence élastique autour de deux globes jumeaux plus efficaces que les pendules des hypnotiseurs ou les ciels dantesques du « Paradiso »… Est-ce que c'est pas juste magnifique des fesses pareilles ? C'est une *vision* et nos yeux enregistrent une œuvre de la Nature s'ouvrant, se fermant, s'ouvrant, se fermant, s'ouvrant, avec son sphincter inspirant, expirant, inspirant… Regardez ! Une balle de ping-pong ! Une balle de ping-pong émerge et il est bien huileux, luisant, vernis, mais pas du tout merdeux ! Aucune trace brune. Elle a les entrailles pures et dignes d'accueillir un Christ eurasien. Elle se prénomme Kaï Noï. Ça signifie « petit poulet » ou plus exactement, dans l'ordre chronologique des mots thaïs : « poulet petit ». Sans doute une séquelle de son enfance au bâne où ses camarades se moquaient gentiment d'elle. Quoi qu'il en soit, lorsqu'à Paris, Londres, Los Angeles, Téhéran, Pékin, Séoul, Ryad, New Delhi, Bombay ou n'importe quelle ville dotée d'un aéroport – notez bien ma conscience internationaliste, parce qu'ici, blanc, noir, chrétien, musulman, juif, communiste ou capitaliste, nous sommes tous dans le même sac, c'est-à-dire la tête dans la chatte des danseuses –, lorsqu'un individu de ces villes prestigieuses pénètre dans un Boeing long-courrier en direction de la Thaïlande, il sort en fait d'un cul extrêmement malodorant et triste qui est hélas son pays natal. L'Europe, l'Afrique, le Moyen-Orient, la Russie, les Amériques, c'est de la merde. Même l'Antarctique et l'Arctique tout blancs sont de la merde. Ce sont des enfers peuplés de fantômes accusateurs, frustrés, pétris d'idées reçues vengeresses, qui torturent et sont torturés, jugent et sont jugés en retour, indifférents aux avertissements de Jésus dans l'Évangile de Matthieu. Alors, quelques-uns, quelques-unes parmi ces citoyens de la merde s'envolent dans un ciel pollué, certes, mais où ils entendent déjà les tercets du « Paradiso ». Quand ils atterrissent au royaume de Siam, les Béatrice sont partout, et débute la version longue, inconnue et censurée de la *Commedia*. Cette comparaison est peut-être exagérée, mais elle est objective quand on observe Kaï Noï. Ce soir, elle dépasse tout. Admettez-le ! Admettez-le sans discuter.

— Je l'admets.

— Je vais faire l'éloge de cette *demi-mondaine* dans mes Nite Owl.

— Donc, vous les appelez *demi-mondaines.*

— Oui. Et je suis le seul. C'est une coquetterie francophile. Autrefois, ce métier appartenait à la France plus qu'à n'importe quel autre pays. Une femme entre plusieurs mondes. C'est ce qu'elles étaient chez vous, c'est ce qu'elles sont ici, en mieux. Et vous, quel nom leur donneriez-vous, mon petit Paul ?

— Je n'en sais rien. Elles sont belles et elles travaillent dans les bars. J'aimerais déjà connaître leur nom en thaï.

— C'est compliqué.

— Je crois que vous ne connaissez pas plus le thaï que moi le trou du cul de Satan décrit par Dante…

— Avant de vous ouvrir mon dictionnaire et de vous faire visiter ses définitions infernales, vous qui vous prétendez peintre, êtes-vous capable de dessiner chaque morceau de son corps ? Je ne parle pas d'un de ses seins ou de son dos. Je parle de ce territoire allant d'une portion de son sein à une portion de son aisselle ou de son ventre et qui n'a pas de nom. Ou bien ce poil pubien subtilement incarné avec son bulbe purulent plus rose dans la lèvre sombre. Ou encore ce gros grain de beauté sur la cuisse gauche de Kaï Noï. Scrutez-le. Ce n'est pas un détail. Grossissez-le dans un de vos futurs tableaux. C'est un univers bourré d'écailles décoratives, d'ornements minéralisés, de taches galactiques, d'atomes alléchants. C'est peut-être aussi un fragment de lèpre. Savez-vous qu'il y a vingt-cinq ans, les filles du Khlong Toeï, celles du Mosquito Bar par exemple, étaient souvent lépreuses ? Tina peut vous confirmer mes dires. Vers 1965-1968. Ce qui est sûr en revanche, c'est qu'elles étaient pubères. Certaines étaient trop jeunes, treize-quatorze ans, mais elles avaient leurs règles. C'est un peu le mur de Berlin séparant l'enfance intouchable de la féminité productive par ici. Contrairement à ce qu'affirment nos journaux d'Europe et d'Amérique, la pédophilie n'est pas quelque chose de courant et de normal dans cette partie du monde, et on tue les agresseurs d'enfants si on les chope. Si vous couchez avec un ou une gamine, vous êtes un criminel passible de la vengeance familiale, et les autorités seront conciliantes avec elle. J'ai assisté à l'émasculation, puis l'énucléation, puis l'empalement d'un pédophile en Issan. On lui filait de l'opium. Pas pour qu'il souffre moins, mais qu'il reste vivant plus longtemps. Ce n'est pas une vantardise, Paul, j'ai vraiment vu ça et je peux vous assurer que ça vous change un homme. Ça n'empêchera pas le phénomène de se reproduire, ça ne servira pas d'exemple à la société, mais la victime se sentira rétribuée malgré ce qu'elle a subi. Exterminer les pédophiles, c'est franchement la meilleure méthode pour traiter ce type de cas. Et elle lui pardonnera peut-être… parce que voir, même votre bourreau, agoniser dans de tels sévices, c'est quelque chose, ça vous pouvez me croire, mon Dieu rien que d'y repenser… ! Bien sûr, avec tous ces gosses n'allant pas à l'école et traînant aux savates des voyageurs, il est facile de leur offrir un peu d'argent et de les emmener dans les chambres. J'espère que vous trouvez ça dégueulasse parce que moi et ma femme, on trouve ça franchement dégueulasse. Je suis un homme marié, un père de famille, et je suis pour la peine de mort quand il s'agit de violences sur un prépubère.

— Mon père est comme vous et j'aime mon père. Vous, je ne sais pas si je vous aime. Et je ne sais toujours pas comment s'appelle ce métier en Thaïlande.

— Paul, vous êtes agressif avec moi parce que vous êtes d'humeur toutou quand vous reluquez les chevilles de Kaï Noï et ses cartilages si fins… Je perçois en vous le fétichiste méticuleux cherchant l'oubli dans la vénération buccale des orteils de femme… Ah, mais je vous imagine déjà remonter une de ses jambes – ça vous prend au moins vingt minutes pour explorer le mollet, l'interstice en sueur du genou intérieur, et la cuisse, toute la cuisse – et bouffer son con et son trou de Satan, cet anus mystique d'hostie consacrée par la salive... Ai-je raison, Tina ? Est-ce que vous l'avez déjà surpris en train de se caresser la tronche avec votre voûte plantaire durant votre sommeil ? Rassurez-le, dites-lui que c'est un truc de poète, comme la syphilis ou, maintenant, le sida. Malheureusement, les pieds sont très mal considérés en Thaïlande. C'est l'endroit le plus sale du corps bouddhiste. Ne tendez jamais vos pieds vers votre interlocuteur, il vous tuerait. Ce sont des gens logiques : plus c'est haut plus c'est noble, plus c'est bas plus c'est moche.

— Bernard, pourquoi les expats de votre genre ont-ils tous un cerveau obscène de malade mental ?

— Toujours l'injure au bord des lèvres, mon petit Paul... Faites attention... Vous n'êtes pas en France... Ici, les mots ont un sens et un prix à payer... On ne peut pas ricaner de n'importe qui et n'importe quoi en se cachant comme un pleutre derrière l'humour et la liberté d'expression, et se plaindre ensuite lorsqu'on reçoit une balle en retour... Non non Paul... c'est la Thaïlande bordel ! Mais je vais tenter de répondre à votre question initiale, et c'est un cadeau que je fais à votre cervelle d'oiseau migrateur qui ne retient pas grand-chose de ses longues pérégrinations et dont les ailes ont des allures de pages d'un bouquin de sciences humaines à la con. Voyez-vous, c'est assez simple. Les filles ne se nomment pas. Elles ont des prénoms ou des nicknames, comme vous et moi. J'en ai entendu récemment se prétendre des Entertainers Models. Ou même un magma du genre Sisters Stars Money-Honey. C'est très rare, mais pourquoi pas si ça leur chante et si elles y trouvent un sens qui les grandit face aux vues bornées de celles et ceux les plaignant ou les vantant. Car il y a des connards pour juger ça trompeur ou hypocrite ou trop joli-joli pour ce sale boulot. Mais ça ne changera rien au fait que les termes de bargirl, Ladybar, putain, hooker ou victime désignent celui ou celle qui les emploie, et non la fille. Ça ne nommera jamais Kaï Noï devant nous. Est-ce que vous prenez conscience des conséquences splendides de cette situation, Paul ? Si vous dites : « C'est une pute, une vraie pute », ou bien « Je vais aux putes », ou bien « Mate cette pute comme elle est bonne », vous ne dites rien d'elle, mais vous révélez ce qu'elle est pour vous, donc quel genre de client vous êtes. D'ailleurs, payer ne fera pas forcément de vous un « client », ce sont les mille manières de poser, jeter, enfouir, cracher le fric avec arrogance ou le tendre modestement à leur paume effrontée de *demi-mondaine* qui déterminera si vous êtes un punter, ou un salopard, ou un micheton, ou un sponsor, ou un mari potentiel, ou juste un type avec du cœur aidant son prochain dans le besoin parce qu'il vous séduit, ou un marchand d'esclaves, ou un navet malsain ivre de reconnaissance morale. Selon la somme et les mots employés à son propos, vous serez un vrai mec, une sous-merde, un hypocrite, un tortionnaire, une boule puante de frustrations, un gars bêtement désespéré après une sale journée d'humiliations continues et qui devant la toise méprisante d'une fille ayant passé des heures encore plus pourries dans son boxon, lui susurre : « Hey salope, le voilà ton pognon de grosse pute ! » Il y en a un paquet, de ces gugusses, je vous le concède, mais même eux, si on fouille, ce sont des malheureux. Si on fouille dans ce milieu, il y a de chaque côté de la barrière une écrasante majorité d'êtres humains très très humains, alors que leurs détracteurs sont les vrais démons de cette Terre, les seuls à oser publiquement se croire des gens bien. Donc, attention aux noms, mon cher Paul. Tournez bien votre langue dans votre bouche, mettez-y le soin employé quand vous flirtez, quand vous explorez un clitoris et son bouton et ses nerfs infusant le long des lèvres pubiennes et juteuses, mettez-y l'amour et l'obsession et surtout la sincérité ; n'hésitez pas à dire « pute » si vous n'avez pas le choix, une fille expérimentée comprendra que vous êtes un loser ayant une existence de merde à cause d'un physique ou d'une personnalité de merde, et elle déterminera votre niveau de méchanceté, votre capacité de rédemption, et elle adaptera sa médecine ou sa fureur à votre égard. Si elle est un diamant pour vous, vous serez un diamant pour elle, son cœur impénétrable renverra votre lumière ou vos rayons toxiques. Si elle se montre mauvaise avec vous, ça ne dit rien de vous mais seulement d'elle, et plus elle vous insultera, plus elle se dévalorisera et elle finira mal. De toute façon, on devrait employer des parfums au lieu des mots pour définir les êtres, surtout quand ils vivent la nuit. Exhaler une haleine spécifique de fragrance pour chacune des créatures croisées le long de Lumpini Park par exemple. On crache cet élixir sur son orifice, et on vénère son cul d'avant en arrière en prenant bien soin de lui embrasser le cou et les lobes d'oreilles. Ça suppose une inventivité, une hygiène buccale hors de portée. Ouvrez la gueule, Paul, montrez-moi vos dents. Je suis sûr que vous puez la soupe épicée, vous puez l'alcool *camp* des artistes parisiens. Avez-vous déjà fait une fellation à une très belle femme ? Sucer un clitoris de dix-huit/vingt centimètres doté de belles veines avec un prépuce rose vagin émettant d'abondantes giclées de foutre ? C'est très courant à Bangkok. Là aussi, les noms et les couleurs, c'est ballot. Travesti ou trav ne sont vraiment pas les bons termes. Ange non plus. Tapette, folle, tantouze... Évitez *Khratoey* devant elles s'il vous plaît. Sauf si elles vous l'autorisent. Appelez-les par le nom propre qu'elles se sont choisi. Voilà, Paul. Considérez ce long développement comme une révélation prophétique, la transmission d'une formule codée. Chaque fois que vous parlez de quelqu'un, vous vous grandissez ou vous vous rapetissez. C'est up to you. Ne me traitez plus jamais de malade mental, sauf si vous souhaitez vous-même finir à l'asile.

— Et les Thaïs n'ont donc aucun nom pour ça ?

— Ils en ont plein selon leur inspiration, leur coutume et tout le tralala. On utilise des images par ici, c'est plus sympa.

— Est-ce qu'il faut se foutre à quatre pattes devant vos savates de maniaque obscène pour avoir une vague idée de ces images ?

— Non, juste m'offrir votre main. Cinq doigts, cinq noms afin que vous puissiez plus facilement mémoriser les beautés lexicologiques du Siam. Le pouce sera *Pou Yin Kaï Borricane* : femme vendant services. L'index, *Yam Cha* : maîtresse de thé. Le majeur, *Ying Nakhon Sopheni* : belle femme de la ville. L'annulaire, *Nuea Sot* : chair fraîche.

L'auriculaire, *Ying Dok Thong* : gardienne de fleur d'or. Je vous épargne les termes injurieux comme *Kari* – intraduisible, disons putain – ou *I Tua* – idem. Ne les employez jamais ou vous pourriez vous foutre dans le pétrin comme mon ex-patron du *Bangkok World*, Darrell Barrigan. Vous ai-je raconté son histoire ? C'était un homme de presse et un agent de la CIA. Un spécialiste des doubles vies professionnelles et privées, qu'il redédoublait encore... Si vous saviez les liens que les agences de renseignement ont eus – et ont encore – avec la nuit thaïlandaise ! Ici, à Patpong, la CIA possédait ses bureaux au-dessus du Madrid et du Grand Prix lounge club lorsqu'elle menait sa guerre secrète au Laos. On y trouvait Tony Poe et puis Udom Patpongpanich, le propriétaire du terrain où nous sommes. Sa famille venait de Chine, elle avait acheté cette ancienne bananeraie pas très cher, et Udom a voulu développer le patrimoine comme une sorte de Las Vegas du cul. C'est pour cette raison qu'on appelle ce quartier Patpong. Il était lui-même membre de l'OSS durant la Seconde Guerre mondiale et il a entretenu des liens étroits avec la CIA. Darrell était l'un d'eux et il m'a tout appris mais ça ne l'a pas empêché de crever sous les coups de son bel amant thaï. Est-ce qu'il lui a balancé une expression néfaste ne laissant à l'éphèbe que le choix entre le tuer, le tuer et le tuer ? Son joli minois de *Pou Chaï* – garçon – a-t-il perdu la face devant son Pygmalion farang ? Car Darrell pouvait se montrer sarcastique au-delà du convenable, surtout lorsqu'il s'habillait en femme. Être une femme signifiait le persiflage, les pleurs, les citations de poèmes en plein milieu d'une partouze, les débordements sentimentaux, les émotions en guise d'argumentation. Il était pour moitié seulement de la CIA ; pour l'autre il était de l'AMOUR. Un service secret très spécial l'AMOUR, avec les alcôves et les chambres en guise de salles d'interrogatoire. Ça l'a tué. Au fait, avez-vous une idée du nombre de filles sur cette planète adorant se faire attacher dans tous les sens, menotter, fesser, injurier en implorant le papa vicelard qu'elles espèrent de vous ? Oui ? Non ? Après quoi, elles le vomissent. C'est leur manière de prendre leur pied, et ce n'est pas leur faute si le cerveau humain est bizarre. Franchement, Kaï Noï est épatante ce soir. Elle vient d'Issan. Vous n'êtes pas encore allé en Issan, Paul ? Ce n'est pas aussi affreux qu'on le prétend. Autour de Khao Yaï, vous trouvez des pitons karstiques couverts de végétation au milieu de plaines cultivées. Ailleurs, c'est parfois si aride qu'on dirait le désert. Ils nomment cette région Thung Kula Ronghaï. On peut traduire ça par *Les champs des pleurs de Kula*. Toujours les contes, toujours la poésie, même quand la gorge est sèche, et que versifier brûle le ventre. Mais les filles y sont très très belles. Les garçons aussi sont beaux. Le problème d'une Kaï Noï, c'est qu'en dehors de danser, de se pomponner, de baiser, elle s'emmerde, elle est tellement paresseuse qu'elle est invivable.

— Je pourrais les appeler des Belles de bar, puisqu'elles sont belles et qu'elles bossent dans les bars.

— Si c'est votre façon de prendre votre pied, Paul, faites-le, ne vous retenez pas !

— Je vais relire la *Commedia* et vérifier cette histoire de trou du cul de Satan.

— Inutile, je connais le passage presque par cœur. Les derniers tercets surtout…

Puis il sortit par le trou d'une roche
et, me posant assis sur le rebord,
me rejoignit en marchant prudemment.
Or je levai les yeux, croyant revoir
Lucifer tel que je l'avais laissé :
mais je le vis tenir en l'air ses jambes.
Et si alors un doute me troubla,
je le laisse à penser aux gens vulgaires
qui ne voient pas par quel point j'étais passé.

— Donc nous sommes des gens vulgaires ?

— Pas plus que lui. Pas plus que Michel-Ange montrant le cul de Dieu après la création des étoiles et des plantes dans sa chapelle Sixtine. Ce qui est certain, c'est que rien n'est vulgaire dans ce bar. Vous, moi, Kaï Noï et la dizaine de filles sur scène. Dante a décrit la descente et l'ascension de l'anatomie de Satan, mais qu'aurait été son poème si au lieu d'un vieux gugusse dégueulasse, il avait consacré sa langue et ses vers au parcours du corps de Béatrice ? Ou maintenant d'une Kaï Noï ? Qu'est-ce que ça aurait changé pour notre civilisation ?

Tippawan (5)

Bangkok, juin-août 1991

70

Tippawan. Bangkok. Toute la ville est chaude comme un bain public. Cependant, il n'y a presque aucune vapeur où les formes se perdraient à nos yeux entourés d'un visage de sueur. Tout est net, mais mouillé. Mouillées les chaises accumulées devant les laveries, les ateliers de couture, les ateliers de quartier pour tous les types de services, de travaux, et qui font de la moindre soï un bric-à-brac, un vide-grenier ; mouillés les murs ; mouillé le moindre objet, la moindre matière – le plastique, le bois, le fer, la chair ; mouillée même la poussière, elle flotte, elle colle, c'est de l'huile. Sensation de vernis fondu, de luisance. Peindre l'humidité, comment faire ? Bangkok à fleur de peau. Ça, c'est Tip et les poussières de cette ville sur elle. Paillettes polluées. Bangkok à fleur de Tip. Comme certaines femmes sur cette planète, comme beaucoup à Krung Thep, elle laisse en marchant un sillage plus étonnant que ceux des navires en mer. Elle laisse un sillage de parfum et de lignes, une espèce de danse, de sport de combat lent et tranquille, une espèce d'amour, d'actes d'amour possibles, des suggestions d'autant plus fortes qu'elles sont mécanisées par la marche. Par exemple, quand elle part, tout l'hôtel reste envahi un moment de ses traces fantomatiques. C'est un phénomène classique exacerbé par mes sentiments. Elle évolue des soïs aux chambres comme une goutte moite et poivrée de l'immense transpiration de Bangkok. Tip est une goutte poivrée. Toute son anatomie liquide me liquéfie moi-même, et je la rejoins dans une eau commune, un jus pisseux et doré, boueux, livide, noir, jaune, un jus typique des tropiques urbaines.

Surtout, mon cahier s'est couvert de signes tracés par Tip. Je la sollicite dès qu'on mange, boit, se promène, s'allonge à Lumpini ou Chatuchak, à propos de la moindre chose, animal, Lune, sourire, expression, objets ou êtres, ce qu'ils sont exactement dans sa langue, traduction, graphies et sons, et qu'elle-même ignore parfois. Aucune étude ne saurait m'enseigner ce qu'elle me transmet de bon cœur, même quand elle invente ce qu'elle ne sait pas. Est-ce que je la pille en agissant ainsi ? J'aime me poser la question, ne pas y répondre ou y répondre en couchant toujours plus avec elle et en l'interrogeant plus fort, plus loin, en rafales permanentes comme le gosse voulant connaître ceci puis cela, indéfiniment. Je la veux, ma morale se construit sur cette seule volonté de la vouloir, d'employer toutes les ruses pour l'avoir à tout moment, qu'elle se désape ou qu'elle écrive, qu'elle se douche au tuyau, s'y caresse, s'y éclabousse indifférente et s'y délasse de la chaleur, ou qu'elle se mure en forteresse mélancolique les yeux levés vers nulle part où je peux tout imaginer de ses pensées, leur donner les couleurs de la tristesse, du dégoût, de l'oubli, de la nostalgie du bâne, de l'envie d'être amenée à Paris. Ce sont surtout les durées qui comptent, comme si la durée d'un coup de pinceau comptait autant pour apprécier un tableau que le résultat final. Durées multiples d'elle avec moi dans cette chambre, cette ville – ce continent fonctionnant comme un sablier sans début ni fin. Durées de ses ablutions, de ses habillages et déshabillages, de son ennui. Et fragmentation de ces durées en segments plus courts, celui de cet œil où glisse son crayon, celui de cet orteil où échoue son vernis, etc. Contemplation active de cette fille dansant à Bangkok. Elle demeure bien là dans ce carnet, croquis de plus en plus élaborés de Tip au milieu de ses mots thaïs, de ses lettres ourlées où je veux voir, dans la richesse de leurs formes, les mêmes autels couverts de fleurs, de fruits et de riz qu'elle s'amuse à me montrer comme si elle les inventait du doigt – sa baguette magique ou d'orchestre, son pinceau et son Bic –, au seuil des wats, au pied des statues de déesses ou de Bouddha, et que propose la plus infime des soïs, dès qu'on sort au hasard de nos pas. J'arrive de temps en temps à la faire marcher longuement, elle qui déteste ça. J'ai fini par sentir, et non plus seulement comprendre, ce préjugé voulant que marcher soit un truc dégradant réservé aux plus pauvres des pauvres, et que même pour cent mètres, quand on exerce le métier de princesse, on prend un carrosse – ici en 1991, le must pour le touriste, c'est le samlor, il en reste quelques-uns de ces vieux cyclo-pousse tenus et conduits aux bras et à pied par de non moins vieux conducteurs aux traits durs et silencieux, comme si cette vie-là était déjà finie pour eux et qu'ils travaillaient pour la prochaine. Pour elle, rien n'égale le taxi climatisé, prélude aux limousines des films de Hong Kong que nous voyons un soir sur deux dans de magnifiques cinémas de quartier, tout en bois et aux affiches peintes, avec des linteaux semblables aux coques des galères royales conservées dans les musées d'ici, sculptées autant que rêvées tant il y a des dorures, des ornements végétaux, des oiseaux initiant aux tératologies sacrées. Cependant, à Sukhumvit, de la soï 4 à la soï 13 où nous créchons désormais, elle ne proteste plus contre mes explorations pédestres des soïs où je tente de visiter chaque adresse, ce qui est impossible en si peu de mois tant elles abondent. Car presque trois mois ensemble, c'est immense à Bangkok, c'est plusieurs vies à travers trop de bars et trop de marchés de nuit.

Nous avons réussi à convaincre le Pasadena de nous accueillir. L'ami de Tina, « John » Ua Saelim, est devenu le mien. Il n'a même pas regardé Tip. L'hôtesse du même âge qui nous refoulait ne nous calcule plus désormais, et se contente d'un Hello et d'un Goodbye les yeux zélés sur un registre. C'est comme si je vivais sur plusieurs lignes, qui même lorsqu'elles partagent un même espace dans un lobby par exemple, ou un de ces multiples restaurants de toutes tailles traduisant l'obsession de l'Asie pour la nourriture et les sorties, ne se rencontrent jamais. La ligne Tip, la ligne John et même la ligne Tina. Elle a été surprise que je reste avec Tip et elle se montre souvent désagréable quand nous nous retrouvons, employant contre moi cette ironie blessante que je lui connais envers d'autres, tandis que jusqu'ici, elle me couvait d'une certaine forme de tendresse de mère superbe et intouchable. Il est vrai qu'elle paie mon séjour, que je délaisse notre amitié, nos projets de voyage ici et là dans le pays, au profit de la seule exploration de Bangkok avec Tippawan et ses sœurs de bars.

71

La lumière latérale d'une fenêtre de chambre au Pasadena descend légèrement sur Tip, dos écrasé contre l'oreiller. L'une de ses jambes est presque droite sur le lit, l'autre est repliée, le genou sert de socle à la main qui porte la cigarette à la bouche. C'est la même pose que la première fois dans la piaule chinoise, et je l'ai dessinée des dizaines de fois. C'est sa signature et même sans le secours de mes vieilles pages, même aujourd'hui allongé dans mon sala, Tip est toujours présente, vivante dans la mélancolie calme et fine de son plaisir de fumeuse, sa bouche énorme et ses yeux effilés si longs, moi au crayon de graphite l'observant tranquillement affamé de ses traits, tandis que des levrettes, pipes, cunnilingus, etc., il ne reste plus que des sensations vagues.

Ses ongles d'orteils et de mains sont peints, elle passe un temps fou dans les salons de beauté, de coiffure et de massage « traditionnels » – une mention censée les différencier de ceux avec finition, mais c'est symbolique –, et où les plus âgées des filles de bar exercent ce qui leur reste de force à pétrir contre de maigres bahts les corps d'une clientèle versatile, mi-homme mi-femme, et de toutes origines. Parfois, derrière les rideaux épuisés de lavage et de fumée, des chuchotements remplacent le silence, et après, les masseuses disent longuement au revoir aux types ou aux quelques lesbiennes blanches qui reviendront se marier avec elles, c'est le but désormais, bye-bye la liberté faisandée des passes où elles ont échoué à devenir une Ladda ou une Noy.

Tip, pour sa part, croit sans pitié à tout ce qui peut l'amener à la perfection d'elle-même le plus rapidement possible, c'est-à-dire dès cette vie-là en dépit des règles occultes du Samsara, le cycle des renaissances. C'est une narcissique repoussant les frontières du miroir. En plus de celui au-dessus du lavabo de la salle de bains, et du grand accroché sur l'un des murs près du lit, elle m'en a fait acheter trois, dont un ovale avec sa commode de toilette. Elle y reste assise à essayer les poudres, les pinceaux et les nuanciers que j'acquiers également chaque fois que je fais une course pour mes propres ustensiles de peinture.

72

Quand elle m'a demandé mon travail, j'ai eu de grandes réticences à répondre. En fait, je ne savais plus quoi répondre. J'étais toujours pris dans les imbroglios terminologiques de l'art de mon temps et qui sont incompréhensibles à celles et ceux en dehors de ce milieu. On ne pouvait plus tranquillement s'affirmer poète ou peintre sans passer pour une sorte de con, un enconné du passé. On trouvait des noms pompeux, comme « compositeur en langues », ou « textualiste » ou « fabricant de boules » ou « sculpturaliste ». J'avais lu ça dans des notices biographiques à la fin de revues extrêmement arrogantes, qui discutaient du sexe des anges, c'est-à-dire d'art. En art, n'importe lequel, on se branle intellectuellement, la plupart du temps. C'est triste comme une dispute de couple à propos de n'importe quoi, tandis que le vrai sujet, c'est la disparition du désir. Le vrai sujet de l'art, c'est la précision du désir que l'on met à faire ce que l'on fait. J'en suis sûr. Quand ce désir disparaît, que la répétition s'installe, alors la carrière et la convention remplacent l'émerveillement d'avoir trouvé une forme. Bangkok était un espace de désirs indéfiniment renouvelés. Il suffisait de s'y promener, de s'y pencher pour trouver de l'art un peu partout, dans la chair même des gens, comme ces bords de mer où la faune est si nombreuse qu'elle semble exiger d'être bouffée pour garantir la survie de la race en échappant à la surpopulation.

Mais la question de Tip impliquait une réponse claire, alors j'ai dit peintre. Pour la première fois, j'ai dit peintre. Elle a rigolé vulgairement. De sa voix douce et enrouée d'adolescente fumeuse, elle a murmuré Liar – menteur. Là aussi, ses raisons étaient limpides et factuelles. Je la dessinais trop mal selon elle, ça ne pouvait pas être vrai. Le début de mon carnet ne contenait que des schémas d'installation, et ça en revanche, ça l'interpellait, elle me croyait architecte ou ingénieur, elle en avait connu un griffouillant turbines et roues crantées à peu près du même genre, du moins de ce que j'en déduisais d'après son débit haché d'hésitation, où son anglais fonctionnait par éclairs – d'un seul coup, depuis son rire à ce mot de peintre, je la trouvais stupide, une pétasse avariée par la télévision et les divertissements nocturnes où l'oreille absorbe la musique la plus débile qui soit.

Bref, pour elle, mon argent ne pouvait venir que d'un job prestigieux comme ingénieur. Ses doutes m'enrageaient, me foutaient en boule poilue-canine – ma carrure, mes poils, ma gueule envahie de traits revanchards –, et ça lui a plu. Ça lui plaisait toujours quand ma timidité respectueuse, mes prévenances cédaient la place à une jolie petite bête se croyant trompée sur la marchandise et humiliée par elle. À quelques mots, quelques gestes de moi, elle se sent donc redevenir la putain à short time qu'on défonce fissa, et non la fiancée de conte de fées. Tant mieux, affirment ses yeux. Lors de ma première colère, elle se marre, puis elle me parle d'un homme rencontré au début de son périple dans les nuits de Bangkok. Il voulait la sortir de « là », c'était son expression, sans savoir très bien de quoi il s'agissait, sans comprendre que Tip travaillait pour se sortir de « là » justement. Il appartenait à un groupe farang aidant les plus démunis dans le monde. Il avait proposé cinq cents bahts pour qu'elle ne travaille pas ce soir-là, dorme décemment, etc. Il allait rester avec elle pour s'assurer qu'elle n'allait pas courir les bars. Et puis, au fil des heures et de leur maigre conversation, tandis que tout semblait clair et qu'elle ne provoquait rien, il s'était rapproché d'elle pour l'embrasser. Tip, surprise, avait reculé, se débattant violemment. Alors il s'était effondré, s'agenouillant et demandant pardon. Ça n'était pas un problème, il avait payé, disposait d'un droit de baise sur elle. Simplement, l'homme lui ayant affirmé le contraire, cette volte-face malhonnête déplaisait profondément à Tip.

Liar same you, concluait-elle. Depuis, elle divisait les hommes en deux groupes : ceux assumant d'être ce qu'ils sont et ceux n'assumant pas et cherchant des alibis pour se croire beaux et bénéfiques envers les filles, cette deuxième catégorie étant bien plus dangereuse, bien plus perverse que la première. Elle avait eu la même expérience avec une femme farang agissant au nom d'un groupe similaire de soutien en direction des putes mineures. Elle lui débitait un langage inconnu et bizarre sur le droit des femmes, sur les femmes en général et en particulier, sur la violence vécue par les femmes, sur l'assassinat des femmes par des hommes, sur la maternité, la maison, le lit conjugal subis par les femmes lorsqu'elles vont et viennent et errent sans fin dans les couloirs de ce monde bâti par les hommes, et elle adorait prendre Tip dans ses bras et la pourvoir en caresses enrobées de paroles flatteuses. Un soir, les caresses devinrent plus précises et plus grasses, comme un trait léger soudain empâté grossièrement, et dirigées clairement sur ses seins et son pubis de gamine délinquante. Elle aussi demanda pardon devant le refus d'ange traqué de Tip. Décidément, ces gens réclamaient sans cesse pardon. Mais là, le problème était plus grave. La farang n'avait pas payé. Why farang woman don't want to pay ? m'interrogeait Tip. Ici, au Siam, dans cette race supérieure des Thaïs, on paie pour n'importe quel service, surtout un acte aussi intime, et Tip connaît des sœurs plus âgées payant avec bonheur, le bonheur d'être riche, des gigolos mâles ou tomboys, et c'est normal, ce serait anormal et déviant de ne pas payer pour du sexe, et pourquoi le corps désiré serait-il offert gratuitement à cause de choses aussi fugaces et mensongères que les sentiments ou l'attraction physique, quand le moindre durian, le plus petit grain de riz est affublé d'un prix ?

73

À Tip, Yada, Song, je répète que je suis peintre, et une nuit, elles me mènent à celui qu'elles jugent être un véritable artiste, car elles veulent me rendre service, elles désirent que j'apprenne à bien peindre selon leurs goûts de Belles de bar. Il s'agit d'un de ces portraitistes de rue qu'on trouve en abondance à Patpong, Sukhumvit, Pattaya et n'importe quel spot touristique. Il s'appelle Jaran, il a vingt ans et il est étudiant à la Silpakorn University, les Beaux-Arts de Bangkok, et dont le pipal à l'entrée fait le bonheur des croyants. Vers 1920, un sculpteur italien a fondé ce truc où j'irai moi-même les années suivantes donner des cours contre du fric bienvenu. Tip nous présente, dit que je dessine moi aussi. Je regarde les honnêtes croquis de Jaran, la ressemblance est forcée par les trucs basiques enseignés dans toutes les académies, et il me fait un clin d'œil. Il tire cinquante bahts d'un couple punter-hooker. Elle a des fleurs dans les cheveux et un sourire de vamp crasseuse jamais filmée, encore vierge de toute représentation crédible. Lui a le crâne rasé, il est gros et très tendre avec elle, on sent qu'il l'aime et qu'il est heureux, peut-être pour la première fois de sa vie.

74

Longtemps après mon installation à Bangkok, Jaran et moi sommes devenus amis. C'est désormais un présentateur de télé vedette, et souvent, je lui rappelle notre passé commun dans les ruelles de Silom. Un soir, dans un pub de Thonglor, je lui demande pourquoi il n'aidait pas plus Yada et Tip, pourquoi il les laissait dans la merde. Pourquoi est-ce qu'il ne leur apprenait rien, par exemple sur la véritable peinture ? Pourquoi ne les menait-il jamais dans les expositions organisées par les ambassades pour leur faire découvrir l'art de leur temps ? Il me mate derrière ses lunettes fumées. C'est un flambeur, mais il ne surjoue rien du tout. Je suis un farang et en tête à tête avec moi, il se sait dans un film, un moment pas tout à fait réel car je ne suis pas thaï. Les étrangers, c'est comme l'alcool, ça libère des inhibitions, ça met en rut. Alors il s'exprime en jurons. « Tu te fous de ma gueule, Paul ? Non, visiblement, tu ne te fous pas de ma gueule. T'es vraiment con parfois. À quoi bon aller dans ces endroits ? Tes copines s'en foutaient ! » m'assure-t-il. Quand je lui dis que c'est faux, qu'elles l'admiraient au contraire, il se poile et s'en félicite, au moins quelqu'un aura aimé ses peintures, même si c'était de la merde pour se faire un peu de pognon en marge d'une grande œuvre expérimentale et novatrice, espérait-il. « Et puis non, me dit-il, je te raconte n'importe quoi. À l'époque, j'étais très influencé par des lectures datant de 1950-1960. Tu connais Chit Phumisak ? C'était un poète et un essayiste communiste mort en 1966 dans les maquis de l'Est. Il avait écrit un bouquin intitulé *Le Visage du féodalisme thaï*. Pour les rejetons de la bonne bourgeoisie comme nous, qui voulions tuer notre père, Chit, c'était à la fois Rimbaud et Che Guevara. Et ça continue aujourd'hui, ce gars est un héros pour ado aisé plein de fureur contre les injustices. Alors moi je voulais dessiner comme Chit pensait. Je copiais des vivants le plus strictement possible. Au fond, une partie de moi se foutait complètement des mouvements et des avant-gardes, des discours ésotériques de revues et de cafés, des manifestes prétentieux. La révolution en art, c'est le réalisme. C'est être à l'écoute des goûts du peuple. Et le peuple trouve ridicules toutes ces masturbations intellectuelles et formelles des révolutionnaires en art. Le peuple aime voir une de ses filles tremper ses cheveux dans la rizière tandis qu'un buffle éternel respire une touffeur de jungle. Là, le peuple est beau en peinture. Le peuple aime les soaps, le théâtre mythologique, les romans sentimentaux et figuratifs. Il veut être soit diverti, soit édifié. Il ne veut pas réfléchir inutilement. Du moins pas dans le sens bizarre des artistes comme toi et ta copine… Tina, c'est ça ? Mon *Jaran Show* est plus communiste que *Le Capital* de Marx, totalement illisible. Pourquoi compliquer la faim et l'exploitation des gens par des équations et des phrases absconses ? Ta Tippawan, qui venait réellement des pauvres, elle te disait pas un truc du genre : Rak Maï Kin ? L'amour ne se mange pas ? Y a rien qui t'aide à bouffer dans *Le Capital*. »

75

Alors une vision absurde me saisit d'un coup. Je suis à Paris ou New York ou Tokyo, pendant un vernissage où sont réunis des artistes que j'admire à cette époque. Il y a notamment Daniel Buren, Michael Snow, Robert Gober, le prometteur Matthew Barney escaladant les cimaises des galeries et le vieux David Hammons avec ses boules de neige, et puis Rebecca Horn, Jackie Winsor, Jennifer Bartlett, David Antin et d'autres, des vidéastes et des poètes, le contraire parfait d'une salle de classe, non pas un seul prof et son parterre d'élèves, mais un seul étudiant devant une foule de maîtres le perçant d'influences, saint Sébastien sous perfusion d'avant-gardes contradictoires. Disons que c'est le vernissage d'une exposition collective. Soudain, une fille thaïe en talons et short en jean d'où ses fesses rebondies débordent se lève de l'assistance, se désape et lance aux gens présents le défi de la dessiner maintenant, sans fioritures, sans discours, leurs mains devant reproduire son cul, sa poitrine embryonnaire et tendue, ses chevilles. Enfin tout prendre de ce qu'elle donne. C'est un moment de gêne. On se gausse. Je vois la scène comme si j'y étais. Le silence, la gêne, le ricanement, l'indifférence, les conversations qui continuent, les mots qui se veulent d'esprit, les mots qui sentent le cul coincé. Que faire ? comme disait Lénine. Rejeter son offre ? Injurier son offre et la foutre dehors via la sécurité ? Accepter son offre et se marrer, tiens connasse, le voilà ton crobard ? Accepter son offre, lui filer un verre et partouzer avec ses formes d'adolescente ? Une gosse interpellant des stars sur leurs capacités figuratives, ce serait sans doute une performance. Une vraie. Est-ce que ça provoquerait un débat sur ce que c'est qu'être révolutionnaire, réactionnaire, homme, jeune fille, modèle, artiste, créateur, créature, créatrice, plouc ? Le duel d'une gamine avec les beaux-arts, est-ce qu'il n'en resterait rien qu'un vague souvenir cuisant, comme ces gens déboulant nus dans les stades ? Ce serait un défi, du genre de ceux qu'on trouve en hip-hop ou bien autrefois en poésie chez les troubadours. Je décris ce projet à Jaran qui s'esclaffe et me traite de vieux ringard.

Plus tard, on bouffe une soupe dans les soïs profondes de Lat Phrao, un des cinquante districts de Krung Thep brusquement devenu à la mode, il avale les nouilles de riz bruyamment, à la chinoise, et il veut me préciser sa pensée : « Écoute, Paul, tu me parles de musées, d'expositions, mais tu le sais très bien, Bangkok n'a jamais été grand-chose sur la carte de l'art. Il n'y a pas d'école de Bangkok comme il y a une école de Paris ou de New York. Aucun mouvement n'est né dans cette ville. Qu'est-ce que tu voulais que je leur montre ? Un énième Ganesh ? Une connerie contemporaine au Cultural Center ? Une copie moderne d'un truc bien meilleur qu'elles voient depuis l'enfance sur les murs surchargés de leur wat ? Les bons artistes thaïs se tirent de là dès qu'ils le peuvent. Il y a trop peu de collectionneurs et l'État s'en fout autant que tes "Belles de bar" comme tu les appelles. Tu as vu toutes ces berlines japonaises conduites par des femmes diaphanes et austères, et des jeunes hommes jouant au playboy ? Tu t'imagines ces gens faire les malins devant un cylindre rouillé de Richard Serra ou une bonne grosse croûte à la Anselm Kiefer ? Tu sais qui je suis, d'où je viens, ma famille est comme eux, alors j'en parle en connaissance de cause. Bangkok est une mégapole inculte. Et c'est plus que ça. C'est une mégapole vivante. Elle est beaucoup trop vivante pour l'art, qui est en général un phénomène mortifère, un métier pratiqué par des zombies tristounets, égoïstes, fadasses, surtout lorsqu'ils prétendent vivre des choses extraordinaires. Bangkok est surchargée de divinités, de rituels et de lieux festifs pour tous les goûts, même les moins imaginables et les plus répréhensibles, surtout pour vous, les Occidentaux si coincés du cul et de l'esprit. Pardon mais c'est vrai. Et vous êtes en plus des dégénérés. Les Japonais sexagénaires en couches-culottes qui se font nettoyer le cul par des filles-mères de quinze ans sont moins dégénérés que vous dans vos universités. Nous n'avons jamais été colonisés, nous sommes en majorité bouddhistes, ça doit être ça qui doit vous surprendre. Nous sommes épargnés par l'Histoire et le monothéisme, les deux fléaux du reste du monde. Bon, arrêtons avec la géopolitique. Revenons à Bangkok, là où tu vis. Un bout de trottoir y possède autant de prix festif que le rooftop de n'importe quelle Lebua Tower. Bangkok, je suis d'accord avec toi, c'est une œuvre d'art avec des figures partout, un bouquin en trois, quatre et n dimensions où tu baises avec les personnages, et ça s'arrête là. Tu fantasmes Bangkok, tu n'es pas le seul, cette ville génère le fantasme. Elle n'y fabrique pas le rêve, on y dort trop peu, mais le fantasme oui. Un genre d'ectoplasme intraduisible, informulable. Si tu peins ce fantasme, les gens seront globalement déçus, tu l'aplatiras, et si tu le filmes ou l'écris, ce sera pareil… Pourquoi être redondant puisque Bangkok est ce film, ce livre, cette installation, cette peinture que tu cherches ? Ce labyrinthe phosphorescent horizontal et vertical avec de multiples étages clandestins… des escaliers menant à des coursives, des courettes, des terrasses… puis à nouveau des coursives donnant sur une infinité de salles de jeu et de chambres des époux… des salons de massage, des bordels, des bars, des bars et encore des bars… et puis des karaokés, des dancings, des théâtres où se joue notre Ramakien, notre bien-aimé poème épique national avec pour héroïne Nang Sida… Sida comme celle que tu as connue… et puis ces morceaux de chaussées désaffectées, ces parkings où s'asseoir sur une natte pour partager le riz… tout ça, c'est impossible à matérialiser dans une œuvre sans mettre en rogne tes galeristes ou tes éditeurs. Laisse-toi vivre mon ami, c'est la beachlife philosophique par ici, et tu restes un étranger. Les Thaïs vivent sur une autre planète que cette Terre. »

Après la soupe, on se rend sur Thonglor, à l'Emerald, un gentlemen's club en principe réservé aux Thaïs et où les plus belles filles se louent, des étudiantes pour la plupart, MBA à Chulalongkorn et sponsors gradés ou financiers dévoyant les investissements arabes, russes, chinois et farangs. Je suis le seul Blanc et ma couleur fait tache et c'est pour ça qu'elle plaît.

76

Mais en 1991, Jaran n'est encore pour moi qu'un étudiant me montrant les échoppes où chiner les ustensiles ordinaires, graphite, fusain, encres, pastel, aquarelle, laques, tubes d'acrylique, etc., qui servent généralement aux traditions du paravent, du masque, de la fresque ou du rouleau écrit et peint. Il m'emmène également chez les imprimeurs, puis les tisserands et leurs magasins où l'on trouve quantité de productions indiennes et népalaises. Car je cherche une matière impossible qui aurait les propriétés du lin, de la soie, du coton et puis de la peau quand on la maquille, l'enduit, la douche, la baigne, la salit et la blesse.

77

Tip, je la regarde, je m'enfonce dedans, je la dévore, je m'enfonce dedans et je la dévore autant qu'il m'est possible, et pourtant, les actes d'amour ne sont qu'un instant de cette vue permanente sur elle, il y a tout le reste, et je découvre que peindre un corps vêtu ou dévêtu est un truc extrême. Il y a la pigmentation difficile à résoudre, qui est à la fois une suite de grains microscopiques et une surface continue. Les éruptions cutanées minuscules ont leurs nébuleuses colorées qu'aucun pinceau ne peut atteindre, ou alors il faut des loupes, faire des allers-retours d'une loupe de laboratoire à la vision naturelle, et ainsi, tenter d'être sincère avec le rendu de cette peau et de ce corps nommé Tip. Il n'y a plus d'écoles, plus de noms, plus de réalisme ou de naturalisme, de figuration ou d'abstraction. Il n'y a plus que le désir où se rejoignent un être et les surfaces où il prendra place. Et je suis au tout début de ce désir, et en passe de découvrir une forme nouvelle en regardant cette fille commune et unique des nuits de Bangkok.

78

Juillet, chaleur, pollution, Tip quitte la couche blanche, elle laisse une nappe informe de transpiration et se réfugie dans l'ovale du miroir de commode. Cercles empilés des fonds de teint, nuanciers de poudres au sol, c'est la Ladybar à l'atelier. Je vais du drap au maquillage et j'ai alors une intuition très pauvre, très simple. Je lui demande de se couvrir le visage d'un de ses blushs, de s'en mettre partout, de fermer les yeux. Je m'empare du drap, je le lui colle délicatement à la tête. L'empreinte que j'en tire est imparfaite, mais si prometteuse que je deviens franchement heureux. J'ai trouvé une manière.

79

Jusqu'ici, même quand je la dessinais bien, je la dessinais mal. Je la dessinais, je ne la faisais pas renaître. Devant l'anatomie du modèle, souvent immobile, unie dans la pose, l'anatomie du peintre se décompose comme un château de cartes. La main trahit l'œil. C'est le point de fuite de cet effondrement. La main trahit l'œil sans cesse. La main n'obéit plus, vit sa propre vie. Alors, pour rattraper le coup, l'imagination et l'intelligence s'en mêlent. Le cerveau et ses images préconçues aggravent l'œuvre en cours. Toutes ces images préconçues, inconscientes, empruntées aux autres peintres et venues d'une mémoire muséale, elles saccagent tout, et d'abord cette mémoire immédiate du modèle devant soi que les yeux transmettent et que les mains trahissent. Et sans modèle c'est pire. C'est pire car c'est hypocrite. Il y a toujours le cliché d'un corps qui traîne dans la tête, une idée qu'on se fait d'un visage, d'un torse, d'un bas-ventre. Même dans le plus sec des concepts, il y a toujours un reste de corps, ne serait-ce que dans la mise en scène sur un mur de ce concept, c'est souvent propre, très géométrique, une tentative de présence, le début d'un corps honteux d'être un corps. Voilà où j'en étais devant Tip en 1991. Voilà ce qu'elle m'offrait malgré elle, ce qu'aucune autre n'avait su émouvoir en moi. Des pensées pour ne plus penser. Peindre enfin, être une anatomie unie devant la sienne, sans opposition vulgaire entre rétine, main, cerveau et je ne sais quoi.

Et puis, le trait me déplaisait. L'action de mettre une ligne entre deux mondes. Celle séparant une joue d'un oreiller, un oreiller d'un matelas. Le trait trahit le paysage, les choses et les êtres, n'importe qui, n'importe quoi. L'anatomie de Tip, en dépit de la silhouette suggérée par sa pose, l'espèce d'horizon formé par ses hanches, ses flancs, sa tête, n'a pas de limite aussi précise. Elle est courbe comme la Terre, l'œil glisse dessus lorsqu'il gravit les formes, bascule et finit par tomber de l'autre côté avant de recommencer indéfiniment. Même immobile, elle tourne implicitement. Peindre ou dessiner Tip à coups de traits, c'eût été comme affirmer la platitude de la Terre. Les contours d'un objet sont des simplifications abusives de l'œil. C'est la leçon basique de la sculpture. Il n'y a que des volumes plus ou moins surfaces. Voilà mon problème de peintre et d'humain : volume d'un sein, surface d'un besoin. Le *fa presto* vanté pour saisir le mouvement me dégoûtait. Même le gras des mines de plomb me dégoûtait quand il s'agissait d'aller au corps d'une fille.

Je quittais d'abord le crayon et le fusain pour la boule de coton. Je la plongeais dans une poudre à base de graphite, parfois mélangé de talc, avec quoi je tapais le papier pour créer une masse vaguement humaine, ou peu à peu, par le doigt et le coton-tige, je modelais Tip, je la précisais à mesure, ajoutant et retranchant, dans un état d'équilibriste cherchant le meilleur et guetté par le pire. C'était un genre de *sfumato* et c'était mieux, le corps de Tip se manifestait peu à peu, un certain degré de présence, une légère, très légère palpitation de vie dans la pigmentation. Mais il n'empêche, l'impression de la louper demeurait.

Alors, n'attendant plus mon retour à Noisy, j'acquérais un mètre ruban chez une couturière où Tip allait rapiécer les robes trouvées « aux marchés aux putes » comme les appellent aujourd'hui les Français, des échoppes discount à Huai Kwang par exemple, ou bien n'importe lequel des trottoirs de Sukhumvit et de Mochit. Je mesurais Tip dans tous les sens, et reproduisais ces mesures sur le papier. D'elle, j'ambitionnais l'échelle 1. La vérité anatomique. L'effet de présence physique apparaissait mieux, effet qui n'est ni la ressemblance ni la subjectivité expressionniste du peintre dans le rendu d'un modèle, mais un poids, une taille, une physiologie, un organisme. Quelque chose n'allait toujours pas.

J'ai du sang dans les idées, du sang à revendre, du sang partout, cerveau, sexe, entrailles. Et mes veines s'unissent, se tissent, deviennent une toile digne de ce nom, un linceul pour un Christ femelle, le seul vrai Christ, le Christ vulvaire qu'est chaque fille de bar, et qu'est Tip devant moi, quand enfin ce soir de juillet 1991, j'en tire l'embryon de ma future vraie peinture. Là, calquée à taille réelle, mais suffisamment vague dans son empreinte, elle m'offre une base de travail qui n'a pas cessé depuis.

80

Après quelques jours, ayant retravaillé son décalque fantomatique comme j'ai pu avec ma poudre de graphite et ses poudres à elle dont je me sers pour des rehauts, j'étends le drap sur le lit, contre l'oreiller incliné, arrondi, et son visage apparaît presque à la façon que je cherche, volumes, surfaces, détails, expression d'ensemble, illusion. Le plus dur est de rouvrir ses yeux fermés, d'inciser par le modelage avec les doigts, dans la poudre qu'on pose et retire et repose, l'impression de ses paupières, puis de créer la pupille, l'iris, l'éclat noir dans cette conque ou cette fameuse amande du regard de l'Asie, effilé vers les tempes.

Plus tard, je vais aux magasins de tissus, je trouve un coton fabriqué à Chiang Maï, souple mais pas élastique, j'en achète, j'enduis cette fois le corps entier de Tip avec ses blushs, je dépense une fortune dans ceux-ci, je les veux tous, je plaque à nouveau le tissu sur la face ainsi peinte, devant, derrière, parfois je l'enroule, parfois je découpe des bandes et la momifie, j'essaie toutes sortes de techniques, j'adore ça, les effets me surprennent selon les teintes que j'emploie, les rehauts que j'ajoute, elle se plie à mes études, elle y trouve un jeu, elle s'y ennuie, je la paie, on baise, on baise dès que j'échoue sur le papier ou la toile. Plus j'échoue, plus on baise, c'est un remède contre l'échec pour retrouver sa physiologie, de ses os à sa peau.

81

Ça ne suffit pas, et je me dis : je commence en fait par la fin, par son épiderme, et je devrais au contraire partir de ses os et remonter ainsi jusqu'à la peau, et comment agir de la sorte ?

Entrer en elle, accéder aux profondeurs de Tip, dépasser les orifices habituels de l'amour, de la bouffe, de la respiration, de la défécation – narines, oreilles, anus, vagin, bouche –, les orifices d'accès au monde intérieur mystérieux des gens. Nos entrailles sont nos tropiques, notre intestin l'équateur. Et puis le cerveau. Dessiner sincèrement le cerveau. C'est un astre, il en a l'allure ovoïde, avec deux continents chez tout le monde, même chez Tip la bouddhiste, même chez les filles de la nuit thaïlandaise oscillant dans les prières et les passes.

Dessiner ou peindre un cerveau, c'est montrer d'un côté le camp de concentration, de l'autre le film pornographique. Ce sont les deux vrais lobes continentaux de cet organe, et nous oscillons sans cesse de l'un à l'autre. C'est ce qui nous unifie en un seul peuple, c'est ce qui fait de nous des frères et des sœurs quels que soient nos peaux, nos histoires, nos croyances, nos lieux : d'un côté le camp de concentration où l'on torture les êtres qui nous déplaisent ; de l'autre le film pornographique où l'on couche avec ceux qui nous subjuguent. Les gens dans la rue, les inconnus et les familiers, soit on les désire soit on les détruit ; soit on les aime soit on les hait ; soit on les baise soit on les tue. On garde ça pour soi mais nos yeux nous révèlent, observer ces gens et m'observer moi-même par la peinture me le prouve tous les jours. Et bien sûr, il arrive qu'on fasse les deux avec les mêmes personnes. Se marier, divorcer. Se vénérer, se salir. Se débaucher, se meurtrir. Un regard dans le métro et on devine Katsuni ou Klaus Barbie. Entre ces deux continents, peignons un océan, peignons les conventions, les politesses, les arts, les sciences, les sociétés où nous survivons, où nous nous inventons des histoires, des professions, des familles pour oublier le sexe et la tombe. Nous flottons plus ou moins proches des rives de ces deux terres figuratives extrêmes : le camp de la mort, le film de cul.

Entrer dans Tip ouverte de haut en bas telle une truie de peinture hollandaise, ceci pour la conserver à jamais dans une toile, comment m'y prendre ? La tuer puis la faire revivre ? Si la peinture avait ce pouvoir, je tuerais Tippawan, la dénerverais consciencieusement, la viderais de ses organes, irais au squelette que je baignerais dans des laits, des produits, irais jusqu'aux cellules. Puis par la peinture, je la reconstruirais os par os, organe par organe, expression par expression, jusqu'à ce qu'elle respire à nouveau, et que ses seins cuivrés se soulèvent et conservent ces nappes blanches de lumière d'ampoule ou de soleil sur le fond sombre de sa carne.

Je me dis : la peinture a peut-être ce pouvoir, je pourrais la tuer pour voir.

Je me dis : il faut étudier l'embryon, comment il grandit dans le ventre des mères, consulter la médecine spécialisée, puis peindre le modèle de cette façon, trouver les gestes où la figure se développe comme l'embryon, apparaît sur la toile comme elle sort de l'utérus, et la laisser croître jusqu'à l'âge où je jugerai bon qu'elle ne grandisse plus. Faire que la durée pour la peindre corresponde à la durée de sa vie, et que chaque étape du tableau corresponde aux phases de croissance. Peindre l'embryon, puis par-dessus l'enfant, l'adolescent, l'adulte, le vieillard, le mort, la décomposition, la terre, la cendre, l'asticot, la plante, le recyclage. Le mieux, c'est de s'arrêter à la femme mûre, le zénith chez certaines femelles particulièrement couillues des seins, du cul, du visage, surtout du visage, où s'exprime toute la sagesse de leur entrejambe avide de jeunes langues et de jeunes queues. Mais peindre quoi qu'il en coûte, jour après jour, en temps réel. Peindre comme on enregistre vingt-quatre heures sur vingt-quatre. La première couche, c'est la phase de fécondation, la rencontre du spermatozoïde avec l'ovocyte, puis il y a des milliers de couches jusqu'au présent du modèle. Je me dis : c'est ça le secret des couches successives de la peinture. Les temps de séchage sont les durées de la vie elle-même. Sécher c'est vivre, peindre c'est jouir, etc. Si le modèle est une adolescente comme Tip, la peindre toute la durée de cette adolescence jusqu'à son âge réel ; si elle a vingt-sept ans, trois mois et deux jours, pareil ; soixante ans, pareil, etc. Impossible peinture, la seule désirable.

C'est absurde, je me dis que c'est absurde et irréalisable mais ça ne s'arrête pas, ça continue, il me faut peindre les vieilles et les jeunes à l'échelle 1 de leur corps et l'échelle 1 de leur durée de vie, je sors dans les gogos de Patpong version 1991, où les balles de ping-pong huileuses de cyprine évasent les vagins de filles épuisées par leurs sets devant des hommes-singes, des hommes-cafards et des hommes-porcins, et moi-même je prends place avec complaisance dans le Zoo, je m'enjolive, je suis l'homme-bélier, l'homme-python réticulé, l'homme-félin, l'homme-ange exterminateur, l'homme-peintre qui entoile la vie des précieuses putains sombres et aux moqueries tragiques, ça ne s'arrête plus, je les veux toutes, Bangkok m'enfouit de plus en plus dans les plis chauds de ses néons graisseux où l'amour commun meurt, tandis que l'amour sans nom grandit, l'amour situé en Asie du Sud-Est. Si le cœur est à gauche chez l'humain, l'amour est certainement situé en Asie du Sud-Est dans le corps terrestre.

82

Rien n'a changé après Tip avec toutes les autres qui sont venues et viennent poser dans ma Maison du Jouir.

Pour les portraits individuels ou de groupe, l'enduit dont je les macule s'est perfectionné, les blushs se sont personnalisés selon des recettes de mon cru, longue préparation pour arriver à un ton vraisemblable de leur peau trop complexe, mais ce n'est qu'une base. Mon calque est toujours une toile de coton souple, longue, organique, dont j'use au moment des empreintes qui sont des captures du sommeil, puisque les yeux y sont clos. Je reporte ce motif de la toile de coton sur de la toile de lin d'un grammage plus léger que l'habituel. C'est un processus difficile où j'essaie de conserver l'empreinte, tapant celle-ci millimètre par millimètre pour dupliquer chaque espace de l'être convoité devant moi, la danseuse du Nana Plaza, du soï Cowboy, du Washington Square, de tout Bangkok et de toute l'Asie du Sud-Est. Puis je retravaille ce corps par de nouvelles mesures du modèle, et les doigts s'y mettent, les pinceaux, les brosses, les chiffons, et tout ce qu'on veut question technique, qui n'est pas seulement de la technique mais une action comme la pollinisation, la copulation, la photosynthèse – et ici ce sont les transparences, glacis, empattements, grattages, reprises, n'importe quoi en fait. Puis je fixe la toile de lin par trois côtés, le haut, le droit et le gauche, sur un châssis de dix centimètres d'épaisseur. Certains montent à quinze centimètres quand le format est vaste. Ainsi est-il saillant du mur, et il renforce l'effet bouffant de la partie basse de la toile, très longue et laissée libre, qui se répand alors au sol dans les plis. Elle s'empoussière vite. Et à nouveau je la peins dans cette position définitive.

Pour les paysages, les natures mortes, les animaux, tout ce qui n'est pas strictement du ressort du corps des femmes, la technique de châssis et de toilage répandu au sol est identique, et la réalisation des surfaces aussi, sauf pour les mesures et l'échelle 1. À force de superpositions, de couches, de modelage, de lissage, de *sfumato*, de ratissage à la brosse comme le moine fou des jardins zen traitant le gravier en une matière bizarrement caressée par ses allées, ses venues, ses allées, ses venues, à la recherche d'une certaine perfection du geste sur la peau féminine de la Terre, je suis parvenu à une sorte de faïence, de porcelaine, de laque, d'argile, de satin, une épaisseur légère, fine à l'œil et cependant d'une profondeur insondable où tous les volumes se marient, toutes les dimensions se calquent les unes aux autres, réunis par le prestige légèrement brillant du vernis, donnant un effet minéral miroitant, du moins dans la partie haute de la toile, celle accrochée aux angles, tandis qu'en bas, j'interviens peu pour ne pas gêner les plis du drapé complaisamment répandus partout, comme si tout commençait dans le gel d'une certaine perfection picturale pour finir dans la liberté de la décomposition et de la dégénérescence.

Et c'est comme ça depuis Tippawan Suksanette.

83

Presque trois mois ensemble. Trois mois. Jusqu'à mon départ, Tip se confie toujours plus. C'est l'intérêt de rester avec une Ladybar et une seule, on pense tout connaître d'elle, en avoir fait le tour, avoir épuisé son cul et son existence, et puis si elle veut bien, si elle le décide, si ses humeurs coïncident avec les planètes et la Voie lactée reliée par on ne sait quel chemin secret aux milliards de lampions clignotants de la mégapole de Krung Thep, elle vous surprend à nouveau, elle vous baise à sec, ou plus exactement elle vous met K.-O. par le récit de son dépucelage juste après ses premières menstrues avec un Chinois d'âge mur, et la musique entre vous reprend son morceau mortel d'amour sans issue.

Le soir d'une de ses confessions indélébiles, nous sommes quelque part au nord de Bangkok, dans un des districts quasi champêtres de la ville où d'immenses restaurants déploient des installations modulaires de tables et d'estrades, ponctuées de massifs végétaux empotés ou en pleine terre, denses comme ces masses d'enfants d'une cour d'école, lors de l'appel du matin. C'est là que se produisent des groupes de Morlam, et aussi des troupes masquées jouant les pièces dansées, chantées, maquillées, du répertoire de ce qu'elle appelle le *Khon*, ou le *Lakhon Nok* ou le *Liké*. L'une de ces troupes évolue lentement devant nous. Tip aurait voulu être comme ces danseuses traditionnelles dont je sais déjà que derrière le pauvre rideau tendu et peint du décor, des hommes tentent d'obtenir le sexe, la nuit, la présence. Elles disent toutes ça, la plupart. Song, Yada, Sida et d'autres que j'ai rencontrées. L'ambition de la scène reçue très tôt, quand au village les troupes itinérantes quittaient la poussière et la saleté commune au public et à eux pour des robes richissimes, le visage réinventé par les pinceaux et les poudres, figeant les mômes dans la convoitise d'un destin similaire, meilleur que celui des usines et des rizières.

Elle a commandé quantité de poissons et de crabes dans des sauces, de la papaye envahie d'épices fortes dont elle souffle les vapeurs à chaque bouchée, du porc cru faisandé dans du riz soufflé, des œufs faisandés au vinaigre ultrapimenté, du riz blanc qu'elle moule dans sa cuillère – elle ne mange qu'à la cuillère, laissant des grains et des taches sur son menton tant elle se jette sur cette nourriture qu'elle abandonne plus tard au premier tiers consommé. Elle dit qu'elle travaille depuis un an ou un an et demi à Bangkok. Elle me dit ça depuis trois mois, elle me repasse sans cesse son disque rayé, elle récite un poème répétitif qu'elle modifie légèrement peu à peu, un terme remplace un autre – et me serais-je marié avec elle, sans doute ce poème n'aurait-il plus rien à voir avec celui du début qui m'horrifiait, me captivait, me décidait à rester quand je reluquais Song, Yada, ses copines et ses ennemies dans les bars, toutes les autres princesses avec qui j'aurais pu baiser. Donc elle raconte à nouveau une enfance paysanne ordinaire au royaume de Siam, un village – le *bâne* –, un wat, les sutras, la *Paritta Sutta* récitée sans saisir le pali, la langue de cette prière de protection, une rivière, des canaux, des bassins transparents, les bains dans ces eaux claires irriguant les champs, l'école en bambou, le tableau noir où elle excellait dans le maniement des lettres et du calcul. La maison sur pilotis tout pourris claudique au moindre vent, il faut chaque année les renforcer après les inondations. OK, me dis-je, c'est reparti pour un tour.

Et puis soudain, elle me parle d'une femme sino-thaïe connue au *bâne* parce qu'elle vient de temps à autre aider les gens. Durant toute son enfance, elle félicite Tip pour sa beauté, lui ramène des bibelots de couleurs vigoureuses, maquillage, peignes, jeans. Un jour, elle va voir ses parents. Elle leur dit qu'elle peut vendre la virginité de leur fille quarante mille bahts à un homme d'affaires de Hong Kong. Quel âge a Tip à cet instant ? Elle ne s'est jamais montrée claire sur sa date de naissance, et là non plus, je n'en saurai pas plus. Quoi qu'il en soit, elle saigne depuis plusieurs mois, elle est donc prête, elle est une femme. C'est ce qui peut lui arriver de meilleur, explique la vieille dame sino-thaïe en termes indirects. Personne n'en dira rien, tout le monde oubliera, il restera l'argent. Beaucoup d'argent. Sinon, elle connaîtra ce qu'on voit dans les *bânes* : elle sera séduite par un gars du coin, elle lui cédera, tombera enceinte, et il l'abandonnera.

Tip rentre scrupuleusement dans tous les détails des trois nuits passées à satisfaire le Chinois de Hong Kong. Entre les actes, il lui tient des propos sur la raison de tout ça ; ce n'est même pas une question de plaisir, prétend-il ; c'est bien plus sérieux, bien plus grave ; il lui apprend l'existence d'une maladie qu'elle ignore et dont elle le protégera pour toujours en couchant, dormant et rêvant avec lui. Maintenant, elle sait qu'il parlait du HIV, le sida. En 1991, le sida est pour nous totalement horrifique et en même temps mystique. C'est religieux, les malades sont des anges maudits ou du moins des saints d'une Passion toute contemporaine. On les rejette, les torture, les craint, les pleure comme le Christ à son calvaire.

J'ai réentendu au fil des ans cette histoire de dépucelage par un riche Chinois dans d'autres bouches que celle de Tip. J'ai enquêté, trouvé des sources, elles sont identiques sur tous les continents – il n'y a que la nationalité qui change –, obéissent aux mêmes alibis pseudo-spirituels, c'est-à-dire satanistes. Dans certains milieux, on se réclame de rites transmis de génération en génération depuis le fond des âges concernant la valeur médicale et sacrée des vierges. Elles posséderaient des pouvoirs de guérison et de prévention par leur sexualité. Coucher avec une vierge dans un endroit d'une pauvreté radicale comme certains bordels à mineures vers Saphan Kwaï près du Chao Phraya – cage de planches disjointes, lampes à pétrole qu'on vendra dans vingt ans pour leur beauté vintage et qui auront éclairé des viols, amitié avec les cafards, les poux et les rats, bestiaire d'un cauchemar domestiqué aux cachetons fumés –, ou bien coucher avec une vierge dans un endroit d'un luxe radical – palace climatisé, piscine privée sur la terrasse d'une suite copiant l'Italie –, serait une porte d'accès vers la santé universelle et l'énergie vitale. Je l'ai entendu dire chez des Asiatiques, des Européens, des Arabes, des Américains, des Persans, des Africains, des hommes. Je n'ai jamais entendu une seule femme prétendre que coucher avec un puceau de douze ans la préserverait de la vieillesse ou de la maladie. Pas une seule fois. Mais les hommes oui, et comme je suis moi-même un homme, il m'était facile de les faire avouer dans les ambiances claires-obscures de Bangkok, Kuala Lumpur, Singapour, Macao, Manille, etc.

J'ai dû être effaré par le récit de Tip, j'ai dû vouloir chialer à sa place, mais en fait, je ne sais plus. C'est comme son âge, j'ai l'impression qu'elle raconte les mésaventures d'une étrangère, une sœur qu'elle me cache. Je crois que j'ai dû me mettre sur la même longueur d'onde qu'elle. Sourire quand elle souriait, m'assombrir quand elle s'assombrissait. Ça devait être ainsi, ça doit l'être. Sauf que dans ma mémoire, elle ne s'assombrit quasiment jamais. Ses cils immenses cachent la puissance noire de ses prunelles affamées de la vie sous toutes ses formes, celles mortes dans son assiette et celles des rencontres noctambules, quel qu'en soit le prix. J'acquiesce mécaniquement à son ton très doux et légèrement désinvolte tandis qu'elle est concentrée, les yeux baissés sur un poisson qu'elle défonce avec les doigts pour en retirer la chair et de grosses arêtes qu'elle aspire bruyamment.

L'essentiel, c'est que j'en ai fait une toile où apparaît cette gourmandise contrastant avec son histoire. Ses propos en thaïglish – ce patois des soïs internationales des grandes villes thaïlandaises – couvrent toute la surface comme un papier peint hiéroglyphique. Les lettres latines et thaïes s'imbriquent souvent, indéchiffrables comme son histoire inaudible et pourtant si précise, agissent à la façon d'un labyrinthe, d'un moucharabieh. Elles se confondent à la moiteur de ce lieu en plein air alors inconnu de moi et mystérieux d'autant, loin de mes repères à Sukhumvit. À ce moment, j'éprouve pleinement la beauté d'une autre langue dans un autre pays. J'y suis le seul Blanc et j'écoute Tip me décrire ce premier homme sur son corps. Je le prends comme une confession, un don. Dans les semaines qui suivent, je l'entends pourtant la débiter sans vergogne à d'autres mecs qu'elle me présente comme des copains de longue date – aisance frelatée du trentenaire, du quadragénaire ayant dix ans de Thaïlande et de Philippines. Avec eux, elle varie les tons et les techniques. Elle éclate de rire sur leurs épaules quand un Chinois passe et lui rappelle le sien, détaillant la petite bite – *Khouï Lek* – du gros porc chinetoque – *Mou Tsin To Yaï*. Ou quand on se dispute et qu'elle se casse en oisillon furax auprès d'un quelconque micheton nouveau, elle lui balance son dépucelage froidement, cyniquement, comme un voyou cherchant la baston. À tous, elle nous dit la somme récupérée par elle. Vingt mille bahts. Fifty-fifty avec la maquerelle. Une fortune. Une maison neuve, modeste certes, mais neuve, dans son village immémorial-plouc. Une seule fois, je pense qu'elle me décrit les choses presque telles quelles. La famille nombreuse ; la famille qui travaille la terre ; la famille qui s'endette pour acquérir des engrais afin de cultiver plus vite et mieux la terre ; le piège ; les remboursements impossibles ; la perte prochaine de la terre ; le besoin urgent de fric d'un coup ; la famille qui se tait ; la famille qui travaille toujours et encore la terre et se tait ; les dettes qui s'allongent ; la famille qui voit grandir une de ses filles plus belle que les autres ; la famille qui espère ; les compliments de l'entourage sur l'extrême beauté de la fille ; l'intermédiaire qui arrange tout ; l'intermédiaire qui promet un bon travail à la fille splendide de cette famille qui se tait, travaille et espère ; l'acceptation muette de la fille ; sa peur ; son dégoût ; la douleur ; les pleurs ; et la joie soudainement ; la joie du fric ; ce tas miraculeux de billets ; vingt mille bahts ! Une fortune pour trois nuits de boissons, bouffes, palabres de l'homme et ses actes bâclés. En se faisant du mal, elle faisait beaucoup de bien à son clan. Elle s'est battue pour que ce soit moitié-moitié. La vieille salope a cédé. Une mamasan très digne, tout en chignon, épingles, broderies, perles et bagues, pouvoir et bagout, qui la mène en bus jusqu'à Krung Thep. La terreur de cette ville et puis la sensation intense de liberté. Voilà comment elle se retrouve dans le business, où elle s'en tire mieux et moins bien que tant d'autres. Elle est dans la moyenne haute. Il lui reste à conquérir un innocent richissime jeune et beau pour épater les copines, un innocent richissime jeune et beau la mettant à l'abri et à l'aise avec n'importe quel achat de bijoux, de fringues, de bagnoles… et elle se tait soudain, comme si elle en racontait trop.

84

Pourquoi, parmi les milliers d'historiettes de Tip, j'en garde certaines et j'en écarte d'autres ? Je crois que c'est parce que beaucoup sont communes à toutes ses semblables rencontrées depuis. Et pourquoi l'écrasante majorité se passent-elles dans des temples, des bars, des restaurants et des chambres ? Parce que bouffer, baiser, prier, festoyer sont les quatre points cardinaux de leur existence. Ni étudier, ni travailler, ni dormir, ni quoi que ce soit n'a autant d'importance que bouffer, prier, baiser, festoyer. Et puis Tip est liée aux discothèques de Krung Thep comme Mohamed Ali est lié à la boxe, Carl Lewis au sprint. Pourtant, on la sous-estime, elle aurait peu à nous apprendre, son destin ne serait que tristesse et monotonie. On la sous-estime quand on la plaint comme putain et on la sous-estime quand on la vante comme putain. Artistes et féministes détruisent leur sujet. Quant aux clients… Les clients paient et c'est le principal, l'argent est le principal. Il faudrait un métier à tisser relié aux voix des millions de Ladybars pour produire en temps réel leurs récits changeant comme les saisons psychotiques d'une planète bleue à facettes dans la boîte de nuit cosmique qu'est Bangkok – et aussi Pattaya, Manille, Phnom Penh… Ma tête est pleine, mes mains débordent de zones graphiques où les expressions de Tip et des siennes se multiplient sur les papiers, les toiles, les vidéos… se multiplient telle la vie sur la Terre au début de la soupe bactérienne, quand les métamorphoses étudiées par les biologistes et chantées par les poètes ont donné naissance à nous et surtout à elles, Tip et les siennes… donné naissance à elles dans la vraie vie puis à leur reproduction dans les arts… comme une mise en abyme dans une chambre de passe couverte de miroirs du Khlong Toeï, reflétant à l'infini leur visage envahi de grâce froissée pendant la levrette, ou bien leur visage et leurs mains autoritaires posées sur le crâne rasé d'un client quand il mange agenouillé, bouche sur leur sexe, dos musclé tatoué en guise de paysage pour la fille aux yeux plissés plongés dans ces miroirs.

Khlong Toeï

Bangkok, juin-août 1991

85

Au coucher du soleil, Tip, Song et Yada me mènent souvent au bidonville du Khlong Toeï. Khlong Toeï, c'est l'un des cinquante districts de cette ville, l'un des plus petits de la cité des anges, mais si vous êtes français, dites-vous qu'il est presque deux fois plus grand que le plus grand des arrondissements de Paris, à savoir le XVe, et dont les tours du front de Seine évoquent la nuit un tout petit petit petit Bangkok. Au sud, le Khlong Toeï est bordé par le Chao Phraya, au nord par la Sukhumvit, et c'est un vaste district très complexe, industriel-urbain-lacustre, un truc bizarre comme toute cette ville est bizarre, avec un port et un bidonville mythiques faisant mouiller ou bander toutes les personnes émotives du voyage interlope-nique-ta-propre-race-en-Thaïlande.

Bref… on descend du taxi, on emprunte des venelles séparant des blocs de maisons courtes d'étages et on tombe sur lui, le bidonville, qui s'étend de part et d'autre d'une voie ferrée que je situe mal dans ce fouillis de tôles, de bâches, de planches, de pandanus et de palmes géantes. On pourrait dessiner un gros œil au-dessus de nous en visite dans le bidonville. Le gros œil humain de Dieu le Père matant la fuite de Caïn dans l'œuvre de Victor Hugo. C'est un œil sec. Mais nos yeux ne sont jamais secs avec Tip. On pleure les larmes exaltées de l'exil où se reflète Bangkok ! Bangkok !, semblables aux cris d'une vulve autoritaire hurlant Fuck me ! Fuck me !

Le fleuve n'est pas loin, mais on pourrait passer sa vie à errer là-dedans et ignorer son existence. Les culs-de-sac donnent sur les murs arrière de buildings ferroviaires climatisés où des hommes et des femmes couleur sino-thaïe, ce teint de faïence mandchoue légèrement jaunie, s'impriment vêtus de leurs chemisettes, escarpins, tailleurs, dans les baies vitrées où ils se mêlent aux reflets du ciel, tandis que dehors des gamins nus et sublimes comme l'or encrassé ramènent poissons et détritus de leur pêche du jour.

On avance et on arrive dans ce qui reste du bidonville portuaire, celui dont me parlait Tina, celui des bars qui n'existent plus. Il y a partout le port aux infrastructures turgescentes, et le bidonville paraît soudain une sorte de rivière se frayant un chemin dans un paysage de mangrove mécanique – tankers, containers, grues partout, systèmes de poulies, d'élévations, de poutrelles et de treillis d'acier pareils à des palétuviers art nouveau. On marche sur des lattes noircies de semelles et de pieds nus, et dans les interstices, la terre, l'eau, les hydrocarbures créent une glaise bleutée grise, l'ancien Khlong Toeï agonise dans ce limon piqué de pilotis supportant pontons, passerelles, estrades, huttes et cabanons. Tout est vendu, tout sera détruit pour de nouveaux hangars qu'une seule saison de mousson vieillira définitivement. Il y a de faibles lumières dans des lampes à pétrole, des bougies, parfois des ampoules accrochées à des fils où les papillons, les moustiques, les lunules se consument au milieu d'un clapotis lancinant, celui des milliards de chocs minuscules et continuels du fleuve contre les bambous. Ça grouille en dessous, on ne sait plus s'il s'agit de vagues ou de rats ou de serpents, et il y a dans l'air les sons du Morlam, l'infinie musique de l'Issan où domine le khen, cette longue flûte aidée de guitares et de voix plaintives, très sentimentales, très nostalgiques des premières amours.

Devant nous stagne une bande de jeunes assez stylés qui passeraient en Europe pour des figurants d'une version modernisée de *West Side Story*. Ados kitsch et cruels d'un snuff movie possible. Pimps and girlfriends, me précise Tip. Ici, des gamines se louent pour rien sous l'œil de garçons à peine plus vieux qu'elles, qui sont donc leurs macs et leurs frères. Une drôle de joie les tient éveillés, aux aguets, qu'ils se repassent mieux qu'une maladie, sous forme de plaisanteries, de chansons, d'instants d'un récit qu'ils se racontent de leurs voix masculines et féminines adolescentes ricochant l'une avec l'autre, et qu'on devine horrifique, un de ces multiples contes où les *Phi* – fantômes, esprits – kidnappent et dévorent des enfants. Seul notre passage modifie leur apparence, sépare d'un seul coup les sexes, les filles usant de leurs paupières à la manière de gâchettes visant le farang, leur langue tapant contre leur joue pour mimer une bonne pipe, et les mecs affichant le défi, la haine souriante, l'ironie, l'aménité dangereuse. Hello, sir ! How are you, sir ? Boom boom lady, sir ? Le but n'est pas de baiser mais de jouer à mort. Deux d'entre eux font des foot kicks sur un bambou et leurs pieds montent haut et tapent puissamment à une cadence hyper-rapide. Je suis Tip et il me semble que si je me laisse distancer, je serai kidnappé par l'une de ces adolescentes casse-gueule. Je marche dans l'ombre de Tip, d'un seul coup son ombre faiblement inscrite par les lumières fugaces s'impose, m'enveloppe, elle me protège, je m'y moule, je me vêts de son ombre et c'est mon talisman et mon camouflage, également le puits où je tombe.

Les filles d'ici savent que je suis le client de l'une des trois, sans doute des trois, leur propriété qu'aucune d'entre elles ne peut approcher sous peine de problèmes. De toute façon, c'est dans ma tête tout ça, elles se connaissent, se saluent, se charrient. Les parents de Song vivent ici, elle-même y dort parfois quand elle a suffisamment de pognon pour satisfaire sa famille.

Je demande à Tip pourquoi Song n'emmène pas les siens ailleurs. I don't know, dit-elle. Et puis après un moment : Because mama gambling too much and papa drinking too much. Money fly.

La mère joue et le père boit, c'est souvent comme ça. Les frères font les cons le cul endormi sur la selle de vieilles Honda rafistolées comme autant de réincarnations mécaniques. Leur cul est maqué avec leur selle de moto où ils font la sieste et commentent les salopards friqués qui se tapent leurs sœurs, leurs petites copines, leur mère, leurs cousines, leurs tantes, et leurs filles, plus tard. Parfois, ils les tuent. Parfois, on retrouve des touristes européens, arabes ou nord-asiatiques dans des khlongs flottant tels des boudins blancs ou colorés au milieu des bouteilles et des emballages. Ici, j'ai l'impression que ce n'est pas un endroit pour les étrangers mais je me trompe, c'est juste que c'est un bidonville et que même pour les Thaïs, c'est un monde à part. Autrefois, les marins japonais, coréens, philippins payaient les plus déshéritées des Belles de bar pour boire le Mékong – un alcool de riz très fort – et bander vite fait avec elles, qui étaient toutes des adolescentes, affirmait Tina. Elle les avait connues vers 1970, avec Muriel Cerf. Toute cette jeunesse, tout ce gâchis, toute cette splendeur. L'Extrême-Orient, l'Extrême-jeunesse. Tant d'enfants désœuvrés dans les rues réclamant un dollar et un avenir. Comment n'auraient-ils pas fini dans les crimes et les lits ?

Tip et les siennes s'immobilisent un moment sous une torche électrique pendue à un fil. Elles discutent avec une vieille dame. On ne me présente pas, on m'ignore, je suis invisible, effacé de leur scène. Elle a dû mener beaucoup d'autres mecs avant moi dans ces ruelles ayant l'épaisseur d'un buste de sidaïque, et cette femme ne me regarde jamais. C'est comme si son silence, son indifférence me protégeaient, me menaçaient en même temps. Je suis un fantôme. Tant que je respecte cette règle, on me tolérera. Et je serai accueilli partout. Je ne distingue plus que leurs visages éclairés, aux sourires agiles et hypocrites au milieu des perspectives brisées, entortillées de maisons précaires avachies sur le fleuve comme des paupières juste avant le sommeil.

86

C'est au bout d'une de ces venelles flottantes qu'on s'arrête dans une gargote dont la cuisine est aménagée sur un longtail, un de ces longs bateaux à la proue effilée démesurément. Une femme et une enfant vidangent les marmites huileuses dans le Chao Phraya et elles travaillent à une soupe de crevettes pimentées. En Thaïlande, la nourriture ne manque pas vraiment, la pauvreté vient d'en deçà de la faim et la soif, plutôt du destin vous figeant à jamais dans une caste soumise et agraire. Quand les champs sont perdus, il y a l'usine. Elles ouvrent un peu partout, des succursales de boîtes coréennes, japonaises, européennes et américaines, dans le domaine des technologies, des composants miniatures. Certains gosses parviennent aux études, ils obtiennent un diplôme pour un boulot sous-payé. Alors il y a le théorème ou le syllogisme prostitutionnel. Plus imparable que Thalès et consort. La prostitution gagne beaucoup plus que l'usine, et l'usine à peine plus que rien, les choix se font donc vite puisqu'on n'en a pas. Simplement, avec le diplôme, on peut viser le punter HiSo à qui susurrer dans un anglais, un japonais, un coréen corrects ce qu'il veut entendre, ce qu'il veut croire, et dont il vous remercie par une poignée de billets de cinq cents ou de mille bahts, et parfois d'une maison. Et que veut-il entendre exactement, dans quel portrait souhaite-t-il atténuer sa frustration, sa détresse, sa folie ? « Tu n'es peut-être pas le plus beau mais tu as un charme fou, et j'adore ta queue, tu sais t'en servir, et tu sais me faire jouir, etc. » Et le plus drôle, c'est que parfois c'est vrai. Quand elles tombent sur une belle bite, les muses qui les inspirent en deviennent fétichistes, elles jouent avec, les regardent en les tenant d'une main, l'autre supportant leur visage sérieux et rêveur, les sucent, se les foutent partout, exigent des heures et des heures d'érection, et elles font un regard cubiste, elles louchent dessus. Si vous voulez comprendre l'origine réelle du cubisme, foutez un *Palat Kik* sanctifié devant un tableau hors de prix de Braque ou Picasso, foutez un gode ou une queue bien en veines tendue vers le ciel devant la tête d'une demoiselle avinée ou de Dora Maar, et vous verrez que ces vieux salauds ont usé de beaux chibres pour affoler leurs traits, les bouleverser sens dessus dessous.

Ce que je veux croire moi, ce que je sens, c'est que le sexe vendu n'est jamais suffisamment cher payé, qu'elles ont raison d'aller au bout du bout du pauvre gars triste et seul, de l'essorer, qu'il termine identique à ces chemises autrefois belliqueuses de leur marque, de leur prix, désormais usées, déformées par le climat caniculaire et la transpiration des fêtes, et offrant ce tableau, cette installation d'hier et d'aujourd'hui : du linge pourrissant au soleil, tendu et bercé de vent et de rayons. Ainsi paraissent les étrangers mâles dans le paysage du Siam, après tant d'années d'amour et de passes.

Noircissique

Bangkok, juin-août 1991

87

Yada et Song nous ont quittés, Tip mange goulûment la soupe dont elle exagère l'effet pimenté en aspirant l'air pour apaiser l'épais liquide incendiaire. Moi, c'est à peine si j'y touche tant elle est forte, et on m'amène du riz pour calmer le feu.

Tip ne parle plus, son visage est penché sur le plat, et ses cils, ses sourcils, ses mèches raides de part et d'autre du front et des joues révèlent les symétries des traits, leur finesse, leur amande, leur noir. Ses cheveux sont noirs et rien que dire qu'ils le sont, c'est trop en dire. Il faudrait pouvoir dire « cheveux » – les siens –, le dire en l'air, comme ça, comme un poète décisif déclamant sur scène des poèmes décisifs – des poèmes d'un seul mot – pour qu'aussitôt ils apparaissent noirs, ce noir de l'Asie capillaire d'où l'on tire la laque et l'encre des peintures de Chine et du Japon. Cheveux sans adjectifs et hop !, ils sont noirs.

Depuis 1991, je suis ici pour ce noir qui contient tous les rêves de couleur, ce noir des filles. Quand elles plongent leurs doigts dans leur cascade capillaire et qu'elles en tirent une poignée qu'elles lissent à l'infini, on dirait Narcisse matant son reflet dans l'eau. C'est un geste d'une telle jouissance de soi que j'en reste baba et peintre. Peindre le noir et le geste sans que ce soit kitsch. Tout est kitsch dans la peinture désormais, les pinceaux dans leurs gobelets, les pots, les couleurs, les matières, les tissus, rien de plus kitsch qu'un atelier de peintre, c'est un truc pour magazine bourgeois, l'atelier de Francis Bacon, d'Alberto Giacometti qu'on reconstitue comme un sphinx de péplum, il faudrait tout brûler en hurlant le nom iconoclaste de Dieu. Est-ce que j'arriverais à peindre comme Tip empoigne ses cheveux noirs, est-ce que ce geste aura son équivalent dans la fabrique de la figure peinte ? Je parle de sa facilité, de son absence totale d'artifice dans son théâtre. Ça devrait être simple comme se baigner tôt le matin dans une mer plate et nager jusqu'au soleil levant sans jamais se noyer ni s'épuiser, mais c'est en fait compliqué comme parler à Tip en cherchant à lui dire qu'elle est noircissique, qu'elle est dans ma langue la fille de l'union d'un jeune garçon grec avec la couleur de la nuit, et de l'espace interstellaire, et de la scène d'opéra éteinte, et des pharaons, et de l'humain au tout début de l'Afrique. Calcul élémentaire : Noir + Narcisse = Noircisse. Communication impossible entre nous quand nous tentons de sortir des quelques dizaines de mots que nous partageons, et les actes d'amour et les dessins ne suffisent plus à combler le vide.

— Do you know Narcisse ? dis-je à Tip.

— I know Narcisse Bar on Nana, dit-elle.

— OK, but do you know who is Narcisse ?

— The owner ?

— No, Narcisse was a guy who loved himself more than anyone else.

— I don't want him for customer.

— He loved only himself and he's dead.

— Not by HIV if he loves himself. Can't have HIV if u fuck yourself.

— Yeah, true.

— Don't say « yeah, true », like if I am stupid !

— Hey hey !… Keep calm !… I just talk about a guy named Narcisse. It's just a story.

— I don't care.

— Each time I want to teach you something, you get mad.

— Who care what you teach ? Can I eat what you teach ? If people make money with that in school, good for them. Not you. Don't waste your time and mine. Let's go Patpong disco. I want dance.

— OK OK, we finish dinner. You know, Narcisse was interesting…

— I fuck him and I fuck you OK !

Ce jour-là, cette brève altercation arrête tout entre nous. Il y a déjà eu auparavant des saynètes éruptives du même genre, où elle révèle un cœur lunatique et son désintérêt pour tout ce qui n'est pas du fric tout de suite et de la fête tout de suite. Elle change d'humeur vite et violemment, oublie tout contrôle et au contraire adore suivre ses pentes. Mais après arrivait la douceur, et elle s'emparait de mon portefeuille où elle ne prenait que l'argent de maigres achats. Elle disait : You are my boyfriend now, you don't have to pay every night. Elle disait : Stay room, I go work short time and take care you. Et elle le faisait. Je restais dans la chambre, elle accumulait des passes de dix-huit heures à minuit et elle revenait avec une liasse de bahts. On s'endormait devant la télévision. Les chambres du Pasadena possédaient la télévision.

Je ne payais plus que des restaurants et notre hôtel et aussi l'alcool. Et puis elle-même s'est mise à payer ça autant que moi et parfois plus que moi. Ses copines la traitaient de folle, je le sais, même si mon niveau en thaï ressemblait alors à celui d'un chien obéissant mécaniquement à deux ou trois expressions. C'est con à dessiner, mais elle attendait que je lui offre un bijou. Quelle peinture est capable de révéler l'attente d'une bague ? J'ignore encore maintenant si un tableau sans titre pour préciser de quoi il s'agit peut révéler au public que cet être devant lui attend l'amour fou matérialisé dans un objet clinquant. Le matin, on faisait souvent l'amour. Le mieux, c'était quand elle ne bossait pas le soir et qu'on allait danser au Peppermint ou au Super Star Disco à Patpong ou au Narcissus ou au Taurus sur Sukhumvit soï 23 et 26 ou bien au Deeper sur Silom ou dans les énormes boîtes de Ratchada tant les adresses n'avaient aucune importance, il y en avait déjà tellement, moins qu'aujourd'hui certes mais c'est la règle dans le Royaume : demain sera meilleur, avec plus de bars, plus de lumières, plus de croissance, plus d'affaires à mener dans toutes les dimensions. Après, on traînait sur les trottoirs au milieu des étals de street food avec d'innombrables copines de Tip qui ramenaient toutes sortes de gars et parfois de femelles blanches de différentes corpulences et qui suaient une graisse où se mélangeaient la malbouffe, la culpabilité, l'obscénité, le malheur, et on finissait par rentrer tous les deux plus insoucieux que jamais de l'avenir, de l'argent et même de sa famille, et alors là on baisait vraiment bien comme des malades, je passais des heures à la bouffer partout et à la prendre dans tous les sens, je n'étais jamais rassasié de ce qu'elle m'offrait, et elle demandait simplement Cum inside me ou bien Cum in my mouth, I'm hungry, et puis à l'aube on allait au temple faire des mérites. Elle m'apprenait son bouddhisme qui n'est pas celui des riches. Elle connaissait un moine, a real good monk, disait-elle, dans un temple au bout de la première soï de Sukhumvit, la numéro 1. On remontait celle-ci vers le nord, on passait devant une galerie d'art, la Sombat Perpoon Gallery, et on arrivait au bord d'un khlong où reposait le Wat Hong Saram. Il fallait traverser le canal. Les gens vivaient au bord du khlong dans le même genre de bâtisses *Mode & Misère* – du bois pourri pour photographe globe-trotter à la con – que celles du bidonville du Khlong Toeï, et elles se mélangeaient aux hôtels délabrés datant de la guerre du Vietnam et aux tours *fancy* de condominiums luxuriants poussant un peu partout et qu'on appelait condom-inium tant les couples mixtes tarifés s'égayant à l'intérieur laissaient un nombre incalculable de capotes dans les poubelles, semblables aux mues de serpents cherchant à fuir le prédateur sida.

Le moine ne disait rien, il demeurait assis sur un trône extravagant tiré d'une peinture de Gustave Moreau, nous à genoux devant lui les mains jointes et les doigts bien écartés tenant des bâtons d'encens et les yeux clos sur nos cuites et nos scènes de cul précédentes – du moins imaginais-je que Tip partageait cette antienne de mon cerveau saturé de sa peau ses odeurs ses seins ses trous ses finesses, car si j'entrouvrais un œil, il arrivait qu'elle en fasse de même et me gratifie une demi-seconde de l'implacable sourire gourmand ironique qu'elle affichait lorsque son bas-ventre s'emparait d'elle et commençait son ballet d'amour fou, le pubis rouge sang bien en avant avec ses lèvres gonflées réclamant la bouche, la langue, les doigts et la queue la plus dure possible, la plus veinée possible pour l'envelopper, l'aspirer, la vider en la laissant toute huileuse.

Le moine, son crâne rasé, sa toge orangée, sa peau dévergondée par des millénaires de soleil et de climat chaud accumulés tout au long de ses réincarnations, s'est mis à débiter quelques prières, et il a terminé en joignant nos poignets par un fil multicolore. Plus tard, j'ai perfectionné ma connaissance du Theravada, j'ai approfondi les quatre nobles vérités du bouddhisme. Aujourd'hui, quand je prie, c'est-à-dire quand j'accepte de croire qu'il existe peut-être quelqu'un ou plus précisément quelque chose plutôt que rien ni personne, je prie le Christ, le Bouddha et la déesse de la fortune Nang Kwak. Mais à l'époque, je ne faisais que ressentir vulgairement la Création, je me contentais d'apprécier les signes extérieurs des oripeaux et des ors de la religion tout en les jugeant dégueulasses pour les pauvres et les sciences, et j'étais incapable de plonger sous la surface des rituels et des objets, et même des textes psalmodiés dans la monotonie d'un matin tropical, une plongée contre-nature puisqu'il s'agissait de plonger dans le ciel associé à Dieu, plonger dans le bleu quand il fait jour et le noir quand il fait nuit. C'est une discipline sportive et religieuse, plonger en montant, s'envoler puis perforer les flots de l'espace, traverser le bleu, le noir, s'ébrouer dans toutes les couleurs possibles des crépuscules, des intempéries et des teintes naturelles et surnaturelles jaunâtres, brunes et grises des encens, des crématoriums, des pots d'échappement et des cheminées d'usine. C'est un truc olympique.

88

Mais ce soir-là, trois jours avant mon départ, elle n'est plus comme ça, elle n'est plus qu'une série de caprices, de colères, de silences hautains derrière des lunettes noires ridicules de mauvais cinéaste et on dirait qu'elle orchestre l'humiliation de l'homme doux, l'homme sympa, celui qu'on appelle un *Simp* en anglo-babélien. Bon, je caricature, je fais du dessin de presse, elle n'est pas cette fille-là et je ne suis pas ce mec-là, mais cette image de la vamp garce et de son chaton battu permet de fixer une émotion triste entre nous.

À plusieurs reprises, sans me regarder, s'adressant au fleuve Chao Phraya ou aux filles du longtail, elle se lance dans une diatribe en pur thaï très aigu, très haut perché, où son visage se froisse en autant de masques appartenant à une Venise tropicale, aux Maories exécutant le haka, et à l'iconographie des possessions.

Comme d'habitude, elle laisse végéter les trois quarts des plats commandés, je paie l'addition et on sort du bidonville, on prend un tacos jusqu'à Silom Road et je la plante devant soï Patpong 1, prétextant la fatigue.

89

Sida danse ce soir à l'Hollywood Strip dont l'un des néons indique « 300 girls ». Il est situé au dernier étage du Nana Plaza sur la soï du même nom. En 1991, le Nana Entertainment Plaza, alias le NEP, est déjà une sorte de chapelle Sixtine, avec ses coursives à balustres et ses arcades comme autant de panneaux surpeuplés, sauf qu'ici la fresque est faite aux néons, les personnages se meuvent et dansent à l'intérieur de perspectives oblitérées de rideaux cramoisis, et il n'y a pas encore de toiture. En journée, on aperçoit un ciel cadré confusément, non pas un rectangle pur, mais une série de biseaux pareils à des os cassés de partout, et le béton, luttant contre la lumière naturelle, semble la contaminer pour la rendre livide, grise et bouchée, même quand elle est claire. Il me faut prendre à nouveau le taxi, c'est un trajet autant qu'un rêve de deux heures enfoui dans le trafic et les visions de trottoirs où règnent des femmes travaillant incessamment, vendant, cuisinant, mangeant, négociant les fripes sous des bâches et des parapluies, et je m'aperçois que je suis seul cette fois pour me débrouiller avec le chauffeur. Tip gérait tout en thaï, je mesurais mal à quel point je m'appuyais sur elle, combien nous ne formions qu'un seul organisme à deux corps, moi la prothèse étrangère et phallique d'une autochtone vulvaire et savante, et je vivais cette prise en charge de l'ordinaire comme le sommeil supporte le songe. Et d'un seul coup, voilà, je me réveille sur une banquette arrière où, inquiet, agacé, je baragouine au gars, dont les yeux d'insomnie électrique me fixent dans le rétroviseur, de foutre son « meter », ce à quoi il répond « yes » sans le faire. Notre anglais nous sépare plus qu'il ne nous rapproche. Il pleut, le pare-brise est noyé de lumières dégoulinantes capturées dans les gouttes, semblables aux génies des *Mille et Une Nuits* prisonniers de lampes. On longe le Lumpini Park où de grandes figures chaussées très hautes et très instables, des ombres chinoises de stars voûtées par l'abus de sexe et d'hormones, attendent l'homme, si possible hétérosexuel et gentleman. Je sais qu'elles sont transsexuelles parce que Tip m'a dit que les plus déchues d'entre elles, chassées des glorieux gogos de Nana ou de soï Kathoey pour des raisons de blood test positif au HIV, se produisent là dans un show dont le seul éclairage provient des briquets ou des bougies, ou bien des torches des étals de street food. J'ai l'impression que les véhicules flirtent avec leurs mouvements, les suivent, se confondent à elles, avancent au même rythme doux de leurs blessures secrètes et de leurs joies. Folles de leur chevelure, de leur démarche, de leur quête sentimentale, noircissiques elles aussi, mieux que Tip. Puis des klaxons et des accélérations nous dégagent de Lumpini.

Descente au carrefour de la soï 4 et de Sukhumvit. Nana Road est embouteillée de carrioles et de gens de toutes sortes, beaucoup de Saoudiens et d'Emiratis remontent vers le quadrilatère de ruelles où ils ont quantité d'adresses collées les unes aux autres, montant les unes sur les autres néon après néon, pareilles aux trains et bus surchargés de l'Inde. D'ailleurs, nous habitons tous une succursale de l'Inde, ici c'est le comptoir de l'Inde musulmane œcuménique des Moghols, transportée en tapis volant jusqu'aux anfractuosités de Bangkok, une peinture orientale-occidentale déroulée d'Agra vers Asoke comme un diwan. Combien, parmi ces gars en qamis, ont bâti secrètement des Taj Mahal en Issan pour leur miss interdite ?

Je ne peux plus me passer de ces foules où en chaque être s'accumulent toutes les identités possibles, c'est un carnaval permanent de masques de chair et de vêtements où la femme en abaya noire dévoile le plus travaillé des visages au noir du khôl, et elle te mate sans pudeur avant de disparaître dans le sillage d'un frère, d'un père, d'une mère. La toile thaïlandaise permet ça, elle invite et libère chacun dans son labyrinthe de fils. Je suis heureux ce soir, la mésentente avec Tip s'efface dans l'entente avec la cité des anges. Je sais que désormais, où que je sois et peu importent mes échecs personnels, je ne serai plus jamais seul, et mon inspiration ne sera plus jamais sèche puisque le Siam existe, que Bangkok brille pour moi, que ce sont des mines d'or pour l'art peint, écrit, filmé ou expérimenté que je veux tenter.

90

Je m'engouffre sous l'arche du Nana Plaza, cet ancien centre commercial qui porte le nom de son propriétaire, Lek Nana, un pieux musulman dont l'un des aïeux est venu du Gujarat s'installer dans le Royaume et prospérer par le vêtement, la terre, l'usine et la mosquée. Je fais le tour, ça dure une heure, bar après bar, étage après étage, et je termine au Hollywood Strip voir si elle est là.

Sida

Bangkok, juin-août 1991

91

Sida est bien là, discutant avec un mec sur l'une des banquettes du fond. C'est immense par ici, la porte en vitre teintée, lisse et propre, masque plusieurs scènes, tout le contraire des rideaux en velours crasseux des bars semblables. Trois niveaux de gradins escaladent le mur le plus long, et de la dernière rangée, on distingue l'ampleur de la salle, la centaine et plus de filles dansant en même temps, les cintres et les spots, tout l'attirail sophistiqué d'un spectacle. À l'époque, ça fume dans tous les coins et avec les fumigènes du show, il y a des nappes de smog humide et tiède où tu transpires deux fois plus quand il se colle à toi.

Sida se tient droite, une droiture sans pareille, jamais sculptée, une morale anatomique sans leçon, sauf cette vision qui vient des fesses, des hanches, d'une cambrure docile à sa propriétaire, et qui pousse le long de la colonne vertébrale jusqu'aux épaules en arrière sans ostentation, puis culmine au cou rallongé par la pose et supportant bien haut la tête, la partie la plus noble du corps bouddhiste, comme le résultat d'une floraison, d'un couronnement – boucles d'oreille, chevelure longue identique à Tip, identique à toutes, ramenée derrière les oreilles. Elle a beau être seins nus, assise à jouer de son coude ou de sa main sur vos cuisses, elle diffuse une espèce de pudeur ou l'impression d'une muraille qu'il serait malvenu de franchir. Pour toucher le mystère et entrer dedans, il faudra non seulement très très bien la payer, mais se montrer d'une courtoisie d'ange annonçant des merveilles à la belle créature. Elle m'aperçoit, elle a un imperceptible éclat de surprise obscène dans le regard, elle sait pourquoi je suis là, elle n'est pas outrée. Beaucoup refusent de partir avec le client longue durée de leur prétendue copine, mais Sida s'en fout.

Elle quitte son gugusse, monte sur une estrade, exécute son set, puis elle me rejoint. Depuis trois mois que je la fréquente, c'est en compagnie de Tip, toujours en miroir de cette présence tierce.

— Where is Tip ? demande-t-elle.

— Silom. We fight.

Elle hoche tranquillement la tête, son regard est joyeux, ironique, paisible, c'est agréable et sans enjeu, on dirait un vieux sage dans son antre contemplant les vicissitudes de gens un peu stupides d'éprouver quelque chose plutôt que rien. Je paie le barfine, je ne lui propose pas de baiser, juste un dîner, la payer pour le temps passé ensemble, et à nouveau elle effectue ce hochement tranquille de la tête. Quand elle revient, elle est habillée d'une incroyable robe qipao blanche légèrement pailletée d'or et brodée de motifs tout aussi blancs, dont le très fin relief s'anime au passage des multiples lumières. La qipao, c'est la vêture des Chinoises élégantes, les manches s'arrêtent aux épaules, les côtés sont fendus jusqu'en haut des cuisses, le col est celui des officiers, c'est imparable avec des talons, et Sida ressemble à une star du cinéma de Shanghai jadis, d'autant plus qu'elle s'est fait une coiffe, un chignon piqué d'épingles. Ses compagnes de scène la charrient et la félicitent, les gars la reluquent un instant puis retournent aux autres bossant sur les estrades ou se promenant ici et là dans le gogo. Ils sont hagards, des zombies timides devant la chair vivante et qui donnent à penser plus qu'un livre, un film, une peinture. Ils aiment et désespèrent, je le sais je suis comme eux, l'excitation et la mélancolie se complètent, deux liquides trop sucrés promettant un bonheur étrange et l'intoxication.

92

On sort, on est pris dans Nana Plaza et ses coursives, on a l'impression que tout le monde cherche à être heureux, des femmes natives et des femmes trans s'éventent de tenture en tenture. Elles vont seules ou aux bras de clients défilant à travers les arcades, ou bien font une pause et bouffent et conversent adossées aux façades des bars. Un gars vomit son ivresse dans un coin, son compagnon s'excuse auprès d'un staff qui l'engueule gentiment et se fout de sa gueule, on descend les marches, on atteint la grande cour et on retrouve la soï elle-même, la street food, les fumets, les huiles, les cris, les « hello sexy maaaan », les embouteillages, les enseignes à rendre jaloux les artistes.

L'absence de Tip, la présence de Sida, sa démarche souple au léger rebond, ça c'est Bangkok.

93

Le lendemain, une aube étouffante et jaune depuis les côtés du rideau mal tiré nous maintient dans le pieu comme des plantes avachies, nouées aux jambes. Parfois, dans le demi-sommeil, l'un de ses pieds remonte vers une de mes cuisses qu'il écrase ou caresse. Je m'empare de sa cheville, et on reste ainsi dans l'attente et le rêve. Puis on baise à nouveau. Elle est parfaite, elle sait y faire, et si elle n'aime pas ça, elle agit pour donner l'impression du contraire, elle emploie les gestes, les mouvements et les regards qu'il faut, c'est pur et c'est porno. C'est pur et c'est porno comme aucun cinéma ne le montrera jamais, quelque chose comme… je ne sais pas… quelque chose comme la violence sentimentale d'une première fois longtemps retardée, longtemps préparée, deux amants faits l'un pour l'autre sauf que c'est une passe. Et Sida et les siennes vendent ce genre de passe. Je comprends sa réputation dans Nana, d'être la sponsorisée par excellence. De l'étranger surviennent toutes sortes de mandats Western Union dans des devises arabes et européennes traduites automatiquement dans la monnaie locale, le baht à l'effigie sacrée du roi. Que fout-elle encore dans les gogos ? Elle ajoute de l'argent à de l'argent. Et elle adore danser, l'ambiance des nuits de Bangkok et les rencontres imprévisibles. En fait, je crois qu'en dépit de ses soupirants cracheurs de fric et de sperme, elle est sûre de rencontrer un jour le vrai prince dans toute cette merde, quand elle l'aura décidé. Il y en a tant qui distinguent en elle une princesse abîmée par une naissance pourrie, alors pourquoi ne donnerait-elle pas sa chance à l'un d'eux plus tard, les mecs sont décevants et indispensables, vivre sans eux n'a aucune couleur, aucun charme, aucun intérêt. Car thaïs ou étrangers, nous sommes tous ainsi dans les soïs sans fin de cette mégapole : nous croyons à l'amour plus qu'à l'indépendance, à l'amour plus qu'à la science, l'intelligence ou les divinités ; nous n'avons aucune fierté à être seuls et à prétendre être libres parce que nous sommes seuls ; nous sommes là pour rechercher l'autre, et puis l'autre encore jusqu'à ce que peut-être quelqu'un s'impose en nous. Et dans son attente, on s'amuse comme on peut autour d'un billard, dans les alcôves d'un immense night-club cheap – et son luxe incomparable est d'être cheap, ce sont les meilleurs, parfois c'est plein et parfois vide, et quelle révélation alors, quelle étrange et impossible peinture que ces quelques êtres assis en bout de piste se lorgnant à travers les lasers esseulés, quelle plus parfaite mélancolie que la jupe la plus courte et la plus lamée, les talons les plus hauts, les jeans les plus moule-sexe et les chemises les plus seyantes.

94

De cette matinée, je retiens encore la posture de Sida contre l'oreiller, pareille à celle de Tip. Mais tout diffère ; de la bande, c'est la plus vieille, la plus patinée, avec des traits de visage évoquant la femme mûre et le reste la très jeune femme ; elle a l'âge de l'éternel féminin si ça existe, si ce n'est pas une lubie, la maturité victorieuse, la plénitude ; comme je suis plus jeune, elle possède quand on baise cette affection autoritaire de grande sœur ou de mère inassouvie qui tantôt se soumet à la jeune bête, tantôt la domestique d'un pied, d'un sein ou de son sexe qu'elle offre brutalement à manger, respirer dedans ; respirer le sang, la pisse, le savon, les hormones et faire de grandes toiles épiques, de grandes installations de films et d'objets pour incarner Sida.

Variation, répétition de Tip à Sida et aux millions d'autres possibles. Comme une seule démultipliée, un Graal vulvaire. Peut-être était-ce à cause de cette aube typique de Bangkok, ce jour tropical ordinaire parce qu'il est malade, vitreux. Ces journées-là pullulent lorsqu'on y vit à l'année, lorsqu'on transforme ses vacances en résidence principale ; l'humidité d'un seul coup venimeuse ; la sueur qui gratte ; la sensation de fièvre douce ; la jaunisse du ciel ; la sensation d'habiter une catastrophe, une explosion atomique ; l'impression d'être une créature radioactive pour les tiens au pays ; sauf que ce n'est pas l'hiver mais l'été nucléaire permanent, avec ses pluies tièdes ; le teint cireux-pisseux du soleil dans son voile de gaze nuageux ; le soleil rampant, se frayant un chemin d'agonisant à travers la pollution jusqu'à cette Terre, jusqu'à Bangkok.

Le départ

Bangkok, août 1991

95

Ce premier voyage subsiste tout à fait insulaire dans ma mémoire, un éternel présent vécu dans quelques ruelles, toits-terrasses et courées de l'immense cité des anges. Cependant, les dernières heures m'échappent un peu, car elles-mêmes m'apparaissent déjà consacrées aux souvenirs et aux regrets. Elles se conjuguent au passé. Elles ne différaient pourtant pas tellement des autres avec leur fournaise humide et leurs éblouissements devant les foules, les bars et les temples, les promenades motorisées incessantes où un bouddha géant surgissait à l'intersection improvisée de soïs jamais assoupies, toujours des transistors, des téléviseurs, des quinquets et des bougies pour signifier la vie libre, insoucieuse des frontières entre veille et sommeil. Elles se ressemblaient toutes ces heures, des premières aux dernières, semaine après semaine, des sœurs jumelles incestueuses et moi l'amant de leur torpeur habitée par deux femmes-clefs, à la fois chair, dictionnaire et guide, Tip longuement et Sida brièvement. Une longue, une brève – syllabes, notes, sonorités, êtres humains –, et il y en avait tant à travers la mégapole, on ne pouvait déambuler au hasard sans être guetté par la seule aventure qui reste, sans doute la meilleure, la rencontre avec quelqu'un ayant d'autres mœurs et d'autres dieux, d'autres couleurs et une infinie curiosité pour toi, ton exotisme. Je suis ton exotique, chérie, et tu es le mien. Mes regrets concernaient beaucoup ma paresse sédentaire. Ne pas être sorti de la capitale, ne pas m'être rendu dans ces fameux bânes tant vénérés, tant redoutés par les Belles de bar. Avoir ignoré les îles, les montagnes, les rivières, tous ces paysages où, à l'inverse de mon pays, la désertification des campagnes n'agissait pas, il y avait trop d'enfants, et si certains rejoignaient les villes, une majorité demeuraient dans les champs et l'ennui violent et songeur propre à ces endroits.

Tip avait réellement disparu. Après la nuit avec Sida, j'attendais à tout instant son retour au Pasadena, elle y avait ses affaires, des vêtements et du maquillage seulement, l'important – les bijoux, le sac Chanel, le fric – ne la quittant jamais, et je l'imaginais, je voyais distinctement sa pose furieuse et silencieuse devant ce qu'elle aurait découvert. Ou bien non, dès le lobby elle aurait su, on le lui aurait appris, on ne se serait pas privé, la trahison des hommes et des farangs font les délices des Ladybars et des autres, les travailleuses honnêtes mal rémunérées, diplômes et galères, c'est leur comptoir où elles refont le monde, c'est-à-dire où elles refont les mecs, l'amour et surtout le fric, leur métier, leur art. Tip et l'hôtesse sans nom avaient finalement noué une amitié opaque pour moi, où leurs deux castes ne se toisaient plus mais conversaient dans un mélange de respect, de confessions et de distance infranchissable quand même. L'hôtesse allait tout révéler.

Sida demeurait là, je la payais, j'attendais Tip, je craignais et recherchais sa colère, je voulais voir ces scènes racontées par des Belles de bar et leurs gars, où les noces tarifées finissent mal, je désirais ce drama étrange qui floutait un peu plus la relation.

Mais rien, elle n'est pas venue. Sida, qui devinait et se jouait de mes craintes, m'a simplement dit que, puisque j'avais refusé de l'accompagner au bâne, Tip ne me verrait plus. Peut-être à mon retour. C'était la preuve de son attachement et le reproche le plus minimal qu'elle pouvait me faire. Elle avait investi sur moi et nourri des projets sérieux en demeurant à mes côtés pour un prix dérisoire, et pour quel résultat ?, me tançait maintenant Sida. She likes you, affirmait-elle. Et plus je la questionnais, plus je me montrais flatté des aveux de Sida, ce qu'elle jugeait détestable, et elle murmura : It's not so important... You are not the only one you know ? Il y avait un autre mec, évidemment, Tip comme toutes ses semblables des bars possédait sa propre galerie de mécènes dont l'importance variait selon les présences et les absences, les mandats et les préférences.

J'ai dû l'interroger furieusement sur cet autre surgi de la boîte de Pandore qu'est la bouche d'une putain quand elle répond aux questions stupides des clients. Car soudain Sida n'était pas seulement une Belle de bar ou une *Yam Cha* – maîtresse de thé –, mais une *Kari* – une putain. Cependant, je n'ai pas dû être très combatif. Qui étais-je pour exiger la fidélité d'une fille travaillant aux bars et se louant à l'heure, la nuit, le mois, la vie, par amour des siens ? Je me rappelle avoir été soudainement obsédé par leurs villages. Plus l'entrée dans le Boeing du retour resserrait le temps autour de moi, plus s'imposait l'alternative d'une fuite dans l'anonymat des provinces. Il suffisait d'indiquer au taxi une de ces gares de bus, Ekkamaï par exemple, ou On Nut plus loin. En une nuit, j'aurais rejoint toutes ces foutues rizières, toutes ces foutues sécheresses et ces pluies encore et encore jusqu'aux inondations. Cette monotonie douceâtre qui est celle du cœur battant à l'unisson d'un climat, celle du demi-sommeil humide sur les literies fibreuses au sol, avec une femme des venelles de Patpong et de Nana retrouvant l'Issan. Les paysages enchanteurs menaient leurs plus beaux enfants vers Bangkok, Pattaya, les îles, indéfiniment. Et certains clients prétendaient les en sortir, éteindre en elles les lumières factices et les reconduire chez elles, dans une belle maison moderne construite pour l'occasion. Le bonheur s'arrêtait souvent au scénario. Le poker menteur d'un château de cartes en Issan. Le jeu – le game comme on l'appelait tous – débouchait sur des suicides plus ou moins volontaires. Hommes ruinés par des femmes volages, racontaient les légendes urbaines. Et de fait, elles étaient ces lumières factices dont on croyait les sauver. Elles n'avaient rien trouvé d'autre pour briller, comme leurs clients n'avaient rien trouvé d'autre pour s'éclairer. Femmes-néons comme il y eut des femmes-louves. Femmes-lumières. Il n'empêche, on l'écrivait tous un jour ou l'autre, ce foutu scénario. Les villages. Leur évocation différait des nôtres, lugubres, taiseux, brutaux, dépeuplés, dévitalisés de leurs croyances. Les leurs affichaient dans les récits une sorte de Merveilleux bouddhiste, comme on parle de Merveilleux chrétien. C'étaient les tableaux joyeux des hivers de Brueghel l'Ancien. Sauf qu'il s'agissait de tableaux tropicaux hyperchauds très vivants, très contemporains, totalement festifs, animistes, et où les wats ne subissaient pas les crispations athéistes communes à l'Occident. Et ils prodiguaient prières, couleurs, processions, écoles et conseils. Les divinités, les esprits et les moines se baladaient au milieu des buffles d'eau, des canards, des porcs, des éphèbes voyous sur leurs mobylettes et des superbes filles boueuses s'abîmant la finesse dans le piquage du riz. Les femmes bossaient, certains hommes bossaient aussi, beaucoup buvaient et flemmardaient et on se réconciliait le soir lors de grands repas ou de kermesses nomades apportant leurs attractions et leurs spectacles anciens et nouveaux.

Où se trouvait donc le village de Sida ? Pouvait-elle me le décrire précisément ? D'abord elle esquiva plus qu'elle ne raconta son bâne dans la région d'Udon Thani, une ville de l'Issan. On prétendait que les plus belles filles du Royaume naissaient et croissaient là jusqu'à une adolescence dangereuse pour elles, parce que leurs formes et leurs traits agissaient contre leur propre liberté, leur santé, leur honneur, et qu'une personnalité thaïe dont le nom doit être tu tant elle est haut placée s'y était rendue coupable de crimes de chair. Le bâne de Sida, pourquoi prétendre m'y intéresser ? Elle me répétait que je n'irais pas de toutes les manières. Je recommençais mes questions. Dehors, on entendait la mousson, la fraîcheur torrentielle, l'impact des eaux sur les coursives, et elle s'y mit, elle m'ouvrit le bâne, sous l'effet d'un songe. À onze ans, elle avait quitté l'école. Elle travaillait aux champs. Sa famille possédait de la terre, s'était endettée de machines et d'engrais pour suivre la concurrence, et ne parvenait plus à rembourser. Le jour, Sida se battait ainsi à mains nues dans les étendues miroitantes contre les dettes. Et le soir, elle fréquentait le *Liké*, le théâtre des campagnes. On mettait en scène toutes sortes d'amours et de batailles. Amours aristocratiques, mythologiques et populaires où les castes se mêlaient, ciels et terres du Siam unis dans les eaux fleuries de hyacinthes, lotus, nénuphars divers, et traversées de barques royales fines comme des lames. On apprenait mille choses. Et elle se souvenait d'une histoire de deux princes. Deux frères. L'un jouait de la flûte ; l'autre pratiquait les arts de la guerre. Le premier, c'était le prince Aphaï. *Phra Aphaï Mani*. *Phra* veut dire quelque chose comme « prêtre » ou « saint » ou « exemplaire ». Le héros principal. Il tombait amoureux plusieurs fois. D'abord d'une ogresse travestie en nymphe, puis d'une princesse humaine. La princesse Suwanmali. Et de lui, elle enfantait des jumelles. Sida ne se rappelait pas tout, des enchaînements manquaient, mais un instant, je fus avec elle au village, il faisait nuit, j'étais assis sur une natte ou à même un sol inégal et poussiéreux, parmi des familles entremêlées aux cousinages innombrables, et nous écoutions et regardions ensemble une pièce mi-théâtrale, mi-musicale où les masques, les vêtements, la toile de fond du décor surchargée de palais et de créatures fantastiques nous maintenaient dans l'émerveillement et la sueur.

96

Il me semble que la veille de mon vol, je suis allé m'asseoir à Hua Lamphong, la gare centrale, pour rêver devant les panneaux bilingues – le thaï et l'anglais – indiquant toutes sortes de cités flottantes, humides, et qui résonnaient mystérieusement dans les haut-parleurs, sous l'immense verrière tropicale art déco. Mais durant ce premier séjour, elles paraissaient moins mystérieuses que toutes ces flèches grésillantes en marge des néons énormes de gogos et de boîtes, et qui menaient à des soïs insoupçonnables, des soïs secrètes aux satellites eux-mêmes, et dans celles-ci, à des adresses nomades, donnant l'impression de changer chaque soir. On pariait sur des corps humains et animaux, peu importait le sexe, l'âge, l'espèce des corps combattant ou baisant jusqu'à la victoire ou la mort. Tout ce qui était illicite et criminel, Bangkok l'adoucissait, parvenait à en faire un spectacle indispensable, un rituel où le destin des protagonistes paraissait un choix nécessaire, semblable à ces sacrifices volontaires aux dieux chez les aristocrates incas. Illusion ou pas, l'événement possédait les propriétés de l'aimant, on disait non sans conviction, on y allait, on n'en revenait jamais.

À Hua Lamphong, au lieu de songer béatement aux destinations d'Issan, j'aurais dû me fendre d'un billet, accepter la proposition de Tip d'aller chez elle, là-bas, vers Korat. Une Belle de bar offrant le trajet au village, c'est comme une proposition de mariage. Les étrangers, qui se refilent des récits oraux de malversations comme une maladie, prennent ça pour un piège où leur fric s'engloutit dans la famille de leur pute déjà mariée avec leur prince feignasse et beau, mais c'est ce qu'elles ont de mieux à donner, cette famille labyrinthique pouvant devenir la tienne. Ce genre de filles te réconcilie avec ta propre famille, te rappelle de respecter la tienne si tu veux te respecter toi-même. Et tu te sens honteux d'être parti plein de reproches envers les tiens alors qu'ils faisaient comme ils pouvaient, t'aimaient autant que leur maigre savoir de ces choses familiales – éducation, protection – le permettait. Partir sans promettre un lendemain avec eux, un retour chargé de présents tirés des lointains, partir sans un mot prodigue, c'est un silence injurieux, ça fait de toi un humain pas très fiable. Comment faire confiance à un être abandonnant sa moitié, sa mère, son père, ses gosses ? Ainsi nous jugent-elles, quand on se révolte contre leur obsession familiale. Leur vision droite et simple des relations humaines heurte notre liberté moderne d'être traître et infidèle aux siens. Par contraste, après parfois quinze ans, vingt ans, combien de fois n'ai-je pas vu les aventurières thaïlandaises, philippines ou indonésiennes, revenir vers les leurs les yeux humides et les mains chargés de bibelots exotiques – Dior, Vuitton, Lancel, Moët et Chandon, une litanie qu'elles accentuaient, déformaient délicieusement dans leur langue –, prouvant ainsi que le but de tant d'éloignement, c'était l'amour de son prochain de sang et de race – parents, grands-parents, fratries, cousinages, nation. Il n'y a point d'amour, dit Pierre Reverdy, il n'y a que des preuves d'amour ; Tina me le répétait souvent, et les marques de luxe et les mandats Western Union en sont quelques-unes. Depuis ces femmes exemplaires, je sais que si l'argent n'achète pas l'amour, du moins le prouve-t-il toujours. Divin, humain, c'est de l'Amour et c'est l'illustration d'une Passion.

Passion du Christ. Passion de Tip et de Sida. Passion des Belles de bar. Et moi, de quelle passion serais-je digne ? Dans mon milieu, l'art n'était plus une passion mais au mieux une carrière.

97

Ces réflexions hâtives se mêlaient aux scènes du dehors dans le taxi vers l'aéroport où Tina m'attendait. Nous nous étions loupés le matin et le chauffeur roulait à la vitesse d'un suicide, il se retournait vers moi avec une énergie et des pupilles vitaminées au *Ya Ba* ou au Mékong – l'alcool de riz. Il me rassurait d'un « don't worry sir ! », me demandait si j'aimais la Thaïlande, et d'où je venais, qui j'étais, et où j'allais, et quand il ne se retournait pas, son regard s'imprimait dans le rétroviseur bourré de pendentifs, d'amulettes et de chapelets le protégeant, lui et ses clients. La déesse de la fortune Nang Kwak levait son bras droit, sa main plate comme une tête de cobra tendue dans notre direction, et on riait, on plaisantait sur les femmes, le foot, il me plaignait de rentrer si vite car il aurait pu m'emmener dans un endroit rempli de filles très belles, très jeunes et très vierges, et je lui répondais préférer celles ayant déjà couché, des nanas dans les trente-quarante ans, celles ayant mille queues d'expérience au compteur, c'est plus rassurant, plus valorisant qu'une vierge si elles vous choisissent, et d'ailleurs les vierges ne m'avaient jamais excité, elles m'effrayaient au contraire, et ça le rendait soudain taciturne, limite agressif, je m'en voulais de ma franchise absurde dans de telles circonstances avec un type manifestement fracassé par la mégapole, le tourisme et la quête de fric facile. Et cette fois je lisais dans ces yeux « … encore un gros con de farang, qu'est-ce qu'il me raconte cette chiasse de buffle… ». Alors je tentai de renouer le fil en lui demandant si tous ces embouteillages ne l'emmerdaient pas trop à force, mais non, c'était rompu entre nous, et ce fut le silence jusqu'à Don Muang.

98

J'adorais retrouver une dernière fois ce trajet typique de l'Asie du Sud-Est, où le chauffeur propose au mec solitaire toutes sortes de divertissements punis par la loi. Mais une impression plus bizarre me tenait, qui ne s'éclaira qu'avec Tina. Elle m'attendait dans un coffee shop à l'intérieur. Elle m'accueillit sans reproches, au contraire, elle avait hâte de m'entendre. Que je ne m'inquiète pas, que je lui pardonne son coup de colère de l'autre jour. Elle me taquina sur l'argent. Elle ignorait que j'en possédasse suffisamment pour entretenir une « fille » comme Tip. Mais il n'y avait aucune méchanceté dans ses propos et elle ne regrettait pas du tout de m'avoir payé le billet, l'hôtel et les repas du début. Elle m'interrogea longuement sur Tip, ce que je comptais faire avec elle, si elle m'avait coûté beaucoup, si je comptais l'aider à l'avenir. Ainsi l'argent revenait vite à la bouche de Tina, et je me lançai dans une réponse qui, paroles après paroles, tenait de la rêverie et du cauchemar. En effet, avant notre voyage, quelques ventes que j'avais pris soin de taire me permettaient ce luxe d'aimer Tippawan plus longtemps qu'une nuit. La leçon de cette histoire, en dehors de l'appel à la peindre qu'elle générait, c'était celle d'être incapable d'aller aux putes correctement. Car ce n'étaient pas des putes. Je lui décrivis longuement pourquoi, exemplifiant mon propos de mille scènes, et Tina écoutait, le visage serré dans un sourire qui m'apparaissait pâle. Étais-je un micheton ? Il ne semblait pas, car de fait, je ne les aimais pas de cet amour qu'on trouve chez les couples, et en matière de paiement, j'allais devenir le roi des cheap charlies. Je les aimais, c'était très clair, comme une groupie sa chanteuse, comme le public est fan d'un spectacle et des artistes de ce spectacle. Elles m'ouvraient les yeux ces filles, elles me rendaient à mes rétines, me transformaient en rétinien selon la formule de Marcel Duchamp, qui détestait ça, et pour les regarder sincèrement, il n'était pas question de les surplomber. Au contraire, il fallait lever la tête. Je les aimais ainsi, c'est sûr. Mais plus encore que par ces repères trop limités, trop laïques en quelque sorte, je les aimais – je n'ai pas honte de l'orgueil et du ridicule à l'affirmer – comme le Christ nous invite à aimer son prochain. Sauf que je les baisais. Surtout, je les aimais comme si je les avais inventées. Je les aimais comme Dieu aime ses créatures. Je ne les avais pas inventées bien sûr, elles existaient avant, après, sans moi et autour de moi, mais elles incarnaient mon idéal formel et humain. Elles jouaient tous les rôles et toutes les anatomies dans les lumières naturelles et artificielles des villes et des forêts tentaculaires de l'Asie du Sud-Est. Cette présence, j'en serais la caméra, le contemplateur actif, le peintre.

Tina hocha la tête et dit « Mon petit chéri, tu as ce qu'on appelait autrefois la fièvre jaune. Ou le mal jaune. Le coup de bambou ». Elle retrouvait en moi ses amis de jeunesse définitivement barrés dans des mirages humides et tellement moites que les gars y glissaient très profondément, on ne les rattrapait jamais. « Tu sais, Paul, je ne t'ai pas rendu service en te menant ici… » Mais elle n'avait pas l'air de penser ça. Elle semblait heureuse au contraire d'observer le résultat. Riche de naissance, et enrichie par ses succès en art, peut-être Tina fonctionnait-elle comme ces esthètes – ou ces divinités – cherchant des marionnettes chez les mortels – c'est-à-dire les pauvres, que leur condition rendait naïfs et malléables – afin de satisfaire à des jeux de société grandeur nature, en chair et en os. Ses lubies valaient bien les miennes.

Dans ce terminal de Don Muang, les étages formaient un U autour du hall donnant sur les voies de circulation routières et les parkings. La climatisation rafraîchissait autant qu'elle tuait, on sentait la poitrine se remplir d'un air anormal, les sinus se bouchaient. Même ici, dans ce coffee shop international et anonyme, quelque chose de familial typiquement thaï avait modifié les atours de la marque, il y avait le portrait du roi, un autel à Ganesh à l'entrée, tandis que derrière le comptoir, des ampoules de kermesse évoquaient une fête miniature et intime, celle d'un cœur se reposant de mille émotions balnéaires vécues et enregistrées à jamais. Nulle carte postale ici. Un genre de paradis libéré de ses clichés, de ses cadres et de sa nostalgie, laissait libre cours à des forêts et des plages où toutes sortes d'êtres comblaient nos solitudes. Et il y avait la musique, sa playlist. Du luk thung, des accords déchirants de voix, de guitare et de khen racontant un amour inguérissable dans un village posé sur l'étendue plate d'une terre rythmée de pitons karstiques couverts de végétation.

— Bon, dis-je à Tina. Je crois que je suis amoureux de ce putain de pays.

— Tu n'as pas besoin de dire putain de pays. Tu peux aussi juste dire « Je suis amoureux de ce pays ».

— Je suis amoureux de ce pays.

— Et pourquoi es-tu amoureux ?

— Parce que… parce que chaque personne ici, chaque lieu et chaque partie de chaque lieu, chaque plat, chaque animal et chaque plante, chaque bout de trottoir, gravats et déchets, chaque particule fine est une réponse.

— Wahouu…

— Ouais…

— Ouais ouais… héhéhé.

— Ben ouais quoi !

— Eh oui mon petit chéri. Tu as l'impression de remonter à la surface là hein… pas vrai ? Tu fais un effort considérable pour rassembler tes mots dans un sens convenable… ta langue française que t'as plus parlée depuis quoi… ? Un mois ? Dix ans ? Tu sais plus hein… ? Tu ne l'as plus parlée sauf en toi-même, hein Paul ? C'est bon hein… ? Cette sensation-là… d'avoir connu un truc que tu n'imaginais même pas… même pas quand on te parlait d'Asie du Sud-Est et de Thaïlande… Moi aussi… différemment bien sûr.

— Pour les étrangères c'est pas pareil c'est sûr.

— Et qu'est-ce que tu en sais, Paul ?

— Les bars et tout ça…

— De ce point de vue là oui. Encore qu'il y a des toyboys bars tu sais ? Non, tu ne le sais pas encore… Mais en général, c'est vrai que nous sommes invisibles ici… Les femmes thaïes effacent toutes les étrangères. Mais il n'y a pas que les bars, Paul.

— Non c'est sûr, y a pas que les bars…

— Non Paul, il n'y a pas que les bars à putes…

— Ah oui, les putes…

— Eh oui Paul… elles travaillent… elles font de l'argent et elles ne mentent pas quand elles mentent parce que ça fait partie de leur job. La fiction, c'est un métier. Est-ce que tu comprends ce que je te dis ?

— Oh oui, je comprends super bien. Mais je ne le sens pas, tu vois. Ce que je sens contredit ce que je suis censé comprendre.

— Ça fait partie de leur job. C'est de la magie et des affaires.

— J'ai vu des mecs vivre avec elles, se marier…

— Évidemment ! Est-ce que tu es suffisamment fort et maso pour vivre avec une femme de ce genre ?

— Elles ont un truc.

— Ah ça oui, elles l'ont !

— Tu as tellement raison… Et toi, qu'est-ce que tu as trouvé ici ?

— Au fond, la même chose que toi. Sauf que j'ai d'autres cordes à mon arc. Toi, tu n'as peut-être qu'une seule corde. La corde Asie du Sud-Est. Remarque c'est déjà énorme. Comment vois-tu ton avenir ?

— Tenter de réussir en art et revenir une fois l'an ici. Je suis pas sûr que faire de l'art avec tout ça soit une bonne idée…

— Tu veux dire avec la nuit thaïlandaise et les putes ?

— Appelle-les comme tu veux.

— C'est une vision qui a le mérite d'être précise, fétichiste… ça parlera aux gens comme toi… les autres, je ne suis pas sûre que tu arrives à les convaincre… les gens trouvent ça dégueulasse généralement… et monotone… tu commences à vivre un disque rayé… tu vas voir, Paul… tu ne penses déjà plus qu'à ça…

— Ouais.

— Eh ouais… en fait je suis assez heureuse… j'attendais d'observer quelqu'un comme toi un jour… tu as le background, tu connais l'art, tu es obsédé par lui… et tu rencontres la Thaïlande… et là, BOUM, tu nais à ta vocation… Tu es le gosse de ces deux-là. D'un certain point de vue, tu as totalement raison… même si tu te compliques la vie. Bangkok, c'est rien sur la carte de l'art... on a beau prétendre pouvoir travailler de n'importe où et qu'il n'y a plus de centre où se concentre la création, c'est totalement faux, et il faut être à New York, Los Angeles, Tokyo, Londres, Berlin ou Paris. Alors que Bangkok... Un trou à rats perdu dans le village planétaire... n'empêche que parfois, j'aimerais développer ce point de vue... on pourrait le formuler ainsi : l'art, c'est la théorie. La Thaïlande c'est la pratique.

Les hublots de l'île déserte

Bangkok, août 1991

99

L'avion. Dix mille pieds. Sibérie. Les yeux fermés, les points lumineux survenaient derrière les paupières. D'innombrables points, de toutes sortes et d'allures différentes. Et puis des taches, des explosions, des traînées en suspens. Le fond était noir et quand une veilleuse de siège s'allumait, du jaune se mêlait au noir, et tout paraissait baigné dans un jus de réglisse ou de cuivre. Trait pour trait, ça ressemblait à l'espace avec ses étoiles, ses comètes, ses astres divers. Celui que les télescopes, les cosmonautes, les nuits claires nous montrent. Le noir stellaire et les galaxies, la Voie lactée, les planètes éloignées, leur scintillement minuscule ou majuscule. Et je me disais : si c'est pareil en nous et là-haut, peut-être vit-on à l'intérieur d'un être immense ayant les yeux fermés ? À la surface de ses rétines. Peut-être habitons-nous dans le sommeil d'un dieu ? Et quand il se réveillera, ce sera le début d'un nouveau monde. Bien plus tard, j'ouvris lentement les yeux, Tina dormait, un écran collé sur la cloison séparant les cabines diffusait un vieux *James Bond*. Nous étions presque au fond, la perspective déroulait de part et d'autre les hublots. Les formes ont un pouvoir propre, elles existent, certaines sont des organismes immobiles, et leur apparente inertie nous trompe sur leur absence de vie. La puissance ovoïde des hublots abolissait tout le reste, passagers, fuselage, et je les voyais distinctement accrochés à des cimaises, transformant la galerie en long-courrier idéal. Dedans, la planète Terre labourée de voyages.

Soudain, une hôtesse annonça la descente sur Paris, on fit relever les caches et l'été occidental apparut, bleu et net dans le soleil d'après-midi. À ma droite, dans la rangée opposée, un nuage effilé aux extrêmes culminait vers le milieu dans un genre de montagne volcanique. L'effet insulaire était immanquable. Une île tropicale posée dans un océan bleuté. Dessus, naissant de nappes gazeuses plus foncées, je vis distinctement une femme nue, sud-asiatique, les seins bombés en obus prêts à tout casser, avec bien sûr les cheveux super longs et noirs, une bière Chang ou Singha vide à ses pieds, des bracelets aux chevilles, et la symétrie de son visage déformé par un sourire et un regard festif et batailleur. Tippawan. Dirigé vers nous, son majeur levé dans son poing fermé brillait plein des rayons latéraux du soleil. Fuck you ! Fuck you all !

Paris et le néant

Paris, 1991-1995

100

À Paris, je tentais de renouer les fils d'une carrière bien entamée par une exposition personnelle, mais peu lucrative encore, et qui requérait d'incessants efforts mondains. Nous n'étions partis que trois mois mais j'avais l'impression que plusieurs années séparaient juin de septembre, que les dix mille kilomètres allant de France jusqu'en Thaïlande signifiaient une durée non moins éloquente. Le calme. Le calme de Paris me marquait soudain, moi qui l'avais toujours vécue trépidante. L'impression d'habiter un musée, ou plus exactement une momie assez originale, parce que ses bandelettes étaient transparentes. Paris morte montrait ainsi ses atours sublimes – car cette ville où je suis né est sublime – aux touristes nécrophiles. Cependant, il existait encore quelques dizaines d'animations en musique et autres arts, ici de grandes messes électroniques où des milliers de corps torse nu – seins et pectoraux à l'air, fesses moulées d'un jean, ou bien ennudées totalement, à peine délimitées d'un string – dansaient dans les basses assourdissantes, et là des expositions et des lectures sur fond de platines et d'accompagnement orchestral où défilait la bande-son d'une vieille utopie wagnérienne et vingtiémiste : celle de l'œuvre d'art totale, réunissant toutes les pratiques en un seul événement. Mais quand même, on se sentait dans une queue de comète déjà loin et, plus intéressant, les élites censées nous mécéner depuis l'Ancien Régime, filant fric et commandes aux crevards des belles lettres et des beaux-arts, commençaient à s'en foutre totalement de ces conneries, et leur préféraient l'univers naissant du numérique et ses applications plus radicales que les portraits commandés à Vinci, Vélasquez, Picasso ou trucmuche. Mais peut-être est-ce un anachronisme propre au souvenir. Je donne à hier ce que l'on constate partout maintenant.

101

L'argent. Je fis quelques ventes qui me permirent de retourner au royaume de Siam, l'ancien nom du pays du sourire qui, lorsque je l'employais devant les Thaïs, les ravissait en très grande majorité, flattait leur nationalisme inscrit dans leurs gènes, ou les révulsait lorsque je tombais sur les premiers spécimens de cette bourgeoisie urbaine mondialisée, gosses de la classe moyenne aisée de Bangkok, qui hurlaient intérieurement contre la monarchie et manifestaient pour plus de « liberté », c'est-à-dire de pouvoir. Mais nous n'étions plus en 1976, quand les voyous des castes les plus basses, payés par des militaires débonnaires, pendaient aux arbres les étudiants communistes de l'université Thammasat, les suppliciant à coups de barre de fer et d'essence dans des cérémonies terrifiantes, ameutant les foules de la capitale, qui riaient, chantaient et priaient les divinités de la mort.

L'argent. Le monde coûtait sans doute moins cher à l'époque, mais il coûtait quand même, le franc avait ses vertus et ses limites, il valait moins que le deutschemark, la livre sterling, le dollar. Mais je pus accomplir trois longs séjours de six mois entre 1991 et 1995, où en plus de la Thaïlande, j'allai en Inde, au Népal, en Chine, au Sri Lanka, au Bangladesh, en Birmanie, au Laos, au Cambodge, au Vietnam, aux Philippines, en Malaisie, en Indonésie, en Papouasie-Nouvelle-Guinée, en Mélanésie, en Polynésie, plus quelques îles et continents non cartographiés qu'on prétend imaginaires à savoir Mû, Shambhala ou Nusantara. J'allai aux Himalayas, quand le ciel creuse la terre et lui donne de si hauts reliefs. On découvre ça en peinture. C'est en partant du ciel, en allant de haut en bas que les montagnes révèlent leur secret, et non du sol, non du bas, non de la tectonique des plaques soulevant l'Inde et l'Asie. J'aime être un bon élève et réciter les parties intimes d'un continent comme si j'énonçais à voix haute l'anatomie d'un corps désiré dans une séance de dessin spéciale et interdite aux flics et aux législateurs, parce que j'irais en taule sinon. Je cherchais Tip au début, je ne la revis jamais. Sida dansait toujours et elle m'assurait que Tip avait trouvé le gros lot avec un jeune Suédois et surtout son père, un membre de l'ambassade de Suède et qui sponsorisait leur amour. J'écoutais avec intérêt sans savoir si j'étais triste ou soulagé de cette histoire perdue avec Tip, dont la mémoire valait mieux que des retrouvailles. En fait, je le savais parfaitement sur le bout des doigts quand je dessinais ou filmais les copines de Sida : j'étais soulagé, libre et totalement érudit de Tippawan, son souvenir m'apprenait plus que les modèles vernis des cimaises de musées occidentaux. Baiser des filles de joie et d'enfer mineures n'a jamais été mon truc, elles arrivaient d'elles-mêmes dans mes pas, m'empêchant d'avancer, barrant ma route de leurs jeans déchirés ou bien de leurs robes courtes qu'elles portaient avec des boots et des blousons absurdes par cette chaleur, noués à leur taille, pleines de ces défis qu'on voyait chez leurs petits copains délinquants du bâne, et elles murmuraient ou hurlaient à mes oreilles, en souriant de leurs lèvres vastes et d'un rouge Louboutin et menstruel : « Save my life and I save your dick » ou bien « My pussy smells paradise ». Un anglais ni vulgaire ni obscène, il s'agissait d'autre chose, un anglais adopté par des orphelins, transformé par leur existence inimaginable, aux formulations précises et inhabituelles, enchantées comme certaines poésies d'enfant précoce, et qui en imposait au point qu'on ignorait comment s'en sortir. On ne voulait répondre ni oui ni non, mais continuer d'écouter. Dire oui ou dire non recélait des dangers jumeaux. Surtout nos manières de répondre. Dire non à la fille, et ses « frangins » sautaient de leur bécane où ils paressaient pour engager une conversation du genre « Why say no sir ? Why don't pay drink hum ? You have problem hum ? ». Et si c'était oui, après l'acte, ils menaçaient le client de divers chantages. Ça n'allait pas loin quand on ne paniquait pas, ne s'énervait pas. Non – *Maï* –, un sourire, un regard qu'on esquive, une indifférence au reste, et puis courir si ça s'envenime. Le Royaume est fort pour offrir aux étrangers une certaine lâcheté en guise de visa longue durée. Ce genre de foule adolescente se rencontrait parfois en dehors des quartiers à touristes où se multipliaient les bars, c'est-à-dire qu'on les rencontrait dans la majorité des quartiers de Bangkok, qui en 1991 n'étaient pour la plupart pas touristiques, et surtout en province, quand la gentillesse bouddhiste glissait le soir vers l'animisme ambigu des fêtes foraines alcoolisées, yabatisées. De grandes cérémonies nocturnes et des marchés dans lesquels on vendait toutes sortes de billets de loterie et d'amulettes et que fréquentaient, assises sur leurs nattes, environnées de *Palat Kik* (pénis en bois peints), de *Kuman Thong* (fœtus empaillés d'or), et de figures étranges et multiples, des femmes spécialistes en sciences traditionnelles. On les nomme assez bêtement nécromanciennes ou sorcières, on les voudrait vieilles comme les pierres d'Ayutthaya ou de Lana, alors qu'elles ont à l'écrasante majorité une vie de famille, un mari, des enfants et des philtres pour le bien et le mal. Aimer une magicienne des villages. Certaines, après l'amour, en vous réveillant à l'improviste et constatant la couche vide, vous les surpreniez récitant des formules devant des autels à encens pour vous séduire ou vous maudire, vous ne saviez pas. Elles excellaient pour vous faire ingérer leurs menstrues – ou quand elles n'en disposaient plus, leur sang tiré d'un doigt – et leur cyprine, enfin n'importe lequel de leurs fluides intimes afin d'obtenir de vous trésors et présence si elles vous convoitaient. La condition, c'était que vous l'avaliez sans le savoir et en dehors du sexe. Un bon repas qu'elles concoctaient loin de vos yeux. Si un amant leur bouffait les menstrues volontairement, ça se retournait contre elles, il pouvait conquérir leur âme. Mais tout cela, je l'ai su plus tard.

Les billets d'avion coûtaient assez cher, et très vite, je n'avais guère d'argent pour le séjour lui-même. Quand il se raréfiait vraiment, je demeurais dans une de ces chambres d'hôtels chinois dont j'ai parlé, ne mangeant qu'une fois par jour un plat de riz ou de nouilles, et je regardais les murs, le plafond, le sol, la fenêtre quand il y en avait une – en place, parfois, une ouverture béante avec des barreaux –, et j'affrontais l'ennui et la solitude, sortant la nuit pour des promenades désintéressées où je collectionnais visages et lumières, géométries intimes de l'Asie du Sud-Est – sens inégalé du détail, de l'ornement – et particules tropicales que j'aurais voulu raffiner à partir d'un alambic de mon invention, une machine telle celle que j'ai découverte récemment conçue par un artiste belge ; sauf que moi, le résultat n'eût pas été de la merde comme chez lui – une machine mimant l'intestin et produisant de la merde –, mais le plus dangereux et instable pigment du monde, celui des couleurs de la peau quand leurs sudations se mêlent à la pollution d'ici. Drôle d'Éden les tropiques asiates. De l'Inde à l'Indonésie, c'est l'hyper-industriel Éden, comme si la luxuriance des faunes et des flores entraînait celles des usines et des carrières et des puits dans une concurrence infernale. Quel peintre naturaliste fera l'herbier méticuleux de la Nature polluée, quelle nouvelle *Histoire naturelle* donnera la précision plastifiée de nos paysages ? Ports gigantesques, amas de grues et de containers, océans acides, quand on s'y baigne, on en ressort avec un eczéma d'avant-garde (pustules sérielles et structures qui grattent et s'infectent), pollution extrémiste, déchetteries montagneuses visitées d'oiseaux de plus en plus gris, sales, malades, décharges alimentées par les pays riches amenant leurs poubelles, pays riches de plus en plus pauvres, animaux sacrés défoncés, tués, torturés, tout un bestiaire où soi-même on prenait place peu à peu, une lente pénétration des lieux lubrifiée par le climat naturellement humide et chaud.

102

Je voulais peindre ici mon retour à Paris et, d'elle-même, l'Asie du Sud-Est s'est substituée sur la toile de ces années-là. Pourtant, mon départ ne fut pas une décision violente motivée par la haine ou ne serait-ce que la déception à l'égard de mon pays natal, mais par des circonstances pécuniaires communes à beaucoup. Venant du franc, même en dépit des fluctuations des taux de change, j'avais plus de possibilités d'accéder à une vie meilleure en bahts. Et là-bas, cette vie était meilleure parce qu'elle débordait de figures disponibles. Elles constituaient pour l'étranger – qu'il peigne ou non ne changeait rien au phénomène, mais ce phénomène favorisait la peinture chez tout le monde – une médecine contre cette maladie qu'est l'existence elle-même. Il suffisait de se laisser porter, les jours se succédaient sans but, toute ambition éteinte en dehors d'aller aux femmes dans les bars, ou d'aller nulle part, de végéter heureux dans sa chambre chaude. Les angoisses provenaient de quelques flics spécialisés dans l'arnaque des résidents permanents, mais on apprenait à les esquiver, ou bien du fric à quémander pour faire durer ce soin palliatif nommé le Siam, mais c'était peu d'argent au fond. Fin 1994, je pris la décision de m'installer pour un an à Bangkok. Il ne fut absolument pas question d'y rester jusqu'à maintenant. Je voulais rentrer à Paris la tête pleine d'installations originales et jamais vues. Je voulais clarifier une situation chaotique où j'oscillais entre des goûts contraires, tantôt néominimalistes, tantôt néoclassiques, tantôt je-ne-sais-quoi. Me concentrer sur deux ou trois choix de formes et d'inspirations et m'y tenir. La relation au modèle ; l'étude des corps et des choses ; la création d'une forme inédite. Déjà ça. Énorme ambition. Jusqu'alors, j'avais cru devoir choisir un goût contre un autre. La Thaïlande m'apprenait à n'en exclure aucun, à les articuler tous. À trouver des articulations. Des ligaments. À faire corps. Il s'agissait de faire corps, d'être pleinement un corps humain produisant un corps pictural, un organisme d'encre, de pixels, de caméras, de projections, de papiers, de toiles, de supports divers, de matières diverses. Mais où mes mains travailleraient, et non pas seulement ma cervelle. Ma cervelle au service de mes mains et non l'inverse. Trop d'artistes autour de moi ne faisaient travailler que leur cervelle et non leur corps entier. Des cervelles baignant dans du formol. Kosuth, González-Torres, Hirst, Koons, des dizaines, ils baignaient tous dans du formol. Mes amis me vomissaient quand je portraiturais dans nos conversations tel ou tel nom baignant dans du formol.

Mais j'aimais plus que je détestais. J'aimais peu d'artistes, mais je les aimais beaucoup. Cependant, ces amours étaient précaires, circonstanciels aux goûts de mes bons et mauvais jours. Du dernier quart du XXe siècle, j'aimais Paul Thek, Jackie Winsor, Carolee Schneeman, Sam Gilliam, Gérard Gasiorowski, David Hammons, Hans Ruedi Giger, Daniel Buren, Jennifer Bartlett, James Turrell, quelques hyperréalistes, quelques néonaturalistes, quelques vidéastes cinématographes obsédés de plans-séquences et de travellings interminables, Michael Snow, Robert Gober, et surtout les fresques murales des salles de garde des hôpitaux français, et des artistes inconnus, même des dimanches les plus amateurs. Des amours désordonnés, contradictoires, adultérins. Mais je les aimais soudain moins que les artistes des trottoirs d'Asie du Sud-Est que je venais de découvrir. Cette fois, je les aimais toutes et beaucoup. La qualité + la quantité. Elles et Bangkok. L'inspiration de Bangkok. Bangkok-muse. Bangkok est le nom d'une muse dont la ville n'est qu'un avatar. Sans vouloir en rajouter une couche sur tant de couches répétées jusqu'à la nausée d'un bonheur trop sucré-salé typique de la cyprine d'une fille plaquant ta gueule sur sa vulve et la frottant avec passion, quand Bangkok souffle son air spécial, c'est l'inspiration elle-même qui apparaît dans tes narines pour noyer tes poumons de pollution, et diminuer ton espérance de vie en surchauffant ce qu'il en reste. C'est à peu près ce genre d'inspiration-là.

L'inspiration : j'adorais ce terme si précis montrant la relation d'un modèle avec son artiste, un espace plus qu'un mot, une distance, une durée, une chimie, des fluides, des ondes échappant aux vieux traités de peinture malgré tant de millénaires de poses. Il y avait encore à trouver là-dedans. L'inspiration : elle écorchait mes amis d'alors, autant que « Dieu », « Âme », « Poésie » face auxquels ils réagissaient comme ces possédés documentés dans les manuels d'exorcisme, pleins de ricanements, de grimaces, d'énervements soudain. Et face aux muses, ils gesticulaient pareil.

Donc repartir. La vérité, c'est qu'encore une fois je dois à Tina toutes sortes d'économies qui me permirent ce projet d'atelier provisoire aux tropiques. Elle m'avait d'abord prêté une vaste pièce dans un des garages réaménagés qu'elle possédait à Nanterre, où je pouvais travailler, lire, dormir gratuitement. Ça me faisait bizarre, à pied je pouvais rejoindre le centre commercial des Quatre Temps, galeries sous verrière, cinémas tout en haut, junk food, et où adolescents on se rendait pour traîner dans la peur, l'adrénaline de la peur quand on rencontrait des meutes similaires. Le vendredi, des milliers d'hommes saturaient l'esplanade, se dirigeant vers la mosquée. Je redoutais, haïssais et recherchais ce décor de l'enfance, barres modulaires d'immeubles, dalles, désert de béton.

Quelques ventes me servirent d'épargne pour mon séjour, et je prenais déjà des dispositions pour retrouver Paris dans des conditions décentes d'ici douze mois…

Et puis voilà, c'est 2020, c'est Krung Thep et je suis allongé dans mon sala. Les vingt-cinq dernières années semblent parfois des pistes noires avalées par le skieur d'une course paradoxale, dont l'arrivée recule à la même vitesse que son approche ; et parfois elles ont l'allure de millénaires vécus dans un embouteillage typique de Bangkok ou de Jakarta ; elles sont lentes et sentent le cuir rance d'un véhicule surmené au tableau de bord transformé en autel à la bonne fortune demandée à Bouddha et aux déesses de l'eau, du jour, de l'argent et de l'amour.

Fourrures

Nuits de printemps, 1995

103

Tina organisa un dîner pour acter mon départ. Il y avait bien moins de fric dans les arts à cette période, disons que la plupart des artistes vivaient aussi médiocrement qu'aujourd'hui de leurs œuvres, mais quand ils perçaient, ils n'atteignaient pas les niveaux de richesse que l'on peut voir maintenant. Les écarts étaient moindres, le clair-obscur pas aussi simpliste entre riches et pauvres, on dépensait avec moins de précaution aussi, quand le fric soudain gagné excitait les mains, les larfeuilles, le corps entier. L'avenir, en dépit ou à cause du sida, quand vous étiez passé entre les gouttes de sang et de sperme contaminées, ne semblait pas aussi affreux à subir, les journaux ne décrétaient pas tous les jours la fin du monde pour demain ou après-demain. Quoi qu'il en soit, celles et ceux qui se pressèrent dans ma pièce de Nanterre vinrent donc autant pour moi que pour la nourriture gratuite et la chaleur d'un bon chauffage au gaz habilement distribué par des canalisations dernier cri selon les normes de 1995. Si on possédait la vocation de sortir – je ne l'avais pas du tout – dans ce milieu à base de lectures de poèmes, de dîners postvernissage, de fêtes d'expo, on pouvait manger gratos tous les soirs, et il y aurait tout un livre d'économie et de médecine très sérieux à tirer de cette survie pas du tout folklorique, touchante par bien des aspects, où redistribution des richesses alimentaires, grippes intestinales, renforcement du système immunitaire par ingestion de cacahuètes à taux d'urine plus élevé qu'un chiotte à Nation couvert de graffitis obscènes et de seringues, cirrhose du foie, pédérastie festive de vieux débris voulant sucer les plus jeunes queues du moment, constituaient encore une fresque, un bas-relief, un Parthénon nomade allant de Montreuil à Montrouge, du Marais au Père-Lachaise. Je sais que ça existe encore un peu, mais faut faire très gaffe à qui on drague et à l'âge de qui on veut sucer la queue si on est un vieux rendu pédéraste par le temps, alors qu'on a simplement les mêmes goûts de mecs depuis qu'on a quinze ans. Car soyons objectif comme un portrait d'Ingres ou de James Tissot : il est devenu très difficile d'être homo en 2020, le droit au mariage est cher payé, la majesté sexuelle des gays c'est terminé. Les lesbiennes récentes, les femmes récentes, toutes les viragos du cœur et du reste les détestent et les jalousent dans leurs discours androcidaires homophobes. Elles vomissent Guy Hocquenghem. Elles vomissent les femmes transsexuelles.

L'alliance LGBT, c'est le Pacte germano-soviétique. Elles préparent leur Barbarossa. Les gays sont leurs bolcheviques, leurs juifs, l'incarnation de la sexualité masculine, la décadence obscène par excellence, toute cette violence criminelle du mâle obsédé à l'idée de percer du coffre-fort, cette hubris des backrooms et des regards directs, cette hubris des pissotières et des bosquets classiques dans les Tuileries de jadis… Et les garçons passifs aux courbes délicates d'odalisques n'offrent pas le bon exemple, oh non, ça non, du tout du tout, ils ne donnent pas l'exemple avec leurs fesses grandes ouvertes réclamant le lingam aussi brutalement que la foudre tombe sur l'arbre et ses branches aguicheuses – cet éclair phallique qui écartèle et met le feu aux trous froncés du bois dans la plaine si solitaire du fou désir.

Pendant l'apéro, une jeune fille était là, blonde, blanche, bouclée, d'une conversation délicieuse, sucrée, pleine de mots hindis, birmans ou thaïs. Elle me racontait un long trip qu'elle venait d'effectuer le long de ce qu'elle appelait la Banana Pancake Road, le nouveau blaze pour la route des hippies. Elle sirotait du vin rouge, une substance presque exotique après tout ce temps si loin, et elle souriait en permanence, hochant la tête après chaque tirade comme si elle acquiesçait au bonheur. Elle possédait à l'évidence le talent du bonheur, comme d'autres ont le violon, le piano, la course, le dribble instinctivement. Et aussi l'élan vital de la curiosité quel qu'en soit le prix. Voilà ce qui nous rapprochait : nous étions d'une curiosité insatiable – ou d'une instabilité tranquille – pour d'autres langues, d'autres nations. On ne se croyait pas non plus supérieurs aux sédentaires nombrilistes de leur environnement local, et qui considéraient que bien connaître celui-ci valait tous les voyages, on n'était pas du tout comme ça, on se foutait de qui a raison ou tort de partir ou de rester. Nous étions seulement curieux, nous ne pouvions pas nous empêcher de l'être, nos bouches s'humectaient rien qu'en prononçant Jakarta, Manilla, Krung Thep et autres linguistiques beautés, nos corps voulaient transpirer dans la ceinture tropicale, peut-être aussi nos corps voulaient-ils retrouver la couleur originelle du premier continent. Bref, nous n'étions sans doute qu'un énième avatar des enfants prodigues d'un paradis oublié même de l'archéologie et des mythes et légendes.

Plus tard, durant le dîner proprement dit, tous assis autour d'une table monumentale, rectangulaire – la nappe blanche, la vaisselle française, des candélabres à intervalle régulier, des chaises gothiques, le décor évoquant trait pour trait une messe détournée de sa fonction pour célébrer la chair, la conversation, la cire des bougies, leur lumière, leur vacillement, les angelots de cuivre et de faïence, le cuir des talons et des jupes, la ripaille –, elle et moi sommes restés côte à côte, inséparables, plongés dans les confidences sur des îles comme Koh Samui ou Langkawi ou Ambon, la naissance de l'univers des bars au Siam, et les routes anciennes et nouvelles que les jeunes d'Europe et d'Amérique du Nord continuaient d'emprunter pour s'y rendre.

C'est con, souvent les gens intéressants surviennent au dernier moment. Pourquoi fallait-il que je la rencontre là, quarante-huit heures avant mon vol ? Elle demeure la seule apparition distincte de cette soirée, des yeux gris, une bouche mince et longue, une joie douce et burinée par sa solitude nomade dans l'extrême chaleur, celle qui creuse les visages et tend le reste de la peau, et même son prénom s'est éteint – me l'a-t-elle seulement révélé, le lui ai-je seulement demandé ? Mieux qu'une dot, le récit de ses haltes à Istanbul, Alep, Tel Aviv et le Néguev électro des raves de ce temps, Mumbaï, Goa, le Tamil Nadu, Chennaï, Bangkok, Phnom Penh en panique devant le retour possible des Khmers rouges, Vientiane, Luang Prabang, les îles malaises, philippines, indonésiennes, et toutes sortes de détails pareils aux bracelets, chaînes, châles, pendentifs à ses poignets, son cou, ses doigts, ses chevilles, valaient un contrat de mariage, valable le temps d'un trajet qui durerait ce que durent la santé, les organes et les os. L'enthousiasme de ce genre de personne, il est difficile à écorner complètement, elles ont la vocation du soleil à toute heure, la pluie même les enchante, où elles se plongent en tournoyant les pieds dans la boue. La Banana Pancake Road. Rejoindre les couleurs du sud-est de l'Asie.

104

La nuit même, ou disons le matin, je fis ce rêve que j'appelle toujours *Fourrure*. Il commence à Vincennes. Les vans arrêtés. Les foulards aux rétroviseurs. Ils indiquent la disponibilité ou non des filles à l'intérieur. Les allées, les carrousels rouillés, la mélancolie d'une date et d'une époque – 1900 –, abandonnés dans le cours du temps. Les arbres bourgeonnent, s'affouillent, on est en mai. Partout, il y a des prostitués des deux sexes. La plupart ont les oripeaux de la féminité poussés à fond, comme un tube planétaire sortant à plein régime d'une stéréo chuintante, le fard, les escarpins, les bottes, les jarretelles, les perruques. Il fait suffisamment frais pour porter des manteaux de fourrure de toutes sortes, et suffisamment doux pour être nu à l'intérieur. Je me promène exalté par les peaux de bête écorchée dans lesquelles s'ébrouent les couleurs multiples des filles. Elles attendent, regardent les clients et les abordent en penchant leurs seins. Les initiés les nomment Ladyforests. Il y a dans les promeneurs quelques-uns comme moi, hommes et femmes étonnés de rêver ensemble la même exploration voyeuriste dont la durée s'allonge. Car plus on avance, plus les sentiers coutumiers s'épaississent, des vallons surgissent, s'évasent, il y a des mares, des collines rocheuses, les frondaisons s'emmêlent, on n'en sort plus. Parfois, ça rétrécit à nouveau, on distingue vaguement sur les côtés les rumeurs de circulation, route nationale ou même autoroute ou même rail. On continue, la nuit tombe.

Alors, on comprend ce qu'aucun cadastre ne signale : l'existence d'une continuité forestière allant toujours plus loin dans l'Est, sans véritable frontière. Quand les flics tiennent des barrières misérables et anciennes, après des semaines de marche en direction de l'Allemagne, la Pologne, l'Ukraine, la Russie et au-delà, il suffit de les payer très peu pour passer, ou de les divertir en couchant avec eux ou en chantant pour eux, ou bien en jouant aux échecs ou aux dés. Ils semblent plus préoccupés de désirs et d'amour avec les prostituées que de leur mission. Elles constituent la population majoritaire des lieux, accompagnées de toutes sortes d'animaux, avec leur litanie de noms quand on arrive à les reconnaître : biches, faons, cerfs, chevreuils, loups, lynx, marcassins, sangliers, renards, écureuils, chouettes, araignées, scolopendres, fourmis, etc., qui répond à la litanie des noms d'arbres, de plantes, de fleurs : chênes, peupliers, bouleaux, hêtres, châtaigniers, charmes, fougères, lierres, orties, champignons, coquelicots, iris, fraises, rosiers, myrtilles, mousses diverses, etc. Le reste, c'est la clientèle vagabonde et atroce des clients. Et puis quelques ermites, enchanteresses, nixes et fées. À la tombée du jour, on remarque leurs feux, on les consulte, on cherche leur protection et la damnation de ses ennemis. Plus on fatigue, plus on les perçoit. Plus on s'épuise en cassant la limite de ses muscles et de sa faim, plus elles se révèlent dans des couleurs de lagon – phosphorescence, fluorescence, nervures électro-végétales. Douceur et violence échangent souvent leurs valeurs dans cette contrée fumante les matins, d'une brume tiède et parfumée de sève et de tourbe, renforcée des miasmes d'étangs et de bauges. Poussières chromatiques de lépidoptères, chants d'oiseaux, plumages à l'infini. Et des fourrures, toujours plus de fourrures où transpirent les filles moites. Leurs langues changent, le français bascule dans l'allemand, le polonais, le russe, le persan, l'afghan, le chinois, l'urdu, l'hindi, le birman, et soudain, le thaï. À même le sol, des amas de peaux s'étendent pour y dormir, toujours plus de fourrures d'animaux qu'on tue pour manger, se chauffer, s'embellir, le privilège de l'homme, l'embellissement, l'enlaidissement. Au fil des distances, faune et flore se sont modifiées, on a basculé de plus en plus vers les tropiques, on est devenu rachitique, fiévreux, la chaleur et l'humidité ont gagné, les fourrures ont disparu. Désormais, des robes légères l'emportent, si fines qu'elles ont l'allure des feuilles d'automne, elles tombent vite de celles qui les portent. Un jour, au bout, comme dans une planche de bande dessinée, ou un rêve dans le rêve que je fais, une cité futuriste apparaît au travers de l'entrelacs de la jungle, séparée d'elle par des infrastructures industrielles et agroalimentaires. C'est Bangkok, la skyline de Bangkok reliée à Paris par une forêt continue, eurasienne, cachée des satellites et de l'Histoire, habitée de fourrures, elles-mêmes hantées de nus.

Retour à la case des bars

Bangkok, 1995

105

Durant cette année à Bangkok, je ne fis rien de ce que j'avais prévu. Dessins, peintures et vidéos dépérirent au lieu de s'épanouir. Du moins me semblait-il. J'accumulais des carnets, chacun portant le nom d'une fille, je travaillais dans le désordre, l'instabilité, l'insalubrité. Les trois premiers mois, je sortais tous les soirs. Je remettais à la semaine d'après l'abstinence studieuse de la peinture. On pourrait penser qu'à force, les Belles de bar deviennent monotones, que leurs personnalités se ressemblent puisqu'elles les fabriquent pour nous. Or c'est l'inverse et c'est le problème. Elles ne se ressemblent pas quand on passe la barrière du cliché, ce qui pousse à les chercher sans cesse, puisque l'une d'elles nous attend quelque part, une plus qu'une autre, la dernière. Leur métier, c'est de nous rencontrer. Baiser en fait partie, mais leur vrai métier est de nous offrir une histoire. On pourrait se dire aussi que c'est la même nuit qui recommence et c'est vrai. Sauf qu'elle contient suffisamment de richesses humaines, lumineuses, sonores, magiques pour ne pas aller plus loin. À quoi bon si on a l'impression qu'on vient d'atteindre l'absolu d'une existence chaude, moite, dans la promiscuité d'une féminité sans retour ? Cette vie vulvaire était trop forte pour qu'on en fasse une œuvre. Elle l'était suffisamment elle-même. Donc, inutile de créer quoi que ce soit. Mieux valait employer ses forces à contempler, agir à l'intérieur des tableaux en 3D de Bangkok. Je me persuadais de ça, et l'angoisse du retour se faisait sentir. Les émotions, les sensations, le plaisir généré par l'acte de peindre, l'Asie du Sud-Est en offrait mille fois plus. Je craignais qu'à Paris travailler à mes toiles et mes films laisse mon corps froid, autant qu'un job de bureau. Je ressentais tout bêtement que mon choix de l'art reposait sur l'espèce de décharge éprouvée lorsqu'on réussit une œuvre, lorsqu'on obtient la forme si douloureusement désirée, qu'on a eu notre dose, laquelle ne se compare qu'aux meilleurs moments du sexe et de l'adoration religieuse – prières répétitives, méditations silencieuses, transes.

Après ce trimestre à Bangkok, je passai quatre mois dans les campagnes, les bânes, les villes fluviales du Mékong, puis le Laos, la Birmanie, le Vietnam, la Malaisie, le Cambodge, l'Indonésie. Les Philippines me retinrent plus que les autres. J'avais dépensé depuis longtemps mon budget sage, calculé en petit-bourgeois du quotidien, telle somme pour telle date dans tel endroit, imaginant que cette jauge notée sagement me préserverait des écarts. Cependant, ayant payé un an de loyer pour une chambre nue à Sukhumvit soï 33, je demeurais sans souci de logement. Commencèrent les emprunts. Mes parents m'aidèrent comme ils l'avaient toujours fait, mon père soudain humain, démuni, terrifié par ce fils qu'il croyait perdu dans une carte postale cachant des prisons. La condition pour l'argent était que je rentre immédiatement. Je dis oui, je mentis, j'utilisai la somme à d'autres fins plus lumineuses – ou sordides ou tristes ou autodestructrices ou stupides, peu importe la couleur de l'adjectif, le fard, la croûte, l'épaisseur qu'est l'adjectif pour le grammairien bourgeois, il affirme l'émotion, il est le blush, le talon, la fourrure de la phrase à l'intérieur de laquelle le substantif est nu, mais chaussé, prostitué, maquillé –, j'utilisai donc la somme à la fréquentation exclusive des putains à short time, celles ayant le dollar dans la pupille. J'appelai Tina. Encore une fois, elle fut généreuse. Mystère du don Western Union que je connaîtrais à mon tour, bientôt. Les cent derniers jours furent les meilleurs. Enfermé dans ma pièce, enfin moine de mon œuvre, réduit à du riz, des œufs, de la papaye achetés en bas de chez moi, interdit de bars, je retrouvais le dessin, le découpage, le bricolage comme seul quotidien. Parfois, mon futur départ cassait ce rythme. Et il y avait toujours cette angoisse étouffante de l'argent impossible, non pas celle d'avoir faim, mais celle, très spécifique, des pauvres ayant des goûts de riches – et pas n'importe quels riches, les riches ermites de leurs plaisirs, les riches irresponsables qui flinguent l'héritage dans des ambiances prostitutionnelles très éloignées de leur milieu basique de courtisanes chics. Et c'est là que John Ua Saelim m'a ouvert une porte.

Maison du Jouir (2)

Bangkok, 1995-2020

106

Janvier 2020, onze heures du soir, torpeur et douce rumeur de Bangkok se faufilent comme des bancs de poissons dans la soï Amon à peine assoupie parmi les lumières des baraques et des appartements. Récemment, j'ai bu des verres avec Khun Chawat, le propriétaire du terrain où se trouve ma Maison du Jouir. Il a quatre-vingts ans, des tatouages de formules protectrices et de stupas sur le torse qu'il tient presque toujours nu, le bassin et les jambes enroulés dans un sarong. Parfois, il se vêt d'une chemise. C'est un ancien *red gaur – Krating Daeng,* taureau rouge – une milice anticommuniste qui sévissait durant les années de guérilla dans l'Est, vers 1970. Des rumeurs malsaines l'entourent autant que ces incantations bleues sur sa peau, qui vont de sa poitrine à son dos et semblent se liquéfier avec le temps, se flouter à la manière du lait dans du thé. On ne l'aime pas dans le quartier, pas plus qu'on ne m'aime moi. On le craint. La mémoire orale – celle notamment de la vieille Khun Nataya chez qui je bouffe si souvent – affirme que les terres qu'il possède dans le coin lui ont été offertes par des personnes très haut placées, de celles dont on ne prononce pas l'identité, en récompense de ses services d'autrefois. Il y a fait construire – ou bien on lui a fait construire, tellement il a l'air de se foutre de ce genre de choses – un condominium avec piscine dont il tire des revenus confortables. Sa famille – quatre filles, un fils, une épouse – s'est dispersée dans de meilleurs districts de Bangkok, et sans doute sont-ils à l'origine du soin pris à ses affaires, il devait les nourrir, les épanouir dans leurs besoins de consommation effrénée de la grande ville, je le sais, je les ai vus surgir de berlines japonaises teintées, montres européennes aux poignets, sacs français, etc. Lui réside dans une modeste demeure voisine de la mienne. L'autre nuit, je l'ai donc invité pour discuter du bail qui se termine dans cinq ans. Ses rejetons veulent me virer, aussi je souhaite dès maintenant renouveler pour trente ans notre contrat. On sera en

2050, j'aurai à mon tour plus de quatre-vingts ans, peut-être même serai-je mort, bien que ce soit peu probable au fond, il y a cette force vitale longue durée pleine d'art que je sens dans mes veines et qui sort de mes mains quotidiennement, comme le journal intime d'une fille lubrique ivre de son corps expérimental. J'ai l'argent pour actualiser ce projet. Il a dit oui très vite, quelques gorgées, quelques signes de main, des expressions figées dans un sourire carnassier renforçant ses rides et ses prunelles enfoncées dans ses orbites. De toute la soï Amon, il est celui qui, dès le départ, s'est montré le moins raciste envers moi, sans doute pour faire chier tous ces gens qui le maudissaient de son activisme paramilitaire passé, eux-mêmes se croyant progressistes, incarnant cette bourgeoisie moyenne née du boom des années 2000 et souhaitant plus de pouvoir à l'occidentale. Clair-obscur soï Amon, contrastes – on a des amis chez ses ennemis, des ennemis chez ceux devant être vos amis. C'est comme un trait d'esprit, un persiflage réussi. L'ultra-nationaliste protège l'étranger solitaire contre les siens qui se veulent ouverts au monde.

107

Cet homme providentiel – ou disons karmique –, John Ua Saelim me l'avait présenté fin 1995, quand je m'étais décidé à rester plus longtemps que prévu. La seule raison c'est que, alors que j'étais ruiné, il m'avait proposé du travail impossible à refuser. D'une part, c'était très bien payé, une somme supérieure à celle de mes ventes à Paris, ce qui me surprenait. Inconsciemment, dans ma caboche blanche de poulet mort – les Blancs sentent le poulet mort, paraît-il –, l'Asie du Sud-Est restait un fragment du tiers-monde. Or voilà que les choses apparaissaient bien plus complexes qu'un de ces tableaux pompiers vendus quelque part dans un séminaire de sociologie en Occident par un prof blanc ou noir de peau, la parole à gauche, le salaire et la queue à droite. D'autre part, c'était excitant. Je devais peindre comme je voulais une immense salle dans un salon de massage de luxe sur Ratchada, l'une des avenues les plus saturées de ce genre d'établissement. J'avais accepté à la condition de disposer d'un atelier indépendant du chantier où je pouvais rentrer le soir et vivre. John m'avait avancé le fric et j'avais signé ce bail de trente ans, puis fait bâtir cette maison traditionnelle où je réside.

Elle est en bois. De gros pilotis d'une hauteur d'un étage supportent un vaste plateau sur lequel sont disposés trois pavillons d'une pièce chacun. Dans le premier, je reçois, je regarde la télévision, c'est un salon ou une salle à manger à même le plancher, c'est confortable, ça sent le lin, la cire, la douce poussière incrustée dans les mailles de tissus répandus ici et là. Deux chichas jouent aux alambics d'alchimiste, des brimborions et de la vaisselle vieille comme les puces vintage de Chatuchak font des natures mortes. Dans le deuxième je dors, le lit est spacieux, profond, le matelas épais, les murs sont couverts de livres, de photographies de filles posées sur les rayonnages, de gravures et de peintures retournées qui ne sont pas les miennes, mais celles d'artistes vietnamiens et thaïs que j'aime pour leur précision artisanale. Les volets se rabattent, à l'intérieur desquels des persiennes se soulèvent. Ainsi peut-on varier indéfiniment le degré de lumière du jour. Huisseries, linteaux, serrures, etc., participent d'une logique ornementale déchue depuis longtemps, ils supportent autant qu'ils habillent le foyer. Ces deux pavillons donnent l'impression de mouchoirs de poche dépliés en volume. Leur grâce fétichiste tient de la maison de soldat de plomb peint par un enfant amoureux des batailles colorées du passé. Elle n'apparaît vraiment qu'aux étrangers. Les Thaïs fuient cette même grâce aux quatre coins du confort américain, du mobilier occidental simplifié, fonctionnel, de la climatisation imitant le froid boréal. C'est leur exotisme. Pourquoi pas. Tant que les uns rêvent des autres sous forme d'ailleurs irrépressible, l'amour a une chance de triompher. Le troisième bâtiment, le plus grand, d'une hauteur de quatre mètres, est mon atelier. La cuisine est dehors, sur la terrasse, abritée du ciel par un auvent, et l'endroit des bains pareil, protégé des regards par des paravents. Une baignoire récupérée d'un palace 1920 qu'on allait démolir y occupe une place confortable, centrale, scénique, on dirait un caveau par son marbre, et elle est italienne par ses motifs, deux couronnes de lierre en relief dans la pierre jouant le rôle fictif d'anneaux pour la levée. Il n'existe qu'un seul point d'eau en bas, au sol, un bassin bétonné constamment alimenté, où au début, mes visiteuses et moi nous puisions de quoi nous laver dans des brocs de faïence de différentes tailles, et des seaux en plastique de couleurs élémentaires que j'ai conservés. Je m'en sers encore avec nostalgie et passion, surtout quand c'est pour une Belle de bar que je lave de la même façon que je la peins, gestes identiques, méticuleux, abondants et lents. Un système de pompe et de tuyaux grimpe désormais jusqu'au logis, irriguant plus ou moins bien la robinetterie de l'étage. L'électricité est prise aux transfos de la rue, les fils pendent mollement et disparaissent dans les parois. Des tuiles très anciennes, d'où émergent des gueules de dragons, ressemblent aux plumes d'ailes arrachées d'un Garuda hyper-décoratif, hyper-sacré, aux signes hallucinatoires. Elles couvrent les toits cambrés, deux versants dont les pointes s'unissent tels les doigts du salut de la Thaïlande, le waï. Les charpentes sont les héritières lointaines des dougong, cette technique née dans la Chine impériale, où les poutres s'emboîtent et forment des structures minimalistes et sérielles délicates comme les rizières en paliers du Yunnan, mais inversées. Tout ce qui est en bois est peint dans un teint cramoisi tirant vers l'orange selon l'intensité solaire, les couches successives créant aussi ce halo de rouille, de vulve bien ouverte au ciel, de menstrues étalées au pinceau régulièrement. L'ensemble est accessible par un escalier aux marches larges, dotées de rampes-moucharabieh poursuivies le long des bords du plateau, pleines d'ouvertures minuscules, complexes, qu'on dirait faites à l'aiguille, au crochet, l'art des dentelles, et projetant leur géométrie sous l'effet des lumières naturelles et artificielles. Tout cela est néanmoins fragile, légèrement capricieux, légèrement narcissique, et nécessite constamment des soins de lasure et de traitement contre tel ou tel agresseur microscopique et climatique. Mais entretenue, sa beauté frappe autant qu'une forme allongée pleine de seins, de fesses et de monts de Vénus. C'est un corps plus qu'une maison. Elle jouit de ses détails. Elle jouit, elle enfante, elle abrite, elle nourrit : il y a l'humidité, la flore, la faune, les reptiles qu'on voit trop tard enroulés dans les creux et les niches, la survivance de la jungle, ne serait-ce que par ce jardin que je laisse vivre à sa guise. Lui, je ne l'ai jamais aménagé, tondu, semé. Il est petit, touffu, ordonné par la Nature. Ce n'est donc plus un jardin, c'est un état sauvage, une expérience, une performance végétale, une musique d'insectes. De fait, il constitue un bunker écologique me protégeant des voleurs. Je n'exagère pas. En 2002, l'un d'eux a été piqué lorsqu'il a voulu se frayer un chemin jusqu'à mon escalier sans passer par l'entrée pleine de clochettes et de lanternes. Il y a huit mètres de la soï à lui, et c'est suffisant. Ce fut la seule tentative de violer ma Maison du Jouir. Il taillait à la machette dans l'entrelacs, j'entendais la lame siffler, s'abattre sur les branches, mais avant même que j'appelle les flics ou décide quelle défense adopter, il a hurlé, on aurait dit un égorgement, et il s'est enfui puis écroulé plus loin, se tordant de douleur. On n'a jamais su exactement quelle créature l'avait empoisonné. Il s'est retrouvé à Klong Prem, la célèbre prison, et il est mort là-bas dans des circonstances terribles.

108

Toutes ces mini-bâtisses ont été conçues pour l'étude de celles qui viennent, multipliant les points de vue et les conforts pour qu'elles y évoluent à l'aise, s'y attardent, y dorment, s'y lavent, y mangent, y baisent, y posent sans même s'en rendre compte. Et qu'elles y prient. Un autel est aménagé à mi-chemin du pavillon de la chambre et celui du salon. Dans cette Maison du Jouir sans luxe contemporain réel, aux ornements d'Ancien Régime, de tente nomade, de cabine royale d'un bateau décapelé, il est le lieu le plus richement conçu, en permanence alimenté d'offrandes par les visiteuses, les habitantes d'une nuit ou de plusieurs. Au centre, il y a un grand bouddha de cuivre d'un mètre en position assise, main gauche posée au centre des jambes, paume ouverte, main droite sur le genou, les doigts vers le sol, mince, d'autant plus effilé que sa coiffe évoque un stupa. À droite, une peinture populaire de Jésus, protégée des intempéries par un cadre vitré, légèrement inclinée contre une poutre, Jésus non pas crucifié mais bien portant, doux, sa main droite exécutant le signe de bénédiction à son public. Un Salvator Mundi. À gauche, Nang Kwak, la déesse de la fortune, avec sa main gauche, celle des commerces illicites, levée paume en bas, telle une tête de cobra, en guise de bonne chance. En Thaïlande comme en Inde, toutes les divinités sont permises, elles n'en forment qu'une seule, et il n'y a pas de conflit dans cette trinité de ma Maison du Jouir, le Bouddha androgyne règne entouré de la Déesse et du fils de Dieu, c'est digne d'une source claire alimentée par de mystérieuses ravines souterraines, et d'où naîtra l'un de ces grands fleuves d'Asie dont on aime créer des mythes – Amour, Yangzi, Gange, Brahmapoutre, Mékong, Infini, etc. Il y a des encens, des fleurs, des bols de nourriture, des parfums, des bougies de n'importe quelle taille, et les jours fériés, ceux dédiés à Bouddha, c'est multiplié par dix, on dirait l'idéal dispositif d'un artiste total, mobilisant tous les sens pour une œuvre kitsch et irrésistible – une fête, une orgie, une funéraille excessive par le feu, le santal et les cris.

Les Thaïlandaises, les Cambodgiennes, les Laotiennes, les Birmanes travaillant à Bangkok et qui passent par chez moi, ont une dévotion identique, elles se haïssent plus ou moins secrètement de par leurs nations héritières d'empires ennemis, mais elles s'aiment, se réunissent dans le Theravada, la branche la plus ancienne du bouddhisme et qu'elles ont en commun. Dépouillées de leurs peintures de nuit, vêtues de longues robes anonymes, de shorts et de tee-shirts de mecs, agenouillées, les yeux clos, leurs mains jointes, la bouche murmurant les sutras, leurs fesses posées sur leur voûte plantaire, on dirait qu'elles obéissent à la parole d'un être invisible penché sur leur cou et intimant fermement et doucement à leurs oreilles : **Soyez mystérieuses**. Ou encore : **Soyez amoureuses et vous serez heureuses**. Certainement est-ce la ville qui leur intime cela – Krung Thep Mahanakhon Amon Rattanakosin, etc.

109

Il y a également juste après le portail ce qu'on nomme une maison aux esprits – *San Phra Phum* –, des sortes de pigeonniers très ouvragés pareillement saturés de bibelots floraux, et qui accueillent l'innombrable population du monde invisible au Siam, ses entités protectrices contre les autres, les *Phi*, qui nous frôlent, nous tourmentent et nous possèdent. Quand un chien aboie, c'est qu'un *Phi* – un enfant-monstre, un minotaure – se déplace à la recherche d'une proie.

Au tout début de ma villégiature, quand je sortais me promener – de longues promenades inhabituelles pour les habitants du coin –, les chiens aboyaient, les chats se hérissaient. On me guettait, me décortiquait des yeux, les enfants me suivaient sans crainte, et si l'insolence, le racisme, la douceur et la curiosité s'unissent quelque part pour former une expression commune et inconnue, ces gosses l'incarnaient parfaitement, ils couraient autour de moi en criant « Farang ! Farang ! », et certains allaient même jusqu'à dire un truc du genre « Farang Baaa ! Farang Baaa ! » – une injure mais laquelle ? –, et je continuais d'avancer comme si rien de grave ne devait m'arriver dans cette ville adoptive incestueuse, Bangkok mère couchant avec Gauguin fils. J'avançais comme si les mots musicaux et orduriers rebondissaient sur ma carapace blanche vers les nuées jaunes et gris mousson, où ils disparaissaient pour retomber en pluie. On m'offrait une épreuve, celle décidant de ma présence durable dans leur Royaume.

Et il y avait les mères criant parfois de derrière les volets : *Ba-I ! Ba-I !* – Va-t'en ! Va-t'en !, et elles n'avaient pas tort. Peu à peu, j'en amadouais certaines, je leur offrais de l'argent pour qu'elles posent nues avec leurs filles enlacées. Certaines acceptaient. Mères, sœurs, filles, je les peignais mais pas seulement. Toutes agissaient décidément librement, et chaque nudité nouvelle créait des aventures étonnantes. L'écrasante majorité des bons artistes, de celles et ceux qu'on jugeait bons, avaient renoncé depuis longtemps à ce quotidien charnel de la pose et de la quête des figures. Ils en éprouvaient de la honte qu'ils changeaient en agressivité permanente envers les rares s'y adonnant encore. La morale sociale et l'art minimal et conceptuel produisaient le même niveau d'abstraction mortifère, me disais-je souvent, quand deux sexes de sœurs s'imposaient à moi. Il m'avait fallu les travailler en amont quand elles rentraient du travail, les séduire par des toiles, des papiers, des films où elles se disaient qu'elles-mêmes pourraient se marrer, s'embellir, se découvrir autrement. C'était facile. Elles aimaient ça. La plupart des femmes aiment ça sauf quand on les culpabilise d'aimer ça, quand on les intimide, quand les coincées, les anti-vie, les zombies, de plus en plus nombreuses il est vrai en Occident, veulent effacer ça. Mais ici, elles aiment poser. Elles aiment tout court. Sur soï Amon dès le début, l'art créait l'amour et vice versa. La vérité, c'est que plus je travaillais sur leur motif, plus elles grandissaient et plus je rapetissais. Un nain face à des géantes. Leurs pupilles brillaient étrangement. Mères, filles, sœurs, cousines, tantes, nièces aventureuses, esseulées, exaltées, aux membres ridés par les ménages, les heures d'usine, les boulots de service aux caisses des supérettes…

Je me demandais si elles ne venaient pas poser chez moi comme elles auraient écrit à un tueur en série pour déclarer leur passion. C'est très courant. Les tueurs en série croulent sous les correspondances passionnelles provoquées par des femmes. Mais non, c'était plus simple que ça, plus pur et sans vices. J'étais heureux et joyeux parce qu'elles m'étaient mystérieuses.

110

Je n'ai pas décrit les miroirs et les néons. Les miroirs sont partout, ovales, ronds, rectangulaires, carrés, grands ou petits, piqués, teints ou vierges, cadrés plus ou moins de dorures, surmontés d'aigles ou cerclés de faux lierre, ils démultiplient les espaces de la Maison du Jouir, inaugurent des perspectives inédites, ricochent et servent celles qui passent de l'un à l'autre en courant d'air ou bien s'y arrêtent, s'y figent, y produisent le théâtre de leurs soins et de leur contemplation.

Quant aux néons, je les collectionne depuis 1995, bars, clubs, salons qui changent de nom et dont je récupère les enseignes. Tigres, dragons, serpents, lions immenses, profils de danseuses sur leurs tiges, lettres et idéogrammes, motifs tribaux, labyrinthes. Il m'est impossible de les retenir tous chez moi, les nouveaux détruisent parfois les anciens, abîmés par les ans sous les bâches où ils reposent mêlés aux plantes dans le jardin, quand je ne les installe pas chez moi. Il faudrait un musée. Depuis l'érection de mon sala, plusieurs d'entre eux rythment le treillage du sol au sommet, c'est un texte, un poème visuel qui, la nuit, est une baraque de joie électrique. C'est ma Maison du Jouir.

111

Ce décor m'a retenu, parce qu'un équilibre fut vite trouvé entre dehors et dedans. J'avais autant de plaisir à sortir qu'à rentrer. Mes moyens correspondaient à mes goûts, mes goûts à mes moyens. Mon corps correspondait au climat, aux ambiances, aux femmes, aux efféminés, aux homos, aux boxeurs, aux statues géantes de Bouddha, aux flics, aux militaires, aux allées luxuriantes des wats, aux déesses, à toute la diversité des êtres bien campés dans une civilisation plus savante que la mienne. À Paris, le froid me chassait de l'extérieur pour un studio peu salubre, exigu, d'une lumière de gouttière. Les nuances n'étaient que grises. Le jaune, le carmin, le vermillon, les couleurs X et Y se noyaient dans le gris. L'été rendait la ville trompeuse, on revivait d'abord deux ou trois nuits au printemps, puis succédait une hargne joyeuse et bête jusqu'aux frimas de l'automne. Le seul contraste venait de la beauté de ses façades, de la laideur de ses habitants. Les belles étrangères rachetaient parfois Paris. Elles aimaient leur pays de naissance et elles aimaient l'exotisme de la France. Elles aimaient tout court. Touristes friquées, touristes de masse, étudiantes, clandestines des boulevards de ceinture et du bois, transsexuelles latines et princesses de Dakar et de Yaoundé. De préférence, on rencontrait ces dernières non sur les trottoirs mais dans les maquis de Château-Rouge ou La Chapelle, ou bien dans le haut de Ménilmontant et de Barbès entre 1992 et 1995. Elles s'y restauraient, s'y réchauffaient, on flirtait, ces filles payantes devenaient les héroïnes d'actes gratuits vantés par la littérature, dormir au hasard chez vous, raconter leur passeport confisqué, décrire les tantes-maquerelles, décrire l'espoir d'en sortir et montrer cette liberté de cœur entre deux accès de violence. Et on végétait, jour 1, 2, 3, 100, imaginant des fuites. Il doit en subsister encore, de ces maquis. Les vraies Parisiennes, les vraies Françaises, quelles que soient leur couleur de peau, leur origine sociale, nationale, blanche ou noire d'un échiquier bien triste, elles vous regardaient comme une prison un condamné. Je ne pouvais pas m'empêcher de les appeler Fleury-Mérogis ou La Santé. Aïcha La Santé, Louise Mérogis, Inès Fleury-Baumettes. Difficile de ne pas s'évader d'elles et de leur cellule hexagonale.

John Ua Saelim

Bangkok, 1995-2020

112

Mais en 1995, je voulais revenir, réussir dans ce monde que je croyais le seul légitime, celui des arts en Occident. Une semaine avant mon départ, John m'a rendu visite. On se fréquentait une ou deux fois par mois, il m'invitait à dîner, m'emmenait dans les salons de massage inouïs de Ratchada ou de Silom, énormes complexes de plusieurs étages dont le luxe et les prestations dépassaient l'imagination.

En dépit de notre différence d'âge, il m'avait pris presque tout de suite en affection, et au fond, je jugeais ça mystérieux. Il fut mon premier ami thaï et de fait, il est resté le seul. En grande majorité, on ne se voyait qu'en tête à tête. Quand d'autres Thaïs – spécialement sa famille – se trouvaient avec nous, son attitude se modifiait, je redevenais un farang, mais sans aucun mépris de sa part, simplement nous ne pouvions plus afficher la même décontraction, la même complicité. Je le comprenais très bien et j'adhérais à ce petit jeu xénophobe où le Thaï est le Thaï et l'étranger l'étranger parce que je n'avais pas le choix et qu'il me plaisait, qu'il révélait la Thaïlande, et qu'ainsi, je me sentais d'autant plus français. Ses enfants me méprisaient et détestaient que John me soutienne en m'achetant des œuvres. Ça les foutait en plaies. Une lubie de leur paternel à effacer dès que possible. Il est vrai qu'à travers moi, ils pouvaient ainsi haïr leur père indirectement. Au fil des décennies dans le Royaume, j'ai senti combien, derrière la vénération familiale débordante dont les gosses gratifiaient leurs parents ouvertement à la moindre occasion, agenouillés devant eux, les priant et les servant, un réseau de frustrations venimeuses grouillait d'une génération à l'autre.

John arriva vers dix-sept heures, inspectant ma chambre d'un air navré.

— Venez, dit-il. Sortons. Je dois vous parler.

113

J'aimais son français parfait, sa façon d'accentuer ma langue et de lui donner des tons feutrés, sa chemise légère, sa veste en lin très souple et son pantalon assorti, ses mocassins italiens sur mesure, un délice pour calcéophile, simplicité des lignes, cuir marron, profond et vieilli, empeigne évasée puis arrondie sans brutalité, de la pure chaussure sans âge. Il était de ma taille, de mon embonpoint, d'une aisance très supérieure avec les tissus, l'air, les gens, sa chevelure demeurait noire sans teinture, sa moustache seule possédait du blanc, et il mettait des lunettes pour lire le menu. Nous étions dans un marché de nuit, un étal de street food, dix plats fumaient entre nous, et il me dit :

— Connaissez-vous Chuwit Kamolvisit ?

— Non…

— C'est un homme d'affaires en pleine ascension. Il a ouvert différents établissements spécialisés où nous nous sommes rendus. Le Victoria's Secret, le Hi Class, le Honolulu lui appartiennent. Également le Copacabana, l'Emmanuelle. C'est un personnage intéressant et il a besoin de soutien pour se développer. Il recherche des partenaires liés à l'armée, la police… enfin, c'est toujours la même histoire. J'ai décidé de m'associer avec lui pour un projet sur Thonglor. Il n'y aura pas de nom, pas de publicité. Officiellement, ce club n'existera pas. Il sera réservé à des individus recherchant une discrétion absolue… Si je vous disais les noms, notamment l'un d'eux, vous frémiriez. Vous en savez assez sur mon pays. Quoi qu'il en soit, je souhaite vous confier une grande partie de la décoration de ce lieu. Vous travaillerez avec un de mes neveux qui est architecte d'intérieur. Je l'appelle toujours mon neveu bien qu'il soit désormais ma nièce. C'est un *Katoï* très réussi *(John avait un rire étouffé dans ces instants-là, et j'ignorais si cette nièce en faisait les frais ou bien si c'était moi et mes goûts récents, nouveaux, pour ce genre de femmes ivres de tout ce qui confirmait leur féminité – dessous, talons, maquillage, posture –, tout à fait comparables aux Belles de bar à moins que ce soit l'inverse, on les confondait vite, elles se donnaient sans limite à l'imaginaire masculin en quête de délires, elles réclamaient l'amour et le sexe à fond, leur cul arrondi par les hormones et les désirs agissait en puits, vous pensiez entrer seulement dans un sexe, vous tombiez dedans, votre regard se brouillait, une peinture se faisait ayant la texture d'un bonheur plastique, celui d'être en couple avec une femme renouvelant quotidiennement son théâtre, un pur plaisir des yeux et du reste).* Peinture, dessin, mobilier, vous ferez comme vous voudrez mais en lien avec… elle. Associez-le à vos désirs. Associez-la… Si vous acceptez, vous aurez un salaire, un visa et un permis de travail.

J'ai dit oui, ce n'était ni un pacte faustien, ni une arnaque, ni même une négociation. Peut-être un mariage. Une aubaine. Un signe karmique.

— C'est une grosse opération impliquant toutes vos forces artistiques et qui vous laissera peu de temps, me précisa John. Aussi aurez-vous parfois la sensation de noyer votre talent dans quelque chose d'inférieur. Notre pays n'a pas la réputation d'être une scène importante de l'art contemporain. Là-bas, dans votre milieu français et international, on pourrait vous sous-estimer. Vous-même, vous pourriez vous déprécier. Dans ces cas-là, rappelez-vous ce que je vais vous dire maintenant : j'admire votre œuvre naissante ; je souhaite contribuer à son épanouissement ; je vous paie pour créer, pas pour déprimer ou penser des conneries ; œuvrez sans vous encombrer des préjugés de vos semblables. Par contre, ne commettez jamais l'erreur de croire qu'il s'agit d'un travail alimentaire. Je n'interférerai jamais dans vos choix, vous jouirez d'une liberté d'action totale, c'est un privilège, profitez-en. Si je constate que vous coupez votre œuvre en deux, la médiocre pour nous, la meilleure pour d'éventuelles expositions dans votre petit milieu sophistiqué, nos relations prendraient un tour désagréable. Donnez le maximum et vous serez heureux chez nous. Prenez-moi pour un idiot et vous le regretterez. Ce n'est pas une menace, c'est un élan de sincérité. Je vous fais confiance, il n'y a aucun problème. Et maintenant, trinquons.

Sans Titre

Bangkok, 1995-2020

114

Comme il n'avait pas de nom, je l'appelais – je l'appelle toujours – Untitled, le Sans Titre, et je suis assez fier que l'usage ait adopté ce terme. Désormais, dans certaines conversations et les journaux, à cause d'affaires de mœurs dévoyées par des articles imprécis, bâclés de préjugés, on parle, on fantasme, on se fait des films sur le Sans Titre. Car bien sûr, cet endroit prétendument clandestin dédié aux membres des plus hauts cercles du paradis des affaires et du pouvoir fut érigé à la vue de tous, en pleine soï Thonglor, la numéro 55 sur Sukhumvit, même si à l'époque, le quartier n'était pas du tout ce qu'il est devenu maintenant. Ses ruelles abritaient le personnel de service et les Belles de bar travaillant plus à l'ouest de la Sukhumvit, de la soï 33 à la soï 1. Le Sans Titre a certainement créé la légende de Thonglor voulant que les plus secrètes adresses, les plus luxueuses, y soient nichées. Ce qui est faux, on en trouve dispersées partout dans la tentaculaire Krung Thep, douze millions et quelques d'humains, une estimation nuageuse, un rêve de toile figurative où le nombre de personnages change à chaque décompte.

Le chantier a duré dix-huit mois, son succès m'a permis d'obtenir d'autres chantiers qui m'ont fait vivre jusqu'ici. En retrait de la rue, protégée d'elle par des pandanus ridicules à demi morts, sa façade bétonnée noire et cirée sans fenêtre montait jusqu'à au moins douze étages standards. Sur toute la longueur, l'entrée ne dépassait pas trois mètres de haut et formait le dessin ourlé d'une lèvre supérieure particulièrement pulpeuse. Mais une fois franchi ce seuil, le plafond s'évasait en une espèce de demi-lune ou demi coupole monumentale jusqu'à la véritable entrée vitrée, minimaliste et sérielle, semblable à celle d'une banque ou de la BnF à Tolbiac, et teintée couleur de thé ou de cigare, un brun chaud et lisse. C'est « Chan-Lisa », la nièce de John, qui voulait cette banalité pour contraster avec ce qui se passait d'excessif à l'intérieur. On découvrait le hall immense – art déco, kitsch, celui d'un opéra construit en pâte d'amande, chantilly, or, stuc, pilastre, chinoiseries et grécomanies –, avec sa conciergerie digne d'un palace. Tout au fond, un escalier monumental et une rangée d'ascenseurs desservaient les cinq étages, dancefloor, piscines, bars, salons privés, salles de karaoké, chambres thématiques. La carte de membre la plus basse aujourd'hui, c'est vingt mille bahts à l'année.

Outre quelques toiles, ma principale contribution fut une installation vidéo déclinée un peu partout. J'ai monté des dizaines de caméras et de projecteurs sur des mécaniques d'horlogerie. Caméras et projecteurs tournaient comme les aiguilles d'une montre, même vitesse, un plan fixe, un mouvement, un plan fixe, un mouvement. Soixante plans fixes et soixante mouvements par minute. Quand la caméra était fixe, le projecteur relié à elle ne l'était pas et vice versa, ou bien les deux bougeaient dans des sens opposés ou idoines. J'explorais toutes les combinaisons possibles et les angles. Le matériel visuel était celui des lieux – décors, hôtesses, clients, cimaises, mobiliers, plafonds, alcools, lumières. Les points de vue et les reflets se multipliaient, les figures se multipliaient, les femmes – bien sûr les femmes du Sans Titre, leurs tenues, leur nudité à demi vêtue, leur noir destin de nuit au service des animaux plus ou moins fabuleux du portefeuille. C'était un palais de miroirs – il y avait aussi des miroirs – mais transplanté dans le domaine de la vidéo et ses prestiges.

115

Ce dispositif d'horloge filmique, je n'ai pas cessé de l'utiliser depuis, d'en varier les installations, c'est l'une des rares choses dont je suis fier dans ma vie, avec le fait d'aimer mes parents, les danseuses, l'Asie du Sud-Est, et d'aimer celle qui fut ma femme, et celle qui est toujours ma fille.

Nong

Bangkok, 1998-2020

116

Nong m'apparut un soir de mousson dans toute la splendeur de sa danse professionnelle, plus rieuse que les autres il est vrai, ou d'un rire moins esquinté, plus pur et sans arrière-pensées. J'ai dû distinguer ça tout de suite chez elle. Une forme immédiate de joie, venue d'on ne sait quel monde innocent et premier. Pour autant, ce jour ne fut pas canonisé par le sentiment d'un coup de foudre. Je n'en étais plus capable. Une espèce d'indifférence heureuse, née de trop d'émotions et de sensations dans le Royaume. J'accueillais toutes les Belles de bar avec le même enthousiasme graphique et filmique, le même désir de tout faire et de ne rien faire avec elles, et peut-être n'accueillais-je réellement aucune d'entre elles, le short time, le long time, le very long time mettaient fin à leur portrait aussi doucement qu'une poignée de fric glissée sous un sac de danseuse, quand elle prend la douche du départ vers deux heures d'un après-midi de chaleur.

Nong, septembre 1998. À cause de la Coupe du monde, les *Farangset* – Français – bénéficiaient d'un coup de projecteur lourdingue et cool. On voulait nous connaître. Et durant toute cette mousson d'automne 1998, on m'appela Khun *Farangset* dans Sukhumvit, de Nana à Pattaya, cent quarante kilomètres de lèvres épaisses et rouges murmurant à mon oreille, tête retournée de profil contre la mienne, cul collé à mon bas-ventre, dos contre mon torse, *Chan Tchop Farangset Mak Mak* – le Français me plaît beaucoup. *Farangset* est un terme à l'étymologie nomade, un dromadaire perdu par sa caravane d'épices et de soie sur les pistes eurasiennes, et qui renvoyait à l'Inde, la Perse, l'Arabie et surtout les croisades, quand les Francs, dans les chroniques de l'islam, en étaient les figures héroïques et dangereuses. Ainsi, interrogé sur vos origines, lorsque vous informiez le chauffeur de taxi, l'hôtesse d'accueil, la cuisinière de street food, l'agente immobilière, la doctoresse généraliste ou spécialisée en syphilis, en chaude-pisse, en sida, en otite, en fièvre jaune, en anatomie étrangère malade, que vous étiez un *Farangset*, ils engageaient avec vous une discussion sur les mérites de Zinédine Zidane ou Emmanuel Petit, les buteurs de la finale, et la fête qui s'était ensuivie, les Champs-Élysées remplis à ras bord de foule. Il y avait aussi pas mal d'indifférentes au foot. Nong par exemple. Elle préférait comme moi le billard, ou la loterie aux grilles jaunes et violettes disposées telles des partitions de musique sérielle sur les trottoirs, et d'autres jeux simples mâtinés d'argent. Mais elle aimait voir les gens heureux, et adhérait totalement au *Sanouk* – vivre le plus joyeusement possible le moindre instant, la moindre activité, même la plus dure, la moins bien perçue. Donc, si le client aimait le foot, elle couvait son épaule de son bras et applaudissait aux victoires de son équipe chérie, tout en l'incitant à boire toujours plus de façon à rendre son cerveau douloureux, sa bite molle et son portefeuille vide.

Nong, c'est le diminutif de Nongnuj Timruang, difficilement prononçable pour la plupart des étrangers. Elle travaillait au Splendoor, un gogo oublié de Nana Plaza. Éclairé carmin, vieillot, le Splendoor n'en avait plus pour longtemps et possédait le charme des boudoirs aux velours cramoisis, élimés, troués par les clopes et tachés par les désirs. Ses chiottes puaient l'enfer. Disons, outre la pisse alcoolisée, le sucre, le pourri, le piment infesté de rats, dont les mouvements sur la toile de fond du club – l'air brassé par les ventilos et les silhouettes ondulantes – produisent l'intestinal dripping d'une digestion tropicale pleine de bourgeonnements, le manège enchanté dans les tripes des épices, des gogos, etc. Ouais… je sais… ça donne pas envie forcément, mais au moins ça donne une image assez juste, assez accidentée de ce genre de lieu où l'on se casse la gueule en matant de très,

très, très jolies Ladybars. Car la richesse du Splendoor tenait dans la beauté mélancolique de ces filles entre deux eaux, deux âges, deux corps, qui sévissaient du podium aux banquettes. Affranchies, sans illusions, à la fois jeunes et vieillies, patinées, parfois rejetées des gogos prestigieux pour des dettes, des rixes, des injures à la mamasan, peut-être des maladies, elles venaient ici en extra, le Splendoor n'ayant pas les moyens de les retenir par un salaire. De fait, elles apparaissaient moins mécanisées par leur mission du soir. Leur froideur lasse l'était moins que celles vous exhibant un violent sourire aussi vaste que la baie des anges et vous proposant un short time en faisant un cercle avec le pouce et l'index d'une main, tandis que le majeur de l'autre main entrait sortait entrait sortait à l'intérieur, avant de désigner l'ascenseur pour monter au septième ciel de la pipe et de la levrette.

Nong était danseuse. Elle l'était de naissance comme on naît fleur, humain ou félin. On devrait les nommer danseuses, d'ailleurs, au lieu de Belles de bar comme moi, ou Ladybars, gogo girls, putains, hookers, etc. Dans l'éventail des services de leur métier, la danse est le rayon majeur, celui qui donne aux autres branches le courage de s'ouvrir. C'est ce qu'elles préfèrent, ce qui leur manque une fois mariées, une fois de retour au village, c'est la danse, la fête, le dispositif des lumières sur elles.

Nong exécutait un set sans regarder la rangée de types sages, timides, braillards ou aigris assis en dessous d'elle, les yeux plantés loin derrière nous, et elle étudiait, souriait, séduisait quelqu'un de très chanceux pour ainsi mobiliser toute son attention. Quand je me retournai, je ne vis qu'un miroir où elle se dupliquait, fascinée, longiligne, immense sur ses talons, la peau brillante de l'effort et des spots. Elle n'était pas topless ce soir-là, seulement vêtue d'un bikini jaune cadmium broyé dans un psychotrope, car sa fluorescence inondait nos gueules et faisait d'elle une créature marine venue des profondeurs. La barre chromée, poisseuse, devenait autre chose entre ses mains et ses jambes, la baguette d'une fée ou d'un chef d'orchestre, et elle s'appuyait dessus par les épaules et le cul, creusait son dos, ses bras relevés très haut paraissaient réunis par des menottes, et elle descendait ainsi lentement, écartant les cuisses. Puis elle remontait en changeant d'attitude pour un nouvel exercice où nous n'existions pas plus. Finesse, courbes, élancements, formes, elle possédait les outils dont les gars raffolent, leur mécanique blessée s'en trouvait réparée, ses fesses martelaient leur crâne, tournevissaient leurs pauvres synapses sachant bien qu'au-delà d'une silhouette de femme étendue ou dansante, il n'y a pas grand-chose à part la méchanceté, la pédanterie, la laideur. C'est pour ça que les gogos et les bars sont construits. Dans les clubs homos, les beaux garçons fonctionnent de même, leurs Pygmalions deviennent leurs chiens, une ménagerie de rêve offre ses muscles et ses couleurs, et de ces galeries, on ne revient jamais.

Cependant, tous ces aspects de Nong la rapprochent des autres plus qu'ils ne la différencient. Elles ont en commun ce tronc de beauté factice et factuelle, reconnue par toutes les cultures, la chinoise, l'arabe, la persane, la nord et la sud-américaine, l'européenne, et pour laquelle on vient leur parler en bahts, en dollars et en thaïglish. Des dizaines de milliers sont comme elle, et dans le Royaume des millions, et en Asie du Sud-Est, des dizaines de millions. Alors, pourquoi ce fut avec elle que je m'installai ?

Je traînais dans les parages comme je fais encore deux ou trois fois par semaine, mes nuits sont alors pleines de migrations où je collectionne les lieux et les personnages, et parfois je m'installe, je reste, je m'enracine dans une Belle de bar, j'y pousse, y fleuris, m'épanouis autant que je peux, pareil à ces grands arbres enveloppant les visages de pierre des temples d'Angkor ou d'Ayutthaya.

Nong est descendue, un de mes voisins lui a offert un lady-drink mais elle se montra peu douce avec lui, et son anglais sentait l'ironie de celle qui s'en fout. Il a failli mal le prendre, puis il a retrouvé sa tristesse maussade. Le bras d'un autre gars entourait ses épaules d'un geste tendre et brutal, et sa bouche d'ivresse lui bavait à l'oreille de se calmer, que ça n'en valait pas la peine, qu'on est en Thaïlande, qu'il y en a plein des comme elle et qu'on risque gros à s'énerver, un couple d'hommes typique de ce genre d'estaminet, le dessin de leur visage est froissé, défiguré, seule est conservée l'esquisse de leur solitude nouée, avachie sur un comptoir, les yeux dans les orteils, les chevilles, les mollets d'une danseuse.

Je ne me souviens plus des circonstances exactes, encore moins des premiers mots échangés comme des bonbons d'enfants – est-ce qu'ils ne sont pas ainsi, ceux d'une rencontre, même et surtout dans un gogo bar de Bangkok, sucrés, suintants, collant aux lèvres et fondants ? Et peindre ces mots – ne serait-ce qu'Hello… How are you… What's your name –, en leur donnant l'intonation maladroite, trop criée qu'ils possèdent à cet instant où la musique est partout, mauvaise et assourdissante, n'est peut-être pas possible. Il faudrait plonger les toiles dans le noir, les salles d'exposition de ces toiles dans le noir, le monde entier dans le noir stellaire, et utiliser de grands néons roses, verts ou jaunes – une substance digne des lézards Haribo, il y a tellement de lézards par ici, de varans, comme ceux du Lumpini Park, ils sortent du lac, ils font parfois deux mètres, ils gobent des tortues et vous observent d'un œil instinctif, sans autre passion que celle de la vie.

Elle a dû se retourner vers moi en me demandant de lui payer ce verre qu'elle refusait à l'autre, histoire de voir s'il me chercherait querelle, la baston de farangs amusant certaines filles de bar. Mais je crois qu'entre nous, la conversation s'est faite autour de la possibilité de la peindre. Elle me connaissait de ouï-dire, savait que je payais la pose le prix d'une passe, et que les séances restaient chastes la plupart du temps. C'était une nouvelle expérience pour elle et sans danger, ça l'amusait, je l'ai appris plus tard.

Il me semble aussi qu'il y eut un jeu de mourre, où les mains miment un objet ou un chiffre, car ce qui demeure de cette soirée, c'est son visage envahi par le rire, de grands éclats lorsqu'elle perdait ou gagnait.

117

Le lendemain, fidèle à sa promesse, elle est venue.

Pendant des mois, elle vint régulièrement vers trois heures de l'après-midi, poussant le portail miniature de la Maison du Jouir et parcourant le sentier taillé dans la masse végétale si touffue, si compacte, pleine de tétanos, de paludisme et de venin, et qu'elle constatait sans reproche, ça lui rappelait les fourrés de sa campagne, beaux de loin et dangereux de près, et elle montait l'escalier pieds nus, Converse, Sneakers ou espadrilles à la main. Je distinguais chacune de mes visiteuses au bruit de leurs pas sur les marches, mon oreille s'était affinée à des sons inédits au contact de la langue thaïe, et je devinais Nong, cette souplesse longiligne qui enchantait la clientèle de Sukhumvit et de Ratchada où elle bossait soir après soir. La plupart des Belles de bar possédaient cet élancement dansé qui surprenait les étrangers, les ravissait, ce mélange de rondeurs fermes prêtes à éclater dans la paume, et d'extrême finesse à la taille et aux os, ce côté majestueux, sérénissime et bucolique, et que les plus obsédés par la race et le sang, majoritairement des Arabes, des Persans, des Anglo-Saxons et des Allemands, jugeaient le produit du travail dans les rizières sous le soleil et les moussons, affinant le muscle et la peau, donnant des princesses et des princes boueux et fanatiques de leur famille et de leur terre, en plus d'une santé à toutes les épreuves du sexe et de la crasse des hommes. Moi, je m'en foutais, elles étaient là, dans une profusion démentielle noyant toutes les angoisses de la solitude et du vieillissement, et c'est tout ce qui comptait. Nong était là. Nongnuj gravissait l'escalier, laissait les brèves et suaves empreintes de sa voûte plantaire sur le bois, et je me félicitais de laisser ma maison vieillir, car ses clous, ses planches, ses volumes patinés rehaussaient la jeunesse me visitant par toutes sortes de grincements et d'humidité cireuse. Jeune fille et vieille baraque ensemble, rien que pour moi qui les peins, les filme et me laisse entourer de leurs membres et de leurs murs. Nong n'était plus une jeune fille depuis longtemps. À vingt-sept ans et avec son genre de vie, elle possédait l'âge de l'éternel féminin si on est vulgairement poète et lecteur de Goethe, et si on est plus humain et simplement punter, elle incarnait l'acmé de la pute qui n'est pas une pute, de la pute-femme-de-ta-vie, de la pute-sœur et de la pute-savante et de la pute-souveraine. Innommable aussi, les mots ricochant sur elle à l'imitation du diamant renvoyant les rayons du jour et des lampes. Elle était celle qui t'éloigne d'abord des tiens au pays te jugeant un gros dégueulasse, et te rapproche de toi-même et des siens, car si tu es avec elle, tu es avec eux. Ton héritage et ton fric, elle exige qu'ils lui reviennent, et non à celles et ceux de ton pays qui t'ont abandonné en te laissant partir. « Stay with me… » Mais agissant ainsi, c'est l'inverse qui se produit : son amour filial exemplaire te rapproche de tes parents comme jamais. Car elle est ton miroir.

Souvent, elle me surprenait lors d'une sieste où je rêvais de la peinture ratée, brouillée, surréaliste de la pire espèce, de choses réellement vécues et marquantes. Par exemple, ces pannes d'électricité géantes, privant de néons et de décibels des districts entiers de Krung Thep. Récemment, l'une d'elles a surgi alors que je me trouvais dans ce qu'on appelle le Tunnel, une venelle reliant soï 7 à soï 7/1 sur Sukhumvit, et d'une largeur de couloir. C'est un pur enchantement labyrinthique de salons de massage et de bars, avec des escaliers menant à d'autres bars, salons de massage ou de coiffure, et à d'étranges karaokés plus ou moins vides, sauf de créatures splendides assises la robe au cul. Ce soir-là, dans le noir de la panne, il n'existait plus que des jambes, un tissu, un visage, et les filles trônaient là dans l'ennui, plus désirables et bizarres ainsi. Des centaines de bougies avaient instantanément surgi, rendant chaque lieu semblable aux salles de prière caverneuses des wats, et des Belles de bar s'installaient sur les trottoirs dans une ambiance de conversations feutrées, fascinées par l'absence soudaine de musique, et elles devenaient des silhouettes incertaines aux traits découpés par les flammèches cireuses, on ne savait qu'au matin qui avait été l'amour de sa nuit. D'ailleurs, pannes ou non, de l'Inde à Bali, les temples et les boîtes se ressemblaient trait pour trait sous l'effet des bougies et des guirlandes lumineuses, Ganesh, Bouddha, Parvati, Nong, n'importe quelle divinité, n'importe quelle femme, n'importe quel type s'illuminaient de loupiotes et de néons multicolores, c'était le cordon maternel ou bien les veines de ce qu'on appelle le corps social, mais dévêtu de ses lois du jour, le corps social posant nu, avec un épiderme festif identique dont les fils et les ampoules électrisaient pareillement le crâne, les sutras et les membres.

Donc, je rêvais de telle ou telle de ces toiles, et Nong émergeait dans le cadre de la porte ouverte, et quand il faisait beau, c'est-à-dire jaune et poussiéreux, avec l'impression d'évoluer dans une matière vitreuse tachetée de boue, j'avais du mal à l'extraire de l'abondante lumière du jour derrière elle, et qui semblait sa traîne de mariée. « Bonchour », disait-elle, car apprenant le français avec moi et une méthode franco-thaïe trouvée à Silom chez Asiabooks, sa bouche moulait des accents, des tons et des durées nouvelles, plus inventives que le parfait français de John Ua Saelim. C'était la première fois qu'une danseuse se lançait dans ma langue avec un sérieux si pur. Ça me stupéfiait. On aurait dit une mission dont elle s'acquittait, un don qu'elle m'offrait. Elle m'interrogeait sur le moindre objet, et les émotions et les sentiments contenus dans telle ou telle expression lui semblaient mystérieux et barbares. Mais en général, elle ne jugeait de rien, hochait la tête, studieuse et rêveuse. Elle n'avait plus rien, alors, de la performeuse du Splendoor. Sans fard, sans rien, elle apparaissait plus riche, elle conservait intact le corps bouddhiste et terrien du Siam le plus classique, le plus agraire, le plus méprisé pour sa peau cuivrée trop sombre. Ses traits symétriques, harmonieux, très développés, trouvaient dans une maison comme la mienne un cadre, un socle naturel où épanouir chaque expression, chaque mouvement, même les plus anodins, et que recherchait obstinément ma peinture. Sa légèreté pleine de courbes élancées, tendues, miroitait sans fin dans mes prunelles que je croyais épuisées par des années de Thaïlande, et qu'elle restaurait comme si je sortais du premier avion, lors du premier voyage. J'avais tenté d'obtenir la liste de tous les établissements où elle avait travaillé depuis ses seize ou dix-sept ans. Elle ne s'en souvenait pas. Néanmoins, la succession des adresses survivant dans sa mémoire indiquait une chute. Ayant commencé à Suthisan dans les salons de divertissement réservés à la haute société thaïe, elle avait rétrogradé aux clubs pour Japonais et Coréens, puis aux gogos de Nana, soï Cowboy et autres. Cependant, ceux-là demandaient moins d'efforts.

Elle me racontait les potins de Sukhumvit, des kilomètres et des kilomètres d'asphalte, et coupés de dizaines de kilomètres de soïs souvent très longues, et chacune impossible à parcourir à pied en une nuit et même en un mois si on voulait ouvrir toutes les portes d'établissements allant du plus luxueux au plus crade, et chacun dévolu aux plaisirs. Elle me révélait mieux que n'importe qui la mémoire orale des danseuses, et leur mode de vie en dehors des bars et des villages, l'espèce d'entre-monde où elles créaient le leur, loin des familles et des clients. Avant Nong, aucune ne m'avait à ce point donné tant de détails sur les espèces de clans qu'elles formaient, avec chacun un genre de gourou à sa tête, une fille maternelle qui les chaperonnait. Elles annexaient des blocs entiers d'immeubles dont les chambres abritaient trois ou quatre d'entre elles afin d'économiser au maximum, et une promiscuité ambiguë les tenait, où sévissaient les emprunts, les disputes amoureuses, les confidences, le partage des peines, le partage des prières parfois quotidiennes aux wats. Elles se repassaient les méthodes de langue pour obtenir plus d'argent d'un étranger. Ces livres étaient drôles et réellement scandaleux à nos yeux trop vieux, trop entachés de culpabilité sur ces questions, qui s'effaraient de ce mélange d'extorsion de fonds et de dessins enfantins, pareils aux manuels scolaires des gosses, où des figurines sourient devant de gros chiffres et de grosses lettres, et où n'importe quel étranger à la nation est représenté comme un ennemi de race. Ainsi Nong m'informait des coulisses du Washington Square sur soï 22, du Clinton Plaza entre la soï 13 et 15 – nommé Clinton à cause de l'affaire Monica Lewinsky, et bien sûr pullulaient les néons du type Monica's Lounge, Cigar Club, Smoke & Suck A Gogo, Bill Candy, White House Confidential… –, et des bars improvisés sous l'autoroute aérienne Chaloem Expressway, l'un des endroits les plus fascinants au monde à l'époque et qu'on appelait la soï Zero, et bien sûr de « Sixtine » Nana Plaza et de soï Cowboy et d'autres complexes impliquant chacun des centaines d'enseignes à Thonglor, Ratchada, Saphan Kwaï. Et ses paroles menaient plus loin vers Pinklao à l'ouest et tout au fond de Bang Na vers l'est, et elles esquissaient un plan de Bangkok inconnu aux étrangers, des quartiers se révélaient dans des ruelles impossibles à trouver sans les ouï-dire de celles y habitant, y travaillant, y séduisant, tuant et s'y tuant à des tâches d'amour. Et à son écoute, je m'enfonçais dans un quotidien nouveau, plein d'histoires intimes que je ne faisais jusqu'ici que survoler, ne m'étant jamais suffisamment attaché à quelqu'un.

119

Nong a pris possession de la Maison du Jouir comme ça, peu à peu, une présence répétitive, rassurante, questionnante sur tout et rien, et quand elle ne venait pas, elle me manquait. J'ai cherché à guérir de ce manque par le sexe. Nous n'avions pas encore couché ensemble et je voulais me détacher de cet amour à retardement par le moyen des attractions soudaines. À trente ans, je n'éprouvais aucune gêne et ressentais même toutes les grâces du monde à demeurer seul dans mon travail de peintre, seul et abstinent – la volupté de l'abstinence qui sert l'œuvre, mettant toute l'énergie de l'artiste à son service –, seul et environné de rencontres complémentaires, seul et assoiffé des millions d'anatomies féminines déambulant dans tout le Royaume et au-delà – le Cambodge s'ouvrait, le Laos et la Birmanie et le Vietnam appelaient de toutes leurs forces le touriste mâle telle la forêt le loup domestiqué trop longtemps par la sordide culpabilité de l'Occident et de l'Orient d'Abraham, l'Orient et l'Occident des monothéistes. Et puis un réseau complexe d'amitié amoureuse et professionnelle avec les danseuses faisait qu'elles me visitaient à l'improviste sans raison et sans même demander de l'argent. Simplement, elles venaient, dormaient, mangeaient avec moi, repartaient à leur set et leurs passes, abandonnant faussement – revenant pour les reprendre et s'installer à nouveau dans les mêmes rituels simples à deux, la pose, la paresse, la dégustation – des objets menus tirés de sacs profonds comme des univers, où du chaos elles exposaient brosse à dents, poudres, pinceaux, et des peignes qui, quand je les levais à la lumière, contenaient leurs cheveux perdus, patinés de poussière. Ces cheveux-là, recueillis, je les accumulais dans des bocaux. Elles m'offraient l'ordinaire paysage humain, extatique et humain qu'elles offraient à n'importe quel gars étranger vivant dans le Royaume, sauf qu'elles étaient la matière de prédilection de mon travail.

Elles constituaient la matière première entre toutes pour un mec comme moi. La Matière Fille, la plus belle, plus évidente et immédiate que la vie même. D'autant que ces filles donnaient la vie au moins une fois, accouchant d'un, deux, trois et plus d'enfants les obligeant à gagner vite et beaucoup. Leurs entrailles où l'on entrait expulsaient la vie. Toute cette ronde de la chair sexuée des femmes, hypersexualisée des femmes à l'image de la profusion démente des jungles bouleversant et retournant la sage architecture des humains, m'empêchait de me fixer à une seule, spécialement à Nong. Et pourtant Nong finissait par me manquer quand j'étais avec d'autres, me manquer quand j'étais seul, me manquer à me rendre triste et angoissé. Sa complicité immédiate et imprévue, tombée du ciel de Nana Plaza, m'adoucissait comme jamais.

Et il y avait John. Il fit l'entremetteur un moment, désapprouvant mes fréquentations. Il me présentait à des femmes de son milieu, divorcées, mères, célibataires aventureuses, et que les hommes thaïs fuyaient pour ces raisons. Elles-mêmes se consacraient à leur carrière où elles dirigeaient des cliniques, des banques, des cabinets d'architecte, toutes sortes d'entreprises et d'instituts plus ou moins occultes, et elles s'adonnaient aux bonnes œuvres, parfois des écoles pour enfants des bidonvilles, et elles arrivaient dans de superbes berlines, les gamins vêtus d'uniformes pastel couraient autour du véhicule aux vitres teintées brunâtres et se mettaient en rang quand leur bienfaitrice sortait, lui adressant un salut chanté, un hymne personnel témoignant leur gratitude et le respect dû à sa caste. Les élites thaïes, polyglottes et diplômées du *Saharat Amerika* ou du *Saharat Euro*, paraissent identiques à leurs homologues de l'Ouest et du Nord, fréquentant les mêmes défilés de mode, les mêmes soirées, les mêmes paradis fiscaux et les mêmes yachts, mais c'est un vernis. J'ai très vite gratté ce vernis et j'ai découvert les couches réelles, inchangées depuis Sukhothaï et Ayutthaya. Cette Thaïlande jamais colonisée était un trou noir sur cette Terre, elle appartenait à un autre monde que l'Histoire ordinaire dans laquelle nous nous battions, nous nous conquérions, nous nous faisions du mal et du bien. Eux venaient d'ailleurs, le Siam, et nous regardaient de loin, même quand ils plaisantaient avec nous, s'entichaient de nous, couchaient avec nous. Spécialement quand ils couchaient avec nous. Et non seulement les castes hautes, mais le peuple tout entier, de l'Issan au moindre village de Prachuap Khiri Khan ou de Trang. Quand ils se retrouvaient ensemble, ils nous toisaient gentiment, semblant mener une aventure génétique spécifique que même un mariage mixte et sa progéniture *Louk Kreung* ne pouvaient corrompre. D'ailleurs, ces gosses métis si prisés des plateaux télé finissaient par se marier avec des Thaïs pur-sang, donnant des bambins plus thaïs que jamais, dotés simplement d'une blancheur plus marquée, un blanc de titane, de zinc, de céruse, n'importe quel blanc légèrement toxique et aphrodisiaque pour les locaux. Nous étions des tubes, des corps tubulaires pressés par le désir au service de l'indéfinissable pigmentation sacrée du Royaume. Cet épiderme tendance mandchoue des HiSo, une porcelaine hors de prix, hors d'atteinte de la palette des peintres. Assises aux lueurs d'une maison pauvre dans la région d'Udon Thani ou à la table rococo d'un palais de Dusit, les familles retrouvaient les us et coutumes où nous ne serions jamais intégrés. Il y aurait beaucoup à dire, beaucoup à peindre, de cette exclusion apparente, où au contraire nous prenions place dans un système social similaire à celui du Soleil et ses planètes. La monarchie des Chakri était le Soleil, les planètes toutes les castes imaginables, et nous, étrangers de toutes nationalités, des satellites ou de simples comètes, des météorites jamais dangereuses, elles n'avaient pas la capacité de détruire un astre thaï, elles se décomposaient avant, au contact – caresses, baisers, ratonnades – de son atmosphère humide et moite. Les Français auraient pu s'inspirer des Thaïlandais sur ces questions, où l'injustice sociale duplique la beauté de la gravitation céleste – et c'est un white trash comme moi qui l'affirme, qui n'a rien à y gagner –, mais il est trop tard, depuis 1789 il est trop tard, et nous sommes des cons heureux et fiers d'être cons, bêtes, méchants et laids. Reste cette expression gaulliste de préférer la France aux Français. Préférer le minéral d'une église de campagne à la carne contemporaine des laïques. Une pierre vaut mieux qu'une chair en France. C'est plus pictural, plus sculptural, plus tout en fait.

120

Si le génie d'une Belle de bar se mesure à la variété de ses rôles, alors Nong était gâtée par l'étendue de son répertoire. Elle exposa dès le départ une personnalité fondée sur la surprise, trouvant dans ma nature de peintre un public plus valorisant prêt à s'extasier. J'attendais quelqu'un, celle de la veille, celle observée dans son sommeil, et au matin, au détour d'une phrase, d'un silence, d'une expression, elle me surprenait et m'offrait ses nouveautés. Comme un enfant improvise des jouets, l'inventeur des bricolages technologiques, elle créait sans effort du spectacle à partir de rien dans sa manière de s'emparer d'un objet, de s'asseoir, ou de feuilleter un magazine. Et elle distinguait parfaitement mon admiration rusée, qui résiste à ce qu'elle aime, et ainsi l'énerve, l'amplifie, la pousse à plus d'exhibition puis y cède, et se met au travail pour reproduire et posséder la nuance inédite de sa figure quotidienne et fétiche. Cette tension ne la lassait pas, elle l'encourageait. Est-ce que j'exagère ?

Est-ce que je romantise ? Est-ce que je lui prête aujourd'hui plus qu'elle ne me donnait à cette période ? Pas du tout. Au contraire. Je la sous-estimais alors. Je ne fais que rétablir sa figure dans toute son ampleur sur ma vie. Elle quitta Nana Plaza pour s'installer chez moi comme un esprit conservant tous les traits, toutes les courbes, toutes les expressions d'une physionomie défunte, celle de la fameuse Ladybar, l'ordinaire archétype de la gagneuse frimeuse et free-lance. Dans cette Maison du Jouir, le corps de Nong la danseuse reposait caché, presque mort derrière le corps dépouillé de tout théâtre semblait-il, sans apprêt, de Nong la bucolique, celle du bâne perdu fantasmé par la bête occidentale, et de m'apparaître ainsi, fantomatique à ses nuits si incarnées de Sukhumvit, elle était d'autant plus un corps, c'est-à-dire un don.

On a fait l'amour après six mois de fréquentation assidue, on pensait parfois ne jamais y arriver, nous étions au bord de le faire et on ne le faisait pas, un malentendu achevait nos tentatives, elle n'était pas prête, pas de cette manière du moins, ou bien c'était moi, nous n'avions plus envie, nous étions furieux d'avoir très envie, j'avais l'impression qu'elle me reprochait à la fois mes initiatives et mon manque d'initiative, et dans ces maladresses d'autant plus étranges que nous venions du tapinage le plus extrême, il y avait de l'innocence un peu forcée, on pouvait se prouver que nous étions intacts, elle de son rapport au fric, moi de mes rapports aux putains. Il y avait aussi la technique toute simple de faire monter la sauce entre nous. Six mois où l'on s'esquisse mutuellement, six mois où l'on s'embrasse et se caresse et se repousse, c'est préméditer le coït violent et durable, c'est passer de l'innocence au mécanisme subtil de l'horloge où ce sera tellement mieux plus tard. On ne peut s'obséder de quelqu'un qu'en l'ayant longtemps aux yeux, aux mains, aux narines, aux oreilles, à ce qui nous fait sentir et penser à lui, et en l'ayant exclusivement, sans le quitter ni le tromper. Le jour où j'entre en elle, je sors ainsi de moi pour m'ajouter à elle et elle à moi. Ce genre de complicité est rare. Je l'ai eue longtemps avec Nong, et puis nous l'avons souillée, défigurée, raturée. Il arrivait que notre relation soit barbouillée, gâchée, recouverte d'un aplat monotone, monochrome, dont la vibration contenue frustrait. J'aimerais, en repensant à mes vices avec elle, mes tortures psychologiques quand je jouais de son métier dans les bars, lui reprochant ses activités, ses menues et continuelles demandes d'argent pour les siens, me jeter d'un pont qui serait sa jambe suspendue entre deux chambranles où j'évoluerais en nain, et mourir écrasé au pied de l'autre, tendu sur sa pointe, ses orteils peints, mêlant mon sang à son vernis. Car ce repentir suicidaire n'est qu'une énième vision de Nong fondée sur le sexe, le fétichisme, l'obsession, n'importe laquelle, entre nous, disons plus sérieusement de moi vers elle pour ce corps long et doré, rien d'autre ne m'ayant intéressé que ça, cette vision endormie ou réveillée, cette vision de femme à mes côtés vaquant à sa vie et que je pouvais toucher tel saint Thomas le Christ, toucher son sexe tel saint Thomas les stigmates de Jésus, toucher, sentir, respirer son existence des aisselles au cul telle une bête avide de nourriture, telle une âme avide de croire ce qu'elle voit, touche et prend ; et je ne demandais pas des performances débiles dans des coïts stupides et trop rapides, je demandais l'intranquillité permanente, pleine et entière, du désir mâle répandu dans tout le foyer, rôdant et furetant à travers les moindres gestes domestiques de Nong, s'excitant de tout, ne la laissant jamais en paix, chaque seconde infiltrée par la sexualisation d'une peau, d'une morphologie, d'une paupière plus effilée qu'une barque, d'une pommette arrondie plus luisante qu'une pomme, et d'une culture tropicale réduite à la sauvagerie dans une femme. J'étais sa bête et son sauvage, elle était ma civilisée primitive, et ne serait-ce que parce que nos langues maternelles différaient et que nous n'avions pas beaucoup d'éducation, nous ressemblions à la chienne conversant avec le serpent, nous étions deux monstres, notre gosse serait l'ange, et tout serait beau sous le soleil monarchique du Siam, à l'ombre des immenses bouddhas minces et musclés, couverts d'or et légèrement femelles qui émergeaient dans les perspectives embouteillées, surchauffées de Krung Thep.

121

La vérité, c'est qu'elle me rappelait la première fois ; elle me rappelait Tip en plus développée, plus impériale sur mon territoire qu'elle annexa doucement. Facile, fluide, liquide, elle coulait d'une pièce à l'autre, se nichant à demi nue dans un fauteuil et chantonnant ou ne faisant strictement rien sinon rêvasser voluptueusement, et l'observer ainsi m'apaisait, elle ne me harcelait jamais pour ceci ou cela. Elle se montrait si discrète parfois que je croyais quitter une maison vide alors qu'elle demeurait là. Elle me laissait tranquille et la peindre et la filmer indéfiniment, et m'absenter plusieurs nuits et même des semaines dans d'autres endroits du sud de l'Asie, les atolls et les plages, le Pacifique et ses désastres, et me ramenant dès lors toujours mieux auprès d'elle. Sans doute elle aussi ne pouvait plus aimer normalement et avoir des jalousies communes, et sur ce point, elle différait radicalement des Ladybars ordinaires, vamps et possessives. Elle sortait de son côté sans prévenir et on s'engueulait pour se réconcilier plus violemment. Elle rigolait sincèrement à la moindre occasion. C'était le genre de personne à se lever joyeuse tous les matins, accueillant la pluie et le soleil sur le même ton émerveillé un peu enfantin, quels qu'aient pu être les soucis en cours. D'une certaine manière, elle était naturellement heureuse, et donc ça irradiait, ça réchauffait son entourage. Mieux que d'autres, elle m'avait appris à ne pas me poser des milliers de questions absurdes sur tout et rien, spécialement l'avenir, et à m'emporter sur n'importe quoi, et cela sans me donner de leçons ni chercher à modifier ma personnalité, simplement son sourire et sa manière de hausser les épaules gentiment me désamorçaient quand je commençais à déballer mes conneries.

Entière. Voilà. Elle était entière et ludique, son ironie s'apparentait à de la douceur et une occasion de rigoler encore une fois. Le calme la suivait aussi sûrement qu'un félin protecteur. Et elle aimait l'amour. Elle n'avait aucun goût pour les scénarios compliqués. Elle agissait sans préméditation, avec la rigueur de l'instinct et du besoin. Parfois, j'étais assis à lire et elle arrivait presque secrètement sur moi et foutait ses seins dans ma bouche, attendant que je bande, puis elle me glissait en elle et me chevauchait. Ou bien elle me tournait le dos en posant ses pieds sur mes genoux, écrasant et relevant ses fesses sans arrêt sur mon membre. Ou bien elle se collait au mur en se cambrant à mort et murmurait mon nom en tournant un visage trempé contre mon oreille. Ou bien elle hurlait *Teerak* – chéri – depuis la baignoire à ciel ouvert pour que je la rejoigne. Ou bien elle se foutait au lit sur le ventre, deux oreillers sous elle pour rehausser son cul en exigeant, n'employant que l'anglais, le thaï l'excitant moins pour ces choses, « Lick me deeply and fuck me deeply ». Ce corps m'était devenu terriblement précieux à cause de la force qu'elle mettait à baiser. Elle confiait sans crainte sa taille miniature et agile à mes grosses mains de peintre en faisant presque le tour, et la pétrissant lentement et profondément un peu partout, et quand je me penchais vers son cou, je voyais ses oreilles et ses joues empourprées, je fermais les yeux pour ne pas jouir de cette rougeur sans feinte, bouleversé aussi par sa respiration, sa puissance, me demandant comment ses poumons pouvaient contenir une telle masse d'air, et plus elle soufflait plus elle se cambrait, relevant son bras, se relevant tout entière, sa main tirant mon crâne sur ses épaules, ses aisselles, ses lobes, la naissance de sa chevelure, incroyablement sûre de son désir.

Cette lucidité que j'affiche dans le portrait de Nong, je ne l'ai pas eue tout de suite. Je croyais d'abord l'aimer dans l'attente d'une autre, qui appartiendrait à la famille des stupéfiantes, celles que je découvrais toujours plus nombreuses dans Bangkok, se perfectionnant d'année en année, leurs ambitions de séduire toute la terre – hommes, femmes sans distinction – se traduisant par des soins et des attitudes toujours plus sophistiqués, toujours plus naturels, artifices usés instinctivement, ayant pour père non l'homme mais l'art, pour mère non la femme mais la nuit. L'argent cash les rendait heureuses et aussi leurs signatures au bas d'actes de propriété offerts par leurs sponsors transis comme des herbes grasses un peu molles écrasées par les pas ailés de ces princesses crasseuses et fières de gâcher leur sourire en se curant les dents ou en crachant au sol une pâte allant du vert Véronèse et céladon au jaune de Naples ternis par l'épaisseur, la texture, la macération des sinus.

Plus tard, trop tard, j'ai su que Nong était la seule vivable, suffisamment tôt cependant pour le lui dire, lui offrir des preuves, une maison pour sa famille près de Nong Kaï sur le Mékong, juste en face du Laos. Elle respectait mon travail, ma solitude, cherchait à nourrir mon inspiration en m'amenant les meilleures modèles, les soi-disant stupéfiantes, et les femmes transsexuelles du royaume de Siam et des Philippines, les plus belles de leur genre parfait, elles sont avides d'être aimées, avides d'être filmées, peintes, écrites, avides de leur reflet plus que les femmes ordinaires, nées comme ça et subissant leur fente.

Et puis Nong a su me donner une fille.

Check Inn 99 : The Perfect Mamasan

Bangkok, 1999

122

1999 de l'ère chrétienne, 2542 de l'ère bouddhiste, Nong et moi sommes un soir au Check Inn 99, un bar à freelances et oldtimers qui se racontent sans cesse le disque rayé des opérations noires au Laos et au Cambodge durant la guerre du Vietnam. Elle connaît la mamasan du lieu, Noï, plus exactement Mama Noï, dont l'histoire se perd dans les limbes psychédéliques, sépia et capillaires étranges des années 1960, lorsqu'elle fut entraîneuse au Copacabana, la première version de ce qui est en 1999 le Check Inn, et puis peu après au Starlight sur New Petchaburi Road. On l'abrégeait en New Road à l'époque, une artère au nord de Krung Thep et qui fut glorieuse, des centaines de clubs – trois cent trente-six, informent certaines brochures douteuses – fréquentés par les GI et chroniqués par Bernard Trink dans ses colonnes, le Thaï Heaven et ses deux cents danseuses en même temps, le Walkyries and Coconuts, le Made in Pussy, le Starlight, etc. Nong m'a présenté Mama Noï parce qu'elle est riche des récits que je collectionne pour mes peintures concernant le monde des Belles de bar. Noï racontait l'histoire intime de la Thaïlande mieux que personne, elle valait dix doctorats, elle décrivait la prostitution légale aux temps mythologiques d'Ayutthaya, précisant que : « Prostitution is not the right term, but you know about that Paul, I am sure you know it's not the right term for our girls and boys in the business » – et puis le prélèvement de l'impôt par les autorités dans les chambres des courtisanes, et l'épisode de la prise d'une ville du Siam par les Birmans ennemis de toujours, et comment les femmes du Royaume avaient alors séduit les envahisseurs avec leur alcool et leurs danses et leurs seins pointés vers leurs yeux louchant dessus, et comment elles les avaient égorgés, castrés, assassinés lorsqu'ils s'étaient endormis, comment elles trouvaient amusant de jouer avec les pénis dans les bouches hurlant de douleur de leurs propriétaires. Et c'était pareil aujourd'hui, en moins violent généralement, les GI n'envahissaient rien du tout, pas besoin de les tourmenter, et ils étaient bien plus beaux que les Birmans, plus appétissants avec leurs yeux bleus et verts et leurs cheveux blonds ou châtains si exotiques, ils se reposaient comme des bébés sous les caresses de maman, et elle précisait : « USA called that Rest & Recreation Program. It's still working now. I can introduce you to Mister d'Arborio. He was a member of the secret headquarter of that. » Tina m'avait déjà parlé de ce d'Arborio mais je ne l'avais jamais croisé encore.

Ce soir de 1999, Nong écoute Noï religieusement, ce respect me subjugue et m'agace toujours, ce sens dément des castes en Thaïlande et en Inde, et il ne s'agit pas seulement de rang social, mais d'âge, de réussite, un système si complexe, si ancien, si inscrit dans les gènes qu'il est illusoire de prétendre le comprendre lorsqu'on est un étranger, encore plus de le condamner ou de le vanter. Depuis presque quatre décennies, Noï a l'honneur, la grâce, le génie de former, conseiller, protéger, sculpter les filles arrivant de toutes les régions du Royaume, spécialement d'Issan et du Nord, plus jeunes et moins armées qu'elle pour ce type d'art sale et puissant des nuits de Bangkok, et qu'aucune loi n'arrêtera jamais puisque le sexe et l'argent existeront toujours, et que flics et juges sont comme tout le monde, hommes ou femmes ils ont des frustrations et des besoins, et ils vont aux escorts femelles et mâles pour satisfaire leur tristesse et leurs délires pornographiques.

Noï a maintenant soixante ans, elle est simplement superbe, son visage vieillissant rehausse encore plus la splendeur épanouie de ses formes, la taille non pas mince mais marquée par la poitrine grosse refaite à la perfection, les hanches évasées, dès qu'elle s'assoit elle est pleine sur son socle, c'est la beauté classique par excellence, et des mecs lui font la cour, des jeunes, des vieux, ils y croient et son élégance est totale, elle est discrète sur ses choix, personne ne sait si elle a quelqu'un. Elle fut la maîtresse d'un nombre important de célébrités thaïes et internationales qui l'emmenaient plus ou moins clandestinement dans leurs pays. Elle n'en parle jamais. Elle ne révèle jamais rien de Bing Crosby ou de Bob Hope, et surtout de Marlon Brando. À peine évoque-t-elle l'idylle avec David Bowie en 1983, lors du Serious Moonlight Tour, et à quel point Bangkok le fascinait, et qu'il était un « very nice boy ».

La vérité, c'est qu'elle refusait de s'attacher à quelqu'un. À dix-sept ans, elle vint d'Issan à Krung Thep pour changer de vie et la gagner à cause d'une blessure amoureuse. C'est toujours ce même putain de conte de fées où l'on donne sa virginité à celui qu'on trouve princier, charmant, doux et fort, pour se retrouver enceinte et quittée avec le môme à charge. L'avortement n'est pas une solution, les moines le désapprouvent, et il est sale et mauvais à l'époque. L'enfant naît, il est beau, il a faim. Ce fut aussi ordinaire que ça pour Noï, mais la vraie blessure arriva plus tard, quand son fils devenu flic refusa désormais de la voir et la renia. De ça, elle ne se remit jamais. Dans la société thaïe, c'est horrible quand la famille se disloque, la preuve d'un karma terrifiant, la promesse de renaître plus mal.

Ce soir, j'ignore pourquoi, elle m'en parle. De ces anciennes conquêtes, elle n'a rien gardé, aucune économie, possession terrienne, appartement, rien. Privée de son fils donc de son futur, elle vieillit de plus en plus pauvrement, refusant tous les prétendants, les mariages. Elle ne parle jamais de liberté, quoiqu'elle en jouisse, et d'une douce fierté maternelle envers nous tous, belles et bêtes de Krung Thep allant boire au Check Inn 99 en écoutant des musiques du passé, du jazz et les récits de Noï, quand elle veut bien. Je me dis : sa vie, c'est encore un chemin de croix, une Passion. La Passion de Noï. Un Christ chez les bouddhistes, un Christ jaune.

Annonciation

Bangkok, 1999

123

Elle nous quitte pour d'autres clientèles, Nong et moi échangeons quelques paroles sur Noï et ses confidences si soudaines, si privées, si peu dans son genre.

Nong se tait un moment.

Puis elle m'annonce être enceinte.

124

Elle m'annonce être enceinte.

Elle vient de m'annoncer qu'elle est enceinte.

Sur le coup, j'ai dû mal le prendre. J'en suis certain. Pas directement, mais mon silence, mes yeux, mon attitude générale composent le mauvais portrait, la mauvaise réponse. L'effet de son annonce dans ce lieu festif – la terreur et le bonheur subis, les contradictions insolubles –, c'est un gros gribouillage, une pelote de traits monstrueux venus d'un Bic baveux, agité en tous sens sur une feuille.

Ce n'est pas un enfant prémédité, c'est sûr. Nong ne m'a jamais parlé d'en vouloir un et j'ai toujours fui la paternité. Je me sens étranger à ce qu'elle me propose en m'annonçant être enceinte. Je suis un être ultra-moral qui considère l'enfant comme une mission sacrificielle. Or, je n'ai pas le temps de mourir chaque jour un peu plus pour que vive mon prochain de sang et de gènes. J'ai le temps de mourir chaque jour pour mon art et l'exploration physique de Bangkok et ses environs jusqu'aux îles les plus lointaines. Désolé ma chérie. L'acte d'amour, chez moi, est comme l'art pour l'art. Il n'a de sens que pour lui-même. Rien de personnel, c'est juste universel. Je ne suis pas Dieu ma chérie, je n'ai pas créé cette injustice qui, chez toi, fait que baiser peut t'alourdir d'un môme. Je n'ai pas de théologie de secours à te proposer pour justifier cette asymétrie dégueulasse. Oui, sans doute, le monde a-t-il été peint et sculpté pour moi plutôt que pour toi. C'est ignoble, mais je ne suis pas le Dieu créateur de tout ça, ni le fils rédempteur des injustices du

Père. Ce genre de théologie n'existe pas. Il n'y a pas de théologie pour les femmes chez les juifs, les chrétiens et les musulmans, et aucune société ni médecine ne changeront franchement grand-chose à cet état de fait. Rien.

Mais tu es bouddhiste, c'est vrai. Tu crois aux divinités de l'Inde, c'est vrai. Là oui, les théologies pour les femmes existent. Donc, ma démonstration ne vaut rien dans ton monde.

Je me suis rattrapé d'une autre manière. Elle était légitime, vu ton métier, ton « art », à qui soudain j'ai eu envie de dessiner d'énormes guillemets de la taille des ailes d'un ange au plafond d'un dôme. Les ailes d'un ange, c'est-à-dire les guillemets sur son sexe incertain. Le genre de traître annonçant le cocufiage du père terrestre par le père céleste.

Donc, j'ai tout de suite cru à un complot.

J'ai très vite imaginé que ces deux salopes, la vieille et la jeune, avaient manigancé l'enculage du farang. Ce n'était donc que ça. On croit partager au Check Inn 99 une complicité où le farang et la Thaïe s'abolissent dans une humanité commune écoutant de la musique et les nostalgies feutrées d'une vieille maquerelle, et on retombe dans un coup monté pour m'émouvoir, un truc pas clair, Noï et son passé de mère blessée tombant pile-poil au bon moment et renvoyant à Nong et son présent de fille enceinte et inquiète de l'être, bouleversée de l'être. Elles sont géniales ces Belles de bar, unies envers et contre tout. Et qu'allais-je faire maintenant, être un homme ou un cafard, disons un mouton ou un gars libre, un salaud ou un père ? Tous les jeunes garçons savent instinctivement que la paternité est une arme de destruction massive au service des femmes, elle vise à donner un pouvoir factice de père à des mecs qui voulaient juste prendre leur pied. Les femmes les foutent ainsi devant le fait accompli, « T'as voulu baiser, tu prends tes responsabilités ou bien tu n'es qu'une merde », c'est aussi violent, vulgaire et guerrier que ça. Aller à la paternité, c'est comme aller à l'armée la fleur au fusil, la bouche pleine d'héroïsme. Il faut les écouter tous ces pères volontaires qui promettent le verbe haut de se lever la nuit, de torcher l'enfant, d'accomplir leur devoir comme les mères, « Ma chérie je serai là », ils se veulent des hommes merveilleux comme Lord Jim se jurant d'être exemplaire le jour où la tempête viendra sur lui. Bien sûr, dans les faits, c'est moins clair, ça s'effiloche, ça fuite, ça déguerpit, la fille cuisine toujours plus, torche toujours plus, l'homme s'excuse, s'éclipse, se débande, le pénis reproducteur devient un zgeg mollasson haineux de la mère et du gosse et du monde et des patrons et de la classe politique et du système solaire et de la vie comme elle est fabriquée. La moitié des pères se cassent avant d'entendre le mot papa menotter leurs oreilles, et même alors, ils se blindent. Reste un maigre pourcentage de vicelards et de neuneus, plus de vicelards que de neuneus qui s'enchantent du pouvoir qu'ils vont avoir sur un être, surtout quand ils se veulent poules et parfaits avec leur progéniture, de sacrés vicelards ceux-là, les pires, les plus manipulateurs. Donc, personne n'a envie d'être père, c'est trop limité comme rôle.

125

Ce que je ne pouvais pas prévoir en revanche, au milieu de l'effroi, de l'envie de ramer loin vers d'autres ventres plus sûrs et stériles, c'est le sentiment étrange qui m'assaille alors, m'entripe, me met l'estomac dans le cerveau, ou bien m'entache, se répand à la surface de mes nerfs depuis l'impact initial de l'annonce météorique – j'ignore comment décrire ce mouvement d'images douces, tenaces, puissantes, comment fixer ce sentiment par des traits sûrs et nets, *fa presto.*

C'est quelque chose qui serait de l'ordre d'une infinie tendresse curieuse pour la forme à naître, l'enfant, la duplication de Nong peut-être… ?

Une version miniature de Nong, puis son long développement, l'étrange organisme que pourrait être l'enfant pour un type comme moi. Une vision de sa mère légèrement décalée, et la chance de pouvoir en prendre soin dès le début, ou bien…

Ou bien quoi ?

Moi dédoublé, certainement pas.

Ce sont des émotions vulgaires.

Ce sont des émotions nobles.

Ça ne s'écrit pas ces choses-là, au mieux ça se dessine, ça se peint, surtout dans les églises, une vierge et son gosse, et justement je peins, ça tombe bien. Et je veux une fille, dans toute sa plénitude de fille sur le papier, pas encore née. Dans le ventre de Nong quand même.

Ou bien c'est simplement la vie même dans toute sa fragilité première et en même temps sa force déjà, cette vitalité du gosse qui m'apparaît d'un coup indéniable – et par quel cordon invisible tisse-t-il déjà son lien vers moi ? Il ne doit pas être plus qu'une cédille morveuse, une esquisse d'hippocampe dans une huile maternelle où il flotte et se nourrit aspirant sa mère de l'intérieur, Nong peu à peu disparaissant dans l'enfant comme un gant se retourne, et pourtant il est déjà là, vivant, je le sens, je le sens, je le sens, et il m'aspire également vers lui.

Et soudain l'avortement m'apparaît un drame, un meurtre, une horrible décision qui, si on la prend, fera de nous des meurtriers, peut-être une légitime défense pour se sauver des complications d'une existence à charge, mais des meurtriers quoi qu'il arrive, une insulte à la vie. Et aucune femme ne s'en remet vraiment, et à aucun moment cela ne traverse l'esprit de Nong d'anéantir cette vie en elle.

126

Quel lieu étrange pour une annonciation de ce genre, le Check Inn 99 vers minuit, un bar à freelances tranquille, pas du tout agité comme tant d'autres. Un air de jazz, un long solo de trompette imité de Miles Davis dans *Ascenseur pour l'échafaud* épouse les conversations, à aucun moment il ne les étouffe par ses décibels, on s'entend parler sans problème, les mots flottent dans l'improvisation extatique du musicien, c'est doux et urbain, le spleen pur au féminin majeur. C'est un bar à *Pou Yin Kaï Borricane*, un bar à femmes vendant services, elles ont toutes plus de trente ans et les types plus de cinquante, Nong et moi sommes les plus jeunes. Que veut-elle me signifier en choisissant un bar de nuit de Bangkok pour son annonce ? Que cela ne changera rien à mon mode de vie ? Et au sien ? Est-ce seulement un signe ou moi tout seul qui trouve du mystère dans ce qui n'est que normal, un truc mis en place avec Noï lui proposant de l'aider ? « Viens me voir et on lui parlera ensemble au farang. »

Ou bien ne suis-je pas le père. Un bar à putes pour m'avouer l'incertitude, que je n'oublie pas qui nous sommes elle et moi, et cette sincérité, que j'en mesure la portée, c'est la preuve de son amour, c'est la preuve de son amour, c'est la preuve de son amour, devrais-je me répéter dans la fièvre dangereuse où me plonge son annonce.

127

D'ailleurs, je lui pose tranquillement la question en anglais, pas en thaï, une distance automatique que j'emploie, et je ne contrôle pas le ton, j'ai l'air de me marrer.

— Am I the father ? Are you sure ?

— What !

Elle baisait sans capote, continuait de bosser, des passes moins nombreuses, des passes quand même, ou bien est-ce moi qui m'en persuadais, je la filmais dans ma tête dans un bar inconnu de moi, plus sûrement une boîte, une grosse boîte vers Royal City Avenue. C'est un documentaire fantasmatique, un truc brut et véridique où la femme de ta vie te branle mentalement vers la folie. Elle aime danser, sentir la musique dans ses oreilles jusqu'à l'intérieur de ses entrailles bénies par la house et le RnB – ce putain de ventre noisette chocolaté où les sons en elle font des contractions –, et les néons aux épaules et au visage la rougissent, la verdissent, la bleuissent et la violacent, elle aime le tintamarre, et puis le calme soudain quand elle retrouve la Maison du Jouir, la paix dans les limbes d'un de mes fauteuils prétentieux en cuir défoncé qui accueille son superbe cul comme les genoux vintage d'un vieux père protecteur et confortable. Je la filme dans ma tête, c'est facile, je connais Bangkok par cœur, je sais tout de ces effets, ici on sort porté par la chaleur, on s'ouvre, le corps est chez lui dans l'humidité à trente-cinq degrés, ce n'est plus un film, c'est la réalité possible de Nong dehors quand moi je bois et je bande à ma propre mort dans ma Maison du Jouir : elle prend un motosaï, elle m'oublie, elle change de personnalité, elle chasse, elle harponne, elle dit « You take care me tonight » à un jeune post-ado backpacker, elle baise gratos, elle baise contre du fric, elle enfume le mec, elle l'encule quand il l'encule, elle est thaïlandaise, elle est sud-asiatique, elle baise parce qu'elle aime baiser, elle baise ailleurs parce que je ne l'aime pas suffisamment et parce que moi aussi je baise à tout va de Ratchada au Khlong Toeï les innombrables figures féminines dont les tenues, les talons, la longue noirceur capillaire déclenchent mes désirs répétés sur mesure, la mesure répétitive de mes désirs. La svelte anatomie or et cuivre des danseuses épouse mes désirs sur mesure, j'ai pas besoin de retouche, j'en vois une, elle me va si bien, je la veux si fort, beauté maximum par millions dans les soïs, et Nong est l'une d'elles, à moi seul, à tous quand elle se barre, à tous et à personne et à elle-même.

Un film. Ma jalousie.

Qui est le père ? Je suis le père. Je dois l'être. C'est tellement simple et terrifiant.

Après son « What ! » où elle affiche toute son indignation devant ma question, je me jette sur sa banquette, je la prends par l'épaule, elle résiste, elle ne m'a jamais vu employer cette force avec elle, je la prends complètement dans mes bras, résister est absurde, elle se ferait mal, ses poignets se briseraient en mille épingles osseuses dont je ferais des aiguilles pour tisser mes toiles, je la tuerais pour mon art, c'est mieux que de mourir en couches ou du cancer, elle cède toute raide, ne cède pas, elle se laisse enlacer dans sa raideur moite, elle suinte doucement, sans perle, accrochant la lumière, elle m'appartient, elle murmure haletante des injures du même souffle que dans l'amour, empourprée pareillement au coin des oreilles, jouissance et colère ont ainsi le même tempo d'excitation, je lui demande pardon, je calcule la façon dont je dis pardon, je lui demande plusieurs fois pardon, je sais ce qu'elle souhaite entendre et croire, et elle sait ce que je veux croire et sentir, peu à peu et savamment elle se détend, elle s'offre, elle redevient Nong.

Quand elle émerge de mes bras toute fluide et fraîche, elle me sourit comme l'enfant immaculé que l'on garde en soi pour amadouer ou offrir ce que l'on possède de mieux : elle me sourit de sa bouche immense, épaisse, rouge de lipstick. Elle me sourit. Nous rentrons à la Maison du Jouir, et soudain, je suis père et mari. Pas pour longtemps, mais cette nuit-là et les suivantes pendant quelques années criblées de dettes de cœur – adultères et vacheries – je le suis pleinement, une nouvelle aventure d'homme et de peintre.

Fresques à gogo

Bangkok, 1999

128

Tout de suite, je me suis mis de nouvelles responsabilités en tête, je ne l'étais plus seulement de mon œuvre et de moi-même, mais d'une enfant et de sa mère, et il fallait en conséquence mettre bas un homme nouveau, un nouveau Paul Gauguin, c'est-à-dire au fond l'inverse de celui que j'étais jusqu'à présent, gratter l'artiste consommateur de chairs contemporaines pour redécouvrir l'homme ancien, traditionnel, archaïque, chasseur-cueilleur, cavernicole, capable de prendre soin des besoins naturels et artificiels de son foyer. Mais très vite, en peignant, je sus qu'il en avait toujours été ainsi. Surpayant les modèles de Bangkok, Pattaya, Phuket et d'ailleurs en Asie du Sud-Est, je n'avais fait que payer mon art. Entretenir avec un modèle une relation au-delà de la pose est la seule manière de parvenir à quelque chose avec elle. L'art se tient partout aux aguets, un regard, un objet, les liaisons d'une courbe de jambe avec un arrondi de bouteille, un pied de chaise, une matière de fauteuil. La pose est misérable en comparaison de ce flux d'instantanés. Il faut donc suivre les danseuses partout, des podiums aux chiottes, des lits aux plages, des magasins aux cuisines, des restaurants aux hôpitaux. Avec Nong, je concentrais sur elle ce que je disséminais chez plusieurs auparavant. Tout cela est commun aux histoires d'amour. Et même là, ce fut provisoire. Les danseuses revinrent vite. Nong à nouveau les rechercha pour moi.

Au début, cette mission de père fut une pression absurde. J'étais moins désargenté alors, mais Bangkok coûtait plus cher au quotidien, les prix augmentaient avec la *Tom Yam Kung crisis* de 1997, qui portait le nom d'une soupe parce qu'elle touchait l'endroit névralgique des gens, le ventre, le ventre qui bouffe et qui enfante, et Nong était enceinte, et les prix des aliments de base flambaient. Une angoisse vieille comme Noisy me revenait, celle de l'argent qui manque. Comment gagner cet argent, quel prestige fait que des personnes y parviennent et s'installent à crédit dans le luxe, quand d'autres besognent jusqu'à l'étouffement par des dettes minimes, suffisantes pour les pendre et les foutre à la rue ?

Alors je suis allé voir John. J'ai dit à John : il me faut plus de travail. Et John m'a présenté sérieusement d'autres personnes. Il m'a présenté aux héritières d'Udom Patpongpanich, le propriétaire de Patpong 1 et 2, qui avait donné son nom à ce quartier légendaire et détruit par sa réputation depuis longtemps.

Les filles me donnèrent du boulot, mais elle était bien morte, la période où Michael Cimino tournait pour *The Deer Hunter* les séquences noctambules censées se passer à Saigon dans Freedom Street, l'ancienne rue Catinat, et qui en réalité se déroulaient à Patpong 1 complètement loué pour l'occasion. Dans un panoramique, on distinguait l'enseigne AIR FRANCE descendre du ciel, et les multiples enseignes des bars, et au-dessous les filles de l'époque prises en figurantes et faisant leur boulot normalement, elles avaient dévergondé l'équipe de tournage qui avait pris du retard, caméramans et preneurs de son disparaissaient pour revenir rincés deux ou trois nuits plus tard, réclamant du fric comme des drogués pour continuer à payer leurs *Teerak* – leur chérie, leur honey. Certaines travaillaient encore comme mamasan quand j'y allais, aucune ne se souvenait du tournage, leur force venait du présent et de leur famille et de leurs goûts insatiables de fête, non d'une quelconque mémoire ou nostalgie comme ces crétins d'Occidentaux.

Et John m'a emmené à Macao et m'a présenté Stanley Ho, le patron des casinos. C'était un homme étonnant, d'une puissance étonnante, filmique sauf qu'il explosait les cadres du cinéma ordinaire, il était impossible d'enfermer Stanley Ho dans une pellicule ou une carte mémoire pour la simple raison que ce qu'il montrait était peu, et que ce qu'il ne montrait pas était tout, de sorte qu'il faudrait un art du hors-champ, un art de l'invisible et du silence pour l'exposer en un portrait honnête, un Omert-Art si je puis me permettre ce néologisme, bien que les néologismes soient toujours grossiers comme un dessin d'enfant, sauf quand la magie du mauvais goût les fait rejoindre les musées, les collections prestigieuses – et ainsi certains néologismes rejoignent-ils les dictionnaires.

En fait, cet Omert-Art existe déjà, ce sont les rumeurs, les ouï-dire, les diffamations, les caricatures, les légendes et les contes produits autour des jeux d'argent, des divertissements pour adultes, des meurtres mafieux, des trafics en tous genres, vitamine blanche – les drogues – et vitamine rose – les chairs –, et de tout ce qui fait de nous des papillons plus ou moins naïfs et criminels prêts à se dandiner la nuit comme des ados à la con autour d'une roulette, d'un tapis, d'une proposition indécente de monter baiser, tout ça se terminant par un chuuut sexy et long, un doigt sexy et long de maquerelle horrifique aux ongles peints posé sur nos bouches horizontales pour former une croix, tandis qu'elle émet un son, un chuuuut, hush hush, you talk too much. Et ça renforce le plaisir de prendre son pied, de traîner dans des endroits pareils, les arrière-salles donnant sur des arrière-salles donnant sur des bordels luxueux et cruels. C'est terrifiant, c'est dégueulasse, c'est rabelaisien, ça pousse aux pénitences, aux adjectifs, aux phrases fardées quand on se souvient de ces lieux si nombreux avec ces foules innombrables, toute une humanité disponible; et pourquoi là plus qu'ailleurs ?

La phrase fardée. La meilleure. Celle au-delà du goût. Celle qui prend des risques, racole, se calme, pleure, injurie, médite, réfléchit, sent, imagine et vit. La phrase fardée. La Belle de bar.

129

C'était le monde de Stanley Ho et j'ai réalisé deux fresques pour lui.

John m'a emmené à Rangoon en Birmanie, dans une villa où s'affairait parmi les téléphones et les écrans télé le Seigneur de la mort, son surnom. C'était Khun Sa. L'ancien chef de la Mong Army à la frontière birmane et thaïe. Le plus grand trafiquant d'héroïne au monde vers 1980. Comme tous les businessmen de la région, il était à moitié chinois. L'autre moitié, sa mère, aurait été une authentique princesse shan. On taxinomise les Shan en les épinglant du terme « minorité tribale ». C'est ignoble de raconter ça dans des bouquins qui se disent scientifiques. Les sciences humaines et sociales sont vraiment ignobles avec leurs tableaux Excel érigés en explication globale où caser les peuples et les individus dans des cellules. C'est comme l'expression récente « peuple autochtone », pour parler des Amérindiens par exemple. On les fait voyager avec leurs vêtements traditionnels de plateaux télé en conférences sur le climat et l'antiracisme, et c'est la version directe des zoos humains de la fin du XIXe siècle. C'est dégueulasse. Mais auriez-vous dit à Khun Sa : « Donc votre maman, elle appartenait à une minorité tribale, à un peuple autochtone ? », et vous vous seriez senti tout de suite en danger de torture et de mort. Rusé comme il était, s'il avait détecté un moyen d'obtenir de vous quelque chose d'important, il aurait précisé avec toute la compassion dégoûtée d'un raffiné – car en matière de raffinement, Khun Sa s'y connaissait, ses chimistes vous raffinaient le pavot jusqu'à l'héroïne de la plus belle des manières – il aurait précisé : « Oui enfin… non, ma mère était shan. »

J'ai connu des Shans, des Hmongs, tout ce que vous voulez, on regardait des matchs de foot ensemble, ils rêvaient motos et carrières médicales, ou bien de devenir profs d'école, un truc qui sert et qui paie. Ils portaient des jeans, certains se faisaient teindre les cheveux en blond beurre salé, leur mode venait de Corée du Sud, le zénith de leurs prétentions vestimentaires, musicales, etc. Les filles, quand elles se foutaient en robe minimum syndical ras du cul, vous foutaient en laisse à leur suite en gros toutou blanc, un husky tatoué pour madame la Shan. Beau blond aux yeux bleus pour belle brune universelle cuivrée. C'est sûr, ce n'est point une analyse anthropologique. Disons un élan, un désir anthroposophique. L'amour de l'humain. Au commencement de toutes choses – enfant ou art ou sciences, figures ou abstraction –, au commencement était le sentiment. Les sciences humaines sont nées de la haine de l'homme. La haine dix-neuviémiste de l'homme par l'homme. Siècle antihumaniste, antireligieux, siècle positiviste, progressiste donc bourgeois. Toute cette pourriture moderne nihiliste caricaturiste, de morale sociale, on en subit encore le poids sale.

Khun Sa n'était nullement une caricature, juste un homme dangereux, affable, souriant, et il inquiétait autant qu'il séduisait doucement. Il aimait chanter *Tian Mi Mi*, un classique de la variété chinoise, un tube de Teresa Teng. J'en fus un auditeur, et par quelle synesthésie son karaoké pourrait-il devenir un dessin ? Par quels traits mon public pourrait-il se figurer Khun Sa, et en surimpression, comme un doux fanion au vent, Teresa Teng et sa voix ?

Tian
        Miii Mi…
Ni Xiao
        Dé Tian
        Mii Mi..

Doux, aussi doux que du miel,
ton sourire comme des fleurs au printemps qui éclosent,
qui éclosent dans la brise du printemps
mais où,
mais où t'ai-je déjà vu ?
et ton sourire familier,
un instant je ne puis me rappeler…

Au commencement était le sentiment. Je n'en croyais pas mes oreilles. Khun Sa. Je n'en croyais pas mes yeux, et je devais les croire, il le fallait, car c'est pour mes yeux et mes mains que Khun Sa me paierait peut-être. Et il le fit vers la fin de sa vie, au début des années 2000, un an après notre rencontre, achetant plusieurs de mes toiles agrafées à leur châssis en haut et laissées libres en bas jusqu'au sol et portraiturant seules ou en groupe des Belles de bar. Il est mort en 2007 et ce fut le premier collectionneur que je perdis.

130

J'ai l'air de me vanter en déballant ce name dropping douteux mais je ne me vante absolument pas, tout est vrai, j'ai réellement rencontré ces êtres entre deux lois. Il n'y a aucune motivation autre que celle de donner au public et à son instinct flic et inspecteur des impôts la source de mes revenus. Certains appellent ça de l'argent sale. Moi non.

Parfum – *Nam Hom*

Bangkok, 1999

131

J'acceptais tous les boulots et j'ai fait pas mal de fresques dans des gogos. À ma façon. Avec de la vidéo et des toiles-rideaux. Ou bien à gros traits. La beauté ancienne des affiches de cinéma. Des gamins meilleurs que moi techniquement m'aidaient. Ils venaient de la Silpakorn University. Je regardais particulièrement les étudiantes aux mains pleines de giclées d'acrylique, et blessées des outils de l'art, dont l'écrasante majorité n'auraient jamais à fréquenter les bars pour survivre ou simplement consommer la vie moderne – car les femmes de la nuit thaïe se donnaient également pour acquérir la profusion d'objets technologiques, vestimentaires et routiers de leurs fantasmes et de leurs rêves d'ascension sociale. Et tout le monde rêvait par ici, hommes et femmes rêvant les uns sur les autres – anatomies, exotisme, plage du bonheur, positions sexuelles sacralisées en langue sanskrite pour plus de décence pornographique, gestes sexuels influencés par les sentiments les plus forts ou les films les plus orduriers, meurtres, vengeances, affrontements nuptiaux, fric, liasses de fric, passions, paradis. Tout n'était que bulles de savon versicolores éclatant et diffusant dans l'air une peinture poisseuse pleine de figures ambiguës dont il fallait s'approcher, s'approcher encore, toucher, coucher pour en deviner la forme, le sexe, l'origine.

Les étudiantes de Silpakorn rêvaient d'être artistes peintres, et elles m'aidaient à peindre mes rêves de Belles de bar. Des rêves au service d'autres rêves. Elles peignaient les cimaises des gogos, peignaient des filles et des garçons de leur âge, ou bien plus âgés ou plus jeunes, toute une foule pleine de grâces diverses, de nudités aux proportions diverses, et d'ornements divers qu'aurait jalousés Gustave Moreau – tiares, gourmettes aux chevilles et gourmettes aux poignets, breloques étincelantes conçues par un maître verrier ou forgeron fétichiste, chaînes de diamants factices au cou et à la taille, le tout dans l'exagération, la répétition, pareil à un morceau de musique passé en boucle jusqu'au scratch. Et elles discutaient parfois de politique et d'émancipation en traçant une courbe de sein ou de fesse en rouge-brun ou or-brun, ou encore en brun cuivré ou réglisse, en mélangcant terres de Sienne et d'ombre brûlée, rouge de Mars, brun Van Dyck, et des blancs, des noirs et des jaunes. Ou bien elles dissertaient sur telle exposition et tel artiste travaillant à New York, Berlin ou Shanghai. La Chine apparaissait de plus en plus dans les magazines internationaux comme la nouvelle scène du marché de l'art, et ça tombait bien, elles étaient sino-thaïes pour la plupart.

Je regardais en surimpression mes peintures, celles qui m'aidaient à les peindre, et celles qui en étaient le sujet, arrivant vers dix-huit heures les yeux encore endormis de leur sommeil diurne et presque méconnaissables dans leur simplicité de paysannes urbaines, et j'éprouvais un puissant vertige devant toutes ces féminités se croisant, se disant *Sawasdee Kha* dans la méfiance et les sourires de convention, les unes se tachant les mains à reproduire celles se déshabillant et se maquillant. J'étais comme un mec se laissant tomber en arrière dans le vide en sachant que sa chute ne finira jamais, qu'il n'y a pas de sol, qu'il n'y a que cette chute et les perspectives vers le ciel s'affolant autour de lui. Il y avait là un parfum peu définissable dont les flacons étaient les Thaïes elles-mêmes, toutes les Thaïes dans leurs écrins de peinture et de bar enfin réunis en un seul et même atelier meilleur que ma Maison du Jouir. Térébenthine, huiles essentielles, acrylique, corps, cire, savon, sudation, stress et strass, ennui, désirs. En Thaïlande, parfum, c'est *Nam Hom* – on aspire le H à mort et on a l'impression d'entendre à la fin une sorte de G nasal doux comme un gong sur le cœur. J'étais heureux que mon choix de métier me permette de respirer ce parfum tous les jours.

Soldats au repos

Bangkok, 1999

132

Les patrons de gogos étaient contents de mes installations picturales, sculpturales et vidéo, et l'argent coulait mieux qu'auparavant. Nong gérait tout avec la dextérité d'une comptable millénaire, achetant des terres au nom des siens, bâtissant des maisons dans son village et finançant le wat.

Ces gens des gogos m'ont présenté d'autres gens qui m'ont présenté d'autres gens. J'ai rencontré toutes sortes d'expatriés américains. Des oldtimers. Je pourrais tirer maintenant de mes cartons les portraits de pas mal d'anciens combattants de la guerre du Vietnam et de quelques figures d'un peu partout ayant suivi leur sillage et ne trouvant pas de meilleur avenir que la Thaïlande pour toujours.

Par exemple, il y a là une aquarelle rehaussée de fusain et de différents crayons de couleur montrant Rick Menard, le fondateur du célèbre Grand Prix lounge club en 1969 sur Patpong 1, il est entouré de six superbes danseuses souriant sans forcer, leur vie est trop dégueulasse pour chialer leur mère qui les a vendues non pas à un proxénète mais à Bangkok elle-même, la déesse citadine exauçant tous vos vœux contre le sacrifice de votre progéniture, il a un look seventies, son polo laisse passer les poils de son torse velu et sa moustache est typique d'un hussard ou d'un quadragénaire ventru et disco, les périodes se télescopent, la réincarnation s'exhibe, soldat de Napoléon ou de Nixon, bordel orientaliste égyptien, dancing thaïlandais, les lampes à huile se métamorphosent en néons, c'est le seul endroit au monde – l'Extrême-Orient la nuit – où c'est mieux maintenant et demain qu'avant.

Il y a aussi dans les mêmes techniques mixtes Tony Poe, le mec de la CIA qui avait mené la guerre secrète au Laos, et aussi entraîné les Huis, des Chinois musulmans, exaltant le fanatisme de leur foi pour l'utiliser contre la Chine communiste, il portait toujours des lunettes noires, et ses épaules taillées dans la rudesse, ses allures viriles et cool avaient la beauté d'un cliché. Il racontait tranquillement des histoires inaudibles de rituels guerriers hmongs et shans où l'on démembrait vivants les soldats ennemis, ou bien d'autres tortures semblables très longues et qui abîmaient l'âme de ceux et celles les subissant, on ne pouvait revenir hanter son bourreau tant la souffrance était grande. Il est mort en paix dans son lit très vieux.

Cette série d'eaux-fortes, c'est T.G. Edwards « Cowboy », un Afro-Américain retraité de l'Air Force et qui a donné son nom à soï Cowboy parce qu'il avait été l'un des premiers à ouvrir un lieu de ce genre dans la soï et qu'il portait en permanence une tenue de cow-boy, je l'ai représenté au milieu d'une foule de bouteilles et de verres, une nature morte en son honneur, il s'est ruiné puis tué à l'alcool.

Et si on fouille, on distingue encore un fêtard comme Patrick « Shrimp » Gauvain, le restaurateur Robert de Cozier, un Eurasien de Macao qui tenait le Bobby's Arm et le Roberto's sur Patpong, et des boss masculins et féminins du Nana Group, du King's Group (leur base est le King's Castle sur Patpong), du Hillary Group parce que « Hillary », une dame thaïe respectable, le dirige toujours, plus quelques figures de ce genre dans les mêmes tonalités graphiques, brefs portraits semblables à une épigramme votive de l'*Anthologie palatine*, mon recueil de poésies préféré, il couvre une bonne partie de l'Antiquité grecque et latine, il est d'une netteté lapidaire et langoureuse me rappelant n'importe quelle fille de bar qui, en quelques mots de thaïglish, dessine un autre monde possible à son public.

133

Quand Laurence V. est venue faire son choix pour l'exposition, elle n'a retenu aucun d'entre eux. « Les expats, ce n'est pas ce qu'il y a de plus intéressant chez vous, m'a-t-elle dit. Manifestement, ils ne vous inspirent pas plus que ça. Ou bien vous avez un problème avec eux. Peut-être parce que vous avez un gros problème avec vous-même. Vous êtes un expat aussi après tout. » Elle avait raison bien sûr. J'étais un expat uniquement motivé par les Thaïes. Hillary était thaïe et elle m'inspirait beaucoup plus que Menard, Cowboy Edwards et consorts, elle avait la quarantaine au moment où je l'ai portraiturée, elle rappelait une figure légendaire désormais très vieille et peut être morte nommée tout simplement Ladda, ou Ladda Von Patpong. Laurence V. a sélectionné les dessins datant de 2007-2015 montrant Hillary souriant avec ses meilleures entraîneuses sous des lumières et des perspectives communes aux milliers de bars de Krung Thep, ressemblant tous à des mégapoles miniatures plongées dans la nuit permanente avec leurs billards comme d'immenses parcs verts, leurs comptoirs aux bouteilles phosphorescentes comme des avenues d'été, leurs salles saturées de signes électriques indiquant les chiottes, les sorties de secours et les marques d'alcools pareilles aux enseignes publicitaires grimpant sans se lasser aux façades des immeubles. On y entrait telles des poupées retrouvant leurs maisons, guidées là par on ne sait quel enfant cruel gigantesque qui serait notre désir.

Une autre figure a retenu Laurence V. Elle s'appelle Filippo d'Arborio et je l'ai connue en 2001 après le 11-Septembre. Je m'en souviens parce que soudain les échoppes de nippes déballant leurs marchandises sur des kilomètres de trottoirs se sont mises à vendre des tee-shirts à l'effigie d'Oussama Ben Laden, il y en avait partout, Ben Laden et son doux sourire énigmatique, plus rarement Ben Laden à genoux pointant une kalachnikov vers un point de fuite extérieur au cadre. Depuis sa mort en 2011, sa cote s'est effondrée, il a totalement disparu des icônes populaires de la jeunesse orientale, mais à l'époque, son style de roi mage de la mort enchantait les stylistes cheap de la mondialisation, la meilleure des modes, elle vient de l'été tropical surchauffé, elle vient des moussons et des lagons, des vagues à surf et des pluies diluviennes, tu as un short tendance Vilebrequin seyant à tes cuisses sveltes de coureur de fond ou bien surdimensionnées de rugbyman, des imitations Fred Perry aux pieds qui laissent ta cheville nue avec la grosse protubérance du bas du tibia pareille à une boule à facettes de chair, et puis ton tee-shirt Ben Laden semi-moulant, une qualité typique des tissus défectueux, ils tiennent une ou deux fois, et ils déclinent vers la déformation, la déconstruction, une version vestimentaire des toiles libres de la peinture des années 1960 genre Supports/Surfaces.

Je sais pourquoi Laurence V. avait choisi d'Arborio. Il s'agissait d'une série de cartons préparatoires à une fresque complexe conçue pour son lobby lors de la première rénovation du Sans Titre. D'Arborio y apparaissait par fragments – j'avais filmé ses mains et des bouts de visage – au milieu du corps entier des Belles de bar et de quelques figures ayant adapté le Rest & Recreation Program à la Thaïlande. Je l'avais montré ainsi car, dans ses confidences, il s'effaçait au profit de ses rencontres. Il en était le socle, ni plus ni moins. Nous étions semblables sur ce point. Il jugeait que par lui-même, il valait peu, mais par les autres beaucoup. Un homme-miroir, un homme-page ou un homme-papier calque, un homme-buvard, il y a tant d'espèces d'hommes, et moi pareillement, je buvais, recréais, recrachais au pinceau et aux écrans ce qu'il me racontait non de lui mais de toutes celles autour de lui, les danseuses des années 1960 et 1970.

134

J'ai rencontré d'Arborio une première fois brièvement à Silom, dans la soï Thanya, via des amis japonais en commun. Rien que dans cette soï, on estime à plus de dix mille les Belles de bar spécialisées dans la clientèle du Soleil-Levant. C'est en principe interdit aux non-Japonais. Des rabatteurs veillent au respect des règles d'exclusion chromatique. C'est national-monochromique. Il faut imaginer une telle concentration féminine dehors et dedans adressant la parole au Blanc dans des tons chauds ou froids, sourire et fard unis dans un même refus : « Sorry sir, farang are forbidden here, only nipoon sir. » Mais quand le Japonais étourdi par la musique partout et aveuglé par les néons partout s'effondre dans l'ivresse et se laisse porter aux alcôves par celle voulant bien de lui, alors les autres, sans vous permettre d'entrer, vous lancent quand même une œillade monumentale dépassant leur profession. Comme si elles vous préféraient aux Japonais. C'est leur job, vous faire croire que leurs œillades dépassent leur profession, que vous êtes différent des Japonais, elles flattent vos préjugés, gagnent du pognon ainsi, opposent les couleurs de la peau sur la toile des passes, peignent un gros sexe blanc, un plus gros sexe noir, un plus petit sexe jaune, et vos problèmes commencent à cet instant précis. Vous devenez le siège d'une bataille polychrome où les épidermes de toutes les nations partouzent et s'entretuent. C'est l'impact commun aux nuits de Bangkok et d'Asie du Sud-Est, vous tombez amoureux de la vision qu'elles ont de votre queue et de votre couleur de peau, et leur corps devient vraiment celui d'une beauté folle enfermée dans un asile psychiatrique et soudain libérée dans la nature. Elles sont peut-être pauvres ces filles, mais pas d'esprit, ça non, elles ont l'échiquier dans la tête ces filles, cases noires et blanches, toutes les figures dessus sont désirables, être pris ou se faire prendre, se faire avoir en prenant. C'est l'effet qu'elles donnent au cerveau masculin et peut-être au cerveau tout court. Et puis elles ont toutes ce truc simple : rendre irrésistible leur condition de femme qu'on juge misérable. Sauver la fille des mains des Japonais, des mains des Thaïs, des mains des Allemands, des mains des Français, etc. Mais personne n'a la main sur elles. Personne ne peut peindre leur détresse joyeuse à part elles-mêmes et leurs familles derrière.

D'Arborio aimait la soï Thanya, il avait été en poste au Japon avant le Vietnam et la Thaïlande. On a discuté cinq minutes puis il m'a donné rendez-vous à Saphan Kwaï – le pont des buffles –, un quartier du centre de Bangkok si on regarde la carte, mais comme il n'y a pas de centre, disons un quartier abritant une classe moyenne à peine sortie de la mouise, proche de Chatuchak et du Victory Monument. On trouve là des ruelles à gogo bars réservés en principe aux Thaïs, les étrangers n'y ont pas accès, mais comme pour la soï Thanya, les exceptions surgissent au milieu des règles et la présence d'une épice blanche dans une pure soupe de sang thaï rehausse le dessin nocturne et ses lumières de cuivre brûlé.

On s'est donc retrouvés au T-DED 99 à dix-neuf heures. Le 9 porte bonheur au Siam. Le 8 aussi.

Ce sont mes deux chiffres préférés. Je suis descendu à la station de Saphan Kwaï, marchant quelques minutes, et je suis tombé sur l'une des soïs à gogos du coin pas du tout dans le style de Sukhumvit, pas de haut-parleurs diffusant dans la rue les décibels assourdissants, pas d'hôtesses quasi nues dehors, et rien d'excessivement visuel, aucune saturation démente d'enseignes jusqu'au ciel. Des devantures et des néons paisibles, l'avatar des lanternes des maisons de thé de la première moitié du XXe siècle que l'on trouvait de Shanghai à Bangkok, et dont la sobriété extérieure feutrait le luxe inouï intérieur. Dans les ruelles de Saphan Kwaï, il y avait une joie typique des provinces, une forme de mélancolie souriante commune aux bânes, un *Sanouk* presque bucolique. Des groupes de musique live enchaînaient les tubes de la variété thaïe. J'aimais ce genre de soïs, plus larges et aérées qu'ailleurs, avec leurs lampadaires quasi parisiens, les catalpas au milieu d'une bande centrale verdoyante séparant la circulation clairsemée, les immeubles bas, la quiétude nocturne où quand la porte s'ouvre, quelques bruits joyeux se confondent à l'air chaud.

D'Arborio m'a tout raconté, il avait plus de soixante-cinq ans désormais, et il m'a révélé comment tout s'était mis en place, comment la nuit thaïlandaise dans sa version contemporaine avait débuté alors qu'en 1976 ça devait n'être qu'une période provisoire, le divertissement de jeunes GI souvent puceaux dans un Royaume de rêve moite et chaud, un conte de fées pour garçons, car les boys, disait d'Arborio, aiment aussi la fiction.

Sauf que personne n'avait pu prévoir qu'au Siam, ce serait différent. Les Thaïs sont différents. Peut-être parce qu'ils n'ont pas été colonisés. Peut-être à cause de Bouddha. Peut-être à cause de la convergence de ces facteurs et d'autres les mettant à part du reste du monde.

« Pour comprendre, il faut y être allé », répétait-il sans cesse. J'entendais ça depuis mon arrivée ici. Il tournait en rond depuis 1967 et il était heureux de faire des ronds dans la même ville, le même pays, la même région du monde. Pour rien au monde il n'aurait échangé ses ronds contre des lignes droites aux USA ou en Amérique latine et en Afrique. Lui, c'était les ronds des nuits de Bangkok en dépit de la monotonie, comme pour Buren c'était les bandes et pour On Kawara les dates et pour Roman Opalka la suite des nombres entiers jusqu'à l'infini, c'est-à-dire jusqu'à ce que la mort le sépare de son art élémentaire. Amour élémentaire de Filippo d'Arborio pour les Belles de bar, tout comme moi.

Je l'écoutais, j'ai vérifié ses dires, la plupart des acteurs étaient morts, les héritiers donnaient dans l'esquive lorsqu'on les sollicitait. Mais tout était vrai. Il appelait cette histoire *Argent & Sentiments*. Une longue et tortueuse histoire digne d'une longue et tortueuse installation peinte et tourmentée qui lui venait d'une dame thaïlandaise, sa vraie figure de proue. Au commencement était donc une femme.

Argent & Sentiments

Thaïlande, 1967 + ∞

135

Connaissez-vous *A Woman of Bangkok* ? demanda la femme du général Dawee Chullasapya. Pour elle, son interlocuteur n'était qu'un Américain d'un grade subalterne, un simple lieutenant-colonel d'un de ces services occultes comme il en abondait de plus en plus dans les armées depuis la fin de la Seconde Guerre mondiale. Une influence des nazis c'est certain. Services secrets divisés en multiples officines, polices pour tout et rien, police des polices, espionnage, contre-espionnage. Avec la SS et son organigramme kabbalistique où l'on trouvait aussi bien des cellules s'occupant de fouilles archéologiques que des bureaux studieux pour la déportation des juifs d'Europe, l'Allemagne avait placé la barre très haut, et chacun désormais s'en inspirait de façon plus ou moins directe, l'URSS et les USA en premier, mais les Anglais, les Français et les Israéliens n'étaient pas mal non plus. C'est pour ça que les anciens alliés récupéraient tant de criminels de guerre teutons afin de bénéficier de leur expertise. La femme du général, cloîtrée dans sa peau de porcelaine, son impeccable chignon, son impeccable tailleur révélant l'opulence bourgeoise des hanches, des joues et des mollets, adorait disserter sur ces sujets.

— Prenez Walter Schellenberg par exemple, disait-elle. Un des chefs de la Gestapo, dirigeant les opérations de sabotage et de manipulation à l'extérieur du Reich. Eh bien vous, messieurs du bloc Ouest, vous l'avez gracié. En échange de quelques informations ultraconfidentielles sur la famille royale d'Angleterre et la sympathie très poussée pour le national-socialisme du roi démissionnaire, sa majesté Édouard VIII. Et bien sûr des liens de vos industriels avec la machine de guerre d'Adolf Hitler. Et que dire de cette rumeur nauséabonde voulant que le directeur du Mossad conserve dans son bureau le portrait de Reinhard Heydrich, le planificateur mélomane de la Shoah ? Ça scandalise les visiteurs paraît-il, et il leur répond toujours avec un étonnement débonnaire qu'en aucun cas il ne faut négliger le talent de son pire ennemi, ceci afin de le retourner contre lui. Les services secrets sont vicieux, cher monsieur d'Arborio *(elle ne le nommait jamais par son grade)*, ils déforment leurs adeptes, ils révèlent en eux la brute qui sommeille au fond de chacun de nous, mais une brute intellectuelle, une brute dotée du cerveau de cet Italien, Machiavel…

Elle le savait et en parlait facilement parce qu'elle était à sa façon dans le business, et aussi une très grande lectrice. Dans ce hall de marbre du Siam Intercontinental Hotel, peuplé d'un mobilier tropical exclusivement fabriqué pour l'endroit, elle était de loin la plus cultivée de ces gars. D'un regard, elle fit le tour des membres de leur réunion officieuse dont elle était la seule femme. Malgré la bibliothèque de West Point où il avait sans doute étudié, d'Arborio ne pesait pas lourd. Ni ses deux compagnons pas très fins et qui plaisantaient avec Dawee. Ni Dawee lui-même, le pauvre, si élégant et symbolique avec ses cheveux gominés, sa fine moustache de danseur mondain version Errol Flynn, et son embonpoint cinglé dans sa tunique. Ni le dernier membre de leur conciliabule, Tommy Clift, un Birman sympathique et playboy, un ancien pilote de bombardier chassé de son pays pour d'obscures raisons politico-financières. Dans cette discussion sur la mise en œuvre du Rest & Recreation Program en Thaïlande, elle régnait seule sur un empire de livres qui auraient fait rire les gars autour d'elle, sauf qu'elle les mentionnait rarement directement, elle les utilisait en douce, ils lui avaient appris le sens de la repartie, le sens de la manipulation narrative, ils regorgeaient de munitions et lui donnaient une tournure d'esprit étrange et inquiétante. D'après elle, seules trois espèces d'ouvrages comptaient : ceux de poésie ; ceux d'Histoire ; et les romans d'amour. Pas tous. Uniquement ceux où l'argent et les sentiments demeuraient inséparables. Ceux où ils s'excitaient mutuellement. Et quand l'amour se prétendait gratuit, c'était un faux. Il existe beaucoup de faux en peinture, mais en amour, il n'existe presque que des faux. Des faux parfaits ayant tous les oripeaux du vrai. Le temps écaille la couche superficielle du sexe pour très vite séparer l'amour vrai de l'amour faux. Alors réapparaît l'argent. Le divorce, la séparation des biens, les pensions, la garde des mioches. Qui paie qui et comment et jusqu'où ? Gagner du fric, le dépenser, jouir, s'en sortir avec quelqu'un, s'en sortir *à cause* de lui, se venger de sa bonté pour ne plus être sa créature, créait une ambiance d'attirance et de répulsion extrêmes, sans quoi tout est fadasse. *Anna Karénine*, de ce point de vue, bien que chef-d'œuvre indéniable, ennuyait vite. Des riches qui s'amourachent entre eux, quel intérêt ? Alors que les pauvresses suçant les devises des richards, les riches se ruinant pour une pauvre, les riches s'illuminant de descendre et les pauvres de s'élever, c'était aussi simple, efficace, aussi indiscutable qu'en arithmétique 100 bahts + 100 bahts font 200 bahts. Les filles et garçons des basses castes de son Royaume savent parfaitement compter ce genre de choses, eux qu'on prétend inéduqués.

— Partout ailleurs c'est *Guerre et Paix*, dit-elle. Au Vietnam, au Cambodge, au Laos, en Palestine, à la frontière indo-pakistanaise, au Nicaragua, au Biafra. Vous êtes aux affaires et je ne suis qu'une femme, je ne maîtrise pas toutes les subtilités de ces choses. Je peux donc en parler librement. J'admets qu'en Thaïlande, il y a des zones de guérilla au nord et dans quelques campagnes. Mon mari désapprouve que j'évoque ces situations en public mais il faut être sincère. Mais croyez-le ou non, il ne s'agit, chez nous, que de simples péripéties à la surface de notre Royaume. Un conflit comme nous les aimons, un conflit ENTRE Thaïs, monsieur d'Arborio... Ce sera vite étouffé, les ingérences étrangères financées par la Chine ou le Nord-Vietnam suffiront aux yeux du peuple à disqualifier les rebelles. Car bien sûr, vous devez comprendre qu'ici, ce n'est pas les Philippines, ou le Cambodge ou le Vietnam. Si vous souhaitez un point de repère, disons que comme nous n'avons jamais été colonisés, l'Histoire du monde n'est pas notre Histoire. C'est plus compliqué que ça, mais rien ne vaut la simplification. Considérez donc toujours qu'il y a deux planètes sur cette Terre : la planète Bleue et la planète Thaïe. La planète Bleue a ses problèmes de religion, de politique, de mœurs. Et la planète Thaïe a ses problèmes à elle. Mais vous ne l'ignorez pas, sinon nous ne serions pas là tous ensemble à discuter d'un accord pour vos troupes… Ici, votre Rest & Recreation Program comme vous l'appelez – c'est très moche, pardonnez ma franchise, vous auriez pu faire un effort sur le nom – est le bienvenu et il le sera selon nos conditions. Nous n'aimons pas ce qui est vulgaire. On a déjà dû vous répéter que le mot prostitution n'existe pas dans notre langue. Pourquoi enfermer dans un vocabulaire dégradant un métier déjà si difficile ? Tout dépend de comment vous le faites et dans quelles conditions. Ce que nous proposons de créer maintenant, c'est autre chose, une sorte de roman si vous voulez. Les personnages principaux seront des femmes mais pas seulement. Les lecteurs seront des hommes, mais pas seulement. Notre bouddhisme Theravada possède plusieurs écoles affirmant qu'à l'origine, il y avait trois, voire quatre sexes. Donc les homosexuels, les transsexuelles, les hétérosexuels auront chacun sa place dans notre grand livre. Et ils seront prêts à payer ce bouquin spécial, oh oui monsieur d'Arborio, croyez-moi bien… ils le paieront parce que ce sera la seule histoire potable de leur vie. On pourrait l'intituler *Argent & Sentiments.* Pas besoin de l'écrire cependant. D'abord, c'est assez clair. Et on y perdrait à révéler le phénomène. Nous n'inventons rien. Les filles de nos campagnes maîtrisent déjà mieux que quiconque les attentes masculines et féminines les plus diverses. C'est qu'elles n'ont pas peur. C'est l'un de nos secrets depuis toujours. Nous sommes fortes, nous sommes thaïes, nous sommes une race élue et nous ne faisons qu'amplifier ce qui est là depuis au moins Ayutthaya... Connaissez-vous *A Woman of Bangkok* ?

136

Elle s'appelait Suwimol Chullasapya, épouse du général de l'armée de l'air, ancien résistant aux Japonais et actuel ministre de la Défense, Dawee Chullasapya. Elle se présentait souvent aux étrangers sous son diminutif anglophile : « Sue ». Madame Sue. Pour eux, ce blaze évoquait la tenancière d'une luxueuse « maison de thé », une mère maquerelle majestueuse et venimeuse jouée par Anna May Wong, l'actrice hollywoodienne d'origine chinoise, désespérée de ses rôles de « Dragon Lady », le stéréotype de l'Asiatique vamp, froide et sexuelle, attifée de qipaos, d'épingles en jade et de pensées insondables, débouchant sur des caresses et des crimes. C'était avant de la rencontrer. Alors la Dragon Lady Madame Sue apparaissait bien en chair et en os massifs, une femme plus grasse, plus subtile, moins belle, moins opaque que son modèle cinématographique. Elle était thaïe de toute façon. Comme elle le disait si bien, les fadaises coloniales et postcoloniales ne concernaient pas son pays. De ses études en Angleterre, elle conservait un anglais plus pur que celui de son époux, appris durant la guerre auprès de militaires comme lui. Notamment les gens de l'OSS, l'ancêtre de la CIA.

137

Et en face, il y avait donc Allan « Filippo » d'Arborio. Il écoutait Madame Sue. Il avait vu les films d'Anna Wong durant son adolescence et ses études. Il la trouvait belle. Depuis 1957, il était en poste à Saigon en tant que « conseiller » pour toutes sortes de missions officieuses, directement affilié à la Maison-Blanche, et il avait observé des dizaines de milliers de femmes qu'il s'avouait à demi trouver toutes sublimes, mêmes les laides. Une attraction bizarre, gênante et irrépressible. Freedom Street, que les Français appelaient encore la rue Catinat, et Cholon, le Chinatown de la ville, travaillaient très dur à perfectionner ce cliché splendide subi par Anna Wong. Les Sud-Vietnamiennes jouaient à merveille les Dragon Ladies. Elles ne se plaignaient pas d'être les stars anonymes de gars encore plus anonymes. Tout le monde ne peut pas réussir sur les écrans de l'existence mais tout le monde a le droit d'être beau une fois dans sa vie pour quelqu'un. Déjà leur vêtement rendait fou, avec ce col, ces bras dégagés, cette toile blanche moulant la marche, les fentes sur les côtés, tout cela au service d'une dignité… comment dire… une pudeur distante et hautaine, inaccessible et totalement disponible. Le contraste addictif des rues de Saigon. Ce n'était pas le pire des rôles. L'usine et le foyer offraient des rôles bien pires, mal payés ou pas du tout payés. À la place, elles se métamorphosaient en femmes puissantes et dominatrices, bien habillées, bien entretenues, putes et affairistes du cœur. Ou même pas putes du tout. Des filles ordinaires possédant le « truc ».

Madame Sue proposait-elle autre chose avec ses Thaïlandaises ? Bien sûr, la grossièreté des GI, avec leur bite quasiment à l'air, paraissait effrayante. Ça faisait marrer les filles. Des gosses. Turbulents pareil et braillards pareil. À éduquer c'est tout. Elles mataient les queues des types avec un appétit dangereux, et il faisait très chaud et humide, et les types commençaient à gamberger. La peur les prenait. La peur commune aux étrangers lorsqu'ils comprennent que l'accueil est un piège – mais un piège meilleur que leur retour aux USA. On les voyait s'assagir, s'installer avec leur dulcinée taxi-girl, et disparaître. Les Dragon Ladies leur offraient une chance. Pour elles, les choses sérieuses avaient débuté longtemps auparavant, avec leurs hommes, de vrais mecs ceux-là, et les Chinois ou les Japonais, aux fantasmes assez barges.

138

— Non, répondit d'Arborio, je n'ai pas lu *A Woman of Bangkok*.

— C'est un joli roman écrit par l'un des vôtres il y a dix ans. Un jeune Anglais tombe amoureux d'une dénommée Vilaï, alias The White Leopard, dans un dancing sur Surawong Road je crois. Enfin, c'est là-bas que ces choses-là se passaient à l'époque. Il paraît que c'est tiré d'une romance vraie. C'est très farang mais ça me va. Et c'est bien meilleur que *The World of Suzie Wong*. Même si l'adaptation filmique avec Nancy Kwan est excellente !

— Il y a beaucoup de bars portant ce nom au Sud-Vietnam. Suzie Wong Disco, Suzie Wong Club. Mais je n'ai pas vu de Vilaï Dancing en parcourant votre capitale.

— Nous avons mieux. Les livres s'inspirent de nous, pas l'inverse.

— Vous déconnez ? *The World of Suzie Wong* est basé sur l'expérience de l'auteur à Hong Kong.

— Je ne suis pas votre « buddy », chuchota Madame Sue en se penchant vers son acolyte avec un sourire radieux. Je suis une femme, une Thaïe, et je suis plus âgée. Je ne « déconne » donc pas, évitons les tournures familières voulez-vous ?

139

D'Arborio se sentait las. Les deux lourdauds l'accompagnant n'arrêtaient pas de rigoler avec le général Dawee. L'un représentait la CIA, l'autre l'ambassade des États-Unis d'Amérique, et ils trouvaient leur job stupéfiant et génial. Organiser la détente putassière de leurs compatriotes leur paraissait une mission inespérée, le genre de choses auxquelles on ne pense pas lorsqu'on étudie à vingt ans pour intégrer l'Agence et la diplomatie. Toujours cette régression adolescente chez les types sur la question du cul, toujours à plaisanter lourdement sur les tarifs et les prestations des tapins de la cité des anges en se croyant des affranchis. Dawee se comportait comme un camarade paternel avec eux, alors que son rang lui permettait la distance, mais ça l'amusait visiblement, ça datait de l'OSS, il racontait son passé, comment à l'époque on collectionnait les os des kamikazes se fracassant sur les navires, il y avait un marché noir passionnant sur ces articles durant le printemps 1945. Il fallait extraire de la tôle les membres déchiquetés, les faire bouillir et les baigner dans du lait. Ses deux interlocuteurs gouaillaient à n'en plus finir, impressionnés par la bonhomie calme et douce de cet homme plein d'expériences inquiétantes.

Quelle bande de cons, se désolait d'Arborio, avec leur grade et leurs responsabilités jetés aux caniveaux de Krung Thep ! Peut-être aussi que lui-même était trop raffiné, ou qu'il en connaissait trop, qu'il en avait assez vu. Il ne disait rien de son mariage avec une professeure d'économie originaire de Hué. C'est en les croisant au restaurant ou à des réceptions que l'on découvrait son engagement pour le meilleur et pour le pire avec l'Asie du Sud-Est. Et comme elle était vietnamienne – an asian girl, simplifiaient les conversations – on prétendait qu'il avait dû la rencontrer dans un bar, qu'elle était une ex-putain. Pauvre fille exploitée par un pauvre type. Ainsi sont parfois les gens qui se marient entre eux et qui s'indignent de tout depuis leur couple et leur salon et leurs belles idées pleines de progrès.

Mon Dieu, comme il aimait cette région et comme il la détestait ! Son crâne balançait toujours entre ces deux extrêmes. Année après année, lentement, une folie meilleure que la vie s'installait partout dans son corps, ses pensées, dont il ignorait le but : bonheur, malheur, ruine, tranquillité, suicide ? Ou bien tout ça en même temps. L'abondance émotionnelle de l'Asie du Sud, profonde et insulaire, le tenait en vie. Le Vietnam était déjà perdu. Cette guerre n'aurait jamais dû exister, mais elle se développait au contraire, les effectifs gonflaient, bientôt cinq cent mille hommes, les troupes au combat, l'intendance, la flotte aérienne et navale, les cols blancs de l'administration, et même la presse, et il fallait toujours plus d'endroits pour leur repos à base de mer, de filles, de sieste, de bière, de ragots, de scoops et de piscines. On les baladait dans le Pacifique selon la même formule terne et rassurante pour Washington : des organismes américains louaient ou acquéraient des terrains, construisaient des baraquements confortables avec des attractions pas si éloignées de Donald et Mickey saluant le peuple à Disneyland, nommaient à leur tête un expat blanc ayant le look et le pedigree du baroudeur blanc des tropiques, sollicitaient les bordels locaux, et les nanas aux oreilles fleuries de lotus vivaient là en tant que fiancées auprès des permissionnaires sortant des bus tels des enfants lors d'une visite scolaire. On avait beau se trouver à des milliers de kilomètres de la mère patrie, c'était du 100 % made in America.

Mais ce serait différent au royaume de Siam. Oh oui, et ça le serait de façon irrévocable.

140

Madame Sue et Dawee en avaient exposé les grands traits. On diviserait les activités pour un développement maximum et un meilleur contrôle des recettes. Et voici comment on allait organiser cette opération.

1 : Une agence de voyages s'occuperait du circuit proprement dit. Tommy Clift en serait le gérant et on appellerait cette société la Tommy's Tour. Les actionnaires réels, eh bien, ce seraient les Chullasapya et des amis plus puissants encore, tous thaïs et souhaitant rester anonymes. Des bureaux ouvriraient un peu partout, on ne pourrait passer que par eux et on imprimerait des billets, des brochures, on solliciterait les musées, les wats, les marchés flottants pour des visites guidées le jour, on imaginerait des circuits de randonnée, on ferait des films publicitaires, un logo serait dessiné par une artiste thaïe de la Silpakorn University et des bus de compagnies associées s'orneraient de ce blason, débitant la soldatesque à la tonne, mille kilos de barbaque masculine en attente du double ou du triple de chair féminine, et bien entendu, les sentiments, la chaleur, l'épiderme des *Pou Yin* et la street food noieraient tout ça dans la joie.

2 : Un gigantesque réseau d'hôtels indépendants allait sortir de terre à une vitesse record, confiés à des familles locales souvent sino-thaïes, modifiant pour toujours le paysage de Bangkok et de la Thaïlande. Ils seraient modernes, relativement bon marché, confortables, avec une couleur locale bien sentie, mais des noms évoquant le pays des clients, comme le Florida, le Miami, le Grace, l'Atlanta, disposant tous d'une

piscine, chaque chambre d'une salle de bains et de la climatisation. D'un côté, les breakfasts proposeraient des œufs brouillés ou mollets ou bien « sunny », des tranches de bacon, des saucisses, du café, des pancakes, du miel, ainsi que du pain de mie industriel, on trouverait des toasters en libre accès et des frigidaires contiendraient les sodas et des bières. De l'autre, il y aurait les *Tom Yam* – soupe piquante –, les *Khao Pad* – riz frit –, les *Som Tam* – salade de papaye tellement épicée qu'elle flinguait la grippe et filait des cancers aux boyaux – et toutes sortes de mets thaïs pour celles accompagnant leur amoureux en uniforme de sortie sans retour vers la maison maternelle, et laissant à ceux résistant malgré tout au mariage avec leur chérie tarifée des souvenirs déchirants et intenses pour plusieurs vies.

3 : Un plus gigantesque réseau de bars, de boîtes, de salons de massage, de karaokés allait voir le jour dès demain, car voilà le secret de la recette de Madame Sue : les filles ne seraient pas enfermées dans les centres du Rest & Recreation Program, elles papillonneraient sans limite, elles iraient où elles voudraient ou presque, elles seraient libres ou presque. Il y aurait sans doute des abus, des bavures comme dans tout système bien huilé, mais on punirait les fautifs, les macs indélicats, les punters violents, et dans l'écrasante majorité des cas, tout se passerait bien et les filles gagneraient en une nuit le salaire d'un mois en usine, le bien reçu ferait oublier le mal, et leur gossip multiplierait leurs rangs. Les mecs, eux, dépenseraient en une nuit leur solde mensuelle de troufion, de sous-off ou même d'officier respectable, et ils

s'endetteraient, demandant des avances, et pour finir, au bout du rouleau, ils accepteraient de convoyer l'héroïne du Triangle d'or dans leurs bagages de soldats revenant aux USA en échange de crédit sur leurs noces précaires auprès des femmes de Bangkok… Mais ça, Madame Sue le taisait…

4 : Un système complexe d'interdépendance financière à base de commissions occultes entre l'agence, les hôtels, les bars, les transports, serait établi de sorte qu'à la moindre transaction, un pourcentage serait prélevé du plus bas au plus haut, des taxis aux Ladybars et des Ladybars aux Chullasapya et leurs mystérieux amis dans l'armée, la police, et plus haut encore, là-haut l'empyrée, le ciel archi-dantesque du Siam.

Bien entendu, ce serait intraçable, tout s'effilocherait dans le labyrinthe des échanges de devises cash passant de main en main comme une histoire s'en va de bouche à oreille. Et Madame Sue la lectrice aimait dire qu'un récit à l'oral c'est du liquide, tandis qu'un récit par écrit déposé dans un livre, c'est un chèque sur un compte bancaire, on peut aller dans les pages et en tirer des preuves contre l'auteur, on peut commencer un contrôle moral sur la marchandise pareil à un contrôle fiscal et engager un redressement… Mais une narration en direct, par exemple celle d'un punter payant une Ladybar pour une heure, une nuit, une semaine, et qui répète son histoire thaïlandaise indéfiniment, les yeux mouillés, aux copains et même aux copines une fois rentré au bercail si ordinaire et si triste en comparaison, que ce soit à New York, Dallas, Detroit, Chicago, LA, San Francisco, Shitland ou Shit-ssissippi ou Wa-SHIT-ton, ce serait parfait, invérifiable et cependant bourré de cette énergie typique de l'improvisation vécue, ça ferait boule de neige, on voudrait aussi devenir un de ces personnages, on casserait sa tirelire pour s'offrir Bangkok… Donc, les civils succéderaient aux militaires. Et chez les Ladybars pareil. Elles parleraient et montreraient les dollars une fois rentrées au village lors des Buddha's Days, et les cousines, les petites sœurs suivraient, les frangins gratteurs de guitare sèche, les premiers amants qu'on présenterait comme des frères aux farangs stupides, et c'est pour ça qu'aujourd'hui, dans la moiteur du Siam Intercontinental, rien ne serait signé. Pas de registres, de bouquins, de documents. Mais on allait se promettre sur l'honneur que ça se passerait comme ça, sans quoi, lorsqu'un des protagonistes sortirait pour une course ordinaire, un accident surviendrait.

5 : Si tout appartiendrait aux Thaïs, que ce soit la direction des hôtels, des boîtes ou de l'agence, le financement serait lui 100 % américain. Des milliards et des milliards de dollars seraient impliqués, depuis les subsides pour les chantiers, les pizzos X ou Y pour les marchés publiques et les intermédiaires, jusqu'aux soldes et aux primes de divertissement des GI. Une goutte d'eau dans la fortune indécente des USA, qui aideraient ainsi leur allié thaï dans la lutte anticommuniste et la lutte pour un développement plus juste des infrastructures du Royaume. En 1967, il était temps de rationaliser les choses, vingt-cinq mille types stationnaient déjà en permanence en Thaïlande, et sur New Petchaburi Road, la fête pullulait, on devait offrir un cadre décent à cette expansion sans limite,

et ressemblant à une anarchie nocturne jamais vue encore, éberluant les visiteurs. Mais en fait, il s'agissait de l'incarnation la plus lumineuse de la liberté.

141

Voilà, il s'agissait d'un plan structuré en cinq points afin de pouvoir le compter sur ses doigts, et ainsi de mieux s'en souvenir. Alors d'Arborio admettait combien la Thaïlande n'était pas le Vietnam, Singapour, les Philippines, la planète Bleue.

Ici, le Rest & Recreation Program ne viciait rien du tout et n'aggravait rien du tout. Il ne modifiait pas une nation. C'est la nation thaïe qui détournait le Rest & Recreation Program vers la démesure et quelque chose d'inédit. Enfin, disons que les responsabilités seraient partagées si un jour on organisait un procès de Nuremberg de la politique de divertissement pour adultes menée par les USA. Ce ne serait d'ailleurs plus un divertissement pour adultes ou du « trafic d'êtres humains » comme on continuerait sans doute à nommer ce phénomène. Ce serait la vie même, ça semblerait ainsi, et ce serait dangereux pour cette raison. Ce qui s'élaborait là serait incontrôlable, même Madame Sue ne semblait pas s'en apercevoir, une mécanique émergerait, monstrueuse, où très vite on ne dirigerait plus rien, elle fonctionnerait toute seule, et ses actrices et acteurs sur le terrain, dans les hautes sphères ou les bas-fonds, en deviendraient les marionnettes et les marionnettistes, à la fois tirant les ficelles et manipulés par elles.

142

Les conséquences pour ses compatriotes, d'Arborio les devinait facilement.

Ça leur filera pour toujours un mental d'excité nostalgique et une obsession maladive envers l'Asie du Sud-Est, où le moindre pandanus infesté d'insecticide aura plus de valeur qu'une forêt de chênes et de tilleuls chez eux. On allait en voir de plus en plus cherchant à y retourner par tous les moyens, même et surtout les plus illicites parce qu'ils sont les meilleurs et les plus dignes des Ladybars.

Leurs cœurs dans leurs torses deviendront des crachats sur les murs de leur patrie, des mollards de sang et de sentiments dégoulinant à travers des phrases lyriques, et en se décrochant, ils dessineront un corps de folie nommé Nok, Yadda, Tip ou Song, un corps dont ils chercheront en vain la fidélité charnelle et affective, et cette quête absurde se révélera le secret de la vraie vie. Enfin, il exagérait, il y aurait quand même des happy ends. Il se promit de lire *A Woman of Bangkok*.

143

Madame Sue demanda l'origine exacte de son nom, d'Arborio, et il parla de l'Italie et de la France, à cause du D apostrophe, un relent de conquête ancienne en Lombardie sous Napoléon, et elle sourit devant cette fierté un peu minable de métèque. Dans cette fin d'après-midi, le Siam Intercontinental Hotel déployait voluptueusement ses membres, ses toitures amples et inclinées évoquaient autant un wat un peu plus assoupi sur ses fondations que les demeures japonaises quand les tuiles rejoignent le sol, ou bien des carapaces d'insectes. L'air contenait l'odeur des plantes, de la piscine, de la pollution et de la féminité, l'atmosphère humide s'invitait partout, ventilée par des esclaves électriques au plafond ou dans des coins, car tout a une âme par ici, même les objets, on finissait par le croire, on commençait par en rire et puis on acquiesçait. Les bâtiments et les bassins se tenaient au milieu d'un immense parc, et Madame Sue rappela que toute la zone était une propriété royale. Le Lotus Palace était leur voisin, de même que le Wat Padum Vanaram. Ainsi la Sangha – la communauté bouddhiste – et les Chakri – la dynastie régnante – protégeaient implicitement cette nouvelle institution du tourisme, dont la première pierre fut posée à dix heures du matin, le 11 décembre 1964, parce que l'astrologue de la cour l'avait conseillé après d'honnêtes calculs. Elle désigna d'ailleurs l'un des bouts du hall. Un moine et son escorte venaient d'arriver, il ne s'agissait pas de le faire attendre, il allait bénir cette réunion et ainsi la placer sous les meilleurs auspices.

Dawee eut encore le temps de raconter une anecdote. Durant la guerre, ses potes de l'OSS lui avaient offert une nouvelle identité.

— Vous savez quoi ? Ils m'appelaient « Dicky » Stone. Évidemment, on disait tous « Dick », ça va plus vite… « Dick Stone », vous voyez où je veux en venir pas vrai ? Avec « Big Dick Stone » de votre côté, votre Rest & Recreation Program est entre de bonnes mains, croyez-moi !

Et les deux Américains se marraient vraiment, le général Dawee était drôle comme un mec salace du Midwest, et Tommy Clift éclatait d'un rire complice plus modeste, et d'Arborio tentait lui aussi de faire bonne figure. Madame Sue secouait la tête, ravie et désolée devant cet étalage de puérilité masculine.

Mais dès que la délégation religieuse s'approcha, elle et son mari changèrent d'attitude, les farangs redevinrent des farangs à qui on avait accordé l'aumône d'une familiarité selon leurs coutumes, et même les deux crétins accompagnant d'Arborio sentirent qu'ils ne rigoleraient plus jamais de la même manière avec le général Dawee Chullasapya.

144

Si ce jour-là aucune signature ne fit son apparition sur des documents, des lois furent quand même votées concernant le domaine du divertissement – l'*entertainment*, le mot s'imposait partout, dans les conversations, la presse, les soïs, même s'il était faux, choisi précisément parce qu'il était faux, grâce à lui on pouvait prétendre que la prostitution n'existait pas, seulement du spectacle, de l'art, de la danse, de la musique et du chant, de la peinture et de la sculpture, les Ladybars posant sur scène et dans les chambres d'artistes en herbe. Ça octroyait à certaines zones urbaines des permissions d'ouverture nocturne et d'activités spéciales dans le domaine des « services à la personne », mais tout cela ne signifiait pas grand-chose, on trouvait de tels endroits partout dans toutes les villes du Siam, simplement, ça permettait de gagner encore plus d'argent par la création de franchises territoriales où l'on payait plus quand on était à l'intérieur parce que c'était légal, et où l'on payait plus quand on était à l'extérieur parce que c'était illégal, et ainsi on s'arrangeait quelle que soit la situation pour gagner toujours plus, et les affaires s'amplifiaient, une formule imparable. De toute façon, ça débordait de partout, l'administration recensait 652 lieux officiels de plaisirs en 1966, des milliers un an plus tard, et deux ans après, on entendait parler de plus de vingt mille bars, salons de massage, discothèques, on ne comptait plus, on se contentait d'enfiler une belle chemise, une belle robe, et on sortait.

145

Argent & Sentiments était un best-seller désormais, totalement atypique, avec de vrais murs, de vraies chairs, de vrais néons, de vrais bahts et de vrais dollars, et chaque jour de nouveaux chapitres s'ajoutaient aux anciens, et dans cet interminable bouquin en expansion permanente, on vivait et on crevait.

146

D'Arborio croisa Madame Sue encore une fois peu de temps après, au Montien Hotel sur Surawong

Road. Elle attendit qu'il vienne à elle et la salue convenablement par un waï où ses mains jointes s'élevèrent un peu au-dessus de son nez afin de manifester le respect de sa jeunesse étrangère pour sa maturité de femme thaïe, et ils discutèrent brièvement. Elle retrouvait deux vieux amis professeurs de littérature à Thammasat University et un troisième arrivant de Yale. Tout cela s'annonçait digne et respectable, elle couvait dans ses mains potelées un énorme exemplaire d'un poème thaïlandais, l'un des deux plus longs jamais composés par un seul homme sur cette terre, quarante-huit mille six cent quatre-vingt-six distiques, et le titre, *Phra Aphaï Mani*, était quasi intraduisible, alors elle proposa comme ça *La Noblesse de Mani.* Il s'agissait une fois de plus d'amour, de trahisons, de batailles épiques, de descriptions d'îles chaudes et magiques, d'ogresse devenant une jeune fille pour séduire un garçon joueur de flûte, le prince Mani justement. En l'écoutant, d'Arborio pensait à Eurydice et Orphée. Les mythes se répondaient d'un continent à l'autre comme des voisins ouvrant leurs volets un jour d'été, un jour de paix. La littérature comparée valait mieux que la diplomatie, peut-être que la nuit thaïlandaise était réellement l'aboutissement de l'art. Peut-être que oui.

147

D'Arborio resta un moment avec Madame Sue, le temps qu'elle décide que leur entretien de hasard se termine, puis il se rendit à une table d'hommes où l'on trouvait des représentants de familles subalternes impliquées dans le Rest & Recreation Program. Il y avait notamment là Udom Patpongpanich et les émissaires d'un clan d'origine indienne, des musulmans du Gujarat émigrés au Siam au XIXe siècle, les Nana. Eux aussi tenaient leur surnom du roi de l'époque, Rama IV. Nana voulait plus ou moins dire « petit enfant ». Lek Nana, leur chef, était un homme politique à la fois très nationaliste, très monarchiste et très musulman, comme un retable aux panneaux contigus mais suffisamment indépendants pour être vus séparément. Il possédait beaucoup de terrains autour d'une voie de circulation encore rustique mais en plein développement, la Sukhumvit. Udom et Lek se connaissaient vaguement de la guerre contre les Japonais. Comme Dawee, l'OSS les avait recrutés. D'Arborio ne jouait plus aucun rôle réel dans le Rest & Recreation Program et ses conséquences, il s'agissait d'affaires entre Thaïs, surtout d'opérations immobilières à base d'hôtels et de condominiums, mais il assistait quand même à ce genre de raout quand on le prévenait car un désir trottait dans sa tête et il soignait son nouveau réseau de décideurs thaïlandais.

Il projetait de s'installer au Siam quand le Vietnam tomberait. Il n'en avait pas encore parlé à sa femme qui se voyait plutôt à New York, ou mieux, à San Francisco ou Los Angeles à cause du climat (elle omettait Washington, son mari traçant de la capitale un portrait lugubre à base de pluie, d'ennui et de délinquance), mais il espérait qu'elle ne ferait pas trop d'histoires. Madame Sue et ses liens avec le monde universitaire rendraient peut-être les choses plus simples, elle obtiendrait pour son épouse un poste de lectrice dans une faculté de sciences économiques, même si d'être vietnamienne, héritière de l'empire d'Annam, vieil ennemi des Thaïs, la rendait secrètement méprisable à Madame Sue. Quant à lui, son but flirtait dangereusement avec le rêve.

148

Un fantôme planait sur ces gens de la Seconde Guerre mondiale, celui d'un Américain récemment disparu dans la jungle en Malaisie et qui avait recruté un grand nombre d'entre eux pour l'OSS. Il en avait été l'un des agents les plus notoires et les plus fantasques. Bien sûr, il s'agissait de Jim Thompson. Tout le monde connaissait Jim Thompson par ici en 1967. Une célébrité dangereuse pour son possesseur. Chacun racontait son histoire à sa façon, dans les conversations, les articles et même les livres, et d'Arborio avait sa méthode personnelle, car depuis quelque temps, il rêvait de ça avec obstination. Il avait lu des rapports concernant ce gentleman homosexuel. Il avait même payé un verre à l'un de ses domestiques très playboy et jouant désormais du mambo dans un beer bar pour hommes d'une venelle de Surawong Road, les cheveux barbouillés de fleurs de lotus et de roses. Pourquoi fallait-il que l'univers homosexuel évoque systématiquement les statues, la beauté, la débauche, le crime, le cliché des fesses rondes de Dieu le Père au plafond de la Sixtine ? Thompson avait bon goût en matière de mecs thaïs, comme il avait bon goût en toutes les matières, et il fascinait son public, surtout les femmes riches du Siam et du reste du monde.

Au sortir de la guerre, amoureux de la Thaïlande, il avait fondé une compagnie de fabrique textile réunissant les meilleurs artisans du Royaume. Il voulait sauvegarder la tradition de la soierie locale, qu'il affirmait en péril. Mais quand on interrogeait les Thaïlandais, la belle histoire d'amour de cet étranger pour leur pays d'hommes libres s'effilochait. Qui était donc ce Jim Thompson pour oser entreprendre ça et donner des leçons aux Thaïs sur leur propre culture ? Mon Dieu, ces farangs ne comprendraient donc jamais l'étiquette basique de la société siamoise, où tout ce qui est direct, démonstratif, enthousiaste, évoque la vulgarité, l'égoïsme et l'ambition déplacée ! Les Patpongpanich de Chine et les Nana de l'Inde du Nord avaient su instinctivement quel chemin emprunter pour s'imposer. D'abord l'humilité, la patience, l'anonymat. Simplement plaire au roi et ne servir que lui, car on ne servait pas mieux et on ne plaisait pas mieux au peuple. Après quoi venait la bienveillance du monarque, l'octroi de la nationalité, d'un nom, d'une terre. Et deux ou trois générations plus tard débutait parfois la reconnaissance officielle, un rôle politique dans les limites de la bienséance raciale – un étranger restant un étranger, même après cent ans de présence et la citoyenneté précieuse, exceptionnelle. Ainsi Lek Nana aujourd'hui, fils d'Ahmad Ibrahim Nana et membre du parti démocrate, qui en dépit de son intitulé rappelant la gauche et Kennedy, était en fait un organe monarchiste opposé aux velléités grossières de cette nouvelle bourgeoisie financière, dont les pères voulaient instaurer le pouvoir des banques et des échanges internationaux, et leur progéniture étudiante, le socialisme et la démocratie à l'occidentale. Mais Jim Thompson s'en foutait de ces archaïsmes bidon, que craignait-il en tant qu'Américain des services secrets – l'OSS et maintenant la CIA –, entrepreneur à succès, possesseur d'une maison magnifique à Pathum Wan District, le quartier le plus à la mode ? Il en était fier de celle-ci. Chaque élément démonté d'anciennes demeures provenait d'Ayutthaya et de différentes campagnes du centre du Royaume. Tout en bois et traditions, dans un teck écarlate, évoquant le sang, le crépuscule ou la folie, et emplie d'objets d'Asie du Sud-Est. Une authentique maison thaïe où plus aucun Thaï ne souhaitait vivre. Il manquait la climatisation, l'eau courante, la piscine chlorée qui effraie les pythons réticulés. Les Bangkokois le félicitaient mielleusement de son goût pour les ruines des ploucs de chez eux. On y donnait des fêtes fréquentées par Hollywood, le Pentagone, Langley et Greenwich Village, quand un reportage ou une tournée les amenait dans le Royaume. Et là, dans ce jardin enfouissant les différents pavillons sous les palmes géantes et les dragonniers, avec un étang et un khlong pour bordure, tout s'assourdissait, la musique, les débauches, les cris, les conversations. En quelques mètres, la touffeur avalait les convives s'éloignant, on ne percevait plus que la rumeur des insectes, les geckos, et parfois l'Adhan de la mosquée voisine.

Il arrivait, disait le playboy en fleurs et aux biceps inquiétants, que Jim évoque son vieil ami assassiné deux ans plus tôt, Darrell Berrigan, l'éditeur fondateur du *Bangkok World*, un homme de goût et de la CIA, son frère jumeau en quelque sorte, et ses mots se mouillaient de larmes. Une métaphore sans doute, Jim ne pleurait pas. Pauvre Darrell, si naïf au fond, et moins connu que lui, Jim Thompson, the Silk Monarch. Sa notoriété valait plus qu'un bunker et une garde-robe de gilets pare-balles. Sa notoriété le protégeait, on ne le traiterait jamais comme Darrell.

149

Le 26 mars 1967, lors d'un pique-nique, Jim Thompson voulut rentrer au cottage de ses amis pour y faire la sieste, et on ne le revit jamais.

150

On était à Cameron Highlands, dans le centre de la Malaisie, une fédération encore adolescente bourrée de régions disparates pleines d'islam et d'animisme, et les plantations de thé rehaussaient plus qu'elles n'atténuaient l'empire végétal endémique de la région. Du ciel, une même canopée verte, bosselée, masquant des profondeurs moites, réunissait les nations de cette partie de l'Asie, et capturait sans distinction du nord au sud les patrouilles vomies d'hélicos près de la piste Hô Chi Minh, ou les promeneurs imprudents des sentes malaises. Mille hypothèses expliquaient la disparition de Jim Thompson, et d'Arborio avait la sienne. Il se rappelait son élégance un peu trop affichée, sa fortune un peu trop obtenue par l'usage d'un art thaïlandais ne lui appartenant pas, et l'éloignant de ceux dont il voulait se rapprocher.

151

D'Arborio songeait à tout cela parce qu'il désirait devenir une espèce de Jim Thompson de l'après-Vietnam. Il y aurait des opportunités, il ignorait encore lesquelles mais il serait là le jour où elles surgiraient. Il ne se voyait pas revenir aux USA. Tout le monde rêvait des États-Unis sauf lui. On injuriait sa puissance et on adorait y migrer, le paradoxe débile d'une humanité débile. On gueulait « GI go home » et on économisait pour aller faire le hippie à Haight-Ashbury et gratter les cordes d'une Fender Duo électrique dans une paillote bohème chic de Pacific Palisades, ou bien singer le hobo dans un wagon de marchandises reliant l'Atlantique au Pacifique à travers des pellicules de montagnes, de campagnes, de déserts, de villages plats ressemblant à des zones industrielles désaffectées où les vents poussent des tumbleweeds, ces pelotes géantes d'herbes sauvages et sèches qui enjoient les westerns.

Lui s'y emmerdait de fond en comble. Le Summer of Love l'emmerdait, la pop culture l'emmerdait, le Ku Klux Klan l'emmerdait, le Black Power et les droits civiques l'emmerdaient, les hétéros et les gays l'emmerdaient, le grand roman américain l'emmerdait, la moindre parcelle de cette immense étendue américaine, les grands espaces et leurs frontières l'emmerdaient, et il voulait se réveiller ailleurs dans une langue moins stupide et abstraite que celle du bloc Ouest et du bloc Est, celle du capitalisme et celle du communisme, celle de la démocratie libérale et celle de la démocratie socialiste, deux grosses conneries testiculaires maladives. Ses compatriotes démobilisés ouvraient des bars sur Patpong et Sukhumvit, quémandant des baux commerciaux aux familles Nana et Patpongpanich. Mais lui méritait mieux, avec sa femme universitaire, ses relations directes avec les Thaïs importants. Peut-être un truc dans l'import-export de mobilier ou d'antiquités, où il ferait pour le bois et la pierre ce que Thompson avait accompli avec le savoir textile du Royaume. Rien de très original. À ce compte-là, d'Arborio disparaîtrait lui aussi dans la toile de fond du Rest & Recreation Program, personnage secondaire voire ternaire de la grande Histoire observée du côté de la nuit. Disons la grande Histoire confidentielle. L'Histoire côté jour, on l'archi-connaissait jusqu'à la nausée, toutes ces dates sur les manuels scolaires et les plaques commémoratives, toutes ces batailles et ces discours, ces émeutes et ces enjeux glosés dans les journaux, les émissions et les essais. L'Histoire nocturne des peuples, des monuments, des alcôves, des orgies, des tavernes, des bordels et des coïts plus ou moins sentimentaux, on la connaissait trop peu, surtout depuis la fin de l'Antiquité, les modernes aimant moins que les anciens les turpitudes palatiales et populeuses de leurs Néron, Justinien, Théodora, Messaline, Poppée, Hadrien, Antinoüs, etc. La nuit appartient à deux jours. Les dates y deviennent du lait dans du café. Elles se dissolvent. Donc il n'y a plus de dates la nuit, seulement Bangkok et autrefois Canope ou Rome. Peut-être pourrait-il devenir historien de cette façon ? La grande Histoire confidentielle rendant l'officielle abstraite, pleine d'histoires figuratives à base de lumière, d'ombre, de gamines et d'adolescents soldats vieillissant peu à peu dans l'exaltation de leurs sentiments et de leurs ambitions bizarres, et transmettant le témoin aux nouvelles générations de Ladybars et de punters.

Nativité

Bangkok, 2000

152

L'argent qui rentre, l'enfant qui sort ; l'image est vulgaire comme un dessin satirique français, mais c'est une pochade assez proche de ce que Nong et moi vécûmes au début des années 2000. L'argent rentrait puis fuyait par les interstices boisés de la Maison du Jouir. J'en donnais autant à dix filles de Chiang Raï, Chantaburi, Songkla ou Khon Kaen qu'à Nong, qui donnait presque tout de notre pécule aux siens, même un ancien amant de jeunesse au bâne, et ces dons que l'on taisait et devinait réciproquement faisaient de moi un salaud, d'elle une traîtresse, de nous un couple se souriant et se mentant par amour, non par vice.

Un soir, revenant de mon travail in situ au Sans Titre où je réalisais dans un état d'urgence *Argent & Sentiments*, je la trouvai perdant les eaux. Elle soufflait et rigolait en me disant : « Tu tombes bien. » Elle utilisait désormais certaines formules françaises pour exprimer ses émotions. Elle consultait les dictionnaires, trouvait la définition de « tomber », trouvait celle de « bien » qu'elle connaissait déjà comme un brouillard sans plus – qu'est-ce que le bien sinon du brouillard ou de l'hypocrisie –, et s'interrogeait longuement sur ce qu'il y avait de bénéfique à tomber, jugeant cette image passionnante et riche. J'agissais pareil avec son thaï et durait toujours entre nous cette enfance réciproque devant le tableau noir d'une langue étrangère.

Tombais-je vraiment bien ? J'eus un instant de panique et me comportai comme une boule de flipper, passant d'un pavillon à l'autre à la recherche de son bagage de maternité. Puis j'appelai la clinique pour une ambulance. Nong me dit « Too late ». Alors je me ruai sur la terrasse, hurlant de venir à celle que je vis en premier, l'une des filles de Khun Nataya. Bientôt, plusieurs femmes furent au chevet de Nong. On m'éclipsa gentiment, mais je revins.

Il y a quelque chose de bouleversant à imaginer la forme de sa gosse, sa fille, pour un homme fait dans mon genre, un peu beaucoup buriné par sa propre mère, comme si elle m'avait accouché à coups de marteau, cassant l'arête du nez pour le rendre inca, brusquant la mâchoire et les sourcils, extrudant de sa matrice les traits massifs et asymétriques de mon visage.

153

Je revins avec un carnet grand format reliant de cuir les beaux papiers capables de boire toute l'existence autour d'eux, et les rêves abstraits ou spongieux de leur possesseur. Ils impressionnaient les peintres, retardaient leurs gestes car ils contenaient une certaine promesse ou un certain devoir de perfection, ce serait une défaite de gâcher un tel objet par des gribouillages, et certains d'entre eux se révoltaient et gribouillaient, salissaient de tels grands carnets pour exorciser leur splendeur encore vide de tout gâchis. Et moi j'allais réussir au contraire, j'allais affronter la nativité elle-même, et l'une des femmes voulut m'écarter encore, mais Nong en thaï supplia de me laisser faire.

Alors je dessinai, seul remède à la terreur de voir Nong dans cet état, seul remède à l'émotion, je dessinai selon plusieurs axes les jambes ouvertes de Nong et son ventre énorme et ce visage en souffrance exultant les cris et les grimaces humides de l'effort le plus fou, l'incroyable architecture de ce corps en pleine action de créer, ce sexe n'était plus un sexe, le mot sexe ne suffisait plus à contenir cette fente. Tête noire et huileuse qui vient. Sang et merde sur le blanc des draps. Fracas de tout devant l'arrivée de l'être nouveau. Ma fille mon Messie. Je l'ai attendue depuis l'enfance, ce sexe opposé au mien qui seul m'étonne. C'est injuste pour les petits garçons et les hommes, qu'il m'arrive aussi d'aimer, mais moins que cet autre sexe que le mien. Et quand elles me déçoivent, ces êtres appelés femme ou fille, mon indifférence et ma fureur sont sans fin jusqu'au crime ou bien l'effacement, elles n'existent plus, et ce n'est pas grave, il y en a tellement partout de disponibles sur cette planète Bleue, et surtout ici, sur cette planète Thaïe. Adolescent, je rêvais d'une sœur à choyer contre le monde entier, et c'est une fille qui me vient, elle sort des anfractuosités de Nong, elle est enduite de l'huile maternelle, elle apparaît dans un cercle de chair déchirée, il y a du rouge gras un peu partout.

154

Tête noire et huileuse qui vient. Mère qui presse l'idéale couleur luisante grasse au front et à la vue du père, éclaboussant son crâne de peintre. Mais avant, il y a l'interminable durée de cette venue. Toute cette sudation de Nong, des heures et des heures et des heures. J'en ai recueilli, mais insuffisamment. Je n'ai pas compté les heures ni les litres de sa précieuse transpiration. J'ai quitté le carnet pour les mains de Nong qui me serrait d'une force que je lui connais, qui me blessait avec bonheur, je voulais conserver toute la vie les marques de ses ongles sur mes phalanges, qu'elles soient inscrites, qu'elles soient un vocabulaire et mon idiolecte secret, parlé de nous deux. C'était très joli-joli à cet instant, les émotions et les pleurs, et les métaphores et les comparaisons automatiques devant la violence d'accoucher, la violence graphique et pigmentée de naître, et les « ma *Teerak* – ma chérie » par ici et par là. On oubliait la mort possible de la gosse et de la mère et ses déchirements. Oh je veux pas tout foutre en l'air rétrospectivement par le cynisme habituel des gens de l'art qui pleurnichent et se moquent de tout de la même manière, pleurnichent sur les pauvres, les femmes et la couleur injuriée des gens, et mènent leur existence avec la même ambition salace ou autoritaire qu'un petit-bourgeois plein de hargne esthétique et morale. Oh je voudrais pour ces instants le trait pur de la cascade inexplorée, jamais vue, jamais bue sauf des animaux des premiers âges, et confondue au ciel quand on redresse la tête et qu'elle tombe de là-haut et creuse des bassins clairs à nos pieds, à nos corps pour y nager. Je voudrais juste avouer combien c'est beau l'accouchement. Combien c'est beau la patrie qu'est la famille, et le travail pour sustenter cette patrie familiale. Quand je revois l'accouchement de ma gosse par Nong, j'aimerais faire un doigt d'honneur à la transgression, et un doigt d'honneur à l'État, et un doigt d'honneur à la libération des mœurs, et un doigt d'honneur à l'existence comme elle est construite. Pas à cause des injustices mais à cause de la manière dont, si on plonge sa gueule post-simiesque dans l'herbe, l'œil globuleux sur un microscope, on constate l'extermination générale, tout le monde bouffe tout le monde, tout le monde se cache de tout le monde pour le bouffer ou échapper à sa prédation misérable. Et ce qu'on vous donne, on vous le retire. Parfois, les enfants meurent. Votre gosse naît puis il crève et vous vous retrouvez avec sa mort dans votre tête et votre ventre et il n'y aura aucune délivrance, vous garderez ce fœtus fantôme dans vos nerfs, et vous vous dites alors : une vie pour une vie ! Vous éprouvez du fond du chagrin le besoin de vous en prendre au moindre con dehors qui continue de respirer alors que votre gosse non, il ne respire plus. Vous éprouvez le besoin d'en finir avec ce monde. Pourquoi sauver le monde, alors que le monde n'a pas sauvé votre enfant ? Mais ma fille est née en bonne santé.

Et je ne ferai pas de doigt d'honneur. Je méprise les doigts d'honneur et les poings sur la table, et les poings levés en guise de colère. Je méprise et je hais les signes de ce genre, je n'aime, au mieux, que les mains dotées d'une arme et tirant avec passion sur des gens querelleurs faisant des doigts d'honneur et levant des poings au visage de n'importe qui pour leur casser la figure, leur tirer le portrait. J'aime les figures et leur portrait. En fait, je n'aime que les dessins de mains dans le vide, soclées par une jambe ou un accoudoir, exposant l'éventail anatomique des doigts, ou les mains dans les poches de la paresse contemplative, les mains des sourds quand ils signent l'air, et les mains exécutant des actes d'amour, des actes d'apôtres de l'amour pour atténuer la souffrance des corps et leur filer l'orgasme. Les mains du happy ending des plus sombres taudis de Sukhumvit. Je suis un type bourré de contradictions et qui tente de les harmoniser en laissant passer leur furie telle une maison toutes fenêtres et portes ouvertes aux quatre vents pour aérer les lieux habités par un ermite prisonnier d'une obsession. Parfois, les tempêtes soufflent comme une bête blessée. La tempête aiguë du gosse criant lorsqu'il naît.

J'ai adoré mes mains tenant celles de Nong. C'est l'ultime dessin que je garde avant l'apparition de Nam Souay.

155

On a posé l'enfant sur l'un des seins de Nong. L'épuisement de Nong demeurait, mais plus forte que l'épuisement, la passion attentive pour cette gosse la mobilisait. Nong était fière d'être mère et elle aimait visiblement ça. Toutes les femmes n'ont pas cette corde. Nong la possédait. Elle venait de mettre au monde une arme, pas seulement une fille. Cette danseuse de Sukhumvit enfantait avec une rage tendre, un orgueil typique de sa caste qui désirait jouer tous les rôles et gagner plusieurs parties engagées en même temps. Elle gagnerait ma présence car elle possédait maintenant une arme sentimentale majeure pointée vers moi vingt-quatre sur vingt-quatre jusqu'à ma mort, et demain peut-être vers d'autres si je devais faillir à mon rôle de père, ceux qui ont la vocation de sauver les filles en détresse et leur progéniture. Elle gagnerait l'amour de sa môme et la fascinerait. Elle brandirait la beauté de sa fille qui servirait sa propre beauté, qui servirait sa réputation de gagneuse sur tous les fronts de la chienne de vie. Et moi, je pensais pareil au fond. La beauté de ma fille accompagnerait ma laideur, nous allions former un couple mythologique contre tous. Était-ce seulement cela ? Est-ce que Bangkok et Pattaya créaient seulement ce genre de mères et de pères là ?

Le reste des mois suivants est intéressant comme se lever la nuit pour la nourrir, la langer, la protéger des insectes et des fièvres, intéressant comme ces conversations de parents ne parlant que de ça. Ce reste ne regarde vraiment que Nong et moi, et de toutes les manières, ça dépasse le langage et la peinture, c'est aussi simple que ça.

156

Nam Souay – Nam, *l'eau*, et Souay, *belle*. Eau belle ou Belle Eau. Nous sommes tombés d'accord sur ce nom après un mois en sa compagnie où elle dormait la plupart du temps. Nous nous penchions sur ses paupières closes, et cette miniature vertigineuse emmaillotée dans son berceau nous aspirait vers elle, comme s'il se fût agi d'un puits des temps passés, celui des oasis où les contes se transmettent. Dans les pays de Bouddha, on attend de voir comment l'être nouveau se comporte avant de le figer dans un nom. Il pourra changer celui-ci quand il ne lui conviendra plus.

Pourquoi Nam Souay ?

Elle tenait dans un seul de nos bras. C'est comme si la nature les avait conçus pour ce rôle. Avec moi, elle reposait parfaitement dans ce bras massif évasé vers le coude. Sa tête sertissait ma paume, mes doigts se repliaient sur son crâne, et son anatomie faisait corps avec mon avant-bras. Les premières heures, les premiers jours. Très vite, j'ai senti sa croissance. J'ai senti que son crâne écartait peu à peu mes doigts, que ses jambes butaient peu à peu sur mon deltoïde. J'ai senti qu'elle grandissait passionnément. Une sensation minime, mais j'ai senti tellement de choses alors. J'ai senti qu'elle débordait et déborderait de plus en plus de mon bras, et adieu alors, ce petit visage au repos dans ma main. J'ai perçu ce moment où, tout d'abord, je ne pourrais plus la tenir de cette manière, puis où je ne pourrais plus la tenir tout court, où je ne serais plus capable de la porter au ciel et sur mes épaules en la faisant rire avec une telle évidence et une telle confiance, et puis ce moment où je ne pourrais plus, au mieux, que la serrer dans mes bras ; et j'ai même senti cet instant où elle refuserait que je la touche, où elle se révolterait contre nous.

C'est cette anatomie débordant de partout, changeante et fluide, cette sorte d'inondation que sont la forme et la présence de l'enfant nouveau, qui me fit penser à l'eau. Elle nous envahissait, prenait son élan depuis la grotte maternelle, ruisselait, s'élargissait pour devenir rivière, fleuve, océan. On s'y noyait avec Nong. Cette vision somme toute facile était là, véridique, en chair, en cris, en besoins, on pouvait en faire un prénom. Elle était la fille-source, qui gronde et s'épanouit, je n'imaginais pas qu'elle ne puisse pas s'épanouir jusqu'à l'étrange jeunesse narcissique d'une femme, ça peut leur durer jusqu'à soixante, soixante-dix ans et plus avec la chirurgie, les hormones et le désir dans leur entrecuisse et leur sourire ; je n'imaginais pas qu'elle puisse être autrement que l'idéale fille ultra-féminine avide de pinceaux et de garde-robe et de chaussures qui me ravirait et me ferait peur, enchanterait ma maison de sa présence de plus en plus furtive, et me foutrait en situation de combat envers tous les autres hommes. Je les connaissais trop, j'en étais un, mais solitaire, donc non, je n'en étais pas, j'étais un mâle solitaire farouche, un MSF plein de complots meurtriers ourdis contre eux quand je les voyais brailler à quatre ou plus dans des bagnoles en reluquant les gonzesses de leur frustration, et s'imaginant la pipe et la levrette cosmique avec toutes ces salopes, et j'imaginais alors avoir le courage d'être un faiseur de pluie en métal, des rafales criblant les véhicules et les chairs de ces hommes grégaires, j'étais un type de ce genre, naturellement hanté de visions meurtrières de plus en plus sophistiquées envers mon prochain, de visions de plus en plus douces envers ma prochaine, mon nouveau-né, ma fille messianique, c'est comme si l'amour se développant pour elle devait trouver son équilibre dans la haine contre d'autres, tous les autres et tous les hommes. J'étais le feu et le lait paternel tiré de mes seins travaillés aux haltères, le pastel et le foutre, je n'étais rien, seulement le serviteur du sang de ma fille, et de la térébenthine et du pixel de ma peinture et de mes films.

Bref, elle se comportait comme une eau cette gosse, une eau très belle, et quand je partageai mes images avec Nong, elle acquiesça. Ainsi apparut Nam Souay.

157

J'ai su tout de suite que ces instants d'elle sur mon avant-bras, elle ne s'en souviendrait pas. J'aurai d'elle des souvenirs qu'elle n'aura pas de nous deux, cette communion anatomique du plus petit avec le plus grand, du crâne enfantin avec la paume adulte, ou alors ce serait si enfoui dans sa mémoire, si primitif dans ses cellules, qu'il en resterait insuffisamment pour l'influencer quand, adolescente, elle commencerait à me regarder de travers. Une fille intelligente plus dégourdie que les autres ressent toujours l'appel de la médecine par balle pour ses géniteurs, elle ressent de l'amour fou et une espèce de poids causé par cet amour fou, et une espèce de dégoût et d'envie folle de glisser une cartouche dans un fusil quelconque et d'apprécier la dimension ithyphallique du tube, et de viser père et mère entre leurs deux sourcils pour leur offrir un troisième œil tout rouge et de circonférence brûlée, un cercle de feu et de sang comme celui né de la danse de Shiva.

Exterminer ses parents, leur odeur, leur haleine, leur présence, leurs angoisses, leur autorité, leur ordre, être pour ses parents Auschwitz et la Kolyma réunis est un acte de salubrité intellectuelle, artistique, sexuelle, un acte de lubricité morale quand on a treize-vingt ans et des cellules en rut et en route vers le supposé grand monde et ses libertés plus ou moins exotiques. Alors adieu les émois primitifs où le bambin s'ébroue dans les muscles parentaux protecteurs. Ça me faisait mal de penser ça, de représenter ça dans ma tête pleine de coloris parricides, matricides et infanticides, je n'étais même pas sûr que ce soit légitime, peut-être cela traduisait-il seulement un tempérament personnel malheureux, habité par les espaces sauvages où le mâle de la mante religieuse est dévoré par la femelle, où la mère araignée est dévorée par sa progéniture aimante affamée, où il arrive que le roi lion s'offre un festin de lionceaux, et où Saturne exalté par Goya bouffe les yeux révulsés son fils tout menu décapité, démembré, les fesses bien rondes centrées au milieu de la toile.

158

Alors je me disais : la Nature ne mérite pas de vivre puisqu'elle est si cruelle, et l'homme lucide a raison d'en faire une industrie pour ses plaisirs les plus extrêmes comme boire et bouffer à la Rabelais, ou conduire de magnifiques bagnoles sculpturales, ou piloter des avions géants dessinant des lignes blanches dans le ciel, ils émerveillent les enfants lorsqu'ils lèvent leurs yeux pointillistes vers eux, les regardant presque ramper de Paris à Bangkok pour débarquer leurs cargaisons de personnages du marquis de Sade ou simplement de *Saturday Night Fever* ou des *Bronzés à la plage*.

159

Et puis j'ai songé l'inverse : la Nature est la Nature, la tautologie la plus parfaite qui soit. Elle se justifie d'elle-même. Sa cruauté, sa mansuétude, l'empire visuel de ses formes génèrent sa propre morale. J'ai repensé à la mante femelle dévorant son mâle et j'ai repensé aux zoologues évolutionnistes attablés tels des vicelards autour du couple animal pour étudier leurs ébats et le meurtre issu du coït, et décidant qu'il s'agissait d'un sacrifice guidé par des gènes programmés pour survivre coûte que coûte, le mâle devant savoir que la femelle épuisée d'être en cloque avait besoin de nourriture pour alimenter sa portée insatiable, et se sacrifiant donc, tel un héros grec de l'évolution, tel Léonidas et les trois cents Spartiates aux Thermopyles.

Et je me suis dit : comment faire survivre ce lien unique, ce nœud où ma fille reposait dans mon bras comme un mollusque dans son coquillage ? Comment marquer Nam au fer de l'amour paternel jamais avare de passions ?

Pendant ses deux premières années, j'ai songé, cauchemardé, prémédité l'abandon de ma gosse et de sa mère, me disant qu'à l'adolescence, elle transformerait sa révolte universelle en quête universelle de son père. Je lui laisserais une seule photo de nous deux, et plusieurs dessins, une photo car les dessins peuvent mentir aux yeux des enfants, et une seule pour en fixer la rareté. Elle me chercherait, me retrouverait, nous serions heureux. Mais il fallait ce sacrifice au début. Toute relation, qu'elle soit sociale, mystique, artistique, amoureuse, pour durer pleinement et posséder une valeur, ne doit-elle sacrifier quelque chose ou quelqu'un ?

160

Certaines fois, les années ont filé comme des comètes, et plein d'autres fois comme des cartes postales figées, des pierres immobiles battues par des vagues tempétueuses ou léchées par des vagues aussi lisses qu'un drap matinal propre du Mandarin Oriental Hotel, avec sa volière, ses jardins, ses terrasses sur le Chao Phraya. Et je n'ai abandonné ni Nong ni Nam, leurs prénoms monosyllabiques sont restés accrochés au bord de mes lèvres pareils à des piercings irrémédiables, et devant un miroir, il m'arrivait de jouer à l'homme sûr de sa mission maritale et paternelle en jurant que si ces piercings devaient m'infecter, je préférerais crever de leur septicémie ou de leur tétanos plutôt que de me les arracher. C'était l'autoportrait que je peignais, et je gonflais mon torse et me tenais de profil pour bien montrer ma gueule rude avec ce nez inca ou de boxeur, ce nez fracturé par le col de l'utérus de ma mère humaine, sculptant un visage moderne, asymétrique, inharmonieux.

161

Notre chambre est devenue celle de Nam, le salon notre chambre parentale, et la Maison du Jouir un foyer ordinaire. Il n'y avait que l'atelier pour rappeler à sa mère et moi les nuits de Bangkok d'où nous venions et où nous n'allions plus. L'atelier accueillait toujours les mêmes figures nocturnes, il fallait qu'elles passent par l'escalier, elles pouvaient croiser Nong et Nam. Certaines connaissaient Nong, ayant eu en commun des bars, des podiums, des danses, des clients, et des chambres où s'agglutinaient corps épuisés de noces précaires nauséabondes, sacs plastifiés de vêtements et de victuailles, matériels de maquillage, étincelles de complicité, de rivalité, toute la mouise et tout l'ennui possibles. Et je craignais que toutes ces visiteuses ne jalousent notre bonheur et amènent avec elles une magie noire vendue couramment chez les nécromanciens et les sorcières des soïs où se répand le Left Hand Tantra comme on le nomme en Occident, le tantrisme de la voie gauche. Leur savoir venait de l'Inde archaïque, et on se gaussait souvent à la télé dans les soaps locaux – des feuilletons admirables mêlant roman sentimental, ésotérisme, effets spéciaux numériques artisanaux – de combats entre des bonzes sobres aux crânes rasés incarnant le bien et des mages aux cheveux longs et aux barbes longues environnés d'encens et couverts de bracelets et de colliers luxuriants incarnant le mal. Je craignais qu'en se déshabillant, les visiteuses nues ne diffusent à travers leur odeur vanillée, sucrée – sanguinolente et pisseuse quand le museau mâle insatiable se glisse dans les plis de leur entrecuisse – un gaz toxique venu du fond des âges et qu'aucune chimie moderne ne pouvait guérir. Je craignais que le camaïeu de leur peau allant, selon les unes et les autres, d'un blanc mandchou et porcelaine au noir tabac et au noir réglisse le plus vibrant, le plus profond, en passant par toute la gamme des teintes chaudes empruntées au rouge, au brun, au jaune, aux matières antiques de l'or, du cuivre et du bronze, ne cache quelque part le blanc cadavérique, le blanc verdâtre de la sainte mort.

Agonies

Bangkok, 2004

162

Voir Nong écartelée avec son sexe méconnaissable m'a ouvert des pistes nouvelles. Je me mis à fréquenter les maternités de Bangkok assidûment et à peindre des accouchements. Il me fut facile contre un peu d'argent d'obtenir l'autorisation de m'installer avec mes outils d'obstétrique spéciale – plumes, crayons, feuilles, jamais de caméra, elles auraient refusé, le dessin à leurs yeux ne recelait aucun danger, au contraire, tandis que la photographie et le film les recelaient tous – devant des lits où des femmes poussaient et se déchiraient le bas-ventre. Je les dessinais avant, pendant et après la mise bas, leurs contractions et leur relation avec l'enfant, certaines illuminées, d'autres dévastées, prêtes à fuir, incapables de tenir leur progéniture et de la nourrir, se réfugiant aux fenêtres, leur visage cadré par les chambranles au-delà desquels se tenait la liberté du dehors et des arbres survivant à la fournaise polluée de Bangkok. Est-ce qu'elles pensaient à s'envoler à travers les massifs des Yang Na trees aux troncs énormes et aux branches copieuses où elles prendraient place parmi des insectes et des oiseaux ? Est-ce qu'elles pensaient à ruiner leur réputation en laissant leur progéniture au hasard des soïs pour obtenir encore une goutte de liberté ? Est-ce qu'elles pensaient à ne jamais se faire appeler *Maa* – mère –, mais seulement par leur prénom ? Est-ce qu'elles pensaient s'être trompées en faisant un gosse ? On pense ça en Amérique du Nord, en Europe, en Australie. C'est courant. Ici, je n'en sais rien. Elles devaient penser à comment les nourrir, les éduquer, elles devaient s'effrayer de l'argent absent. Le père absent, c'est de l'argent volé par une autre, ou de l'argent volé par le mec lui-même – l'homme et son anatomie tourmentée, difforme et cubiste de géniteur effrayé, avec un cerveau malsain à la place du cœur, calculant les pistes pour fuir ses responsabilités. Elles devaient penser à leur amant de cœur les abandonnant pour faire d'elles des *Phou Yin Kaï Borricane*, des putains, des hookers qui subvenaient aux besoins lancinants d'une famille nombreuse et qui s'agrandissait étrangement à mesure qu'on gagnait du fric, car d'un seul coup des cousines apparaissaient, des oncles et des tantes. Elles devaient écouter l'album *Good Girl Gone Bad* de Rihanna. Elles devaient penser à ne plus jamais tomber amoureuses. Aucune ou presque ne devait penser à rater son rôle génial de mère. C'est un rôle génial de diva domestique lyrique insurpassable. Un génie oriental se tient dans cette lampe moite diffusant une lumière brûlante qu'est le ventre d'une femelle capable d'accoucher qui d'un garçon, qui d'une fille, qui d'un hermaphrodite, qui d'un monstre hybride si la mère couche passionnément avec des animaux, qui d'un Minotaure alors, attendant son harem de jeunes vierges dans un labyrinthe de psychoses que la médecine ne peut pas soigner.

J'allais plus loin que leur seule étude distante où mes carnets récoltaient la puissance graphique de leur vulve blessée de mères thaïlandaises. J'obtins l'autorisation de recueillir la matière maternelle : placenta, graisse, sang, mixture différemment dosée chez chacune et que j'utilisais pour représenter l'acte même dont elle était issue. J'agis pareillement avec les fœtus des avortements et des fausses couches. Et à le faire, j'éprouvais de l'effroi et une sensation de vérité, d'honnêteté rarement atteinte. Je me réfugiais dans le souvenir des anciens maîtres achetant des cadavres pour leurs études anatomiques.

163

En 2004, Nong fut prise d'une fièvre tenace durant tout le mois de mars, et au terme de ses analyses, elle fut déclarée séropositive.

163 bis

Nong fut déclarée séropositive. La terreur couvrit tout d'un seul coup. Mon souvenir en a fait une période abstraite. Une période de terreur, donc abstraite. Je ne connais pas d'abstraction heureuse, et je ne joue pas quand je rapproche un courant artistique de l'annonce faite à Nong de sa maladie, ce n'est pas une métaphore. C'est une vision froide et abstraite d'un événement indescriptible, et qu'il me faut pourtant évoquer en étranger, avec les moyens qui sont les miens. Je ne suis pas doué pour ces choses, et je n'ai pas envie de l'être. Malgré les œuvres et leurs musées, je ne suis pas sûr que l'art puisse sauver quelqu'un que la vie condamne aussi brutalement, surtout si cette personne se confond à vous par l'amour. C'est possible vu de l'extérieur. Mais de l'intérieur de notre couple et de la Maison du Jouir, même aujourd'hui ça m'apparaît obscène malgré la leçon de Nong. Car Nong, une fois de plus, m'a montré qu'il n'y a rien d'obscène, en art comme en amour.

Les médecins nous rassuraient sur le succès des nouveaux médicaments associés, il pouvait y en avoir trois ou plus selon les résistances des organismes, mais en général, à trois, cela fonctionnait. Nous étions désormais loin des années 1980 et 1990, et il suffisait de prendre ses pilules fidèlement et d'illustrer cette hygiène de vie dont on parle tant, quand la nourriture, le sport et les horaires fixes s'unissent et repoussent le vieillissement des cellules, pour que l'existence de Nong se poursuive presque normalement et aille aussi loin que possible. C'était un discours abstrait tenu par des médecins professionnels et thaïs, la douceur de leur voix pastel légèrement stridente renvoyait à un bouddhisme instinctif propre à leur nation et qui ne peut guère mieux que vous prescrire leur ordonnance avec des yeux et une assise empruntés aux statues des temples, pleine de compassion passive.

Nous, en revanche, nous étions terrorisés. Nous l'étions sur le moment et plus encore après. C'est comme si nous ne reconnaissions plus rien, comme si les couleurs toujours présentes et que nous aimions tant et qui nous filaient du bonheur ne produisaient plus aucun effet, comme si nous ne pouvions plus adhérer au soleil, au bleu du ciel, à la mer, aux lumières des nuits de Bangkok, à rien de ce qui nous transportait à peine l'instant d'avant le verdict du docteur, dans une joie flottante et immédiate. Nous nous tenions désormais à côté de tous ces phénomènes enchanteurs, ils évoluaient parallèlement à la terreur sèche du sida dans nos gorges et campant dans nos crânes et nos membres.

Je ne peux pas reproduire totalement cette terreur inconstante, vicieuse, surgissant à certains moments pour nous paralyser, ou bien s'estompant faussement à d'autres moments, nous donnant alors une énergie surhumaine pour essayer d'accomplir un maximum d'actions en un minimum de temps. Et dans cette terreur primaire, tels le spectre chromatique et ses subdivisions, se tenaient ces acolytes complémentaires que sont la colère et la lucidité. Une espèce de lumière atroce éclairait le réel, lui donnant l'allure d'un divertissement hypocrite et obscène. Tout ce fatras végétal, minéral et animal qui fait la joie des paysagistes et des naturalistes et des enthousiastes plus ou moins béats nous semblait grossier, mal fichu, à l'exception de l'océan et ses vagues, du ciel et ses nuages. Là oui, le beau demeurait beau. Partout ailleurs, la laideur du beau éclatait en couleurs de raids aériens continuels.

Cette terreur primaire, je peux d'autant moins la reproduire que mes propres analyses répétées plusieurs fois se révélèrent négatives. Je suis passé au travers de cette maladie, et il y a quelque chose d'inexplicable et de prodigieusement injuste à ce que j'en réchappe tandis que Nong en est atteinte. On ne se protégeait pas. Et avant elle, je ne me protégeais pas avec les autres. Le latex me brûlait la verge et irritait cette espèce de romantisme noir de la baise sans capote que certaines Belles de bar adoraient d'ailleurs provoquer en prétextant qu'un préservatif est un truc de lâche, ou une injure faisant d'elles des *Kari* – des putains. C'était inexplicable et inacceptable, mais j'en réchappais, mon sang restait clean, et cette émergence de la mort dans la Maison du Jouir, j'en serais le spectateur et non l'acteur.

164

Aux maternités se sont ajoutés les hospices. J'étudiais sur de grands papiers les vieillards, leurs rides, leur expression, leur démarche défaite, leurs jeux de société autour de tables de réfectoire, leur voûte dorsale dans les fauteuils roulants, leurs intérieurs déshumanisés, leur bouche bavant nourriture et boissons, leur dignité trépanée par l'oubli des gestes moteurs élémentaires, leurs membres rachitiques et leur épiderme collant aux os et pendant à eux tels des cuirs abîmés à des pieux de torture d'un campement de cannibales. Et leurs orbites enfoncées où les pupilles soit sont éteintes, soit brillent de la dureté d'un diamant haineux et fou. Putain d'expérience souffrante de l'anatomie dans un lit d'hôpital, tous les orifices intubés. Combien de vies finissent ainsi, aux soins palliatifs, telles des sculptures expérimentales, cybernétiques, tiers-anatomiques. Quiconque visite ces lieux ne veut pas finir comme elles. Quiconque visite ces lieux a des souhaits déviants comme de crever d'une balle de femme amoureuse et vengeresse – mais alors, comment obtenir ça d'une femme justement ? Comment, par quelle passion, trahison, violence, parvenir à faire d'elle une doctoresse de la mort subite, la meilleure ? Comment créer la femme sacrificielle, modeler sa colère où elle s'oublie, car évidemment, la prison l'attendra au bout du bout de son geste ? Quatre murs pour anneau de mariage, la quadrature du cercle, la forme la plus réaliste de la vie de couple jusqu'à la mort dans la fidélité sensuelle absolue. Mais jusqu'à présent, j'ai raté cette vision de l'amour à mort, j'ai passé ma vie sans tuer d'amour une seule femme, et sans être tué par elle. Comme l'écrasante majorité, je laisse au hasard, aux maladies, aux providences, le soin de me crever. Je retarde au maximum, je procrastine. J'ai peur. J'ai toujours eu peur. Et pourtant je sais la bonne formule. Je sais que pour conserver deux corps noués, deux corps à l'exclusion de tous les autres corps, deux corps à l'acmé de leur liaison, deux corps en une seule figure aux membres multipliés par les caresses, les pressions, les violences, les effusions, il n'y a que l'art, le poison, le flingue et le rasoir des Romains. La peinture conserve l'instant du modèle et du peintre, le suicide conserve le couple, c'est le même élan, la seule conclusion morale, décente, de leur passion. Et je n'y parviendrai sans doute jamais, trop peur, trop peur, trop peur.

J'étudiais avec la même docilité graphique les incurables, et j'allais au fameux Wat Phrabat Nam Po à Lopburi, où les malades du sida demeuraient dans des chambrées, visitées par des classes scolaires et des touristes pour servir de leçon aux autres.

Les lits formaient un cadre insurpassable. À l'intérieur, les anatomies décharnées semblaient naturellement picturales. La figuration atteint peut-être ici son maximum. Son calme est mortuaire et non mondain et galant. C'est pour ça qu'on peignait tant de batailles à la Renaissance. Les batailles et les souffrances tiraient les membres vers des positions nouvelles, grotesques et d'une évidence insoutenable parfois. Je continue à venir dans ces endroits où des figures agonisantes donnent un sens à mes toiles et mes papiers.

165

Un visage d'homme la trentaine pris dans un étau de plus en plus serré à mesure que les années défilent. D'un côté le destin mortifère de sa compagne, de l'autre l'atroce joie de rester en vie. J'allais vivre. Trahissais-je Nong en aimant plus que d'ordinaire cette vie où elle ne serait peut-être plus, où elle n'agirait plus, ne baiserait plus, ne se projetterait plus dans l'avenir de la même manière ? Trompais-je Nong en remerciant la moindre des herbes et la palme la plus majestueuse de m'accueillir en bonne santé à leur côté quand elles frémissaient de sève et retenaient les sculptures minimales les plus ravissantes qui soient, les fines gouttelettes des arroseurs publics un matin de saison sèche envahie de soleil et d'azur tropical ? Ma seule ambition désormais tenait à l'instant tel qu'il vient sans retouche ni reproche de ma part. Rien que l'acceptation par tous mes sens aux aguets. Je ne sais plus quel astronaute de la mission Apollo témoigna qu'une fois dans l'espace, il avait eu la révélation bouleversante et incalculable du caractère inhospitalier de celui-ci, et de combien la planète Bleue était unique et précieuse. Voyager dans l'espace stellaire est abominable, affirmait-il. On dirait que l'enfer se tient tapi au-dessus de nous et non en dessous comme le prétendent les cartes de la *Divine Comédie* et d'une ribambelle d'atlas religieux. Depuis son retour sur Terre, il bénissait chaque jour quels que soient les aléas de la météo, du travail ou de l'amour. La pluie, le vent, les chutes et les hausses brutales de température, les rencontres mauvaises ou bonnes, les sentiments trahis ou respectés, peu importait. Tout cela participait de la seule musique admirable, non pas celle des sphères mais celle de l'air dont les poumons se remplissent pour nous faire exhaler une buée blanche et bleutée quand le froid devient une toile imprimant nos haleines.

Déclaré indemne du sida, j'éprouvais la même chose, la survie exaltée, le sentiment de Vita Nova, et que plus jamais je ne gâcherais mon temps avec des émotions pourries par la frustration ou la déprime. C'est horrible à montrer, mais le contraste avec la situation de Nong enfermée dans la maladie rehaussait cette sensation tapie dans les zones les plus vitales et humaines de mon être. Mon corps changeait. L'effort physique salissant et suant de l'étude des autres corps tout autour de moi dans Bangkok et l'Asie du Sud-Est produisait encore plus d'hormones que d'habitude, en créait de nouvelles – hormones humaines ou hormones d'art, mélatonine, térébenthine, pixelitine, adrénaline, testostérone, argilone, marbrine, kraftisol, cortisol, progestérone, ready-madone, bétonine, sérotonine, prolactine, huilactine ou acryliquetine, etc. Cet outil qu'était mon corps, dévolu à ma peinture, s'élargissait démesurément, doté de forces nouvelles, orgueilleuses, ordurières, aurifères, avec l'impression que mes nerfs poussaient, se ramifiaient, tissaient avec d'autres nerfs une étendue de chasse miraculeuse. Nong malade prouvait que si la vie est une putain d'expérience, alors l'art le plus réaliste et sincère est expérimental. J'éprouvais les couleurs, les lumières, les figures, les expériences plus pleinement que jamais. Et durant ces années 2000, la Thaïlande et l'Asie du Sud-Est en généraient toujours plus.

Sexogrammes

Bangkok, 1995-2015

166

Avec l'annonce de sa maladie, mon rapport à Nong s'est radicalisé. Mon amour, ma peinture, mes désirs se sont radicalisés.

Depuis 1995, à chaque rencontre, même la plus courte, je demandais au modèle de s'asseoir nue, le sexe préalablement mouillé d'une mixture picturale de mon cru, sur une double page d'un carnet in-plano très épais, lourd comme une bible incunable enluminée par un moine solitaire, ne vivant que pour les signes. Un imprimeur près de Victory Monument dans le Ratchathewi District me les fabriquait avec un papier chiffon lui aussi concocté spécialement. J'apportais le vestiaire déchu des Belles de bar, culottes, soutifs, tee-shirts, shorts, serviettes hygiéniques, tampons, robes, tout ce dont elles ne voulaient plus, et qui, plongé dans les bains et les presses, devenait ce papier chiffon.

Elles s'asseyaient sur chaque double page du carnet qui leur était dédié, ou bien elles se positionnaient de différentes façons et c'est moi qui plaquais le papier sur leur cul ouvert, enduit, et plein de promesses picturales. Il fallait parfois plusieurs carnets pour une seule Belle de bar. Elles modulaient à ma demande ou selon leurs humeurs l'intensité du contact, et il fallait que les fentes de leur sexe et du carnet correspondent autant que possible. Elles étaient la correspondance l'une de l'autre. Durant mes lectures, au milieu d'un roman ou d'un recueil, j'avais joué des arrondis des pages et de leur abysse vers la tranche, et l'image d'une vulve s'était imposée brutalement, comme une évidence. Toutes ces vulves couchées sur le papier-chiffon, non seulement différaient l'une de l'autre, mais d'un instant à l'autre, et selon qu'elles conservaient leurs poils, ou qu'elles étaient rasées, blessées ou non par le rasoir, en bonne santé ou puissamment mycosées, rougies, jaunies ou verdies par l'une des maladies de l'amour… Une intermittence climatique, un touché, un frôlement, les menstrues bien sûr, l'avant et l'après de l'amour, le type de tissu où elles reposaient les variaient à l'infini. Et les métamorphoses s'amplifiaient au contact de ma mixture, puis de la pose sur la feuille.

Une fois l'empreinte prise du dessin des lèvres et des orifices à l'aube de leur chair écarlate, rose, carmin, je rehaussais l'ensemble d'un jeu de médiums divers – graphite, fusain, poudre de couleur, couleur déjà broyée, gouache, huile, pus, salive, morve, merde, pisse, cyprine, sperme, sang, boue, lait, mucus, bile, placenta…

Des vulves par milliers. Étudiées, reproduites, reliquées dans ces carnets in-plano. Un travail de fou. Je n'éprouve aucune fierté ou vantardise à l'affirmer. Je ne veux pas donner le nombre exact, car je ne veux pas tomber dans l'obscénité quantitative, pourtant magnifique, ancienne et moderne – celle qui nous fait jouir devant un compte bancaire bien garni, ou celle du sultan devant le parterre surpeuplé, surfleuri, surornementé, surcoloré de son harem.

L'ensemble forme une gigantesque bibliothèque – *vulvothèque* ou *sexothèque*, mais ces néologismes ont fini par me dégoûter autant que ces tentatives des poètes contemporains de se définir autrement que poètes – que les sages d'autrefois auraient qualifiée d'enfer.

J'ignorais ce que je cherchais dans un tel cumul, mais dans leur feuilletage, une espèce d'évidence se manifestait à poursuivre mon programme de collecte.

Je n'avais jamais demandé à Nong ce genre particulier de pose. À vrai dire, depuis sa grossesse, une pudeur nouvelle, étrange comme une armure, et dont je ne pouvais me défaire, m'empêchait d'agir avec elle comme auparavant. Elle posait toujours, mais différemment. J'avais beau m'en défendre, quelque chose de marial traversait mes peintures d'elle toute seule, ou d'elle avec l'enfant. Cela ne l'inquiétait pas, car ma tendresse demeurait intacte, et elle ne ressentait nul adultère chez moi, même quand je sortais. Mon soulagement ravi qu'elle distinguait à mon retour la faisait sourire. On jouait avec délice aux vieux que nous n'étions pas encore. Au fond, nous aimions notre confort sentimental qui formait avec la nuit festive de la ville et de ses visiteuses dans mon atelier un équilibre, un contraste salvateur.

Mais sa maladie réactiva chez moi l'ancienne passion pour la danseuse qu'elle avait été. Sa maladie excitait ma peinture. Les modernes ont documenté cette inclination de l'artiste pour la figure contaminée en la dévoyant vers le sordide. Or, il ne s'agit en fait que d'amour, et du désespoir de perdre et de voir souffrir l'être aimé. C'est une bluette, mais elle est noire, elle est quotidienne, tragique et terrible. C'est la puissance du sida comme du cancer, comme de toutes ces maladies qui dessinent et peignent, dans le corps de l'aimé, la Création cruelle où nous évoluons.

Alors, je lui ai demandé d'enduire son sexe, de maculer cet endroit où la mort était entrée, afin d'en capturer indéfiniment les traits, d'en prendre la mémoire. Des jours, des années de travail. Je guettais son épuisement qui transformait sa vulve comme l'incendie exalte une dernière fois la forêt. Elle se laissa faire au début, puis se révolta un peu devant mes sueurs exigeantes et besogneuses aussi épaisses que de l'huile de lin. Je finis par me calmer, bien que demeurant dans une ivresse incommunicable aux autres, et qui gênait les autres – Tina, Jaran, John, mes parents, et même Laurence V., plus tard – quand je révélais mes carnets, et surtout, ma méthode.

Mais peu m'importait. Car Nong m'avait fait découvrir ce qu'étaient toutes ces vulves. Elles étaient des sexogrammes. Elles étaient les signes d'une langue plus graphique et sonore que le chinois, l'arabe, l'hébreu, le persan, le grec. Ce bruit de diphtongue ou de consonne quand l'air à l'intérieur des vulves explose parfois en bulle de cyprine... Et quand c'est les règles, le sang léger ou lourd de substances diverses emplit l'air d'odeurs de peinture puant la vraie vie. Recueillir tous les sexogrammes réels et imaginaires. Chaque femme en était porteuse. Rien que dans l'espèce humaine, il y en avait des milliards. Tous les réunir dans un dictionnaire évolutif impossible. Trop nombreux et chacun se modifiant à tout instant. Aucun Champollion, aucune Maria Reiche n'en viendra jamais à bout. Les hiéroglyphes des pyramides, les géoglyphes de Nazca, et les bioglyphes de toujours ou presque, les sexogrammes de ta mère, ta sœur, ta femme, ta fille, ta voisine, et de toutes les inconnues dehors, les indifférentes que ton œil ne peint jamais sauf de travers quand la peinture te quitte, les rares fois où tu n'es plus qu'un homme avec des goûts à la con au lieu d'être un peintre christique ambitionnant toute l'humanité, toute la création dans ses œuvres. Dès qu'une femme meurt, c'est un sexogramme unique qui disparaît. Bien sûr, il en naît d'autres tous les jours. Qui l'écrit, qui parle cette langue de chair aux empâtements divers ? Une divinité ? La Nature ? Ou bien rien ni personne, un Verbe né de lui-même ? Cycles menstruels, épopées internes, métamorphoses, poèmes sexogrammatiques, folies graphiques…

En général, la recherche est financée par des fonds publics et privés. La mienne l'était par John et quelques autres. J'aurais adoré recevoir une bourse de la fondation Guggenheim et d'autres institutions sœurs, mais je sais qu'ils m'aimeront mort autant qu'ils m'ont méprisé vivant.

Crémation

Bangkok, 2015

166 bis

John Ua Saelim cessa de me collectionner brutalement un jour de mai 2015, car ce vieux frère trouva drôle de mourir avant moi d'un AVC, donc de m'abandonner pauvre, avec un carnet d'adresses où je ne valais pas grand-chose en dehors de son parrainage. Maintenant, quand j'appelle ses potes sino-thaïs, et si on veut bien me répondre, je subis souvent une voix distante, polie, inquiétante et ironique signifiant : « Alors chien de farang, t'as l'air bien con sans ton maître hein ? » Ça c'est la Thaïlande et l'Asie. D'un seul coup, il m'a fallu trouver du pognon fissa. Et Nong ne pouvait pas retourner au turbin, surtout pour financer les lubies d'un artiste trop rat pour aller quêter un emploi salarié à la con. Les Beaux-Arts, les Beaux-Rats, l'école des Beaux-Rats, l'école de la vie vantée par certaines Belles de bar un peu naïves sur leur profil Instagram.

John est mort et j'ai assisté à la cérémonie du bain, première étape de ses funérailles au Wat Benchama à Dusit, le district 2, l'un des plus riches de la ville, là où tu trouves Chitralada, le compound royal et ses mille et une nuits. Bien qu'il ne fût qu'un pratiquant mondain, John tenait à ce que soient respectés scrupuleusement les rites du Theravada et ses subtilités indo-thaïes. J'avais imaginé plus de monde, une foule à l'image de son existence pleine de rencontres. Son immense famille, ses cercles multiples d'amis, ses débiteurs, tout cela s'est réduit à une cinquantaine de personnes. Faut préciser qu'il avait perdu la face avec la chute du Premier ministre Thaksin en 2006, et il ne l'a plus jamais complètement retrouvée. Ses enfants m'ont ignoré. Pour eux, je suis une de ces taches dont ils ont accablé leur père. Son amitié contre-nature pour un farang, ses fréquentations à l'époque du Triangle d'or, et puis ce pari très risqué, anormal, ce soutien absurde à Thaksin les exaspéraient. Au moins ont-ils obéi aux instructions de John, exigeant ma présence. J'ai pleuré quand j'ai versé l'eau sacrée sur ses mains. On m'en a presque tenu rigueur. Encore un étranger barbare incapable de retenir ses sentiments, et qui les défèque sur ses joues mal rasées. Je n'ai pas chialé non plus, mais j'ai pleuré honnêtement, parvenant à contenir les crispations de mon visage, et les larmes ont coulé sur ma gueule asymétrique, au nez fort, aux traits conflictuels, et que la vieillesse a curieusement réunis en une tête d'homme mûr acceptable. Il y a eu des processions, des récitations de sutras. Personne ne m'adressait la parole, sauf les domestiques, très respectueux d'ailleurs. Personne ne me regardait vraiment non plus. Moi je matais une femme. Suthida. Elle aussi me matait en coin. On se connaissait par John, on allait à ses soirées où il m'invitait dans son immense demeure de Dusit. On a eu un flirt bref de quelques semaines. Pourquoi moi ? Elle était très *bitchlionnaire* – le mot est moche, mais la fille dedans est franchement belle de son fric, et belle de ses soins permanents chez les esthéticiennes, et de son éducation friquée qui donne à son corps une cervelle diplômée, des seins refaits, des liftings, etc. C'est-à-dire que ses critères sélectifs étaient incompréhensibles au commun des mortels comme vous et moi. Elle pouvait désirer toutes sortes d'hommes, et jeune, un vieux porc l'excitait bien plus qu'un éphèbe. Bon, j'avais pas le physique d'un gigolo, mais la mentalité oui. C'est ça être pauvre avec des goûts de riche. C'est tout à fait moi, quand j'ai de l'ambition sociale, certains soirs de colère devant les dettes, les besoins, les désirs. L'héritière fortunée d'un général de fortune, décadent tropical, c'est le mécène parfait. J'ai caressé le projet quelque temps qu'elle me soutienne, et puis j'ai trouvé des solutions moins lucratives, plus anonymes, plus marrantes, plus riches de sentiments et de foules en liesse. De toutes les manières, rien ne vaut l'énergie d'une superbe fille pauvre.

United Districts of Bangkok

Bangkok, 2015

167

« Bientôt la saison froide… En journée, d'un bout à l'autre de l'horizon, c'est un bleu délavé, tendu au maximum… on dirait qu'il se déchire aux extrémités… on dirait que la trame se défait… des teintes pastel ou boueuses surgissent entre les fils bleutés…

du rose et encore du rose vif, jamais tiède… et puis du blanc, du jaune clair… La nuit, eh bien le noir remplace le bleu et c'est la même tension… le cœur et la vision se déchirent aux néons, à la lune, aux étoiles fardées régnant sur les trottoirs de Sukhumvit !… Une espèce de fumée humide et chaude monte parfois des chaussées… on voit trouble, on s'évapore… On se retrouve aux derniers étages des hôtels, des tours de bureau et d'habitation, là où les rooftops proposent leurs DJ, leurs dancefloors, leurs tables donnant sur le vide… Alors, sur trois cent soixante degrés, se déploie la skyline caniculaire de Bangkok !… Si on se penche apparaît l'infini damier des soïs créant des quartiers dans des quartiers… Les toits-terrasses se succèdent à différents niveaux… les failles entre les immeubles multiplient les perspectives, les décalages, les volumes, les illusions… tout est phosphorescent, avec des zones plus sombres, plus profondes… L'impression de lagon est intense… Se promener à Bangkok est une plongée sous-marine, vous pouvez me croire, et pas besoin de bouteilles… on respire sous l'eau, et le détendeur, c'est la vulve de celle qui veut bien… »

Les deux jeunes personnes en face de moi m'écoutent, sourient, et acquiescent, sauf à la dernière phrase, qui les fait grimacer, légèrement inquiets de m'avoir choisi comme guide.

Le 16 novembre 2015, tandis qu'arrivait de Paris l'écho assourdi d'attentats où des jeunes types criaient « Allah Akbar ! » en arrosant la ville de rafales d'acier sanctifiées de sourates, je racontais pour la énième fois une de ces histoires de Bangkok qui généraient ma peinture. Avec ce jeune couple de Français ramassé à Khaosan Road, la partie la plus kitsch et stupide de la cité des anges, on prenait un verre à Lat Phrao, le district numéro 38, une aire bourrée de soïs tortueuses comme les aime l'imaginaire fétichiste de l'Occidental voyageur, pour qui l'Asie urbaine est un labyrinthe, et dont le cerveau est rempli de trous et de galeries creusées par ses rats intérieurs cherchant sans cesse de quoi ronger sa faim de lieux nouveaux dans cette Asie-Pacifique pseudo-mystérieuse. On était servi. Je leur servais Lat Phrao sur un plateau. C'est eux qui rinçaient. Ils payaient verres et repas en échange de ma compagnie. Ils n'étaient pas les premiers. L'argent manquait durement depuis quelque temps et je m'improvisais guide auprès de ces routards bourrés d'oseille. Mais pour les choper, il fallait se taper Khaosan Road sur Phra Nakhon, le district 1, collé au Chao Phraya par l'ouest telle une silhouette de fesses contre une vitre de douche dans une scène de bain étouffante de moiteur, et se la jouer fine pour ne pas éveiller leurs soupçons. Il y avait quelques gars de mon âge qui guettaient la clientèle étrangère pour leur refourguer des trucs aussi éculés que de l'or factice et des pierres tout aussi factices, quand ce n'était pas de la came. Ils touchaient un pourcentage sur la rançon lorsque les flics véreux pour lesquels ils bossaient contrôlaient inopinément les gamins et les embarquaient dans une histoire sordide, où pour survivre aux prisons thaïes, ils devaient payer. Sinon, ce serait un régime spécial à base de pipes, de sodomies et de ratonnades par des bandes de fous tatoués, racistes, et ne vous adressant la parole que pour vous dire « Fuck you farang ! ». Mais je n'agissais pas ainsi.

Je demeurais un homme droit traînant son érudition sauvage et son expérience siamoise en échange de mille ou deux mille bahts en plus des frais de bouche et de trajets le temps d'une journée.

On sait depuis Joyce qu'une journée ordinaire d'un homme de la rue est une odyssée valant celle d'Homère. Mais une journée à Bangkok est objectivement extraordinaire. L'ordinaire y est extra, c'est tout. Les plats sont extrariches d'arômes, les femmes, les transsexuelles, les tomboys Marlon Brandesques sont extras, les bars, les boîtes, les cabarets sont extras. Aussi est-ce assez facile d'épater la galerie de portraits encadrés par des hublots que sont les touristes des Boeings et des Airbus. J'aime le tourisme figuratif, c'est-à-dire le tourisme de masse, tous ces haillons, ces shorts et ces chemises à fleurs, et ces kakis et ces lamés troués sur les peaux cramoisies de soleil. J'allais dans les coffee shops de Khaosan et surtout les étals de street food, je repérais mes proies, j'attendais qu'elles consultent une carte et n'y comprennent pas grand-chose, et lors de la commande, je me proposais de les aider à ne pas se tromper. Gaffe aux épices, gaffe aux piments transformant l'estomac en gruyère. Je parlais en thaï aux serveurs et serveuses qui me connaissaient pour la plupart. La conversation s'engageait avec les mômes ou même des quadragénaires arrivant d'Europe ou d'Australie et d'Amérique. D'où venez-vous et qui êtes-vous et où allez-vous ? Ils demandaient conseil. Le mieux reste les Européens. Et avec les Français, c'est champagne, ils se font rouler le sourire aux lèvres, sûrs d'être écoresponsables, ou aventuriers des zones sensibles, ou bons touristes, etc.

Du moins avant qu'internet ne fracasse ce genre de business. La masse d'informations circulant sur la moindre adresse du monde a rendu obsolètes les arnaques *live* de ce genre. Demeure le pickpocket classique et la cybercriminalité. Mais en 2015, j'y arrivais encore et je le répète : je n'étais pas malhonnête. Je méprise le commun des voyous et je respecte le dur travail de la police, spécialement de la Royal Thai Police. Tous ces nomades en congé sabbatique de leur vie boréale de merde voulaient découvrir la ville « en dehors des sentiers battus » comme ils disaient. Aller vers les « vraies gens ».

Si j'avais été totalement sincère avec leur Graal d'authenticité, je les aurais enfermés dans un studio commun à des millions de studios de Krung Thep, accessibles depuis des coursives surchargées de pots de fleurs et de vêtements séchant plus ou moins bien à travers des fenêtres grillagées de moustiquaires en plastique, et j'aurais allumé la télé – Channel 3 ou 7, ou bien One 31 –, en leur disant : « Imbibez-vous d'un feuilleton comme *Tarm Ruk Keun Jaï* – signifiant à peu près "À la poursuite de l'Amour" – ou *Leh Ratree* – quasi intraduisible, un truc comme "Celle qui trompe" –, car demain, les vraies gens du coin discuteront de ça toute la journée ; ou bien regardez le *Jaran Show*, c'est super-populaire, c'est du Hanouna puissance thaïe, et les "vraies gens" du coin adorent commenter ça. Et sans me vanter, je connais Jaran. Un vieux pote des années 1990, quand il dessinait les princesses de Patpong. Les cons aquarellisent le Sacré-Cœur et les sentimentaux peignent les aristocratesses nues, demi-nues ou tiers-nues d'Asie du

Sud-Est et du Pacifique Sud. Les vrais sentimentaux poussent leurs peintures jusqu'en Amérique du Sud, en Amérique centrale, en Afrique du Nord et en Afrique subsaharienne pour étudier l'extrême variété des femmes dans les limites de la ceinture tropicale. Plus bas ou plus haut, c'est obscène et c'est froid. Mais des cons persistent à dessiner le Sacré-Cœur, le monument dégueulasse érigé pour fêter l'assassinat et la déportation des communards, et d'autres cons encore plus cons se foutent de leur gueule et font de l'art néo-conceptuel, ou post-post-moderne, ou je ne sais quoi. Moi, j'entretiens la toile de mes propos de vieux con identiques à des plantes vénéneuses oscillant du fascisme au communisme selon que vous tendez vers l'un ou vers l'autre. Si vous êtes l'un, je serai l'autre, systématiquement. Les convictions politiques me font marrer. Tous ces sales mômes gâtés transformant leurs caprices d'enfance en revendications politiques… Bref, je vais aussi vous emmener dans les gogo bars et les rades où sévit la fameuse prostitution thaïlandaise, car vous y découvrirez les seules vraies femmes capables de vous emmener dans les vraies campagnes les plus reculées du vrai Royaume, et là vous verrez la vérité stupéfiante de l'Issan et d'une langue comme le lao-issan, avec plein de vraies gens qui la parlent et la chantent le soir, durant les fêtes de village. On y va ? »

Mais ils désiraient autre chose et je ne pouvais pas leur en vouloir ni les juger. Ils me payaient à boire et à manger dans des endroits que je choisissais exprès car les farangs les fréquentaient peu, voire pas du tout, ce qui ravissait leurs attentes, et moi mes papilles. En général, il s'agissait de restaurants et de pubs réservés à la classe moyenne aisée de Krung Thep, composée de créatifs ou de cadres en herbe, avec chemisettes à fleurs et mocassins vintage d'un designer thaï à la mode, pantalons de toile et jeans customisés sur place à Chatuchak, et bien sûr, le chapeau et les lunettes, deux accessoires adorés des mâles thaïs de l'immense, tentaculaire et matriarcale Bangkok. La plupart sinon tous affichaient une certaine splendeur homosexuelle, c'est-à-dire d'Ancien Régime, quand l'homme se maquille, se soigne l'apparence, divise ses gestes en délicatesses et brutalités variées telles des notes sur une portée, là où derrière la caresse d'une main fine sur un cellphone se devine le poing des duels d'honneur. Le muay thaï et l'amour. Côté « deuxième sexe », comme titre Mme de Beauvoir, on trouvait au Random une profusion de femmes de différentes classes, allant de la plus aisée à la moins aisée, voire pas du tout aisée, flirtant avec la pire gêne matérielle. Pauvres ou riches, il faut les décrire comme elles sont : elles sont tout simplement livresques. Sans exagérer, elles sont naturellement romanesques, poétiques, théâtrales et graphiques, très picturales, et elles aimantent les adjectifs les plus divers pour les qualifier. Disons sobrement qu'elles sont très belles. Disons sobrement qu'elles ont du chien. Disons sobrement qu'elles ont une faim de vie coûte que coûte. J'ignore comment elles arrivent à dégager un truc pareil. Identiques à leurs alter ego des G-clubs et gogos et salons HiClass. On ne sait plus qui est qui. Qui est ophtalmo à Bumrungrad Hospital et qui est danseuse à l'Emerald Club ? Qui est avocate sur Pratunam et qui est entraîneuse à Ratchada ? Qui est qui et qui baise qui avec ces regards sans peur défiant le rut masculin et féminin étranger, tout à coup intimidé, plein d'espoir devant toutes ces présences ? J'en sais toujours rien, ça m'épate encore, c'est tout ce qui compte.

168

On était en plein air, au Random Food & Beverage sur Wanghin Road, presque minuit. Les tables identiques en bois massif, leurs plateaux et leurs pieds d'une même épaisseur sculpturale sans fioritures se succédaient dans l'espace chaud et moite. La surface lisse d'un lac artificiel supportait des îlots réservés selon leur taille aux romantiques à deux ou aux festifs en meute. Des stars locales honoraïent l'endroit de leur divine aura, et le couple adorable de Marseillais devant moi était aux anges. Ils avaient tiqué au début, et maintenant ils éprouvaient Bangkok à pleins poumons et pleins rêves. Il n'y avait que des Thaïs ce soir-là. Nous étions les seuls *Farangset*, et à part un groupe de Chinois, aucun étranger à l'horizon. Les vraies gens nous entouraient de leur vérité festive à base de *Sanouk* et de boissons alcoolisées tout à fait véridiques. Ça boit beaucoup beaucoup au Siam. Des pavillons insonorisés semblables aux maisons contemporaines avec toits-terrasses, baies vitrées, murs boisés, abritaient des karaokés. Des types et des filles portées par leurs copains sortaient en titubant et en chantant pour aller se vider dans des chiottes aussi propres qu'une salle de spa infusée de vapeurs. Comme dans les malls, des vieilles aux rides rouge-brun de canyons d'Arizona, le buste voûté sur leur chariot de ménage, nettoyaient toutes les heures les substances organiques humaines dionysiaques. La population thaïe oscille entre l'orgie et l'ascétisme, une seule existence cumule souvent plusieurs régimes extrêmes allant du sexe obsessionnel à l'abstinence la plus féroce, ceci afin de tout expérimenter. Plaisirs de la chair, plaisirs de l'esprit se détachant de la chair, méditation blanche sur fond blanc, même si les couleurs de la paix intérieure sont mal documentées. Le principal, c'est de se garantir un solde créditeur en points de mérite, un petit pécule bouddhiste avant de crever. C'est la loterie pelvienne et karmique par ici.

Le point de mérite vous garantit de renaître mieux la prochaine fois et vous ne devriez pas sourire si vous n'y croyez pas. Il y a plus de chances que ça se passe ainsi que directement le paradis ou l'enfer ou le néant. Il y a plus de chances que vos cellules conservent une part de vous et se remettent à fonctionner avec d'autres une fois vos chairs dispersées aux quatre vents d'une crémation, ou aux milliers d'asticots d'un enterrement. Les bonnes cellules attirent naturellement les bonnes cellules, et les mauvaises les mauvaises. Faites gaffe à ne pas trop ricaner, surtout les Français, qui ricanent de tout trop facilement, même s'il n'y a pas pire que les Anglo-Saxons et spécialement les Américains sur cette terre. On ne vous a jamais révélé que cette terre bleue et ambrée est la pupille survivante d'une divinité borgne, une pirate ?

169

Le couple de Marseillais était mixte de peau comme le mien. Lui venait de Madagascar et elle avait une ascendance italo-corse, et je les dessinais, lui le *Farang Dam* – le farang noir –, et elle la *Farang* – la blanche –, et je parlais des cinquante districts de Bangkok, et comment la carte de cette ville ressemble à celle des États-Unis, mais inversée.

La pointe de la Floride se trouve à l'ouest, c'est Bang Khun Thian, district 21, et il est le seul endroit de cette ville à être bordé par le golfe du Siam et l'espèce d'Everglades vitrifiées que sont les mangroves déchues, asséchées, déforestées, où demeure une vase, une boue, au mieux un estran. Tandis que les districts de l'est, Nong Chock et Lat Krabang, correspondent à la Californie et l'Oregon. Et je me suis mis à égrainer les noms de chaque district de 1 à 50, et dans chacun d'eux à plonger dans une soï tournant dans une autre, spécialement celles n'apparaissant pas sur Google Maps et qu'on ne découvrait qu'en marchant ou en longeant sans but à mobylette les voies les plus nettes dans un réseau si dense, si chaotique, si chaorgasmique d'activités marchandes, physiques et spirituelles, où le dollar sinue tel le serpent de l'Éden. On aurait pu peindre Bangkok comme le peintre américain Jasper Johns l'avait fait des États-Unis, une carte expressionniste bourrée de coups de brosse virtuoses, mais ce n'était qu'une carte, et Bangkok, plus que n'importe quelle ville au monde, échappait à toute tentative de cartographie, sauf enfantine.

Un calque d'enfant confiant dans les lignes de son atlas volé.

Une comptine urbaine à base de liste de quartiers.

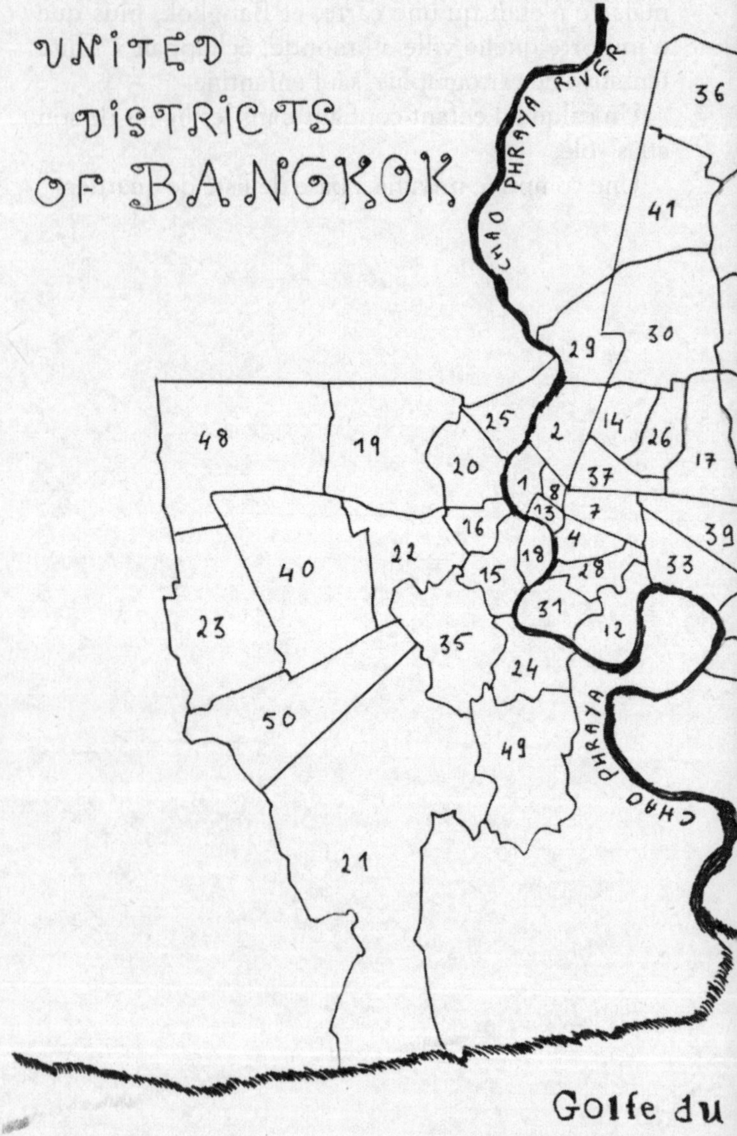
UNITED DISTRICTS OF BANGKOK
CHAO PHRAYA RIVER
CHAO PHRAYA
36
41
30
29
25
2
14
26
17
48
19
20
1
8
37
13
7
39
16
4
18
22
40
15
28
33
31
12
23
35
24
50
49
21
Golfe du

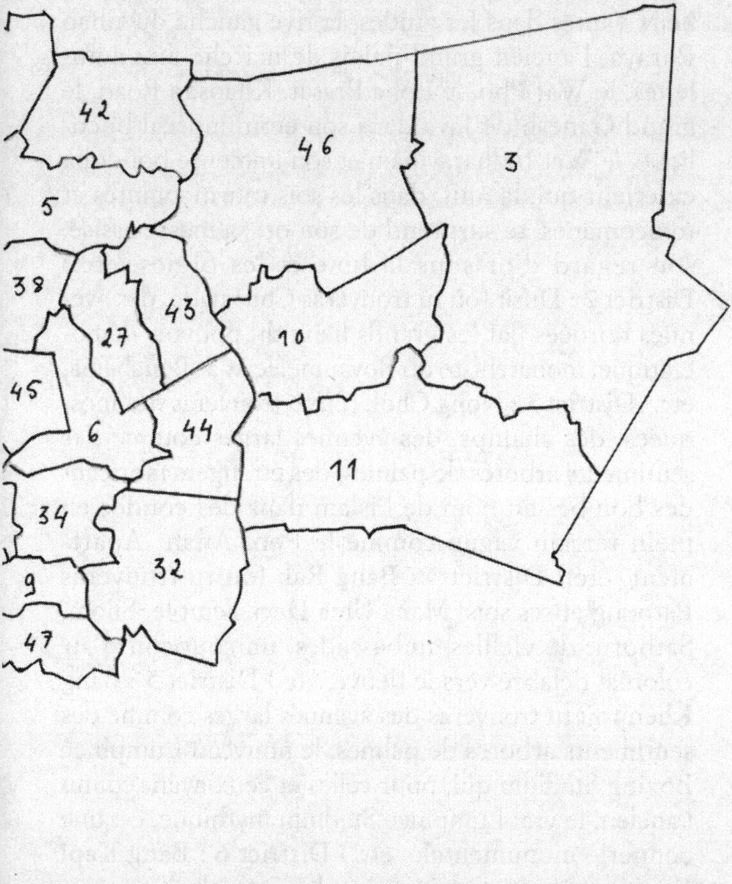
42
46
3
5
38
43
27
10
45
44
6
11
34
32
9
47
Siam

District 1 : Phra Nakhon (où tu trouveras moult lieux vantés dans les guides, la rive gauche du Chao Phraya, l'ancien grand palais, le marché aux amulettes, le Wat Pho, le Loha Prasat, Khaosan Road, le grand Ganesh de Java dans son écrin muséal bucolique, le Wat Indharaviham et son immense bouddha extérieur qui, la nuit, dans les soïs tournicotantes et toxicomanes, te surprend de son or, sa masse assise, son regard d'or sous la lune et les pluies, etc.) **District 2 : Dusit** (où tu trouveras Chitralada, des avenues bordées par les grands lieux du pouvoir démocratique, monarchiste du Royaume, le Wat Benchama, etc.) **District 3 : Nong Chok** (où tu trouveras des mosquées, des champs, des avenues larges comme des sentiments arborés de palmes, des étrangers fabricant des bombes au nom de l'islam dans des condos en plein terrain vague comme le Pool Anant Apartment, etc.) **District 4 : Bang Rak** (où tu trouveras Patpong et ses soïs, Maha Uma Devi Temple, Silom, Sathorn, de vieilles ambassades, un soupçon d'air colonial délabré vers le fleuve, etc.) **District 5 : Bang Khen** (où tu trouveras des avenues larges comme des sentiments arborés de palmes, le nouveau Lumpinee Boxing Stadium qui, pour celles et ceux ayant connu l'ancien, le vrai Lumpinee Stadium mythique, est une connerie monumentale, etc.) **District 6 : Bang Kapi** (où tu trouveras un cimetière d'avions, dont certains servent d'habitation, le Prasart Museum, etc.) **District 7 : Pathum Wan** (où tu trouveras la Jim Thompson House, un autel à Brahma, des centres commerciaux déjà vintage, l'université Chulalongkorn et ses campus, la gare Hua Lamphong, le parc

Lumpini, des wats et des wats et des wats, etc.) **District 8 : Pom Prap Sattru Phai** (où tu trouveras le légendaire Rajadamnern Thai Boxing Stadium, le grand Chedi d'or de Wat Saket, le grand rond-point bizarre du 22 July Circle, avec son parc au milieu, ses façades pleines de billboards, ses multiples rayons sous bâches où tout se loue la nuit, etc.) **District 9 : Phra Khanong** (où tu trouveras le sud du quartier-univers d'On Nut, le W District, etc.) **District 10 : Min Buri** (où tu trouveras des marchés aux puces et des marchés flottants, des fêtes foraines bucoliques, des parcs, des camps ascétiques pour la boxe, etc.) **District 11 : Lat Krabang** (où tu trouveras des fermes, des serres, des canaux, une communauté d'artisans hype et centenaire sur Hua Takhe, les lisières de Suvarnabhumi Airport, etc.) **District 12 : Yan Nawa** (où tu trouveras la Maison du Jouir, la cantine familiale de Khun Nataya et ses filles, les ateliers de menuiserie et de tannerie de Khun Somsip et Khun Apichap, etc.) **District 13 : Samphanthawong** (où tu trouveras le plus beau Chinatown au monde, ses restaurants où manger la vésicule biliaire et le cœur de serpents ouverts vivants devant toi pour satisfaire ta bonne santé gastrique et sexuelle, toutes les bijouteries, tous les tailleurs et les marchands de pierres précieuses imaginables, et de l'or en quantité, celui couvrant les bouddhas, les monnaies, les divinités, celui habillant les cous, les oreilles, les tailles, les chevilles, les doigts, etc.) **District 14 : Phaya Thaï** (où tu trouveras les châteaux HiSo d'Ari, les fées d'Ari aux baguettes soulevant leurs pieds – talons aiguilles jetant des sorts –, les tentacules richissimes du quartier d'Ari, les verdures, les boutiques et les échoppes rêveuses d'Ari, les palais sertis dans un tropique de marbre suintant la chair des filles richissimes, et les militaires, leur camp d'entraînement, leur stade, leur télé – Channel 5 –, et parfois, dans l'air parfumé si chaud d'Ari et du district entier, comme un passage secret d'une époque à une autre, la présence fantomatique d'amants oubliés, Tany Chanasongkhram, Darrell Berrigan, etc.) **District 15 : Thon Buri** (où tu trouveras l'énorme place Wongwian Yaï et ses marchés adjacents d'amulettes, de cuirs, de peaux variées, toutes les peaux, si ton imaginaire aide le marchand à chasser ce que tu désires, etc.) **District 16 : Bangkok Yaï** (où tu trouveras moult lieux vantés dans les guides, le Wat Arun, les clapots et les liserons d'eau dans les hélices des longtails, etc.) **District 17 : Huai Khwang** (où tu trouveras le début du fameux marché de nuit, une partie de Ratchadaphisek, ses palais de plaisirs monumentaux dédiés aux massages, des bordels pour femmes cherchant toyboys, un nouveau Chinatown, la Royal City Avenue et ses jeunesses noctambules, etc.) **District 18 : Khlong San** (où tu trouveras Icon Siam, Chee Chin Khor, etc.) **District 19 : Taling Chan** (où tu trouveras l'un des marchés flottants les plus fleuris qui soient à Khlong Lat Mayom, des champs, etc.) **District 20 : Bangkok Noï** (où tu trouveras la maison du plus grand traducteur de littérature thaïe en français et en anglais, Marcel Barang, il vivait là, dans le délicieux quartier de Pinklao, au bord du fleuve, entre deux inondations annuelles venues des plaines du nord, une jolie maison aux étages d'une pièce ou deux à peine, traduisant Saneh

Sangsuk, Arunwadi Arunmart, Chart Korbjitti, la poésie thaïe, un homme farouche, un grand homme solitaire dans son sarong balayant au crépuscule les feuilles tombées de sa clôture dans sa soï derrière un temple, etc.) **District 21 : Bang Khun Thian** (où tu trouveras le seul endroit de Bangkok touché par la mer, le golfe du Siam, on y replante des mangroves, la côte est triste comme une Normandie tropicale, il y a les pontons, les salas, les restaurants, une sensation d'estran, etc.) **District 22 : Phasi Charoen** (où tu trouveras le grand bouddha extérieur du Wat Phasi Charoen, une multitude de khlongs, comme un morceau très étendu de ce qu'on appelait la Venise de l'Asie, une Venise ici bucolique surpeuplée d'enfants plongeant dans les eaux, des fleurs partout, etc.) **District 23 : Nong Khaem** (où tu trouveras pareil qu'à Phrasi Charoen, des canaux, une impression de mégapole fermière, une longue et plate cité percée ici et là de buildings rares où les champs, les soïs et les activités citadines se superposent, etc.) **District 24 : Rat Burana** (où tu trouveras la sortie du Chao Phraya de la ville, sur sa rive droite, le pont Rama IX, avec ses deux obélisques tissant des câbles sonores vers le tablier, et en son milieu la nuit, si tu te tiens penché sur les eaux du Chao Phraya, tu distingues la tour de la Kasikornbank et ses airs d'Empire State Building, etc.) **District 25 : Bang Phlat** (où tu trouveras l'entrée du Chao Phraya dans Bangkok, sur sa rive droite, le pont Rama VI, etc.) **District 26 : Din Daeng** (où tu trouveras des marchés de nuit fameux, la pollution sonore la plus élevée de Bangkok, des campus, d'interminables barres d'immeubles, toute la tristesse urbaine pleine de jeunesse surchauffée contre la junte, des insurrections masquées, teintées de fumigènes multicolores, etc.) **District 27 : Bueng Kum** (où tu trouveras des champs, des lacs, d'immenses restaurants et karaokés HiSo et populaires en marge des voies rapides, aériennes, etc.) **District 28 : Sathon** (où tu trouveras ce mélange d'immeubles géants destinés aux affaires et de soïs rases et branlantes, où se nichent clubs et pubs et qui font la joie des guides, la Sathorn Unique Tower, tour fantomatique, jamais achevée, dont les escaliers, les plateaux, les trous, évoquent un roman tropical électro-gothique, etc.) **District 29 : Bang Sue** (où tu trouveras l'entrée du Chao Phraya dans Bangkok sur sa rive gauche, le pont Rama VI, etc.) **District 30 : Chatuchak** (où tu trouveras le parc et le marché du même nom, d'autres parcs et d'autres marchés, des soïs qui sont la continuité du labyrinthique Lat Phrao, etc.) **District 31 : Bang Kho Laem** (où tu trouveras de grandes distractions foraines, des bords de fleuve animés, tout un vieux Bangkok vertical et fluvial, un grand hall de vente à la criée de poissons la nuit, le Krung Thep Bridge, etc.) **District 32 : Prawet** (où tu trouveras le Suan Luang Rama IX Park, des khlongs, des lacs, des campus, d'immenses zones de petites maisons, les lisières ouest de Suvarnabhumi Airport, etc.) **District 33 : Khlong Toeï** (où tu trouveras la source de Sukhumvit, ses ruelles du sud, Nana Plaza, des adresses à l'infini où sortir d'un bar c'est rentrer dans un autre, le vieux port de Bangkok, ce qui reste du bidonville, etc.) **District 34 : Suan Luang** (où tu trouveras le temple dédié à Mae Nak Phra Khanong, la plus célèbre histoire de fantôme du Royaume, où Nak, morte en couches, accueille son mari de retour de guerre, moult cafés au bord des khlongs, etc.) **District 35 : Chom Thong** (où tu trouveras le dédale habituel de la ville, entre béton, ciment, bois, plantes et eaux partout, l'Indy Market, etc.) **District 36 : Don Muang** (où tu trouveras l'aéroport historique de Bangkok et tout l'imaginaire des soïs autour de ce lieu, un musée de l'armée de l'air avec des artefacts made in Vietnam War, etc.) **District 37 : Ratchathewi** (où tu trouveras Victory Monument et ses zones intello-jazzy red-shirt, les Baiyoke Tower 1 & 2, icônes de la skyline de Bangkok, le souvenir d'une librairie ancienne française dans une cour mélancolique, le Suan Pakkad Palace, etc.) **District 38 : Lat Phrao** (où tu trouveras le labyrinthe de soïs évoqué maintes fois, les antiquaires, les hangars d'objets de seconde ou de tierce main, etc.) **District 39 : Watthana** (où tu trouveras la source de Sukhumvit, ses ruelles du nord, Cowboy et des quartiers coréens, japonais, arabes, Thonglor, des adresses à l'infini, etc.) **District 40 : Bang Khae** (où tu trouveras Bangkok bucolique, des avenues larges comme des autoroutes du Sud, des khlongs, la slow life à la mode, etc.) **District 41 : Lak Si** (où tu trouveras le Wat Lak Si, une gare en direction des villes du nord, assoupie entre des autoroutes, etc.) **District 42 : Sai Mai** (où tu trouveras une nouvelle manifestation du Bangkok bucolique, des avenues larges comme des autoroutes du sud, des khlongs, la slow life à la mode, traîner sans but sur des chemins de terre orangée, les floraisons de sourires devant tes pas perdus de farang, etc.) **District 43 : Khan Na Yao** (où tu trouveras des golfs, des parcs d'attractions, des soïs campagnardes, Ramintra Road et ses nuits dans d'immenses complexes gastronomiques et festifs, etc.) **District 44 : Saphan Sung** (où tu trouveras comme une bourgade de province, tout est fleuri, joli, simple, propre, il y a des écoles internationales, les soïs se coupent sans suffoquer, l'air reste agile, l'illusion demeure jusqu'aux terrains vagues et leurs volières naturelles contaminées de déchets, etc.) **District 45 : Wang Thonglang** (où tu trouveras Mahadthaï Night, une église, le musée monographique d'un général, le versant sud du labyrinthe de Lat Phrao, etc.) **District 46 : Khlong Sam Wa** (où tu trouveras Bangkok bucolique, de grandes avenues, des parcs à thème, le marché au travail de Kip Mou – « pieds de porc » – où sur des kilomètres, de pauvres ouvriers journaliers attendent un salaire de misère contre un labeur très dur, etc.) **District 47 : Bang Na** (où tu trouveras la sortie du Chao Phraya de Bangkok sur sa rive gauche, la sortie de Sukhumvit de Bangkok en direction de Pattaya, Trat, le Cambodge, des palais d'exposition, les dernières stations du skytrain de la ville et leurs soïs festives, etc.) **District 48 : Thawi Watthana** (où tu trouveras la plus belle avenue de la ville et du Royaume, Utthayan Road et ses presque mille lampadaires à figure de cygne sacré, ses pelouses brûlées, ses parterres de fleurs et son canal central, elle est peu fréquentée par les bagnoles, parfois des manifestants y campent contre le gouvernement, tout au bout, c'est un immense parc bouddhiste, avec les étapes de la vie du Bouddha symbolisées dans le plan des jardins, etc.) **District 49 : Thung Khru** (où tu trouveras plus de lieux de cultes étrangers au bouddhisme qu'ailleurs, etc.) **District 50 : Bang Bon** (où tu trouveras, entre des soïs résidentielles, des champs de lotus, cocotiers, orchidées, manguiers, etc., et où tu comprendras que Bangkok, malgré sa skyline, est à l'écrasante majorité une mégapole horizontale).

Et bien sûr, dans chaque district, pas besoin de le préciser pour l'un en particulier, tu trouves des soïs tortueuses, des wats et encore des wats, des autels et encore des autels aux esprits et aux divinités, des offrandes de fruits, de fleurs, d'encens et encore des offrandes de fruits, de fleurs et d'encens, des marchés de nuit, de la street food, des malls, des salles de jeux et de paris divers, des floraisons de sourires à la moindre occasion, des établissements de nuit pour tous les genres de nuit, etc.

169 bis

Après vingt-cinq ans dans les parages, mon fétichisme des soïs de Krung Thep, loin de se calmer, s'exaltait chaque fois que j'en parlais. Une salive polychrome sortait de mes lèvres, du pli de mes lèvres, et des postillons de couleurs se déposaient sur les visages blanc et noir des Marseillais, punaisant ici et là les images d'une cité qu'ils n'auraient pas le temps de pénétrer amoureusement détail par détail.

J'étais en verve et ce couple me plaisait. Je leur racontais cette ville comme un conservateur de jadis exposait à son public rendu complice malgré lui un objet sorti de ses réserves plus ou moins secrètes, un erotica mis à l'index. Et puis, Bangkok faisait partie de mon corps et du corps des miennes. Mes phrases, mes dessins, les Belles de bar et les soïs se reflétaient dans l'errance la plus stricte. L'histoire de Sukhumvit et mes os, la destruction de tant de complexes et de places remplis de bars et de clubs, l'émergence de tant d'autres, et du skytrain et du métro, rendant certains districts accessibles et laissant la plupart tranquilles, comme ici, à Lat Phrao, ne cessaient de correspondre à nos demi-sommeils remplis de fêtes.

Je racontais la destruction en une seule nuit de Sukhumvit Square par les sbires du sexlord et politicien Chuwit Kamolvisit, mon propre mécène. Le lendemain, les propriétaires, presque toutes d'anciennes Belles de bar ayant la quarantaine ou la cinquantaine si déflagrante qu'on désirait avoir toujours vingt ans pour les dévorer, cherchaient dans les gravats les restes de leur business.

Je racontais la soï Zero, disparue elle aussi en juin 2006. Il y faisait nuit vingt-quatre heures sur vingt-quatre. Elle s'étendait sous l'autoroute aérienne perpendiculaire à Sukhumvit, et elle égrainait des dizaines de bars collés tels les stands des foires d'art contemporain, jusqu'à un bidonville appelé Slum Machin. Réellement Slum Machin. C'est fou non ? Les bars fabriqués de bric et de broc – containers, tôles ondulées, cimaises de planches – portaient des blazes plus soyeux, d'autant que lampions et néons aidaient à les rendre attirants.

Il y avait là par exemple le Friends Bar, le Bill Franzer, le Silk's Carrousel, le Jay, le Up To You, le Diamond A-Go-Go, et surtout l'Another Bar et le Sexy Night. Et aussi le Bottoms Up, avec son billard américain super king size, où les filles tatouées comme des vases couverts de laques ornementales penchaient leur buste, queue en main, sur le tapis vert, agitaient leur chevelure au rythme des beats technoïdes, et tiraient la boule.

Une voie ferrée bordait la soï Zero. Quand un train assourdissait de ses étincelles les musiques et les cris d'orgasmes simulés ou sincèrement vécus du fin fond du hasard des chambres de passe prises en sandwich entre deux débits de boissons et de cyprine, des gens ivres se faisaient souvent bousculer par les wagons chevrotants. Parfois, on les amputait d'une jambe ou d'un bras, et on les retrouvait plus tard en fauteuil roulant continuant à venir trinquer, taper le billard avec les princesses. Ou bien ils en crevaient et on levait des gobelets de bière à leur mémoire.

Soï Zero s'étendait sur des centaines et des centaines de mètres, et louper un seul de ces mètres ressemblait à une castration, une forêt pillée de ses feuillages, un navire à voiles privé de ses mâts. Pendant un instant, elle fut le lieu le plus inspirant de la ville la plus inspirante du pays le plus inspirant du continent le plus inspirant de cette terre assez mal inspirée depuis la chute de l'Antiquité, depuis la chute des monarchies ultrachromatiques avec leur injustice de pinceau divin séparant arbitrairement les beaux des moches, les riches des pauvres, et donnant ainsi la possibilité aux pauvres et aux moches d'être par la prostitution et l'insurrection plus superbes que les bellâtres friqués de naissance, avec leur symétrie académique et pompière.

171

Ce genre d'anecdotes rassemblant les cinquante districts de Bangkok et ses foules en une seule anatomie mouvementée méritaient d'être conservées quelque part. Et le cerveau des touristes un soir de saison sèche, quand la brise nocturne atténue délicatement la moiteur, est un musée ambulant parfait, il est poreux, lubrifié par le climat, c'est une mémoire vive, une mémoire du présent. Mon couple de Marseillais n'en demandait pas tant, et ils auraient sans doute préféré que je leur apprenne l'existence d'îles inconnues de Tripadvisor dans la mer d'Andaman, ou de circuits de trek dans des forêts primaires autrefois saturées de nations informelles, sans État, cultivant les drogues et la lutte anticommuniste, ou bien de la raison secrète de tant de malls géants poussant un peu partout et manifestement peu rentables tant le vide l'emportait sur le plein.

Mais je ne crois pas. Je leur transmettais la soï Zero, et Washington Square, et la croissance du Nana Plaza. Qu'ils le veuillent ou non, ils en resteraient imbibés – lui plus qu'elle pourrait-on penser, mais pas du tout. Au contraire, elle se montrait totalement à l'écoute. Elle aurait voulu que je lui présente ces filles dont je parlais et qu'elle avait aperçues ici et là, et avoir leur point de vue comme elle me dit au milieu de mes récits. Apprendre leur langue et partager leur existence pour aller au fond du fond de ce qu'elles ressentaient.

Et j'étais heureux de l'entendre, car c'est exactement ce qui m'avait motivé vers 1991-1995. Face au reste du monde et ses drames tirés par les cheveux aux quatre coins de la toile médiatique, il existait la Thaïlande jamais colonisée, jamais séduite mais séductrice à mort. Mes illusions valaient de l'or, on s'y sentait heureux et beau, leur vérité était inestimable.

« Mais Paul, me disait-elle, vous êtes un homme et c'est différent, ce n'est pas pareil, les entendre elles et vous entendre vous, ce n'est pas pareil. » Sa voix était douce, inexorable, sans rature, sans hésitation, et elle recelait je ne sais quelle menace grise, une couche de nuages effaçant le soleil.

Elle suggérait : « Votre paradis est leur enfer. »

Et je lui répondais toutes sortes de choses, des images et non des argumentations, et nous débattions tranquillement, la saison froide affichait vingt degrés ce soir, et il y avait peu à peu comme une frontière invisible entre nous, l'impression d'une longue muraille nous séparant, construite ni par elle ni par moi mais par des puissances autoritaires nous dépassant, et il aurait fallu abattre tout ça. Mais nous n'en avions pas la force ni les moyens, cette muraille bifurquait un peu partout et créait des niches où chacun se surveillait du coin de l'œil, des niches où des groupes se divisaient à leur tour en d'autres groupes appelant à se combattre et à se boycotter – les hommes, les femmes, les peaux…

Même ici, à Lat Phrao, dans ce restaurant, le couple français devant moi semblait rattrapé par cette grande muraille à l'évocation des Belles de bar et à la vue gênante de ces hommes gros avec des femmes minces, la vue de ces hommes vieux avec des filles jeunes, la vue de ces hommes laids avec des femmes belles, la vue de ces contrastes transgressant les castes anatomiques.

Mais Bangkok et ses cinquante districts surpeuplés de femmes dehors à n'importe quelle heure les déstabilisaient également peu à peu de leur socle. La nuit était claire, on distinguait la lune et même des étoiles en dépit des lumières multicolores du Random et du halo dément de Krung Thep.

Les gros – des hommes gros pleins d'embonpoint, de plis, de cellulite, de muscles dissous dans la graisse turbide – payant les minces – les femmes jeunes et minces évoquant l'innocence fibreuse, la pureté osseuse – n'étaient plus seulement des porcs, des cafards, des rats ou n'importe quelle métaphore animale les déshumanisant, mais des figures sentimentales. Ni plus ni moins. Ayant droit comme les autres à la gamme sentimentale faisant vivre leur cœur. La fabrique des parias de leur pays d'origine n'avait pas droit de cité par ici. Du moins pendant un temps.

Mon couple de Marseillais errait malgré lui au bon plaisir des particules fines de l'air tropical empli de monoxyde de carbone, où ils finissaient par fondre, deux vapeurs de chair, deux parfums émis d'une machine avant-gardiste et antique, et cette machine s'appelait Bangkok. Ils devenaient bangkokois parce que la chaleur humide nous accueille tous et nous rend fluides d'une façon identique. On devient citoyen des eaux, toutes les eaux de la ceinture tropicale, les vaporeuses et les liquides, les limpides et les légères, les épaisses et les huileuses. Citoyen des eaux : mon interlocutrice s'essuyait les tempes et recueillait de son index les perles de sueur de sa nuque, de son cou, de son philtrum, et bien que ce fût la saison froide, elle se couvrait du vernis typique des climats chauds : son épiderme luisait à la moindre ampoule de couleur primaire posée sur lui.

172

Soudain, je leur ai déballé toute ma vie affective. La naissance de Nam Souay et mon étonnement toujours là devant ce corps-fleuve, cette personnalité-fleuve comme il y a des romans-fleuves, et qui se ramifiait depuis dix ans maintenant. La croissance d'une enfant est plus que la croissance d'une enfant. C'est un mystère que les révélations récentes sur les gènes, les cellules, n'importe laquelle de ces taches ovoïdes n'épuisent pas. C'est un mystère très sentimental, presque impudique et bourré d'un pathos très différent des larmes de fin de soirée sur des visages hyper-maquillés. C'est un mystère qui, si on le protège, vous sanctifie. Les nouveau-nés viennent du paradis. Le pastel de leur visage le prouve.

Et je me suis mis à parler de Nong, dont le visage hyper-maquillé provoquait la concupiscence masculine au Splendoor, un truc facile et imparable, surtout lorsqu'elle venait asseoir son cul sur un siège comme s'il s'agissait de votre gueule, écrasant sa chair contre votre masque de concupiscence triste pour frotter son clitoris contre l'arête de votre nez, ses lèvres emprisonnant vos narines pour vous offrir une mort digne par inanition d'amour.

Bon, je leur ai pas dit ça exactement comme ça non plus.

J'ai remonté devant eux le cours des êtres importants de ma petite histoire au Siam, et comment les circonstances et les goûts m'avaient projeté loin de mon pays et de ses préoccupations.

Et je me suis mis à raconter Tip.

J'ai raconté son âge et son apparition au Thermae Club, et puis sa disparition avant mon départ, et comment il y a trois mois, elle est réapparue brièvement au hasard d'une de mes soirées de promenade ordinaire où j'allais tenter de dégourdir mes vieilles jambes et mes crayons et mon appareil photo.

Ça se passait sur On Nut Road, dans l'est de Sukhumvit.

Et c'était un pur conte de fées.

173

« Il était une fois un piéton à Bangkok. Dans cette ville, on peut marcher longtemps, il y a des trottoirs, c'est pas comme à Jakarta. Il y a tout un tas de trésors visuels, olfactifs, sonores, à découvrir. Il y en a pour tous les sens. Par exemple, des étudiantes répétant une danse à Ganesh, le dieu éléphant, sur l'esplanade d'un temple escamoté par des arbres ; un club au néon grésillant même en plein jour ; un orfèvre travaillant dehors. Tout ce qu'on souhaite sans le savoir, on le trouve, les nerfs élargis par la chaleur et l'humidité. Cet après-midi, ce piéton de Bangkok a d'abord marché de sa Maison du Jouir sur soï Amon jusqu'à Nana Plaza, pour un bref rendez-vous avec les propriétaires du complexe. Après, il a pris le skytrain et il est descendu à On Nut. Beaucoup de filles de bureau et de bar vivent là. Il s'est engagé sur On Nut Road. Il aime cette rue car elle semble commencer dans une mégapole et finir dans la campagne plusieurs dizaines de kilomètres plus loin. Mais on est toujours à Bangkok, dans Prawet, le district 32. Le crépuscule n'est plus très loin, il se cache dans des nuages de mousson agonisante. Quand une trouée apparaît, leur hauteur est si fantastique qu'on dirait les parois tourmentées de palais-forteresses abritant des divinités courroucées aux luxes cruels. Les échoppes se succèdent collées comme des troupeaux de commerces où tout se vend, et où s'asseoir et vivre de ses sens est le carat le plus précieux de la journée. Il se balade, il n'attend rien de particulier, sa journée s'est bien déroulée avec cet entretien chez les commanditaires d'un chantier de discothèque dont il doit peindre les parois. Financièrement, ça le maintient en vie. Et soudain, le passé lui saute à la gueule.

En fait, inutile de tisser un drama pour leurs retrouvailles. Elle est juste là, en train de marcher vers lui. Au début, ils ne se reconnaissent pas plus que ça, ils se rappellent mutuellement quelqu'un, c'est tout. Ça dure une fraction de seconde ou peut-être même une minute. En fait, il est sûr qu'ils se reconnaissent tout de suite, sauf qu'ils mettent un certain temps à l'admettre.

Ils s'arrêtent en même temps et restent un moment à se reluquer.

C'est elle qui sourit la première en disant : “Oh my Buddha ! It's so funny ! How are you ?” Et il lui répond qu'il va très bien.

Il y a une gargote parmi des centaines semblables dont la propriétaire leur sourit également. Pas de murs, juste des tôles, des piliers de béton épaufrés, des lampions, une cuisine et des glacières bleues. Ils s'assoient et commandent des *Nam Manao* – jus de citron à la glace pilée. Puis plus tard, des plats et de l'alcool. Ils sont émus, c'est sûr. Et ils ont à cœur de se redécouvrir. Et ainsi se passe leur repas.

Tippawan (6)

Bangkok, 1991-2015

174

Il n'avait été qu'un client après tout. Elle était désolée de le lui dire de cette façon en anglais, ce soir sur On Nut Road, dans ce restaurant anonyme où les multiples plats de toutes les couleurs, commandés hors de toute raison, illustraient la délicieuse débauche culinaire du Siam, tandis qu'une intense circulation embouteillait le voisinage arboré, avec toujours ces palmes, ces lianes, ces floraisons tombant sur les bétons et les ciments. Le mot "customer" seyait tout à fait à ce marché permanent et gargantuesque qu'était la cité des anges. C'est lui qui pensait à Rabelais soudainement pour Bangkok, tout en la regardant des pieds à la tête et même au-delà, jusqu'aux os et aux cellules si possible, et à cette énergie sans nom qui peut-être nous anime et nous unit – la matant, la peignant, ne la baisant plus même mentalement et pourtant ! Quelle figure devant lui ! Une femme pleine et entière. Il le constatait en dessinateur. Entre eux, pour se parler, se comprendre, se mentir, se blesser, se souvenir, il y avait comme autrefois l'étrange dialecte du thaïglish, et puis l'anglais. Ou disons l'anglophonie, quand les sons de l'anglais ricochent d'un accent à l'autre parce qu'elle reste thaïe et qu'il demeure français. Il parlait suffisamment le thaï désormais pour qu'ils ne conversent qu'ainsi, mais elle l'écoutait avec un mélange d'intérêt, de fascination, de tendresse, de méfiance, de mépris comme si elle s'en gênait, comme si un farang violait un territoire interdit – sa langue natale identique à sa terre qu'on ne pouvait acquérir. Alors elle revenait toujours à l'anglais, un anglais meilleur que le sien, et un peu de thaïglish où elle fichait en plus du suédois qu'il ne pipait pas. Ça l'énervait, le ravissait, il s'en accommodait, il se contentait désormais d'accepter ce qui arrivait sans résistance. Elle était manifestement de l'ancienne génération, pensait-il, conservant les tics du fanatisme ordinaire de la Thaïness, la fierté nationaliste thaïe, qui le subjuguait alors qu'il s'en trouvait victime encore aujourd'hui. Beauté d'une tradition savante jusque dans les fibres, les muscles, les rictus maxillaires d'une jeune prostituée sans éducation officielle, et qui trouva dans la mégapole surpeuplée, survisitée de Bangkok, l'encyclopédie pour s'en sortir, toutes les devises et toutes les langues apprises peu à peu sur l'oreiller, ou en levrette debout contre un mur, ou la bouche plus ou moins pleine d'une queue demi-molle ou dure, ou dans un bain tendant une jambe pour rendre chien l'homme âgé aux ordres d'une peau et d'une anatomie adolescentes et autoritaires, et qui s'emmerde et se divertit en songeant à la superbe moto qu'elle va s'offrir avec tout ça pour des virées frimeuses en Issan, genre Ladybar goes to Hollywood.

Il n'avait donc été qu'un client, mais c'était sa faute. Il n'avait pas franchi la frontière le séparant de l'amant réel, ne s'était pas engagé, ne s'était pas rendu au bâne, restant prisonnier des bars de Krung Thep où elle lui servait d'interprète et de modèle. Elle lui avait offert sa chance, s'en souvenait-il ? Elle oui. Tout. 1991. Le Thermae Club. Ne le fréquentent plus que des Coréens et des Japonais, et il n'est plus au même endroit, glisse-t-il comme un urbaniste ouvrant des bifurcations un peu partout pour dérouter le trafic. Oui, elle le sait. Elle n'accorde pas d'importance au romantisme des lieux de travail comme tous ces étrangers pleurant sur les adresses disparues. La nostalgie est un sentiment barbare et limité très occidental et aussi *Nipoon* comme elle dit – japonais. Sa mémoire est précise comme le couteau sur la viande. Elle l'avait installé dans son existence de danseuse et de performeuse et de *Pou Yin Kaï Borricane*, de femme vendant services. Elle ne lui demandait plus d'argent, allait aux short times, rentrait et posait l'argent des passes et baisait avec lui de bon cœur. Elle avait vu alors, un peu triste, un peu en colère contre elle-même, sa fierté de mâle choisi, de mâle élu par une putain. Ils se rêvent tous proxénètes. Elle donnait l'impression de s'en amuser, n'est-ce pas ? C'était un effort, presque une forme de méditation, ce sourire léger détirant ses traits de visage pour lui donner la version d'une Mona Lisa tropicale – toujours son interprétation à lui, gâchée de références anciennes. En fait, elle cherchait l'indifférence bouddhiste en se rappelant les leçons orales d'un moine au bâne. Ne t'attache pas et tu souffriras moins. Ne convoite pas et tu souffriras moins. Bon, ça valait ce que ça valait, constatait-elle. Après tout, elle avait plusieurs cartes en main ce soir de leur dispute ridicule d'amoureux trop jeunes pour supporter l'Amour avec un grand A. Durant toutes ces décennies en Suède, qui n'est pourtant pas la nation la plus sentimentale d'Europe, elle avait entendu des déclarations intempestives d'amour. Et ça n'avait rien changé à son caractère. Manifestement, cette surenchère occidentale, où on mêle le cœur à la relation coïtale, n'était pas qu'un truc de riche ou un truc d'escroc pour ne pas payer. Une théâtralité de bas étage d'une civilisation d'hypocrites et de radins. Au mieux palpitait là une espèce de compassion bouddhiste enfantine, exactement comme le bambin ne peut se séparer de son doudou. L'amant ne peut se séparer de son aimée, sauf quand il s'agit d'ouvrir son porte-monnaie. Là, c'est elle qui interprétait. Mais la plupart des jeunes Suédois avaient des parents pour veiller non seulement à l'essentiel – la nourriture, le toit, le vêtement – mais aussi à l'accessoire, les lubies sentimentales de leur progéniture.

175

Elle avait donc plusieurs cartes en main, et il avait cessé d'en être une ce soir du dîner près du bidonville de Khlong Toeï. Après le taxi les déposant à Silom Road, au carrefour de Sala Daeng, ils s'étaient brièvement promenés, tous les deux silencieux et maussades sur la grande avenue lumineuse et percée des ruelles de Patpong à leur droite. Le skytrain n'existait pas encore, avec ses superstructures ombrant brutalement les perspectives. Elle saluait des connaissances accompagnées de farangs sans qu'aucune songe à des présentations, car à quoi bon ? Des customers, des fantômes, des *Phi* sans conséquences. Lui s'offusquant d'être ignoré de la sorte, invisible dans la toile des nuits passées avec elle. Une putain capricieuse pansait sa colère. Elle l'avait vu s'enfuir en lui lançant seulement "Good bye" et un *Leo Pop Kan Maï Krap* – à tout à l'heure – qu'il avait balbutié tout fier de son thaï neuf de puceau du royaume des Chakri.

176

Et après ? Rien de particulier. Elle avait toutes sortes de responsabilités à gérer, même en dehors de sa famille. Avait-il connu Suwanmali ? On l'abrégeait en Suwan. Seize ans, une cousine plus lointaine dans l'arbre généalogique que Paris de Hong Kong, et que sa mère envoyait à la capitale travailler auprès des siennes, sans rien préciser. À la différence de Tip, Suwan n'avait pas eu besoin de se vendre tôt. Elle venait d'une famille un peu moins esquintée que celles de ses semblables et qui n'avait pas eu besoin d'hypothéquer ses terres quand les ingénieurs agronomes de Bangkok étaient arrivés avec de grands tableaux noirs et de gros classeurs expliquer l'usage nécessaire de nouveaux engrais permettant de meilleures récoltes. Tip se rappelait leur arrivée, elle devait avoir dans les huit ans. On se laissait convaincre, on se sentait con devant la douce autorité des gens de Bangkok si brillants dans leurs chemisettes à manches courtes, leurs lunettes, leurs cravates, leur anglicisme technique, et leurs craies blanches et rouges crissant des calculs précis et occultes sur la grande ardoise sombre. Alors on achetait leurs engrais, ils valaient cher, on s'endettait, on hypothéquait ses champs, on terminait dépossédé, au mieux salarié d'un groupe agroalimentaire obscur aux bureaux lointains et méprisants. Il ne restait plus qu'à envoyer les plus beaux de ses enfants faire la putain dans l'immense mégapole d'où venaient les ingénieurs. La boucle était bouclée, ce cycle pernicieux et ordinaire rejoignait d'autres cycles plus cosmiques dans une même correspondance maudite, incompréhensible, qui est celle de l'injustice globale, des atomes jusqu'aux sphères.

C'est lui, le piéton de Bangkok, qui pensait ce fatras tout haut. Tip lui répondit que comme l'amour, ce genre de réflexions ne se mange pas. Elle n'avait pas changé, songea-t-il. Elle conservait les vieilles expressions des soïs nocturnes. Elle lui racontait cette Suwanmali. Elle avait couché avec un beau parleur – un *Pak Wan* – du village. Il l'avait engrossée. En cédant, elle avait gâché la perspective d'un mariage avec un homme bien, peut-être un fonctionnaire de Mukdahan ou de Nakhon Phanom ou même d'Udon Thani, un policier chargé de la circulation par exemple. Déflorée, souillée, elle se retrouvait au niveau de Tip et même plus bas. Sa virginité perdue, sa première passe, si elle franchissait le pas, ne lui rapporterait pas beaucoup plus que la millième. Son point fort demeurait ses seize ans. Avec l'innocence. Bien plus développée que la normale. Les mauvaises expériences, la candeur de Suwan les arrachait comme des mauvaises herbes. De ça aussi on pouvait tirer quelque chose dans l'intimité. Ça rendrait dingues les clients. Une façon de fermer les yeux quand elle besognerait à genoux, une façon d'être vraie en se cambrant, une façon de s'offrir faisant oublier l'argent et montrant l'amour. Rien ne l'entamait encore, sa peau sans brèches le prouvait, aucune entaille aux poignets si courante chez les *Pou Yin* suicidaires des soïs à néons. Trois mois plus tôt, elle frôlait le pire, accouchait d'un garçon, et eût-elle mis bas une femelle au lieu d'un mâle, peut-être l'aurait-elle abandonnée ou même noyée. Ça la questionnait alors, lui tenait les entrailles autant que les contractions, se sachant possédée par toutes sortes de *Yak* – démons –, qu'attirait le désespoir des gamines subissant une maternité imprévue, les rendant folles et infanticides. Maintenant calmée, guérie, en quelque sorte exorcisée par le visage de ce fils posé sur son sein, où après la terreur de lui être associée à jamais, elle s'était absorbée dans la contemplation de ses petits membres, elle venait à Bangkok pour voir, guidée par Tip. Elle ne valait plus rien pour les Thaïs. Mais il existait encore une autre possibilité de trouver un mari, car Suwan cherchait d'abord ça, comme la plupart de celles débutant ce métier. Et Tip l'avait convaincue de cette solution tombée réellement du ciel : rencontrer un farang. Les Boeing les enfantaient toujours plus nombreux, plus solitaires. Les histoires abondaient de ces étrangers acceptant des femmes déjà mères et ne les jugeant pas. Ce n'était pas des mensonges. Une connaissance X ou Y illustrait toujours cet espoir des filles-mères. Elles partaient avec leur époux exotique dans sa nation riche et prospère, revenaient avec une brassée de photos et de cadeaux pour untel et untel jusqu'aux plus lointaines parentés, s'offraient une maison tapageuse au village. Mais pour ça, il fallait d'abord se rendre à la case des bars.

Voilà ce qui s'était passé le soir de sa dispute avec lui et les suivants. Un tour des enseignes de Patpong à Sukhumvit et Ratchada pour initier Suwan. Mais pour travailler chez l'une des maquerelles et *big bosses* des heures dingues de Bangkok, elle devait tuer quelqu'un. Le rite de passage l'impliquait.

Elle devait se tuer.

Elle devait flinguer celle qu'elle était jusqu'ici, l'enfant puis l'adolescente, la fille de son père et de sa mère, la copine, la sœur, toutes ces figures à qui elle s'identifiait sans se poser de question et qu'elle commençait déjà – une seule nuit à Patpong et Sukhumvit suffisait – à regarder d'un peu plus loin, comme des mues de serpent se détachant d'elle, ou des projections fictives.

Toutes les Ladybars accomplissaient ce crime sans quoi rien n'est possible. Certaines le réalisaient facilement, d'autres ne s'en remettaient jamais, et alors elles étaient déchues de ce titre de Ladybars pour rester les victimes de leur destin. Des faibles, et Tip à plusieurs reprises, avec insistance et fierté, priait Suwan d'être forte, forte et encore forte, et qu'elle verrait que c'est bon ce pouvoir des bahts. Et l'arme pour ce crime, c'était la première passe.

La toute première passe, une arme létale après quoi elle ne serait plus jamais la même. Celle où un homme tend l'argent avec mépris, honte, indifférence, grossièreté, gentillesse peu importe, les sentiments varient avec le client, et le mieux au début, c'est quand il le donne à la mamasan, une tierce personne anesthésie toujours ce coup de poignard dans celle qu'on était juste avant d'accepter ce fric. La première marche vers la chambre, la première chambre, si importante celle-ci, la chambre, l'unité de mesure de sa nouvelle vie. Elle en connaîtrait des milliers au point qu'elles se ressembleraient toutes.

Les premières demandes, les premiers gestes, la première pipe à un type qu'elle n'aurait même pas regardé, qui la dégoûterait ou lui plairait et dont elle se foutrait, la première pénétration, tout cela – sauf lors des mauvaises rencontres, mais elles étaient moins nombreuses que les autres, les indifférentes, Tip lui promettait qu'elles l'étaient – différait si peu de ce qu'on accordait au fiancé, se révélait si facile en regard du fric reçu, que ça foutait le bordel à jamais dans leur tête.

Là résidait l'autre tranchant de la première passe. Où était l'amour après tout ça ? Où était la vérité, qu'est-ce qui différenciait l'homme de ta vie te donnant la fessée pendant la levrette et l'inconnu de ta vie qui pour mille bahts te fessait pendant la levrette ? Tous les hommes se ressemblaient tellement après la première passe, punter et soupirant unis dans un même répertoire de gestes. Papa, fiston, frangin, mari, client. D'un seul coup, toute une éducation implicite, toute la société bâtie autour de la fille s'effondrait en elle. Chaque valeur, chaque loi, la première passe en arrachait le masque. Une sensation de pouvoir et de dégoût indéfinissable en résultait.

Pourquoi Tip lui déballait-elle tout cela ?

Elle s'arrêta. Elle avait été sa première Ladybar, mais lui, avait-il jamais été le premier customer d'une des filles de ses peintures ? Elle l'interrogeait à l'improviste. Il se ratatinait sur sa chaise en plastique rouge Haribo-lézard à mesure qu'elle dévidait son histoire de Suwan, et il ignorait la raison de son malaise. Non, il ne pensait pas, il n'avait jamais cru certains des visages dont il se souvenait très bien, plus blêmes que les autres – terreur, méfiance, désespoir, feintise, ruse qu'il voulait apaiser en les sortant du bar pour les mener en club où transpirer, gesticuler, s'égosiller à l'alcool et aux sons, elles et lui en route, en rut vers le matin –, et qui lui juraient qu'il était "the first one" dans leur peu d'anglais appris par cœur. Il avait pris cette habitude de ne plus croire en rien ni personne, et que tout était plus ou moins fictif. Les gens, ce qu'ils disent, ce qu'ils montrent, leurs vêtures, leur sourire, leur carrière, leur autorité : au pire des ennemis, des menteurs, des fictions ; au mieux des formes vaporeuses se frôlant, s'interpénétrant dans des lits et des rues. Des formes évolutives du fœtus à la tombe. Une variété infinie de formes dont il s'émerveillait par principe, et dont il cherchait à user la substance sur la toile des sommeils, la toile des veilles, la toile des œuvres. Fils multicolores traversant tout, étendues textiles infinies, étendues sextiles sans fin s'effilochant, se recomposant. Matières sextiles.

Matières filles. Matières garçonnes. Matières viriles. Matières folles.

Il évoluait dans un rêve qui pouvait être un cauchemar pour d'autres, mais il éloignait autant que possible cette éventualité par la peinture. Le paradis des uns est l'enfer des autres. Et vice versa. Vertueux-vicieux. Une façon comme une autre de voir les choses. Du début à la fin il faudrait vivre ainsi : comme dans un beau rêve. Mieux qu'un rêve : comme dans une œuvre. Du moins pour lui. Et si on en avait les moyens. Et si on n'avait pas les moyens de vivre dans un beau rêve, il fallait se les donner. Par la prostitution par exemple. Il n'osa pas le dire à Tip. Elle demeurait un point d'interrogation majestueux, et c'est ce qu'il aimait tant chez elle et les siennes depuis

1991. Certes, il conservait des superstitions occidentales et monothéistes sur le bien et le mal, même après tant d'années en Asie du Sud-Est. Mais plus beaucoup, des scories, des ruines morales et bien peu éloquentes, encore un de ces nuages qui passent, et il suffisait des rythmiques planantes d'une fête et des figures s'éclatant à demi nues sur les podiums, ivres des effets de leur beauté sur le public, pour le faire disparaître dans un noir d'opéra criblé de lasers verts, rouges et bleus. Chaudes et noires, les nuits tropicales guérissaient de tout.

Il le lui affirma et lui demanda comment elle avait supporté toute cette Suède et sa mouise nordique-neigeuse. Et puis, qui était-il, ce Suédois ?

177

Elle le connaissait d'avant lui, et s'ils s'étaient rencontrés au Thermae, c'est parce qu'il avait dû retourner à Stockholm voir sa mère. Dans l'attente et l'incertitude, elle continuait son existence noctambule. Elle aimait ça. Il s'appelait Maximilian. Il avait dix-sept ans. Il ignorait tout des bars. Il était donc pur, comme Paul. Mais plus jeune et plus beau que Paul. Ses cheveux blonds rappelaient ceux d'un malade ou d'un dieu du Nord, là où s'imprime la neige et où les villages sont argentés, propres ainsi que les demeures des riches. On astique son jardin, on est le domestique du paysage. Son père travaillait à l'ambassade de Suède. Sa mère vivait au pays natal. Maximilian. Si long à prononcer qu'on simplifiait par

Max. “Tip and Max”, elle jouait à les marier. Elle irait chez lui. Ce garçon prétendait l’aimer. Ils ne couchaient pas encore ensemble, s’endormaient dans les bras l’un de l’autre, et tant mieux. Tip n’en avait pas eu envie tout d’abord, un peu plus la deuxième fois, et au bout d’un moment, elle en avait eu très envie. Elle voulait voir ce que ça lui ferait, elle espérait de toutes ses forces ressentir quelque chose, mais rien n’était sûr, on pouvait jouir avec un porc, s’emmerder avec un prince, les passes le démontraient sans pitié. Les passes anéantissaient tout. Plus pour les Ladybars que pour les clients. Mais non, eux en crevaient différemment d’elles. Ils devenaient blasés, s’imaginaient détenteurs d’un savoir obscur si ancien que les étoiles paraissaient des fillettes en comparaison, et ils ricanaient de connaître tant de trucs et d’être enfin sans illusions, employant des mots sales en guise de vocabulaire technique pour décrire leurs expériences. Et leur entourage les blacklistait. Leur entourage s’en dégoûtait. Leur entourage les regardait comme des monstres, même sans le vouloir. Une expression de révulsion à leur contact et leurs paroles. Ils finissaient exclus à jamais. Pour Tip, rien n’avait de sens sauf celui de ses nerfs tissés par le karma des nuits tarifées, les humeurs que ça lui offrait. Et l’argent. Il circulait dans une seule direction : des clients des deux sexes vers elle.

Avant son départ, ils avaient baisé. Maximilian retourna en Suède très amoureux, très malheureux, amaigri, sans cesse angoissé. Ça terrifia sa mère. Elle donna des coups de fil furieux au père. Alors il entra en scène. En fait, il savait où la trouver. Il fréquentait

Sukhumvit et Patpong. Donc il la trouva au Beer Garten sur soï 7. C'était quelques jours seulement après sa relation avec Paul. Heureusement qu'il ne les vit jamais ensemble. Elle s'amusait avec d'autres filles, mais sans conséquences, elle ne chassait pas cette nuit-là. Il n'était que vingt heures. Il lui proposa de dîner dans un excellent restaurant de rue sur soï 38, et lui expliqua comment les choses se passeraient pour elle désormais, si elle le souhaitait.

178

Tout d'abord, il l'assura de son respect et de sa compassion.

Jamais une fille aussi jeune ne devrait faire ça. Aucun père ne voudrait que son enfant devienne… – il hésita, faillit dire "hooker" puis "prostitute"… se souvint de l'expression thaïe, et prononça dans son accent de farang "Fille vendant services".

Donc aucun père ne voudrait que sa princesse monnaie sa beauté aux hommes ou aux femmes, sinon, il ne serait plus un père.

Avec son argent, ça ne lui coûtait rien d'affirmer ça, et il le savait et l'assumait. Il ne lui accordait pas cette pitié stérile et indignée de la plupart de ses semblables hurlant contre la prostitution et ses clients. Bangkok et le Royaume avaient heureusement détruit cette condescendance stupéfiante des gens de sa race. Ce que Tip avait fait, elle l'avait fait, ça lui avait servi, et maintenant, elle pouvait faire autre chose et différemment, et ça lui servirait encore mieux.

Et ça serait moins dangereux, mon Dieu ! (Il terminait souvent ses phrases par un “my God !” et elle trouvait ça charmant et fort exotique, et se mettrait à son tour à dire “oh my Bouddha” quand elle exprimerait la surprise, plus tard, là-bas en Suède.)

Car Tip devait comprendre également cela, et elle le comprenait parfaitement, d'instinct et de ruse : aucun père non plus ne souhaiterait voir son fils tomber amoureux d'une fille comme elle.

Une *Kari*.

Cette fois, il utilisa l'injure et la fixa. Elle lui souriait doucement.

Donc à partir de maintenant, elle arrêterait purement et simplement son métier dans les bars et les nuits de Krung Thep, et il veillerait sur elle dans toutes les dimensions de ses besoins, même les plus frivoles. Il mettrait certes des limites à son shopping, ne serait-ce que pour qu'elle le respecte, mais elle ne manquerait de rien, ni surtout sa famille au bâne, et d'ailleurs, il voyait qu'elle n'était pas une de ces paysannes illettrées à la mentalité de voyou pullulant dans les massage parlors et les soïs, elle avait un *truc* spécial, et il fallait lui donner sa chance.

— Tu es tellement jeune… c'est exactement ce que pourraient se dire les gens chez moi… mais toi et moi savons qu'à cause de ce qui t'est arrivé, tu es plus vieille que la plupart d'entre nous… on ne peut pas refaire le passé… d'ailleurs, je pense que tu ne le regrettes même pas… tu es beaucoup trop intelligente pour ça… on ne peut pas revenir en arrière… et te plaindre, ce serait transformer ton expérience en maladie… ce serait faire d'un simple kyste un cancer… bref… encore une fois, tu as les cartes en main…

En réponse, elle lui demanda de rencontrer la mère de Maximilian pour avoir son approbation.

L'homme à nouveau la regarda fixement dans un mélange de qui-vive et d'admiration.

Évidemment… La mère… Séduire la mère. Il l'imaginait très bien se comporter avec elle en professionnelle du cœur, en belle-fille aimante, complice, un cadeau pour l'aider devant ce père-coq et ce fils-poussin, et qu'elles regarderaient parfois en se tenant le bras et en se chuchotant des phrases simples où sommeillerait un de ces codes secrets qu'on prétend féminins, et où elles finiraient par rire ensemble.

— Bientôt, rassure-toi. On lui dira que tu es une étudiante. D'ailleurs, c'est ce que tu vas devenir.

A-t-il eu un moment d'hésitation devant cette gamine impressionnante qui ne se droguait pas, ne buvait pas, semblait diriger son corps, ses attitudes et ses émotions comme une voiture de luxe ? Jusqu'où maîtriserait-elle cette mécanique ? Quand surgirait donc la dépression intense des filles de bar ? Celle où à leur façon de marcher, on reconnaît un tourbillon suicidaire aspirant tout. Leur sens du chaos. Elle était charmante, touchante – et beaucoup l'étaient –, charnelle et pudique, tactile sans toucher, c'est-à-dire qu'elle avait cette aptitude des Ladybars à émettre un mouvement anodin comme s'il s'agissait d'une caresse à son interlocuteur alors qu'il n'y avait eu aucun contact, et elle rendait sexuelles les distances… était-ce le bon mot d'ailleurs… sexuel… sans doute pas, ça ne l'était pas, mais on n'en trouvait pas d'autre. Il perçut un danger soudain – il a dû le percevoir, lui qui fréquentait les nuits de Bangkok –, incapable de décider si oui ou non il était légitime. Le danger de cette présence particulière dans sa maison.

— Je te demande juste une chose… maintenant que tu quittes le monde du bar, n'amène pas le bar dans ma famille. Ne viens pas foutre le bordel chez moi. C'est une demande, pas une menace.

Après un échange de regards aussi bref qu'un coup de couteau surgi du néant, Tip lui avait offert un visage de tristesse. Puis un sourire et une promesse : non, jamais elle ne se comporterait ainsi, et elle serait reconnaissante, toujours… et elle n'oublierait jamais ce que tous ces gens bienveillants et friqués faisaient pour elle…

La question était tellement conne de la part de ce nouveau père ! Une erreur si grossière ! Il n'était pas si fort que ça au fond. Quelle réponse attendait-il sérieusement ? Que pouvait-elle lui dire ? Elle ignorait totalement comment elle agirait demain. Elle ignorait même comment elle serait après leur dîner. Peut-être irait-elle s'offrir pour deux cents bahts, peut-être irait-elle se coucher avec sa peluche d'ours gagnée avec Maximilian dans une fête foraine à Chonburi en avril, au moment du Songkran, la fête de l'eau.

Elle subissait autant qu'elle contrôlait ses humeurs, variant sans cesse. Tantôt gagner un maximum de fric, tantôt rire, tantôt pleurer, prier Bouddha, demander pardon, aller à la mer, ne plus vouloir aller à la mer, injurier le client, féliciter le client, diriger sa tête entre ses cuisses, gagner un maximum de fric, subir le bâne, aimer le bâne, pester sous la pluie des moussons, gagner un maximum de fric, détester baiser, adorer baiser, demander à être sodomisée, se laver avec haine, se taillader les bras, commander dix plats, n'en toucher à peine qu'un seul, envoyer chier la colère du fiancé-punter devant le gâchis.

Alors, que savait-elle de demain ? Là, tout de suite, elle se montrait déférente, regardant cet homme lui aussi client d'une Tip quelque part dans Krung Thep. Il connaissait parfaitement la scène de Bangkok, il ne le lui cachait pas et c'eût été inutile, les Ladybars radiographient le moindre mec et devinent tout avant même qu'ils jactent leur pedigree.

Père et client. Homme et père. Bite et chef de famille.

Il possédait les moyens de l'être, et l'autorité matérielle, donc morale, de dire à une gamine d'arrêter d'être une putain et à son gamin d'arrêter d'être un micheton. Il connaissait la vie parce qu'il l'avait faite : en aimant sa femme suffisamment fort de tous ses muscles, de son pénis, de sa puissance masculine pure, et en la fécondant par le sperme et le portefeuille, il avait créé cette vie. Un homme vrai, triomphant dans sa carrière et dans son lit, malgré le divorce.

Tip et lui étaient deux fauves complices dans un monde de porcs et d'agneaux, de biches et de connes hystériques. Ils se comprenaient parce qu'ils fréquentaient le même club sans fin composé des milliers de bars de la Thaïlande. Un contrat les unissait, un traité sans signature certes, mais qui les liait, aux règles subtiles, dont la transgression déclencherait les enfers. Elle se calma pour l'instant. Elle le respecta durant tout le dîner comme une Thaïe sait agir, ayant les codes de la hiérarchie sociale et mystique dans le sang, et elle lui montra qu'elle serait non seulement une fiancée pour son fils, mais une fille aimante et digne pour ce crétin et son ex.

179

Elle refusa qu'il la raccompagne et ils se quittèrent à l'intersection de Sukhumvit et de soï 38. Elle était heureuse, elle avait besoin de calmer ses émotions en marchant. Le père s'en montrait surpris, insista puis héla un taxi et s'y recroquevilla tel un mollusque dans sa coquille climatisée. Elle conservait de Paul ce plaisir de la promenade, encore un truc exotique.

Elle avait réussi. Par exemple, elle ne ferait jamais de sa vie ni la cuisine ni le ménage. La richesse de sa nouvelle famille se devait de lui payer du personnel pour ce genre d'activités. Elle s'engagea dans une soï, puis une autre plus étroite et tortueuse. Ici vivait entre deux complexes de bars une foule indétectable de gens, et la végétation explosive, verte et jaune des palmes et des fleurs, les enfouissait un peu plus loin de l'extérieur urbain et vitré de Sukhumvit. À chaque porte, on préparait d'excellents plats issan. Ruelle tout en briques, bois et tôles, maternelle et modeste, où à travers les fumées des casseroles et les conversations feutrées, on entendait une vie familiale intense sortir des fenêtres. En levant les yeux plus haut, un capharnaüm d'immeubles grande hauteur en construction donnait l'impression de géants assoupis, imbriquant les plans et les perspectives. Elle entrevit dans une cour une jeune femme lavant ses cheveux dans une bassine. Elle portait le sarong et un enfant dormait sur une natte à même le sol terreux. Elle versa lentement un récipient sur sa tête, essora sa chevelure dans ses mains, et une eau savonneuse se fraya brièvement un chemin sur son cou, ses épaules, avant de disparaître dans la poussière. La lumière s'accrochait d'autant plus à son buste mouillé. La déesse Mae Konkha aussi accomplissait ce geste autrefois, reproduit dans la statuaire devant laquelle on priait à genoux. La mère de Tip le lui avait appris. Mae Konkha baignait son abondante et longue crinière noire pour noyer le démon Mara cherchant à troubler la méditation du Bouddha. Ainsi la puissance capillaire des femmes thaïes fertilisait la concentration suprême, érigeait devant les prières une muraille soyeuse et mortelle. Tip aussi avait de tels cheveux. Le père de Maximilian n'avait cessé de les observer malgré lui. C'était si drôle. Le truc facile et beau : porter les cheveux longs. Offrir leur toilette aux regards des autres pour les noyer d'envies. Ou bien les laisser faseyer en marchant ou en dansant. Combien de types au bâne, et plus encore à Patpong ou Sukhumvit, chaviraient pour ça ? Tous ces étrangers faciles.

180

Et après ? demanda le piéton de Bangkok. Après, ce furent six mois où elle étudia l'anglais et le suédois, le départ pour le *Saharat Euro*, le mariage avec Maximilian, une vie à Stockholm, une enfant. Une fille…

181

Elle voulait dire encore un truc. Ça se passe sept ans plus tard. Tip a vingt et un ans. Elle s'appelle maintenant Mme Lindberg. Un matin, elle observe la ville insulaire de Stockholm d'un de ses balcons. Ou du moins ce qu'elle en peut. À la différence des gigapoles d'Asie du Sud-Est, cette ville ne possède guère d'immeuble grande hauteur où les perspectives des rues, les aplats des parcs et des blocs d'habitation, les grosses et les minces lignes urbaines se déploient et fixent l'ennui dans une vision extatique. Cependant, du dernier étage de sa maison du quartier de Norrmalm, elle distingue l'un des bras de la Baltique, beaucoup d'arbres, des façades multicolores et une suite de toits pentus jusqu'à l'horizon.

Le ciel est bleu-Disney, bleu-Frozen, bleu-de-conte-de-fées (ainsi trouve-t-elle des noms fleuris à des choses ordinaires, et sa belle-famille le lui pardonne, c'est une étrangère, une Thaïlandaise sans doute saturée d'idées primitives, ou plus exactement figuratives, et qui ne peut admettre qu'au-dessus de sa tête se déroule simplement un monochrome fonctionnel parfois teinté d'orages expressionnistes et tachistes), un bleu net, froid et ensoleillé, piqueté d'étincelles jaunes, une merveille si on apprécie le Nord. À son arrivée, elle avait été surprise les premiers mois que tout ne fût pas neige et givre, blanc et gris, mais le contraire souvent. Alors, elle sortait comme maintenant, vêtue seulement d'un long manteau de fourrure offert par son beau-père et elle fermait les yeux, respirait, ses doigts serraient les poils de la bête, couvrant sa nudité, et elle se laissait envahir par l'exotisme boréal de la ville.

Cette fourrure. Son beau-père est devenu trop précis dans ses cadeaux. Il y a eu ce collier splendide dont le pendentif mettait en valeur le creux des seins, et ce bracelet de diamants, et puis cette pièce d'une douceur anormale, du chinchilla d'un luxe pornographique et disco, dont les remous donnaient envie de la toucher, ne serait-ce que pour fermer doucement les pans jusqu'à son cou, et puis la palper, la serrer, flirter lentement, rouvrir les pans, les laisser bâiller, découvrir sa peau brune démentielle, sa poitrine de vingt et un ans et son cul couleur cuivre du même âge. Elle connaissait par cœur le phénomène, et ses sourires de remerciement, ses battements de cils ne disaient ni oui ni non aux initiatives du père de Max. Il pouvait y lire les signes d'un encouragement ou une simple politesse affective, et ça le rendait fou, et c'était si drôle et si triste pour elle. Enfin, c'était surtout drôle et pathétique.

Ce type couchait avec sa belle-fille à travers des achats d'amant, voilà tout. C'était la seule façon de coucher avec elle pour l'instant. La vêtir, la parer, l'engrosser de bijoux.

Devant Stockholm ce jour-là, elle se demande justement quand est-ce qu'il va craquer. Et alors, est-ce qu'il mettra délicatement une main sur elle ? Et où exactement ? Se penchera-t-il violemment pour l'embrasser, ou bien se jettera-t-il à ses genoux comme dans les films de passion destructrice en Inde et en Occident ? Sera-t-il tendre ou violent ? Bien sûr qu'il sera les deux, emporté par son désir, son fantasme, sa victoire sur le fils. Tout en appréciant l'exquis et terne panorama de la ville, elle pense à un échiquier où elle dispose toutes les situations possibles entre eux, telles des pièces maudites. Beau-papa, on l'avait rapatrié de Bangkok deux ans plus tôt et ainsi dépouillé de certaines habitudes noctambules où le désir s'assagit parce que tout y est possible, tous les scénarios d'amour. Il n'était plus le fauve maître de ses pulsions dans leur dîner de jadis, mais un pauvre homme vieillissant aux abois. Elle demeurait la seule présence du Siam à ses côtés, une figure à la fois nostalgique et tellement immédiate, le symbole de l'instant femelle des soïs, et d'être sa belle-fille la rendait plus obsédante encore.

Il dépense désormais sans compter pour elle. C'est sa façon désespérée de la prendre et un chapitre inévitable de leur histoire en commun. Maximilian le sait en partie, du moins l'espère-t-elle. Quand même, un mâle doit détecter instinctivement la convoitise du chef de meute. Car évidemment, il n'est pas le père pour rien. C'est lui qui a trouvé un travail dans une banque de ses connaissances pour son fils falot, incapable de se débrouiller par lui-même en créant son propre destin, écrasé par son géniteur trop brillant, trop fort, plus grand de taille que lui d'ailleurs. N'importe quelle belle-fille lambda aurait fantasmé de baiser avec ce gars dominant, et quand leur gentil mari-fiston serait venu en elles, ce serait le visage de son père qu'elles auraient dessiné à la place, honteuses et cherchant à le fuir, et ressentant un plaisir décuplé à le subir et l'accepter de toutes leurs forces (en levrette, c'eût été merveilleux, on pouvait l'imaginer orchestrant ses fesses comme si elles constituaient un chef-d'œuvre et le but ultime de leur vie de père devant leur bru).

Mais manque de bol pour lui. Tip n'est plus une femme lambda depuis son dépucelage, cette passe avec le vieux Chinois. Tip reste la Ladybar du Khlong Toeï. Elle n'est donc pas impressionnée par ce vieux cochon. Et surtout, elle trouve Maximilian malheureux et c'est ce qui le sauve à ses yeux. Il est faible et doux, c'est sa force. Elle a pris une grande décision. Tip sera pour son jeune mari l'homme qu'il ne sait pas être. Spécialement avec beau-papa.

Forte, forte, Tip est forte à jamais. Et elle se doit de l'être, surtout avec l'apparition de Lindao dans sa vie. Sa fille de trois ans.

Tip rentre dans son salon. Elle s'est bien amusée à être nue dans sa fourrure pour mieux priser le froid lumineux de Stockholm. Le ciel finira bien par devenir d'argent, annonçant la neige. Dans le moindre flocon, quand ils tombent, elle distingue des palais à la Snow White, et les branches des cristaux étoilés deviennent de hauts couloirs débouchant sur des salles de bal enlustrées de perles grosses comme des poings de boxeur.

La baby-sitter joue avec l'enfant. Elle a vingt-six ans et travaille pour Mme Lindberg, car elle a besoin d'argent pour finir une thèse inutile sur un sujet inutile en sciences humaines qui lui donnera, au mieux, un accès à un poste inutile de maître de conférences. Elles ont des discussions très intéressantes, pense Tip, sur la place des femmes dans la société, le patriarcat et d'autres machins totalement théoriques. Mais Tip révèle malgré elle des aspects inquiétants lorsqu'elle lui demande si elle a un petit ami ou une petite amie et si elle ou lui la "soutient" et de combien. La baby-sitter comprend mal. Comment ça "soutenir de combien ?" C'est-à-dire que Tip trouve la baby-sitter suffisamment jolie pour éviter de torcher un gosse n'étant pas le sien, et elle considère la situation anormale et souhaite des éclaircissements. Baise-t-elle gratuitement ? La vérité, c'est que Tip cherche une amie, une sœur farang. Elle se sent seule, séparée des autres femmes, sans pouvoir leur confier d'où elle vient, qui elle est vraiment et où elle veut aller dans sa vie – elle l'ignore d'ailleurs. Ce temps du foyer est devenu pour Tip aussi beau et ennuyeux qu'un roman descriptif écrit au présent où les phrases nettoient le récit pour le rendre propre et inoffensif.

Mais la vérité, c'est que la baby-sitter juge Mme Lindberg vulgaire et malsaine. Splendide certes, mais vulgaire – son maquillage savant mais trop appuyé, ses vêtements trop féminins, ses conversations obsessionnelles sur les marques et le prix des choses – et surtout malsaine depuis qu'elle lui a expliqué sans prévenir différentes techniques pour aboutir rapidement à l'orgasme, quels que soient les partenaires (il semble que les sexes soient interchangeables pour elle), ceci afin d'éviter d'en dépendre. Jouir n'est rien et trop de filles sont accros à des individus parce qu'ils leur filent du plaisir pour la première fois. C'est sympa sur le coup, ce genre de conseils, mais Mme Lindberg a une lueur froide et cruelle lorsqu'elle en parle, celle d'un médecin, où les sentiments ressemblent à des organes à vendre sur le marché noir.

La baby-sitter a peur de cette fille, et un dégoût d'elle aussi. Qui est réellement cette Thaïlandaise ? Désormais, elle garde ses distances, et Tip s'est repliée dans l'isolement d'une patronne devant sa domestique. Elle concède peu à peu que seuls des hommes la comprendraient telle qu'elle est, et ce serait terrible d'en arriver là, trouver des amants, seulement des amants pour l'écoute et à qui elle devrait des après-midi dans des hôtels en échange de cette complicité contre-nature.

Reste la mère de Maximilian, la femme de M. Lindberg. Tout avait si bien commencé pourtant. Jusqu'aux aveux du passé de Tip. Quelle erreur de sa part ! Elle a tout confessé un après-midi où elle se sentait plus esseulée que d'habitude. Sa nouvelle mère en fut horrifiée. Elle voulut l'envoyer chez une psychologue, lui proposa des séances collectives où des femmes assises en cercle racontent leurs misères indéfiniment. Tip avait refusé avec une toise de fille de Bangkok tatouée aux exigences familiales et à la beauté du Bouddha. Cette façon alors qu'elle avait eue de se relever dans sa robe du soir, ses épaules, sa finesse musculaire, ses prunelles de défi, des pépites d'aristocrate mafieuse, la figure même du danger, de la fragilité aussi, devant cette bourgeoise sûre de ses valeurs. Désormais, la crainte et la suspicion tenaient lieu de filiation entre elles. Sans parler de la jalousie.

Cette existence dans les bars de Thaïlande, plus elle s'en éloigne, plus elle lui pèse. Il lui semble que des milliers d'yeux la plaignent depuis qu'elle vit ici, et la jugent si elle ne s'en plaint pas. On dirait des visitations de fées scandinaves pleurant pour elle et la tançant quand elle répond que tout va bien. Comment ça tout va bien ? Mais c'est impossible d'affirmer ça ! Tip doit être intérieurement détruite. Il faut qu'elle le soit. Et en Suède, sa réussite paraît honteuse. Elle doit donc taire ce type de succès alors qu'il s'agit de mérite pour les siens !

Lindao. Il y a Lindao. Elle a réussi Lindao. Avec Max, ils ont soigneusement élaboré ce prénom inédit. *Lind*, tilleul en suédois, et *Dao*, étoile en thaï. Une "enfant-moitié" comme on les nommait chez elle. Une *Louk Kreung* à la peau claire absolument non chinoise (pas ce porcelaine des Mandchous), des pupilles bleu nuit (un miracle cette couleur, comment était-ce possible ?), et des traits, des cheveux noirs, une stature typiquement lao-issan, les yeux qui filent en chat étirés sur les tempes, les cils proéminents de brosse laquée, les pommettes. Lindao resplendit joliment dans le regard de Tip. Et en même temps, c'est une étrangère. Une alien issue de son ventre – elle vient de voir *Alien* avec Maximilian, et elle sait que ce genre de créature incubant dans vos tripes existe. Une pure Européenne déjà. Une authentique Suédoise où la Thaïlande flottera sur son physique en surface mais n'imbibera jamais ses parties intimes. Elle pense douloureusement (avec un peu de honte rougeoyant son esprit), à leur enfance respective. Lindao si choyée, si gâtée, si privilégiée. Et elle, Tip, vendant son cul. Tant mieux après tout. Prenant soin des siens en amont, et en aval, donnant à sa fille une caste de princesse, Tip mériterait un Samsara plus doux, elle en était maintenant certaine.

On sonne. Derrière les vitraux de la porte d'entrée massive de leur appartement de luxe, elle reconnaît la stature de l'homme. Cette élégance sportive qu'il prend pour de la jeunesse. Oui, elle le reconnaît tout de suite et envoie la baby-sitter à sa rencontre avec des instructions.

Puis elle saisit Lindao – elle commence à avoir des cheveux un peu longs, moins que sa mère évidemment, qui les porte jusqu'au bas des reins – et la déshabille. Elle fait couler un bain et se glisse avec sa fille dans l'ovale de la baignoire sans coffre qui trône au milieu d'une pièce.

La baby-sitter doit retarder M. Lindberg père autant qu'elle peut, et quand elle entendra Mme Lindberg l'appeler de sa voix bizarre, rauque-aiguë de fumeuse-chanteuse, elle devra le laisser venir jusqu'au seuil de la salle où se baignent Lindao et sa mère. La baby-sitter trouve ce jeu parfaitement déplacé. L'intrigue d'une perverse. Mais elle s'exécute. M. Lindberg s'énerve. Il est méconnaissable. Tip crie ou chante à la baby-sitter de venir. Avec M. Lindberg, elle se dirige vers la salle de bains, le suit au pas, et ensemble, ils se figent sur le seuil de la porte entrouverte.

— Tip ! demande-t-il soudain. Quand puis-je te voir seule ? Je dois te parler ! Je t'en prie ! Je dois impérativement te parler !

Tippawan Lindberg essore sa longue chevelure noire sur le carrelage, laissant d'abondantes flaques partout, et même la baby-sitter subit l'attraction de sa nudité parfaite. Elle apprend à sa fille comment faire, et toutes les deux s'incrustent sur le fond blanc mousseux de l'émail. Elle chante un truc où revient une expression… "Mae" quelque chose.

Tip psalmodie une prière à Mae Konkha qui, de ses cheveux ruisselants, noie le démon Mara cherchant à détruire la méditation du Bouddha, comme son beau-père cherche à saccager leur famille. Et elle improvise en direction de Lindberg père : “Tip se souvient de toi quand tu suppliais qu’elle ne ramène pas le bar dans ta maison. Et maintenant, regarde-toi ! C’est toi qui as le bar au fond du cœur ! C’est toi !” »

Tippawan (7)

Bangkok, août 2015

182

Mon récit aux Marseillais s’est arrêté là.

D’une certaine façon, en retrouvant Tip au hasard des soïs, ma boucle dans le Royaume était bouclée. Ma première Ladybar, ma dernière peinture. Ce soir-là au Random, nous vivions dans un monde flottant comme on dit au Japon, où nous étions des figures éphémères les uns pour les autres – demain nous séparerait mieux qu’un adultère –, et réunies par une règle obscure appelée le hasard ou le destin, et mes deux spécimens français entendaient une histoire qu’on ne veut plus entendre de cette façon, parce qu’on la pense embellie.

La jeune Marseillaise sympathique devant moi – son accent, sa peau hâlée, ses bras potelés pareils à des presqu'îles brunes dans l'air pacifique, toxique, surchauffé de Bangkok, sa robe légèrement froufrouteuse qu'elle tirait comme de l'écume allant et venant sur ses cuisses, ses bracelets partout, ses seins assumant leur bonne santé opulente aux regards bestiaux qu'elle domestiquait sans doute sur les plages du Prado d'un « Va te faire enculer sale fils de pute » lorsqu'ils les reluquaient lourdement – voulait entendre les Ladybars exposer leur version de la nuit thaïlandaise. Mais Tippawan n'était pas là, et moi j'étais là, et je l'avais écoutée studieusement il y a trois mois, et j'avais conservé les couleurs et les ornements de son histoire. Je me l'étais réappropriée de fond en comble. Après tout, j'étais son destinataire, j'en faisais donc partie et j'avais le droit de la reproduire à ma façon. De fait, je traduisais son thaï et son anglais en français. En peinture, on traduit sans cesse. On traduit la statuaire sacrée d'un continent dans un autre, l'Afrique dans l'Europe et vice versa. Dans ces sphères-là, tout le monde couche avec tout le monde même si on prétend le contraire en se drapant dans l'indignation théâtrale, et sans demander la permission, ça mouille et ça coulisse dans un état de fornication tranquille. Ce ne sont pas des copies, ce sont des traductions et des fornications. Traduire *Les Ménines* de Vélasquez en cubisme. L'original brille d'autant plus dans les versions qu'il suscite. Ça resplendit tel le néon du Tilac Bar sur soï Cowboy, tel le néon du Cascade sur Nana Plaza, tel le néon de l'Insanity Club sur Sukhumvit soï 11.

On s'est quittés après le repas, et j'ai repensé à la suite de mes retrouvailles avec Tip. Je n'avais pas voulu la croire ce jour-là, sur On Nut Road. Pas totalement. Un peu quand même. Les Belles de bar mentent comme elles respirent, mangent et avalent liquides humains et alcoolisés : dans un état de gourmandise vitale médiumnique. Mais le couple de Marseillais, oui. Même si c'est moi qui racontais tout ça.

J'avais observé Tip minutieusement, cherchant peut-être une attraction ancienne, ou peut-être seulement assailli d'émotions que seul le temps peut offrir. Presque un quart de siècle séparait nos deux rencontres et cette distance possédait sa propre fluidité, elle pouvait tout contenir, elle jouait le rôle du vide par rapport au plein dans une forme. Elle était une forme, vingt-cinq ans d'absence totémique. À d'autres époques très anciennes, on aurait pu prier cette forme, lui donner un nom, la déifier, la statufier.

Tip m'avait doucement charrié sur ma peinture. Es-tu devenu un vrai peintre qui peint de vraies gens ? me demandait-elle. Est-ce que tu y arrives ? Je lui parlais d'une fabuleuse commande à Nana Plaza. Le NEP se dotait d'une toiture. Les nouveaux propriétaires, un groupe d'investisseurs au sommet duquel il y avait des Thaïs et en dessous des étrangers, avec au milieu des dollars et des bahts, désiraient pour leur plafond, assez beau d'ailleurs – un système de voilures métalliques blanches –, des peintures ou un truc dans le genre. Moi j'imaginais plutôt une de mes horloges filmiques, un dispositif avec plein de caméras et de projecteurs bougeant d'un plan par seconde.

Le Nana Entertainment Plaza… elle n'y était plus retournée depuis vingt ans peut-être. Pour voir les copines au début, puis rien. Plus personne.

— Do you remember Yada ?

Bien sûr, je m'en souvenais très bien, j'avais plusieurs carnets sur elle. Et dans l'un d'eux, à chaque double page, l'empreinte de son sexe, la raie des lèvres correspondant à la raie des deux feuilles quand elles se gonflent légèrement et se joignent dans la reliure. J'en avais un de ce genre pour chaque Belle de bar, dis-je. Ma sexothèque. Mes sexogrammes. Elle haussa les épaules et poursuivit.

— She passed away. HIV. And Apinya too. And Ning, Tak, Beam, Nan, Aom, Kamlaï, Preeda, Wiwar… And so many others. I'm surprised you're not sick after all these years. Are you sick, Paul ?

J'ai révélé Nongnuj, mon couple avec elle, sa maladie, et Tip s'est fendue d'un « I'm so sorry » où il y avait peu de compassion réelle, une sorte d'ironie au contraire, une espèce de *Som Nam Naa*, « Bien fait pour ta gueule » ou « Tu l'as bien cherché ». Puis j'ai parlé de Nam Souay et notre conversation s'est longtemps perdue dans l'évocation de nos gosses. Dans un moment d'effusion, j'ai révélé mes doutes anciens sur ma paternité. Elle m'a puni direct, comme Nong aurait pu le faire. En français, ça donnerait à peu près ça :

— Tu sais pas si c'est ta fille ?

— C'est ma fille… C'est juste qu'avec le métier de Nong, j'ai eu un doute une fois ou deux.

— Ah, je comprends mieux… C'est ta façon de baiser avec ta fille. Ou plutôt de laisser la porte ouverte à la possibilité de baiser avec elle quand elle sera grande. Les pères trouvent toujours un moyen de coucher avec leur fille. N'importe lequel. Les filles le savent très bien. Très bientôt, tu auras envie de coucher avec elle. C'est inévitable.

— Tu sais, je crois que tu es complètement timbrée… je crois que tu as été fracassée par le Khlong Toeï… oui, le Khlong Toeï et les nuits de Sukhumvit.

— Tu vois ? Tu es remué ! Rassure-toi, les filles couchent aussi avec leur père. Et les mères avec leur fils. Les mères couchent beaucoup plus qu'on ne le croit avec leurs fils. Simplement, elles l'assument moins et on en parle moins. Mais on voit des trucs désormais. Sur les réseaux sociaux. Des femmes qui allaitent leur fils très tard. Très très très tard. Et celles qui allaitent leur mec. Elles se filment en train de donner le sein à leur gars en exigeant ceci ou cela. C'est banal au fond. On devrait juste garder ça pour soi. On devrait juste arrêter tous ces réseaux. Moi je ne m'y fais pas. Tu as vu, toutes les filles dans les bars ont maintenant la tête dans leurs écrans. Pas bon pour leur business. Qu'est-ce qu'elles foutent là, les jambes croisées à pas regarder les clients ?

Elle aimait jouer les langues de pute et blasphémer l'univers. Elle retrouvait ainsi son insensibilité sexy de pure Ladybar. Des nerfs et des sens à profusion, mais orientés vers le conflit tranquille. Belle et débitant des horreurs. En fait, elle s'intéressait assez peu à ce que je lui racontais, sauf par politesse. Elle s'intéressait exclusivement à elle-même depuis trop longtemps pour écouter un client comme moi. Sa relative pauvreté initiale tombait à pic pour justifier son nombrilisme naturel et forcené.

Elle avait fini par divorcer à l'amiable en récupérant l'appartement et une pension. Elle avait ouvert un premier restaurant thaï à Stockholm fréquenté par des gens connus. On y dégustait des plats du Royaume, on y buvait des vins d'Italie et de France, et des alcools made in Asia inconnus et super chers. Un comptoir tenant du pub irlandais et du bistrot de palace colonial occupait un côté avec des canapés clubs. On descendait quelques marches et on accédait aux tables. Une estrade centrale permettait d'assister à des spectacles de danses et de musiques des différentes régions du Royaume. Des pots multiples où s'épanouissaient pandans, philodendrons et autres verdures tropicalisant artificiellement l'ambiance. Il était hors de question qu'elle cuisine, et elle avait fait venir son staff. Elle me vantait l'Europe, les villes de France et d'Italie, d'Espagne et d'Allemagne. Il y a deux ans, à la suite d'une rencontre avec un musicien, elle s'était entichée de Berlin et y possédait un restaurant thaï-fusion, m'expliquait-elle. Son jeune chef, un pur gosse de Bangkok, mijotait une cuisine mixte. C'était si drôle. Il éprouvait malgré lui une gêne à obéir à une personne d'une caste inférieure. Et pourtant, il incarnait la jeune génération inspirée par l'universelle démocratie à l'occidentale. Oui, c'était drôle et cruel comme le sourire de Tip, vaste, ourlé de lèvres opulentes. Elle m'affirmait ne plus baiser, sauf pour faire plaisir au musicien. So boring, disait-elle. Son visage affectait un dégoût, une sorte de chasteté arrogante. Elle véhiculait au contraire ce truc typique des danseuses tarifées à vie, un mélange d'attitudes où chaque geste, chaque expression, chaque soin du visage et du corps débouchait sur un rapport de force éminemment sexuel, un défi de parvenir à la baiser. Une fois par an, elle retournait au pays voir sa famille à Bâne Dung, près d'Udon Thani, et faire des emplettes. Il y a un merveilleux artisan pas loin d'ici, dans une soï perpendiculaire à On Nut Road. Il conçoit du mobilier en rotin et en cuir. Juste là, me dit-elle, faisant un signe vers le noir de la nuit, le noir où elle ne vivait plus.

Bâne Dung, je n'avais jamais su le nom de son bled. J'avais décliné l'invitation par le silence ou par un refus poli, je ne m'en souvenais plus.

— I don't like Bangkok, lâcha-t-elle. I never did. Do you like Paris, Paul ?

De ça également, je ne m'en souvenais plus. Je promettais à mes parents de revenir. Ils se portaient bien, mais dix ans nous séparaient depuis ma dernière visite express. Comment pouvait-on en arriver là ? Il y a bien des Philippins et des Bengalis travaillant dans les Émirats et qui ne retourneront voir les leurs qu'aux derniers instants, puisant leurs dernières forces à bosser pour envoyer du fric à leur pays natal et trahis par leur mémoire pour composer un paradis perdu. L'infinie mission de leur existence : s'exiler dans des chantiers mortifères et des emplois de service pour éduquer, nourrir, loger, soigner leurs proches. Mais moi, ma peinture justifiait-elle cette distance ? Et parfois mes parents me signalaient un mandat Western Union à récupérer. Pour t'aider dans tes choix, me glissaient-ils. T'aider dans ton art. Mon art. Ma peinture. Des mots que jeune, je refusais d'employer tant ils me gênaient, tant j'étais un type coincé, plein de morgue à défaut de désirs sincères, cet élan des fresques et des tableaux où dominaient des figures qu'on cherchait humblement à conserver. Un élan que l'Asie du Sud-Est m'avait offert, loin des beaux-arts intellos d'Occident.

Tippawan (8)

Bangkok, août 2015

183

Il s'est mis à pleuvoir. La mousson inondait la nuit bangkokoise et les soïs devenaient des canaux où l'on pataugeait. Les passants riaient, ou avançaient indifférents et courbés, le corps dans un imper de plastique transparent et léger. On se moquait de celles et ceux s'inquiétant des bestioles serpentant à la surface des eaux fécales, pisseuses, boueuses, chimiques et célestes de la mousson. Les phares des mobylettes et des voitures luisaient plus fort tels des mirages urbains dans le désastre voluptueux des averses torrentielles, abondantes et d'une tiédeur douteuse et collante. La fièvre régnait. Paludisme, malaria, syphilis.

— What a name, dis-je soudain. Listen ! Syphilis !

— What do you mean ? Why do you think about that ? Are u sick, Paul ?

Syphilis, le nom d'un poème, et d'une personne dans ce poème, une histoire étymologique bizarre. J'expliquai la chose à Tip et nous eûmes instantanément le même souvenir de notre dispute finale à propos de Narcisse. On a éclaté de rire. La suite fut anecdotique et détendue. On a pris un taxi jusqu'à son hôtel sur Thonglor, et j'ai poursuivi la course vers soï Amon et la Maison du Jouir. Avant, on s'est échangé nos numéros et nos profils Line.

Quand je suis arrivé chez moi, il ne pleuvait plus. Un bruit d'égouttement féerique saturait la soï depuis les feuilles et les toitures. Gouttes ou bien timbales et percussions microscopiques éclatant sur toutes les surfaces. Musique brute, art brut et naturel, pas besoin d'intervenir. Ne plus se poser de question, ne plus créer, chercher un océan, une mer, se poser devant les vagues, attendre la fin.

Avant d'ouvrir mon portail, une inspiration m'a saisi. J'ai réouvert mon téléphone, effacé les coordonnées de Tippawan Lindberg. Et puis je suis monté observer longuement Nong et Nam dormir.

Maison du Jouir (3)

Bangkok, janvier 2020

184

Nong est morte un an plus tard, non du sida mais d'un accident de moto. Un camion l'a percutée sur Rama IV en pleine nuit. Il lui arrivait de sortir ainsi et de s'oublier ou de se réaliser dans la vitesse en solitaire, je n'ai jamais bien su, ce genre de griserie mécanique m'étant étranger. L'info est passée dans les journaux télévisés. Ils adorent les faits divers, qui permettent d'éviter les sujets plus anxiogènes des réformes sociales ou des erreurs grossières de la junte au pouvoir. Cette fois, je n'ai pas su dessiner l'anatomie déchiquetée, les membres épars, les lambeaux, les os à vif, le sang séché. J'ai cru que j'allais crever moi-même. Jusqu'ici, le peintre avait toujours observé l'homme vivre, souffrir ou jouir, mais cette fois, le peintre souffrait également, quelque chose de nouveau pour moi. Restait l'espace intérieur qu'aucune installation n'enfermera jamais dans un volume, l'espèce de noir piqué de lumière du monde intérieur plus vaste que l'univers, et auquel on accède pleinement les yeux fermés, les pensées bien ouvertes.

Le temps avec Nong. Nous avions réussi le temps passé ensemble, plus que je ne le croyais. L'amour-mémoire plus que l'amour-passion.

Nong, tu étais une fille à retardement. Aujourd'hui encore, ton absence me brutalise à l'improviste.

Elle me manque et il n'y a rien à y faire, rien à en dire, aucun dessin ni peinture à la hauteur de ce manque. À quoi bon préciser même cela, cette impossibilité de dessiner ou peindre ce manque, tant les traits seraient faibles devant le sentiment ? J'essaie, je déchire, j'essaie, puis je conserve ces papiers déchirés, raturés, qui sont la reproduction réaliste du deuil, non pas des ratages mais l'incarnation exacte du chagrin et de ses colères. C'est plus une sensation qu'un sentiment, d'ailleurs. Une présence qui manque dans l'air de la Maison du Jouir. Ses tiroirs, ses armoires conservent son odeur. Je crains qu'elle ne s'évapore et puis à nouveau elle est là. Je distingue aussi ses empreintes dans certaines lattes de plancher. Marche-t-elle dans mon souvenir ou bien me visite-t-elle de l'au-delà ? Dans les soïs, je vais instinctivement aux chiromanciennes. Je consulte les occultistes contemporaines maquillées comme des muses de bordel, ce qu'elles furent souvent, dans leur première vie de jeunesse illusoire, la sorcière et la putain soignant par toutes sortes de fictions et d'excès – philtres physiques et psychologiques – la lucidité, cette maladie réduisant les sens à ce qu'ils voient, touchent, comprennent et prouvent.

Ainsi s'ouvrit en moi une nouvelle série d'émotions plus ou moins précises, qu'on appelle le deuil. Il y avait la douleur, et caché dedans telle une fleur dans une profusion végétale homogène, le soulagement. J'étais soulagé qu'elle soit morte et non qu'elle m'ait quitté, ou de l'avoir quittée. On ne connaîtra pas ces fatigues anatomiques, organe après organe : bouches qui ne s'embrassent plus, regards qui ne se passionnent plus, expressions qui n'inspirent plus, mains qui ne caressent plus, sexes qui s'évitent, haleines qui se dégoûtent, pensées qui s'éloignent. Anatomie blessée si commune, si affreuse du diptyque amoureux. Donc, soulagé qu'elle soit morte et demeure ainsi au plus profond de moi – entrailles, cerveau, sexe, rétine. Ainsi conserve-t-elle son rôle majeur dans mon égoïsme pictural pur.

La peindre de mémoire comme autrefois sur le motif, l'imaginer encore et encore. Parfois, le désir d'elle me prend, il est si brutal, si total, qu'il me paraît dépasser celui que j'avais d'elle quand elle vivait. J'ignore pourquoi. J'ignore si je fantasme cet élan plus fort, sans réticence, sans rature, sans demande ni esquisse, ou bien si c'est une simple réplique un peu vide, masturbatoire et vide, sans contact, de ce que nous partagions. Ou alors, c'est une visite qu'elle me fait. Morte, elle acquiert une souplesse supplémentaire, je crois l'emmener dans un de mes désirs, c'est elle qui me prend la queue vers son au-delà.

J'ai tenté de vivre avec Nam au début mais je n'y arrivais pas. Elle allait ressembler de plus en plus à sa mère. Tout cela n'était pas bon, tout cela présageait ce qu'il n'était pas question de vivre. Il n'y avait rien de sexuel cependant, mais cette fusion spéciale connue avec la mère, cette complicité qui ne se vit qu'une fois, il semblait que seule la fille pouvait l'offrir à nouveau, à cause de cette anatomie similaire, ces expressions, ce visage, ce double visage superposé aux frontières presque identiques, joues, nez, paupières confondues jusqu'au délire du père. Deux calques, un seul être en deux figures complémentaires, et quelle aventure alors, quel privilège d'avoir la même et une autre, d'avoir su rencontrer l'une pour créer l'autre.

Quand j'éprouvais ça et d'autres choses, je regardais mes couteaux et mes poignets avec une extrême attention, j'observais ma gorge, je dessinais le courage de s'ouvrir la gorge, j'étudiais la pomme d'Adam, l'envers du nombril, le volume qu'elle fait sous la peau tendue de la gorge et sa fragilité, puis je descendais au torse, au sexe, au pouvoir que le sexe a sur nous, et tout me redevenait bizarre, avec l'impression de vivre depuis le début dans l'incompréhension la plus totale, toute cette Terre et la façon dont elle est fabriquée, comme si nous tournions autour d'une réponse invisible.

Quand je redevenais seulement son père, Nam mobilisait toute mon attention, et je me croyais obligé d'être aussi sa mère, sans savoir ce que cela pouvait bien signifier. Mon travail en souffrait, ce travail aussi exigeant et intime que les soins filiaux. Peindre ou filmer comme on aime ou devrait aimer son gosse est peu conciliable, sauf dans le crime de l'inceste, et cette énergie malfaisante m'était étrangère.

Je l'ai confiée aux parents de Nong. Nous avons fait bâtir une maison très vaste dans leur village aux lisières de Nong Kaï. Il y a plusieurs bâtiments pour que chacun y demeure chez soi et ensemble. Chaque trimestre, je profite du renouvellement de visa pour m'y rendre et visiter la famille, le temps d'un week-end. Le Mékong est au bout de la soï, et les promenades y ont une douceur incomparable, étrange et incomparable, même quand un sillage de python réticulé traverse l'œil et fait trembler le corps.

Les gravures et les photos de Nong et de Nam, j'en ai multiplié les tirages, je les ai disposées sur la commode de toilette de Nong dans la Maison du Jouir – meuble cossu, rempli de tiroirs et doté d'un grand miroir ovale. Il joue un rôle votif, épigraphique, empli de souvenirs d'amour et de prières pour le futur de Nam.

Allais-je malgré tout retrouver une incarnation de Nong dans la nuit thaïlandaise ? Je sus très vite que non, ne le désirant pas. La figure du veuf, je la travaillais avec passion dans tout Sukhumvit, Ratchada ou Victory Monument, et elle m'allait bien et me sanctifiait, quels que soient les pêchés que je m'offrais comme des cadeaux de Noël tous les soirs. À nouveau, je sortais intensément. Au lieu d'assagir les mœurs, le boom économique de l'Asie multipliait les adresses et les corps. Les jeunes étudiaient comme jamais auparavant, mais aucun diplôme n'apaisait le commerce illicite des figures entre elles. Au contraire, il semblait même que l'université les favorisait, les amplifiait. Jamais on n'avait vu autant de bars en dépit de l'augmentation du niveau de vie. Jamais les Thaïs n'avaient si bien parlé anglais, arabe ou chinois, tout en se louant aux étrangers anglais, arabes, ou chinois, presque aussi incultes qu'autrefois des langues du Siam.

J'évoluais parmi ces foules avec une passion renouvelée, heureux d'attendre Nong et la mort dans une telle kermesse. Je retrouvais les croyances enfantines affirmant que les êtres indispensables les uns aux autres se rejoignent à jamais dans un immense jardin tropical et urbain célébrant une fête éternelle. Vous avez vos proches, votre muse a les siens, qui ont chacun les leurs, et ainsi de suite, de sorte que de proche en proche, de voisin en voisin, de cercle en cercle plus ou moins intersectés, tout le monde se connaît, tout le monde couche avec tout le monde, tout le monde s'aime dans les décibels de la musique des sphères. Justement, j'étais en Thaïlande, la copie plus ou moins fidèle de cette vision enfantine du paradis. Je peignais le plafond vouté de Nana Plaza. Je l'appelais Nana « Sixtine » Plaza.

Voilà qui j'étais, qui nous étions, ce que nous sommes encore, ce que nous serons toujours tant que les néons peindront nos visages de lumières démentielles, nous, les habitants nyctalopes de Bangkok.

ORANGE NUMÉRIQUE

Où allons-nous ?

Installation (3)

2019

185

Après la visite et les choix de Laurence V., ce fut le retour angoissant à Paris. Des années pareilles à des tombes me séparaient de la France. Ou pareilles à des puits effondrés sur la classe ouvrière dans une mine à charbon. Ou pareilles aux cheminées de volcans éteints pour toujours. De belles années thaïlandaises, où la France – son passeport et ses souvenirs – avait creusé en moi des caveaux chrétiens oubliés des chrétiens eux-mêmes. Elle s'était enfouie en moi pour se confondre à la terre absolue et impossible. Et aussi à une toile. La toile d'un tableau s'arrêtant politiquement vers 1789, et artistiquement ou esthétiquement vers 1995, date de mon départ. Et la parcourir à nouveau me paraissait visiter un chantier archéologique ou une fiction.

Plus profonde que la souche, il y a la racine.

De sorte que les Français de racines sont des Raciniens.

Les Raciniens de mon genre, arrivant d'une monarchie noctambule et nationaliste comme la Thaïlande, la nation des Christ jaunes, sont aujourd'hui mal vus dans certains milieux, et j'étais curieux de l'accueil qu'on me réserverait.

Mes racines françaises plongeaient si loin qu'elles atteignaient l'imaginaire objectif des sangs et des pierres.

Douze heures quarante-cinq jusqu'à Charles-de-Gaulle. Un Racinien de béton accueillant un Racinien de chair.

Les hublots de l'avion conservaient leur rôle de tableautins sériels où s'exposait le ciel contenant toutes les îles nuageuses et stellaires, selon qu'on était le jour ou la nuit. C'était le vol de nuit habituel de la Thai Airways, régulier comme un client amoureux de sa princesse de soï Cowboy.

On part cinq minutes après minuit, on arrive juste après l'aube sabotée ou vivifiée par un crachin poussiéreux frigorifiant d'automne prépubère – on était seulement fin août alors –, de sorte que durant presque toute la durée du vol, on a tous pu observer dans une ivresse pressurisée le pointillisme des lumières en dessous, définissant les routes, les cités, les zones industrielles et toutes les trames électriques possibles. Sincérité picturale de la géographie. Avec les nus. S'absorber dans un paysage de nus. S'absorber dans le podium d'un gogo de Nana Plaza et son paysage de nus alignés telle une armée de l'amour. Si l'œil est suffisamment fétichiste, il console des pensées tristes, console de l'intellect, met l'intellect au strict service des formes, quel que soit leur sens.

Nous étions des touristes en majorité français, allemands et anglais. On trouvait ici et là des archipels de jeunes compatriotes mâles, sacoche aux hanches, casquette au crâne, écouteurs rap aux oreilles, Sneakers aux pieds, spleen islamo-Uber à vie que le Siam avait illuminé brièvement d'un songe tropical, féminin et bouddhiste.

Certains écoutaient du Morlam. Vieilles et jeunes chanteuses de sentiments fabriqués en Issan et parlant à leurs oreilles mieux que la République et même l'Islam.

D'autres écoutaient du français sous influence américaine, comme moi jadis.

Et je pouvais entendre, étouffé dans le silicone et le similicuir des écouteurs :

Ta science, Miss
J'la retourne en vice
T'as l'choix du supplice
Ma langue où tu glisses
Mon pieu où tu t'visses.

Quelques familles thaïes ponctuaient aussi la carlingue. Elles avaient leur Vita Nova en France. Vivre ailleurs. À Paris l'exotique par exemple, ou dans une ville ou un village de l'Hexagone si exotique. On trouvait aussi des couples mixtes franco-thaïs, des filles thaïes seules allant vers qui ou vers quoi, vers quelles études ou quel amant ? – et certaines transpiraient, haletaient, exsudaient le premier voyage, toute la peur et l'excitation de sortir de son cocon thaïlandais moite, humide et rassurant.

À nouveau l'impression d'être en état post mortem se fit sentir, surtout quand la somnolence transformait les visages en gisants bizarres atteints de ronflements parfaitement désagréables, et vous faisant maudire d'être toujours un corps parmi des corps, et non des âmes éthérées se moulant dans l'infini des formes possibles, légères et propres comme une vulve rasée de près.

Les hôtesses et les stewards, des anges polyglottes aux pouvoirs multiples capables de répondre avec un sourire divin à presque toutes nos questions et tous nos besoins – la soif, la faim, y a-t-il une vie après la sexualité ?, après la Thaïlande ?, après la mort ? –, flottaient dans la cabine, visitant les rangées.

L'A380 est le plus beau long-courrier fabriqué à ce jour, l'apogée d'une époque bénie de Ganesh, protecteur des voyageurs anciens et modernes vers leur paradis indo-sexuel. Ses équivalents pour le rail furent les trains de nuit de jadis, et plus sûrement l'Orient-Express et le Transsibérien des poèmes, des romans et des bandes dessinées ; pour la route, ce sont le Jeepney philippin, le Songtheo thaï et le truck pakistanais. Art des flottements, des cahots, des distances plus ou moins malléables comme des gommes arabiques très tendres – et dans l'air pressurisé de la carlingue, je me sentais mentholé par le trajet, broyé goulûment dans une bouche très rouge et très noctambule d'Asie du Sud-Est, puis lentement extirpé de ses lèvres, et tiré ainsi jusqu'à Roissy par des doigts couleur de réglisse aux faux ongles purple ou velvet. Tandis que nous approchions dangereusement du terminal 1, je repensais aux trottoirs de Bangkok que je venais de quitter. Et puis aux trottoirs de Paris que j'allais retrouver. Les trottoirs des villes. Charles Denner et non plus

Charles-de-Gaulle. Charles Denner obnubilé par le mouvement des femmes, la figure humaine soclée par des escarpins, des ballerines, des chaussures à talons hauts, semelles rouges, empeignes noires, qui font cambrer le pied, donnant à la marche et ses silhouettes l'impression d'être au carrefour de la danse, de l'envol et de l'amour.

Puis ce fut Roissy, l'immigration, la douane, le taxi sur l'A1 jusqu'à l'hôtel cher et chiant typique de Paris, très loin des standards de Bangkok.

Des bus, des métros, des vues – *vedute* –, des bamboches, des vanités, des bestiaires : une pensée bouleverse un visage ligne 7 à Stalingrad, tandis que les autres se figent, se réchauffent aux couleurs de leur écran froid, leurs yeux se vident dans le téléphone et du bleu imprime leurs joues ; ligne 2, un homme à tête de caillou, à corps d'arbre cinglé dans un manteau de punaises et de poux, joue une sale musique à l'accordéon.

C'est l'hiver toute l'année chez la plupart des gens ; les vêtements sont tous laids et les robots dedans ont la sévérité d'un slogan. Le lavage de cerveau fonctionne mieux ici qu'en Thaïlande, pourtant moins libre.

J'avais une semaine d'installation dans les trois salles de la galerie Laurence V. Deux gamines et un gamin m'aidaient. Ils étudiaient dans des écoles supérieures normales artistiques, les Art déco, les Beaux-Arts. Ils besognaient sans passion ni curiosité envers moi, sauf la gêne, voire l'animosité au début.

Quelque chose n'allait pas, c'est comme s'ils ne voulaient rien avoir affaire avec mon travail. J'ai questionné Laurence V. qui m'a mis au parfum. L'âge de Tip les dégoûtait franchement. Et puis toutes ces pauvres prostituées de tous les sexes les enrageaient de tristesse devant leur condition misérable. Mes vidéos, mes dispositifs, mes peintures ou mes dessins ne les montraient nullement ainsi, mais eux les savaient ainsi.

Personne dans ce trio n'avait loué son sexe, ses mains et sa bouche à autrui, et personne n'avait payé pour ça. Personne dans leur entourage n'en connaissait vraiment non plus, sauf dix minutes ou une heure, dans les séminaires sur les violences sexuelles, et par quelques vantardes et vantards, vautrés dans leurs fictions frissonnantes où ils allaient aux putes, où ils étaient des putes. Des putains théoriques. Certaines et certains l'étaient pour payer leurs études, mais aucun de ces trois-là, ni aucune de leurs fréquentations proches. Ces choses se distinguent immédiatement. C'est une tournure d'esprit dans le corps même, qui bouleverse l'anatomie par la dureté bizarre d'un tel métier. C'est réellement un vice et une vertu selon les circonstances.

Et bien évidemment, aucun de ces trois-là ne s'était rendu dans la nuit thaïlandaise, le Wat Night Life comme disait l'autre jeunesse, celle ayant le spleen islamo-Uber en guise de chair et d'esprit.

Mais bien sûr, ils savaient de quoi ils parlaient et s'en dégoûtaient sans l'avoir vécu, ne serait-ce que de loin.

Le plus distant était le garçon. C'est comme s'il en rajoutait une couche et ripolinait un peu plus cette croûte idéologique et pompière nous séparant si visiblement. Je mesurais mal l'impact de leurs certitudes, j'avais été trop longtemps éloigné des beaux-arts d'Occident pour bien mesurer les fossés entre les gens selon leur sexualité, leur couleur de peau, leur origine religieuse, tout un attirail que j'ai le plus grand mal à répéter ou dessiner, tant pour moi il pue littéralement la bourgeoisie et l'embourgeoisement.

Je n'étais pas seulement retourné en France, mais au XIXe siècle. La France était devenue le plus grand pays petit-bourgeois de l'ONU. Je m'informais cependant via Google et Tina Van Gogh de ce jargon nouveau.

Avec Tina, nous nous étions retrouvés dans un mélange d'effusions, de méfiance et de nostalgie. Puis, après une heure à peine, l'amitié vorace était revenue intacte, à cause de tant de souvenirs et de passions communes. L'amitié-mémoire comme il y a l'amour-mémoire, et elle dessine un couple envers et contre tout. Deux vieux schnocks, tout étonnés de survivre aussi longtemps dans cet environnement incompréhensible et hostile qu'est l'ordinaire condition terrienne. Les salauds sont ceux qui prennent plaisir à cette condition, prennent plaisir à y réussir, les ennuyeux sont ceux qui s'en plaignent à tout bout de champ, et les autres font comme ils peuvent, s'esquivent, s'absentent, ne jugent pas, s'en jouent avec leurs moyens, tentent une création un peu différente.

Quoi qu'il en soit je m'informais, je découvrais que ce business où mes trois gosses consommaient leurs engagements était né dans les universités, non dans la rue, né chez le grand Satan que sont les États-Unis d'Amérique, né dans la sphère juridique, le monde des lois, des procès, des réquisitoires, un monde logiquement répressif. Dès qu'on vote une loi, on réduit la liberté. Moins on légifère, plus on est libre, ça je le sais d'instinct et de goût. Nul besoin d'étudier pour l'apprendre. Et certaines zones doivent demeurer hors les lois sociales, parce qu'elles sont régies par d'autres lois, dont certaines sont parfaitement asociales, et même antisociales. Les Belles de bar sont mes lois et je suis la leur, et notre Code civil est inaudible en cour martiale, en cour d'assises, ou dans la cour des écoles, car c'est une cour des miracles, une pure, une vraie cour des miracles étendue devant la statue géante d'un bouddha et ses yeux de velours.

Paris n'était plus désirable.

Ça c'était une nouvelle loi ressentie physiquement et portant aux violences.

Quand je sortais de la galerie après des heures de travail, et que je retrouvais les murs de Paris, c'était slogan partout et pensée nulle part. Alors, je regardais ailleurs, comme j'avais appris à le faire il y a longtemps, quand j'avais plongé très loin mon regard dans les vulves géographiques de l'Extrême-Orient pour moi, le Racinien de France.

Une douceur inextricable, une étrange douceur de plante purulente m'envahissait. Le tempo de la douceur de vivre avait ses règles. Je traînais derrière les pas des belles étrangères venant d'arriver en France. Touristes ou filles des migrations récentes. La couleur de peau n'a rien à voir là-dedans. Mais les prunelles, oui. Et les sourires dessinés naturellement. Je retrouvais d'anciennes promenades guidées par le trajet des femmes. Mais je n'abordais plus personne. Je restais le suiveur discret de figures fantomatiques et inquiètes de tout.

Puis je rentrais à l'hôtel tchatter avec les Belles de bar sur Line et WhatsApp. Elles n'avaient pas peur, sauf de rester pauvres ou insuffisamment riches pour être à l'abri, et elles étaient voraces, et l'argent n'était qu'une facette de leur avidité. Selon leur faim, elles choisissaient des hommes pour combler leur sexe ou leurs besoins matériels. Elles avaient soif et faim de leur anatomie dans des paysages iconiques. Les stories d'Instagram me faisaient bâiller en dépit de certains clichés passionnants montrant des culs, ou plus largement des corps entiers façonnés par la pose où rebondissaient les culs, les fesses magnifiques et les raies sombres de leur jointure cambrée vers le monde entier. Les culs ont conservé un empire graphique absolu et très simple sur ma caboche de peintre racinien malade et heureux de l'être, et amplifiant sa maladie par ses doigts dessinant, peignant et filmant indéfiniment des culs et des corps autour de ces culs, comme Buren utilise des bandes pour analyser les lieux où il expose. Le cul des instagrameuses sauve Instagram de l'infamie. Mais je n'ai pas la force de m'y inscrire en dépit de tous ces culs merveilleux répétés jusque dans ma bouche dessinant à haute voix leurs formes.

Bien sûr, on peut se révolter contre cette obsession pour le cul des gonzesses infernales, prendre de haut tous ces culs et surtout le goût répétitif affiché pour eux, comme Céline galèje les jouisseurs, parce que jouir et juif, c'est proche en français, les lettres jouent contre l'auteur et tout devient graphomaniaque et visuel, les lettres se ressemblent et dérivent, elles trahissent l'auteur, et le peintre s'en saisit pour le trahir encore plus et montrer plus qu'il ne dit, dessiner un monstre au lieu d'un homme, mais quelle que soit la bête, quand un cul de Belle pointe ses deux globes dans sa direction en tirant sur sa colonne vertébrale pour offrir deux trous à son seul Lingam, il ne réfléchit plus sauf à ce cul, et c'est paradisiaque, et ça s'arrête là.

Chaque matin, après de telles séances online avec mes Belles de bar qui m'en voulaient de ne pas les avoir menées à France-Chanel et Paris-Dior, et passaient des commandes de parfums et de maroquinerie hors de prix, je retrouvais le métro. Le plan de Paris affiché sur ses voûtes ressemblait toujours à la coupe d'un cerveau, la Seine séparant les lobes gauche et droit, et c'était réaliste, on ne vivait presque plus rien, mais on réfléchissait sans fin à tout, on anticipait tout et on savait tout sur tout, on était très intelligent et malin et meilleur que les autres, comme le dernier homme dans la fable du *Zarathoustra* de Nietzsche.

Puis je retrouvais mes trois étudiants, mais en fait, c'est moi qui les étudiais.

Ils pouvaient être mes enfants, ils étaient à peine plus âgés que Nam. Leur seul point commun était leur iPhone, du moins je l'espérais, je ne voulais pas croire que quelque chose d'international foutrait chacun dans les cellules d'un tableau Excel selon qu'on ait une queue ou une vulve, et selon qu'on baise une vulve ou une queue noire, blanche ou jaune. Et j'avais raison de ne pas le croire. Les queues et les vulves occidentales blanches, noires ou jaunes étaient presque les seules à pratiquer Excel pour enfermer la société. L'Inde, la Chine, l'Asie avaient d'autres castes.

Je tentais de discuter avec eux, de décrire la dictature festive où j'habitais, et où leur autoritarisme gris, plat comme un carrelage cellulaire de Carl Andre, n'avait guère de prise. Mais cette dictature festive, cette monarchie constitutionnelle, cette junte militaire, policière, décadente, prostitutionnelle, animiste, bouddhiste, superstitieuse – une junte maquerelle et transsexuelle, une junte linguistique ayant quarante-quatre consonnes, trente-sept voyelles et une puissance sonore digne de la plus noble musique –, les révoltait. Alors, je jouais le rôle du vieux con dans un théâtre de marionnettes de commedia dell'arte pas très drôle, tant il est sérieux et bourré de drama queen pour tout et rien. Après tout, si c'est leur façon de prendre leur pied de se croire meilleurs que d'autres, et si c'est leur façon de survivre dans cette banlieue de l'Enfer qu'est l'univers entier, pourquoi pas ?

Mais ils n'avaient pas l'air de prendre leur pied du tout.

Je finis par me taire, nos silences valaient mieux que nos dialogues, et dans le travail manuel de l'installation, une complicité élémentaire subsistait quand même.

L'expo eut lieu, le vernissage. D'anciennes connaissances vinrent retrouver leur copain Paul Gauguin. Ils avaient tous l'air amusés de ce qui allait se passer pour moi. Ma « pute adolescente », comme ils disaient, allait provoquer le quolibet, le silence, le mépris, les sept plaies d'Égypte, les stigmates, la Passion torturée du Christ en route vers le Golgotha et ses acolytes criminels.

Ah bon ? dis-je. Mais alors pourquoi Laurence V. prenait-elle un tel risque ?

Parce que j'allais vendre, expliquèrent-ils. Sous le manteau en grande partie, et ça tombait bien, Laurence V. était connue pour ne jamais payer les artistes, ou jamais totalement, elle se gardait des biffetons, même cent euros sur deux cents, et elle avait des casseroles au cul. Alors si en plus les ventes se font au black… Toujours les mêmes langues de pute.

L'important pour moi était de vendre. L'argent était devenu très important. Quitte ou double, une fois de plus, mais à mon âge, la fatigue ne semble plus une illusion improbable, et je ressentais l'usure de mes forces.

Il y avait trois points rouges quand j'arrivai, huit quand tout se termina. Les prix de ces huit ventes allaient de vingt mille à soixante mille euros. D'autres étaient en cours de négociation, me susurra Laurence. Une fortune. L'argent était bien là, officiel, huit ventes, une fortune déjà, et du rab demain. Mes amis m'avaient menti. Mes amis artistes du milieu de l'art. L'école des Beaux-Rats.

Le lendemain, une tension tenait l'espace de la galerie et les gens à l'intérieur, telles les lanières un corps suspendu lors d'une séance de bondage. Les gens à l'intérieur : Laurence V., ses assistantes, mes trois aides, et une amie critique d'art.

— Tu as vu ? me questionna Laurence.

— Non, je n'ai rien vu du tout.

Elle m'expliqua d'un air contrarié qu'il y avait du « grabuge sur le net ». Sa contrariété cirait son visage, c'était remarquable, et je distinguais sur sa peau, confondue à elle, un bizarre mélange humide à base de compassion et d'encre, l'encre des dollars et des euros possibles à tirer d'une affaire comme celle-ci.

On se mit à scroller nos écrans.

Et c'était vrai.

Déluge d'ultra-violence verbale.

C'était Orange numérique.

Une intense conversation s'engagea là-dessus, bien moins intéressante qu'un épisode des *Anges de la téléréalité* ou des *Marseillais* par exemple, émissions que j'avais découvertes et considérées totalement nullissimes par pur snobisme intello-tristounet, alors qu'au fond, je trouvais visuellement très intéressantes et inspirantes les déambulations pulpeuses de bimbos brunes dans des paysages souvent tropicaux zébrés de travellings, de ralentis et d'interviews baveuses et pleines d'accents du Sud.

Orange numérique. En gros, sur les réseaux, une campagne d'indignation enflait minute par minute, verbalement de plus en plus violente, précise, visant au boycott, aux menaces, aux poursuites. Il y avait aussi des billets plus académiques sur les sites de certains magazines. Comme je n'étais pas connu, on s'en prenait surtout à Laurence V., aux collectionneurs dont le point rouge était heureusement anonyme, on demandait d'ailleurs leurs noms, et on menaçait les journaux qui s'en feraient l'écho positif ou neutre.

Mon amie critique d'art était la seule dont le papier plein d'éloges amicaux était déjà paru dans *Art Press*. On la pourrissait désormais avec obstination et méthode pour qu'elle n'écrive plus jamais nulle part.

On me lut des extraits dont j'ai conservé copie.

Par exemple : *Désormais, à l'avenir, quand un beauf peindra ou fera des vidéos, il fera du Gauguin. Gauguin c'est plus que bof, c'est beauf. Et Paul Gauguin rimera toujours avec White Trash sur du lin.* « L'Art Pute selon un salaud », *Le Nouvel Obscurantiste*

Sur-porc / Sur-fesses : une avant-garde par-derrière. Dessin satirique, *Charlie Menstruel*.

Une œuvre certes, mais une œuvre froidement préméditée, glaçante pour cette raison. On se sent mal à l'aise devant ces toiles monumentales où le talent de l'artiste est hélas au service d'une sensibilité affreuse, et pour le dire clairement, d'une sensibilité d'extrême droite. Cette démarche, sincèrement picturale et originale dans sa forme, ne peut plus aujourd'hui justifier un mode de vie dégueulasse, et qui semble exploiter les pires travers des arts depuis toujours, des arts pratiqués par des hommes blancs aux dépens du reste du monde, par des riches aux dépens des pauvres… « Look Back, Read Back and Cancel », *The New York Times*

Toute cette homosexualité, toutes ces transsexuelles, toutes ces filles mineures, toutes ces invocations blasphématoires au Christ, toutes ces déviances sont la marque des impasses de l'art depuis trop longtemps, et dont Mai 68 fut la vulgarisation. Ce type d'art contemporain, Paul Gauguin l'incarne totalement, mais sans aucun talent, sans aucune des fulgurances que l'on peut trouver chez d'autres. La gauche sexuelle, pédophile et sataniste possède en Gauguin son meilleur illustrateur… « Les murs dégénérés », *Minute*

Qu'on arrête cette hideuse confusion. Et qu'on ne s'y trompe pas : on expose ici un touriste sexuel avant d'exposer un peintre. Car ses « modèles », ses « muses », comme on ose appeler dans certains catalogues – un vocabulaire franchement abscons – les prostituées thaïlandaises dont il se sert et qui ne lui coûtent pas grand-chose, sont les triples victimes du trafic d'êtres humains le plus abject, du viol de leur corps par un homme blanc sans aucun scrupule, et du viol de leur identité par la mise en tableau de leur vécu dont il ne saurait au fond avoir la moindre idée, tant il est leur bourreau, tant il est occidental… Make-Art-Safe-Again.com

Nan mais l'âge de la meuf ! Une mineure ! Mais j'hallucine ! #feminicide#alertepedophile. @GalaxieThunberg sur Twitter

Il m'est difficile ici, alors que c'est encore tout frais, que ça date de moins d'un an, mais déjà d'un autre temps et de cet ailleurs qu'est devenue ma France, de reproduire de façon réaliste, naturaliste, les émotions qui m'assaillirent. Néanmoins, je retiens deux aspects.

Le premier, c'est que comme je n'étais pas présent sur ces réseaux, les propos qui s'y tenaient ne me touchaient pas plus que ça, sauf quand on me les lisait en boucle, et alors, une espèce de colère autodéfensive et meurtrière héritée de mon père et de ma vie thaïlandaise me prenait puissamment. Mais elle se calmait vite. Comme je l'ai dit, je n'avais aucun profil sur l'Orange numérique et ce genre de pratique m'indifférait totalement.

Deuxièmement, je me méfiais moins qu'en Thaïlande des conséquences physiques de ces menaces. En Thaïlande, il est facile de payer un homme pour en tuer un autre, il y a des tueurs à gages dans chaque quartier de Bangkok qui, pour quelques milliers de bahts, vous débarrassent d'un gêneur. On ne compte plus le nombre de personnes tombant inopinément d'un balcon ou se faisant écraser sans que le véhicule impliqué soit retrouvé. Pour les personnages publics, on use de balles. Mais il faut des motivations personnelles sincères, car le bouddhisme et la superstition entrent en jeu très sérieusement. On tue souvent, mais pour des griefs jugés réels et personnels, afin de ne pas entamer le capital en points de mérite assurant une réincarnation meilleure. On consulte des astrologues pour la date et l'heure du meurtre, c'est spirituel et sanglant, et d'une certaine manière, ça tient de la volupté. Bref, c'est un monde différent, et sans même le vouloir, ses valeurs sont devenues les miennes, ses automatismes les miens. Donc, n'ayant pas fait directement du mal à ces gens prétendant me haïr, je ne me faisais aucun souci, je considérais qu'intuitivement, même s'ils n'étaient pas bouddhistes, ils n'iraient pas plus loin que leurs injustes griefs, sans quoi ils renaîtraient encore plus cons et plus bas qu'ils n'étaient.

Il y eut un incident intéressant quatre jours après le vernissage. Je me rendais à la galerie, et juste avant que j'y entre, une vingtaine de personnes se regroupèrent soudain autour de moi et commencèrent à me hurler des slogans très rythmés, tout en me filmant avec leur téléphone. J'eus un mouvement de sidération, je me figeai, et j'ai vu par la suite sur un de ces réseaux mon visage dessiné, pétri par l'angoisse, la colère, l'injustice, la frayeur du lynchage, et une espèce de tristesse et d'instinct de survie sur le qui-vive, prêt à répliquer aux coups. Or il n'y eut aucun coup. À peine des frôlements auxquels heureusement je ne répliquai pas. Quand ces frôlements survenaient, leurs initiateurs prenaient soin d'exclure toute brusquerie. C'étaient de savantes provocations pour m'inciter à la faute.

En fait, j'ai compris seulement récemment que tout cela était formellement parfait, une performance très bien pensée, très bien encadrée d'un point de vue juridique. J'ai compris que leurs actions venaient de la sphère juridique la plus méticuleuse, la plus procédurière possible. Il n'est pas interdit de manifester son opposition bruyante, mais il est interdit d'attenter physiquement à la personne, et ils s'y tenaient avec rigueur. C'était à la fois psychologiquement violent et physiquement inoffensif.

Un seul truc m'inquiéta vraiment, c'est quand on parla de poursuites pour me confisquer mon passeport, m'interdire l'accès à la Thaïlande, m'interdire les portes d'un paradis fabriqué de toutes pièces aux dépens de ses angéliques habitants selon mes détracteurs. Un politicard socialiste expliqua qu'un homme blanc se rendant seul en Thaïlande était de toutes les manières un délinquant sexuel. Mais ces poursuites se révélèrent difficiles, puis impossibles, il n'y avait que des œuvres, des fictions, pas de faits, pas de plaintes, et j'étais curieux de voir les réactions de mes détracteurs s'ils croisaient un jour une vraie Belle de bar, une pirate aux tatouages et aux attitudes aristocratiques pratiquant tendresse et terreur avec la même vitalité arrogante, et ne s'adoucissant qu'aux parents, à Bouddha et à sa majesté feu le roi Rama IX. Même les flics, elles suçaient leurs flingues pour mieux les enfoncer dans leur cul et faire feu dans leurs entrailles de pigs et de poulets.

Pendant ce qui me restait de temps à Paris, j'affichai un air trompeur, débonnaire, indifférent, joyeux, alors que j'étais épuisé, dégoûté de tout ça, de moi, des autres, de Paris et de l'existence même. Paris et le néant. Paris et le néant. Paris et le néant.

C'était le mantra d'une méditation terrible, fonctionnant toute seule, ricochant de façade en façade, imprimant sur les murs des affiches dans le même style que celles où parfois, mon nom était maudit. Lettres noires sur fond blanc. Paris et le néant boulevard de Port-Royal. Paris et le néant rue Quincampoix. Paris et le néant boulevard Barbès et rue de Belleville. Un peu moins le néant avenue d'Ivry, de Choisy et d'Italie. Centre commercial des Olympiades. Mon PMU au croisement des galeries marchandes. Mes restaurants sans fenêtres dans l'une d'elles.

Puis j'allai mieux. Je créchais maintenant à Noisy, chez mes parents. Je retrouvai un vieux pote devenu gardien d'immeuble dans le secteur des Arcades. Il avait grossi, s'était marié, priait de plus en plus. C'était sa seule consolation. Là, j'étais heureux, détendu, malgré tout chez moi. Ça m'effrayait, comme une malédiction. Mes cauchemars me ramenaient parfois vivre à Noisy, dépouillé de mes rêves thaïs, ruiné, rendu à mon rooftop bar de toit de cité, racontant l'Asie du Sud-Est à des jeunes. « Tu peux enlever la fille d'un bar, tu ne peux pas enlever le bar de la fille », dit le proverbe des punters et parfois, ce qu'on appelle la cité fonctionne pareil. Une fatalité. Tu peux t'enlever de la cité, tu ne peux pas enlever la cité de toi-même. Mais c'est du sentimentalisme, et ces termes de « cité », « banlieue », « quartier », sont pourris de l'intérieur, pourris par l'université, les médias, les politiques, cariés par les outsiders qui nous les donnent, et soi-même on moutonne bruyamment dans ce vocabulaire, jouant le rôle qu'ils attendent. Les embourgeoisés des cités me révulsent autant que les bourgeois calibrés rive gauche progressiste. MONTJOIE SEINE-SAINT-DENIS serait mieux. Monarchie et racaille. Califat christique occidental. Tous pour Dieu, Dieu pour tous.

La polémique s'est calmée assez vite. Comme je l'ai dit, j'étais un inconnu, et ça ne pouvait pas aller très loin. J'ai gagné en revanche un public de collectionneurs sincères et fidèles. Je suis reparti avec un compte bancaire de trente mille euros, plus soixante mille en liquide. Je jure sur mes parents que je suis rentré en Thaïlande tranquillement avec six cents billets de cent euros dans les poches.

Avant mon départ, Laurence V. m'a demandé comment je voyais la suite. Et où nous allions tous les deux ? Quelles collaborations futures ? Elle ne semblait pas échaudée par nos misères récentes. Elle était honnête. Elle me payait ce qu'elle me devait des ventes. Je l'aime beaucoup. Où nous irions, je l'ignorais. Dans l'immédiat, j'allais en Thaïlande bien sûr. Retour à la Casa du Jouir.

Cette fois, le vol A380 glissait dans le bon sens. Non vers le coucher du soleil mais le sunrise. Beauté du cercle solaire émergeant du golfe du Siam à Surat Thani, quand on attend le ferry pour les îles et les full moon parties.

Sixtine Nana Plaza

mars 2020

Vendredi

La peinture m'a sauvé plusieurs fois jusqu'ici. J'ignore si elle le fera encore. Sans doute elle le fera. J'espère qu'elle le fera. Elle doit le faire. On dirait une prière.

Samedi

C'est une prière, évidemment.

Dimanche

Depuis soï Amon, il me faut une heure environ pour rejoindre à pied Sukhumvit et ses centaines de soïs perpendiculaires, du moins celles comprises entre sa source au carrefour avec Duang Phitak Road à l'ouest, et le quartier de Thonglor à l'est. Mes pas sont les aiguilles d'une montre, ils étirent cette heure encore plus longtemps, les secondes et les minutes dérivent, insulaires et chaudes, dans une mer de béton, de verre, de terre et d'eau, jamais la jungle n'est loin, jamais on ne l'oublie dans le dédale urbain surpeuplé. En remontant ma soï vers le nord, le plus court est d'emprunter Rama III Road, sous l'une des multiples expressways tissant avec le skytrain une toile aérienne pleine d'échangeurs, de lignes, de boucles situées à des hauteurs différentes, et mimant un jeu de mikado très souple. Depuis des bagnoles filant à une vitesse non réglementaire lorsqu'il n'y a pas d'embouteillages, Bangkok s'expose légèrement surélevée à travers les pare-brise. Alors, l'impression que cette ville si haute à certains endroits descend très bas dans une sorte de mangrove sans fin est d'une puissance irrésistible pour le voyageur, le noctambule, le promeneur atteint de solitude, de l'énergie lumineuse de la solitude passant des hommes aux femmes telles les liqueurs d'une tournée payée par les dieux dans un comptoir céleste.

Rama III est d'apparence inhospitalière pour le piéton, mais il y a l'ombre salvatrice des superstructures, et ici comme sous tous les pylônes de Krung Thep, on habite, on travaille, on vend une quantité excessive de nourriture et de boissons, les bidonvilles survivent par la grâce de tous les trafics possibles imaginés par les flics et les journaux à sensation, mais ils affichent en façade des cuisines pour le passant soiffard, affamé, perdu, épuisé. Je m'arrête souvent pour une soupe, un *Khao Pad* divers, un jus de fruits noyé de sirop de canne et de glace pilée. Sur Rama III, au bout d'un moment, on croit qu'il n'y a plus rien que des véhicules, du béton et des arbres agonisants, aux palmes comme des langues sorties de visages étranglés, puis non, à nouveau des magasins, des milliers. Puis des bureaux apparaissent, on est maintenant sur Ratchadaphisek Road, dans le Khlong Toeï District. Quand on longe le Benjakitti Park à sa gauche, on n'est plus qu'une loque lyrique suante, la proie consentante des hallucinations urbaines. C'est la figure réussie de la fatigue bangkokoise pédestre, les poumons pleins de pollution, d'épices et de parfum d'aisselles et de lèvres féminines. Au bout, c'est le carrefour Asoke avec Sukhumvit.

Ce dimanche, j'ai bifurqué à gauche en direction de soï Nana. J'allais souvent revoir l'installation vidéo conçue il y a quelques années. Nulle peinture au plafond. Mais 108 caméras, la moitié rotatives, l'autre moitié fixes, et 108 projecteurs, la moitié rotatifs et l'autre fixes, disposés aux différents niveaux du complexe et dans différentes directions, pour filmer l'ensemble des lieux et les saturer d'images. La rotation est conçue à ma façon, le mécanisme des horloges, un mouvement par seconde, 60 plans pour couvrir 360 degrés. 45 caméras fixes sont reliées à 45 projecteurs rotatifs, 45 caméras rotatives à 45 projecteurs fixes. 9 caméras rotatives sont reliées à 9 projecteurs rotatifs, et 9 caméras fixes à 9 projecteurs fixes. La blancheur des voûtes sixtinesques sert de surface où les projections glissent, s'immobilisent, repartent, ou bien elles demeurent figées, ou bien tout bouge, seconde par seconde, vingt-quatre heures sur vingt-quatre, même quand Nana ferme, vers deux ou trois heures du matin. Les projections se baladent aussi au sol, aux murs, s'appuient sur les balustres, les objets, n'importe quel obstacle qu'elles convertissent en écran. Chaque nuit, des milliers de femmes travaillent à Nana Plaza, beaucoup sont transsexuelles, toutes sont peintes en fards et lumières. Car ici, nos couleurs de peau sont celles des néons, celles de la nuit. Nous ne naissons plus seulement de notre mère, mais du maquillage et de l'électricité. Dans la nuit thaïlandaise, la couleur de peau de nos naissances, c'est celle de la toile brute, primitive – lin, coton, jute, épiderme à différents dosages de mélanine –, après quoi les néons, les lampions, les lasers commencent leur travail de peintre mécanique. Ils posent sur nous toutes sortes de couches où nous verdissons, rougeoyons, bleuissons, jaunissons, où des mélanges se font, où nous apparaissons blerts ou vleus, ou tout simplement, très souvent violets, fuchsia, mauves, plus proches des orchidées que des hommes, des souimangas, des paons, des calaos bicornes que des hommes. Et toujours c'est précaire, un mouvement, un changement de diodes, et nos portraits se transforment. Nos toiles initiales, nos peaux font des réserves dans ces surfaces posées sur elles, et si cette toile – cette peau – tire vers le blanc, elle est souvent un beige très clair et taché, avec dessous plein de rose et de veines bleues ou vertes très foncées sombres, la couleur sombre et non la couleur noire. Et si cette peau – cette toile – tire vers le noir, elle est tout ce qu'on veut du jaune au brun très profond, avec une prédominance de l'or. Toutes ces peaux brutes tirées sur le support du squelette font des réserves aux aplats, aux lavis, aux drippings des néons, avec leur halo liquide et moite.

J'arrive à soï Nana, la numéro 4, je tourne à gauche. Au carrefour avec Sukhumvit, des cantines accueillent les Belles de bar en pause bouffe et gossip. Certaines proposent de te sucer deux minutes dans une des multiples short time rooms du coin, ou bien de discuter tranquilles en aspirant goulûment un entrelacs de pâtes de riz épicées extrêmes.

J'esquive et j'entre comme des milliers de visiteurs et de visiteuses au Nana Plaza, via le *Païfang* initial, l'espèce de porte chinoise entre deux blocs de bâtiments où s'affiche une enseigne muséale, déjà mémorielle, une enseigne consciente de sa réputation ancienne, et qui souhaite en faire une éternité lucrative : « The World Largest Adult Playground ». Pas très chiadé tout ça. Fond rouge sans passion, lettres blanches et tristes. Au-dessus, en plus gros et aux glyphes plus gras mais toujours aussi blanchouillards, NANA PLAZA. Et de chaque côté, des danseuses de profil, trop stylisées-simplifiées, trop pute inconnue sous l'arc de triomphe de la solitude festive. Alors qu'ici, les personnalités abondent. Inoubliables. Abonde également le *Chu Len*. Elle te dit s'appeler Fon ce soir quand tu lui paies ses ladydrinks, quand tes mains s'aventurent sur ses jambes et ses hanches serrées dans un tissu mini, et le lendemain, quand tu pars à sa recherche, ses copines de bar te disent ne pas connaître de Fon. Ou alors te montrent une Fon qui n'est pas ta Fon, mais qui est Fon quand même. Même plus Fon que ta Fon à toi. C'est pas logique, si c'est du business, elles devraient se faire connaître une fois pour toutes pour fidéliser une clientèle, comme dans tous les red lights du monde où Lola est Lola, etc. Mais il n'y a pas de red lights à Bangkok, ou alors toute la mégapole l'est complètement, de la plus célèbre à la plus anonyme des soïs. Les danseuses, les poseuses, elles s'en foutent de tout ça… L'argent se gagne mieux autrement. *Chu Len* aujourd'hui, *Chu Len* toujours. Le vrai nom, le *Chu Tchin*, même au mariage, t'es pas certain d'en être sûr. Prends les choses humblement avec sagesse, celle de l'enfant devant les craies sur le tableau noir de l'école si étrange, si violente au début. Ici, on se maque avec des femmes et des hommes polysémiques. C'est savant. Appelle-les Larousse ou Who's Who, et accepte sans gueuler l'identité provisoire de l'amour de ta vie.

J'entre au Nana Plaza et l'impression de Sixtine est immédiate. Un volume rectangulaire, peut-être trois fois plus grand que l'original. Un grand U assez haut. Des escaliers aux extrémités. Deux étages. Des coursives à balustres. Des niches arquées comme des lunettes de fresque. Chaque bar est une scène de Jugement dernier. On laisse les correspondances et les interprétations dériver sans fin, sollicité en permanence par les couleurs, les décors, les figures des danseuses. Lunettes, corniches, voûtes ne sont que des entrées. Une fois franchi les velours et les vitres teintées commence l'aventure de chaque gogo bar, comme des mini-Sixtine aux peintures en trois dimensions. Chaque nom est celui d'une scène de ce

Jugement recommencé nuit après nuit après nuit pour ce public en quête d'un truc un peu plus édénique.

Sauf qu'ici ce n'est pas Dieu créant les étoiles et les plantes avant de montrer son cul ; ou Dieu séparant la clarté de l'obscurité ; ou Dieu créant Adam et Ève avant de les chasser du paradis. C'est Déesse déhanchant sa promenade dans les allées de Nana.

Au rez-de-chaussée, après les deux scènes prédatrices de part et d'autre du *Païfang*, à savoir le Big Dogs et le Tiki Bar, les fresques se nomment de gauche à droite le Morning 2 Nights, le New Lollipop, le Twister BKK, l'Obsession, le Rainbow 2, le London Calling, le Playskool, le Rainbow 1, le Witchcraft. Au centre, tout de suite, on distingue une maison aux esprits où s'arrêtent les Belles de bar pour prier, décorer de bahts l'arbre aux vœux de protection et de fortune. Puis c'est le Pharaohs, le Roadhouse, l'Alibi, les trois réunis en un sinueux Beer Garden et se terminant par le Sport Bus. Au premier ciel, on contemple le Straps, le Rainbow 3, le Mercury, le Chili, le Spanky's, l'Angel Witch, le Sexy Night, le DC-10, le Casanova, le Rainbow 5, le Twister, le Temptations, le Diamond's Bangkok, le Mandarin, le Mercury Ladyboy, le Balcony. Au deuxième ciel, c'est le Saloon, un short time hotel, l'Erotica, le Billboard, l'Enter, l'Office, le Geisha, un autre short time hotel, le Butterflies, le New Mandarin Fiction, et un nouvel hôtel de passe.

Des fresques se sont effacées, ont été remplacées par de nouvelles plus vastes, plus perfectionnées. Les plus anciens se souviennent des années 1980, quand le centre commercial fréquenté par une clientèle musulmane a cédé la place aux premières peintures illicites remplies de personnages féminins ultrasexy. La séminale fut le Lucky Luke et puis très vite le Rosemary's, le Three Roses, le Rainbow… Je me rappelle de certaines, le Cat House, le Titty Twisters, le G-Spot, le Woodstock, le Rosemary's, le Fantasia, le Silver Dragoon… et bien sûr le Splendoor. Il était au rez-de-chaussée, au fond à gauche, coincé dans l'angle, presque invisible, une maigre partie de ce qui est maintenant le Twister BKK…

Encore maintenant je connais pas mal de danseuses du Nana Plaza, et ce soir j'ai retrouvé Nawarat, Faï, Ploy et Ning. Elles travaillent au Billboard, un Iranien les a barfinées pour un short time à cinq expéditif et hors de prix, et il leur paie maintenant un verre au Sport Bus. Elles y trempent à peine les lèvres, laissant une délicate empreinte rouge. Le mec se lasse, se casse, je salue, prends sa place, et c'est moi qui sirote doucement les verres à peine entamés, pleins d'alcool et de traces de bouches des quatre cavalières de l'apocalypse tropicale devant moi. Je ne bois quasiment jamais. Pas bon pour l'amour et la peinture physiques. La barmaid s'en fout que je paie rien et les filles acceptent sans commentaires ma présence gratuite devant leurs ladydrinks virginaux. Ces lieux de plaisir ont des lois propres sans cesse contournées – payer, ne plus payer, paresser ensemble. Elles travaillent où elles veulent, quand elles veulent, l'affirment aux oreilles au milieu des basses quand on s'enquiert de leur présence ici le lendemain. Ning ne m'avait-elle pas dit vers une heure du matin au Billboard il y a quelques années déjà, sa peau moins tatouée, tandis qu'elle ensorcelait un jeune beau gosse trop sûr de lui, et qui allait le payer cher, qu'elle volait – *Biiin*, son terme – où elle avait envie, quand elle en avait envie ? Mais peut-être était-ce de l'esbroufe dans un puits sans fond, sans fin de misère où je distinguais en elle la réplique lointaine – correspondances, réincarnations ? – des femmes de ma famille au Piémont, dans les villages alpins, sur un lot de photographies noir et blanc survivantes de notre arbre généalogique si court, deux générations et puis le néant, et qui souriaient dans des loques très lourdes, tissus presque chanvre où la figure porte plus une pierre qu'un vêtement, et dont on disait plus tard – ma grand-mère moins bien lotie me le racontait mystérieusement – que « leur beauté avait disparu à la ville » – Turin, Milan, Rome, l'Amérique, Paris. Je ne comprenais pas, alors, cette expression de beauté perdue dans une cité.

Ning, Nawarat, Faï, Ploy sont assises sur des sièges en Skaï pivotants, des socles plus perfectionnés que les marbres et les bois supportant les statues, et tantôt elles se lèvent et jouent avec leurs membres, ça offre une variété interminable de poses, tous les italianismes pédants possibles, *Contrapposto*, *Pudica*, *Adlocutio*, etc. Sans oublier les nouvelles, les *Al vento* par exemple, à cause de leur chevelure où elles plongent sans cesse les mains, et qu'elles ventilent presque ainsi. Nawarat, son coude sur le comptoir, sa tête reposant dans sa main ouverte formant une coupe, son visage d'Issan un peu froissé d'un côté dans sa paume, son buste penché depuis sa chaise reculée, presque allongée vers le zinc, elle apparaît très longue, tirant de sa situation instable, tendue et diagonale, une élasticité inconnue.

Elles parlent et s'inquiètent de la situation actuelle. C'est vrai que Nana Plaza est vide. Très peu de clients. Les habitués toujours. Mais les touristes, le flot immense, le mascaret des devises s'engouffrant dans le goulot du *Païfang* pour inonder ma Sixtine interdite, tout ça est réduit, à peine un ru à base d'Émiratis, d'Européens, d'Indiens, et qui ont l'exaltation angoissée d'être les derniers de leur race, ils savent qu'ils doivent partir, que leurs pays se ferment.

On parle de la nouvelle grippe venue de Chine. Nawarat, Faï et moi, nous nous souvenons de l'époque de la H1N1 flu. Sans parler du das', le HIV, le sida. Rien de comparable à maintenant, rien de planétaire dans les mesures. Les maladies avaient moins d'importance alors, des phénomènes naturels déplorables, mais que pouvait-on y faire, à part prier ou cramer les lieux de culte pour punir les divinités d'un monde si mal créé ? Même si on en mourait, les maladies ne devaient pas arrêter la vie, c'est-à-dire le business, c'est-à-dire les lumières, la fête. Rien ne devait gâcher la fête à l'époque. Elles aimaient la fête, ça c'est sûr. Elles adoraient ça. Boire et danser sans fin au milieu de princes exotiques en se faisant payer un max de plaisirs matériels et charnels qui, dans leur logique, étaient des signes, pas seulement des bagnoles, des bijoux, des téléphones, mais les signes d'une partition, d'une musique, d'une vie d'excellence avant de vieillir dans l'ascèse lumineuse du bouddhisme villageois. Le Bouddha du bâne. Le Bouddha paysan et primitif, mince comme le bambou – l'or svelte de ses membres minces comme ceux de l'agriculteur des rizières, sec et doré sous le noir craquelé par le soleil et le labeur, et ce regard de la compassion ayant tout vu, tout senti, couché avec tous et toutes, expérimenté tout sans retour, sans biffures. Poème expérimental qu'est l'existence bouddhiste de la Belle de bar.

On se racontait tout ça au comptoir céleste du Sport Bus, un cocktail-car enguirlandé de lampions clignotant tel le clin d'œil répétitif d'une étoile dans un film muet au tout début du cinéma. De fins tubes de néon soulignaient toutes les arêtes du véhicule Volkswagen, le soulevant de leur halo, un objet visité par les dieux, atteint d'épiphanie, atteint d'ascension, de transmutation immatérielle. Tous les cocktail-cars fonctionnent ainsi dans le Royaume, il y en a partout, comme si les bars ne suffisaient pas, le carrefour Asoke en est saturé, bourré de femmes aux regards directs, et c'est top d'inverser les rôles communs partout ailleurs, surtout en islam, top de prendre un pot sur les sièges en plastique entouré de filles bien plus nombreuses que les types dans les nuits de Bangkok. La plupart d'entre nous baissons les yeux au sol quand elles nous remarquent de peur de ce que ça entraîne : demande de fric, menace si on n'en donne pas, si on décline l'invitation, et qu'est-ce qu'on fout ici alors si c'est pas pour le fun et le fric dépensé pour elles, est-ce qu'on les trouve moches, est-ce qu'on se prend pour des Brad Pitt et des Ananda Everingham, est-ce qu'on s'est bien regardé avant de les regarder elles, allez teerak, let's go, let's fuck ! Les pirates tatouées peuvent se comporter ainsi, les autres, souvent tout aussi tatouées, ont la pudeur étrange, le sourire maquillé de la mort douce, l'aventure sans retour de leur présence une heure-une vie avec toi. Putain, faut le vivre pour le croire, et quand tu le répètes, tu passes pour un menteur, un crevard, un monstre, un délinquant, un enculé, un pourri, etc., plein de qualificatifs orduriers comme ça qui indiquent l'incroyable décharge mentale que sont tes interlocuteurs sédentaires occidentaux-orientaux qui bougent pas le cul de leur carrière socialo-sédentaire dont ils sont si fiers, même qu'ils en font des posts sur leur réseau dans l'Orange numérique.

Le comptoir se fait tard, il se fait tard, ai-je dit aux quatre superpuissances attractives devant moi, quatre filles, quatre rivières, quatre portées, quatre tropiques, quatre équateurs, quatre chaleurs toutes proches et collantes face à moi – ici l'air est plus chaud que le soleil, la terre exhale le paradis de ses entrailles forestières et rizicoles, ici c'est le rayon brûlant de l'humidité, l'huile de lin tapineuse, la résine, la cire d'abeilles de bar, etc.

À Sixtine Plaza, quand on quitte un comptoir de la cour, c'est pour un gogo. On monte au Billboard. Incroyable ce vide quand même. Pour un néophyte, ce serait malgré tout rempli, mais pour nous, c'est du vide. Il paraît que ce soir, elles sont une centaine à bosser. J'imagine les deux scènes – l'une est un carrousel et l'autre un jacuzzi, l'une évoque le disque de variété cosmique, le kalachakra, la roue d'un cyclopousse déchu, la roue de la fortune d'un tarot tropical, et l'autre le cerveau en ébullition, l'éprouvette en surchauffe. J'imagine les tables répandues sur le béton ciré tels des nénuphars impressionnistes détournés de leur beauté mièvre, les chaises hautes, les Singha et les Chang beers, les cocktails, les gradins, les sombres décibels de la trance et de la house assourdissantes, l'épuisement des êtres, la joie crasse entre les lignes des lasers… Tout doit être là en pleine action, et la centaine de Belles de bar promises, je les distingue déjà, je les respire à fond depuis l'escalier à balustres qu'on gravit, bras dessus bras dessous avec Nawarat, Faï, Ploy et Ning.

Mais j'ai plus l'argent pour aller là-dedans, dis-je d'un ton plaintif éthylique pas dans mes cordes, ça me ressemble pas du tout, et elles me disent que c'est pas grave, que je dois en avoir un peu quand même pour une bière, pas besoin de leur offrir un drink. Est-ce que je rêve qu'elles me disent ça, est-ce que mes oreilles déforment leurs paroles jusqu'à la générosité ? Est-ce que je me fais un film ? Alors c'est un film dans un film, encore un énième truc expérimental typique de Nana.

Ploy me guide, on disparaît dans le Billboard A GO-GO, on disparaît tout court dans un autre monde, et d'une certaine manière, ceux du dehors ne nous reverront plus jamais.

Lundi

Drôle de réveil vers midi. Nawarat et Ning pioncent. Nâm est là. Elle entre. Elle n'aime pas voir ça, mais ne commente plus ce genre de truc. Elle raconte les infos sur Channel 3 et 7. Ils réfléchissent à fermer les écoles, les lieux de divertissement à

Bangkok. Une décision pourrait être prise demain. Elle va sortir ce soir sur Thonglor et Royal City Avenue avant que tout s'arrête. Ça m'inquiète. Tu devrais rester à la maison, dis-je. Ce n'est pas prudent. Ce n'est pas le moment d'être contaminé. On ignore ce que c'est que cette grippe. Tu te fous de ma gueule, me dit-elle en jetant un coup d'œil dégoûté à ma nuit précédente, ma double nuit endormie dans le salon-chambre de la Maison du Jouir, là-même où sa mère couchait autrefois. Je dis rien. Elle a vingt ans. Elle est belle comme Nong. Elle m'impressionne. Je l'ai peinte jusqu'à ses dix-sept ans. Elle n'a plus voulu après, sauf quand je la payais. Tu désires me faire poser, tu paies. J'ai pris ça pour un jeu. J'avais oublié l'espèce de haine académique de l'enfant à l'égard des parents. Ça dure ou ça dure pas, mais ça vient, ça s'installe, ça campe entre nous. Une eau infranchissable ma fille. Elle me coule des mains, m'échappe. Elle voulait seulement du fric quand elle demandait du fric, nul jeu, nul espoir, nulle tendresse, et elle posait provocante et pleine de fureur, avec comme une envie de vomir son ventre avant même d'enfanter, vomir sa matrice à la tronche de son père. Une toile que j'ai faite ainsi, qui tombe au sol avec des amas de tripes en guise de traîne du mariage impossible de la peinture avec l'amour filial.

Je me dis qu'un jour pas si lointain, par la magie de son vieillissement, elle reviendra poser pour le père, mon enfant prodigue de ma peinture.

Je me lève, prends mon café, vais à la cantine à côté, ramène mérou frit et piquant, riz, œuf pimenté, pilons de poulet pimenté, curry de légumes. C'est mon petit déjeuner qui me tient souvent jusqu'au dîner, avec quelques dégustations salées toutes les deux heures : bouchées de *Khao Pad* divers, salade de porc ou de bœuf fermenté, broyé dans du riz grillé avec des piments qui laissent la salive s'égoutter des lèvres. Bref, la vie.

Nawarat et Ning se sont levées. Inquiètes devant la télé, elles parlent de rentrer au village vers Buriram, tout proche du Cambodge. Leurs économies sont faméliques. Elles ne me demandent rien. Alors je vais dans la chambre de Nâm où se tiennent dans une cassette constellée de nacre quelques économies que je coupe en deux : la moitié pour nous, la moitié pour elles deux. C'est tout ce que je peux faire. Elles me font un waï de sincérité, celui des jeunes adolescentes au village, à la voix profonde d'un opéra millénaire. Elles ont la trentaine ou la vingtaine, ou dix-huit ans à jamais. Pour la première fois, je me dis que c'est la fin d'un truc qu'aucun couvre-feu ni coup d'État n'atteignait, même de loin, comme en 2006 à la chute de Thaksin, et en 2014, où ça flinguait à Lumpini Park, et où on festoyait à cent ou deux cents mètres dans les ruelles de Patpong moins fréquentées certes, mais fréquentées suffisamment pour que ce soit festif, d'autant plus que ça mourait si près de nous, mini-jupes, bières et balles à gogo.

Je monte au sala, elles me suivent, on sirote et on bouffe, indifférents soudain à tout sauf à nous et l'instant présent de manger, de s'aimer sans avenir.

Je dessine vite fait leur portrait et des nostalgies de Nong, rien que Nong :

Dans la grotte éclairée de milliers de bougies
Dans la ville enflammée de millions de néons
Dans la boîte éblouie de lasers et de bruit
Dans la full moon party d'une plage sans nom
Je t'ai cherchée
Dans la page arrachée d'un poème oublié
Dans la rage absolue d'une putain en rut
Dans la cour isolée d'une soï déchue
Dans la joie dévêtue d'un bar abandonné
Je t'ai cherchée
Dans la statue d'un wat, le bas-relief d'un temple,
en Thaïlande au Cambodge en Indonésie
au Vietnam Laos Népal, en Birmanie,
Malaisie, Philippines, à travers les amples
deltas et les cités polluées, je t'ai cherchée.

Puis encore ceci :

Sur le mur de la chambre un papier peint montrait
des motifs par le temps fortement défraîchis
semblables aux vers des anciennes poésies
quand des consonnes et voyelles inscrivaient
l'amour répété d'une princesse et d'un prince
semblables aux tiges, pétales, longues feuilles
miroitant sans fin sur ces cimaises en deuil
d'un hôtel de passe.

On descend dans la soï avec le coucher du soleil. On s'attarde à l'entrée de la Maison du Jouir. Nawarat glisse une main dans sa culotte ni vu ni connu sauf de nous trois, elle la ressort, l'index est huileux, elle met son nez contre le mien, le baiser indo-pacifique par excellence, on le retrouve partout dans les parages, puis elle fout son index sur ma bouche, mes lèvres et son doigt font une croix, j'ai le goût de son sexe bien profond qui me reste un instant. Putain de liqueur, j'en aurai bouffé des litres depuis 1991, le pinceau et la caméra en main, la tête dans le cul, bien moulé dans leur cul. Elles appellent un motosaï qui comate pas loin, le téléphone portable scotché aux oreilles. Les trois rigolent. Elles me font un sourire qui me tue, j'en ai vu tellement, mais j'ai une sale impression, elles me regardent, une œillade, une invitation, leur visage signifie *Paï Douï* : on part ensemble ? C'est leur métier, leur art, leur langue. Je les vois disparaître *Al vento*, cheveux noirs faseyant, cambrure tranquille, pareil que quand elles chillent aux comptoirs célestes de Krung Thep.

Mardi

Ce matin, le Premier ministre et général Prayut Chan-O-Cha déclarait « réfléchir » à fermer les écoles et les lieux d'entertainment dans la capitale. C'est là que se trouvent la plupart des cas. Cet après-midi, c'est fait. Demain, Bangkok sera en semi-confinement. Les malls, les marchés, les restaurants conserveront une permission d'ouverture pour l'instant. Le reste du Royaume n'est pas concerné, là aussi pour l'instant. Conversation chaotique sur WhatsApp avec Tina Van Gogh. Coupures, arrêts sur image en pleine envolée d'arguments – *Adlocutio* –, accélérations ou ralentis. Nos écrans ont cette proportion allongée de certains panneaux de retable. On répète plusieurs fois ce qu'on se dit. En France débute un confinement strict. Elle me parle d'une journaliste venue la voir pour enquêter sur mon travail, sur la réalité de Tip. Entretien difficile, me dit-elle, béance des générations, tectonique des âges et des mœurs. Du coup, elle a réalisé une série graphique intitulée *Crucifixion*. Puis, tout s'est figé, impossible de se rappeler.

Nâm se lève à quinze heures. Elle est rentrée à six heures du matin. Je lui raconte les infos. Je lui conseille de se barrer chez la famille à Nong Kaï. J'aimerais la suivre, mais abandonner la maison, l'atelier, m'est impossible. Je sais qu'elle déteste ça mais je l'asticote sur sa nuit festive. Elle répond laconiquement. La plupart de ses amis sont thaïs, plus précisément sino-thaïs. D'être une fille *Louk Kreung* – enfant-moitié – ne la dessert pas, au contraire, mais le métissage s'arrêtera là. Elle n'envisage de relation sérieuse qu'avec un pur-sang du Royaume, et son boyfriend actuel est un spécimen typique de ce genre. Xénophobe en amour, elle s'affirme démocrate en politique, et elle flirte dangereusement avec des revendications où le crime de lèse-majesté n'est pas loin. Comme je suis un étranger, ses lubies pourraient me foutre dans la merde. À dix-sept ans, elle est revenue vivre dans la Maison du Jouir, pour ses études. Elle étudie le droit, le piano, le muay thaï et la danse de salon.

Elle étudie le piano. J'ai fait son portrait en jeune pianiste à Silpakorn University où elle participait à un concert donné par le département de musique.

Je l'ai faite comme elle était ce soir de concert, et je veux m'en souvenir toujours ainsi, même sans regarder ma toile, m'en souvenir concentrée sur les quatre-vingt-huit touches du Steinway, fierté de Silpakorn University, c'est comme si chaque fois qu'elle appuyait sur l'une d'elles, une valeur la colorait, la qualifiait, imbibait son être d'une lumière spécifique, un timbre, une valeur répétée autant de fois que son doigt tombait sur la même touche.

Donc je l'ai faite :

Belle, Dure, Tendre,
Belle, Dure et Tendre, Virtuose, Nocturne,
Jaune et Noire, Belle, Nocturne et Noircissique,
Noircissique,
Noircissique,
Méprisante, Oublieuse, Ingrate, Amoureuse,
Belle, Dure et Tendre, Lointaine,
Eurasienne,
Thaïlandaise,
Eurasienne, Italienne, Bangkokoise,
Thaïlandaise,
Laotienne, Lointaine, Évasive,
Tropicale,
Tropicale, Proche et Mensongère,
Mensongère,
Admirable, Fragile, Instrumentale, Virtuose,
Instrumentale, Expressive et Virtuose,
Fragile, Forte, Insupportable, Capricieuse,
Diva, Princesse, Diva,
Princesse, Diva, Princesse,

Forte,
Froide,
Fine, Forte et Froide,
Préméditée, Insaisissable, Manipulatrice,
Compositrice, Interprète, Compositrice, Solitaire,
Solitaire,
Longiligne,
Virginale,
Expérimentale,
Longiligne, Jaune, Rouge, Sienne Brûlée, Noire
Cobalt,
Aurifère et Noire,
Cobalt,
Effrontée,
Méprisante,
Indifférente,
Menstruelle, Douloureuse, Joyeuse, Rieuse,
Éclatante, Fluide, Coulante, Fluide, Filante,
Coulante, Fluide,
Fluide,
Fluide,
Fluodésique, Orphisiaque, Fluide,
Nuageuse, Soucieuse, Dépressive,
Merveilleuse,
Merveilleuse,
Merveilleuse,
Émerveillante, Boxeuse,
Travestie, Masculine, Féminine,
Ultra-Femme, Chaste,
Intouchable, Évadée, Fuyante,
Mélancolique, Mélodique,
Fœtale, Enfantine,

Confiante,
Étouffante,
Ensorceleuse, Innocente, Écolière,
Corrompue, Étrangère,
Fille à papa,
Étrangère,
Tendre,
Étrangère,
Disparue, mon-Bébé, ma Traîtresse,
Décevante, Navrante, Incompréhensible,
Dégoûtante, Puante, Adolescente, Merdeuse,
Chieuse, Libre, Oublieuse, Vicieuse, Disparue,
Envolée, Disparue,
Mutante, Mutante, Revenante,
Prodigue, Douloureuse, Tragique, Drôle, Instable,
Effrayée, Admirative, Exaltée, Silencieuse,
Boudeuse, Traversière, Ondulante, Ondoyante,
Idyllique, Édénique, Insupportable,
Décevante, Navrante, Pleureuse, Plaintive,
Vigoureuse, Généreuse, Géniale, Insensible,
Géniale, Paresseuse,
Géniale,
Géniale,
Géniale,
Introspective,
Inventive,
Introspective,
Cavernicole, Souterraine,
Souterraine,
Secrète, Intime, Solaire, Lunaire, Solaire, Lunaire,
Stellaire,
Balnéaire,

Insulaire,
Blessante,
Mutante,
Égoïste, Suintante, Parfumée,
Naturelle, Artificielle, Comme son père,
Comme son père,
Adoptive,
Lyrique, Louangeuse, Sublime,
Insondable, Inexplicable, Insaisissable,
Mystérieuse,
Amoureuse,
Bienheureuse,
Humide, Moite, Fluviale, Aquatique, Liquide,
Anadyomène,
Océanique,
Sudiste,
Océanique,
Pacifique,
Océanique, Pacifique,
Pacifique,
Pacifique

Elle a décidé de rentrer à Nong Kaï. On a réussi à trouver une place dans un bus de nuit au départ des gares routières du Nord, sur Chatuchak. Bangkok ne fermait que pour deux semaines, affirmaient les autorités. La voir faire sa valise était terrible. La voir choisir les matières de l'absence. La voir vider ce qui est plein. Elle non plus n'aimait pas ça. On n'avait plus été aussi proches depuis très longtemps. La voir quitter sa chambre, quitter notre maison, l'accompagner dans la soï Amon, prendre ensemble le taxi : comme un calvaire, comme une Passion. On a dîné de street food près de Mochit Station, puis on s'est installés dans l'un des hangars sans murs qui servent aux attentes, les sièges sont bleus, on dirait ceux des hostos. Il y avait foule comme les veilles de jour sacré, de congé religieux où les enfants des campagnes retournent aux dizaines de milliers de bânes que compte le Royaume. Elle s'est blottie dans mes bras et elle a pleuré. Elle a été incroyablement thaïe. Filiale, sincère, entièrement tournée vers son père. Elle est montée dans le bus et le bus est parti. Les vitres teintées m'empêchaient de distinguer autre chose que des gestes flous, aucun trait de visage précis dans ses adieux. J'ai suivi le bus jusqu'au bout. Et elle a fini par disparaître dans les lumières poisseuses d'une avenue de Bangkok.

Mercredi

C'est comme un estran cette affaire de confinement. Ni la mer ni la terre, ni le jour ni la nuit, l'entre-deux miroitant des heures crépusculaires. Pas totalement. Surgissent encore des rigoles des reflets de ce qui fut. Sable incertain, sable mouvant où les marées de néons se sont retirées, nous laissant orphelins. Anatomies végétatives aux arrêts de bus longtemps après le dernier passage, anatomies défuntes, défaites, défestoyées de leur danse et de leur *Yak* – conversations, gossips.

Les bars et les clubs ont fermé à minuit. Après Mochit, je suis allé en skytrain jusqu'à Nana, et de là, j'ai traîné vers Thonglor, sans m'arrêter dans un bar.

Pas le cœur à ça. Je ne voulais pas rentrer chez moi, je ne voulais pas dormir ailleurs, je voulais juste aller au bout de mes forces, prendre un taxi et m'écrouler sur mon lit. Il n'y avait déjà presque plus personne, et rien d'une fête de fin du monde comme on les imagine souvent, bacchanales ou recueillements. Une inquiétude maussade, la banalité de l'apocalypse, aurait peut-être écrit Hannah Arendt. Ici et là, deux ou trois groupes festoyant plus fort, mais rien d'équivalent à la folie ordinaire du Royaume depuis si longtemps, à l'Amazing Thailand vendue depuis les hauts-fonds de la Grande Histoire intime, les alcôves, les nuits, tout là-bas vers 1950, Ladda et les siennes, Ladda et The White Leopard, et puis plus tard Madame Sue et The Rest & Recreation Program pour tous les Terriens bleus, la bleusaille en route payante vers la planète Thaïe.

Madame Sue semble s'être trompée, la planète Thaïe rejoint la planète Bleue dans un lockdown universel, une éclipse où les astres se calquent.

Alors, il y a cette sensation qui colle aux pas, qu'après toutes ces décennies, pour la première fois les lumières de la grande fête du Royaume et de l'Asie du Sud-Est vont s'éteindre, les plages, les îles, les mégapoles, les rizières électros, les jungles et les fleuves sous Morlam vont fermer.

Les lumières vont s'éteindre qui ne s'éteignaient jamais quels que soient les guerres, les crises, les couvre-feux où l'on coupait l'électricité, allumait des bougies, et où chaque lieu exposait alors des scènes très claires-obscures, très tropicales obscures et claires, très tu transpires tes rêves dans ta robe légère des soirs d'été caniculaires. Et maintenant, demain, chassé des soïs vides, il ne restera plus qu'à mourir chez soi, noyé dans ses crachats, les poumons inondés de morve, ses draps peints une dernière fois des sécrétions de son corps.

Je suis rentré m'écrouler sur mon lit comme une bombe sur une ville. Réveil vers midi. Je déteste perdre un seul matin. Plus l'âge pour ça. Je sors faire d'immenses courses qu'on me livre le soir. Puis, promenade vers soï Nana, la numéro 4. Même dans ces endroits si densément construits, l'absence progressive des gens révèle l'aspect bucolique de la cité des anges. Arbres vastes, profus – banyans, Tualang trees, Yang Na trees, palétuviers, ficus, jambosiers, pandans, toute la forêt –, poussées des herbes et des plantes, même empotées elles rappellent aux bétons et aux verres qu'elles les étrangleront en une seule saison des pluies par un coït de mante religieuse, je t'entrelace, je te pollinise, je t'embranche, je m'enracine en toi, je te soulève, tu étouffes, tu disparais.

C'est le fameux visage de Bouddha pris dans un pipal au Wat Mahathat d'Ayutthaya, une racine comme une longue mèche épaisse cache presque un œil, on dirait Veronica Lake, c'est sexy-sacré, ça donne envie de prier. C'est canonique, insurpassable, on en trouve des comme ça d'Angkor à Bagan, différents empires, une même force végétale unie à des visages de pierre.

Aucune envie de baiser malgré Nana, Cowboy, l'infini recommencé des soïs. Peut-être siroter un dernier liquide alcoolo-cyprinique en caressant les jambes d'une jeune et puissante Belle de bar aux tatouages montrant un grand FUCK gothique et fleuri en haut de son cul. Elle pose à l'entrée du Hillary 2. Les lettres se balancent d'une hanche à l'autre mieux qu'une page qu'on tourne ou qu'on arrache ou qu'on apprend par cœur dans une école religieuse. Encre injurieuse sur une peau humaine, Coran de sang de Saddam, c'est la même intuition poétique de Bangkok à Bagdad.

Dix-huit heures, coucher de soleil, les restaurants sont ouverts, le reste non, les lumières sont éteintes, il n'y a pas de bougies, et déjà des messages de fermeture définitive s'installent.

Jeudi

Nâm est bien arrivée. WhatsApp fonctionne parfaitement. On s'appelle plusieurs fois ce jeudi. Plaisanteries, complicité. Bonheur retrouvé avec ma fille-source. J'espère que ce sera pour toujours. On parle des nouvelles mesures de restriction. Comme celles prises ailleurs en Chine, Corée, Japon, etc. Interdiction de sortir, fermeture totale. Un truc inédit.

Atelier. Travail. Le modèle ? Nong en photo à l'époque de notre rencontre, 1998. Je me mentais, c'était un coup de foudre. Voyons voir. Son visage. Tant de visages en un seul, tant de couleurs dedans. Je surprends subrepticement le mien dans un des miroirs de Nong. Elle me regarde. Je le sens bien. De l'intérieur de tous ses miroirs, elle me mate. Ma blancheur n'est pas blanche, disons rose orangé, terre de Sienne, terre ombre brûlée. Il faudrait aussi du bleu, du rouge, du jaune pour la traduire, et plein de valeurs complémentaires. De toutes les façons, les mêmes couleurs permettent de peindre toutes les gammes possibles de peau. C'est seulement une question de dosage et d'interprétation. Elle me mate, ses yeux m'étudient en riant, ses yeux me peignent, et dans son regard je m'installe, je me sens bien, mes angoisses s'estompent et disparaissent.

Nong. Nongnuj Timruang. Nongnuj Gauguin. Voyons voir.

Un visage lao-khmer, thaï, birman, indonésien, moluquois s'est solidifié en moi, minéral, doux, très mat, très sombre, très lumineux – pommettes puissantes, rondes, bouche extralarge, épaisse, nez cambré, narines vastes, yeux de rêve noir, chevelure noire et longue –, et j'ai grandi par lui, grâce à lui, poussant autour de lui, trouvant dans sa contemplation mon terreau, mes racines, ma croissance, mon tronc, mes branches, et maintenant ma floraison, mes feuilles, toutes ces feuilles que voici, indissociables de lui, reliées par lui.

Et c'est vers ce visage que j'irai toujours.

Du même auteur :

La Fleur du Capital, roman, Grasset, 2015 (prix Sade, prix de Flore, prix fondation Prince-Pierre-de-Monaco).
L'Opium du ciel, roman, Grasset, 2017.
Les Jungles rouges, roman, Grasset, 2019.
Jean Raine : vivre en peinture, essai, Les Cahiers dessinés, 2023.
« Vous êtes l'amour malheureux du Führer », roman, Grasset, 2024.

JEAN-NOËL ORENGO

au Livre de Poche

PAPIER CERTIFIÉ

Le Livre de Poche s'engage pour l'environnement en réduisant l'empreinte carbone de ses livres. Celle de cet exemplaire est de :
450 g éq. CO_2
Rendez-vous sur
www.livredepoche-durable.fr

Composition réalisée par PCA

Achevé d'imprimer en octobre 2025 en Italie par
GRAFICA VENETA S.P.A.
Dépôt légal 1re publication : novembre 2025
LIBRAIRIE GÉNÉRALE FRANÇAISE
21, rue du Montparnasse – 75298 Paris Cedex 06
marketing@livredepoche.com

75/1190/6